KB160367

韓國漢詩選

韓國漢詩選

車 溶 柱 譯註

景仁文化社

간행에 즈음하여

　필자는 한국韓國 한문학사漢文學史 및 작가연구作家研究를 하면서 우리 한문학漢文學에도 좋은 시가 많았구나 하는 생각을 하게 되었다. 그리고 이러한 생각을 할 때마다 뒤에 기회가 있으면 그 가운데 더욱 좋은 작품을 뽑아 번역을 해 간행하여 많이 알려지게 했으면 하는 의욕을 가지게 되었다.

　최근까지 이러한 생각을 버리지 못하고 착수해 보았더니 어려움이 적지 않았다. 우선 한시에 대한 안식眼識이 모자라 이러한 것을 해보겠다는 의욕을 가지게 된 것이 무리였음을 알게 되었다. 그리고 선발기준을 어떻게 하는 것이 가장 합리적이고 타당한 것인가 하는 것도 결정하기 어려웠다. 서거정徐居正은 그의『동인시화東人詩話』에서 시는 짓는 것보다 아는 것이 더욱 어렵다고 했다. 이로써 미루어 보면 시에 대해 높은 안식을 가진 자라 할지라도 많은 작품 가운데서 좋은 작품을 선발한다는 것이 어려운 것임을 알 수 있다. 그러므로 본저는『파한집破閑集』,『보한집補閑集』.『동문선東文選』,『청구풍아靑丘風雅』,『국조시산國朝詩删』,『소화시평 小華詩評』.『대동시선大東詩選』등에 실려 있는 작품을 중심으로 하여 그 가운데서 임의대로 선발했으며, 또 필자의 작가 연구에서 대상이 된 작가의 작품은 시화등에서 언급한 것으로 참고하여 그들의 문집에서 선발했음을 밝혀 둔다. 여러 형식의 작품에서 대상작품의 선택은 오언五言 또는 칠언절구七言絶句와, 오언五言 및 칠언률시七言律詩 만을 했고 오언고시五言古詩가 몇 수 포함되었다.

　그리고 작품을 선발하는 기준에서 작품만을 중심으로 할 것인가. 이와는 달리 역대 한문학의 발달 상황狀況을 감안하여 선발할 것인가 하는 것도 선발에 적지 않은 부담이 되었다. 우리 한문학의 발달 과정은 시대에 따라 기복起伏이 적지 않았고, 또 작가의 능력도 작가에 따라 차이가 있다. 그러므로 작품의 선발에 역대로 내려오면서 우수한 작가로 높게 평가받는 작가의 작품은 그 선발에서 일반 작가의 작품에 비해 차이를 둘 수밖에 없었다. 그러나 편중을 피하기 위해 지나치게 많은 작품을 선발하지 않기로 했다. 그리고 작품의 수준이 전후의 시대에 따라 차이가 있다 할지라도 어느 시대의 것이든지 무시할 수는 없지 않을까 생각되어 선발된 작가의 작품이 비록 적었다 할지라도 선발 대상에서 포함시키고자 했다. 그러므로 精選은 되지 못했다 할지라도 학문과 정치적으로 이름 높은 인사들의 작품도 감안했으며, 특히 조선조 후기에 이르러 그때까지 선발이 잘되지 않았던 위항문인들과 지방 문인들의 작품에서도 폭넓게 선발했음을 밝혀둔다.

한시漢詩의 여러 형식에서 절구絶句와 율시律詩는 단형短型이므로 사상과 감정을 압축하여 표현하기 위해 전고典故에 있는 말들을 인용하여 표현하고자 하는 것을 적지 않게 볼 수 있는데, 이러한 표현이 함축적인 효과는 무시할 수 없겠지만 이해와 번역에 적지 않은 어려움이 있었음을 밝혀 둔다. 그리고 선발된 작품에 대해 논평은 하지 않기로 했으며, 다만 『청구풍아靑丘風雅』, 『국조시산國朝詩刪』 등에서 선발한 작품은 이해에 도움을 얻고자 그곳에서 한 논평을 그대로 옮겨 놓았으며, 『소화시평小華詩評』과 다른 시화의 내용도 참고했다. 작자의 소개는 작품을 선발한 대본에서 언급한 것을 그대로 옮겨 놓았으며, 경우에 따라 줄이기도 했다. 그러나 여러 작품을 선발한 작가에 대해서는 다른 저작에서 볼 수 있는 논평을 적지 않게 인시하기도 했다. 그리고 번역은 직역에 충실하고자 했으나 대상이 시이고, 또 한자의 특성상으로 철저하게 축자逐字로 번역하지 못했음을 밝혀둔다.

우리 한문학漢文學에 대한 저작은 지금 전하는 것을 중심으로 볼 때 임병

양란壬丙兩亂 전까지만 해도 근기近畿 지역 사족士族들의 전유물專有物이라 해도 과언이 아니었다. 그런데 근세에 편찬된 『대동시선大東詩選』은 위항委巷 문인文人들과 영호남嶺湖南 문인文人들은 물론 승려와 여성들의 작품에 이르기까지 전대의 다른 선집選集보다 폭넓게 많이 실었다. 그러므로 본저本著에서 근기지역의 위항문인委巷文人들과 영호남문인嶺湖南文人들의 작품은 물론 승려와 여성들의 작품까지 적지 않게 실을 수 있었던 것은 『대동시선大東詩選』에 실려 있는 작품에서 선발했음을 밝혀둔다.

본저本著를 처음 의욕만으로 시작했는데, 하는 과정에 어려움이 적지 않아 붓을 놓았다가 다시 들어 이와 같은 것을 몇 번 반복했으면서도 오늘 붓을 잡고 이 글을 초하게 되었으니 감회가 적지 않다고 하겠으며, 또 망구望九를 넘긴 탓도 없지 않을 것이다.

필자는 타자를 치지 못하므로 저작을 간행하고자 할 때 원고지에 난필로 쓴 것을 그대로 출판사에 보냈기 때문에 출판사에 미안한 바가 적지 않았다. 본저本著의 작품 선발과 번역이 얼마 남지 않았을 즈음 문원철보文元鐵甫가 금년 봄 교직에서 정년을 했다고 하며 찾아 왔을 때 여담으로 출판에 관해 이야기했더니 입력하여 교정까지 보아 주겠다고 하며 그때까지 쓴 원고를 가지고 갔다. 본저本著가 쉽게 나오게 된 것은 제자인 문원철文元鐵의 노고가 많았음을 말해 둔다. 한문학漢文學에 대한 졸저拙著를 여러 권 출간해 준 한상하 회장과 한정희 사장에게 깊은 사의를 표한다.

2016년 11월
월천정사月泉精舍에서
차용주車溶柱 지識.

목 차

류방선柳方善

권우權遇

성간成侃

류의손柳義孫

정이오鄭以吾

성삼문成三問

박팽년朴彭年

이개李塏

하위지河緯地

유성원柳誠源

유응부兪應孚

서거정徐居正

성담수成聃壽

김종직金宗直

김시습金時習

강희맹姜希孟

남효온南孝溫

신영희辛永禧

김굉필金宏弼

정여창鄭汝昌

신종호申從濩

이주李胄

강혼姜渾

이극감李克堪

홍유손洪裕孫

어무적魚無迹

박계강朴繼姜

박은朴誾

이행李荇

김안국金安國

이창수李昌壽

이희보李希輔

이효즉李孝則

박상朴祥

김정金淨

신잠申潛

기준奇遵

소세양蘇世讓

정사룡鄭士龍

나식羅湜

최수성崔壽峸

양사언楊士彦

강극성姜克誠

신광한申光漢

이언적李彦迪

서경덕徐敬德

임억령林億齡

정렴鄭磏

홍춘경洪春卿

성운成運

조식曹植

이황李滉

김인후金麟厚　　　　윤기尹紀

임형수林亨秀　　　　전우치田禹治

정유길鄭惟吉　　　　이두춘李逗春

VI　179

　　　　　　　　　허성許筬

노수신盧守愼　　　　김성일金誠一

권벽權擘　　　　　　허봉許篈

심수경沈守慶　　　　홍적洪迪

박순朴淳　　　　　　이항복李恒福

권응인權應仁　　　　이덕형李德馨

고경명高敬命　　　　이순신李舜臣

기대승奇大升　　　　유근柳根

정철鄭澈　　　　　　최립崔岦

정작鄭碏　　　　　　임제林悌

이이李珥　　　　　　양대박梁大撲

성혼成渾　　　　　　이춘영李春英

송익필宋翼弼　　　　백광훈白光勳

남언기南彦紀　　　　최경창崔慶昌

송한필宋翰弼　　　　이달李達

황정욱黃廷彧　　　　권갑權鞈

하응림河應臨　　　　현덕승玄德升

유영길柳永吉　　　　차천로車天輅

이산해李山海　　　　차운로車雲輅

이순인李純仁　　　　유희경劉希慶

백대붕白大鵬   빙호당冰壺堂

신사임당申師任堂   이옥봉李玉峯

허난설헌許蘭雪軒   황진黃眞

조씨曹氏   계생桂生

VII 247

이정구李廷龜   이안눌李安訥

신흠申欽   박정길朴鼎吉

이호민李好閔   허균許筠

오억령吳億齡   이계李烓

이수광李睟光   박엽朴燁

홍리상洪履祥   정인홍鄭仁弘

유몽인柳夢寅   김치金緻

정경세鄭經世   조직趙溭

이춘영李春英   김연광金鍊光

성로成輅   한호韓濩

권필權韠   박민첨朴民瞻

태산수泰山守 이체李棣   김니金柅

윤충원尹忠源   서극온徐克溫

양경우梁慶遇   문덕교文德敎

강항姜沆

주목朱榮 조현기趙顯期

최승태崔承太 조성기趙聖期

유중익庾重益 유명견柳命堅

주의식朱義植 이서우李瑞雨

임준원林俊元 김창집金昌集

김시완金時完 임영林泳

이득원李得元 김창협金昌協

고의후高義厚 이이명李頤命

진흥지秦興祉 이건명李健命

김부현金富賢 조태채趙泰采

허목許穆 김창흡金昌翕

홍우원洪宇遠 김춘택金春澤

김수항金壽恒 홍만종洪萬宗

김만기金萬基 배정휘裴正徽

김수흥金壽興 박세성朴世城

윤휴尹鑴 권흠權歆

이단하李端夏 이민서李敏叙

남구만南九萬 권변權忭

오도일吳道一 김창업金昌業

조지겸趙持謙 이해李瀣

남용익南龍翼 이잠李潛

박태보朴泰輔 소두산蘇斗山

김수증金壽增 이희조李喜朝

김진규金鎭圭 이현석李玄錫

이하진李夏鎭 오상렴吳尙濂

신후재申厚載 임방任埅

김리만金履萬　　조석曹錫
정사효鄭思孝　　김두문金斗文
이희지李喜之

IX　373

홍세태洪世泰　　최창대崔昌大
석만재石萬載　　이병연李秉淵
성하창成夏昌　　신유한申維翰
김시태金時泰　　이광사李匡師
신흥섬申興暹　　조현명趙顯命
최린서崔麟瑞　　박문수朴文秀
주남정朱南正　　최성대崔成大
주정朱椗　　　　이서李漵
문동도文東道　　이익李瀷
한항韓沆　　　　채지홍蔡之洪
이광우李光佑　　김신겸金信謙
이재李縡　　　　안중관安重觀
이의현李宜顯　　강박姜樸
유척기兪拓基　　윤치尹治
윤봉조尹鳳朝　　이광려李匡呂
조문명趙文命　　조재호趙載浩
조관빈趙觀彬　　이광의李匡誼
정우량鄭羽良　　오원吳瑗
정석경鄭錫慶　　안정복安鼎福

이집李㙫

민우수閔遇洙

김리곤金履坤

윤두서尹斗緖

남유상南有常

남유용南有容

이용휴李用休

이수대李遂大

신광수申光洙

유언술兪彦述

이광정李光庭

이봉환李鳳煥

임준任埈

심능숙沈能淑

정박鄭璞

성몽량成夢良

류후柳逅

이태명李台明

최수량崔守良

이태악李泰岳

이기진李箕鎭

김하겸金夏兼

장창부張昌復

이상발李祥發

현부태玄復泰

정래교鄭來僑

김만최金萬最

임시협林時莢

정민교鄭敏僑

유광택劉光澤

정종주鄭宗周

장만건張萬健

박수징朴壽徵

이하번李夏蕃

이윤원李允源

문기주文基周

송규빈宋奎斌

송규징宋奎徵

이계李烓

김중원金重元

박태욱朴泰郁

이수익李受益

금숙金潚

최경섭崔景燮

서덕양徐德良

한우유韓宇瑜

김치하金致夏

윤수하尹壽河

김희성金喜誠

김순간金順侃

민복윤閔復潤

장수인張壽仁

김진항金鎭恒 최윤적崔潤積

지종로池宗魯 김동욱金東旭

X 437

이경효李景孝 이덕무李德懋

이인필李寅馝 유득공柳得恭

석세기石世琪 박제가朴齊家

이언유李彥濡 박지원朴趾源

이단전李亶佃 박준원朴準源

홍양호洪良浩 이언진李彥瑱

박윤원朴胤源 김용한金龍翰

김리안金履安 이덕주李德胄

이헌경李獻慶 이서구李書九

정범조丁範祖 이승훈李承薰

이병휴李秉休 홍인모洪仁謨

목만중睦萬中 윤필병尹弼秉

김종수金鍾秀 권시權襹

김상정金相定 이명환李鳴煥

이근오李覲吾 황덕길黃德吉

이좌훈李佐薰 최천익崔天翼

이가환李家煥 홍우교洪禹敎

이가환李嘉煥 이지용李志容

정약용丁若鏞 이정운李鼎運

이삼환李森煥 황염조黃念祖

정상관鄭象觀

나치욱羅致煜

신리규辛履奎

강인회姜寅會

한석호韓錫祜

윤용尹熔

정지묵丁志默

최연록崔延祿

엄계응嚴啓膺

오경화吳擎華

이택무李宅懋

이경안李景顏

차좌일車佐一

김재희金載禧

김낙서金洛瑞

천수경千壽慶

오득인吳得麟

장혼張混

오명철吳命喆

왕협王莢

왕태王太

정란鄭瀾

김려金鑢

남경희南景羲

김조순金祖淳

남공철南公轍

홍석주洪奭周

강준흠姜浚欽

한치응韓致應

김매순金邁淳

권식權寔

홍길주洪吉周

유본학柳本學

이학규李學逵

신위申緯

김정희金正喜

정학연丁學淵

김명희金命喜

최헌수崔憲秀

이민덕李敏德

이정주李廷柱

이량연李亮淵

윤종억尹鍾億

조수삼趙秀三

백리상白履相

김재명金載明

김충현金忠顯

김명규金明奎

장대철張大哲

김백령金栢齡

송관진宋寬鎭

최성환崔星煥

홍성호洪聖浩　　　　　　한치원韓致元
김희민金熙民　　　　　　유본정柳本正
안경룡安慶龍　　　　　　이만용李晚用
신학경愼學敬　　　　　　이경민李慶民
김예원金禮源　　　　　　목인재睦仁栽
신관호申觀浩　　　　　　장인식張寅植
이항로李恒老　　　　　　이희풍李喜豊
남병철南秉哲　　　　　　윤락호尹樂浩
서헌순徐憲淳　　　　　　윤정기尹廷琦
신좌모申佐模　　　　　　한재렴韓在濂
이상수李象秀　　　　　　전홍관全弘琯
이상적李尙迪　　　　　　박문규朴文逵
강위姜瑋　　　　　　　　허유許愈
이신규李身逵　　　　　　현일玄鎰
현기玄錡　　　　　　　　정수혁鄭守赫
정지윤鄭芝潤　　　　　　유한재兪漢宰
서응순徐應淳　　　　　　양진영梁進永
신응조申應朝　　　　　　권용정權用正
허전許傳　　　　　　　　권용직權用直
심영경沈英慶　　　　　　오경석吳慶錫
남상길南相吉　　　　　　대원왕大院王　이하응李昰應
남상교南尙敎　　　　　　강난형姜蘭馨
황오黃五　　　　　　　　조성교趙性敎
김병연金炳淵　　　　　　이헌기李憲基
장지완張之琬　　　　　　신석균申奭均
안진석安晋錫　　　　　　이돈행李敦行

이수돈李秀敦

김택영金澤榮

허훈許薰

이설李偰

이건창李建昌

유길준兪吉濬

최형기崔亨基

김석준金奭準

박치복朴致馥

성혜영成蕙永

배전裴婰

백춘배白春培

이기李沂

박영선朴永善

김규원金圭源

김형진金亨鎭

염태혁廉泰赫

황현黃玹

지동순池東恂

이주호李周鎬

박원규朴元珪

백회순白晦純

김관하金觀夏

안중섭安重燮

이응목李膺穆

이병목李炳穆

이수욱李秀旭

박래익朴來翼

윤주하尹胄夏

정기홍鄭基弘

이호근李鎬根

이학의李鶴儀

손진식孫振湜

XI 569

대각국사大覺國師

일연一然

달전達全

원감圓鑑

운감云鑑

함허당涵虛堂

란옹懶翁

혼수混修

청허당淸虛堂

사명당泗溟堂

수초守初   법견法堅

처능處能   신준神駿

행사行思   추파秋波

충휘冲徽   최견最堅

언기彦機

XII 583

임벽당김씨林碧堂金氏

창암김씨蒼巖金氏

송씨宋氏

성씨成氏

봉원부부인정씨蓬原府夫人鄭氏

장씨張氏

류씨柳氏

김씨金氏

서씨徐氏

정일당강씨靜一堂姜氏

덕개씨德介氏

양봉래소실楊蓬萊小室

이씨李氏

취선翠仙

취죽翠竹

계화桂花

소염小琰

I

✥ 유리왕瑠璃王
황조가黃鳥歌

翩翩黃鳥	너풀거리며 나는 꾀꼬리는
雌雄相依	암수가 서로 의지했다오.
念我之獨	홀로 있는 나를 생각하면
誰其與歸	누구와 더불어 돌아가랴.

(『대동시선大東詩選』 권 1)

이 〈황조가黃鳥歌〉의 형식은 사언사구체四言四句体로서 고대 중국 민간
에서 유행하던 노래를 채집하여 실었다는 『시경詩經』에 실려 있는 많은 작
품이 이 형식이며, 오언고시五言古詩가 나오기 전에 유행한 시형이다.

✥ 을지문덕乙支文德
유우중문遺于仲文

神策究天文	신기한 꾀는 천문을 궁구했고
妙算窮地理	묘한 계산은 지리를 다했다.
戰勝功旣高	싸움에 이겨 공이 이미 높았으니
知足願云止	족함을 알면 그친다고 이르기를 원하노라.

(위와 같음)

을지문덕乙支文德에 대해 『삼국사기』 열전列傳의 기록에 따르면 그의 세
계는 자세히 알 수 없고 자질이 침착하고 지혜가 있으며 촉문屬文을 이해한
다고 했다.[1] 이 시는 고구려를 침입한 수장隋將 우중문于仲文에게 준 것으

---

1) 『三國史記』 卷 44, 列傳 第 4.

로 열전에 실려 있고, 『수서隋書』에도 실려 있다.²⁾ 이 시에 대해 이규보李奎
報는 구법句法이 기고奇高하고 화려하게 꾸미지 않았으나 후대의 위미委靡
한 시가 미칠 바 아니라고 했으며,³⁾ 徐居正은 을지문덕의 오언사구五言四句
의 시가 절밀하고 주도하다고 했다.⁴⁾

◈ 진덕왕眞德王
태평송太平頌

大唐開鴻業	대당大唐이 큰 업을 열었으니
巍巍皇猷昌	높고 높은 임금의 운수가 창성하도다.
止戈戎衣定	전쟁이 그치고 융의戎衣⁵⁾로 천하를 평정했으며
修文繼百王	글을 닦아 백왕百王을 이었도다.
統天崇雨施	하늘을 거느려 우시雨施⁶⁾를 숭상하고
理物體含章	만물을 다스리는데 함장含章을⁷⁾ 본받도다.
深仁諧日用	인이 깊어 일용과 화합하며⁸⁾
撫運邁時康	운수를 어루만지는 것은 시時와 강康으로 힘쓰도다.
幡旗旣赫赫	깃발은 이미 빛났으며
鉦鼓何煌煌	징과 북소리는 어찌하여 큰가.
外夷違命者	외이外夷로서 명령을 어기는 자는

2) 『隋書』卷 60, 列傳 第 25 于仲文條.
3) 李奎報, 『白雲小說』.
4) 徐居正, 『筆苑雜記』上.
5) 군인이 싸움에서 입는 옷.
6) 『周易』乾卦에 雲行雨施에서 구름이 가면서 비를 뿌린다는 말에서 나왔음.
7) 『周易』坤卦의 含章可貞 즉 아름다움을 머금다는 것에서 나왔음.
8) 諧日月은 『三國史記』와 『大東詩選』에는 月이라 했고, 『東文選』에는 用이
   라 했는데, 참고한 책은 모두 활자본이기 때문에 어느 것을 취해야 할지,
   出典인 『周易』繫辭에 百姓은 日用而不知라 했음.

剪覆被天殃	갈기고 엎어져 천벌을 받으리라.
淳風凝幽顯	순풍淳風은 깊숙하고 나타난 곳까지 엉기었고
遐邇競呈祥	멀고 가까운 곳에서 상서로움을 다투어 드린다.
四時和玉燭	사계절마다 임금의 덕을 고루 했고
七曜巡萬方	해와 달과 별들은 만방을 두루 돈다오.
維嶽降宰輔	산악의 정기로 재상을 낳았으며
維帝任忠良	황제께서 충량한 신하에게 맡겼다.
五三成一德	삼황三皇 오제五帝와 같은 덕을 이루었으니
昭我皇家唐	우리 당唐나라 황가皇家는 밝도다.

(위와 같음)

『삼국사기三國史記』 신라 본기本紀의 기록에 따르면 당나라에 사신을 보내 백제를 격파한 것을 알리고자 했는데, 진덕왕眞德王이 오언五言 태평송太平頌을 비단에 짜서 김춘추金春秋의 아들 법민法敏을 보내 당나라 임금에게 드리고자 한다 했다.[9] 이 시의 작자에 대해 중국 『전당시全唐詩』에는 김진덕金眞德, 『동문선東文選』에는 무명씨無名氏, 『대동시선大東詩選』에는 진덕주眞德主라 했는데, 이 시는 외국에 보낸 것이므로 작자를 따로 밝히지 않았으니 진덕왕眞德王으로 하는 것이 타당할 듯하다. 그런데 김만중金萬重은 차작借作이 아닐까 의심했고,[10] 이규보李奎報는 이 작품에 대해 높게 평가했다.[11]

---

9) 『三國史記』 卷 第 5, 『新羅本紀』 第 5 眞德. 六月遣使大唐 告破百濟之衆 王織錦作五言太平頌 造春秋子法敏 以獻唐皇帝.
10) 金萬重, 『西浦漫筆』 卷 下. 新羅眞德織錦頌詩 全篇典雅 絶無夷裔氣 爾時 三韓文字 恐不能如此 無乃以金購於華人耶.
11) 李奎報, 『白雲小說』. 新羅女主太平詩 載於唐詩類記 其詩高古雄渾 比始唐諸作 不相上下.

✥ 최치원崔致遠
추야우중秋夜雨中

秋風唯苦吟	가을바람에 괴롭게 읊조리되
擧世少知音	세상에서 알아주는 사람 적다.
窓外三更雨	창밖은 삼경인데 비가 내리고
燈前萬里心.	등잔 앞에서 먼 곳을 그리워한다.

(『고운집孤雲集』 권 1)

증금천사주贈金川寺主

白雲溪畔刱仁祠	흰 구름 시냇가에 절을 지어
三十年來此住持	삼십년 동안 이곳 주지였다.
笑指門前一條路	웃으며 가리키노니 문 앞의 한 줄기 길은
纔離山下有千岐.	겨우 산 아래를 떠나면 천 가닥이 된다네.

(위와 같음)

제가야산독서당題伽耶山讀書堂

狂奔疊石吼重巒	미친 듯 돌 사이로 달려 봉우리들을 울리니
人語難分咫尺間	사람 소리 지척에서 분간하기 어렵다.
常恐是非聲到耳	항상 시비하는 소리 귀에 들림을 두려워해
故敎流水盡籠山.	일부러 흐르는 물을 시켜 온 산을 둘러싸네.

(위와 같음)

등윤주자화사登潤州慈和寺

登臨暫隔路岐塵	오르니 갈래길 먼지가 잠간 멀어졌으나
吟想興亡恨益新	흥망을 생각하니 한이 더욱 새롭다.
畫角聲中朝暮浪	대평소 소리 가운데 아침저녁 물결이며
靑山影裏古今人	푸른 산 그림자 속에 고금의 인물이라오.
霜摧玉樹花無主	서리에 꺾인 나무에 꽃은 주인이 없고
風暖金陵草自春	따뜻한 바람에 금릉의 풀은 스스로 봄이라네.
賴有謝家餘景在	사가謝家12)의 남은 경치 아직도 있어
長敎詩客爽精神.	시객에 길이 정신을 상쾌하게 한다.
	(위와 같음)

강남녀江南女

江南蕩風俗	강남은 풍속이 방탕하여
養女嬌且憐	딸을 예쁘고 곱게 기른다.
性冶恥針線	성격은 바느질하는 것을 부끄럽게 하고
粧成調管弦	화장을 하고 관현을 타게 한다.
所學非雅音	배운 것이 바른 음악이 아니기 때문에
多被春心牽	춘심春心에 많이 이끌리게 한다.
自謂芳華色	스스로 얼굴이 아름답다고 말하며
長占艶陽年	언제나 청춘일 줄 여긴다.
却笑隣舍女	도리어 이웃집 처녀가
終朝弄機杼	아침 내내 베틀에서 베 짜는 것을 비웃는다.
機杼縱勞身	베틀에서 몸이 괴롭게 베를 짜지만

---

12) 金陵은 晉나라 때 서울이었으며, 그때 謝氏와 王氏가 귀족이었다고 함.

羅衣不到汝. 　　비단옷은 너에게 가지 않는다네.
　　　　　　　　(위와 같음)

　최치원崔致遠(875~ 　)의 자는 고운孤雲이며 12세에 입당入唐하여 18세에 그곳 빈공과賓貢科에 합격했으며, 고변高騈 막부幕府에서 〈격황소서檄黃巢書〉를 지어 문명이 크게 알려졌다. 귀국하여 관직을 역임하기도 했으나 얼마 후 물러나 명산을 소요했다고 한다.

　위의 〈추야우중시秋夜雨中詩〉에 대해 허균은 최고운의 시에서 이 시의 일절이 가장 좋다고 했다.[13] 〈제가야산독서당시題伽耶山讀書堂詩〉와 〈등윤주자화사시登潤州慈和寺詩〉도 많이 알려졌으며, 〈강남녀시江南女詩〉에 대해 홍만종은 이 시에 대해 김종직은 고운이 당나라에서 벼슬하고 있을 때 삼오三吳의 여인들을 보고 지은 것이 아닌가 했으나, 자신이 볼 때 삼오의 여인뿐만 아니라, 현실에 대해 풍자하고자 지은 것이며 용어가 극히 고아古雅해 후세 사람들이 미칠 바가 아니라고 했다.[14]

✧ 최승우崔承祐

송진사조송입라부送進士曹松入羅浮

雨晴雲斂鷓鴣飛　　비 개고 구름 걷히며 자고새 나는데
嶺嶠臨流話所思　　고갯마루 시냇가에서 생각한 바를 말한다.
厭次狂生須讓賦　　염차광생[15]은 부賦 짓는 것을 사양했는데
宣城太守敢言詩　　선성태수宣城太守[16]가 감히 시를 말하랴.

---

13) 許筠, 『惺叟詩話』, 『惺所覆瓿藁』 卷25.
14) 洪萬宗, 『小華詩評』 上. 佔畢齋金宗直云 公仕于唐 此詩疑是見三吳女兒作 余觀此詩 盖有所感諷而作 非但咏三吳女兒也 辭極古雅 非後世人所可及.
15) 厭次는 고을 이름으로 前漢 때 東方朔의 고향인데, 동방삭이 자칭해서 염차광생이라고 했다 하며, 그는 賦를 잘 지었다고 한다.

休攀月桂凌天險　　달 속의 계수를 찾아 험한 하늘에 오르지 말고
好把烟霞避世危　　연하烟霞를 잘 잡고 위태한 세상을 피한다.
七十長溪三洞裏　　칠십 긴 시내와 셋 동천洞天 속이[17]
他年名遂也相宜.　　다른 해 이름 이뤄도 마땅하리라.
　　　　　　　　　　(동문선 권 12)

　최승우崔承祐에 대해 다른 기록은 볼 수 없고 『청구풍아』에 당唐나라 소종昭宗 경복景福 2년에 당나라에 들어가서 급제했다고 했다. 『동문선』에 그의 칠언률시 10수가 실려 있다.

✧ 최광유崔匡裕
정매庭梅

練艶霜輝照四隣　　비단처럼 곱고 서리 같은 빛이 주위를 비추니
庭隅獨占臘天春　　뜰 모퉁이에서 섣달의 봄을 독차지한다.
繁枝半落殘粧淺　　번화한 가지 반쯤 떨어져 남은 단장 얕아지고
晴雪初銷宿淚新　　갠 눈이 갓 녹아 묵은 눈물이 새로워졌다.
寒影低遮金井日　　찬 그림자는 금정金井의 해를 가리었고
冷香輕鎖玉窓塵　　싸늘한 향기는 창의 먼지를 막았다.
故園還有臨溪樹　　고향 냇가에 있는 나무들은
應待西行萬里人.　　서쪽으로 멀리 간 사람을 분명히 기다리겠지.
　　　　　　　　　　(동문선 권 12)

---

16) 南朝 시인 謝眺가 宣城太守를 역임했음.
17) 羅浮山은 깊고 괴기하여 그 속에 긴 시내가 70군데가 있고 洞天이 세 군데가 있다고 함.

최광유崔匡裕에 대해 『청구풍아』에 당에 들어가서 유학했다고 했으며, 『동문선』에 칠언률시 10수가 실려 있다.

✥ 박인범朴仁範
경주용삭사각겸간운서상인涇州龍朔寺閣兼簡雲栖上人

翬飛仙閣在靑冥	나는듯한 선각仙閣이 푸른 하늘에 있으니
月殿笙歌歷歷聽	월전月殿의 피리소리 역력히 들리는 듯.
燈撼螢光明鳥道	등불은 반딧불을 흔드는 듯 험한 길을 비추고
梯回虹影到巖扃	사다리는 무지개를 뻗친 듯 바위문에 이르렀다.
人隨流水何時盡	인생은 흐르는 물 따라 어느 때 그치며
竹帶寒山萬古靑	대나무는 산을 둘러 만고에 푸르다.
試問是非空色理	시비와 공색의 이치를 물어보니
百年愁醉坐來醒.	백 년 동안 취했던 시름 금방 깨었다네.

(동문선 권 12)

박인범朴仁範에 대해 『청구풍아』의 기록에 따르면 벼슬은 저작著作을 했다. 『삼국사기』에 박인범朴仁範, 김운경金雲卿, 김수훈金垂訓의 무리들이 약간의 문장이 있었다고 전하며 그들의 행적을 잃었다고 했다. 『동문선』에 최승우崔承祐, 최광유崔匡裕와 같이 칠언률시 각 10 수씩 전하고 있는데 이로써 미루어 보면 『동문선』이 편찬될 당시 그들의 작품이 상당히 전하고 있었음을 알 수 있을 듯하다.

Ⅱ

❖ 최승로崔承老
대인기원代人寄遠

一別征車隔歲來	가는 수레 한 번 이별한지 해를 넘겼는데
幾勞登覩倚樓臺	얼마나 누대에 올라 바라보고자 노력했던가.
雖然有此相思苦	비록 상사의 괴로움 이와 같을지라도
不願無功便早廻.	공 없이 빨리 돌아오는 것은 원치 않는다오.

(동문선 권 19)

최승로崔承老(927~989)는 경주인慶州人이다. 성종成宗 때 올린 시무時務 28조條가 있으며 벼슬은 수시중守侍中을 역임했다. 청하후淸河侯의 봉작을 받았고 시호는 문정文貞이다. 『고려사』의 열전에 입전立傳되었다.

❖ 최충崔沖
절구絶句

滿庭月色無烟燭	뜰에 가득한 달빛은 연기 없는 촛불이요
入座山光不速賓	자리에 들어온 산빛은 부르지 않은 손이라네.
更有松絃彈譜外	다시 소나무에서 악보 없는 곡조를 타니
只堪珍重未傳人.	다만 진중히 하고자 사람에게 전하지 못했다.

(동문선 권 19)

최충崔沖(984~1068)은 해주인海州人으로 자는 호연浩然이다. 목종穆宗 8년에 과거에 장원했으며 중서령中書令으로 치사致仕 후에도 군국軍國의 큰 일에는 자문을 받았다고 한다. 당시에 그를 해동공자海東孔子라 일컬었고 시호는 문헌文憲이며 『고려사』열전에 입전立傳(권 9)되었다. 최자崔滋는 그의 『보한집』(권 중)에 위의 절구시絶句詩를 들면서 아상출진雅尙出塵 시어청완詩語淸婉이라 했다.

✧ 박인량朴寅亮
주중야음舟中夜吟

故國三韓遠	고국의 삼한은 멀어
秋風客意多	가을바람에 나그네의 생각은 많다오.
孤舟一夜夢	외로운 배에 하룻밤 자고자 하는데
月落洞庭波.	달은 동정호 물결에 떨어지고 있다.

(소화시평 권 상)

오자서묘伍子胥廟

掛眼東門憤未消	동문에 눈을 뽑아 걸었으나 분이 풀리지 않았는데
碧江千古起波濤	천고의 푸른 강은 파도를 일으킨다.
今人不識前賢志	지금 사람들은 전현의 뜻을 알지 못하고
但問潮頭幾尺高.	다만 조수의 파도가 얼마나 높은가 묻는다.

(동문선 권 19)

사송과사주귀산사使宋過泗洲龜山寺

巉巖怪石疊成山	험한 바위 괴상한 돌이 겹쳐 산을 이루었는데
上有蓮坊水四環	그 위에 연방蓮坊이 있고 사방에 물이 둘렸다.
塔影倒江翻浪底	탑 그림자 강에 거꾸러져 물속에 일렁이고
磬聲搖月落雲間	경쇠소리 달을 흔들어 구름 사이에 떨어진다.

門前客棹洪濤疾　문 앞 나그네 탄 배에 넓은 파도가 빠르고
竹下僧棋白日閑　대나무 아래 중은 한낮에 한가롭게 바둑을 둔다.
一奉皇華堪惜別　사신으로 와서 이별하기 아까워
更留詩句約重攀.　다시 시를 남기고 뒤에 만나기를 기약한다.
　　　　　　　　(같은책 권 12)

　박인량朴寅亮(?~1096)의 자는 대천代天이며 고려사에 입전되었다. 그
는 숙종 원년에 좌복야참지정사左僕射參知正事로서 세상을 떠났으며 시
호는 문열文烈이다. 그리고 각훈覺訓의 『해동고승전海東高僧傳』(권1) 아
도조阿道條에 약안박인량수이전若按朴寅亮殊異傳이라 하여 『수이전殊異
傳』의 저자로 이야기되기도 한다. 홍만종은 그의 『소화시평』(권 상)에 〈주
중야음시舟中夜吟詩〉를 들면서 어운이 청절하여 중국 시인들과 비교할
만하다고 했다. 이규보는 〈사송과사주귀산사시使宋過泗洲龜山寺詩〉에 대
해 이 작품과 최치원의 〈윤주자화사시潤州慈和寺詩〉와 박인범의 〈경주용
삭사시涇州龍朔寺詩〉를 들면서 우리나라 사람들의 시가 중국에까지 알려
진 것은 이들 세 사람들로부터 비롯되었으니 문장이 나라를 빛내는 것이
이와 같았다고 했다.[1]

◈ 김황원金黃元

分行樓上豈無詩　분행루分行樓 위에서 어찌 시가 없으랴
留與皇華寄所思　임금의 은혜 남기고자 생각한 바를 알리겠다.
蘆葦蕭蕭秋水國　가을 호수에 갈대는 소소하며
江山杳杳夕陽時　해가 질 즈음 강산은 아득하다.

---

1) 李奎報, 『白雲小說』. 我東之以詩鳴于中國 自三子始 文章之華國有如是夫.

古人不見今空嘆   고인은 볼 수 없는데 지금 부질없이 탄식하며
往事難追只自悲   지난 일은 따르기 어려워 단지 스스로 슬퍼한다.
誰信長沙左遷客   누가 장사로 좌천하는 손을 믿어주랴[2]
職卑年老鬢毛衰.   직위도 낮고 나이 많으며 살쩍머리도 쇠했다오.
　　　　　　　　(파한집 권 하)

　김황원金黃元(1045~1117)의 자는 천민天民이며, 『고려사』에 입전되었다. 그에 대해 일찍 과거에 합격했고, 고문에 힘써 해동의 제일이라 했다. 이인로李仁老는 그가 서도西都에 안찰按擦로 나갔을 때 부벽루浮碧樓에 올라 옛 사람들의 시판을 불살라 버리고 해가 지도록 생각했으나,

長城一面溶溶水   긴 성 한 모퉁이에 물이 출렁이고
大野東頭點點山.   큰 들 동쪽에 산이 점점이 있다.

라 한 연을 짓고 생각이 말라 통곡하고 내려왔다고 했다.[3] 또 위의 시를 소개하며 당시 문인들이 화시和詩를 지은 것이 백여 수가 되었는데 이름을 분행집分行集이라고 했다.[4]

✧ 김인존金仁存
출진룡만차시문생出鎭龍灣次示門生

十年臺閣掌絲綸   십년 동안 대각에서 사륜絲綸을 맡았다가
此日飜爲閫外臣.   오늘 문득 곤외閫外의 신하가 되었다오.

---

2) 前漢 文帝 때 賈誼가 長沙太守로 좌천된 것을 말함.
3) 李仁老, 『破閑集』 卷 中.
4) 李仁老, 『破閑集』 卷 下.

諫苑未能陳讜議　간원에서 바른 의론을 드리지 못했고
塞垣聊欲掃胡塵.　변방에 호병胡兵의 먼지를 쓸고자 한다.
鬢毛早白緣憂國　살쩍머리 일찍 흰 것은 나라 근심 때문이며
涕淚難禁爲戀親.　눈물을 금하기 어려움은 어버이 생각 탓이라네.
多謝孔門諸子弟　고맙게도 공문孔門의 여러 제자들은
百壺淸酒送行人.　많은 맑은 술로 가는 사람을 전송한다.
　　　　　　　　　(동문선 권 12)

대동강大同江

雲捲長空水映天　긴 하늘에 구름이 걷히고 물에 하늘이 비쳤으며
大同樓上敵華筵　대동루 위에 화려한 잔치가 열렸다.
淸和日色篩帘幕　청화한 햇빛은 장막 틈으로 들어오고
旖旎香煙泛管絃　나부끼는 향연은 관현에 뜬다.
一帶長江澄似鏡　한 줄기 긴 강은 거울처럼 맑고
兩行垂柳遠如煙　두 줄 수양버들은 연기같이 멀다.
行看乙密臺前景　가면서 을밀대 앞의 경치를 보며
自驗十年表未然.　십년 동안 경험한 것을 미리 표해둔다.
　　　　　　　　　(위와 같음)

　김인존金仁存(?~1127)의 처음 이름은 연緣이었으며, 『고려사』 열전에
입전되었다. 요遼나라 사신 맹초孟初가 우리나라에 왔을 때 김인존金仁
存이 접반接伴을 하게 되었는데, 어느날 눈이 많이 내린 들판을 지나다가
맹초孟初가,

馬蹄踏雪乾雷動　말발굽이 눈을 밟으니 마른 우레가 움직인다.

라 하며, 그 대구를 짓게 하자 김인존金仁存이 바로,

旗尾翻風烈火飛.   깃발이 바람에 흔들리자 뜨거운 불이 난다.

라 하니, 맹초孟初가 진천재眞天才라 하며 돌아갈 때 가졌던 금대金帶를 주었다고 한다.[5]

◈ 인빈印份
우야유회雨夜有懷

草堂秋七月	초당은 가을철 칠월이요
桐雨夜三更	오동잎에 비 듣고 밤은 삼경이라오.
欹枕客無夢	베개에 의지한 나그네의 꿈은 없고
隔窓虫有聲	창 너머 벌레가 울고 있다.
淺莎翻亂滴	잔디에 물방울이 어지럽게 떨어져
寒葉洒餘清	싸늘한 잎에 시원하게 뿌린다.
自我有幽趣	내 그윽한 정취가 있기에
知君今夜情.	그대의 오늘밤 심정을 알겠네.

(파한집 권 하)

---

5) 『高麗史』列傳 卷 9 金仁存條.

동도회고東都懷古

昔年鷄貴國	옛날 계귀국鷄貴國[6]이었는데
王氣歇山河	산하에 왕기가 끊어졌구나.
代遠人安在	시대가 멀었으니 사람은 어디 있으며
江流水自波	강물은 흘러 스스로 물결을 일으킨다.
舊墟空草木	옛터에 부질없이 풀만 있고
遺俗尙絃歌	남긴 풍속은 현가絃歌를 좋아한다오.
崔薛無因見	최씨와 설씨를 볼 수 없으니
嗟嗟可奈何.	서럽지만 어찌하리오.

(동문선 권 9)

징현국사영당澄賢國師影堂

寂寞老僧影	적막한 늙은 스님의 영정
誰知是國師	누가 국사國師였음을 알아주리오.
碧苔隨地滑	푸른 이끼가 땅에 깔려 미끄럽고
落葉上階馳	낙엽은 계단 위에 딩굴고 있다.
異跡景宗代	기이한 자취는 경종景宗 임금 때였고
遺碑周佇詞	비석에 새긴 글은 주저周佇의 지은 것이라네.
住山年月久	오랜 세월 동안 이 산에 머물러 있어
檀檜老無枝.	박달나무와 전나무가 늙어 가지가 없다.

(위와 같음)

---

6) 新羅의 異稱. 머리에 닭의 깃을 꽂고 있으므로 그렇게 불렀다고 함.

인빈印份은 생몰년대를 알 수 없을 뿐만 아니라, 그에 대한 기록도『파한집破閑集』을 제외하고는 보지 못했기 때문에 그가 어느 시기의 인물인지 정확히 알 수 없다. 그러나 이인로李仁老가 그의 살던 구허舊墟를 찾았다는 기록이 있는 것을 보면 인종仁宗 이전에 생존했던 인물이 아니었던가 짐작되어 여기에 언급했다. 이인로는 그의『파한집』(권하)에서 〈우야유회시雨夜有懷詩〉를 소개하면서 그의 이름이 우리나라에서 유명하게 된 것은 이 시 때문이라고 했다. 그리고 인빈印份이 살았던 초당草堂 남루南樓 벽에,

蕉鳴箔外知山雨   발 밖에 파초잎 우는 소리에 비가 오는 것을 알겠고
帆出峰頭見海風.   봉두峰頭에 돛이 나타나자 바다 바람을 보겠다.

라 한 시구를 보고 이름이 헛되게 전하는 것이 아니라고 했다.

◈ 곽여郭輿
수가장원정상등루만조유야수기우방계이귀응제
隨駕長源亭上登樓晚眺有野叟騎牛傍溪而歸應製

太平容貌恣騎牛   태평한 모습으로 의젓하게 소를 타고
半濕殘霏過壟頭   부슬비에 반은 젖어 밭둑을 지나간다.
知有水邊家近在   물 가까이 집이 있는 것을 알겠지만
從他落日傍溪流.   지는 해를 좇아 개울 옆을 따라간다.
                『동문선』 권 19)

증청평이거사贈淸平李居士

淸平山水冠東濱	청평의 산수는 우리나라에서 으뜸인데
邂逅相逢見故人	뜻밖에 서로 옛 친구를 만나보게 되었다.
三十年前同擢第	삼십년 전에 같이 급제했고
一千里外各棲身	천리 밖에서 서로 나누어 살고 있다.
浮雲入洞曾無累	뜬 구름은 골짜기에 들어오니 더러움이 없고
明月當溪不染塵	밝은 달이 시내를 비치니 티끌에 물들지 않았다.
擊目忘言良久處	바라보고 말을 잊은 채 한참 앉았으니
淡然相照舊精神.	옛 정신을 깨끗하게 서로 비친다.

(같은책 권 12)

곽여郭輿(1058~1130)는 동산처사東山處士라 하기도 하며, 『고려사』에 따로 입전立傳되어 있지 않고 그의 아버지 곽상郭尙條에 부기附記되어 있다. 『파한집』에 그의 시에 관한 기록이 여러 곳에 있는 것을 보면 당시 문명이 상당히 높았기 때문이 아니었을까 한다.

❖ 김부식金富軾
안화사치재安和寺致齋

窮秋影密庭前樹	깊은 가을 뜰 앞 나무 그림자는 빽빽하고
靜夜聲高石上泉	고요한 밤 돌 위의 생물 흐르는 소리 높다.
睡起凄然如有雨	자다가 일어나니 처연하게 비가 오는 듯해
憶曾蘆葦宿漁船.	일찍 갈대 속 고깃배에 자던 생각난다오.

(동문선 권 19)

감로사차혜원운甘露寺次惠遠韻

俗客不到處	속객이 이르지 않는 곳에
登臨意思淸	오르니 마음이 맑구나.
山形秋更好	산은 가을이 되자 더욱 좋고
江色夜猶明	강빛은 밤에 오혀려 밝다오.
白鳥孤飛盡	백조는 외롭게 날아 가버리고
孤帆獨去輕	배는 홀로 가볍게 떠났다.
自慙蝸角上	부끄럽게도 위태로운 세상에서
半世覓功名.	반생동안 공명을 찾았다오.

(같은책 권 9)

결기궁結綺宮

堯階三尺卑	요임금 뜰은 낮기 석자였으나
千載餘其德	길이 그 덕을 남기었고
秦城萬里長	진秦 시황始皇의 성은 만리로 길었으나
二世失其國	이세二世에 나라를 잃었다.
古今靑史中	옛날과 오늘의 역사에서
可以爲觀式	가히 법이 될 수 있을 것이다.
隋王何不思	수왕隋王은 어찌 생각하지 못하고
土木竭人力.	토목으로 백성의 힘을 말렸던가.

(같은책 권 4)

관란사루觀瀾寺樓

六月人間暑氣融	유월은 더위가 한창인데
江樓終日足淸風	강루에서 종일 청풍을 맞이했다.
山容水色無古今	산과 물은 고금이 없으나
俗態人情有異同	인정과 세속은 다르고 같은 것이 있다.
舴艋獨行明鏡裏	작은 배는 홀로 맑은 물속으로 가고
鷺鷥雙去畵圖中	해오라기는 짝을 지어 그림 속으로 날아간다.
堪嗟世事如銜勒	아! 세상은 자갈과 굴레 같은 것으로서
不放衰遲一禿翁.	대머리 늙은이를 놓아주지 않는다.

(같은책 권 12)

등석燈夕

城闕沈嚴更漏長	성궐이 깊고 엄한데 경루소리 길며
燈山火樹粲交光	등산의 불빛이 어울려 찬란하다.
綺羅縹緲春風細	봄바람에 비단옷은 너울거리고
金碧鮮明曉月涼	서늘한 새벽달에 금벽金碧빛이 선명하다.
華蓋正高天北極	어좌御座는 하늘의 북극성처럼 높고
玉爐相對殿中央	옥로玉爐는 대궐 중앙에 마주해 있다.
君王恭默疎聲色	군왕이 공묵恭默해 성색을 멀리하니
弟子休誇百寶粧.	이원제자梨園弟子는 백보장百寶粧을 자랑마오.

(같은책 권 12)

　　김부식金富軾(1075~1151)은 『고려사』열전에 입전되었고, 숙종肅宗 때 문과에 급제했다. 인종 14년에 묘청妙淸이 서경에서 반란을 일으키자 원수가 되어 평정했다고 하며, 인종 23년에 『삼국사기』의 편찬이 완료되었다고 한다.

　　〈감로사차혜원운시甘露寺次惠遠韻詩〉에 대해 홍만종은 사물에 얽매이지 않고 깨끗한 의취를 풍긴다고 했다.7) 〈등석시燈夕詩〉에 대해 서거정徐居正은 내용이 엄정嚴正하고 전실典實해 참으로 덕이 있는 자의 말이라고 했고,8) 홍만종洪萬宗도 말이 극히 전실典實하다고 했다.9) 〈결기궁시結綺宮詩〉는 오언고시五言古詩로서 군왕에 대한 감계적鑑戒的인 내용이 강하게 반영된 작품이다.

　　김부식은 고려조의 그 시기를 대표하는 문인의 한 사람으로서 시에서도 그의 비중이 적지 않았겠지만, 산문에서 신라로부터 그때까지 유행해 오던 변려문騈儷文에서 고문체古文體로 개혁을 최초에 주도했던 인물로서 우리 한문학사에서 큰 비중을 가지는 인물이다.

✿ 정지상鄭知常
대동강大同江

雨歇長堤草色多	비 갠 긴 언덕에 풀빛은 많이 푸른데
送君南浦動悲歌	그대 남포로 보내니 슬픈 노래 절로 난다오.
大同江水何時盡	대동강 물은 어느 때 다할 것이냐
別淚年年添綠波.	해마다 눈물은 흘러 강물을 더할 것이라네.

　　　　　　　　　　(동문선 권 18)

---

7) 洪萬宗, 『小華詩評』上. 松都甘露寺詩曰 … 亦脩然出塵之趣
8) 徐居正, 『東人詩話』卷 上. 燈夕詩 … 詞意嚴正典實 眞有德者之言也.
9) 洪萬宗, 『小華詩評』卷 上. 金侍中富軾燈夕詩 … 詞極典實.

서도西都

紫陌春風細雨過	화려한 거리 봄바람 불고 가는 비 내린 뒤
輕塵不動柳絲斜	먼지도 일지 않고 버들가지 늘어졌다.
綠窓朱戶笙歌咽	푸른 창 붉은 집에 피리소리 요란한 곳은
盡是梨園弟子家.	모두 이원제자梨園弟子들의 집이라네.
	(위와 같음)

취후醉後

桃花紅雨鳥喃喃	복숭아꽃 붉은 비에 새들은 저저귀며
繞屋靑山閒翠嵐	집을 둘러싼 푸른 산에 아지랑이 아른거린다.
一頂烏紗慵不整	이마에 비스듬한 오사모烏紗帽 그대로 쓴 채
醉眠花塢夢江南.	취해 꽃동산에서 졸며 강남을 꿈꾼다오.
	(위와 같음)

영죽詠竹

脩竹小軒東	긴 대나무가 소헌小軒 동쪽에
蕭然數十叢	쓸쓸하게 수십 떨기가 있다.
碧根龍走地	푸른 뿌리는 땅에서 용처럼 달리고
寒葉玉鳴風	차가운 잎은 바람에 맑은 소리가 난다.
秀色高群卉	빼어난 색깔은 뭇 풀에 으뜸이고
淸陰拂半空	맑은 그늘은 반공에서 떨친다.
幽奇不可狀	그윽하고 기이한 자태 표현하기 어려우며
霜夜月明中.	서리 내린 밝은 달밤에 서 있다오.
	(『보한집補閑集』 권 상)

장원정長源亭

嵬嶢雙闕枕江濱　우뚝 솟은 쌍궐雙闕이 강둑을 베고 있고
淸夜都無一點塵　맑은 밤에 티끌은 한 점도 없다.
風送客帆雲片片　바람 실은 돛은 구름처럼 펄럭이고
露凝宮瓦玉鱗鱗　이슬 맺힌 기와는 옥비늘 같이 번쩍인다.
綠楊閉戶八九屋　푸른 버들 속 문을 닫은 팔 구 채의 집
明月捲簾三兩人　밝은 달빛 아래 발 걷고 두서너 사람 앉았다.
縹緲蓬萊在何處　아득한 봉래산이 어느 곳에 있다던고
夢闌黃鳥囀靑春.　꿈을 깨니 봄날에 꾀꼬리가 울고 있다.
(동문선 권 12)

개성사팔척방開聖寺八尺房

百步九折登巑岏　백보 굽은 길을 따라 가파른 산을 오르니
家在半空唯數間　반공에 있는 집은 몇 칸뿐이네.
靈泉澄淸寒水落　맑은 샘에서 찬물이 떨어지고
古壁暗淡蒼苔斑　낡고 어두운 벽에 푸른 이끼만 아롱졌다.
石頭松老一片月　바위 머리 늙은 소나무에 한 조각달이 걸렸고
天末雲低千點山　하늘 끝 구름이 낮은 곳에 많은 산이 있다오.
紅塵萬事不可到　속세의 모든 일들이 가히 이르지 못해
幽人獨得長年閒.　유인만이 오랫동안 한가함을 얻었다.
(동문선 권 12)

월영대月影臺

碧波浩渺石崔嵬	푸른 파도 아득하고 바위는 우뚝 솟아
中有蓬萊學士臺	그 가운데 신선이 머물은 학사대가 있다오.
松老壇邊蒼蘇合	늙은 소나무 담장에 푸른 이끼 끼었고
雲低天末片帆來	하늘 끝 구름 밑에 한 척 배가 떠온다.
百年風雅新詩句	한 평생 시작詩作에 시구는 새로웠고
萬里江山一酒杯	넓은 세상에 한 잔 술로 달랜다오.
回首鷄林人不見	계림鷄林을 돌아보니 사람은 간 곳 없고
月華空炤海門曲.	달빛만 부질없이 굽은 해문海門을 밝힌다.

(보한집 권 상)

정지상鄭知常(?～1135)은 문명이 높았고 역임한 관직도 낮지 않았는데 묘청妙淸의 난에 연루되어 처형되었기 때문인지 고려사 열전 묘청조妙淸條에 부기附記되어 있다. 그 내용에 따르면 그의 초명初名은 지원之元이었으며, 어렸을 때부터 총명이 뛰어나 시에 능한 것으로 이름이 있었다. 과거에 장원했으며 벼슬은 기거주起居注를 역임했다.[10] 그리고 이인로는 그의 인물에 대해 이름은 말하지 않고 성만 들면서 그가 조정에 있을 때 곧은 말을 하여 옛날 유명했던 간신諫臣의 풍모가 있었다고 했다.[11]

그의 〈송인시送人詩〉에 대해 최자는 당시에 기발奇拔한 작품이라 한다 했고,[12] 허균許筠은 지금도 절창이라고 하면서 연광정에 많이 걸려 있는 시들을 중국 사신이 그곳을 지날 때는 모두 철거하고 단지 이 시만 걸어 두었

---

10) 『高麗史』列傳 卷 40, 叛逆 妙淸條. 知常初名之元 少聰悟有能詩聲 歷官至起居注.
11) 李仁老, 『破閑集』 卷 下. 其後赴上都擢高第 出入省闈 謇謇有古諍臣風.
12) 崔滋, 『補閑集』 上. 當時以爲警策.

다고 했다.13) 남용익은 고려조의 여러 형식의 시 가운데 가장 우수한 작품으로 오언률시五言律詩로는 목은 이색의 〈작과영명사시昨過永明寺詩〉이고 칠언절구로는 정지상의 〈송인시送人詩〉라는 것이 이미 정론定論으로 되어 있다고 했다.14)

그리고 이 시의 결구結句에 『동문선』에는 첨록파添綠波라 했고 『파한집』과 『보한집』에는 첨작파添作波라 했는데, 이제현은 정지상의 시 別淚年年 添作波를 연남燕南 양재梁載가 일찍 이 시를 쓰면서 창록파漲綠波라 했으나 작作과 창漲 두 자가 모두 온당하지 못하고 첨록파添綠波가 좋을 것이라고 했다.15)

〈서도시西都詩〉에 대해 서거정은 서도西都의 번화한 기상을 이 사구四句로써 모두 표현했으니 뒤의 작가들은 그 근처에도 접근하지 못할 것이라 했다.16) 그리고 〈취후시醉後詩〉에 대해 신흠申欽은 착상이 기발奇拔하고 말이 아름다워 우리나라의 시 가운데 비교할 만한 작품이 드물 것이라고 했다.17) 〈영죽시詠竹詩〉는 최자의 『보한집』에 정지상의 우수한 작품들을 들어 이야기하는 가운데 들어있는 작품으로서 대나무의 형상과 자태의 빼어남과 어려움에도 변하지 않고 정절貞節을 지키고 있다는 것을 찬미한 것이다.

오늘날 전하는 정지상의 시에서 많이 알려진 작품으로 절구絶句로는 〈송

13) 許筠, 『惺叟詩話』, 『惺所覆瓿藁』 卷 25. 鄭大諫西京詩 曰雨歇長堤草色多 … 至今稱爲絶唱 樓船題詠 値詔使之來 悉撤去之 而只有此詩.
14) 南龍翼, 『壺谷詩話』. 前朝各體中 壓卷之作 五言律 則牧隱永明寺 七言絶 則 鄭知常雨歇長堤草色多 已有定論.
15) 李齊賢, 『櫟翁稗說』. 鄭司諫知常云 … 別淚年年添作波 燕南梁載嘗寫此詩 作別淚年年漲作波 予謂作漲二字皆未圓 當是添綠波耳.
16) 徐居正, 『東人詩話』 卷 下. 鄭司諫西都詩 … 西都繁華氣象 四句盡之 後之作 者 無能闖其藩籬.
17) 申欽, 『晴窓軟談』. 高麗鄭知常之桃花紅雨鳥喃喃 … 警拔藻麗 我東之詩 鮮 有可比.

인시送人詩〉, 율시律詩로는 〈장원정시長源亭詩〉가 아닌가 한다. 이인로는
이 시의 함련頷聯과 경련頸聯을 들면서 그의 시어詩語가 표일飄逸하고 깨끗
함이 이와 같다고 했고,[18] 허균도 정지상의 시가 고려 문학이 전성기였을 때
도 가장 아름다웠으며, 전하는 작품이 매우 적으나 작품이 모두 절창이 아닌
것이 없으며 이 시의 함련과 경련을 들며 신일神逸하다고 했다.[19] 〈개성사
팔척방시開聖寺八尺房詩〉에 대해 최자는 이 시의 경련을 들면서 말의 뜻이
청절淸絶함을 좋아하여 때때로 읊으며 완상한다고 했으며,[20] 서거정은 석두
송로石頭松老 등과 같은 구가 나오자 사람들이 놀라며 당세에 회자되어
다른 우수한 작품들을 압도했다고 했다.[21] 〈월영대시月影臺詩〉는 『보한
집』에 실려 있는데,[22] 월영대月影臺는 경남慶南 마산馬山 합포만合浦灣에
있는 것으로 최치원崔致遠이 그곳에 와서 노닐었다고 한다.

---

18) 李仁老, 『破閑集』 卷 下. 嘗扈從長源亭題詩云 … 其語飄逸出塵 皆類此.
19) 許筠, 『惺叟詩話』, 鄭大諫詩 在高麗盛時最佳 流傳者絶少 篇篇皆絶唱也 始
　　風送 … 方神逸也.
20) 崔滋, 『補閑集』 卷 上. 鄭舍人知常 題八尺房云 石頭 … 予嘗愛其辭意淸絶
　　時時吟翫.
21) 徐居正, 『東人詩話』 卷 上. 如石頭松老 … 等句 出口驚人 膾炙當世 可以一
　　洗空群矣.
22) 『補閑集』에는 詩題를 月詠臺라 했으나 詠이 아니고 影字이다.

Ⅲ

✜ 임춘林椿

문앵聞鶯

田家甚熟麥將稠　전가에 오디 익고 보리가 한물이 되고자 하는데
綠樹初聞黃栗留　푸른 나무에서 처음으로 꾀꼬리 우는 소리 들린다.
似識洛陽花下客　낙양洛陽의 꽃 아래 손을 아는 듯
殷勤百囀未能休.　은근히 울고 울어 쉬지를 않는다.
(『청구풍아靑丘風雅』 권 6)

다점주면茶店晝眠

頹然臥榻便忘形　몸을 던져 평상에 누워 문득 이 형상을 잊었더니
午枕風來睡自醒　한낮 베개에 바람 불어 잠이 절로 깨었다.
夢裏此身無處着　꿈 속에 이 몸이 머물 곳이 없었으니
乾坤都是一長亭.　건곤이 모두 하나의 長亭이라네.
　　　　(위와 같음)

　임춘林椿에 대해 『청구풍아』에 그의 자는 기지耆之 서하인西河人이며 두
번 과거를 보았으나 합격하지 못했다. 무인武人의 난에 전 가족이 화를 입게
되었는데 그는 도망쳐 화를 면했으며 궁하게 살다가 죽었다고 했다. 임춘은
이인로 등과 같이 죽림고회竹林高會의 한 사람이다.

✥ 김극기金克己
어옹漁翁

天翁尙不貰漁翁	천옹天翁1)이 아직도 어옹에게 너그럽지 않아
故遣江湖少順風	짐짓 강호에 순풍을 적게 보낸다.
人世險巇君莫笑	사람세상 험한 것을 그대는 웃지 마오
自家還在急流中.	자신도 도리어 급류 속에 있다네.

（『동문선東文選』 권 19）

도중즉사途中卽事

一徑靑苔濕馬蹄	한 줄기 길에 푸른 이끼 말발굽을 적시는데
蟬聲斷續路高低	매미소리는 끊어졌다 이어졌다, 길은 높고 낮다.
窮村婦女猶多思	산골 부녀는 생각이 많아
笑整荊釵照柳溪.	웃으며 나무비녀 바로하고 버들개울에 비쳐본다.

（위와 같음）

잉불역仍弗驛

悠悠山下路	길고 긴 산 아래 길에
信轡詠涼天	말을 믿고 서늘한 날씨에 시를 읊는다.
水有含芒蟹	물에는 가시랭이 물고 있는 게가 있고
林無翳葉蟬	숲 속에는 매미를 가리는 잎이 없다.
溪聲淸似雨	시냇물 소리는 빗소리처럼 맑고
野氣淡如煙	들기운은 연기같이 담담하다.

---

1) 하늘을 의인화하여 부르는 말.

入夜投孤店　　　밤이 되자 외로운 가게에 들어가니
村夫尙未眠.　　　촌 지아비는 아직도 자지 않는구나.
　　　　　　　　　(같은 책 권 9)

촌가村家

靑山斷處兩三家　　푸른산 끊어진 곳에 두서너 집
抱壟縈回一徑斜　　언덕을 안고 돌아 한가닥 길이 비껴있다.
讖雨癈池蛙閣閣　　비 오련다고 웅덩이에 개구리가 울고
相風高樹鵲査査　　바람을 점쳐 높은 나무에 까치가 지저귄다.
境幽楊巷埋荒草　　버들 늘어선 그윽한 골목은 풀속에 묻혀 있고
人寂柴門掩落花　　사람도 고요한 사립문은 낙화에 가리었다.
塵外勝遊聊自適　　진세 밖에 노닐면서 스스로 즐기며
笑他奔走覓紛華.　　분주하게 분화함을 찾는 것이 우습다오.
　　　　　　　　　(같은 책 권 13)

　　김극기金克己에 대해 『대동시선』에 경주인慶州人으로 고종 때 한림翰林을 했다고 했다. 김종직은 그의 『청구풍아』에 〈어옹시漁翁詩〉를 실으며 그 후미에 다른 사람들은 어옹漁翁의 한가한 재미를 많이 말하고 있으나 이 시에서는 반대로 그 위험함을 말하고 있다고 하며 칭찬했다.[2] 서거정은 이 시에 대해 말의 뜻이 깊고 멀며 끝구가 더욱 교묘하다고 했다.[3]

---

2) 金宗直, 『靑丘風雅』 卷 6. 他人多咏漁父閑趣 此詩乃飜案 言其危險
3) 徐居正, 『東人詩話』 卷 下. 語意深遠 末句尤妙.

✿ 이인로李仁老
서천수승원벽書天壽僧院壁

待客客未到	손을 기다렸으나 손은 오지 않고
尋僧僧亦無	스님을 찾았는데 스님도 또한 없다오.
唯餘林外鳥	오직 숲 밖의 새만 남아서
款曲勸提壺.	관곡款曲하게 술 들기를 권한다.[4]

(동문선 권 19)

산거山居

春去花猶在	봄은 갔으나 꽃은 아직 있고
天晴谷自陰	하늘은 갰는데 골짜기는 아직 침침하다.
杜鵑啼白晝	두견새가 한낮에 울어
始覺卜居深.	비로소 깊은 골짜기에 사는 것을 깨달았다오.

(위와 같음)

소상야우瀟湘夜雨

一帶滄波兩岸秋	한줄기 푸른 파도 양쪽 언덕 가을인데
風吹細雨灑歸舟	바람이 가랑비를 불어 가는 배에 뿌린다.
夜來泊近江邊竹	밤이 되어 강변 대숲 가까이 오니
葉葉寒聲摠是愁.	잎마다 찬 소리가 모두 근심이라네.

(같은 책 권 20)

---

4) 提壺는 새 이름이면서 술병을 이끌다는 뜻도 된다.

내정사비유감內庭寫批有感

孔雀屛深燭影微	공작 병풍 그윽한 곳에 촛불은 희미하고
鴛鴦睡美豈分飛	원앙새 단잠에서 어찌 헤어져 나르랴.
自憐憔悴靑樓女	스스로 가여워하노니 파리한 청루의 처녀가
長爲他人作嫁衣.	언제나 남의 시집갈 옷만 지어주고 있나뇨.

(위와 같음)

만흥謾興

境僻人誰到	궁벽한 곳에 어느 누가 오겠는가
春深酒半酣	봄이 한창인데 술이 거나했다.
花光迷杜曲	꽃빛은 두곡杜曲5)으로 혼돈하게 하고
竹影似城南	대 그림자는 성남城南6)과 비슷하다.
長嘯愁無四	휘파람 길게 부니 사수四愁7)가 없어졌고
行歌樂有三	다니며 노래하니 삼락三樂8)이 있다.
靜中滋味永	고요한 가운데 재미가 길어지는데
豈是世人諳.	어찌 세상 사람이 이 마음을 알겠는가.

(같은 책 권 9)

---

5) 唐나라 때 杜氏가 많이 살던 곳으로 꽃이 많았다고 함.
6) 당나라 韓愈와 孟郊가 城南에서 聯句를 지었는데, 첫 머리에 대 그림자
는 금이 반짝인다는 句가 있다고 함.
7) 後漢 張衡이 四愁詩를 지었다고 함.
8) 『家語』에 있는 말로서 榮啓期가 말한 즐거움에서 사람이 된 즐거움, 사
내로 태어난 즐거움, 나이 95세까지 산 즐거움을 말함.

유지리산遊智異山

頭流山逈暮雲低	두류산이 멀어 저녁 구름 나직하니
萬壑千巖似會稽	만학 천암이 회계會稽와 비슷하다.
策杖欲尋靑鶴洞	지팡이 짚고 청학동靑鶴洞⁹⁾을 찾고자 하는데
隔林空聽白猿啼	건너 숲에 흰 원숭이 우는 소리 들린다.
樓臺縹緲三山遠	누대는 아득한데 삼신산三神山은 멀고
苔蘚依俙四字題	이끼 낀 사자 글씨 아직도 희미하다.
試問仙源何處是	선원仙源이 어디냐 묻고자 했더니
落花流水使人迷.	꽃 지고 흐르는 물이 아득하게 한다.

(같은 책 권 13)

이인로李仁老(1152~1220)는 뛰어난 문재로 과거에 장원하여 우간의대부 右諫議大夫를 역임했으며 『고려사』 열전에 입전되었다.¹⁰⁾

〈서천수승원벽시書天壽僧院壁詩〉에 대해 서거정은 옛날에 시를 평하는 자들이 시는 묘사하기 어려운 형상을 선명하게 본 것처럼 표현하며, 말을 아껴 言外에서 볼 수 있게 하는 것이 매우 좋은 작품이라고 했는데, 내가 이 작품에서 그와 같은 것을 발견할 수 있다고 했다.¹¹⁾ 〈산거시山居詩〉에 대해 홍만종은 혹사당가酷似唐家라 했다.¹²⁾ 〈소상야우시瀟湘夜雨詩〉에 대해 서거정은 이인로의 소상팔경瀟湘八景의 절구가 청신 부려하고 묘사가 뛰어났다고 했다. 서거정의 이러한 논평은 〈야우시夜雨詩〉에 국한된 것이 아니고 팔경시八景詩 전체를 대상으로 한 것이겠지만 서거정의 논평이 〈야우시夜

---

9) 會稽는 중국에 있는 지명이며, 靑鶴洞은 지리산에 있다는 仙境을 말함.
10) 『高麗史』 列傳 卷 15, 李仁老條.
11) 徐居正, 『東人詩話』 卷 上. 李大諫仁老題天水寺壁云 … . 古之評者 以謂詩 能狀難寫之景 如在目前 含不書之意 見於言外 然後爲至 予於此詩見之矣.
12) 洪萬宗, 『小華詩評』 卷 上.

雨詩)를 대상으로 한 느낌이 들 정도로 이 작품에 논평이 적중한 것으로 생
각된다. 〈내정사비유감시內庭寫批有感詩〉에 대해　허균은 이인로가 오래
동안 제고制誥에 있으면서 승진이 되지 못하고 동제同儕들은 모두 높은 벼
슬에 올라 자신과 많은 차이가 있으므로 느낀 바 있어 이 작품을 지었을 것
이라 했다.13)

✦ 유승단俞承旦
혈구사穴口寺

地縮兼旬路	땅을 열흘 길이나 줄이었고
天低近尺鄰	하늘이 낮아 가까운 이웃인 듯하다.
雨宵猶見月	비오는 밤에 달을 보겠고
風晝不蹄塵	바람 부는 낮에도 먼지를 밟지 않는다.
晦朔潮爲曆	초하루 그믐은 조수가 책력이 되고
寒暄草記辰	더위와 추위는 풀이 철을 기록한다.
干戈看世事	세상일을 보니 전쟁뿐인데
堪羨臥雲人.	구름에 누워 있는 사람이 매우 부럽다.

(『청구풍아靑丘風雅』 권 3)

숙보령현宿保寧縣

晝發海豊郡	낮에 해풍골을 출발해
侵宵到保寧	밤이 될 즈음 보령에 도착했다.
竹鳴風警寢	바람이 대나무를 울게 하여 잠을 깨우고

---

13) 許筠, 『惺叟詩話』. 李大諫直銀臺作詩曰 … 盖大諫久屈於兩制 尚未登庸 而
　　同儕皆涉揆路 感而有此作也.

雲泣雨留行	구름이 울어 비의 갈 길을 머물게 한다.
暮靄頭仍重	저녁 안개에 머리가 몹시 무겁더니
朝暾骨乍輕	아침 해 뜨니 뼈가 잠깐 가벼워진다.
始知身老病	비로소 알았노니 늙고 병든 몸이
唯解卜陰晴.	날이 갤지 흐릴지를 점치듯 알아맞힌다.

(위와 같음)

유승단兪承旦은 고려사에 입전(권15)되어 있다. 그 내용에 따르면 그의 처음 이름은 원순元淳이며 인동인仁同人이다. 벼슬은 예부시랑禮部侍郞 참지정사參知政事를 역임했으며 시호는 문안文安이다. 김종직은 『청구풍아(권 3)』에 〈혈구사시穴口寺詩〉의 함련이 높은 곳에 있는 절을 표현한 것으로 말의 뜻을 스스로 구분했다고 했으며, 〈숙보령현시宿保寧縣詩〉에 대해 공의 시가 표현에 교묘하면서 다듬은 흔적이 없다고 했다.

✧ 김인경金仁鏡
내직內直

銀臺承制五更來	은대銀臺에 명령을 받고 오경에 오니
月在西南玉漏催	달은 서남에 있고 누수는 재촉한다.
再拜請將金鑰出	두 번 절하고 금열쇠를 받아 가지고 나와
千門萬戶一時開.	천문만호가 일시에 열린다.[14]

(청구풍아 권 6)

김인경金仁鏡은 『고려사』에 입전(권15)되어 있는데, 그의 처음 이름은

---

14) 새벽이 되면 承旨가 열쇠를 받아 가지고 나와 궁궐 문을 연다고 함.

량경良鏡이며 경주인慶州人이다. 명종 때 과거에 급제했으며 고종 때 거
란契丹과의 싸움에 공이 있었다고 한다. 벼슬을 중서시랑평장사中書侍郞
平章事를 역임했으며 시호는 정숙貞肅이다. 그는 문무文武와 이재吏才
에까지 능했으며 시사詩詞가 맑고 새로웠는데 더욱 근체시에 교묘했다고
한다. 김종직은 『청구풍아』에서 〈내직시內直詩〉의 승구承句에 대해 구
가 맑고 아름답다고 했다.

◈ 오세재吳世才

극암戟巖

北嶺石巉巉	북쪽 재에 바위가 높고 높아
邦人號戟巖	나라사람들이 창바위라 부른다.
逈捲乘鶴晋	학을 탄 왕자진王子晋15)을 멀리 가게 하고
高刺上天咸	천상의 함지咸池16)를 높게 찌른다.
柔柄電爲火	자루를 부드럽게 하는 데는 번개가 불이 되고
洗鋒霜是鹽	칼날을 씻는 데는 서리가 소금이 되었다.
何當作兵器	어떤 병기를 만들 수 있으랴
亡楚却存凡.	초楚를 멸망하고 문득 평범하게 있다오.

(『역옹패설櫟翁稗說』)

오세재吳世才의 자는 덕전德全이며 고창인高敞人이다. 명종 때 과거에
급제했으며, 죽림고회竹林高會의 한 사람이다. 이규보는 그가 북산北山에
올라 극암戟巖을 제목으로 하여 사람을 시켜 운을 부르게 했는데 그 사람이
고의로 험한 운을 부르니 오세재吳世才가 지어 말하기를 … 그 후 북조北朝

---

15) 周 靈王의 태자로서 직간하다가 폐출되었으며, 笙을 잘 불었다고 함.
16) 해가 지는 곳 서쪽 바다를 말함.

의 사신이 시에 능한 사람이었는데, 이 시를 듣고 아름다움을 감탄하며 이 사람이 살았는가 지금 무슨 벼슬을 하고 있는가 볼 수 있는가 하고 물었으나 우리나라 사람이 멍하게 대답이 없었다고 했는데, 권력에 어두움이 이와 같았으니 가탄스럽다고 했다.[17]

✧ 이규보李奎報
산석영정중월山夕詠井中月

山僧貪月色	스님이 달빛을 탐스러워 하여
幷汲一瓶中	물과 함께 항아리에 길어왔다.
到寺方應覺	절에 와서 깨달은 바 있어
瓶傾月亦空.	병을 쏟으니 달도 없었다.

(『동국이상국집東國李相國集』 후집後集 권1)

북산잡제北山雜題

山花發幽谷	꽃이 깊은 골짜기에 피어
欲報山中春	산중의 봄을 알리려 한다.
何曾管開落	피고 지는 것을 어찌 관리하고자 하는가
多是定中人.	다수의 사람들이 정중定中[18]에 있는데.

(같은책 전집 권 5)

---

17) 李奎報,『白雲小說』. 及登北巖 欲題戟巖 使人呼韻 其人故以險韻呼之 吳題日 … 其後 有北朝使能詩人 聞此詩 再三歎美 問是人在否 今作何官 儻可見之耶 我國人茫然無以對 余聞之 曰何不道今之制誥學士耶 其眛權如此可歎.
18) 불교에서 坐禪하면서 三昧에 있는 상태를 말함.

하일즉사夏日卽事

輕衫小簟臥風櫳	적삼 입고 대자리로 난간에 누었다가
夢斷啼鶯三兩聲	꾀꼬리 우는 소리에 꿈을 깨었다.
密葉翳花春後在	짙은 숲속에 핀 꽃은 아직도 남았으며
薄雲漏日雨中明.	엷은 구름 뚫은 해는 빗속에 밝다오.

(같은책 권 2)

춘일방산사春日訪山寺

風和日暖鳥聲喧	바람도 순한 따스한 봄날 새소리 요란한데
垂柳陰中半掩門	수양 그늘 속에 문은 반쯤 닫혔다.
滿地落花僧醉臥	땅에 가득한 낙화에 중은 취해 누었으니
山家猶帶太平痕.	산가에 오히려 태평 흔적 띠었다.

(같은책 권 14)

차운윤학록춘효취면次韻尹學錄春曉醉眠

睡鄕偏與醉鄕隣	수향睡鄕과 취향醉鄕이 이웃했는지
兩地歸來只一身	두 곳을 가고 오는 것은 단지 한 몸이라네.
九十日春都是夢	구십일 동안의 봄도 모두 꿈이었으니
夢中還作夢中人.	꿈속에서 다시 꿈속 사람 되었다네.

(같은책 권 2)

구품사九品寺

山險馬頻蹶	산이 험해 말이 자주 미끄러지고
路長人易疲	길이 멀어 사람이 쉽게 피곤해졌다.
驚鼺時入草	놀란 다람쥐는 때때로 풀 속으로 들어가고
宿鳥已安枝	자고자 하는 새는 이미 가지에 앉았다.
虛閣秋來早	빈 집에 가을이 일찍 오고
危峯月上遲	높게 솟은 봉우리에 달도 늦게 오른다.
僧閑無一事	중은 한가하여 하는 일이 없는가
除却點茶時.	점다點茶[19]할 때를 제하고.

(같은책 권 6)

견탄犬灘

淸曉發龍浦	맑은 새벽에 용포를 출발하여
黃昏泊犬灘	황혼에 견탄에 다다랐다.
黠雲欺落日	간교한 구름은 지는 해를 속이고
狼石捍狂瀾	험상궂은 돌이 미친 물살을 막는다.
水國秋先冷	수국水國에 가을이 먼저 서늘하고
船亭夜更寒	선정船亭은 밤에 다시 차다.
江山眞勝畫	강산이 진실로 그림보다 아름다우니
莫作畫屛看.	병풍으로 그려 보지 말아다오.

(위와 같음)

---

19) 물을 끓인 다음 차를 넣는 것을 말함.

이규보李奎報(1168~1241)의 자는 춘경春卿 호는 백운거사白雲居士며 『고려사』 열전에 입전되었다. 그는 명종 때 과거에 급제했으며 관직은 태자소부太子少傅 참지정사參知政事 문하시랑평장사門下侍郞平章事를 역임했다. 그의 인물에 대해 열전의 기록에 따르면 그의 성격이 활발하여 생업에 관심을 두지 않고 술을 좋아했으며, 시문을 저작할 때는 옛 사람의 글에 따르지 않고 독창적이었고 과거를 세 번 관장하여 명사를 많이 얻었다고 했다.[20]

〈산석영정중시山夕詠井中詩〉에 대해 이수광은 이 시에 차운한 최립崔笠의 시를 들면서 두 작품이 하늘과 땅과의 차이가 있다고 했다.[21] 〈하일즉사시夏日卽事詩〉에 대해 허균은 이규보의 시가 부려富麗 횡방橫放하다고 하며 이 시를 들며 독지상연讀之爽然이라 했다.[22] 〈춘일방산사시春日訪山寺詩〉에 대해 필자는 일찍 반엄문半掩門을 굳게 닫힌 것도 활짝 열린 것도 아니면서 승취와僧醉臥와 더불어 분위기를 조성하는데 절묘한 표현이 아닌가 했다.[23] 〈춘효취면시春曉醉眠詩〉에 대해 최자崔滋는 이규보의 이 시와 비슷한 시제로 지은 김극기金克己, 임춘林椿의 시를 들면서 이규보의 시가 더욱 뛰어나다고 했다.[24] 김종직은 그의 『청구풍아(권6)』에 이 시를 소개하면서 장자莊子를 본받았다고 했는데, 장자십론莊子十論에 있는 장주몽접莊周夢蝶을 지칭한 것이 아닌가 한다. 〈구품사시九品寺詩〉에 대해 김종직은 끓인 물에 차를 넣는 것을 일이 있다고 했으니 승가僧家의 한미閑味를 알 수 있다고 했다.[25]

20) 『高麗史』 列傳 卷 15, 李奎報條. 性豁達不營生業 肆酒放曠 爲詩文不踏古人
　　畦徑 橫鶩別駕 汪洋大肆 一時高文大册 皆出其手 三掌禮闈 所得多名士.
21) 李睟光, 『芝峯類說』卷 11 文章部 6 東詩.
22) 許筠, 『惺叟詩話』, 『惺所覆瓿藁 』 卷 25.
23) 車溶柱, 『李奎報 研究』 『韓國漢文學作家研究』 Ⅰ 아세아문화사 2009.9.73.
24) 崔滋, 『補閑集』 卷 中. 金詩意雜是卽事 林李兩詩 意專睡起 李詩尤可警.
25) 金宗直, 『靑丘風雅』 卷 3. 以點茶爲有事 僧家之閑味可知.

❖ 진화陳澕

야보野步

小梅零落柳僛垂	매화는 떨어지고 버들은 어지럽게 드리웠는데
閑踏靑嵐步步遲	한가롭게 푸른 산 아지랑이 밟으며 걸음마다 더디다.
漁店閉門人語少	고기잡이 집에는 문을 닫고 사람소리 작은데
一江春雨碧絲絲.	강에 내리는 봄비는 줄기마다 푸르다.

(『매호유고梅湖遺稿』)

유오대산遊五臺山

畵裏當年見五臺	그때 그림 속의 오대산을 보았을 적에는
浮空蒼翠有高低	공중에 솟은 푸른 봉우리가 높았다 낮았다 했다.
今來萬壑爭流處	지금 와서 골짜기마다 물이 다투어 흐른 곳에
自覺穿雲路不迷.	구름을 뚫은 길이 낯설지 않은 것을 스스로 알았다.

(위와 같음)

춘만제산사春晚題山寺

雨餘庭院簇莓苔	비 내린 정원에 이끼들이 무성하고
人靜雙扉晝不開	사람은 고요해 낮에도 두 문짝이 닫혔다.
碧砌落花深一寸	푸른 섬돌에 떨어진 꽃이 일촌이 되는데
東風吹去又吹來.	동풍에 날아갔다가 또 오기도 한다.

(위와 같음)

월계사루상만조月溪寺樓上晚眺

小樓高倚碧屛顔	작은 다락이 푸른 산에 의지해 솟았는데
雨後登臨物色閑	비 온 뒤에 오르니 경치가 한가하구나.
帆帶綠煙歸遠浦	돛은 푸른 연기를 띠고 먼 포구로 돌아가고
潮穿黃葦到前灣	조수는 누른 갈대숲을 뚫고 앞 물굽이에 이르렀다.
水分天上眞身月	하늘의 진신眞身인 달을 물이 나누어 가졌고
雲漏江邊本色山	강변의 본색인 산은 구름 사이로 나타난다.
客路幾人閒似我	여행길에 뉘가 나와 같이 한가하랴
曉來吟到晚鴉還.	새벽에 읊던 것을 저녁 갈까마귀 올 때까지 한다.

(위와 같음)

진화陳澕의 호는 매호梅湖이며 시로서 유명했다. 『고려사』에 따로 입전되어 있지 않고 그의 조부 진준조陳俊條에 부기되어 있는데, 관직은 직한림원直翰林院 우사간지제고右司諫知制誥를 역임했고, 시를 잘 해 사어詞語가 맑고 아름다워 젊었을 때 이규보와 함께 이름이 가지런하다고 했다.[26]

위의 〈야보시野步詩〉에 대해 서거정은 그의 『동인시화』에서 이규보의 〈하일즉사시夏日卽事詩〉와 같이 들면서 두 시는 맑고 새로우며 어지럽게 하고(幻眇) 한가로운 맛이 있으며 작품의 운과 격이 한 사람의 손에서 나온 것과 같아 비록 작품에 대해 평을 잘하는 자라 할지라도 쉽게 우렬을 가리기 어려울 것이라 했다.[27] 허균도 이 시를 들면서 맑고 굳세어 읊을 만하다[28] 했다. 최자는 〈유오대산시遊五臺山詩〉에 대해 이 시는 옛사람이 이른바 대

---

26) 『高麗史』 列傳 卷 13, 陳俊條. 澕選直翰林院 以右司諫知制誥知公州卒 少與 李奎報齊名 時號李正言陳翰林.

27) 徐居正, 『東人詩話』卷 下. 兩詩淸新幻眇 閑遠有味 品藻韻格如出一手 雖善 論者 未易伯仲也.

28) 許筠, 『惺叟詩話』. 淸勁可咏.

경상화對境想畵라 한 것이라 했으며,[29] 이수광도 진화陳澕의 시가 매우 청
려淸麗하다고 하며 〈유오대산시遊五臺山詩〉를 들었다.[30] 최자는 〈춘만제산
사시春晚題山寺詩〉에 대해 전결양구轉結兩句를 들면서 이러한 구격句格은
바로 노유老儒의 말이라고 했다.[31]

❖ 김지대金之岱

수헐원도중愁歇院途中

花落鳥啼春睡重	꽃은 지고 새가 울어 봄 졸음이 무겁고
煙深野濶馬行遲	연기는 깊고 들은 넓어 말 걸음이 더디다.
碧山萬里舊遊遠	푸른 산 만 리에 예 놀던 곳이 먼데
長笛一聲何處吹.	긴 피리소리는 어느 곳에서 부나뇨.
	(동문선 권 20)

유가사瑜伽寺

寺在煙霞無事中	노을과 안개가 고요한 가운데 절이 있어
亂山滴翠秋光濃	산에 어지럽게 가을빛이 무르익어 스며든다.
雲間絶磴六七里	구름 사이 가파른 길이 육칠 리나 되고
天末遙岑千萬重	하늘 끝에 멀고 높은 산이 천만 겹이라네.
茶罷松簷掛微月	차를 들고 나면 처마에 가는 달이 걸려있고
講闌風榻搖殘鍾	강강이 끝나자 서늘한 자리에 종소리 들려온다.
溪流應笑玉腰客	시냇물은 벼슬한 손이

---

29) 崔滋, 『補閑集』 卷 中.
30) 李睟光, 『芝峯類說』 卷 13.
31) 崔滋, 『補閑集』 卷 中. 此等句格 乃老儒語也

欲洗未洗紅塵蹤.　　홍진紅塵의 자취를 씻지 못하는 것을 웃으리라.
　　　　　　　　　　(같은책 권 14)

　　김지대金之岱(1190～1260)는 청도인淸道人이며 『고려사』 열전에 입전되
었다. 그의 인물 성격에 대해 풍모가 괴이하고 기개가 있고 큰 뜻을 가졌으
며, 힘써 공부해 글에 능했다고 했다.[32] 관직은 정당문학政堂文學 이부상서
吏部尚書와 수태부중사시랑평장사守太傅中事侍郎平章事를 역임했으며 시
호는 영헌英憲이다.

✥ 곽예郭預

상연賞蓮

賞蓮三度到三池　　연꽃을 구경하러 세 번째 삼지에 이르니
翠蓋紅粧似舊時　　푸른 잎과 붉은 꽃이 예와 같구나.
唯有看花玉堂老　　오직 꽃을 구경하는 옥당의 늙은이 있어
風情未減鬢如絲.　　풍정은 줄지 않았으나 살쩍머리는 희었다.
　　　　　　　　　　(동문선 권 20)

동교마상東郊馬上

信馬尋春事　　　　말 가는대로 봄소식 찾아가니
牛兒方力耕　　　　소들이 바야흐로 힘써 밭을 갈고 있다.
鳥鳴天氣暖　　　　날씨가 따뜻하니 새들이 울고
魚泳浪紋平　　　　물결이 잔잔한데 고기들이 놀고 있다.
野蝶成團戲　　　　들 나비는 무리를 지어 희롱하고

---

32) 『高麗史』 列傳 卷 15 金之岱條. 風姿魁梧 偶儻有大志 力學能文.

沙鷗作隊行	사장의 갈매기는 떼를 지어 간다.
自嫌隨燕雀	제비와 새들을 따라다니는 자신이
不似鷺鷥淸.	해오라기처럼 맑지 못함을 혐의한다오.

(같은책 권 9)

곽예郭預(1232~1286)의 자는 선갑先甲이며 청주인淸州人이다. 『고려사』 열전에 입전되었다. 그의 인물에 대해 성격이 강직하면서도 겸손해 높은 직위에 있을 때도 벼슬하지 않았을 때와 같았으며, 글씨를 잘 써 당시의 서체를 일변시켰다고 했다.[33] 과거에 장원했으며 벼슬은 밀직사사密直司事를 역임했다. 홍만종은 그의 『소화시평』(권 상)에서 〈상연시賞蓮詩〉에 대해 기상이 넓고 질편해 지금도 상상할 수 있다고 하며 높게 평가했다.

❖ 이장용李藏用
자비령慈悲嶺

慈悲嶺路十八折	자비령 고갯길 열여덟 굽이에
一劍橫當萬戈絶	한 칼 비껴들면 만부의 창을 막으리라.
如今四海自昇平	지금은 온 세상이 태평하니
空有杜鵑啼落月.	부질없이 두견새가 지는 달에 울고 있다.

(동문선 권 20)

---

33) 『高麗史』列傳 卷 19 郭預條. 爲人平淡勁直 謙遜樂易 雖至貴顯 如布衣時 善屬文 書法瘦勁 成一家體 當世効之.

자관自寬

萬事唯宜一笑休	만사는 오직 한 번 웃고 그치는 것이 마땅하나니
蒼蒼在上豈容求	푸른 하늘이 어찌 구하는 것을 용납하랴.
但知吾道何如耳	다만 오도吾道가 어떠함을 알 뿐이요
不用斜陽獨倚樓.	사양에 홀로 누에 기대는 것은 하지 않는다오.

(동문선 권 20)

이장용李藏用(1201~1272)의 자는 현보顯甫이고 고종 때 과거에 급제했으며 『고려사』 열전에 입전立傳되었다. 그의 인물에 대해 경사經史를 두루 보았고 음양陰陽과 의력醫曆에 이르기까지 통하지 않은 것이 없었으며 문장도 맑고 섬부하다고 했다.[34] 중사시랑평장사中事侍郎平章事를 역임했다. 서거정은 〈자관시自寬詩〉의 결구結句에 대해 깊은 의미가 있다고 했으며,[35] 김종직도 역시 의미가 있고 깊다고 했다.[36]

✜ 김구金坵
낙리화落梨花

飛舞翩翩去却回	펄펄 날아 춤추고 가다가 다시 돌아오며
倒吹還欲上枝開	거꾸로 불다가 다시 가지에 올라 피려 한다.
無端一片粘絲綱	무단히 한 조각이 실그물에 걸리면
時見蜘蛛捕蝶來.	때로는 거미가 나비인 양 잡으러 오는 것을 보겠다.

(동문선 권20)

---

34)『高麗史』列傳 卷 15. 李藏用條.
35) 徐居正,『東人詩話』卷 下. 末句深遠有味
36) 金宗直,『靑丘風雅』卷 7. 意味悠長.

　　김구金坵(1211~1278)의 자는 차산次山이며 『고려사』 열전에 입전되었다.
그의 인물에 대해 성격이 지성스럽고 자랑하지 않으며 말이 적었으나 국사를
논할 때는 정직하며 피하지 않았다고 했다.[37] 역임한 중요관직은 상서좌복
야尙書左僕射, 중서시랑평장사中書侍郎平章事였다.

◈ 권부權溥

사원우음士園偶吟

龍岫山前春雨過	용수산龍岫山 앞에 봄비가 지나가니
繞山溪石水聲多	산을 둘러 흐르는 내에 물소리가 많다.
淸和天氣宜風詠	맑은 날씨에 시 읊는 것이 마땅해
步上園亭坐晩霞	걸어 원정園亭에 올라 늦은 안개에 앉았다.

　　　　　　　　(대동시선 권 1)

　　권부權溥의 호는 국재菊齋, 안동인安東人이다. 문과에 급제했고 벼슬은
대제학을 역임했으며 시호는 문정文正이다.

IV

◈ 이제현李齊賢

마하연암摩訶演菴

山中日亭午	산중에 해가 한 낮인데
草露濕芒屨	풀에 맺힌 이슬에 신발이 젖었다.
古寺無居僧	옛 절에 거처하는 스님은 없고
白雲滿庭戶.	흰 구름만 뜰에 가득하다.

(『익재집益齋集』 권 3)

어기만조漁磯晩釣

魚兒出沒弄微瀾	어린 고기 출몰하여 잔물결 희롱하는데
閒擲纖鉤柳影間	한가롭게 가는 낚시 버들그림자 사이에 던졌다.
日暮欲歸衣半濕	날이 저물어 돌아가려하니 옷이 반쯤 젖었고
綠煙和雨暗前山.	푸른 연기 비와 함께 앞산을 어둡게 한다.

(위와 같음)

만성謾成

老去功名念自輕	늙을수록 공명에 생각이 적어
且將幽事送餘生	고요한 일로 여생을 보내고 싶다.
池邊翦葦看雲影	못가의 갈대 갈기어 구름 그림자 보고
窓下移蕉聽雨聲.	창 밑에 파초 옮겨 빗소리 듣는다.

(위와 같음)

산중설야山中雪夜

紙被生寒佛燈暗	지피紙被에 찬 기운 생기고 불등은 어두운데
沙彌一夜不鳴鍾	사미가 밤 내내 종을 치지 않는다.
應嗔宿客開門早	자던 손이 일찍 문을 열었다고 응당 꾸짖겠지만
要看庵前雪壓松.	암자 앞 눈에 눌린 소나무를 보고자 하네.

(위와 같음)

경사득구사진京師得舊寫眞

我昔留形影	옛날 이 초상을 남길 때
靑靑兩鬢春	푸르고 푸른 두 살쩍 머리가 봄이었다오.
流傳幾歲月	이 초상이 얼마동안 흘러 전해 왔는가
邂逅尙精神	우연히 다시 보니 정신은 아직 그대로였다.
此物非他物	이 물건이 다른 물건이 아니고
前身定後身	내 전신이 바로 이 후신이라네.
兒孫渾不識	아이와 손자들은 전혀 모르겠는지
相問是何人.	서로 누구냐 하며 묻는다.

(동문선 권 9)

다경루설후多景樓雪後

樓高正喜雪滿空	높은 누에 오르자 공중에 가득한 눈이 기쁘더니
晴後奇觀更不同	갠 뒤에 또 다른 기관奇觀이라네.
萬里天圍銀色界	만리의 하늘은 은세계를 둘렀고
六朝山擁水精宮	육조六朝[1]의 산들은 수정궁水精宮을 안았다.

光搖醉眼滄溟日   서늘한 바다의 햇빛이 취한 눈을 흔들고
淸透詩腸草木風   초목에 부는 바람은 맑음이 시장詩腸에 스며든다.
却笑區區何事業   우습게도 무슨 사업을 구구하게 하고자
十年揮汗九街中.   십년 동안 번잡한 거리에서 땀 흘리며 다녔나뇨.
                    (같은책 권15)

　이제현李齊賢(1287~1367)의 자는 중사仲思 호는 익재益齋이며, 『고려사』 열전에 입전되었다. 열전에 그의 인물에 대한 기록을 들어보면 다른 사람들의 잘한 일을 칭찬하기 좋아했고 선배들이 해 놓은 일은 작은 일이라 할지라도 미치기 어렵다고 생각했으며 말과 행동이 침착하다고 했다.[2] 그리고 이색李穡은 그가 오조五朝에 걸쳐 상위相位에 있었고 네 번이나 총재冢宰를 했으니 국민들에는 다행이었지만 사문斯文의 발전에는 지장이 없지 않았다. 그러나 국민들이 태산처럼 우러러 보았고 문장도 미루靡陋한 것에서 탈피하여 이아爾雅하게 된 것은 모두 선생의 노력이라 했다.[3] 그리고 충선왕忠宣王이 연경燕京에 있을 때 호종하고 있으면서 그곳 학자들과 교유하게 되었으며, 또 충선왕이 천촉川蜀에 유배되어 있을 때 그곳에까지 찾아갔다고 한다. 문집 『익재란고益齋亂藁』가 전하며 시호는 文忠이다.

　이제현李齊賢은 시와 산문에서 모두 능했다고 하는데, 그의 시에서 가장 많은 주목을 받은 작품은 〈산중설야시山中雪夜詩〉가 아닌가 한다. 서거정은 이 시에 대해 산가山家의 눈 내린 밤의 기이한 취미를 잘 표현했기 때문에 사람으로 하여금 깊은 밤에 이슬이 치아와 뺨 사이에서 나게 한다고 했다.[4]

---

1) 중국에 吳, 晋, 宋, 齊, 梁, 陳을 말한 것임.
2) 『高麗史』 列傳 卷 23, 李齊賢條. 人有片善 稱譽惟恐不聞 先輩遺事雖細 以爲難及 平生未嘗疾言遽色.
3) 李穡, 『益齋先生亂藁序』, 『益齋亂藁』 卷頭. 相五朝 四爲冢宰 東民則幸矣 其如斯文何 雖然東人仰之如泰山 學之士 去其靡陋 而稍爾雅 皆先生化之也.

김종직은 이 시의 전구轉句에 대해 속세의 사람들이 산가山家의 청경淸景을 누설하기 때문에 미워한다고 한 것은 말의 뜻이 새롭다는 것이라 했다.[5] 그리고 이 시의 후미에 세상에서 말하기를 익재가 평생 동안 지은 시를 졸옹拙翁 최해崔瀣에게 보내 평을 해 주기를 부탁했더니 졸옹이 다른 시는 모두 지워버리고 이 시만 남겨 보냈다고 했다.[6] 그리고 〈경사득구사진시京師得舊寫眞詩〉는 『동문선』에 시제가 없고 소서小序가 있다. 그 내용을 들어보면 자신이 충선왕忠宣王을 호종하여 강남江南에 갔을 때 충선왕이 화공을 불러 초상을 그리게 했는데, 그것을 가지고 오지 못하고 잃었다가 32년 후에 중국에 사신으로 가서 다시 찾았다고 했다.[7] 위의 시제詩題는 『대동시선』에서 이 시를 실으면서 붙인 것이 아닌가 한다.

✧ 김방경金方慶
제복천영호루題福川映湖樓

山水無非舊眼靑	산과 물은 옛날 보던 푸른 산이 아님이 없고
樓臺亦是少年情	누대樓臺 역시 소년 때 느꼈던 정이라오.
可憐故國遺風在	가련하게도 고국의 유풍이 남아 있으니
收拾絃歌慰我情.	옛날 부르던 노래를 찾아 내 정을 위로하리라.

(대동시선 권1)

　　김방경金方慶의 자는 본연本然이며 안동인安東人이다. 벼슬은 평장사平章事를 역임했고 시호는 충열忠烈이다.

---

4) 徐居正, 『東人詩話』卷 下. 能寫出山家雪夜奇趣 讀之令人沆瀣 生牙頰間.
5) 金宗直, 『靑丘風雅』卷 6. 惡俗子漏泄山家淸景也 語意新.
6) 위와 같음. 世言益齋 以平生所作 付崔拙翁 要其評點 翁全槩塗末 只有此詩以還.
7) 『東文選 』卷 9 五言律詩條.

✥ 최사립崔斯立
대인待人

天壽門前柳絮飛	천수문天壽門 앞에 버들솜이 날 때
一壺來待故人歸	술 한 병 가지고 와서 친구를 기다린다.
眼穿落日長程晚	눈을 뜨니 해는 떨어지고 먼 길은 저물었는데
多少行人近却非.	얼마의 다니는 사람들은 가까이 오면 아니라네.

(동문선 권 20)

최사립崔斯立에 대한 기록을 보지 못했기 때문에 그의 인물은 알 수 없다. 서거정은 이 시에 대해 사람들이 이르고자 하나 이르지 못한 것을 말했으므로 많은 사람들의 입에 전해 왔다고 했다.[8]

✥ 최해崔瀣
사호귀한四皓歸漢

漢用奇謀立帝功	한漢이 그의 꾀를 사용해 제업帝業을 이루었으니
指麾豪傑似兒童	호걸들 지휘하기를 아이들 부리듯 했다.
可憐皓首商山客	가련하게도 상산商山의 흰 머리의 손도
亦墮留侯計畫中.	역시 유후留侯[9]의 계획 속에 떨어졌다네,

(동문선 권 20)

---

8) 徐居正,『東人詩話』卷 上. 能道人欲道不道處 萬口傳誦.
9) 漢 高祖의 謀臣 張良의 봉작.

현재설야縣齋雪夜

三年竄逐病相仍　삼년을 쫓겨 다니면서 병이 서로 겹쳤으며
一室生涯轉似僧　일실의 생애가 중과 같다오.
雪滿四山人不到　사방 산에 눈은 가득하고 사람이 오지 않는데
海濤聲裏坐挑燈.　바다 파도 소리 속에 앉아 등불을 돋운다.
　　　　　　　　(위와 같음)

　최해崔瀣의 자는 언명彦明 호는 졸옹拙翁이며 元의 제과制科에 합격했
다. 서거정은 그의 인물에 대해 재주가 기이하고 뜻이 높았으며 방탕하고 무
리를 짓지 않았다고 했다.10)그리고 〈사호귀한시四皓歸漢詩〉를 들면서 좋
아한다고 하며 원元나라 조자앙趙子昻의 〈사호시四皓詩〉에서 말구末句가
한 사람의 손에서 나온 것과 같으나 그가 원나라에 들어가서 제과制科에 합
격한 것이 조자앙趙子昻과 같은 시기였으므로 모방도 가능했겠지만 그의 굳
센 성격으로 어찌 같은 시기의 사람이 지은 바를 모방했겠느냐 했다.11)

✥ 이곡李穀
도중피우유감途中避雨有感

甲第當街蔭綠槐　사통거리의 좋은 집 푸른 느티나무가 덮었으니
高門應爲子孫開　위품 높은 자가 분명히 자손 위해 지었을 것이다.
年來易主無車馬　몇 년 사이 주인이 바뀌고 수레와 말도 없고
惟有行人避雨來.　오직 지나가는 사람이 비를 피하기 위해 찾는다.
　　　　　　　　(청구풍아 권 6)

---

10) 徐居正, 『東人詩話』卷 上. 才奇志高 放蕩不群.
11) 徐居正, 『東人詩話』卷 上.

설야소작雪夜小酌

臘近纔呈瑞	섣달이 가깝자 눈이 겨우 상서로움을 보이니
冬溫不失和	겨울이 따뜻해 화기和氣를 잃지 않았다.
履聲人起早	신 밟는 소리 들리니 사람이 일찍 일어났고
篆迹鳥留多	전자篆字같은 자취에 새가 많이 머물렀다.
舊業餘書榻	옛 업은 책상만이 남았고
歸期誤釣蓑	돌아갈 기약은 낚시와 도롱이를 저버렸다.
擁爐俱是客	화로를 둘러앉은 이 모두 나그네들인데
奈欠酒錢何.	술값이 모자라니 어찌하랴.

(같은책 권 3)

임오세한식壬午歲寒食

官路從來足是非	벼슬길이 내려오면서 시비가 많은 것인데
更堪親老遠庭闈	늙은 부모를 멀리 떠나는 것을 다시 견디랴.
已從客路逢寒食	이미 객지에서 한식을 만났으니
也任京塵染素衣	서울 먼지가 흰옷을 물들이게 되었다.
細雨忽來驚節換	가는 비가 갑자기 내리자 계절이 바뀐 것에 놀랐고
落花如掃惜春歸	낙화도 쓴 듯해 가는 봄이 아깝다.
忍貧要趁良辰醉	가난을 참고 좋은 날에 취하고자 하나
鬢髮多情心事違.	다정했던 젊은 시절과는 마음이 어긋난다오.

(『대동시선大東詩選』 권 1)

이곡李穀(1298~1351)의 자는 중부仲父 호는 가정稼亭이며, 『고려사』에 입전되었다. 그는 우리나라 과거에 합격했고, 원元의 제과制科에도 합격하여

한림국사원 翰林國史院 검열관檢閱官에 임명되었다고 한다. 그의 인물에 대
해 중국 문사들과 교유하면서 학문이 더욱 깊었고 문장도 빨리 쓰면서 전아
典雅하고 고고高古했기 때문에 원나라 선비들도 그를 외국 사람으로 보지
않았다. 성격이 강직하고 단정해 사람들의 존경을 받았다.[12] 김종직은 그의
『청구풍아』에 〈도중피우유감시途中避雨有感詩〉를 실으면서 후대에 사치한
것을 좋아하며 자손을 가르치지 않는 자가 경계함을 알 것이라 했다.

❖ 왕백王伯
산거춘일山居春日

村家昨夜雨濛濛　　촌가 어젯밤에 부슬비 내려
竹外桃花忽放紅　　대밭 밖의 복숭아꽃이 갑자기 피었다.
醉裏不知雙鬢雪　　취한 속에 두 살쩍마리 흰 것을 알지 못하고
折簪繁蕚立東風.　　번화한 꽃송이 꺾어 머리에 꽂고 동풍에 섰다.
　　　　　　　　　(『대동시선大東詩選』 권 1)

　　왕백王伯은 강릉인이며 과거에 급제했고, 벼슬은 밀직부사密直副使를 역
임했다.

---

12) 『高麗史』列傳 卷 22. 李穀條. 穀與中朝文士 交遊講劘 所造盆深 爲文章操
筆立成 辭嚴義奧 典雅高古 不敢以外國人視之 … 性端嚴剛直 人皆敬之.

❖ 안축安軸
시일과고산역是日過孤山驛

破驛依山麓	허물어진 역이 산기슭에 의지해
居民勢可憐	살고 있는 백성들의 형편이 가련하다.
薄田荒不種	메마른 밭이 거칠어 심을 수 없고
浦戶索無烟	포구의 집에는 연기를 볼 수 없다.
吏酷豹當路	혹독한 관리는 앞을 막은 표범 같아
飽食得安眠	언제 배부르게 먹고 편안히 자랴.

(『근재집謹齋集』 권 1)

안축安軸(1287~1348)의 자는 당지當之 호는 근재謹齋이며 『고려사』에 입전되었다. 원元나라 제과制科에 합격했고 벼슬은 찬성사贊成事를 역임했으며 시호는 문정文貞이다. 그의 인물에 대해 마음가짐이 공정하고 생활이 근검했으며 백성들 가운데 억울하게 노예가 된 자가 있으면 반드시 밝혀 풀어주게 했다고 한다.[13]

❖ 한종유韓宗愈
한양촌장漢陽村庄

十里平湖細雨過	십리 펀펀한 호수에 부슬비 지나가고
一聲長笛隔蘆花	긴 피리 소리 갈대꽃을 격해 들린다.
直將金鼎調羹手	금정金鼎에 국을 끓일 솜씨를 가지고
閒把漁竿下晩沙.	한가롭게 낚싯대 잡고 저문 사장으로 내려간다.

(대동시선 권 1)

---

13) 『高麗史』 列傳 卷 22. 安軸條. 處心公正 持家勤儉 … 凡民之屈抑爲奴者 必理而良之.

　한종유韓宗愈의 자는 사고師古 호는 복재復齋이며 한양인漢陽人이다. 벼슬은 정승에 이르렀고 시호는 문절文節이다.

❖ 홍간洪侃

조조마상早朝馬上

紫翠橫空澗水流	붉고 푸른 산은 공중에 비꼈고 시냇물은 흐르는데
風烟千里似滄洲	천리의 풍연은 창주滄洲와 같다.
石橋西畔南臺路	돌다리 서쪽 남대南臺의 길에서
拄笏看山又一秋.	홀笏을 괴고 산을 바라본 것이 또 한 번 가을이라네.

（『홍애유고洪崖遺藁』）

설雪

晚來江上數峰寒	늦게 강상의 봉우리들이 차갑더니
片片斜飛意思閑	눈이 조각조각 비껴 날아 생각이 한가롭구나.
白髮漁翁靑篛笠	청약靑篛의 삿갓 쓴 백발의 어옹이
豈知身在畫圖間.	어찌 자신이 그림 속에 있음을 알겠는가.

（위와 같음）

과룡흥계유감정이몽암過龍興溪有感呈李蒙庵

憶昔前遊二十年	이십년 전 옛날 놀았던 것 생각하니
舊時風物故依然	그때의 풍물은 전과 다름없다오.
一溪流水渾無賴	시내에 흐르는 물은 전혀 믿을 수 없어
只送詩斑到鬢邊	다만 시 짓느라 살쩍머리만 아롱지게 보낸다.

（동문선 권 20）

홍간洪侃(? ~ 1304)의 자는 평보平甫 호는 홍애洪崖이며 풍산인豊山人으로 관직은 도첨의사인都僉議舍人을 역임했다. 이제현李齊賢은 홍간洪侃의 시에 대해 그의 시가 나올 때마다 누구나 할 것 없이 기뻐하며 전했다고 했으며,[14] 홍만종은 고려 때의 문인들이 모두 소동파蘇東坡 시를 좋아하여 삼십삼인의 동파가 나왔다고 했으나 오직 홍애洪崖만은 당조唐調를 깊게 얻어 송시宋詩의 기습을 벗어났으며 그의 〈조조마상시早朝馬上詩〉는 격운格韻이 청월淸越하여 깨끗하다고 했다.[15]

◈ 안유安裕
유감有感

香燈處處皆祈佛	곳곳에 향등은 부처에 빌고
絲管家家競祀神	집집이 푸닥거리 소리 귀신에 제사한다.
惟有數間夫子廟	오직 몇 칸 있는 부자묘夫子廟에는
滿庭秋草寂無人.	뜰에 가을 풀만 가득하고 사람 없이 고요하다.

(대동시선 권 1)

안유安裕는 흥주인興州人이고 과거에 급제했으며 집현태학사集賢太學士를 역임했다. 시호는 문성文成이며 문묘文廟에 배향되었다.

---

14) 李齊賢, 『櫟翁稗說』 後. 洪平甫侃 每出一篇 人無賢愚 皆喜傳之.
15) 洪萬宗, 『小華詩評』 卷 上. 麗朝皆尙東坡 至於大比有三十三東坡之語 獨洪崖先祖 深得唐調 擺脫宋人氣習 其早朝馬上詩 … 格韻淸越 不雜塵累.

◈ 정포鄭誧

서강잡흥西江雜興

靑山似畵滿蓬窓	그림같은 푸른 산은 봉창에 가득하고
細雨如絲灑石矼	실처럼 가는 비는 돌다리에 뿌린다.
已是夜闌淸不寐	이로써 밤 깊도록 잠들지 못했으니
舟人更唱禮成江.	뱃사람은 다시 예성강禮成江16)을 노래한다.

(『설곡집雪谷集』 권 하)

제양주객사벽題梁州客舍壁

五更燈影燭殘粧	오경의 등불 그림자 일그러진 단장을 비추는데
欲話別離先斷腸	이별을 이야기하려니 먼저 창자가 끊어진다.
落月半庭推戶出	뜰에 지는 달빛에 문을 열고 나가니
杏花疎影滿衣裳.	살구꽃 성긴 그림자 옷에 가득하다.

(위와 같음)

계미중구癸未重九

地僻秋將盡	궁벽한 곳에 가을이 다하려 하니
山寒菊未花	산이 추워 국화가 피지 못했다.
病知心愈苦	병으로 마음이 더욱 괴로움을 알겠고
貧覺酒難賒	가난해 술은 사기 어려움을 느꼈다.
野路天容大	들길이 하늘을 크게 용납했고
村墟日脚斜	마을터에 햇발이 비꼈다.

---

16) 樂府에 禮成江曲이 있다고 함.

客懷無以遺　　나그네 회포를 줄 곳이 없어
薄暮過田家.　　저물려 할 즈음 농가를 지났다.
　　　　　　　　(위와 같음)

　　정포鄭誧(1309~1345)의 자는 중부仲孚 호는 설곡雪谷이다. 과거에 급제
했고 원나라에 서장관으로 가기도 했으며 역임한 관직은 간의대부諫議大夫
였다고 한다. 이색李穡은 그의 시에 대해 맑으면서 파리하지 않고 화려하나
음하지 않으며 사기辭氣가 맑고 심원하다고 했다.[17] 그리고 서거정은 정포
鄭誧의 시에서 〈양주객관별정인시梁州客館別情人詩〉가 더욱 청절淸絶하면
서 일시의 정경情境을 잘 묘사했다고 했다.[18]

❖ 설손偰遜
과영성구호過營城口號

雲深沙路淨無泥　　구름 짙은 모랫길은 진흙 없이 깨끗하고
碧草如茵散馬蹄　　푸른 풀은 담요같아 말발굽이 미끄러진다.
五月營城涼似水　　오월의 영성이 물과 같이 시원하며
冥冥山雨杜鵑啼.　　어두운 산에 비가 내리는데 두견이 운다.
　　　　　　　　(『대동시선大東詩選』 권 1)

---

17) 李穡, 『牧隱文藁』 卷 7. 予觀雪谷之詩 淸而不苦 麗而不淫 辭氣雅遠.
18) 徐居正, 『東人詩話』 卷 下. 梁州客館別情人詩 … 鄭詩尤淸絶 能寫出一時情
　　境.

의수부도의사擬戍婦擣衣詞

皎皎天上月	하늘에 뜬 밝고 밝은 달이
照此秋夜長	이 긴 가을밤을 비춘다.
悲風西北來	슬픈 바람은 서북쪽에서 불어오고
蟋蟀鳴我床	귀뚜라미는 내 평상에서 운다.
君子遠行役	군자는 멀리 수자리로 나가고
賤妾守空房	첩이 빈 방을 지킨다.
空房不足恨	빈 방은 한스럽지 않으나
感子寒無裳.	추운데 옷이 없는 것이 걱정된다오.
	(위와 같음)

설손偰遜의 자는 공원公遠 호는 근사재近思齋이다. 회골인回鶻人으로 원元의 진사進士이며 공민왕 때 피적동래避賊東來했다고 한다.

◈ 이색李穡

전가田家

一犁微雨暗田家	긴 장마에 전가가 어두운데
桃杏成林路自斜	도행桃杏의 숲 속에 길은 비껴 있다.
歸跨老牛蓑半濕	늙은 소 타고 돌아가는데 도롱이가 반이나 젖었고
陂塘處處泛殘花.	언덕과 못 곳곳에 남은 꽃이 떠 있다.
	(『목은고牧隱藁 시고詩藁』 권 16)

소우小雨

細雨濛濛暗小村	가랑비 내려 마을이 어두운데
餘花點點落空園	남은 꽃은 빈 동산에 점점이 떨어졌다.
閑居剩得悠然興	한가롭게 살면서 유연한 흥을 많이 얻어
有客開門去閉門.	손이 오면 문 열고 가면 닫는다.

(『시고詩藁』권 21)

방밀성양박선생訪密城兩朴先生

碧桃花下月黃昏	벽도화碧桃花 밑에 달은 황혼인데
爭挽長條雪洒樽	긴 가지 당기니 꽃이 눈처럼 술통에 뿌린다.
當日同遊幾人在	그때 같이 놀던 사람 몇이나 있는가
自憐携影更敲門.	그림자 이끌고 다시 찾는 것이 가엽다네.

(『동문선東文選』권 22)

부벽루浮碧樓

昨過永明寺	어제 영명사永明寺를 지나면서
暫登浮碧樓	잠간 부벽루에 올랐다.
城空月一片	성은 비었는데 한 조각달이며
石老雲千秋	오래된 바위에 구름은 항시 끼었다.
麟馬去不返	인마麟馬는 가서 돌아오지 않고
天孫何處遊	천손天孫[19]은 어느 곳에서 노니는고.

---

19) 金宗直은『靑丘風雅』에서 고구려 麟馬는 東明王이 기린을 타고 朝天했다
고 함. 河伯의 딸인 柳花가 햇빛을 쪼이고 임신했기 때문에 天孫이라 한

長嘯倚風磴	휘파람 불며 산비탈에 서니
山靑江自流.	산은 푸르고 강만 스스로 흐른다.

(『시고詩藁』 권 2)

조행早行

凌晨問前路	일찍 일어나 앞길을 물으니
曉色未全分	새벽이 아직 완전히 되지 않았다.
帶月馬頭夢	달빛 아래 말을 타고 졸며
隔林人語聞	건너 숲 속에서 사람 소리 들린다.
樹平連野霧	나무에서 들에까지 안개가 연했고
風細起溪雲	미풍에 구름은 냇가에서 인다.
已過三河縣	이미 삼하현三河縣을 지났으니
丹心秖在君.	마음은 오로지 임금에 있다오.

(『시고詩藁』 권 2)

즉사卽事

幽居野興老彌淸	깊숙한 곳에 사니 야흥野興이 늙을수록 맑아
怡得新詩眼底生	신시新詩를 얻어 눈에 기쁜 표정이 난다.
風定餘花猶自落	바람이 자도 남은 꽃은 떨어지고
雲移小雨未全晴	구름은 가는데 가랑비는 완전히 개지 않는다.
墻頭粉蝶別枝去	담장머리 흰 나비는 가지를 떠나고
屋角錦鳩深樹鳴	집 모퉁이의 비둘기는 깊은 나무에서 운다.
齊物逍遙非我事	제물齊物과 소요逍遙[20]는 내 일이 아니며

다고 함.

鏡中形色甚分明.   거울에 비친 내 행색이 매우 분명하다네.
(같은 책 권 21)

자경사동귀도중작自京師東歸途中作

病裏情懷每自悲   병 중에 정회가 매양 스스로 슬퍼지니
蒼天肯復管安危   창천이 다시 안위를 관리하는 것을 즐거워하는가.
時時對鏡憐黃瘦   때때로 거울 보며 누렇게 여윈 것이 가엽고
事事臨機恨白癡   일마다 기회 만나면 백치白癡된 것이 한스럽다.
頗信流光如電影   흐르는 세월이 번개 같음을 믿겠고
又驚芳信到花枝   봄소식이 꽃가지에 이른 것에 놀랐다.
牢籠物色知無力   무력함을 아는데 물색物色을 지배하랴
驅使由來只小詩   단지 작은 시로써 구사驅使하며 내려올 뿐이네.
(위와 같음)

　　이색李穡(1328~1396)의 자는 영숙穎叔 호는 목은牧隱이며, 이곡李穀의 아들로서 그의 아버지와 함께 우리나라 과거와 원元나라의 제과制科에 우수한 성적으로 합격하여 원나라의 관직을 임명받았다. 벼슬은 문하시중門下侍中을 역임했으며 지공거知貢擧를 네 번이나 하면서 많은 명사들을 선발했다고 한다. 그의 인물에 대해 『고려사』 열전의 기록에 따르면 천성이 명민하고 많은 책을 보았으며 시문을 지을 때는 막힘이 없었고 후학들을 힘써 가르쳤기 때문에 학자들이 모두 존경한다고 했다.[21] 그의 시문에 대해 권근權近은 우리나라에 문학이 있어온 이후로부터 목은만큼 뛰어난 인물이 없다고 했

20) 齊物과 逍遙는 『莊子』에 있는 말임.
21) 『高麗史』 列傳 卷 28, 李穡條. 穡天資明敏 博學羣書 爲詩文操筆卽書 略無 礙滯 勉進後學 以興起斯文爲己任 學者皆仰慕.

고,[22] 최립崔岦은 근간에 목은牧隱의 문집을 본 바 그의 비문 등이 고금을 통해 뛰어나 우리나라 문장가에서 목은이 우두머리가 될 것이라 했다.[23]

허균은 〈부벽루시浮碧樓詩〉에 대해 특별히 수사에 노력하지 않으면서도 궁상宮商이 합치되어 읊으면 상쾌한 작품이다. 중국 사신 허국許國이 이 시를 보고 너희 나라에서도 이와 같은 작품이 있었는가 한다고 했다.[24] 홍만종도 명나라 사신 주지번朱之蕃이 이 시를 보고 종일 읊조리며 시를 짓지 않고 웃으며 말하기를 "날마다 이 같은 시를 보고 갈 수 있다면 어깨를 펼 수 있겠다"고 했다.[25] 그리고 이수광은 관서일로關西一路에 많은 시가 걸려 있으나 중국 사신이 우리나라에 올 때는 정지상鄭知常의 〈대동강시大同江詩〉와 목은牧隱의 〈부벽루시浮碧樓詩〉만 남겨두고 철거했다고 한다.[26] 홍만종은 〈즉사시卽事詩〉에 대해 규모가 크고 송시宋詩에 가깝다고 했다.[27]

---

22) 權近, 『牧隱先生文集序』, 『陽村集』 卷 20. 自吾東方文學以來 未有盛於先生者也.

23) 李德泂, 『竹窓閑話』, 『大東野乘』 卷 69. 簡易曰 … 近觀牧隱文集碑銘墓誌 冠絶古今 東國文章 當以牧隱爲首.

24) 許筠, 『惺叟詩話』, 『惺所覆瓿藁』 卷 25. 李文靖昨過永明寺之作 不雕飾不探索 偶然合於宮商 詠之神逸 許穎陽見之曰 你國亦有此作耶.

25) 洪萬宗, 『小華詩評』 上. 終日吟咀 不能作詩 太史笑曰 日日得如此詩以進 則吾輩可息肩矣.

26) 李睟光, 『芝峯類說』 卷 11, 文章部 6 東詩. 關西一路 平時題詠盖多矣 華使至則一切撤去 唯留牧隱浮碧樓 鄭知常大同江兩作而已.

27) 洪萬宗, 『小華詩評』 上. 規模大而近宋.

✦ 정몽주鄭夢周

주차백로주舟次白鷺洲

白鷺洲邊浪接天	백로주 가의 물결은 하늘에 닿았으며
鳳凰臺下草如煙	봉황대 아래 풀은 연기와 같다.
三山二水渾依舊	삼산三山과 이수二水는 모두 예와 같은데
不見當年李謫仙.	그때의 이적선李謫仙[28]은 보지 못하겠구나.

(『동문선東文選』 권 22)

강남곡江南曲

江南兒女花插頭	강남 처녀들이 머리에 꽃을 꽂고
笑呼伴侶游芳洲	웃으며 친구 불러 방주芳洲에서 놀았다.
蕩槳歸來日欲暮	노 젓고 돌아오다 날이 저물고자 하니
鴛鴦雙飛無限愁.	짝지어 나는 원앙새 보고 매우 탄식한다네.

(『대동시선大東詩選』 권 1)

정부원征婦怨

一別多年消息稀	이별한 지 여러 해 소식 드물어
塞垣存沒有誰知	변방에서 죽고 산 것을 뉘가 알고 있으리오.
今朝始寄寒衣去	오늘 아침 비로소 한의寒衣를 보내오니
泣送歸時在腹兒.	울며 헤어져 돌아올 때 아기를 가졌다오.

(위와 같음)

---

28) 唐나라 李白을 말함.

봉사일본奉使日本(이수二首)

水國春光動	수국水國에 봄빛이 움직이는데
天涯客未行	천애에서 손은 가지 못하고 있다.
草連千里綠	풀은 천리를 연해 푸르렀고
月共兩鄕明	달은 두 나라에 함께 비치리라.
遊說黃金盡	유세하느라 황금을 다 썼고
思歸白髮生	돌아가고픈 생각에 백발이 난다.
男兒四方志	남아가 사방에 뜻을 둔 것은
不獨爲功名.	한갓 공명을 위한 것만은 아니라네.

(『대동시선大東詩選』 권 1)

여우旅寓

平生南與北	평생 동안 남과 북으로 다녔으나
心事轉蹉跎	한 일은 기대에서 어긋났다오.
故國海西岸	고국은 바다 서쪽에 있는데
孤舟天一涯	고주로 하늘 한 모퉁이에 왔다오.
梅窓春色早	매화 비친 창에 봄빛이 이르고
板屋雨聲多	판옥板屋에 빗소리 요란하다네.
獨坐消長日	홀로 앉아 긴 날을 보내며
那堪苦憶家.	집 생각을 어찌 견디랴.

(위와 같음)

정주중구定州重九 한상명부韓相命賦

| 定州重九登高處 | 정주定州에서 중양절에 높은 곳에 오르니 |

定州重九登高處　정주定州에서 중양절에 높은 곳에 오르니
依舊黃花照眼明　국화는 예와 같이 눈에 밝게 비친다.
浦淑南連宣德鎭　개펄은 남으로 선덕진宣德鎭에 이었고
峯巒北倚女眞城　봉우리들은 북으로 여진성女眞城을 의지했다.
百年戰國興亡事　백년간 전쟁에는 흥하고 망한 일인데
萬里征夫慷慨情　만 리 밖으로 가는 지아비의 강개한 정이라네.
酒罷元戎扶上馬　술을 끝내고 원융元戎29)의 부축 받아 말에 오르니
淺山斜日照紅旌.　얕은 산 비낀 해가 붉은 깃발을 비춘다.
　　　　　　(위와 같음)

중구제명원루重九題明遠樓

淸溪石壁抱州回　맑은 내와 석벽石壁이 고을을 안아 돌며
更起新樓眼豁開　다시 새 누에 오르니 눈이 넓게 열린다.
南畝黃雲知歲熟　남묘南畝가 누르니 벼가 익었겠고
西山爽氣覺朝來　서산의 상쾌한 기운에 아침이 되었음을 알겠다.
風流太守二千石　풍류 있는 태수太守는 이천석의 녹봉祿俸이요
邂逅故人三百杯　뜻밖에 친구 만나 삼백 배를 마신다.
直欲夜深吹玉笛　밤이 깊도록 옥적玉笛를 불고자 하다가
高攀明月共徘徊.　밝은 달을 바라보며 함께 배회한다오.
　　　　　　(위와 같음)

---

29) 大將 또는 元帥

다경루증계담多景樓贈季潭

欲展平生氣浩然	평생에 호연지기浩然之氣를 펼쳐보고자
須來甘露寺樓前	잠간 감로사甘露寺 누 앞에 왔다오.
甕城畵角斜陽裏	옹성의 대평소 소리 석양 속에서 들리고
瓜浦歸帆細雨邊	과포로 돌아가는 배는 가는 비를 맞는다.
古鑊尙留梁日月	옛 가마에는 아직 양梁나라의 세월이 머물러 있고
高臺直壓楚山川	높은 대는 바로 초楚나라의 산천을 누른다.
登臨半日逢僧話	올라서 반일 동안 스님 만나 이야기하다가
忘却東韓路八千.	고국으로 가는 팔천리 길을 잊었다오.

(위와 같음)

정몽주鄭夢周(1337~1392)의 자는 달가達可 호는 포은圃隱이며, 과거에 장원으로 급제했다. 사신으로 명明나라에 여러 차례 갔고 일본日本에까지 갔다 왔다. 관작은 예문관대제학藝文館大提學, 문하시중門下侍中 판도평의사判都評議使 등을 역임했다. 그의 인물에 대해 타고난 바탕이 매우 높고 호매豪邁함이 뛰어났으며 충효忠孝의 대절大節이 있었다. 어렸을 때부터 학문을 좋아했고 성리학性理學을 깊게 연구하여 얻은 바가 있었다고 했다.[30]

그의 시문에 대해 허균은 호방하고 걸출傑出하다고 하며,[31] 〈강남곡시江南曲詩〉에 대해 풍류風流의 호탕함이 천고에 빛난다고 하면서 작풍이 악부樂府와 혹사하다고 했다.[32] 이수광은 〈정부원시征婦怨詩〉에 대해 결구結句는 아름다우나 기구起句는 졸렬해 당조唐調가 아니라고 했다.[33]

---

30) 『高麗史』列傳 卷 30, 鄭夢周條. 夢周天分甚高 豪邁甚高 有忠孝大節 少好學不倦 研窮性理 深有所得.
31) 許筠, 『惺叟詩話』. 其文章豪放傑出.
32) 許筠, 『惺叟詩話』. 風流豪宕 輝映千古 而詩亦酷似樂府.
33) 李睟光, 『芝峯類說』卷 13, 文章部 6 東詩. 此詞結句佳 而起句甚劣 決非唐調矣.

〈봉사일본시奉使日本詩〉 두 수는 포은이 41세 때 일본에 사신으로 가서 다음 해 돌아왔으니 그때 지은 것이다. 김종직은 위의 시에서 첫 수에 대해 뜻과 절의가 대범해 가히 노중연魯仲連34)을 능가할 것이라 했고,35) 허균은 위의 시에서 매창춘색조梅窓春色早 판옥우성다板屋雨聲多라 한 연을 들면서 자태의 호방함이 그의 인물과 유사하다고 했다.36) 그리고 홍만종은 근간에 일본의 승려로서 시에 능한 자가 우리나라 사신에게 포은의 위의 시구를 들면서 일본에서도 절창이라 한다고 했다.37) 〈정주중구시定州重九詩〉에 대해 허균은 음절이 흥취가 높아 성당시盛唐詩의 품격이 있다고 했다.38) 그의 『성수시화惺叟詩話』에서 〈명원루시明遠樓詩〉 경련頸聯을 들면서 편편호거翩翩豪擧라 했고, 홍만종은 이안눌李安訥이 명원루明遠樓에 가서 이 시를 보고 감탄하면서 화시和詩를 짓고자 했으나 매우 어려웠다. 종일 생각하다가,

二年南國身千里　　이년동안 몸은 남국의 천리에 있고
萬事西風酒一杯.　　많은 일들은 한 잔 술을 마시며 서풍에 날려 보낸다.

라 한 구만 지었다고 했는데, 이안눌의 시가 청절淸絶하나 포은의 굉원宏遠한 기상에 미치지 못한다고 했다.39) 서거정은 〈다경루시多景樓詩〉를 들면서 춘정春亭 변계량卞季良이 일찍 말하기를 포은의 호매豪邁 준장峻壯하고 횡방橫放 걸출傑出한 기상을 대략 이 시에서 볼 수 있을 것이라 한다 했다.40)

---

34) 춘추전국 시대에 齊나라 義士.
35) 金宗直, 『靑丘風雅』 卷 3. 志節落落 可凌魯連.
36) 許筠, 『惺叟詩話』. 皆翩翩豪擧 類其人焉.
37) 洪萬宗, 『小華詩評』卷 上. 頃歲倭僧能詩者 語我國使臣曰 圃隱梅窓 … 之句 爲日本絶唱云.
38) 許筠, 『惺叟詩話』. 音節跌宕 有盛唐風格.
39) 李東岳安訥 嘗到此見而歎賞欲和 意甚難之 終日沈吟 得南國 … 之句 李詩 雖淸絶 終不逮鄭詩 宏遠底氣像.

✥ 김구용金九容

야장夜莊

閉門終不接庸流	문을 닫고 마침내 용렬한 무리들을 대하지 않고
只許靑山入我樓	다만 푸른 산은 내 누에 들어오게 허락한다오.
樂便吟哦憜便睡	즐거우면 시를 읊고 게으르면 자는 것이 편해
更無餘事到心頭.	다시는 다른 일이 내 마음에 오는 것이 없다네.

(『척약재학음집惕若齋學吟集』 권 하)

야초野草

纖纖野草自開花	가는 들풀은 스스로 꽃이 피고
檣影如龍水面斜	용같은 돛 그림자 물위에 비끼었다.
日暮每依烟渚宿	날이 저물면 매양 물가에서 자는데
竹林深處有人家.	대밭 깊은 곳에 집이 있다오.

(위와 같음)

　　김구용金九容(1338~1384)의 자는 경지敬之 호는 척약재惕若齋이며, 과거에 급제하여 성균직강成均直講을 역임했다. 그는 회례사回禮使로 중국에 갔을 때 자문咨文에 말 오십필五十匹을 오천필五千匹로 잘못 기록하여 대리위大理衛로 유배되어 돌아오지 못하고 그곳에서 세상을 떠났다. 김종직은 그의 『청구풍아』에서 위의 〈야초시野草詩〉가 대리위大理衛로 유배 가던 도중에 지은 것이라 했다.

---

40) 徐居正,『東人詩話』卷 下. 春亭卞先生嘗曰 圃老豪邁峻壯 橫放傑出氣像 槩
　　於是詩見之

❖ 이달충李達衷
전부탄田婦嘆

夫死紅軍子戍邊	남편은 홍건적에 죽고 아들은 변방에 수자리 나가
一身生理正蕭然	이 몸의 사는 것이 매우 쓸쓸하다오.
揷竿冠笠雀登頂	꽂은 대 씌운 갓 꼭대기에 새가 앉았고
拾穗擔筐蛾撲肩.	이삭 담은 광주리에서 나방은 어깨를 친다.[41]

(청구풍아 권 7)

이달충李達衷의 호는 제정霽亭이며 경주인慶州人이다. 관직은 밀직제학密直提學을 역임했으며 시호는 문정文靖이다. 김종직은 『청구풍아 권 7』에서 보리와 벼가 익게 되면 허수아비를 세워 새들을 쫓고자 하는데 새들도 그것이 사람이 아닌 것을 알고 쓴 삿갓 위에 앉는다고 하며 이 시는 농가의 과부가 된 부인의 외롭고 굶주림을 곡진하게 반영했다고 했다.

❖ 길재吉再
한거閑居

臨溪茅屋獨閑居	시냇가의 띠집에 한가롭게 혼자 사니
月白風淸興有餘	달은 밝고 바람은 맑아 흥도 넉넉하다.
外客不來山鳥語	바깥손은 오지 않고 산새가 지저귀는데
移床竹塢臥看書.	평상을 대언덕으로 옮겨 누워 책을 본다오.

(동문선 권 22)

---

41) 金宗直은 이 시 후미에 보리에 흙비가 지나가면 모두 나방이 된다고 했다.

　길재吉再의 자는 재부再父 호는 야은冶隱이며 해평인海平人이다. 고려말
에 출사했다가 나라가 어렵게 되자 고향 선산善山으로 낙향하여 후진을 가
르치며 다시 벼슬하지 않았다.

✧ 이숭인李崇仁
제승사題僧舍

山北山南細路分	가는 길이 남북으로 나누어져 있는데
松花含雨落繽紛	송화가 빗물을 머금고 어지럽게 떨어진다.
道人汲井歸茅舍	도인이 물을 길어 띠집으로 돌아가니
一帶靑烟染白雲.	한 띠의 푸른 연기 흰 구름을 물들인다.

(『도은집陶隱集』 권 3)

추일우중유감秋日雨中有感

琵琶一曲鄭瓜亭	비파로 정과정鄭瓜亭 한 곡을 치니
遺響凄然不忍聽	그 소리 처연해 차마 듣지 못하겠다.
俯仰古今多小恨	고금을 회상하며 다소의 한을 하다가
滿簾疎雨讀騷經.	주렴에 가득 내리는 성긴 비에 이소경離騷經을 읽는다.

(위와 같음)

강촌즉사江村卽事

茅茨頗幽僻	띠집이 자못 깊숙하고 외져
車馬絶喧嘩	요란한 수레소리가 들리지 않는다.
江淨漾明鏡	강물이 맑아 물결이 거울처럼 밝고
柳深張翠華	버들 숲은 짙어 푸른 깃발을 펼친 듯하다.
側巾看遠岫	쓴 건을 기울이고 먼 산을 바라보며
投杖步晴沙	지팡이 던지고 맑은 모래 위를 걷는다.
落日淡芳草	해질 무렵 꽃다운 풀이 맑아
漁簑掛斷槎.	고기 잡는 도롱이를 짧은 돛대에 걸어둔다.

(위와 같음)

신설新雪

蒼茫歲暮天	푸르고 넓은 섣달의 하늘에
新雪遍山川	새 눈이 산과 내에 두루 내렸다.
鳥失山中木	새들은 산중의 나무를 잃었고
僧尋石上泉	스님은 돌 위의 샘물을 찾는다.
飢鳥啼野外	굶주린 새는 들에서 울고
凍柳臥溪邊	언 버들은 냇가에 누워있다.
何處人家在	어느 곳에 인가가 있을까
遠林生白煙.	먼 숲에서 흰 연기가 오른다.

(위와 같음)

구일만성九日謾成

登臨處處好山川	올라 다다르니 곳곳이 좋은 산천인데
只恨無人送酒錢	단지 술값 보내주는 사람 없는 것이 한이다.
藍澗一詩今膾炙	남수藍水와 천간千澗의[42] 시는 지금도 회자되고
龍山當日卽神仙	용산龍山에서 모인 그날은 바로 신선이었다.
天邊白雁秋聲遠	하늘가 흰 기러기의 가을 소리 멀어지고
籬下黃花晚色鮮	울타리 밑의 국화는 늦게까지 빛이 선명하다.
想得故園諸子弟	생각하니 고향의 여러 자제들은
尊前笑我未歸田.	술 통 앞에서 돌아오지 못하는 나를 웃으리라.

(같은책 권 1)

도요곡渡遼曲

遼陽城上春風吹	요양성 위에는 봄바람이 불고
遼陽城下黃沙飛	요양성 아래에 황사가 날고 있다.
征夫渡海事驃姚	지아비는 용감하게 싸우러 바다 건너가서
幾年望鄉猶未歸	몇 년째 고향을 바라보며 아직 돌아오지 못했다.
空閨思歸嚬雙蛾	공규空閨는 돌아오기를 생각하며 두 눈썹을 찡그리고
挑燈札札鳴寒梭	등불 아래 찰깍찰깍 북을 울린다.
織成錦字憑誰寄	비단 글자 짜넣어 누구 편에 부치랴
靑鳥不來知奈何.	청조靑鳥도 오지 않으니 어찌하리오.

(위와 같음)

---

42) 杜甫의 九日詩에 藍水遠從千澗落이라는 句가 있다고 함.

이숭인李崇仁(1347~1392)의 자는 자안子安 호는 도은陶隱이며 16세에 과거에 급제하여 예문관제학藝文館提學과 밀직제학密直提學 등의 관직을 역임했다. 이색은 그의 학문과 문장이 날로 발전하여 깊고 빛났을 뿐만 아니라, 경전經典에 대한 이해와 견해가 돋보여 지난날 노성老成한 학자로 자처했던 인물들이 그로부터 자신들의 학문을 검증받고자 한다고 했다.[43]

도은陶隱의 〈제승사시題僧舍詩〉에 대해 허균은 중국 당대唐代 유장경劉長卿의 작품에 비해 손색이 없다고 했으며,[44] 이수광은 도은陶隱이 어느날 고화古畫가 벽에 걸려 있었는데 그 위에 이 시를 지어 써 두었더니 목은牧隱이 보고 당시唐詩에 가깝다고 칭찬하여 그의 이름이 많이 알려졌다고 했다.[45]

---

43) 李穡, 圃隱齋記, 『牧隱文藁 』卷 4. 未幾學問文章 日進不少止 淵乎其深也 曄乎其光也 周情孔思 層見而疊出也 向之老成而自負者 翕然從子安氏 求正其所學焉.

44) 許筠, 『惺叟詩話』. 其山北山南 … 之作 何減劉隨州耶.

45) 李睟光, 『芝峯類說』卷 13, 文章部 6 東詩. 一日揭古畫障于壁 書一絶其上 曰 … 牧隱見之 以爲逼唐 聲名逾盛.

V

◈ 권근權近

춘일성남즉사春日城南卽事

春風忽已近淸明	봄바람이 갑자기 그치고 청명이 가까우니
細雨霏霏晚未晴	부슬부슬 내리던 가는 비가 늦게까지 개지 않는다.
屋角杏花開欲遍	집 모퉁이 살구꽃이 두루 피고자 하더니
數枝含露向人傾.	몇 가지가 이슬을 머금고 사람을 향해 기울었다.

(『대동시선大東詩選』 권 2)

　　권근權近(1352~1409)의 자는 가원可遠 호는 양촌陽村이며 안동인安東人
이다. 일찍 과거에 급제하여 대제학大提學을 역임했고 명明나라에 사신으로
가기도 했다. 그의 인물에 대해 타고난 바탕이 정수精粹 온아溫雅하고 성리
학에 깊었으며, 항시 침착하고 급하게 서둘지 않았다고 했다.[1]

◈ 정도전鄭道傳

방김거사야거訪金居士野居

秋陰漠漠四山空	가을 그늘 아득하고 사방 산은 빈 듯하며
落葉無聲滿地紅	낙엽은 소리 없이 땅을 붉게 물들였다.
立馬溪橋問歸路	시내 다리에 말을 세우고 돌아갈 길 묻다가
不知身在畵圖中.	이 몸이 그림 속에 있는 줄을 몰랐다오.

(『삼봉집三峰集』 권 2)

---

1) 『太宗實錄』 卷 17, 9年 2月. 天資精粹溫雅 深於性理之學 平居雖甚倉卒 未
　　嘗疾言遽色.

방김익지訪金益之

塀烟暗淡樹高低　　옛성에 연기는 허옇고 숲은 높고 낮으며
草沒人蹤路欲迷　　인적은 풀에 묻혀 길을 알 수 없다오.
行近君家猶未識　　그대 집 가까이 왔으나 찾지 못하고 있는데
田翁背指小橋西.　　전옹田翁이 돌아서 서쪽 다리 가리킨다.
　　　　　　　　　　(위와 같음)

사월초일일四月初一日

山禽啼盡落花飛　　산새가 울기를 그치고 떨어진 꽃이 날으며
客子未歸春已歸　　나그네는 돌아가지 못했는데 봄은 이미 돌아갔다.
忽有南風情思在　　갑자기 남풍은 정이 있어
解吹庭草也依依,　　뜰에 있는 풀에 불어 우거지게 하는구나.
　　　　　　　　　　(위와 같음)

자영自詠

書劍區區兩未成　　글과 칼을 모두 이루지 못했으니
問歸田舍事躬耕　　시골로 돌아가 농사나 짓고 싶다.
不堪旱溢年來甚　　해마다 혹심한 한재 수재를 견디기 어려운데
爭奈門前責地征.　　집에까지 와서 독촉하는 지세地稅를 어찌하랴.
　　　　　　　　　　(위와 같음)

오호도조전횡嗚呼島弔田橫

曉日出海赤	새벽 해 붉은 빛을 토하며 바다 위에 솟아
直照孤島中	바로 외로운 섬을 비친다.
夫子一片心	부자夫子의 한 조각 마음은
正與此日同	바로 이 해와 같으리라.
相去曠千載	몇 천 년 서로 떨어져 있으나
嗚呼感予衷	아 나에게 충정을 느끼게 한다.
毛髮竪如竹	머리칼이 대처럼 곧게 솟아
凜凜吹英風.	늠름한 영풍이 불어온다.

(같은책 권 1)

정도전鄭道傳(1342l~398)의 자는 종지宗之 호는 삼봉三峰이며 봉화인
奉化人이다. 과거에 급제하여 벼슬은 판삼군부사判三軍府事를 역임했다.
그는 학문적으로 성리학에 관심이 많았고 정치적으로는 개혁을 주도했던
인물이었다.

〈김거사야거시金居士野居詩〉에 대해 허균은 그의 『국조시산』권 2에서 승
구承句를 그림 같다고 지적했으며, 후미에 이 작품이 빛나고 둥글어 당시唐
詩의 수준에 충분히 들어갈 수 있다고 했다. 그리고 홍만종은 시중유화詩中
有畵라 했다.[2]

---

[2] 洪萬宗, 『小華詩評』 卷 上.

❖ 월산대군月山大君
심화고사尋花古寺

春深古寺燕飛飛　늦은 봄 옛 절에 제비들이 날고
深院重門客到稀　깊숙한 절 굳게 닫힌 문에 찾는 손도 드물다.
我自尋花花已盡　내가 꽃을 찾았으나 꽃은 이미 졌는데
尋花還作惜花歸.　꽃을 찾은 것이 도리어 꽃이 진 것을 아끼게 되었다.
（대동시선 권 2）

　월산대군月山大君의 이름은 정婷 자는 자미子美 호는 풍월정風月亭. 성
종成宗의 형兄이며 시호는 효문孝文이다.

❖ 성석린成石磷
하조시중요좌주개연賀趙侍中邀座主開宴

得士方知座主賢　선비를 많이 얻었으니 좌주의 능력을 알겠고
侍中獻壽侍中前　시중이 시중 앞에서 헌수를 한다.
天敎好雨留佳客　하늘도 좋은 비를 내리게 하여 가객을 머물게 하고
風送飛花落舞筵.　바람은 나는 꽃을 춤추는 자리에 떨어지게 한다.
（대동시선 권 2）

　성석린成石磷의 자는 자수自修 호는 독곡獨谷이며 창녕인昌寧人이다. 고
려 공민왕 때 과거에 급제하여 조선조에서 영의정을 역임했으며 시호는 문경
文景이다.

✿ 정구鄭矩
송산유거松山幽居

蓬蓽門前一老松	허술한 집 앞에 한 그루 늙은 소나무는
百年春雨養髥龍	긴 세월 봄비에 용수염을 기루었다.
暮天霜雪埋窮壑	저문 날 눈서리가 모든 골짜기를 묻어도
看取亭亭特秀容.	정정하게 특별히 빼어난 자태를 보게 한다.

(위와 같음)

정구鄭矩의 호는 설학재雪壑齋이고 太宗 때 보문각대제학寶文閣大提學
에 임명했으나 나가지 않았다. 시호는 정절靖節이다.

✿ 조운흘趙云仡
즉사卽事

柴門日午喚人開	한낮 되어 아이 불러 사립문을 열고
步出林亭坐石苔	걸어 숲 속에 나와 돌이끼에 앉았다.
昨夜山中風雨惡	어젯밤 산중에는 비바람 사나워
滿溪流水泛花來.	시내에 가득 흐르는 물에 꽃을 띄워 보낸다.

(『국조시산國朝詩删』 권 2)

유금강산遊金剛山

金剛山下雨中遊	금강산 아래 빗속에서 노니
白石入雲山無頭	흰 바위가 구름 속에 들어가자 산이 머리가 없다.
更宿山中夢泉寺	다시 산중의 몽천사夢泉寺에서 자게 되니

松風半夜鳴颼颼.　　솔바람이 밤중에 우수수 운다.
　　　　　　　　(『동문선東文選』 권 2)

조운흘趙云仡의 호는 석간石澗이며 풍양인豊壤人이다. 감사監司를 역임
했으나 고려 공민왕 때 사직하고 낙향했다고 한다. 허균은 그의 『국조시산』
권 2에서 이 〈즉사시卽事詩〉에 대해 말이 곱고 생각이 깊다고 했다.

◇ 변중량卞仲良
송산松山

松山繚繞水縈回　　송산松山은 둘려 있고 물도 얽혀돌며
多少朱門盡綠苔　　얼마의 좋은 집들에 모두 푸른 이끼가 끼었다.
唯有東風吹雨過　　오직 동풍이 불어 비가 지나가자
城南城北杏花開.　　성남성북에 살구꽃이 피었다.
　　　　　　　　(『청구풍아青丘風雅』 권 6)

변중량卞仲良은 밀양인密陽人이며 벼슬은 밀직사승지密直司承旨를 역임했다.

◇ 이첨李詹
용심慵甚

平生志願已蹉跎　　평생에 뜻했던 것이 이미 틀렸으니
爭奈疏慵十倍多　　게으르고 성긴 것이 열 배나 많아졌다.
午枕覺來花影轉　　낮잠을 깨니 꽃 그림자가 옮겨졌는데
暫携稚子看新荷.　　잠깐 어린아이 손을 잡고 새로 핀 연꽃을 본다.
　　　　　　　　(『국조시산國朝詩刪』 권 2)

야과함벽루문탄금夜過涵碧樓聞彈琴

神仙腰佩玉摐摐　　신선의 허리에 패옥소리 뎅그렁 뎅그렁
來上高樓掛碧窓　　높은 다락에 올라 푸른 창에 걸었다.
入夜更彈流水曲　　밤들어 다시 유수곡流水曲을 타니
一輪明月下秋江.　　둥근 밝은 달이 가을 강으로 내려간다.
　　　　　　(위와 같음)

　이첨李詹(1345~1405)의 자는 소숙少叔 호는 쌍매당雙梅堂이며 홍천인洪
川人이다. 역임한 관직은 지의정부사知議政府事였으며 시호는 문안文安이
다. 허균은 그의 『국조시산』권 2에서 〈용심시慵甚詩〉에 대해 한가하고 먼
맛이 있다고 했으며, 〈야과함벽루시夜過涵碧樓詩〉에 대해 당唐나라 시인의
아격雅格이 있다고 했고 결구結句에 대해 얼마나 청절淸絶한가 했다.

❖ 유방선柳方善
　## 우제偶題

結茆仍補屋　　갯버들 엮어 집을 보수하고
種竹故爲籬　　대나무 심어 울타리를 했다.
多少山中味　　얼마의 산중에 사는 맛을
年年獨自知　　해마다 홀로 알 듯하다.
　　　　(『국조시산國朝詩刪』권 1)

설후雪後

臘雪孤村積未消	고촌孤村에 섣달 내린 눈이 쌓여 녹지 않았으니
柴門誰肯爲相敲	싸리문을 뉘가 찾아오랴.
夜來忽有淸香動	밤이 되자 갑자기 나는 맑은 향기는
知放梅花第幾梢.	매화의 어느 가지에서 나는지 알겠다오.

(『대동시선大東詩選』권 2)

유방선柳方善의 자는 자계子繼 호는 태재泰齋이며 서천인瑞川人이다. 가화家禍로 인해 금고가 되어 과거를 보지 못했으며 원주原州에 살면서 후진들을 가르쳐 일시의 명사들이 많이 나왔다고 한다.

◈ 권우權遇
추일절구秋日絕句

竹分翠影侵書榻	대는 푸른 그림자를 나누어 책상에 오르게 하고
菊送淸香滿客衣	국화는 맑은 향기를 보내 옷에 가득하게 한다.
落葉亦能生氣勢	낙엽도 또한 기세氣勢를 내어
一庭風雨自飛飛.	비바람 부는 뜰에 스스로 날게 한다.

(『대동시선大東詩選』권 2)

권우權遇의 자는 중려中慮 호는 매헌梅軒이다. 권근權近의 동생으로 문과에 급제했으며 벼슬은 예문제학藝文提學을 역임했다.

❖ 성간成侃

도중道中

籬落依依半掩扃	울타리는 늘어지고 빗장에 반쯤 닫혔으며
斜陽立馬問前程	사양에 말을 세우고 앞길을 물었다.
翛然細雨暮煙外	가는 비 소연히 내리고 저문 연기 끼었는데
時有田翁叱犢行.	그때 전옹이 송아지 꾸짖으며 간다.

(『대동시선大東詩選』 권 2)

어부漁父

數疊靑山數谷烟	몇 첩의 푸른 산골짜기에 연기가 끼었는데
紅塵不到白鷗邊	홍진은 백구의 주변을 가지 못한다.
漁翁不是無心者	어옹이 사물에 무심한 자가 아닌 것은
管領西江月一船.	서강에 달과 한 척의 배를 가지고 있기 때문이요.

(『국조시산國朝詩刪』 권 2)

우서偶書

言辭出口屢觸諱	말을 한 것이 여러 번 기휘忌諱에 저촉되었으니
世事折肱曾未更	세상일에서 겪지 못했던 것을 경험했다오.
黃昏風雨鬧北牖	황혼에 비바람이 북쪽 창을 시끄럽게 하는 것을
夢作聖居山水聲.	꿈속에 성거산聖居山의 물소리로 알았다네.

(위와 같음)

성간成侃의 자는 화중和仲 호는 진일재眞逸齋이며 단종端宗 때 급제하여 수찬修撰을 역임했다.

✥ 류의손柳義孫
소와정笑臥亭

笑臥亭翁閒臥笑	소와정笑臥亭 늙은이 한가롭게 누워 웃는데
仰天大笑復長笑	하늘을 우러러 크게 웃고 또 길게 웃는다.
傍人莫笑主人笑	방인아 주인의 웃음을 비웃지 말라
顰有爲顰笑有笑.	찌푸리면 찌푸림이 있고 웃으면 웃음이 있다오.

(『대동시선大東詩選』권 2)

류의손柳義孫의 호는 회헌檜軒이며 벼슬은 이참吏參을 역임했다. 단종端宗 양위 후에 고산高山으로 물러나 이 정자를 지었다.

✥ 정이오鄭以吾
죽장사竹長寺

衙罷乘閑出郭西	관청일 파하고 흥을 따라 성 서쪽을 나가니
僧殘寺古路高低	중은 드물고 절은 오래 되었으며 길도 높고 낮다.
祭星壇畔春風早	제성단祭星壇 주변에 봄바람이 이른데
紅杏半開山鳥啼.	붉은 살구꽃이 반쯤 피고 산새가 운다.

(『대동시선大東詩選』권 2)

차운기정백형次韻寄鄭伯亨

二月將闌三月來	이월이 장차 다하고 삼월이 오려는데
一年春色夢中回	일 년의 봄빛이 꿈속에서 돌아간다.
千金尙未買佳節	천금으로도 오히려 아름다운 절기를 살 수 없으니

酒熟誰家花正開.   술 익은 누구의 집에 꽃이 한창 피었을까.
　　　　　　　　　(위와 같음)

한원기진양제생翰院寄晋陽諸生

三月江南天氣新   삼월 강남에 천기가 새로우니
諸生誰與賞靑春   제생諸生들은 누구와 더불어 청춘을 즐기느냐.
翰林醉客渾無事   한림의 취한 손은 전혀 일이 없어
細雨薔薇夢遠人.   가는 비 오는 장미 앞에서 먼 사람을 생각한다오.
　　　　　　　　　(『동문선東文選』권 22)

　　정이오鄭以吾의 자는 수가粹可 호는 교은郊隱이며 진주인晋州人이다. 고려 공민왕 때 과거에 급제했으며, 조선조에서 대제학을 역임했고 시호는 문정文定이다. 서거정은 〈죽장사시竹長寺詩〉에 대해 깨끗하고 빛나며 맑아 비록 당시唐詩 가운데 두어도 부끄러움이 없다고 했으며,[3] 허균은 이 시의 후미에 중당고품中唐高品이라 했다. 그리고 〈차운기정백형시次韻寄鄭伯亨詩〉의 승구承句를 극히 좋다고 했으며, 후미에 이 시가 마땅히 국초國初의 절구絶句에서 제일이 될 것이라 했다.[4]

❖ 성삼문成三問
이제묘夷齊廟

當年叩馬敢言非   당년 말을 두드리며 용감하게 잘못을 말할 때는
大義堂堂白日輝   대의가 당당해 해처럼 빛났다.

---

3) 徐居正, 『東人詩話』卷 下. 雅麗淸便 雖置之唐詩無愧.
4) 許筠, 『國朝詩删』卷 2.

草木亦霑周雨露　　초목도 또한 주周나라 비와 이슬로 자랐는데
愧君猶食首陽薇.　　그대의 수양산首陽山 고사리 먹은 것도 부끄럽다오.
　　　　　　　　　(『대동시선大東詩選』권 2)

성삼문成三問의 자는 근보謹甫 호는 매죽헌梅竹軒이며 창녕인昌寧人이
다. 과거에 급제하여 호당에 피선되었고 승지承旨를 역임했으며, 상왕上王
복위復位를 계획하다가 발각되어 처형되었다.

✿ 박팽년朴彭年
사친思親

十年身在禁中天　　십년 동안 궁중의 하늘 밑에 있으면서
只有丹心魏闕懸　　다만 단심은 위궐魏闕5)에 달려 있었다오.
西望白雲生眼底　　서쪽으로 바라보다가 흰 구름이 솟아오르자
不堪歸興繞林泉.　　시골로 돌아가고 싶은 생각을 견디기 어렵다.
　　　　　　　　　(위와 같음)

박팽년朴彭年의 자는 인수仁叟 호는 취금헌醉琴軒이다. 과거에 급제하여
호당에 피선되었고 벼슬은 형조참판刑曹參判을 역임했으며 성삼문과 더불어
같이 처형되었다.

---

5) 宮城의 正門으로 法令 같은 것을 게시하는 높고 큰 문.

◈ 이개李塏

임사절필臨死絶筆

禹鼎重時生亦大	우임금 솥처럼 무거울 때는 사는 것도 크지만
鴻毛輕處死還榮	기러기 털같이 가벼울 때는 죽는 것도 영광이라오.
明發不寐出門去	새벽까지 자지 못하고 문을 나서 가니
顯陵松栢夢中靑.	현릉顯陵6)의 송백이 꿈속에서 푸르다.

(위와 같음)

이개李塏의 자는 청보淸甫 호는 백옥헌白玉軒이며 한산인韓山人이다. 과거에 급제하여 호당에 피선되었고 벼슬은 부지승문원사副知承文院事를 역임했으며, 성삼문과 같이 죽었다.

◈ 하위지河緯地

사인증사의謝人贈蓑衣

男兒得失古猶今	남아의 얻고 잃음은 옛날도 지금 같았으니
頭上分明白日臨	머리 위에 응당 밝은 해가 비치리라.
持贈蓑衣應有意	가진 도롱이를 주는 것은 분명히 뜻이 있나니
五湖煙雨好相尋.	오호五湖의 가는 비에 서로 찾고자 하는 것이라네.

(위와 같음)

하위지河緯地의 자는 천장天章 호는 단계丹溪이며 진주인晉州人이다. 문과에 급제하여 벼슬은 예조참판禮曹參判을 역임했으며, 성삼문과 같이 죽었다.

---

6) 朝鮮朝 文宗의 陵號.

◈ 유성원柳誠源
함흥咸興

白山拱海摩天嶺	백산白山에서 바다를 꽂고 있는 것은 마천령이요
黑水橫坤豆滿江	흑수黑水가 땅을 비껴 흐르는 것은 두만강이라오.
此地李侯飛騎處	이 땅은 이후李侯가 말을 빨리 달리던 곳으로
剩看胡虜自來降.	호로가 스스로 와서 항복하는 것을 많이 보았다.
	(위와 같음)

　유성원柳誠源의 자는 태초太初이며 문화인文化人이다. 과거에 급제하여 집현전集賢殿에 들어가자 이름이 한때 매우 높았다. 성균사예成均司藝로서 성삼문과 더불어 같이 죽었다.

◈ 유응부俞應孚
위함길도절도사작爲咸吉道節度使作

將軍持節鎭戎邊	장군이 임명장을 가지고 변방 오랑캐를 막으니
沙塞塵晴士卒眠	새방에 티끌은 개이고 사졸들은 졸고 있다.
駿馬五千嘶柳下	준마駿馬 오천 필은 버드나무 밑에서 울고
豪鷹三百坐樓前.	호응豪鷹 삼백 마리는 누 앞에 앉았다.
	(위와 같음)

　유응부俞應孚의 자는 신지信之이며 기계인杞溪人이다. 활을 잘 쏘았고 용맹했다. 무과에 급제하여 총관總管을 역임했으며, 성삼문과 더불어 같이 죽었다.

❖ 서거정徐居正
국화불개창연유작菊花不開悵然有作

佳菊今年開較遲	국화가 금년에 비교적 늦게 피어
一秋淸興謾東籬	가을의 맑은 흥취가 동쪽 울타리를 속였다.
西風大是無情思	서쪽 바람은 매우 정과 생각이 없어
不入黃花入鬢絲.	국화에는 가지 않고 살쩍머리에만 온다네.

(『국조시산國朝詩刪』권 2)

춘일春日

金入垂楊玉謝梅	금빛은 수양으로 가고 옥빛은 매화를 떠났으며
小池春水碧於苔	작은 못에 봄물이 이끼보다 푸르다.
春愁春興誰深淺	봄 근심과 흥에서 어느 것이 깊고 얕을까
燕子不來花未開.	제비는 오지 않고 꽃도 피지 않았다.

(대동시선 권 2)

즉사卽事

捲簾深樹鵓鳩鳴	주렴을 걷으니 깊은 나무에 비둘기가 울며
時見幽花一點明	간혹 깊숙한 곳에 핀 꽃이 밝다오.
少坐西軒淸似水	서헌西軒에 잠간 앉았으니 물같이 맑아
秋晴時復勝春晴.	가을의 갠 날씨가 때때로 봄보다 좋다오.

(『국조시산國朝詩刪』권 2)

독좌獨坐

獨坐無來客	혼자 앉았으니 오는 손도 없고
空庭雨氣昏	빈 뜰에 비가 오려는지 어두워지려 한다.
魚搖荷葉動	물고기가 흔들자 연잎이 움직이고
鵲踏樹梢翻	까치가 밟으니 나무 끝이 흔들린다.
琴潤絃猶響	거문고가 불었으나 줄은 오히려 울림이 좋고
爐寒火尙存	화로는 차나 불은 아직 남았다.
泥途妨出入	진흙길이 출입에 방해가 될 것이니
終日可關門.	종일 문을 닫고 있으련다.

(『대동시선大東詩選』권 2)

서거정徐居正의 자는 강중剛中 호는 사가四佳이며 대구인大邱人이다. 과거에 급제하고 중시重試에 장원했다. 문형을 오랫동안 맡았고 벼슬은 우찬성右贊成을 역임했으며 시호는 문충文忠이다.

✧ 성담수成聃壽
조어釣魚

把竿終日趁江邊	낚싯대 잡고 종일 강변에서 머뭇거리며
垂足滄浪困一眠	발을 서늘한 물에 드리우고 곤해 졸았다.
夢與白鷗飛萬里	꿈속에 백구와 같이 멀리 날았는데
覺來身在夕陽天.	깨었더니 몸은 석양 하늘 아래 있다오.

(『대동시선大東詩選』권 2)

성담수成聃壽의 자는 이수耳壽 호는 문두文斗며 과거에 급제하여 벼슬은 교리校理를 역임했다. 종형從兄 삼문三問과 더불어 마음을 바꾸지 않을 것을 맹서했다고 하며, 삼문이 처형되자 그도 엄한 국문을 받고 김해에 유배되었다.

◈ 김종직金宗直
보천탄즉사寶泉灘卽事

桃花浪高幾尺許	복사꽃 물결이 몇 자가 되었기에
銀石沒頂不知處	은빛 돌이 온통 잠겨 어디인지 모르겠다.
兩兩鸕鶿失舊磯	짝지어 나는 물새는 전날 놀던 자리를 잃어
銜魚却入菰蒲去.	물고기 물고 갈대 속으로 들어간다.

(『점필재집佔畢齋集』권 19)

장현하인가長峴下人家

籬外紅桃竹數科	울타리 밖에 복숭아와 대나무 두어 가지
霏霏雨脚間飛花	이슬비 내리고 가끔 꽃도 난다.
老翁荷耒兒騎犢	노옹老翁은 따비 졌고 아이는 송아지 탔으니
子美詩中西崦家.	두자미杜子美의 시 속에 서엄가西崦家라네.

(같은책 권 3)

낙동진洛東津

津吏非瀧吏	나루지기의 아전은 농리瀧吏가 아니고
官人卽邑人	관인은 바로 읍 사람이라네.
三章辭聖主	세 번 글 올려 임금을 하직하고

五馬慰慈親	다섯 말로써 어머니를 위로하게 되었다.
白鳥如迎棹	흰 새는 배를 맞이하는 듯
靑山慣送賓	푸른 산은 손을 익숙하게 보낸다.
澄江無點綴	맑은 강물에 한 점 티끌이 없으니
持以律吾身.	이로써 내 몸을 가다듬으리라.

(같은책 권 15)

선사사仙槎寺

偶到仙槎寺	우연히 선사사仙槎寺에 이르니
巖空松桂秋	바위는 쓸쓸하고 송계松桂에 가을이 들었다.
鶴飜羅代蓋	학은 신라시대에 덮었던 것을 뒤치고
龍蹴佛天毬	용은 불천佛天의 공을 찬다.
細雨僧縫衲	가는 비 내리는데 스님은 장삼을 깁고
寒江客棹舟	차가운 강에 손은 노를 젓는다.
孤雲書帶草	고운孤雲의 글씨는 풀과 띠를 했고
獵獵滿地頭.	엽렵한 바람소리 땅머리에 가득하다.

(『국조시산國朝詩刪』 권 4)

등청심루登淸心樓

維舟茅舍棘籬端	띳집의 울타리 끝에 배를 매었으니
魚鳥何曾識我顏	어조魚鳥들이 어찌 내 얼굴을 알 수 있으랴.
病後猶能撰杖屨	병후病後에도 지팡이와 신을 고를 수 있고
謫來纔得賞江山	귀양 와서 겨우 강산을 구경하게 되었다.
十年世事孤吟裏	십년의 세상일은 외롭게 읊조리는 속에서 지났고

八月秋容亂樹間　　팔월 가을빛은 어지러운 나무 사이에 있다.
一霎倚欄仍北望　　이슬비로 난간에 의지해 북쪽을 바라보니
篙師催載不敎閑.　　사공은 재촉하며 한가롭게 두지 않는다.
　　　　　　　　　　（『점필재집佔畢齋集』 권 12）

야박보은사하증주지우사夜泊報恩寺下贈住持牛師

報恩寺下日曛黃　　보은사 밑에 해가 저물어
繫纜尋僧踏月光　　배를 매고 중을 찾아 달빛을 밟는다.
棟宇已成新法界　　동우棟宇는 낙성되어 법계法界가 새로워졌는데
江湖猶攪舊詩腸　　강호는 아직도 옛 시장詩腸을 흔든다.
上方鍾動驪龍舞　　상방의 종이 우니 여강驪江 용이 춤추고
萬竅風生鐵鳳翔　　구멍마다 바람이 나니 철봉鐵鳳이 난다.
珍重旻公亦人事　　민공旻公을 진중히 하는 것도 사람의 일이니
時將菜把問舟航.　　때로는 나물이라도 가지고 항로를 물어보리라.
　　　　　　　　　　（위와 같음）

　　김종직金宗直(1431~1491)의 자는 계온季昷 호는 점필재佔畢齋이며 선산
인善山人이다. 과거에 급제하여 벼슬은 형조판서刑曹判書를 역임했으며 시
호는 문간文簡이다. 그의 인물에 대해 타고난 자질이 아름다웠고 행동이 독
실했으며 가르치는데 게을리 하지 않았다. 문장과 도덕이 세상에서 높았다고
했다.7) 〈보천탄즉사시寶泉灘卽事詩〉에 대해 허균은 그의 『성수시화』에서
차최항고此最伉高라 했고, 〈낙동진시洛東津詩〉에 대해 허균은 그의 『국조
시산』에서 이 시의 경련頸聯에 대해 절당切當하다고 했고, 미련尾聯에는 사

---

7) 年譜 後記. 公天資粹美 溫良慈愛 早學詩禮 身任師道 … 文章道德高出於世.

대부의 몸가짐을 이와 같이 해야 할 것이라고 했다. 홍만종은 이 시를 들며 말이 극히 전아典雅하다고 하면서 몇 수의 작품을 들면서 이른바 국조國朝에서 그의 시가 으뜸이 된다는 말이 허언이 아니라고 했다.[8] 허균은 〈야박보은사시夜泊報恩寺詩〉의 경련頸聯에 대해 홍량洪亮 엄중嚴重해 참으로 우주를 버틸만하다고 했다.[9]

❖ 김시습金時習
산행즉사山行卽事

兒捕蜻蜓翁補籬	아이는 잠자리 잡고 늙은이는 울타리 고치며
小溪春水浴鸕鶿	작은 시내 봄물에 물새는 목욕을 한다.
靑山斷處歸程遠	푸른 산 끊어진 곳으로 돌아갈 길은 먼데
橫擔烏藤一箇枝.	오등烏藤 한 가지 비껴지고 간다오.

(『매월당시집梅月堂詩集』 권 1)

영산가고咏山家苦

薄田苗長麞麂吃	박전에 자란 싹 짐승들이 뜯어 먹고
莠粟登場鳥鼠偸	쭉정이 곡식 익으니 새와 쥐가 훔쳐간다.
官稅盡輸無剩費	관세官稅로 모두 가져가고 남은 것이 없는데
可堪私債奪耕牛.	사채私債로 소 빼앗아 가는 것을 어찌하리.

(『시집詩集』 권 2)

---

8) 洪萬宗, 『小華詩評』 卷 上. 佔畢齋金宗直善山人也 嘗出宰善山有詩曰 … 詞極典雅 … 所謂冠冕國朝者 豈虛言哉.
9) 許筠, 『惺叟詩話』. 洪亮嚴重 此眞撑柱宇宙句也.

산정山亭

白雲爲帳碧山屛	흰 구름 장막하고 푸른 산을 병풍하니
絶勝義之修禊亭	왕희지王義之의 난정蘭亭보다 더욱 아름답구나.
莫羨石家椒百斛	석숭石崇의 후추 백 섬을 부러워하지 마오
苔錢十萬散中庭.	태전苔錢 십만이 뜰에 흩어져 있다네.

(『시집詩集』 권 2)

소양정昭陽亭

鳥外天將盡	새가 날아가는 밖은 하늘이 끝나려 하는데
愁邊恨不休	근심에서 오는 한은 쉴 줄을 모른다.
山多從北轉	산은 북쪽으로 좇아 돌아가고
江自向西流	강은 서쪽으로 향해 흐른다.
雁下沙汀遠	기러기는 사정沙汀 까마득한 곳에 내리고
舟回古岸幽	배는 언덕 깊숙한 곳을 돌아간다.
何時抛世網	어느 때 세상 번뇌 털어버리고
乘興此重遊.	흥을 따라 이곳에 다시 놀러 오리오.

(『시집詩集』 권 13)

전가즉사田家卽事

西崦人家社酒香	서쪽 인가에 제삿술이 맛이 있어
村童來報老先嘗	아이가 와서 늙은이 먼저 맛보게 알린다.
妻挑野菜和根白	아내는 야채 캐어 찬을 만들고
兒摘山梨帶黃葉	아이들은 배나무 누런 잎까지 꺾어온다.

不識干戈事征戰　　　무기로 싸우는 전쟁은 알지 못하고
唯知耕耨足稻粱　　　오직 논밭 갈고 김매는 농사일만 안다.
田家所樂將何事　　　전가田家에서 즐거워하는 일이 무엇이겠는가
寒背蓬廬曝太陽.　　추위를 등진 초라한 집에 햇빛이나 쪼였으면 한다.
　　　　　　　　　　　(『시집詩集』권 2)

　김시습金時習(1435~1493)의 자는 열경悅卿 호는 동봉東峰, 매월당梅月堂이라 하기도 하며 강릉인江陵人이다. 오세五歲에 글에 능해 신동神童이라 일컬었으며, 단종端宗 손위遜位를 듣고 책을 살라버리고 불교에 귀의했다가 뒤에 환속했다. 그의 시문에 대해 허균은 그의 높은 절의節義는 말할 것이 없겠지만 그의 시문도 모두 뛰어났는데, 깊게 생각하고 지은 것이 아니기 때문에 간혹 좋지 않은 작품도 있다고 했다.[10] 그리고 홍만종은 그가 지은 시가 매우 많은데 대부분 감흥에 따라 지어 퇴고推敲에 유의하지 않았으나 작품이 뛰어나 범인凡人들이 미칠 바 아니라고 했다.[11]

❖ 강희맹姜希孟
병여음성정최세원病餘吟成呈崔勢遠

南窓終日坐忘機　　　남쪽 창에 종일 앉아 기미를 잊고 있는데
庭院無人鳥學飛　　　뜰에 사람은 없고 새가 나는 것을 익힌다.
細草暗香難覓處　　　가는 풀에 향기 나는 곳은 찾기 어려우며
淡煙殘照雨霏霏　　　맑은 연기 남은 햇빛에 안개비가 내린다.
　　　　　　　　　　　(『국조시산國朝詩刪』권 3)

---

10) 許筠, 『惺叟詩話』. 金悅卿高節卓爾 不可尙已 其詩文俱超邁 以其遊戲不用
　　意得之 故强弩之末 每雜蔓語 張打油可厭也.
11) 洪萬宗, 『小華詩評』卷 上. 金東峰時習 … 所賦詩極多 皆率口信手 遣興而
　　已 未嘗留意推敲 有非凡人所可及.

강희맹姜希孟의 자는 경순景醇 호는 사숙재私淑齋이며 문과에 장원했고 호당에 피선되었다. 벼슬은 찬성贊成을 역임했으며 시호는 문량文良이다.

❖ 남효온南孝溫
서강한식西江寒食

天陰籬外夕烟生	하늘이 침침한 울타리 밖에 저녁연기 오르고
寒食東風野水明	봄바람 부는 한식에 들 물이 맑다.
無限滿船商客語	배에 가득한 장사꾼들의 말은
柳花時節故鄕情.	버들꽃 필 즈음의 고향 정경이라오.

(『국조시산國朝詩刪』권 2)

상사성남上巳城南

城南城北杏花紅	성 남북에 살구꽃이 붉었으며
日在花西花影東	해가 꽃 서쪽에 있으니 꽃 그림자는 동쪽에 있다.
匹馬病翁驚節候	필마를 탄 병든 늙은이가 절후에 놀라
斜風吹淚女墻中.	비낀 바람에 성 위의 얕은 담 가운데서 눈물 흘린다.

(『대동시선大東詩選』권 2)

남효온南孝溫의 자는 백공伯恭 호는 추강秋江이며, 진사시에 합격했으나 다시 과거는 보지 않고 일생동안 물외物外에서 청유淸遊했다고 한다.

✤ 신영희辛永禧
즉사卽事

打麥聲高酒滿盆	보리타작 소리 높고 술은 동이에 가득한데
老人無事臥荒村	노인은 일이 없어 황촌荒村에 누웠다.
呼兒室下遮風幔	아이 불러 방에 장막으로 바람을 막게 하고
恐擾新移紫竹根.	새로 옮긴 자죽紫竹 뿌리 흔들릴까 염려한다.

（『대동시선大東詩選』 권 2）

　신영희辛永禧의 자는 덕우德優 호는 안정安亭이며 영산인靈山人이다. 진사로서 벼슬하지 않았다.

✤ 김굉필金宏弼
서회書懷

處獨居閒絶往還	홀로 한가롭게 있으며 오고가는 것을 끊고
只呼明月照孤寒	단지 밝은 달을 불러 외롭고 가난함을 비치게 한다.
憑君莫問生涯事	그대에게 부탁하노니 생애의 일은 묻지 마오
萬頃煙波數疊山.	만경의 연파와 몇 첩의 산이 있다네.

（『대동시선大東詩選』 권 2）

　김굉필金宏弼의 자는 대유大猷 호는 한훤당寒暄堂이며 서흥인瑞興人이다. 김종직의 문인으로 갑자사화甲子士禍 때 화를 입었으며 영의정에 추증되었다. 시호는 문경文敬이며 문묘文廟에 배향되었다.

✿ 정여창鄭汝昌

유두류도화개현遊頭流到花開縣

風蒲獵獵弄輕柔	창포가 바람에 엽렵하고 부드럽게 흔들리며
四月花開麥已秋	사월의 화개에 보리가 이미 익었다.
看盡頭流千萬疊	두류산 많은 골짜기를 모두 보고
孤帆又下大江流.	고범孤帆으로 또 큰 강을 따라 내려간다.

(『대동시선大東詩選』 권 2)

정여창鄭汝昌의 자는 백욱伯勗 호는 일두一蠹이며 하동인河東人이다. 과거에 급제하여 한림翰林을 역임했으나 연산군燕山君 때 유배지에서 처형되었다. 시호는 문헌文獻이며 문묘文廟에 배향되었다.

✿ 신종호申從濩

상춘傷春

茶甌飮罷睡初醒	잠에서 처음으로 깨어 차를 다 마시니
隔屋聞吹紫玉笙	건넛집에서 자옥생紫玉笙 부는 소리 들린다.
燕子不來鶯又去	제비는 오지 않고 꾀꼬리도 가버리니
滿庭紅雨落無聲.	붉은 꽃이 뜰에 가득하게 떨어지면서 소리도 없다.

(『대동시선大東詩選』 권 2)

신종호申從濩의 자는 차소次韶 호는 삼괴당三魁堂이다. 문과에 합격했고 호당에 피선되었으며 벼슬은 예조참판禮曹參判을 역임했다.

✤ 이주李胄

통주通州

通州天下勝	통주通州는 천하에서 좋은 곳
樓觀出雲霄	누대樓臺들이 하늘에까지 높게 솟았다.
市積金陵貨	저자에는 금릉金陵의 물건이 쌓였고
江通楊子潮	강은 양자강의 조수와 통했다.
寒烟秋落渚	가을이 되자 안개는 물가에 떨어지고
獨鶴暮歸遼	저문데 학만 홀로 요동으로 돌아간다.
鞍馬身千里	말에 안장을 하고 천리 밖에서
登臨故國遙.	올라 다다르니 고국은 멀다오.

(『국조시산國朝詩删』권 4)

기승寄僧

鍾聲敲月落秋雲	종소리가 달을 두드려 가을 구름을 떨어뜨리고
山雨篠篠不見君	비는 소소히 내리는데 그대는 보이지 않는구나.
鹽井閉門猶有火	염정에 문은 닫았으나 오히려 불은 있고
隔溪人語夜深聞.	시내 건너 사람 소리 깊은 밤에 들린다.

(같은책 권 2)

상별傷別

池面沈沈水氣昏	침침한 못에 물빛이 어두우며
枕邊魚擲夜深聞	베개머리에 고기 띠는 소리 깊은 밤에 들린다.
明宵泊近驪江月	내일 밤 여강驪江의 달과 가깝게 되면

竹嶺連天不見君. 죽령竹嶺이 하늘에 연해 그대를 보지 못하리라.
(위와 같음)

이주李胄의 자는 주지胄之 호는 망헌忘軒이며 고성인固城人이다. 과거에 급제하여 호당湖堂에 피선되었으며 벼슬은 정언正言을 역임했다. 허균은 그의 『국조시산』권 4에서 〈통주시通州詩〉에 대해 노두老杜의 맑은 운이 있다고 했으며, 또 『어우야담』의 기록을 인용하여 이주李胄가 서장관書狀官으로 중국에 가서 통주通州의 문루門樓에 올라 시를 지어 운운했는데 중국 선비들이 현판을 만들어 걸며 독학모귀요선생獨鶴暮歸遼先生이라 한다 했다. 그리고 〈기승시寄僧詩〉에 대해 격格이 높고 말이 뛰어나 극히 귀어鬼語와 같다고 했다.

✪ 강혼姜渾
유횡포遊橫浦

長天孤月照征衣　넓은 하늘 외로운 달이 나그네 옷을 비치는데
滿帽凉風緩緩歸　서늘한 바람 사모에 가득 받으며 천천히 돌아간다.
畵角數聲吹出塞　대평소 불며 변방을 나가니
一江鷗鷺摠驚飛,　강에 갈매기와 백로가 모두 놀라 난다.
(『대동시선大東詩選』권 2)

제사인사연정題舍人司蓮亭

竹葉淸罇白玉盃　죽엽의 맑은 술과 백옥의 술잔으로
舊遊蹤跡首空回　옛날 놀던 자취에 공연히 머리를 돌렸다.
滿庭明月梨花樹　뜰에 가득한 밝은 달과 배나무 꽃에

爲問如今開未開.　묻노니 지금처럼 피었더냐 피지 못했더냐.
　　　　　　　　　(위와 같음)

　　강혼姜渾의 자는 사호士浩 호는 목계木溪이며 진주인晉州人이다. 과거에 급제하여 호당에 피선되었고 벼슬은 좌찬성左贊成을 역임했으며 시호는 문간文簡이다.

✧ 이극감李克堪
남포南浦

江上雪消江水多　강에 눈이 녹으니 강물이 많아졌고
夜來聞唱竹枝歌　밤이 되자 죽지가竹枝歌 부르는 소리 들린다.
與君一別思何盡　그대와 헤어진 생각이 언제 다하랴
千里春心送碧波.　천리의 춘심을 푸른 물결에 보낸다오.
　　　　　　　　　(『대동시선大東詩選』 권 2)

　　이극감李克堪의 자는 덕여德輿이며 문과에 급제했다. 벼슬은 판서判書를 역임했으며 시호는 문경文景이다.

✧ 홍유손洪裕孫
제강석題江石

濯足淸江臥白沙　맑은 강에 발을 씻고 사장에 누웠으니
心神潛寂入無何　심신이 편안해 선경仙境에 들어선 듯.
天敎風浪長喧耳　하늘이 풍랑을 내 귀에 시끄럽게 해
不聞人間萬事多.　세속世俗의 많은 일들을 듣지 못하게 한다오.
　　　　　　　　　(『소총유고篠叢遺稿』)

정부사征婦詞

征雁寒聲落枕邊	기러기우는 소리 침변까지 들리며
綠紗窓靜對孤眠	조용히 녹사창綠紗窓을 대해 혼자 졸았다오.
遼西早放防秋詔	요서에 일찍 내린 방추防秋의 조령詔令을
夢裏分明下九天.	꿈속에서 분명히 들었다오.

(위와 같음)

홍유손洪裕孫의 자는 여경餘慶 호는 소총篠叢이며 남양인南陽人이다. 진사시에 합격했다고 하며 영남에서 김종직에게 두시杜詩를 배웠다 한다.

◇ 어무적魚無迹
봉설逢雪

馬上逢新雪	말 위에서 처음 내리는 눈을 만나니
孤城欲閉時	고성孤城에 문을 닫고자 할 때였다.
漸能消酒力	점점 술기운이 사라지려하고
渾欲凍吟髭	완전히 읊는 윗수염이 얼고자 한다.
落日無留景	해가 지자 남긴 경치가 없고
棲禽不定枝	쉬고자 하는 새는 가지를 정하지 못했다.
灞橋驢背興	패교灞橋에서 나귀 등에 가졌던 흥을
吾與故人期.	나는 고인과 더불어 기약하리라.

(『국조시산國朝詩刪』 권 4)

과길주서구거過吉注書舊居

落落高標吉注書	크고 높게 표시된 길주서吉注書는
金烏山下閉門居	금오산 아래 문을 닫고 살았다.
首陽薇蕨殷遺草	수양산首陽山 고사리는 은나라가 남긴 풀이며
栗里田園晋故墟	율리栗里의 밭과 동산은 진晋나라 옛 터라오.
千古名垂扶節義	절의를 붙들어 이름이 천고에 드리워
只今人過式旌閭	지금도 사람들이 살던 집 지나며 구부린다.
生爲男子誰無膽	남자로 태어나서 누군들 담이 없으랴
立立峰巒摠起余.	서 있는 봉우리들이 모두 나를 일으킨다.

(『대동시선大東詩選』 권 2)

어무적魚無迹의 자는 잠부潛夫 호는 낭선浪仙이며 김해金海에 살았다. 관노官奴로서 면천免賤이 되었는데, 시로써 그곳 군수郡守가 탐욕이 많은 것을 비방하다가 그 군수가 잡고자 하므로 도망쳐 다른 곳에서 객사했다. 주서注書는 길재吉再가 역임한 관직이며 율리栗里는 도연명陶淵明이 살았던 곳이다.

◈ 박계강朴繼姜

여강목계등목멱산與姜木溪登木覓山

扶節登眺渺茫間	지팡이 짚고 올라 아득한 곳을 바라보니
萬頃蒼波萬點山	넓고 푸른 물결과 만점의 산이라네.
口腹於吾眞一祟	먹고 사는 것이 나에게 하나의 빌미가 되어
不將身世老江干.	이 몸을 물가에서 늙지 못하게 한다오.

(『대동시선大東詩選』 권 2)

박계강朴繼姜의 호는 시은市隱이며 천한 신분이었는데 시로서 이름이 있어 충암沖庵 김정金淨과 서로 시로써 수창했다고 한다.

✥ 박은朴誾

숙삼전도宿三田渡

寓庵初被酒	우암寓庵에서 처음 술을 마셨고
箭串晚乘風	전곶箭串에서 늦게 바람을 쏘인다.
白雨時時隨	백우白雨가 때때로 내리고
黃花處處同	황화黃花는 곳곳에서 같이 핀다.
詩篇半行李	시편이 행장에서 반이나 되며
秋色一衰翁	가을빛에 한 늙은이라오.
獨間漁村宿	홀로 어촌에 자고자 물으니
平江月影空.	평평한 강에 달그림자만 비었다.

(『읍취헌유고挹翠軒遺稿』 권 2)

기택지寄擇之

黃菊花來撥懷抱	국화가 피어 회포를 풀어주고
靑雲人遠廢追尋	청운의 사람은 멀어져 찾지 않으려다.
風從木葉蕭蕭過	바람은 나뭇잎 좇아 소소히 지나가고
酒許山妻淺淺斟	산처山妻에게 술을 조금씩 따르게 한다.
使有兩螯吾已足	두 개의 게 발이 있었다면 내가 만족하겠으며
誰將一事更相侵	누가 한 가지 일로 서로 해치랴.
知君擁被寒如鐵	아마 그대는 쇠처럼 찬 이불 안고
夢不能成只獨吟.	꿈을 이루지 못하고 홀로 읊조리겠지.

(『읍취헌유고挹翠軒遺稿』 권 3)

복령사福靈寺

伽藍却是新羅舊	가람은 신라 때부터 내려오던 옛 절
千佛皆從西竺來	많은 부처는 모두 서축西竺에서 왔다네.
終古神人迷大隗	옛날 신인은 대외大隗에서 길을 잃었다는데
至今福地似天台	지금 복지는 천태산天台山과 같다오.
春陰欲雨鳥相語	비 오려는 흐린 봄날 새들은 지저귀고
老樹無情風自哀	늙은 나무는 무정한데 바람만 슬퍼하는구나.
萬事不堪供一笑	많은 일들은 한 번 웃을 것도 못되니
靑山閱世只浮埃.	긴 세월 겪은 청산은 뜬 먼지뿐이네.

(위와 같음)

영후정자營後亭子 기사其四

地如拍拍將飛翼	땅은 박박拍拍해 날려는 날개와 같고
樓似搖搖不繫篷	누는 매지 않은 배처럼 흔들린다.
北望雲山欲何極	북쪽의 바라보이는 운산은 어디에서 끝나며
南來襟帶此爲雄	남으로 오면서 둘러싸인 산하는 이곳이 체일이다.
海氛作霧因成雨	바다 기운은 안개 되어 비를 이루고
浪勢飜天自起風	물결은 하늘까지 뒤집어 바람을 일으킨다.
暝裏如聞鳥相叫	어두운 속에 새들의 부르짖는 소리 들리는 듯해
坐間渾覺境俱空.	앉아있는 사이에 허무함을 깨닫게 한다.

(위와 같음)

영후정자營後亭子 기오其五

憐我朝來獨吟處	아침에 와서 홀로 읊조리는 나를 가엾게 여기는가
一竿初日照簾旌	한발쯤 뜬 해가 발 머리를 비춘다.
風颿飽與潮俱上	바람을 잔뜩 실은 돛은 조수와 함께 올라오고
漁戶渾臨岸欲傾	어호漁戶는 모두 언덕에 다다라 기울어지려 한다.
雨後海山皆秀色	비온 뒤의 바다와 산 빛은 모두 빼어났고
春還禽鳥自和聲	봄이 오니 새들은 스스로 노래한다.
客中奇勝猶須句	객지의 좋은 경치가 시를 기다리는 듯하나
平世文章不要名	태평한 세상 문장은 명예를 요구하지 않는다.

(위와 같음)

　　박은朴誾(1479~1504)의 자는 중열仲說 호는 읍취헌挹翠軒이며 고령인高
靈人이다. 과거에 급제하여 호당에 피선되었고 벼슬은 수찬修撰을 역임했으
며 갑자사화甲子士禍 때 죽임을 당했는데 그때 이십육 세였다. 그의 인물과
문장에 대해 『호보號譜』에는 마음 씀이 바르고 몸가짐이 간략했으며 일을 당
하면 바른 말을 했다. … 공公의 시률詩律은 당시로부터 지금에 이르기까지
견줄 사람이 드물며 풍채가 맑고 깨끗해 속세의 사람 같지 않다고 했다.[12]
　　허균은 그의 『국조시산』권 5에 〈기택지시寄擇之詩〉를 실으면서 그 후미
에 매우 아름다운 운치가 있다고 했다. 그리고 〈복령사시福靈寺詩〉의 경련
에 대해 신조神助가 있다고 했으며 이 시의 후미에 발속拔俗하다고 하며 극
찬을 했다. 남룡익도 『호곡시화』에서 이 작품의 경련에 대해 최시경책最是
警策이라 하여 기발奇拔함을 말하고 있다. 〈영후정자시營後亭子詩〉에 대해
허균은 『국조시산』에 기이其二를 제외한 사수四首를 들면서 모두 놀랄 만하

---

12) 號譜 朴誾條. 處心正持已簡 遇事直言 … 公之詩律 自當世至今罕比 神骨透
　　撤 眉眼如畫 不似煙中人.

고 높게 솟아 시인으로서 우두머리가 되었으니 천고에 드문 소리라 했다.13)
그리고 허균은 〈기사시其四詩〉의 첫 구句에 대해 공중에 신기루蜃氣樓를
짓는 것과 같다고 했고, 경련에 대해 구가기세驅駕氣勢라 했는데, 웅건雄健
함을 말한 것이 아닌가 한다. 홍만종은 그의 『소화시평』에서 이 시를 인시한
후 이행李荇이 이 시에 대해 사람들의 의표意表를 벗어났고 자연스럽게 이
루어져 조식雕飾을 하지 않았으니 천고의 희음稀音이라고 한다 했다.14) 〈기
오시其五詩〉의 첫련에 대해 허균은 바람을 몰아 해와 달을 빨리 씻는 것과
같아 보면 아찔하다고 했다.15) 그리고 이 작품 후미에 가경고인可警古人이
라 하며 높게 평가했다.

✤ 이행李荇
팔월십오야八月十五夜

平生交舊盡凋零	평생 사귄 친구 모두 떨어져
白髮相看影與形	백발에 내 그림자와 서로 바라본다오.
正是高樓明月夜	바로 높은 누의 달 밝은 밤에
笛聲凄斷不堪聽.	피리소리 처량해 듣기 어렵다네.

　　　　　　　　　　　(『용재집容齋集』 권 7)

---

13) 許筠, 『國朝詩刪』 卷 5. 四篇皆惝怳突兀 極詩人之雄 殆千高希音.
14) 洪萬宗, 『小華詩評』 卷 上. 容齋曰 其詩出人意表 自然成章 不假雕飾 殆千
　　古希言.
15) 許筠, 『國朝詩刪』 卷 5. 若鞭風霆日月 見之蕩駭.

서직사벽書直舍壁

衰年奔走病如期　쇠년에 병이 약속한 듯 빨리 오지만
春興無多不到詩　봄 흥에 시심은 모든 것에 이르기까지 많다네.
睡起忽驚花事了　자다가 일어나 꽃이 졌을까 놀랐는데
一番微雨落薔薇.　한번 가는 비에 장미꽃이 떨어졌다.
　　　　　　　　　（같은책 권 1）

합천문자규陜川聞子規

江陽春色夜凄凄　강양江陽의 봄빛은 밤에 더욱 차가워
睡罷無端客意迷　잠을 깨자 무단히 생각이 어지럽다.
萬事不如歸去好　모든 일에 돌아가는 것만큼 좋은 것이 없는데
隔林頻聽子規啼.　숲 속에서 자규의 우는 소리 자주 들린다.
　　　　　　　　　（같은책）

상월霜月

晚來微雨洗長天　늦게 내린 가는 비가 넓은 하늘을 씻었고
入夜高風捲暝煙　밤이 되니 바람이 어두운 연기를 거두었다.
夢覺曉鍾寒徹骨　잠을 깨자 새벽 종소리가 매우 차가운 것은
素娥靑女鬪嬋娟.　소아素娥와 청녀靑女16)가 고운 것을 다투기 때문인가.
　　　　　　　　　（위와 같음）

---

16) 素娥는 음악을 잘한다는 女神의 이름이며, 靑女는 서리와 비를 내리게
　　한다는 女神.

신월新月

蒼茫海上月	넓은 바다에 달이 뜨니
今夕又生明	오늘 저녁도 밝겠구나.
白首身三竄	흰 머리에 세 번 유배되었고
危魂日九驚	겁에 질린 혼은 하루에 아홉 번 놀란다.
爺孃消息斷	부모와는 소식이 끊어졌고
妻子別離輕	처자들과는 쉽게 헤어졌다.
獨立荊扉下	홀로 싸리문 아래 서서
綠林澗水鳴,	푸른 숲 속의 흐르는 냇물소리 듣는다.

(같은책 권6)

차지정운次止亭韻

西日微微下遠巒	서쪽 해는 희미하게 먼 산봉우리로 지고
倦飛禽鳥各知還	날던 새들도 각자 돌아갈 것을 안다.
黃鸝無語分明老	꾀꼬리가 울지 못하니 분명히 늙었고
紅藥傷心一半殘	홍약紅藥이[17) 조금 남은 것에 마음이 상했다.
藜杖解能扶病骨	명아주 지팡이는 병든 몸을 돕게 되고
酒盃聊爲洗愁肝	술잔은 근심에 젖은 간을 씻는 데 도움이 되었다.
東皐舒嘯邀淸影	동고에서 휘파람 불며 맑은 그림자를 맞이하며
儃得餘生分外歡.	남은 인생에 분외의 기쁨을 얻고자 하네.

(위와 같음)

이행李荇(1478~1534)의 자는 택지擇之 호는 용재容齋이며 덕수인德水人

---

17) 芍藥의 다른 이름.

이다. 문과에 급제했고 호당에 피선되었으며 벼슬은 대제학大提學과 좌상左相을 역임했고 시호는 문정文定이다. 김창협金昌協은 그의 시에 대해 격력格力은 읍취헌挹翠軒에 미치지 못하나 원혼圓渾 화의和意한 점은 매우 노성老成해 일시의 좋은 적수가 될 것이며, 그의 오언고시五言古詩에는 뛰어난 작품이 있다고 했다.[18]

〈팔월십오야시八月十五夜詩〉에 대해 허균은 자신이 평생 동안 자주 읽는 시로서 무한의 감개를 느끼게 하여 읽으면 창연하게 한다고 했다.[19] 〈서직사벽시書直舍壁詩〉에 대해 홍만종은 온유溫裕 전칙典則해 사가詞家의 상승上乘이라고 하며[20] 격찬했다. 허균은 〈합천문자규시陝川聞子規詩〉를 그의 『국조시산』에 선입하면서 후미에 개구첩호開口輒好라 하여 지으면 문득 좋다고 했으며, 〈상월시霜月詩〉에 대해 당唐나라 시인들의 좋은 작품에 비교해도 못하지 않다고 했다.[21]

◈ 김안국金安國
연자루차포은운燕子樓次圃隱韻

燕子雙飛日幾回	제비는 짝을 지어 하루에 여러 번 날며
江南行客逐春來	강남의 나그네는 봄을 쫓아 왔다오.
東風落盡梅花樹	동풍에 매화는 나무에서 모두 떨어졌는데
唯見山茶帶雨開.	오직 산다山茶만이 비에 젖어 핀 것을 볼 수 있다.

(『국조시산國朝詩刪』 권 2)

---

18) 金昌協, 『農巖集』 卷 34, 雜識 外篇. 容齋詩雖格力不及挹翠 而圓渾和意 意致老成 足爲一時對手 其五言古詩往往有絶佳者.
19) 許筠, 『惺叟詩話』. 吾平生所喜詠一絶 … 無限感慨 讀之愴然.
20) 洪萬宗, 『小華詩評』 卷 上.
21) 許筠, 『國朝詩刪』 卷 2. 不減唐人高處.

우중영규화雨中詠葵花

松枝籬下小葵花	소나무 울타리 밑에 작은 해바라기는
意切傾陽奈雨何	햇빛에 생각이 간절하나 비가 오니 어찌하랴.
我自愛君來冒雨	내가 그대를 사랑해 비를 맞고 왔는데
不知姚魏日邊多.	모란이 햇빛 주변에 많은 것을 알지 못했다.

(위와 같음)

도중즉사途中卽事

天涯遊子惜年華	멀리 있는 나그네는 흐르는 세월이 아까운데
千里思家未到家	천리 밖에서 집을 생각하면서도 가지 못한다.
一路東風春不管	한결같이 동풍은 봄을 주관하지 못해
野桃無主自開花.	복숭아는 주인 없이 스스로 꽃이 피었다.

(위와 같음)

유용문등절정遊龍門登絶頂

步步緣危磴	걸음마다 위태로운 비탈길을 오르며
看看眼界通	보이는 곳에 안계가 통했다.
閒雲迷極浦	한가한 구름은 넓은 포구를 흐리게 했고
飛鳥沒長空	나는 새는 긴 하늘에서 살아졌다.
萬壑餘殘雪	골짜기마다 눈이 남아 있고
千林響晩風	많은 숲에서 늦게 부는 바람소리 들린다.
天涯懷渺渺	천애에서 생각이 고요해지며
孤月又生東.	외로운 달이 또 동쪽에서 뜬다.

(위와 같음)

김안국金安國의 자는 국경國卿 호는 모재慕齋이며 의성인義城人이다.
문과에 급제하여 대제학大提學과 찬성贊成을 역임했으며 시호는 문경文
敬이다.

✧ 이창수李昌壽
효기정이려曉起呈李簹

睡起窓扉手自推	자다가 깨어 사립문 창을 손으로 밀어 여니
樹頭殘月尙徘徊	나무 머리에 남아있던 달이 오히려 돌고 있다.
春天漸曙林鴉散	봄 하늘이 점차 밝아오고 갈까마귀가 흩어지는데
臥看靑山入戶來.	누워 푸른 산이 문으로 들어오는 것을 본다.

(『대동시선大東詩選』 권 2)

이창수李昌壽는 정종定宗 현손玄孫으로 호는 치재恥齋이며 김굉필金宏
弼의 문인이다.

✧ 이희보李希輔
만궁원輓宮媛

宮門深鎖月黃昏	궁문은 깊게 닫혔고 달은 지려 하는데
十二鍾聲到夜分	열두 번 종소리에 야분夜分이 되었다.
何處靑山埋玉骨	푸른 산 어느 곳에 옥골을 묻었을까
秋風落葉不堪聞.	가을바람에 나뭇잎 떨어지는 소리 듣기 어렵다오.

(『국조시산國朝詩刪』 권 2)

이희보李希輔의 자는 백공伯恭 호는 안분당安分堂이며 완산인完山人이
다. 과거에 급제하여 호당에 피선되었고 벼슬은 대사헌大司憲을 역임했다.
이 시에 대해 『어우야담』의 기록에 따르면 연산군燕山君이 애희愛姬가 죽자
조정의 문사들에게 시를 짓게 했는데, 이희보李希輔가 지은 이 시를 보고 눈
물을 흘렸으므로 당시 여론이 좋지 않았다고 하며 이로써 벼슬도 승진이 되
지 못했다고 했다.

◈ 이효칙李孝則
조령鳥嶺

秋風黃葉落紛紛	가을바람에 단풍잎이 어지럽게 떨어지며
主屹山高半沒雲	주흘산이 높아 반이나 구름에 잠기었다.
二十四橋嗚咽水	이십사 다리 아래 들리는 물소리를
一年三度客中聞.	일 년에 세 번이나 여행하며 들었다.

(『국조시산國朝詩刪』 권 2)

이효칙李孝則은 현풍玄風 향소鄕所에 있었다고 하며, 『국조시산』에 이 시
에 대해 어무적魚無迹이 붓을 던졌던 것이라 했다.

◈ 박상朴祥
차진원동헌운次珍原東軒韻

宿簷朝暮白雲多	묵은 처마에 아침저녁 흰 구름이 많고
竹外黃茅八九家	대밭 옆에 팔구호의 누런 띠집.
庭寂無人山鳥下	뜨락에 사람이 없으니 산새가 내려와
含蟲飛上刺桐花.	벌레 물고 오동나무에 앉아 쪼아 먹는다.

(『눌재집訥齋集 속집續集』 권 2)

산거백절山居百絕[22]

人事多遷老亦垂	인사가 여러 번 변하고 늙음이 또한 드리웠으나
可憐山色不曾移	사랑스럽게도 산 빛은 일찍 변하지 않았다.
日之夕矣牛羊下	석양이 되면 소와 양들이 집을 찾아오는데
兒子連連母後隨.	송아지와 어린 양들이 줄지어 어미 뒤를 따른다.
	(위와 같음)

柴門十日一回開	싸리문이 열흘 만에 한 번 열리니
山徑冥冥故厚苔	오솔길이 어둑어둑 이끼가 더욱 두텁다.
細雨今朝書札到	가는 비 내린 오늘 아침 서찰이 오더니
西村有乞碧桃栽.	서촌에서 복숭아 가꾸는 일 도와달라네.
	(위와 같음)

봉효직상逢孝直喪

無等山前曾把手	무등산 앞에서 일찍 만난 적이 있었는데[23]
牛車草草故鄕歸	달구지에 실려 초라하게 고향으로 돌아가는구나.
他年地下相逢處	다음날 저세상에서 서로 만나게 되면
莫說人間謾是非.	이 세상의 시비는 말하지 않기로 하세.
	(『속집續集』 권 2)

---

22) 訥齋는 金時習의 山居百首에 和詩를 짓는다고 했을 뿐 각 작품마다 詩題
   는 없다.
23) 이 시의 詩題의 孝直은 靜庵 趙光祖의 字.

충주남루차이윤인운忠州南樓次李尹仁韻

肩輿樓下謾頻過	가마에 내려 누하樓下를 자주 지나다가
高榻樓中興且多	높은 누에 오르니 시흥도 또한 많구나.
西北二江流太古	서북쪽 두 강은 태고 적부터 흐르고
東南雙嶺鑿新羅	동남쪽 두 재는 신라로 통했다오.
烟和暮堞棲鴉噪	연기 낀 저문 성곽에 갈까마귀가 울고
月照寒閭杵婦歌	달빛 비친 민가民家에 다듬이 소리 들린다.
佩印故州寧有此	고주에 주목州牧으로 탈 없이 잘 있으니
端將畵錦向人誇.	화려한 치장하고 자랑이나 하련다.

(『눌재집訥齋集』 권 5)

탄금대彈琴臺

湛湛長江上有楓	맑은 긴 강 위에 단풍나무가 있고
仙臺孤截白雲叢	선대仙臺는 흰 구름 속에 외롭게 솟았다.
彈琴人去鶴邊月	거문고 타던 사람은 가고 학만 달 주변에 있으며
吹笛客來松下風	피리 부는 나그네 오자 소나무 아래 바람이 인다.
萬事一回悲逝水	만사가 돌아가는 것에 흐르는 물처럼 서글퍼지고
浮生三歎撫飛蓬	부생이 여러 번 탄식하며 날으는 쑥대만 어루만진다.
誰能畵出湖州牧	뉘 능히 호주목湖州牧을 그려 내리오
散步狂吟夕照中.	석양 가운데 산보하며 광음狂吟하는 그를.

(위와 같음)

재유탄금대再遊彈琴臺

往事迢迢不可探	지난일 까마득해 알 길이 없고
琴仙臺下水如藍	금선대琴仙臺 아래 강물만 쪽빛 같구나.
文章强首無遺廟	문장의 강수强首는 사당도 없고
翰墨金生有廢庵	글씨의 금생金生은 낡은 암자만 있다.
落日上江舡兩兩	해질 무렵 몇 척의 배가 강물에 떠 있고
斜風盤渚鷺三三	바람 부는 물가에 여러 마리의 백로가 앉았다.
陶辭莫遣佳人唱	도사陶辭는 가인을 보내 노래를 부르게 하지 마오
太守聞來回發慙.	태수太守가 듣고 부끄럽게 여겨 돌아간다.

(위와 같음)

박상朴祥(1474~1530)의 자는 창세昌世 호는 눌재訥齋이며 충주인忠州人이다. 과거에 급제하여 호당에 피선되었고 문신 중시에 장원을 했다고 하며 벼슬은 통정通政과 목사牧使를 역임했다. 정조正祖는 눌재訥齋의 시에 대해 후세 사람들이 그의 시를 말하는 사람이 없으나 그의 유집遺集을 본 바 작품이 기걸奇傑하고 주려遒麗해 우리나라 시인들 가운데 제일에 속할 것이라 했다.[24] 허균은 정사룡鄭士龍이 젊었을 때부터 다른 작가의 작품을 인정하는데 인색했으나 눌재訥齋의 시는 좋아하면서 西北二江流太古 東南雙嶺鑿新羅와 彈琴人去鶴邊月 吹笛客來松下風라 한 구를 벽에 써두고 자신은 미칠 수 없다고 하며 감탄했다고 했다.[25]

---

24) 正祖, 『弘齋全書』 卷 164 日得錄. 朴訥齋詩 後人無稱道者 而嘗見其集 奇傑遒麗 儘是東詩中第一家數.

25) 許筠, 『惺叟詩話』. 鄭湖陰少推伏 只喜訥齋詩 嘗書 … 之句於壁上 自歎以爲不可及.

◈ 김정金淨

감흥感興

落日臨荒野	해질 무렵 황야荒野에 이르니
寒鴉下晚村	갈까마귀가 늦게 마을로 내려온다.
空林烟火冷	숲에 낀 연기는 차갑게 여겨지고
白屋掩荊門.	초라한 집들은 싸리문을 닫았다.

(『충암집冲庵集』 권 3)

증석도심贈釋道心

落日毗盧頂	해질 무렵 비로봉 정상에 오르니
東溟杳遠天	동해가 아득해 하늘처럼 멀다.
碧巖敲火宿	이끼 낀 바위에 불을 지펴 자고
連袂下蒼煙.	서로 소매잡고 안개 속으로 내려온다.

(위와 같음)

강남江南

江南殘夢晝厭厭	강남의 남은 꿈에 낮에도 한가로워
愁逐年芳日日添	근심은 해를 쫓아 날로 더해가는구나.
雙燕來時春欲暮	쌍연雙燕이 찾아올 때 봄마저 저물려하니
杏花微雨下重簾.	살구꽃에 내리는 가는 비에 발을 내린다.

(같은책 권 3)

제로방송題路傍松

枝條摧落葉鬖髿	가지는 꺾어지고 잎은 더부룩하며
斤斧餘身欲臥沙	도끼에 찍혀 남은 둥치가 사장에 눕게 되었다.
望斷棟樑人世用	세상의 동량되기는 바랄 수 없지만
楂牙堪作海仙槎.	바다 건너는 신선의 배에 노나 되고 싶다오.

(위와 같음)

견회遣懷

海國恒陰翳	해국은 항상 구름으로 가리었고
荒村盡日風	황촌에는 종일 바람이 분다.
知春花自發	봄을 알고 꽃은 스스로 피고
入夜月臨空	밤이 들면 달이 공중에 떴다.
鄕思千山外	먼 곳에서 고향생각을 하고
殘生絶島中	남은 목숨은 떨어진 섬에 있다.
蒼天應有定	푸른 하늘이 분명히 정한 것이 있을 텐데
何用哭途窮.	기구崎嶇함을 한탄한들 무엇하리.

(위와 같음)

제총석정題叢石亭

八月十五叢石夜	한가위 날 밤 총석정에 오르니
碧空星漢淡悠悠	푸른 하늘에 은하수의 별들이 넓게 퍼져 있다.
飛騰桂影昇天滿	날아오르는 달빛은 하늘에 가득하고
搖盪銀光溢海浮	요동하는 은빛 파도는 바다에 넘친다.

六合孤生身一粒　넓은 세계 외로운 인생은 쌀 낟 같고
四仙遊躅鶴千秋　사선四仙이 남긴 자취를 학만 길이 지킨다.
白雲沼遞萬山外　흰 구름은 많은 산 밖에 멀리 있는데
獨立高丘杳遠愁.　높은 곳에 홀로 서 깊은 근심에 잠긴다.
　　　　　　　　(위와 같음)

　김정金淨(1486~1521)의 자는 원충元冲 호는 충암冲庵이며 경주인慶州人
이다. 과거에 장원했고 호당에 피선되었으며 벼슬은 형조판서를 역임했다.
기묘사화己卯士禍 때 화를 입었으며 시호는 문간文簡이다. 그의 인물과 문
장에 대해 총명이 뛰어났고 문장이 정밀하고 깊어 산문은 서한西漢의 글을
따르고자 했으며 시는 성당盛唐의 시를 법하고자 했다. 말하고 하는 일은 옛
날 성현의 글을 기준으로 하고자 했으며 호현악선好賢樂善하는 것은 천성이
었다고 했다.26)

　허균은 그의 『국조시산』에 〈증석도심시贈釋道心詩〉의 승구承句에 대해
그곳에 가보지 않았다면 어찌 이같이 묘함을 알았으랴27) 하여 표현의 묘함
을 칭찬했다. 홍만종은 〈로방송시路傍松詩〉에 대해28) 김충암金冲庵은 문장
이 정심精深했는데 … 당화黨禍에 연좌連坐되어 제주濟州에 장류杖流되었
다가 바로 사사賜死되었다. 그가 남해南海에서 노방송老傍松을 보고 읊은
시에 … 우왈지가최석又曰枝柯摧析 … 라 했는데 격운格韻이 청원淸遠하고
용의用意가 매우 간절했다. 이 시는 자신의 당시 상황을 말한 것인데 결국
죽었으니 동량棟樑이 되기를 바라는 것은 틀렸지만 노櫓가 되기를 원했던
것도 끊어졌으니 슬프다고 했다.29) 〈제총석정시題叢石亭詩〉에 대해 허균은

────────────

26) 本傳『冲庵集』附錄. 爲文章精深灝噩 遠追西漢 詩學盛唐 立言行事 必而聖
　賢爲準 好賢樂善 出於天性
27) 許筠,『國朝詩刪』卷 1. 非涉此境 安知此妙.
28) 〈題路傍松詩〉는 같은 詩題로 三 首인데 여기에 든 작품은 三 首 가운데
　한 수이다.

그 후미에 세상에서 매우 아름다운 시라고 한다 했다.[30]

◈ 신잠申潛

취제이화정醉題梨花亭

此地來遊三十春	이곳에 와서 놀았던 것이 삼십 년이 되었는데
偶尋陳迹摠傷神	우연히 놀던 곳 찾았더니 마음이 슬프다오.
庭前只有梨花樹	단지 뜰 앞에 배꽃 나무만 남았고
不見當時歌舞人	당시의 노래하고 춤추던 사람은 볼 수 없다네.

(『대동시선大東詩選』권 2)

신잠申潛의 자는 원량元亮 호는 영천靈川이며, 기묘현량과己卯賢良科에 합격했다가 파방되었으며 시詩 서書 화畵에 능했다.

◈ 기준奇遵

의상암義相庵

高臺矗矗入烟空	높은 대는 안개 낀 공중에까지 우뚝 솟았고
雲盡滄溟一望窮	구름이 걷히자 넓은 바다를 한 눈에 바라볼 수 있다.
三十六峰秋夜月	삼십육 봉에 가을밤 달이 비치는데
玉簫吹徹海天風.	통소를 불자 바람에 해천海天까지 들린다.

(『국조시산國朝詩刪』권 2)

---

29) 洪萬宗,『小華詩評』卷 上. 金冲庵淨 文章精深 … 坐黨禍 杖流濟州尋賜死
    其南海也 詠路傍松曰 枝柯摧析 … 格韻淸遠 用意甚切 蓋以自況 而竟不保
    命 棟樑之望 旣已矣 仙槎之願 亦絶焉 悲夫.
30) 許筠,『國朝詩刪』卷 5. 世所稱絶佳者

추일성두秋日城頭

塞國初霜下	새방 나라에 처음 서리가 내리니
胡山一半黃	호지의 산에 반이나 나뭇잎이 누렇다.
野寒風葉動	들이 차가우니 바람에 잎이 움직이고
江落雁沙長	강에 떨어진 기러기 떼는 사장에서 길어진다.
朔氣沈孤戍	북방의 기운이 외로운 수자리에 잠기었고
邊雲老戰場	변방 구름은 전장에서 쇠해진다.
高城聊極目	높은 성에서 많이 보기를 원했는데
日暮淚茫茫	해가 저물자 눈물로 질편하다.

(『국조시산國朝詩刪』 권 4)

금직기몽禁直記夢

異域江山故國同	다른 지역의 강산이 고국과 같아
天涯垂淚倚孤峰	멀리 떨어져 고봉에 의지해 눈물 흘린다.
潮聲漠漠河關閉	조수 소리는 아득한 바다의 통로를 닫았고
木葉蕭蕭城郭空	나뭇잎은 소소히 성곽을 비게 했다.
野路細分秋草衰	여러 갈래의 들길에 가을풀이 시들었고
人家多住夕陽中	집들은 저녁 햇빛 가운데 많이 있다.
征帆萬里無廻棹	멀리 가는 배 다시 노를 돌릴 수 없어
碧海茫茫信不通.	넓고 푸른 바다에 소식을 알릴 수 없다오.

(같은책 권 3)

　　기준奇遵의 자는 자경子敬 호는 복재復齋이며 행주인幸州人이다. 과거에
급제하여 호당에 피선되었고 벼슬은 응교應敎를 역임했으며 기묘사화己卯

士禍 때 화를 입었다. 허균은 그의 『국조시산』에서 〈의상암시義相庵詩〉에 대해 선어仙語라 했고, 〈추일성두시秋日城頭詩〉의 함련頷聯에 대해 교묘하면서도 가늘지 않다고 했으며, 〈금직기몽시禁直記夢詩〉에 대해 표현한 말들이 당唐나라 문인들에 부끄러움이 없을 것이라 했고, 또 매우 귀어鬼語와 같다고 했다.

❖ 소세양蘇世讓

제상좌상진화안축題尙左相震畵雁軸

蕭蕭孤影暮江潯	쓸쓸한 외로운 그림자는 저문 강변에 있고
紅蓼花殘兩岸陰	붉은 여뀌 꽃은 양쪽 언덕 그늘진 곳에 남았다.
謾向西風呼舊侶	서풍을 향해 옛 짝을 부르지만
不知雲水萬里深	구름과 물이 얼마나 깊은지 알지 못하고 있다.

(『대동시선大東詩選』 권 2)

연경즉사燕京卽事

宴開迎餞一旬間	맞이하고 보내는 잔치가 열흘 동안 열려
三月皇州尙未還	삼월인데 이곳에서 돌아가지 못했다.
柳絮白於衰客鬢	버들 솜은 늙은 나그네의 살쩍머리보다 희고
桃花紅勝美人顔	복숭아꽃은 미인의 낯보다 더 붉다.
春愁點點連空館	봄 근심은 여관에까지 점점이 이어졌고
歸興翩翩落故山	돌아가고픈 생각은 고향산천에 너울거리며 떨어진다.
早晩勾當公事了	빨리 담당한 공사를 마치게 되면
拂衣長嘯出秦關.	옷을 떨치고 휘파람 불며 관문을 나서리라.

(위와 같음)

소세양蘇世讓의 자는 언겸彦謙 호는 양곡陽谷이며 진주인晋州人이다. 과
거에 급제하여 호당에 피선되었다. 문형文衡을 맡았고 벼슬은 찬성贊成을
역임했다.

◈ 정사룡鄭士龍
즉견卽見

繚巡似人腸九曲　　얽힌 길은 사람의 창자 같이 꼬불꼬불하고
支川如燕尾雙分　　갈라진 내는 제비 꼬리처럼 둘로 나누었다.
肩輿小駐鷄鳴午　　가마를 잠깐 멈추고 한낮 닭 우는 소리 듣는데
西崦茅茨隱白雲.　서쪽 띠집은 흰 구름에 가리었다.

(『호음잡고湖陰雜稿』 권 2)

기강岐江

灘到交流處　　여울물이 뒤섞이는 곳에 이르러
船移亂樹間　　배를 어지러운 숲속으로 옮겼다.
急風吹霧駮　　빠른 바람은 안개가 휘날리게 불고
疎雨打篷斑　　성긴 비는 대뜸에 물방울이 되게 친다.
行役能催老　　고된 여행이 늙음을 재촉하는 듯
功名不傳閑　　공명은 근심을 한가롭게 두지 않는다.
終慚庾開府　　마침내 유개부庾開府[31]에 부끄러운 것은
詩賦動江關.　짓는 시가 강관江關에만 알려지는 것이요.

(같은책 권 1)

---

31) 中國 南北朝 시대에 유명했던 시인.

대탄大灘

轟輵車千兩	천량의 수레가 큰 소리를 내는 듯
喧闐鼓萬椎	만 개의 쇠뭉치로 북을 치듯 요란한 소리.
篙工心欲細	사공은 겁을 많이 먹었고
病客膽先摧	병객은 담이 먼저 꺾이었다.
振鷺衝巖起	떨친 백로들은 바위에 부딪쳐 일어나는 듯
跳山入座迴	뛰는 듯한 산은 자리에 돌아왔다.
片帆愁激射	작은 배는 부딪힐까 근심스러워
顚倒岸邊來.	거꾸로 언덕 옆으로 온다.

(같은책 권 1)

황산전장荒山戰場

昔年窮寇此殲亡	옛날 궁한 도적을 이곳에서 섬멸해
鏖戰神鋒繞紫芒	무찌른 칼날이 자줏빛 풀에 얽혔다.
漢幟竪痕餘石縫	깃발 꽂은 흔적은 돌무더기에 남았고
斑衣漬血染霞光	피에 젖어 아롱진 옷은 노을처럼 물들었다.
商聲帶殺林巒肅	쇳소리 살기 띠어 숲 속이 음산하고
鬼燐馮陰堞壘荒	어두우면 도깨비불이 진터를 어지럽힌다.
東土兎魚由禹力	이 땅에서 살아남은 것은 임금의 은혜였으니
小臣摹日敢揄揚.	소신이 감히 큰 은혜를 어찌 말하리오.

(같은책 권 1)

후대야좌後臺夜坐

煙沙浩浩望無邊   깨끗한 사장은 넓어 끝이 없으며
千仞臺臨不測淵   대가 높아 못의 깊이를 알 수 없다.
山木俱鳴風乍起   산목이 같이 울고 바람도 잠깐 불며
江聲忽厲月孤懸   강물소리 요란하고 달만 홀로 떠 있다.
平生牢落知誰藉   평생의 불행 누구를 탓하며
投老逡遭祗自憐   늙어 주저함이 단지 가련할 뿐이요.
擬着宮袍放舟去   관복을 입은 듯 배를 놓아 타고 가며
騎鯨人跡問高天.   이백李白의 자취를 높은 하늘에 묻고 싶소.
（같은책 권 3）

기회紀懷

四落階蓂魄又盈   주위의 지시초知時草는 생기가 가득하나
悄無車馬閉柴荊   근심스럽게도 찾는 사람 없어 사립문을 닫았다.
詩書舊業抛難起   버린 시서詩書 다시하기 어렵겠고
稼圃新功策未成   밭을 가꿀 계획도 세우지 못했다.
雨氣壓霞山忽暝   우기雨氣가 짙어 산이 갑자기 어둡고
川華受月夜猶明   냇물이 달빛을 받아 밤인데 밝다.
思量不復勞心事   심사를 다시 괴롭히지 않고자 생각하여
身世端宜付釣耕.   몸은 오로지 밭 갈고 낚시하는 데 맡기겠소.
（같은책 권 5）

정사룡鄭士龍(1491~1570)의 자는 운경雲卿 호는 호음湖陰이며 동래인東萊人이다. 일찍 과거에 급제했고 호당에 피선되었으며 중시에 장원했다. 벼슬은 문형을 맡았고 찬성贊成을 역임했으며 시호는 문간文簡이다.

허균은 그의 『국조시산』에서 〈기강시岐江詩〉의 함련에 대해 극히 교묘하고 웅장하다고 했으며, 그리고 〈대탄시大灘詩〉의 경련頸聯에 대해 경치를 형상한 것이 이와 같이 험교險巧할 수 있겠는가 하며 매우 칭찬했다. 허균은 〈황산전장시荒山戰場詩〉에 대해 기이하고 호걸스러우며 무거워 참으로 기이한 작품이다. 중국의 절강浙江 사람 오명제吳命濟가 이 시를 보고 평해 말하기를 이러한 재주로 용도 잡을 수 있겠는데 도리어 개를 잡았으니 아깝다고 했는데, 당시唐詩를 배우지 않았다는 것이지만 그렇다고 어찌 적게 평가할 수 있겠는가 했다.[32] 〈후대야좌시後臺夜坐詩〉에 대해 허균은 이달李達이 호음湖陰에게 가장 득의연得意然한 구句가 어느 것인가 하고 물었더니 이 작품의 함련頷聯을 말했다고 하는데 사람들이 초려峭麗한 것이라고 한다했다.[33] 그리고 김득신金得臣은 이수광이 그의 『지봉유설』에서 월고현月孤懸 삼자三字가 강성홀려江聲忽厲와 조화가 잘 되지 않는다고 지적했는데, 허균은 그의 『국조시산』에 이 작품을 선발하면서 호음의 이 연이 이 책에서 압권壓卷이 될 것이라고 했다. 허균許筠은 시에 대한 안식이 높은 것으로 유명했는데, 이수광과 차이가 있는 것으로 보아 자세히 생각하지 않고 한 말이 아닌가 생각했다. 그 후 청풍淸風을 지나며 황강역黃江驛에서 자다가 밤에 물소리를 듣고 문을 열어본 바 락월落月이 외롭게 있어 호음湖陰의 이 연을 생각하며 사경寫景이 뛰어났음을 알았다고 했다.[34]

---

32) 許筠, 『惺叟詩話』. 湖陰荒山驛詩曰 … 奇杰渾重 眞奇作也 浙人吳明濟見之批曰 爾才屠龍 乃反屠狗 惜哉 盖以不學唐也 然亦何可少也.

33) 許筠, 『惺叟詩話』. 嘗問平生得意句 則曰 山木俱鳴風乍起 江聲忽厲月孤懸 人以爲峭麗.

34) 金得臣, 『終南叢志』. 李芝峰所著類說 許鄭湖陰後臺夜坐詩一聯 … 以月孤懸三字 與江聲忽厲不相屬云 許筠所撰國朝詩刪中 選入此詩而評之 曰此老

허균은 그의 『국조시산』에서 〈기회시紀懷詩〉의 경련에 대해 옛 시인들이 이르지 못한 것을 말했다고 했으며, 작품 후미에 웅사雄詞 걸구傑句로 오름이 질펀하고 우거져 참으로 긴 세월을 통해 기작奇作이라 했다.[35] 그리고 허균許筠은 그의 『성수시화』에 이 경련을 들면서 신조神助가 있는 듯하다고 했으며, 홍만종도 이 연을 들면서 극히 청허淸虛한 기상이 있어 신조神助라 해도 지나친 것이 아니라고 했다.[36]

❖ 나식羅湜
제화원題畵猿

老猿失其群	늙은 원숭이가 그 무리를 잃고
落日枯楂上	해질 즈음 마른 등걸 위에 있다.
兀坐首不回	우뚝 앉아 머리를 돌리지 않고
想聽千峰響.	천봉에 울리는 소리 듣는 듯하다.

(『국조시산國朝詩刪』 권 2)

도봉사道峰寺

曲曲溪回復	굽이마다 시냇물은 돌고 돌며
登登路屈盤	올라도 계속 길은 굽었고 서리었다.
黃昏方到寺	황혼 즈음에 바야흐로 절에 이르니

此聯當壓此卷 許筠以藻鑑名世 則宜有所深解 芝峯之有此貶論者 豈未常細究而然耶 余曾過淸風 抵宿黃江驛 夜半聞灘聲其駛 開戶視之 落月孤懸矣 因憶湖陰江聲忽厲月孤懸之句 一咏三歎 始嘗古人寫景逼眞 其詩價對景盆高.

35) 許筠, 『國朝詩刪』. 雄詞傑句 滔滔莽莽 眞千載奇作.
36) 洪萬宗, 『小華詩評』 卷 上. 湖陰詩 極有淸虛之氣 雖謂之神助 亦非過許.

淸磬落雲端.　　　　맑은 경쇠 소리 구름 끝에서 들린다.

　　　　　　　　　(위와 같음)

　나식羅湜의 자는 장원長源 호는 장음정長吟亭이며 안정인安定人이다. 을사사화 때 화를 입었다. 허균은 그의 『국조시산』에서 〈제화원시題畵猿詩〉에 대해 대가들이 크게 칭찬한 것이다. 이 시는 이주유격伊州遺格으로 이른바 한 구가 없으면 작품을 이루지 못하는 것으로 성당盛唐 시인들이 잘 지었다고 했다.[37] 그리고 〈도봉사시道峰寺詩〉에 대해 당시唐詩에 접근한다고 했다.

❖ 최수성崔壽峸
제만의촌동부도題萬義村東浮屠

古殿殘僧在	옛 절에 얼마의 중이 있고
林梢暮磬淸	숲 끝에 늦게 들리는 경쇠소리 맑다.
窓通千里盡	창은 천리를 모두 통하게 되었고
墻壓衆山平	담장은 뭇 산을 눌러 평탄하게 했다.
木老知何歲	나무가 늙었으니 얼마나 되었는지 알겠고
禽呼自別聲	우는 소리로 어떤 새인지 구분하겠다.
艱難憂世網	어려움으로 세상의 그물을 근심하면서
今日恨吾生.	오늘의 내 생애를 원망한다네.

　　　　　　　　　(『국조시산國朝詩刪』 권 4)

　최수성崔壽峸의 자는 가진可鎭 호는 원정猿亭이며 강릉인江陵人이다. 처

---

37) 此申鄭所閣筆 而蘸老所歎服 乃伊州遺格 所謂截一句不得 盛唐人能之.

사處士로서 계묘癸卯의 화를 입었다.

❖ 양사언楊士彦
추사秋思

孤烟生曠野	한 줄기 연기는 넓은 들에서 피어오르고
殘日下平蕪	남은 해는 거친 들로 지려한다.
爲問南來雁	남쪽으로 온 기러기에 묻고 싶은 것은
家書寄我無	집에서 보낸 나의 편지가 없느냐.

(『국조시산國朝詩删』권 2)

만경대萬景臺

九霄笙鶴下珠樓	하늘에서 학이 울며 주루珠樓로 내려오고
萬里空明灝氣收	넓고 밝은 하늘에 물 기운을 거두었다.
靑海水從銀漢落	푸른 바다의 물은 은하수로 좇아 떨어지고
白雲天入玉山浮	하늘의 흰 구름은 옥산玉山으로 들어가서 떴다.
長春桃李皆瓊藥	긴 봄의 복숭아와 오얏은 모두 아름다운 꽃술이며
千載喬松盡黑頭	오래된 큰 나무들은 끝이 모두 검었다.
滿酌紫霞留一醉	술잔에 가득한 자하주로 한 번 취하고자 하는 것은
世間無地起閒愁	세상 어느 곳인들 근심이 일어나지 않음이 없다오.

(『국조시산國朝詩删』권 6)

　양사언楊士彦의 자는 응빙應聘 호는 봉래蓬萊이며 과거에 급제했고 벼슬은 부사에 그쳤다. 기골이 속되지 않았고 글씨도 기고奇古했다.

✧ 강극성姜克誠
제신력題新曆

天時人事太無端	천시와 사람의 일이 너무 실마리가 없어
新曆那堪病後看	새 책력을 어찌 병이 있은 후에 볼 수 있으랴.
不識今年三百日	알 수 없나니 금년 삼백일에
幾番風雨幾悲歡.	몇 번 비바람이 불고 비환이 얼마나 반복할지.

(『대동시선大東詩選』 권 3)

차우인운次友人韻

朝衣典盡酒家眠	조복朝服은 모두 전당 잡히고 술집에서 잠자며
賜馬將謀數頃田	사마賜馬는 장차 몇 이랑의 밭을 계획한다네.
珍重主恩猶未報	진중한 임금의 은혜 오히려 갚지 못했으니
夢和殘月獨朝天.	꿈에 잔월殘月과 같이 홀로 하늘에 조회하리라.

(『국조시산國朝詩删』 권 3)

사성항래방謝成恒來訪

一笑尊前話	한 번 웃으며 술통 앞에서 이야기하니
離懷六載間	헤어져 그리워한 것이 육 년이 되었다.
相驚同夢寐	꿈이 같았던 것에 서로 놀랐고
各怪異容顔	얼굴이 달라진 것을 각자 이상히 여겼다.
病骨經秋換	병골이 가을을 지나면서 바뀌었고
詩魂對酒還	시혼은 술을 대하자 돌아왔다네.
忽忽翻告別	갑자기 또 이별을 말하니

離恨滿江山.　　　헤어지는 한이 강산에 가득하다오.
　　　　　　　　　(위와 같음)

　강극성姜克誠의 자는 백실伯實 호는 보만당保晚堂이며 진주인晉州人이다. 문과에 급제했고 호당에 피선되었으며 중시에 합격했고 벼슬은 사인舍人을 역임했다.

✧ 신광한申光漢
주박장탄적화만舟泊長灘荻花灣

孤舟一泊荻花灣　　한 척 배를 갈대꽃 핀 물굽이에 대니
兩道澄江四面山　　양쪽은 맑은 강 사방은 산이라네.
人世豈無今夜月　　이 세상에 오늘 같은 달밤이 없으랴마는
百年難向此中看.　　한평생 이 같은 광경을 보기 어려우리라.
　　　　　　　　　(『기재집企齋集』 권 4)

최동년경포별서즉사崔同年鏡浦別墅卽事

沙村日暮扣柴扉　　사촌沙村에 날이 저물어 시비를 찾으니
夕露微微欲濕衣　　가늘게 내리는 저녁 이슬에 옷이 젖고자 한다.
江路火明聞犬吠　　강변길에 불이 밝고 개가 짖더니
小童來報主人歸.　　소동小童이 와서 주인이 돌아왔다고 아뢴다.
　　　　　　　　　(『별집別集』 권 2)

저우신숙신륵사沮雨信宿神勒寺

好雨留人故不晴	호우好雨가 사람을 머물게 하기 위해 개지 않아
隔窓終日聽江聲	종일 창 밖 강물 흐르는 소리를 듣는다.
斑鳩又報春消息	비둘기는 또 봄소식을 알리기 위해
山杏花邊款款鳴.	살구꽃 핀 가지에서 관관히 운다.

(『별집別集』 권 4)

증별당질원량지임령동군贈別堂姪元亮之任嶺東郡

一萬峰巒又二千	일만 봉 하고 또 이천 봉
海雲開盡玉嬋妍	바다에 구름이 걷히자 옥처럼 곱다오.
少因多病今傷老	젊었을 때는 병이 많았고 이제는 늙어
孤負名山此百年.	일생동안 명산을 보지 못했다네.

(『별집別集』 권 1)

황작음黃雀吟

黃雀啄黃黍	참새가 기장을 쪼아 먹다가
飛鳴集林木	울며 숲 속으로 날아간다.
田中有稚兒	밭 가운데 있는 어린 아이가
日日來禁啄	날마다 와서 새를 쫓는다.
雀飢不得飽	새는 먹지 못해 배고파하고
兒喜能有粟	아이는 곡식이 있어 기뻐한다.
有粟輸官倉	있던 곡식은 모두 관창으로 실려 갔고
歸家但四壁	집에 돌아오니 단지 사방에 벽만 있다.

黃雀終自肥　　　참새는 결국 스스로 살이 쪘으나
兒飢向田哭.　　　아이는 배가 고파 밭을 향해 운다오.
　　　　　　　　(『기재집企齋集』권 5)

서헌사시西軒四時 동시冬詩

山外孤村少往還　　산외 외로운 마을에 가고 오는 사람 적어
雪晴江路細漫漫　　눈 개인 강변길이 가늘게 뻗어있다.
田間鳥啄空林樂　　밭에 쪼던 새들은 공림空林에서 즐거워하고
樓上人憑短檻看　　누 위에 사람들은 짧은 난간에 의지해 바라본다.
銀界遠連滄海闊　　은계銀界는 멀리 서늘한 바다와 연해 넓어졌고
玉峰高拱暮天寒　　옥봉玉峰은 저문 하늘을 높게 꽂아 차갑구나.
前溪一夜層氷閣　　앞 내에 하룻밤 사이에 얼음이 두껍게 얼어
間却漁家舊釣竿.　　낚시꾼들이 낚시를 하지 못하게 되었다.
　　　　　　　　(『별집別集』권 2)

　　신광한申光漢(1484~1555)의 자는 한지漢之 호는 기재企齋이며 신숙주申
叔舟의 손자이다. 과거에 급제하여 호당에 피선되었다. 벼슬은 문형을 맡았
고 찬성贊成을 역임했으며 시호는 문간文簡이다. 그의 인물에 대해 광한光
漢은 문장에 능한 선비로서 형용이 여위었으나 신채神采가 범상하지 않았고
가산家産에 관심을 두지 않았다. 조정에 있을 때 몸가짐이 청렴했을 뿐만 아
니라, 매사에 조심하고 아첨하는 태도가 없었으며 장자長者의 풍모가 있었다
고 했다.[38]

　　허균은 그의 『국조시산』권 2에서 〈적화만시荻花灣詩〉의 후미에 말이 여

---

38)『明宗實錄』卷 19, 10年 11月. 史臣曰 光漢文雅人也 形容癯瘦 神采脫凡 居
　　家不營生産 處朝持身廉謹 無阿諛之態 有長者之風.

기에 이르러 흠이 없다고 평했다. 〈최동년경포별서즉사시崔同年鏡浦別墅卽事詩〉에 대해 당唐나라 시인의 바른 격식이라 했으며, 어숙권魚叔權은 이 시에 대해 신광한申光漢이 삼척부사三陟府使로 있으면서 동년同年인 최익령崔益齡을 경포鏡浦로 찾아가서 지은 것이다. 그 후 관동關東으로 찾아갔던 문인들이 이 시에 차운次韻하여 지은 시가 큰 책이 되었는데, 보는 사람들이 기재企齋의 이 작품을 절창이라 한다고 했다.39) 허균은『국조시산』에서 〈신숙신륵사시信宿神勒寺詩〉에 대해 사람으로 하여금 취하게 한다고 했으며, 〈증별당질시贈別堂姪詩〉에 대해 이 시는 세상에서 좋다고 일컫는 바라 했다.

❖ 이언적李彦迪
무위無爲

萬物變遷無定態	만물이 변천해 정한 형태가 없어
一身閑適自隨時	일신의 한가함도 스스로 때를 따르고자 한다.
年來漸省經營力	근간에 점점 경영하는 힘을 살피게 되었으니
長對靑山不賦詩.	길이 청산을 대해 시를 짓지 않으리라.

(『국조시산國朝詩刪』 권 3)

이언적李彦迪(1491~1553)의 자는 복고復古 호는 회재晦齋이며 경주인慶州人이다. 과거에 급제했으며 벼슬은 찬성贊成을 역임했다. 시호는 문원文元이며 명종묘明宗廟와 문묘文廟에 배향되었다. 허균은『국조시산』권 3에서 이 시에 대해 깨닫고 통달한 말이라고 했으며, 말의 뜻이 매우 높아 용렬한 시인이 미칠 바 아니라고 한 이수광의『지봉유설』의 말을 옮겨 놓았다.

39) 魚叔權,『稗官雜記』. 其後使關東 多次其韻 聯爲大卷 見者皆以企齋詩爲絶唱.

❖ 서경덕徐敬德
제해주허백당題海州虛白堂

虛白堂中憑几人	허백당虛白堂 가운데 궤에 기대어 있는 사람은
一生心事淡無塵	일생동안의 마음은 맑고 티끌이 없다오.
太平歌管來飄耳	태평을 칭송한 음악이 귀에 들려오니
便作羲皇以上人.	문득 희황羲皇40) 이상의 사람이 되었다.

(『국조시산國朝詩刪』 권 3)

서경덕徐敬德(1489~1546)의 자는 가구可久 호는 화담花潭이며 당성인唐城人이다. 송경松京에 살면서 벼슬하지 않으면서 의리義理를 궁구했다. 뒤에 좌상左相에 증직되었고 시호는 문강文康이다. 허균은 『국조시산』권 2에서 이 시에 대해 뛰어나고 힘이 있어 낭唐나라 작가들의 밑에 가지 않을 것이라 했다.

❖ 임억령林億齡
시우인示友人

古寺門前又送春	옛 절 문 앞에서 또 봄을 보내니
殘花隨雨點衣頻	남은 꽃이 비를 따라 자주 옷에 점을 찍는다.
歸來滿袖淸香在	돌아오니 소매에 가득하게 맑은 향기가 있어
無數山蜂遠趁人.	많은 벌들이 멀리까지 사람을 쫓아온다.

(『국조시산國朝詩刪』 권 3)

---

40) 중국 상고의 皇帝.

시중재示仲載

葉落千山瘦	잎이 떨어지니 산들이 여위어졌고
年衰兩鬢絲	늙게 되니 양쪽 살쩍머리가 희었다.
淸江和雨釣	맑은 강에 비가 내리면 낚시하고
小圃帶經鋤	채마밭에 호미를 가지고 지나간다.
泉石眞如畫	천석泉石이 참으로 그림 같고
魚蝦不直蔬	어하魚蝦가 나물만큼 값이 못하겠는가.
淵明曾有賦	도연명陶淵明이 일찍 시를 지었으니
吾亦愛吾廬.	나도 또한 나의 집을 사랑하리라.

(『대동시선大東詩選』 권 2)

송성청송환산용기재운送成聽松還山用企齋韻

寂寞荒村隱小微	적막한 거친 마을에 소미小微[41]도 보이지 않고
蕭條石徑接柴扉	쓸쓸한 돌길이 사립문에 닿았다.
身同流水世間出	몸은 유수와 같이 세간을 떠났고
夢作白鷗江上飛	꿈에는 백구가 되어 강상을 난다.
山擁客窓雲入座	산은 창을 안아 구름이 자리에까지 들어오고
雨侵書榻葉投幃	빗방울이 책상 위에 떨어지자 잎은 휘장을 친다.
飄然又作抽簪計	표연히 또 벼슬을 버릴 계획하고 있으니
塵土無由染素衣.	진흙이 깨끗한 옷을 더럽힐 수가 없을 것이오.

(국조시산 권 6)

---

41) 하늘에 있는 별 이름

　　임억령林億齡(1496~1568)의 자는 대수大樹 호는 석천石川이며 선산인善
山人이다. 과거에 급제했으며 벼슬은 감사監司를 역임했다. 허균은『국조시
산』권 6에서 〈시우인示友人詩〉에 대해 당唐나라 시인의 풍격風格을 갖추
었다고 했으며, 〈송성청송환산시送成聽松還山詩〉의 경련에 대해 말이 기발
奇拔하다고 했으며 함련은 청경淸警하다고 했다. 그리고 끝에 전편의 신령
스러운 내용이 얽매이는 것을 받지 않는 것과 같다고 했다.

◈ 정렴鄭礦
등와현망관악登瓦峴望冠岳

荒村古木嘯飢鳶	황촌荒村의 고목에 주린 솔개가 울고
蘆荻蕭蕭薄暮天	갈대소리 소소하며 날씨는 저물려 한다.
立馬溪橋回首望	시내 다리에 말을 세우고 머리 돌려 바라보니
亂山遙在白雲邊	산들이 멀리 흰 구름 주변에 있다.

(『국조시산國朝詩刪』 권 3)

　　정렴鄭礦의 자는 사결士潔 호는 북창北窓이며 온양인溫陽人이다. 이술異
術이 있었다고 하며 일찍 세상을 떠났다. 허균은『국조시산』에서 이 시에 대
해 청원淸遠해 맛이 있다고 했다.

◈ 홍춘경洪春卿
부소락화암扶蘇落花巖

國破山河異昔時	나라가 파하니 산하도 옛과 달라졌는데
獨留江月幾盈虧	홀로 강에 머문 달은 몇 번이나 차고 이지러졌는가.
落花巖畔花猶在	낙화암 주변의 꽃은 오히려 있으면서

風雨當年不盡吹.　바람비 내리던 그때도 다 불지 않았다.

（『국조시산國朝詩刪 권』3）

홍춘경洪春卿의 자는 인중仁仲 호는 석벽石壁이며 남양인南陽人이다. 문과에 급제했고 호당에 피선되었으며 벼슬은 감사監司를 역임했다.

✧ 성운成運

대곡주좌大谷晝坐

夏木成帷盡日昏　여름 나뭇잎은 휘장되어 종일 컴컴하고
水聲禽語靜中喧　물과 새 우는 소리가 고요한 가운데 지껄인다.
已知路絶無人到　이미 길이 끊어져 오는 사람이 없음을 알았으나
猶倩山雲鎖洞門.　오히려 구름을 빌려 동문을 막고 싶다오.

（『대동시선大東詩選』권 2）

서좌벽書座壁

事往嗟何及　지난 일을 슬퍼한들 어찌 미치리오
懷賢淚滿衣　어진 이를 생각하면 눈물이 옷에 가득하다.
波乾龍爛死　물이 마르면 용이 타서 죽게 되고
松倒鶴驚飛　소나무가 넘어지니 학이 놀라 난다.
地下忘恩怨　저세상에는 은혜와 원망을 잊는다는데
人間說是非　인간세계에는 시비를 말한다.
仰瞻黃道日　황도黃道[42]의 해를 우러러 바라보면

---

42) 지구에서 보면 태양이 일 년 동안에 지구를 한 바퀴 도는 길을 말함.

誰得掩光輝.　　　누가 밝은 빛을 가릴 수 있으랴.
　　　　　　　　　(위와 같음)

　성운成運의 자는 건숙健叔 호는 대곡大谷이며 창녕인昌寧人이다. 일생
동안 숨어 살면서 조정에서 여러 번 불렀으나 벼슬은 하지 않았다고 한다.
이수광은 〈서좌벽시書座壁詩〉를 들면서 대개 을사년에 희생된 인사들을 슬
퍼한 것으로서 경련頸聯이 희생된 인사들의 심정을 말했으니 참으로 통곡할
만하다고 했다.[43]

✪ 조식曹植
우음偶吟

人之愛正士　　　사람들이 올바른 선비를 좋아하는 것은
好虎皮相似　　　범 가죽을 좋아하는 것과 서로 같다오.
生前欲殺之　　　살아 있을 때는 죽이고자 했으나
死後方稱美.　　　죽은 뒤에는 아름답다고 일컫는다네.
　　　　　　　　(『대동시선大東詩選』 권 2)

　조식曹植(1501~1572)의 자는 건중楗仲 호는 남명南冥이며 창녕인昌寧人
이다. 조정에서 여러 번 불렀으나 나가지 않았다. 뒤에 영의정으로 증직되었
으며 시호는 문정文貞이다.

---

43) 李睟光 『芝峯類說』. 蓋悼乙巳諸人也　下聯能說道諸賢心事　可爲痛哭.

❖ 이황李滉
입춘立春

黃卷中間對聖賢	책 속에서 성현을 대하고자
虛明一室坐超然	밝은 방에 초연히 앉았다오.
梅窓又見春消息	매화 비친 창에 또 봄소식을 볼 수 있으니
莫向瑤琴嘆絶絃.	거문고를 향해 줄이 끊어졌다고 탄식하지 마오.

(『퇴계집退溪集』권 2)

이황李滉(1501~1570)의 자는 경호景浩 호는 퇴계退溪이며 진보인眞寶人이다. 과거에 급제했고 호당에 피선되었으며 문형을 맡기도 했다. 벼슬은 이상二相을 역임했으며 시호는 문순文純이다. 선조묘宣祖廟와 문묘文廟에 배향되었다.

❖ 김인후金麟厚
화지花枝

墻外花枝欲動春	담장 밖의 꽃가지에 봄기운이 움직이고자 하니
年年長見舊精神	해마다 길이 옛 정신을 보겠다.
無端更被東風妬	무단히 다시 동풍의 투기함을 입어
掩抑寒姿向主人.	차가운 자태가 주인을 향하지 못하게 되었다.

(『대동시선大東詩選』권 2)

김인후金麟厚(1510~1560)의 자는 후지厚之 호는 하서河西이며 울주인蔚州人이다. 문과에 급제했고 호당에 피선되었으며 벼슬은 교리校理에 그쳤다. 을사사화乙巳士禍 후에는 끝까지 벼슬하지 않았다. 뒤에 이조판서吏曹

判書에 증직되었고 시호는 문정文靖이며 문묘文廟에 배향되었다.

◇ 임형수林亨秀
수항정受降亭

醉倚胡床引兕觥	취해 높다란 걸상에 의지해 뿔소 잔을 잡고 있으니
佳人狎坐戛銀箏	가인이 가깝게 앉아 은쟁銀箏을 탄다.
陰山獵罷歸來晚	음산陰山에서 사냥을 파하고 늦게 돌아오면서
馳渡氷河劍戟鳴.	빙하氷河를 달려 건너니 칼과 창이 운다.

(『국조시산國朝詩删』권 3)

임형수林亨秀의 자는 사수士遂 호는 금호錦湖이며 평택인平澤人이다. 과
거에 급제했고 호당에 피선되었으며 벼슬은 제주목사濟州牧使에 이르렀다.
정미벽서丁未壁書의 변에 원통하게 죽었다. 허균은 그의 『국조시산』에서 이
작품의 기구起句가 극히 호탕하다고 했으며, 끝에 호협豪俠한 기상이 너풀
거린다고 했다.(협기편편俠氣翩翩)

◇ 정유길鄭惟吉
몽뢰정춘첩夢賚亭春帖

白髮先朝老判書	백발이 된 먼저 조정의 늙은 판서는
閑忙隨分且安居	한망閑忙을 분수에 따랐으며 또 편안히 있다오.
漁翁報道春江暖	어옹漁翁이 봄 강물이 따뜻하다고 알리며
未到花時進鱖魚	꽃도 피지 않았는데 쏘가리를 가져 왔다네.

(위와같음)

정유길鄭惟吉(1515~1588)의 자는 길원吉元 호는 임당林塘이다. 과거에 장원했고 문형을 맡았으며 벼슬은 좌상左相을 역임했다.

✧ 윤기尹紀
벽란도우거碧瀾渡寓居

柴門日暖桃花靜	사립문에 햇빛이 따뜻하고 복숭아꽃이 피었는데
無數蜻蜓上下飛	많은 잠자리들이 아래위로 날고 있다.
午睡初醒童子語	낮잠을 깨니 동자가 말하기를
折來山蕨滿筐肥.	산에서 고사리를 많이 꺾어 왔다고 한다.

(『대동시선大東詩選』 권 2)

윤기尹紀는 일찍 준재俊才가 있었다고 하며, 을사사화乙巳士禍 때 미친 듯이 행동하며 과거를 보지 않았다고 한다.

✧ 전우치田禹治
삼일포三日浦

秋晩瑤潭霜氣淸	늦가을 못에 서리 기운이 맑으며
天風吹下紫簫聲	퉁소소리 바람을 따라 들려온다.
靑鸞不至海天闊	난새는 오지 않고 바다와 하늘은 넓으며
三十六峯明月明.	서른여섯 봉에 달빛이 밝다오.

(『대동시선大東詩選』 권 2)

전우치田禹治는 담양인潭陽人이며 성종成宗 때 송도松都에 살면서 신선술神仙術을 배워 그 술에 능해 귀물鬼物을 부리었다고 한다. 시조時調를 잘 불렀으며 운이 청절淸絶했다고 한다.

✧ 이두춘李逗春
단양협중丹陽峽中

山欲蹲蹲石欲飛	산은 춤을 추고 돌은 날고자 하며
洞天深處客忘歸	동천의 깊은 곳에서 돌아가는 것을 잊었다.
澄潭日落白雲起	맑은 못에 해가 지고 흰 구름이 일고 있는데
一縷仙風吹羽衣.	한 가닥 선풍仙風이 우의羽衣에 분다.

(『대동시선大東詩選』 권 2)

이두춘李逗春의 자는 영중榮仲, 원주인原州人이며 문과에 급제했다.

VI

◈ 노수신盧守愼

향로봉香爐峰

香爐勢絶獨亭亭	향로봉 뛰어난 형세가 홀로 우뚝해
雪滿群峰出玉屛	눈 덮인 뭇 봉우리에 병풍처럼 솟았다.
仔細看來徒亂意	자세히 살펴보면 마음이 어지러워
丹靑十日畫難形.	십일 동안 그려도 어렵겠다오.

(『소재집穌齋集』 권 1)

문인중출해향새問仁仲1)出海向塞

海南八十偏親在	해남에 팔십의 편친偏親을 두고
塞北三千獨子行	북쪽 변방 삼천리로 독자는 간다.
縱有丹靑不能畫	물감으로도 그릴 수 없는 것인데
賴吾能說此間情.	내 능히 이들 사이의 정을 말하랴.

(같은책 권 2)

십육야감탄성十六夜感歎成

八月潮聲大	팔월에 조수소리 크게 들리고
三更桂影疎	삼경에 달빛 그림자가 성기다오.
驚棲無定魍	놀란 도깨비는 있을 곳을 잃었고
失木有犇鼺	나무를 잃은 다람쥐는 놀라 뛰고 있다.
萬事秋風落	만사는 가을바람에 나뭇잎처럼 떨어지고
孤懷白髮梳	외로운 생각에 백발만 늘어난다.

---

1) 詩題의 仁仲은 柳希春의 字임.

瞻望匪行役　　　험한 자취를 바라보면
生死在須臾.　　　죽고 사는 것이 잠깐 사이에 있다오.
　　　　　　　　　(같은책 권 5)

신륵사각장로축중차운神勒寺覺長老軸中次韻

神勒前朝寺　　　신륵사神勒寺는 전조의 절에었고
高僧普濟居　　　고승 보제普濟가 있었다.
烟雲暮帆落　　　연운烟雲은 저문 돛 밑에 지고
水月夜窓虛　　　수월水月은 밤에 창을 비게 한다.
名利身猶縛　　　명예와 이욕에 몸이 얽히었고
山林迹若踈　　　산림山林을 찾는 자취도 드물었다.
孤懷感泡沫　　　고회孤懷가 물거품임을 느끼었으니
萬事付澆書　　　만사가 엷은 것으로 써주겠다오.
　　　　　　　　　(같은책 권 5)

홍정승섬사궤장연작洪政丞暹賜几杖宴作

三從不出相門闡　　삼종三從2)이 상문相門 밖을 나가지 않았으니
此事如今始有之　　이 일이 오늘에 처음 있다오.
更拄省中靈壽杖　　궁중宮中에서 영수장靈壽杖을 짚게 되었고
却被堂上老萊衣　　당상堂上을 노래의老萊衣3)로 부축하게 되었다.

---

2) 여자가 어려서는 아버지, 결혼을 하게 되면 남편, 남편이 죽은 뒤에는 아
　들을 좇음을 말함.
3) 周代에 老萊子가 나이 칠십 세가 되어서도 어릴 적 흉내를 내어 어버이
　를 기쁘게 했다고 함.

恩承雨露眞千載　임금의 큰 은혜 천재에 드문 일이며
歡接冠紳盡一時　기쁘게 일시의 진신縉紳[4]들을 모두 맞이했다.
何處得來叨席次　어느 곳에서 외람되게 이런 자리 참석함을 얻으랴
媿無佳句貫黃扉.　가구로 황비黃扉[5]를 빛내지 못해 부끄럽다오.
　　　　　　　(같은책 권 6)

탄금대용눌재운彈琴臺用訥齋韻

連延曠望縱平探　길고 넓게 트인 평원을 따라
東得瓊臺上蔚藍　동쪽 탄금대가 푸른 하늘에 솟았다.
遠嶂高圍踞虎府　멀리 높은 봉들은 걸터앉은 호부虎府를 둘러있고
長江曲抱臥龍庵　긴 강은 와룡암臥龍庵을 굽게 안고 흐른다.
二儀淸濁元分一　음양과 청탁은 하나에서 나누어졌고
百代興亡竟合三　백대의 흥망에는 마침내 삼국도 합쳤다.
大丈夫身生老病　대장부도 태어나면 늙고 병드나니
倚雲長嘯不生慚.　난간에 의지해 휘파람 불어도 부끄럽지 않으리라.
　　　　　　　(같은책 5)

　노수신盧守愼(1515~1590)의 자는 과회寡悔 호는 소재穌齋이며 광산인光山人이다. 과거에 장원했고 호당에 피선되었으나 진도에 십구 년 동안 유배되어 있기도 했다. 선조宣祖 때 방면되어 문형文衡을 맡기도 했고 벼슬은 영상領相을 역임했으며 시호는 문의文懿다. 실록實錄 편자들은 그의 서졸書卒에서 그의 문집이 세상에 유행하고 있는데, 그의 문장에서 시에 가장 능했으며 기발奇跋 경책警策한 것으로 일가一家를 이

---

4) 벼슬이 높은 인물.
5) 정승 또는 정승이 있는 집을 말함.

루어 한 작품이 나올 때마다 사방에 전해져 회자되었다고 했다.[6] 허균은
『국조시산』권 4에서 〈십육야감탄성시十六夜感歎成詩〉의 수련의 첫구
에 대해 활달하고 구애를 받지 않고 힘이 있다고 했으며, 함련은 장랑壯
浪하고 경련은 소슬蕭瑟하다고 했으며 후미에 필력筆力은 힘이 있고 크
며 기운이 일세를 덮었다고 했다.[7]

◈ 권벽權擘

효행曉行

南村北村鷄亂鳴	남북의 마을마다 닭들은 어지럽게 울고
東方大星如鏡明	동쪽에 큰 별이 거울같이 밝다.
山頭霧捲月猶在	산봉우리에 안개가 걷히었으나 달은 그대로 있고
橋上霜凝人未行	다리에 서리가 얼어 사람이 다니기 어렵다.

征馬蕭蕭朔風急	가는 말은 소소히 울고 삭풍은 빠르게 불며
客子悲吟僕夫泣	주인은 슬프게 읊조리고 마부는 울고 있다.
何當早賦歸去來	어찌 일찍 헤아려 갔다가 오지 않았나뇨
一醉都忘百憂集.	한 번 취하게 되면 백가지의 근심을 잊는다오.

(『대동시선大東詩選』권 3)

권벽權擘의 자는 대수大手 호는 습재習齋이며 안동인安東人이다. 과거에
급제했으며 벼슬은 예조참판禮曹參判을 역임했다.

---

6) 『宣祖修正實錄』卷 24, 23年 5月. 所著文集行世 其文章最長於詩 奇跌警策
　　自成一家 每一篇出 四方傳誦.
7) 作品 後尾에 批라 하여, 筆力凌厲宏放 氣盖一世라 했다.

✧ 심수경沈守慶
방석왕사訪釋王寺

雨後輕衫出郭西	비 온 뒤에 가벼운 적삼 입고 성 서쪽을 나가니
垂楊裊裊草萋萋	수양은 늘어져 끌리고 풀은 무성하다.
溪深正漲桃花浪	시냇물이 깊게 불어나자 도화桃花의 물결이 일고
路淨初乾燕子泥	길이 맑게 마르자 제비가 진흙을 물고 간다.
黃犢等閑依壟臥	누런 송아지는 한가롭게 밭두둑에 의지해 누웠고
翠禽多事傍林啼	푸른 새들은 분주하게 숲속에서 울고 있다.
尋僧却恨春都盡	스님을 찾고자 했으나 봄이 다 지나는 것이 한스러워
不見殘紅撲馬蹄.	남은 꽃은 보지 않고 말을 재촉했다.

(국조시산 권 6)

　　심수경沈守慶의 자는 희안希安 호는 청천당聽天堂이다. 문과에 장원했고
호당에 피선되었으며 벼슬은 우상右相을 역임했다. 허균은 『국조시산』에서
이 시의 경련에 아름다운 운치가 있다고 했으며, 끝에 화이和易하면서도 부
려富麗해 어려운 표현을 했다고 했다.

✧ 박순朴淳
호당구호湖堂口號

亂流經野入江沱	난류는 들을 거쳐 강으로 흘러가고
滴瀝猶殘檻外柯	떨어진 물방울이 난간 밖의 가지에 맺혔다.
籬掛簑衣簷晒網	도롱이는 울타리, 그물은 처마에 말리며
望中漁屋夕陽多.	바라보는 어옥漁屋에 석양빛이 많다오.

(『사암집思庵集』 권 1)

방조처사산거訪曹處士山居

醉睡仙家覺後疑	취해 선가에 자다가 깨어보니 의아해
白雲平壑月沈時	흰 구름은 골짜기를 덮고 달도 지려 한다.
倏然獨出長林外	빠른 걸음으로 혼자 숲 밖을 나서니
石逕筇音宿鳥知.	돌길 지팡이 소리를 자던 새만 알고 있다.

(위와 같음)

증견상인贈堅上人

久沐恩波役此心	오랫동안 국은國恩을 입어 분주했으며
曉鷄聲裡戴朝簪	새벽닭 우는 소리 들으며 관복을 입는다.
江南野屋今蕪沒	강남에 있는 집에는 풀이 무성하겠는데
却倩山僧護竹林.	죽림은 산승山僧에게 부탁하려 한다.

(위와 같음)

회인도중懷仁途中

山如錦障水如紈	산과 물은 비단처럼 아름답고
土沃泉甘境亦寬	땅은 기름지고 샘물이 달며 들도 넓다오.
欲剪白茅成小築	백모白茅를 베어 작은 집을 짓고 싶으나
唯愁縣吏夜敲關.	아전들이 밤에 찾아올까 걱정이라네.

(위와 같음)

자룡산귀한강주중작自龍山歸漢江舟中作

琴書顚倒下龍山	금서琴書를 접어두고 용산龍山으로 가면서
一棹飄然倚木蘭	빨리 노를 저어 목란木蘭에 의지한다오.
霞帶夕暉紅片片	안개는 저녁 햇빛을 받아 모두 붉어졌고
雨增秋浪碧漫漫	비로 많아진 가을 물결은 푸른빛이 더욱 질펀하다.
江籬葉悴騷人怨	초췌한 강변 나뭇잎은 소객騷客을 원망하고
水蓼花殘宿鷺寒	요화蓼花 남은 곳에 자는 백로 차갑겠다.
頭白又爲江漢客	머리 희어 한강을 지나는 손이 되어
滿衣霜露泝危灘.	옷에 가득 이슬을 맞으며 위태로운 여울 거슬러 간다.

(같은책 권 3)

　　박순朴淳(1523~1589)의 자는 화숙和叔 호는 사암思庵이며 충주인忠州人
이다. 문과에 장원했고 호당에 피선되었으며 문형을 맡았다. 벼슬은 영의정
을 역임했고 시호는 문충文忠이다. 이수광은 그의 인물에 대해 의용儀容이
빙옥氷玉같이 아름다웠고 시도 청초淸峭하여 당시唐詩에 가까웠다. … 상위
相位에서 물러나 영평永平에 살고 있을 때 세상일에 관심을 가지지 않고 청
고淸苦하게 지내며 나이가 많았어도 그렇게 지냈으니 근대의 대신들 가운데
진퇴進退가 처음부터 끝까지 사암思庵과 같은 자가 드물었다.[8]

　　이제신李濟臣은 〈호당구호시湖堂口號詩〉에 대해 서당書堂의 학사들이
어느날 소나기가 지나간 후 석양 무렵 선명하게 갠 날씨가 좋아 같이 시를
지었는데 박순朴淳의 시에 난류亂流 … 라 하니 모든 선비들이 좋다고 칭찬
하여 유성지화有聲之畵라 했다고 한다.[9] 〈방조처사산거시訪曺處士山居詩〉

---

8) 李晬光,『芝峯類說』卷 12 性行部. 朴思庵儀容容美晳如氷玉 詩亦淸峭近唐 …
　　旣免相 退去永平 絶意世事 淸苦一節 老而稱邵 近代大臣 進退終始如公者
　　尟矣.

에 대해 이수광은 당시 사람들이 박숙조朴宿鳥라 한다고 했다.[10] 허균은 〈증견상인시贈堅上人詩〉에 대해 사대부士大夫들이 누구나 벼슬에서 물러나고 싶은 생각이 없지 않겠지만 얼마 되지 않는 녹봉에 흔들려 그 생각을 저버리는 자가 많은데 이 시를 읽으면 족히 개탄할 것이라고 했다.[11] 신흠申欽은 〈한강주중구호시漢江舟中口號詩〉에 대해 이 시를 일시에 전해 외웠다고 했다.[12]

✧ 권응인權應仁
촉석루矗石樓

漏雲微月照平波	구름 사이로 희미한 달이 물결을 비치자
宿鷺低飛下岸沙	자던 백로가 낮게 날아 사장으로 내려온다.
江閣捲簾人倚柱	강각에 주렴을 걷고 기둥에 의지하니
渡頭鳴櫓夜聞多.	나루에 노 젓는 소리 밤에 많이 들린다.

（『대동시선大東詩選』 권 3）

산거즉사山居卽事

| 結屋倚靑嶂 | 집을 푸른 산봉우리가 둘러싼 곳에 짓고 |
| 携瓶盛碧溪 | 병을 들고 맑은 냇가에서 물을 담아온다. |

---

9) 李濟臣, 『淸江詩話』. 書堂學士輩 嘗於一日 驟雨過後 夕陽鮮明 晴景可人 共賦詩以記之 朴淳詩曰 亂流 … 諸公歎美 以爲眞有聲之畵.
10) 李睟光, 『芝峯類說』 卷 13 文章部 6 東詩. 朴思庵白雲洞詩 … 時人爲之朴宿鳥云.
11) 許筠, 『惺叟詩話』. 朴思庵詩 久沐恩波役此心 … 嗚呼士大夫孰無欲退之志 而低回寸祿 負此心多矣 讀此詩足一興嘅.
12) 申欽, 『晴窓軟談』 下. 朴相國淳 … 有詩曰 琴書顚倒下龍山 … 一時傳誦.

逕因穿竹細	길로 인해 가는 대밭이 뚫렸고
籬爲見山低	울타리는 산이 보이게 낮게 했다.
枕石巾粘蘚	돌을 베고 자니 수건에 이끼가 붙었고
裁花屐印泥	꽃을 가꾸자 신발이 진흙에 찍힌다.
繁華夢不到	번화한 데는 꿈에도 가지 못했고
閑味在幽棲.	한가한 맛은 깊숙한 곳에 사는데 있다.

(『국조시산國朝詩删』 권 4)

권응인權應仁의 자는 사원士元 호는 송계松溪이며 벼슬은 한리학관漢吏學官을 했다. 시로써 세상에 유명했다고 한다. 허균은 『국조시산』에서 〈산거시山居詩〉 경련을 극교極巧라 하며 칭찬했다.

❖ 고경명高敬命
어주도漁舟圖

蘆洲風颺雪漫空	갈대밭에 바람 불고 눈이 내려
沽酒歸來繫短蓬	술 사러 가면서 배를 다북대에 매어두었다.
橫笛數聲江月白	피리소리 들리는 강에 달빛이 밝으니
宿禽飛起渚烟中.	자던 새가 안개 낀 물가에서 날아오른다.

(『제봉집霽峰集』 속집續集)

과강숙손삼가過江宿孫三家

一渡龍灣不戀家	용만龍彎을 건넜으니 집 생각이 나지 않으리요
秋江風露宿蘆花	추강에 바람 이슬 내리는데 갈대꽃에서 잤다오.
統軍亭上三更月	통군정 위에 뜬 삼경 달은

分照征人兩鬢華. 나그네의 양쪽 흰 살쩍머리를 나누어 비춘다.
(『제봉집霽峰集』 권 4)

야좌문공유감夜坐聞蛬有感

過盡蒹葭始見村 갈대밭 다 지나자 비로소 마을이 보이며
江頭候火報黃昏 강 머리의 후화候火가 황혼을 알린다.
殊方觸物皆生眼 다른 지역에서 보이는 것이 모두 생소하나
只有蛬聲似故園. 단지 귀뚜라미 우는 소리는 고향과 같다오.
(같은책 권 4)

영전가詠田家

層層蠶箔滿堂開 층층이 누에발이 방에 가득하게 열렸고
札札寒機牖下來 찰찰한 베 짜는 소리 창 밑에서 들려온다.
水白秧靑田事早 물이 많아 모내기 일찍 마치니
一村微雨近黃梅. 마을에 내리는 가는 비가 장마인 듯하오.
(같은책 권 1)

즉경卽景

日澹寒郊外 날이 청명해 교외로 나가고자
隨村杖屨移 마을 따라 걸음을 옮긴다.
怪禽投密樹 새들은 숲 속으로 날아들고
田父語疎籬 농부와 성긴 울타리에서 이야기한다.
野水二三尺 들 물은 이삼 척이나 되겠고

江楓千萬枝	강변 단풍나무는 가지가 많다.
蒼然來暮色	컴컴해지며 저물어오자
歸路緩吟詩.	돌아오는 길에 천천히 시를 읊는다.

(같은책 권 1)

백상루百祥樓

醉蹋梯飆十二樓	취해 사다리를 밟고 빨리 높은 누에 오르니
淸川芳草望中收	청천의 방초芳草가 모두 눈에 들어온다.
水宮簾箔疑無地	수궁水宮의 발은 땅이 없어 의심스럽고
蓬島烟霞最上頭	봉도蓬島의 안개는 머리 위에 끼었다.
天外梅花飛玉笛	멀리 매화 핀 곳에서 옥적玉笛 소리 들리고
月邊蓮葉渺仙舟	달빛 비친 연잎에 선주仙舟가 아득하다.
臨風欲挹浮丘袂	바람이 불어 날리는 소매를 잡으니
笙鶴飄然戱十洲.	저소리의 학이 가볍게 십주十洲를 희롱한다.[13]

(같은책 권 4)

고경명高敬命(1533~1592)의 자는 이순而順 호는 제봉霽峰이며 장흥인長興人이다. 과거에 장원했고 호당에 피선되었다. 임진왜란 때 義兵을 일으켜 두 아들과 같이 순절했다. 찬성贊成으로 증직되었고 시호는 충절忠節이다.

그의 〈어주도시漁舟圖詩〉에 대해 홍만종은 성운격률聲韻格律이 극히 당唐나라 작가들에 접근했으니 어찌 반가半假라 하겠는가 그것은 스스로 겸손해서 한 말이라 했다.[14] 허균은 〈백상루시百祥樓詩〉에 대해 이 시가 강서파

13) 霽峰의 七言律詩에서 이 시가 많이 알려진 것 가운데 하나가 아닌가 생각되어 선택을 했으나 난해함이 없지 않다.
14) 洪萬宗, 『小華詩評』卷 上. 余觀霽峰漁舟圖絶句曰 … 其聲韻格律 極逼唐家

江西派의 기교를 씻고 당시唐詩에 접근하고자 했기 때문에 매우 유려流麗하고 청원淸遠하다고 했다.15)

◈ 기대승奇大升
　우제偶題

庭前小草挾風薰	뜰 앞의 풀에는 훈훈한 바람이 불고
殘夢初醒午酒醺	잠에서 깨자 낮술에 얼근히 취했다.
深院落花春晝永	깊은 정원에 꽃은 떨어지고 봄 낮이 긴데
隔簾蜂蝶晚紛紛.	주렴 건너 벌 나비는 늦게까지 바쁘다.

(대동시선 권 3)

　기대승奇大升(1527~1572)의 자는 붕언朋彦 호는 고봉高峰이며 덕양인德陽人이다. 문과에 급제했고 호당에 피선되었다. 벼슬은 부제학副提學을 역임했고 시호는 문헌文憲이다.

◈ 정철鄭澈
　우야雨夜

寒雨夜鳴竹	차가운 비는 밤에 대나무를 울게 하고
草蟲秋近床	풀벌레는 가을이면 책상 근처로 온다.
流年那可住	흐르는 세월을 어찌 머물게 할 수 있으랴
白髮不禁長.	백발이 자라는 것을 금할 수 없다오.

(『대동시선大東詩選』 권 3)

　豈可謂半假乎 蓋自謙也.
15) 許筠, 『國朝詩删』卷 6. 此篇力洗江西 欲入李唐 故頗流麗淸遠.

함흥시월간국咸興十月看菊

秋盡關河候鴈哀　가을이 지난 관하關河에 기러기가 슬프게 울어
思歸日上望鄕臺　돌아가고픈 생각으로 날마다 망향대에 오른다.
慇懃十月咸山菊　은근한 시월의 함산 국화는
不爲重陽爲客開.　중양을 위하지 않고 나그네를 위해 피었다오.
　　　　　　(위와 같음)

　　정철鄭澈(1536~1593)의 자는 계함季涵 호는 송강松江이며 영일인迎日人
이다. 과거에 장원했고 호당에 피선되었다. 벼슬은 좌상左相을 역임했고 시
호는 문청文淸이다. 허균은 그의 『국조시산』권 3에서 위의 〈십월간국시十月
看菊詩〉에 대해 격격格이 뛰어나고 생각이 깊다고 했다.

✦ 정작鄭碏
중양重陽

世人最愛重陽節　사람들이 가장 중양절을 사랑하고 있으나
未必重陽引興長　중양절의 흥을 길게 끌고 가지는 못한다.
若對黃花傾白酒　만약 국화를 대해 술을 마실 수 있다면
九秋無日不重陽.　구추九秋에 중양이 아닌 날이 없을 것이오.
　　　　　　(『國朝詩删』卷 3)

　　정작鄭碏의 자는 군경君敬이고 호는 고옥古玉이며 음사蔭仕로 사평司評
을 했다. 허균은 『국조시산』권卷 3에서 이 시에 대해 매우 아름답다고 일컫
는 것이라 했다.

✛ 이이李珥

산중山中

採藥忽迷路	약을 캐다가 갑자기 길을 잃었는데
千峯秋葉裏	많은 봉우리 가을 나뭇잎 속이었다.
山僧汲水歸	산승山僧이 물을 길어 돌아가더니
林末茶烟起.	숲 머리에 차 끓이는 연기 오른다.

(『대동시선大東詩選』 권 3)

차운별이달次韻別李達

鍾鳴巖下寺	종소리는 바위 아래 절에서 들려오고
烟鎖渚邊沙	연기는 물가 사장에 끼었다.
孤棹客程遠	외로운 노로 저어가는 나그네의 길은 멀고
亂山秋意多	어지러운 산에 가을이 깊었다.
樹深喧鳥語	숲이 짙어 새소리 요란하고
江逈斷漁歌	강이 멀어 어부의 노래 끊어졌다.
珍重西潭子	진중한 서담자西潭子는
高吟泝碧波.	높게 읊으며 푸른 파도를 거슬러 간다.

(위와 같음)

이이李珥(1536~1584)의 자는 숙헌叔獻 호는 율곡栗谷이며 덕수인德水人이다. 과거에 삼장三場 장원壯元했다고 하며 호당에 피선되었다. 문형을 맡았고 벼슬은 찬성贊成을 역임했다. 시호는 문성文成이며 문묘文廟에 배향되었다.

✤ 성혼成渾
증감파산인안천서贈紺坡山人安天瑞

一區耕鑿水雲中	안개와 구름 속에 우물 파고 밭 갈며
萬事無心白髮翁	만사에 뜻이 없는 백발의 늙은이요.
睡起數聲山鳥語	산새 우는 소리에 자다가 일어나
杖藜徐步繞花叢.	지팡이 짚고 천천히 걸어 꽃떨기를 돈다.

(『국조시산國朝詩刪』 권 3)

우음偶吟

四十年來臥碧山	사십 년을 살아오면서 푸른 산에 누웠으니
是非何事到人間	시비가 무슨 일로 인간에 이르겠는가.
小堂獨坐春風地	소당小堂에 홀로 앉아 봄바람 부는 곳에
花笑柳眠閒又閒.	꽃은 웃고 버들은 졸아 더욱 한가하다네.

(『대동시선大東詩選』 권 3)

성혼成渾(1535~1598)의 자는 호원浩源 호는 우계牛溪이며 벼슬은 참찬參贊을 역임했다. 시호는 문간文簡이며 문묘文廟에 배향되었다. 허균은 『국조시산』 권 3에서 〈증안천서시贈安天瑞詩〉에 대해 뛰어나고 힘이 있어 미치지 못하겠다고 했다.

✤ 송익필宋翼弼
산중山中

獨對千峯盡日眠	혼자 천봉을 바라보며 종일 졸았더니

夕嵐和雨下簾前　　저녁 남기와 비가 발 앞에 내린다.

耳邊無語何曾洗　　귀에 들리는 말이 없는데 무엇을 씻으리오

靑鹿來遊飮碧泉.　　사슴이 와서 놀며 맑은 물을 마신다.

（『구봉집龜峰集』 권 1）

망월望月

未圓常恨就圓遲　　둥글기 전에는 항상 둥근 것이 더딘 것을 한했는데

圓後如何易就虧　　둥근 뒤에 어찌하여 쉽게 이지러지나뇨.

三十夜中圓一夜　　한 달 동안 밤에 한 번만 둥글었으니

百年心事摠如斯.　　한 평생의 심사도 모두 이와 같다네.

（위와 같음）

우음偶吟

千峰白雪靜無塵　　많은 봉우리에 눈이 내려 고요하고 깨끗한데

一炷香烟伴此身　　등불에 타는 향연香烟은 이 몸과 같이 있다.

山外催租官事急　　산 밖은 조세 독촉으로 관가官家 일이 급하다는데

不知人世有閑人.　　세상일 알지 못하는 한가한 사람이 있다오.

（위와 같음）

독좌獨坐

芳草掩閒扉　　꽃다운 풀에 한가한 싸리문을 닫았고

出花山漏遲　　꽃이 필 즈음 산 속 기후가 더디다.

柳深烟欲滴　　버들이 짙으니 푸르름이 스며드는 듯

池靜鷺忘飛	못이 고요하자 백로가 나는 것을 잊었다.
有恃輕年暮	의지함이 있어 늙어가는 것을 가볍게 여기고
無爭任彼爲	다투지 않고자 그가 하는 대로 맡겼다.
升沈千古事	부침浮沈은 먼 옛날부터 있었던 일
春夢自依依.	봄꿈에서도 스스로 늘어졌다오.

(같은책 권 2)

유남악遊南嶽

衣草人三四	초의草衣 입은 서너 사람이
於塵世外遊	진세塵世 밖에 놀고 있다오.
洞深花意懶	골이 깊으니 꽃 피는 것이 게으르고
山疊水聲幽	산이 첩첩이 둘러 물소리 그윽하다.
短嶽盃中畵	잘린 산봉우리가 술잔 속에 비쳤고
長風袖裏秋	장풍으로 소매 속에 가을을 느낀다.
白雲巖下起	흰 구름이 바위 아래에서 일어나며
歸路駕靑牛.	돌아가는 길에 청우靑牛16)를 타리라.

(위와 같음)

기우계寄牛溪

安土誰知是太平	시골에서 편안했다고 누가 태평으로 알아주리오
白頭多病滯邊城	흰 머리에 병도 많은데 변성邊城에 머문다.
胸中大計終歸謬	가슴에 품은 대계大計는 결국 어긋났고

---

16) 여기에서 靑牛는 老子와 道士들이 타고 다닌 靑牛를 말한 것이 아닌가
한다.

天下男兒不復生   천하에 이 같은 남아는 다시 나지 않으리라.
花欲開時方有色   꽃은 피고자 할 때 바야흐로 아름답고
水成潭處却無聲   물도 못을 이루는 곳에 도리어 소리가 없다네,
千山雨過琴書潤   곳곳에 비가 지나자 금서琴書가 젖었으나
依舊晴空月獨明.   갠 하늘에 달은 옛날처럼 밝다오.
　　　　　　　　(위와 같음)

　송익필宋翼弼(1534~1599)의 자는 운장雲長 호는 구봉龜峰이다. 송시열
宋時烈은 그의 인물과 시문에 대해 선생이 과거 외에도 할 일이 있는 것을
알고 성리학性理學에 관한 서적을 모아 밤낮으로 연구하여 스승으로부터 배
우지 않았으나 이해를 깊게 했고, 산문은 사마천司馬遷, 시는 이백李白의 시
를 주로 한다고 했다.17) 홍만종은 구봉龜峰이 비록 미천한 출신이기는 하나
타고난 바탕이 높고 문장에 능했으며, 그의 〈망월시望月詩〉는 말이 정도精
到하다고 했다.18) 〈독좌시獨坐詩〉에 대해 신흠은 구봉龜峰이 한미한 출신
이기는 하나 타고난 바탕이 높고 문장도 매우 뛰어났다. 그의 시 유심연욕적
柳深烟欲滴 지정로망비池靜鷺忘飛와 같은 구는 모든 사람에 뛰어났다. 이
구가 맑고 아름다울 뿐만 아니라, 내용도 좋다고 했다.19) 〈기우계시寄牛溪
詩〉에 대해 남룡익은 구봉龜峰의 이학理學과 시는 대적하기 어렵다고 말하
면서 이 시의 경련頸聯과 같은 구는 기이奇異하다고 했다.20)

---

17) 宋時烈 撰, 龜峰先生宋公墓碣文,『宋子大全』卷 172. 先生知科擧之外 有用
　　心處 遂取性理諸書 日夕講討 不由師承 刀解氷釋 其文主於左馬氏 詩主於
　　李白.
18) 洪萬宗,『小華詩評』卷 上. 宋翼弼雖出卑微 天品甚高 亦能文章 其望月詩曰
　　未圓常恨就圓遲 … 語甚精到.
19) 申欽,『象村集』卷 52, 晴窓軟談 下. 宋翼弼雲長 雖繫寒微 天稟甚高 文亦高
　　如柳深 … 之句 度越諸人 非徒淸葩可貴 理亦自到.
20) 南龍翼,『壺谷詩話』. 宋龜峰以擊壤之理學 兼盛唐之風韻 誠不可當 如曰 …
　　花欲開時方有色 水成潭處却無聲 等句甚奇.

◈ 남언기南彦紀

송홍부여가신送洪扶餘可臣

故舊今春似落花	금년 봄은 친구들이 떨어지는 꽃과 같아
分飛南北各天涯	남북으로 나누어 각자 멀리 날아갔다.
江頭日日送行客	강 머리에서 날마다 가는 손을 보내
童僕慣來知酒家.	동복도 익숙하게 술집을 알고 찾아온다.

(『대동시선大東詩選』 권 3)

남언기南彦紀의 자는 장보張甫 호는 고반考槃이며 진사進士로 학행學行이 있어 벼슬에 임명되었으나 나가지 않았다고 한다.

◈ 송한필宋翰弼

우음偶吟

花開昨日雨	어제 내리던 비에 꽃이 피더니
花落今朝風	오늘 아침 부는 바람에 꽃이 떨어진다오.
可憐一春事	가련하게도 한 봄의 일이
往來風雨中.	비바람 속에 오고 간다네.

(『대동시선大東詩選』 권 3)

송한필宋翰弼의 자는 사로師魯 호는 운곡雲谷이며 익필翼弼의 아우이다.

황정욱黃廷彧

차이백생영옥당소도운次李伯生詠玉堂小桃韻

無數宮花倚粉墻	궁정宮庭 담장 밑에 복숭아꽃 많이 피니
遊蜂戲蝶趁餘香	벌 나비들이 향기 따라 날아다닌다.
老翁不及春風看	늙은 첨지 봄바람 불어오는 것을 보지 못하고
空有葵心向太陽.	부질없이 태양을 향하는 해바라기가 되었네.

(『지천집芝川集』 권 1)

송성진선부고성送成晋善赴高城

心送金剛萬二千	마음은 금강산 만 이천 봉으로 보내고 싶은데
身無羽翼病相纏	몸에는 날개도 없고 병으로 묶이었다.
一生浮念皆無用	일생 동안 뜬 생각 다 쓸 곳이 없으며
只艷君今作吏仙.	단지 그대 선경仙境의 관리됨을 부러워하네.

(위와 같음)

송거산찰방정사送居山察訪鄭泗

世間榮辱儘悠悠	세상 영욕이 모두 걱정스러워
何處藏身可自由	어느 곳으로 가면 자유로울까.
只合任他牛馬我	소와 말처럼 나를 놓아둔다면
蒼空來往白雲間.	창공에서 흰 구름 사이를 왕래하리라.

(위와 같음)

길주지주대吉州砥柱臺

混沌初分積氣浮	태초에 엉켰다가 나누어져 쌓인 기운이
何來鉅石峙中流	어디에서 와서 큰 돌이 되어 중류에 우뚝 섰나뇨.
雷風搏擊猶難動	번개가 쳐도 움직이기 어렵고
嶽海驚飜只獨留	산 같은 파도에도 홀로 머물러 있다.
萬古卽今誰閱視	긴 세월 동안 지금의 광경을 누가 보았을까
一身千里幸來遊	이 몸이 천리를 달려와서 다행히 놀게 되었다오.
聞君欲辨新亭子	그대 그곳에 새로 정자를 짓고자 한다니
八九胸呑在極眸.	가슴에 품은 것을 대부분 보리라.

(같은책 권 2)

송침공직부춘천送沈公直赴春川

淸平山色表關中	청평산淸平山이 관동에서도 뛰어나
下有昭陽江漢通	아래로 흐르는 소양강은 한강과 통한다.
馳出東門一匹馬	말을 타고 동문을 달려 나가면
泝洄春水半帆風	봄물 따라 거슬러가는 돛대에 바람이 실린다.
送人作郡鬼爭笑	보내는 사람 고을을 맡으니 귀신도 다투어 웃으며
問舍求田囊久空	집과 밭을 사려 하나 돈이 없다네.
爲語當時句漏令	말하노니 당시 구루령句漏令이었다면
衰顔須借點砂紅.	주름진 얼굴에 반드시 화장을 했겠지요.

(위와 같음)

영해詠海

目力東收碧海來	눈으로 동쪽 푸른 바다를 끌어들이니
茫茫溟渤在亭臺	정대亭臺에 운무雲霧가 가득하여 망망하다.
二儀高下輪輿轉	하늘과 땅 사이로 해가 굴러 뜨고
太極鴻濛汞鼎開	태극이 홍몽한 곳에 홍정汞鼎21)이 열린다.
貝闕珠宮生眺眄	아름다운 궁궐을 구경하고 싶으며
憑夷河伯送風雷	하신河神에 의지해 바람과 우레를 보낸다.
時危兵甲猶如許	위태로운 때 무기가 이같이 많으니
誰挽滄波洗得回.	뉘가 푸른 파도를 끌어들여 씻고 돌아오리오.
	(위와 같음)

황정욱黃廷彧(1532~1607)의 자는 경문景文 호는 지천芝川이며 장수인長水人이다. 문과에 급제했으며 문형을 맡았다. 벼슬은 병조판서兵曹判書를 역임했으며 시호는 문정文貞이다. 장유張維는 그의 인물에 대해 지천芝川은 재능도 뛰어났고 학문도 깊어 일찍 이름이 크게 알려졌으나 중년에는 평탄하지 않았다가 만년에 선조宣祖의 신임을 얻었으며, 주청사奏請使로 가서 왕실王室 종계宗系의 잘못된 것을 소설昭雪했기 때문에 원훈元勳이 되어 높은 벼슬에 올랐다. 그리고 그는 문형이 되어 당시 문단의 종장宗匠이 되었다고 했다.22)

〈차이백생시次李伯生詩〉에 대해 허균은 지천이 젊었을 때 옥당에 있을 당시 이백생李伯生 최가운崔嘉運 하대이河大而 무리들이 모두 당시唐詩를 숭상하며 옥당에 있는 작은 복숭아나무를 시제로 하여 지은 작품들이 많았

---

21) 汞鼎은 어떤 뜻인지 알아보지 못했다.
22) 張維, 芝川集序. 公以高才邃學 早擅大名 中年頗與世塗抹殺 晚被宣廟知眷 奉奏帝庭 快雪璿系百年之誣 遂策元勳 進爵極品 提衡文柄 爲一代詞林宗匠.

다. 이 작품은 지천이 그들의 시에 화시和詩로 지은 것인데 함축한 뜻이 심원深遠하고 조사措辭가 기한奇悍하므로 시를 지으면 마땅히 이와 같게 지어야 할 것이다. 기려綺麗함이 도리어 그 두터움을 상하게 하지 않았는가 했다.[23] 〈송거산찰방시送居山察訪詩〉에 대해 허균은 엄중嚴重하고 혼중渾重해 예사로운 작가와 비교할 바가 아니라고 했다.[24] 허균許筠은 그의 『국조시산』권 6에서 〈길주지주대시吉州砥柱臺詩〉의 수련首聯은 흘흘암암屹屹嵓嵓이라 하여 우뚝 솟은 바위와 같다고 했으며, 함련은 기장어격氣壯語激 영인해시令人駭視라 하여 말의 기운이 웅장하고 격렬해 보는 사람으로 하여금 놀라게 한다고 했다. 그리고 작품 후미에 이 작품이 웅대하고 혼후해 천고千古의 섬미纖靡함을 씻었다고 하여[25] 격찬을 아끼지 않았다. 허균은 그의 시산에서 〈송침공직부춘천시送沈公直赴春川詩〉에 대해 그 수련을 극호極好라 했고 함련에 대해 정호음鄭湖陰과 노소재盧蘇齋의 작품에서도 이같이 기걸奇傑한 것은 없을 것이라 했으며 미련도 극히 좋다고 했다.(이 작품의 구루句漏는 중국 교지交趾에 있는 땅 이름이라 한다.) 허균은 〈영해시詠海詩〉의 수련에 대해 돌올突兀하고 창대昌大해 일컬을 만하며 함련은 고금을 통해 이렇게 말한 것이 있는가 했고 후미에 스스로 일가一家를 이루어 두보杜甫도 아니고 황산곡黃山谷도 아니라고 했다.

---

23) 許筠, 『惺叟詩話』. 公少日在玉堂 時李伯生崔嘉運河大而輩 俱尙唐韻 詠省中小桃 篇拾甚多 公和之日 … 含意深遠 爲詩不當若是耶 綺麗風花 返傷其厚.
24) 許筠, 『國朝詩刪』卷 3. 試看此老之作 嚴重渾融 非等閑詞客可比.
25) 許筠, 『國朝詩刪』卷 6. 雄盪渾涵 足洗千古纖靡.

✿ 하응림河應臨
춘일산촌春日山村

竹籬臨水是誰家	물가의 대나무 울타리는 누구의 집인가
隱約青帘出杏花	보기 어려웠던 술집 깃발이 살구꽃 속에서 나온다.
欲典春衣沽酒飮	봄옷을 전당잡히고 술을 사서 마시고자 했으나
不堪芳草日西斜.	방초에 해가 서쪽으로 지는 것이 견디기 어렵다오.

（『대동시선大東詩選』권 3）

하응림河應臨의 자는 대이大而 진주인晋州人이며 과거에 급제했고 벼슬은 수찬修撰을 역임했다.

✿ 유영길柳永吉
복천사福川寺

落葉鳴廊夜雨懸	떨어진 나뭇잎은 곁채에서 울고 밤에 비가 내리며
佛燈明滅客無眠	불등은 까물거리고 손은 잠이 오지 않는다.
仙山一躡傷遲暮	선산을 한번 오르고 늦은 것을 슬퍼함은
烏帽欺人二十年.	이십 년 동안 오모烏帽가 사람을 속였기 때문이오.

（위와 같음）

유영길柳永吉의 자는 덕순德純 호는 월봉月蓬이며 전주인全州人이다. 과거에 급제했고 호당에 피선되었으며 벼슬은 예조참판禮曹參判을 역임했다. 허균은 그의 『국조시산』권 3에서 이 시에 대해 땅에 떨어뜨리면 金石의 소리가 있을 것이라 했다.

❖ 이산해李山海

즉사卽事

山翁睡足臥靑簑	산옹山翁이 흡족하게 자고 도롱이에 누웠으니
雨霽斜陽掛樹柯	비 개고 저녁 해는 나뭇가지에 걸렸다.
野逕草花零落盡	들길에 꽃과 풀은 모두 떨어졌고
無人黃犢自還家.	주인 없이 누런 송아지가 집을 찾아온다.

(『아계집鵝溪集』권 2)

차옹此翁

花開日與野僧期	꽃 피면 날마다 야승과 놀았는데
花落經旬掩竹扉	꽃이 지자 열흘이 지나도록 대사립문을 닫았다.
共說此翁眞可笑	모두 이 늙은이를 우습다고 말하는 것은
一年憂樂在花枝.	일 년 동안의 우락憂樂이 꽃에 있기 때문이라네.

(같은책 권 1)

즉사卽事

晩潮初長沒汀洲	밀물이 길게 들어와 물가 사장은 잠기고
島嶼微茫霧未收	안개가 걷히지 않아 섬들이 희미하다.
白雨滿船歸棹急	많이 내리는 비로 노를 빨리 저어 돌아오니
數村門掩豆花秋.	마을에 사립문은 닫혔고 두화豆花만 피었다.

(같은책 권 4)

조옹釣翁

風蒲舞綠雨霏微	바람에 부들풀 춤추고 가는 비 내리는데
簑笠漁翁坐石磯	도롱이 입은 어옹이 자갈 위에 앉았다.
捲却釣絲山日暮	날이 저물자 그물 걷어
柳枝橫貫玉鱗歸.	버들가지에 고기 꿰어 돌아온다.

(같은책 권 2)

전가잡영田家雜咏

蒻笠靑蓑野水頭	삿갓 쓰고 도롱이 입고 들물머리에
村翁活計在西疇	촌옹의 사는 계획은 논에 있다오.
移秧正趁黃梅雨	모내기는 장마철에 바쁘게 하고
刈稻常期紫蟹秋	벼는 항상 게 내리는 가을에 벤다.
釀得濁醪修社禊	탁주 담가 푸닥거리하고
炊成雪餠當珍羞	구워 만든 설병雪餠 맛은 진수에 해당할 것이다.
田家此樂年年事	농가의 이 즐거움은 해마다 있어
不羨人間萬戶侯.	조정의 만호후가 부럽지 않다오.

(같은책 권 2)

이산해李山海(1539~1609)의 자는 여수汝受 호는 아계鵞溪이며 한산인韓山人이다. 문과에 급제했으며 호당에 피선되었다. 문형을 맡았고 벼슬은 영의정을 역임했다. 그의 인물에 대해 타고난 바탕이 매우 높아 신통神通이라 할 만큼 숙성했으며 … 49년 동안 관직에 있으면서 재지才智로써 사람들에 앞서고자 아니했고 말은 어눌하며 행동은 느리어 무능한 사람같이 보였다.[26]

26) 李德馨 撰, 墓誌銘. 漢陰文稿 卷 12. 公天稟極高 神通夙成 … 立朝四十九年

❖ 이순인李純仁
송별퇴계선생送別退溪先生

江水悠悠日夜流	강물은 유유히 밤낮으로 흘러
孤帆不爲客行留	고범이 손을 위해 가는 것을 멈추지 않는다.
家山漸近終南遠	고향산천은 점점 가까우나 남산은 멀어져
也是無愁還有愁.	근심이 없을 듯했는데 도리어 있게 되었다오.

『대동시선大東詩選』권 3)

이순인李純仁의 자는 백생伯生 호는 고담孤潭이며 전의인全義人이다. 문
과에 급제했으며 벼슬은 승지承旨를 역임했다.

❖ 허성許筬
봉사압강주중차운奉使鴨江舟中次韻

鴨江風起浪紋生	압록강에 바람이 불자 물결 무늬가 일어
萬里長途此啓行	만 리의 먼 길 여기에서 시작된다오.
山日欲沈簫鼓咽	산에 해가 지려하고 퉁소와 북소리 요란하자
僕夫含淚馬悲鳴.	마부는 눈물 머금었고 말은 슬피 운다.

『대동시선大東詩選』권 3)

허성許筬의 자는 공언功彦 호는 악록岳麓이며 양천인陽川人이다. 과거에
급제했고 벼슬은 부제학副提學을 역임했다.

未嘗以才智先人 言訥體遲 若無能者.

◈ 김성일金誠一
여허서장성유대덕사與許書狀筬遊大德寺

坐看松露帶餘霏　　앉아서 소나무의 이슬과 안개비까지 보다가
更覺凉風吹我衣　　다시 내 옷에 서늘한 바람이 부는 것을 느꼈다.
秋月再弦人未去　　가을 달이 두 번 반달이 될 때까지 돌아가지 못했으니
五更歸夢向西飛.　　새벽 돌아가는 꿈은 서쪽을 향해 난다오.

(『대동시선大東詩選』 권 3)

　　김성일金誠一의 자는 사순士純 호는 학봉鶴峯이며 의성인義城人이다. 문
과에 급제했고 호당에 피선되었다. 벼슬은 감사監司를 역임했고 시호는 문
충文忠이다.

◈ 허봉許篈
난하灤河

孤竹城頭月欲生　　고죽성孤竹城 머리에 달은 뜨려하고
灤河西畔聽鍾聲　　난하灤河 서쪽에서 종소리가 들린다.
扁舟未渡尋沙岸　　편주로 사안沙岸을 찾아 건너지 못했는데
煙靄蒼蒼古北平　　아지랑이 고북평古北平에 가득하다.

(『하곡집荷谷集』『시초詩鈔』)

이산夷山

春來三見洛陽書　　봄 들며 집에서 보낸 글 세 번 받았는데
聞說慈親久倚閭　　어머니가 이 자식 오기만을 기다린다오.

白髮滿頭斜景短	백발이 많아 살아계실 날 멀지 않았는데
逢人不敢問何如.	사람 만나도 안부 묻지 못한다네.

(위와 같음)

상회기사제傷懷寄舍弟

簷鐸丁當欲二更	처마에 요령소리 정당丁當하며 이경이 되려는데
不眠遙聽讀書聲	자지 않고 멀리 글 읽는 소리 듣는다.
因君更灑思親淚	그대로 인해 어버이 생각하는 눈물 뿌리게 되었으니
漢水南邊草又生.	한강 남쪽에 풀이 다시 돋게 되었다.

(『국조시산國朝詩删』『허문세호許門世蒿』)

풍악기사제楓岳寄舍弟

八月十五夜	팔월 한가위 밤에
獨立毗盧頂	홀로 비로봉에 올랐다.
桂樹天霜寒	달이 있는 하늘의 서리는 차고
西風一雁影	서풍에 한 마리 기러기만 날아간다.
兄在順天府	형은 순천부順天府에 있고
弟居明禮坊	아우는 명례방明禮坊에 산다오.
年年離別恨	해마다 헤어져 있는 한으로
苦淚濕秋霜.	쓴 눈물이 가을 서리를 적신다.

(『하곡집荷谷集』『시초詩鈔』)

거산역居山驛

長途鼓角帶晨星	먼 길에 고각이 새벽 별빛을 띠었는데
倦向靑州古驛亭	천천히 청주의 옛 역정을 향한다.
羅下洞深山簇簇	나하동羅下洞은 깊은 산 속에 싸였고
侍中臺逈海冥冥	시중대侍中臺를 도는 바다는 검푸르다.
千年折戟沈沙短	긴 세월 동안 모래에 묻힌 창은 조각났고
十里平蕪過雨腥	넓고 거친 벌판에 비가 지나간다.
舊事微茫問無處	옛날 일이 아득하나 물을 곳이 없고
數聲橫笛不堪聽.	들려오는 피리소리 듣기 어렵다.

(위와 같음)

길성추회吉城秋懷

金門蹤跡轉依依	금문金門의 종적이 계속 그리우나
落盡黃楡尙未歸	느릅나무 잎 질 때까지 돌아가지 못했다.
塞角暗吹仙仗夢	변방 대평소 소리에 의장儀仗의 꿈을 꾸게 되고
嶺雲低濕侍臣衣	영운嶺雲은 시신의 옷을 적신다.
功名誤許麒麟畫	공명이 기린각 화상으로 잘못 오르게 되었고
歲月空驚熠燿飛	세월에 부질없이 나는 반딧불에 놀란다.
憶得去年三署直	지난해 삼서三署에 번들 적 생각하면
禁城銀燭夜鍾微.	궁중의 은촉과 종소리 은은히 들리는 듯하다.

(위와 같음)

허봉許篈(1551~1588)의 자는 미숙美叔 호는 하곡荷谷이며 양천인陽川人
이다. 문과에 급제했고 호당에 피선되었으며 벼슬은 전한典翰을 역임했다.
그의 인물에 대해 재능이 뛰어났고 시와 문장이 염려艶麗해 일대의 재사로
추대되었기 때문에 당시 사람들이 높이 여겼다고 했다.[27] 홍만종은 〈난하시
灤河詩〉에 대해 당唐나라 시인의 절조絶調라 하며 격찬을 했고[28], 허균은
〈거산역시居山驛詩〉에 대해 허봉許篈이 초하루에 계청하기 위해 궁중에 들
어갔을 때 선조宣祖께서 이 시를 여러 번 칭찬하며 경련頸聯에 이르러 구법
句法이 이와 같아야 하지 않겠느냐 했다고 한다.[29]

❖ 홍적洪迪
모춘暮春

草深窮巷客來稀	풀이 짙은 궁벽한 마을에 찾는 손도 드물어
鳥啼聲中午枕依	새 우는 소리에 낮잠을 잤다오.
茶罷小窓無個事	창 앞에서 차를 마시자 일이 없는데
落花高下不齊飛.	어지럽게 떨어지는 꽃은 고르지 않게 난다.

(『대동시선大東詩選』 권 3)

홍적洪迪의 자는 태고太古 호는 하의荷衣이며 남양인南陽人이다. 문과에
급제했고 호당에 피선되었으며 벼슬은 사인舍人에 그쳤다.

---

27) 『宣祖實錄』 卷 19, 18年 6月. 篈聰穎强記 詩詞艶麗 一代推爲才子 故時人
宗之.
28) 洪萬宗, 『小華詩評』 卷 下. 且如灤河詩 … 唐人絶調.
29) 許筠, 『鶴山樵談』. 仲氏居山驛詩 … 因朔啓例入 宸覽嗟賞不一 至五六句 玉
音曰 作句法不當如是耶.

◈ 이항복李恒福
선우야연도單于夜宴圖

陰山獵罷月蒼蒼   음산陰山에서 사냥을 파하니 달이 밝은데
鐵馬千羣夜踏霜   많은 철마鐵馬가 밤에 서리를 밟고 간다.
帳裏胡笳三兩拍   장막에서 피리 불며 두서너 번 손뼉을 치자
樽前起舞左賢王.   좌현왕左賢王이 일어나 술통 앞에서 춤을 춘다오.
　　　　　　　　　　　　(『대동시선大東詩選』권 3)

야좌夜坐

終宵默坐算歸程   밤이 마칠 때까지 앉아 돌아갈 길을 헤아리는데
曉月窺人入戶明   새벽달이 엿보고자 들어와 밝게 비친다.
忽有孤鴻天外過   갑자기 외로운 기러기가 하늘 끝으로 지나가는데
來時應自漢陽來.   올 때는 분명히 한양으로부터 돌아오리라.
　　　　　　　　　　　　(위와 같음)

　　이항복李恒福의 자는 자상子常 호는 백사白沙이며 문과에 급제하여 호당에 피선되었다. 문형을 맡았고 영의정을 역임했으며 시호는 문충文忠이다.

◈ 이덕형李德馨
기린장寄隣丈

平原經雨草根柔   넓은 들에 비가 지나가니 풀뿌리 부드럽고
隔屋春山翠欲流   집 건너 봄 산에 푸르름이 흐르고자 한다.
賽社醉歸桑柘晚   치성 드리고 취해 돌아와 뽕나무 가꾸기 늦었는데

遠村烟合月如鉤.　먼 마을에는 연기가 끼었고 달은 갈고리 같다.

（『대동시선大東詩選』 권 3）

이덕형李德馨의 자는 명보明甫 호는 한음漢陰이며 광주인廣州人이다. 문과에 급제했고 호당에 피선되었으며 문형을 맡았다. 벼슬은 영의정을 역임했으며 시호는 문익文翼이다.

✥ 이순신李舜臣

재해진영중在海鎭營中

水國秋光暮　　수국에 가을빛이 저물자
驚寒雁陣高　　추위에 놀란 기러기 떼가 높게 날고 있다.
憂心轉輾夜　　근심으로 몸을 뒤척이는 밤에
殘月照弓刀.　　남은 달이 활과 칼을 비친다.

（『대동시선大東詩選』 권 3）

이순신李舜臣의 자는 여해汝諧이며 덕수인德水人이다. 무과에 급제했고 벼슬은 통제사統制使를 역임했으며 시호는 충무忠武이다.

✥ 유근柳根

증송도창贈松都娼

瑤琴橫抱發纖歌　거문고 가로 안고 아름다운 노래로
宿昔京城價最多　지난날 서울에서 값이 가장 많았다오.
春色易凋鸞鏡衰　고운 얼굴이 거울 속에서 쉽게 시들어
白頭流落野人家.　흰 머리에 야인野人의 집에 떨어져 있다.

（『대동시선大東詩選』 권 3）

유근柳根의 자는 회부晦夫 호는 서경西坰이며 진주인晋州人이다. 과거에
급제하고 호당에 피선되었으며 문형을 맡았다.

◈ 최립崔岦

유선유담遊仙遊潭

仙遊潭上獨遊時	선유담仙遊潭 위에 홀로 놀 때
鳥度雲移把酒巵	구름과 새들이 지날 즈음 술을 마셨다.
一兩白鷗如識我	한두 마리 백구가 나를 아는 듯
沈浮來去故依遲.	고의로 느리게 부침하며 오고 간다네.

(『간역집簡易集』 권 8)

이제묘夷齊廟

餓死西山不自悲	서산에서 아사한 것 슬퍼하지 않은 것은
千秋慕義寄高祠	사당이 천추로 의리를 생각하게 하기 때문이오.
隔河孤竹君靈在	강 건너 고죽군묘孤竹君靈이 있어
長有淸風來往吹.	길이 청풍이 오고 가게 불겠지.

(같은책 권 6)

십칠일조十七日朝

玉宇迢迢落月東	옥우玉宇에서 멀고 먼 달이 진 동녘에
滄波萬頃忽飜紅	넓은 창파에 갑자기 붉음이 일렁거린다.
蜿蜿百怪皆銜火	꿈틀거리는 괴물들이 불을 머금었다가
送出金輪黃道中.	황도黃道[30]로 금빛 바퀴를 밀어 올린다.

(같은책 권 8)

남여藍輿

寤寐名山六十年	육십년 동안 자나 깨나 생각한 명산
藍轝此日繞山前	오늘 가마로 산 앞을 둘러보았다.
人間但說天難到	사람들이 하늘에 오르기 어렵다지만
萬二千峯一一天.	만 이천 봉이 모두 하늘이라오.

(위와 같음)

설후雪後

雪後西風利	눈 내린 후 서쪽 바람이 매서워
征夫不奈寒	길손이 어찌 춥지 않으리.
前頭無盡野	앞에는 끝없는 들
背指幾重山	뒤에는 몇 첩의 산.
旅食易垂橐	여행길에 전대는 쉽게 가벼워지고
年華長據鞍	늙은 나이에 길게 말을 타고 간다.
却羞郵店裏	여관에 들어 도리어 부끄러운 것은
人認昔遊顔.	사람들이 옛날 놀러왔던 것을 알기 때문이오.

(같은책 권 6)

삼월삼일등망경루三月三日登望京樓

城上高樓勢若騫	성 위의 높은 누가 날아갈 듯해
危梯一踏一驚魂	사다리 밟을 적마다 한 번씩 놀란다.
遙空不盡無山地	먼 하늘은 다하지 않았는데 산은 없고

---

30) 태양이 지구를 중심으로 운행하는 것처럼 보이는 天球上의 큰 원.

淡靄多生有樹村　맑은 아지랑이가 숲 속의 마을에서 피어오른다.

北極長安知客路　북극성北極星으로 장안 가는 길을 알겠고

東風上巳憶鄕園　봄바람 부는 삼짇날에 고향이 그립다.

閑愁萬緒那禁得　많은 시름 무엇으로 달래리오

料理斜陽酒一樽.　해질 즈음 술이나 마시구려.

　　　　　　　(위와 같음)

뇌하대이묘酹河大而墓

伐木丁丁山鳥悲　나무 베는 소리 정정하고 산새는 슬피 우는데

獨來懸劍向何枝　혼자 와서 어느 가지에 칼을 걸어두리.31)

才名不救當時謗　재명才名은 당시 비방을 구하지 못했고

交道還應入地知　교도交道는 그곳에서도 분명히 알겠지.

瀛海別回爲此別　영해瀛海에서 헤어져 이곳에서 이별하게 되었으며

驛亭詩後更無詩　역정驛亭에서 같이 시를 지은 후 다시 짓지 못했다.

平生得酒須皆醉　평생에 술을 보면 취하지 않았던가

倘省靈床奠一巵.　영상靈床에 드린 한 잔 술을 마셔 보려무나.

　　　　　　　(같은책 권 6)

　　최립崔岦(1539~1612)의 자는 입지立之 호는 간이簡易 또는 동고東皋이며 통천인通川人이다. 문과에 장원했고 벼슬은 승문원承文院 제조提調를 역임했다. 그의 시문에 대해 남룡익은 국조國朝 문인들이 성종과 선조 때 가장 많이 배출되었는데, 시는 선조 때 전성했으며 그때 시문이 겸비한 인물로서 으뜸은 간이簡易가 된다고 했다.32) 그리고 허균은 〈뇌하대이묘시酹河大而

---

31) 묘를 뒤에 다시 찾기 위해 가졌던 칼을 나뭇가지에 걸어 두었다는 고사가 있음.

墓詩)를 들면서 근엄謹嚴하고 기건奇健하다고 하며 누가 그의 시를 산문에
미치지 못한다고 하겠는가 했다.[33]

◈ 임제林悌
규원閨怨

十五越溪女	열다섯 살 시내 건너 처녀가
羞人無語別	사람이 부끄러워 이별하면서 말도 하지 못했다.
歸來掩重門	돌아와 문을 꼭 닫고
泣向梨花月.	이화梨花의 달을 바라보며 운다오.

(『백호집白湖集』 권 1)

추천곡鞦韆曲

誤落雲鬟金鳳釵	머리에 꽂은 금봉채 잘못 떨어뜨려
游郞拾取笑相誇	유랑들이 주워 서로 자랑하며 웃는다.
含羞暗問郞居住	부끄러움 머금고 어디 사느냐 물래 물으니
綠柳珠簾第幾家.	푸른 버들 주렴내린 몇 째 집이라네.

(같은책 권 2)

역루驛樓

胡虜曾窺二十州	호병이 일찍 이십 주를 침범했는데

---
32) 南龍翼, 『壺谷詩話』. 國朝文章之士 莫盛於成宣兩朝 而詩才之盛 宣廟朝爲
最 … 宣廟朝詩之兼備 當以簡易爲最.
33) 許筠, 『鶴山樵談』. 『大東稗林』第五輯. 亦謹嚴奇健 孰謂不逮文乎.

當時躍馬取封侯   그때 말을 달려 봉후를 취해야 했다.
如今絶塞煙塵靜   지금 변방에 싸움이 없어 고요하니
壯士閑眠古驛樓.   장사가 한가롭게 옛 역루에서 졸고 있다.
(위와 같음)

유흥遺興

南邊壯士劒生塵   남쪽 변방의 장사는 칼에 먼지가 날고 있어
手閱陰符三十春   음부경陰符經34)을 삼십 년이나 열심히 보았다오.
臥睡蒲團起索酒   포단에서 자다가 일어나 술을 찾으니
野僧只道尋常人.   스님은 예사로운 사람으로 말을 한다.
(위와 같음)

출새행出塞行

烈士生何事   열사烈士가 태어나서 무슨 일을 하랴
當封定遠侯   마땅히 정원후定遠侯의 봉작을 받으리라.
金戈辭漢月   금과金戈는 조정朝廷을 떠났고
鐵馬向邊州   철마鐵馬는 변방을 향했다오.
殺氣浮寒磧   살기는 차가운 모래 위에 떠있고
陰風動戍樓   음산한 바람은 수루戍樓로 불어온다.
腰間白羽箭   허리에 찬 백우전白羽箭으로
射取左賢頭.   쏘아 좌현왕左賢王의 머리를 취하리라.
(같은책 권 1)

---

34) 黃帝가 지었다고 하는 兵書.

과쌍충묘過雙忠廟

胡兵渡鴨水	호병이 압록강을 건너
白日戰塵飛	백일에 싸움이 치열했다오.
絶塞無來救	떨어져 있는 변방에 구원하러 오지도 않고
孤城未解圍	외로운 성은 포위에서 벗어나지 못했다.
男兒義不辱	남아는 의로움이 욕되지 않아야 하고
烈士死如歸	열사는 죽음을 무서워하지 않는다오.
萬古雙忠廟	길이 빛날 두 충신의 사당 앞에
征驂駐夕暉.	가는 수레 멈추고 저녁 햇빛 아래 섰다오.

(위와 같음)

　임제林悌(1549~1587)의 자는 자순子順 호는 백호白湖이며 금성인錦城人이다. 문과에 급제했고 벼슬은 예조정랑禮曹正郎을 역임했다. 임제林悌의 인물에 대해 선조 때 과거에 급제했으며 벼슬은 북평사北評事에 그쳤다. 성격이 방랑하고 얽매이는 것을 좋아하지 않고 영리에 마음이 없었으며 문장이 호탕하고 시에 능했다. 병법兵法을 좋아했고 보검寶劍과 명마名馬를 가지고 있었으며 하루에 백리를 달렸다.35) 허균은 그의 『국조시산』권 3에서 〈역루시驛樓詩〉에 대해 호기豪氣가 있다고 했으며, 이수광도 〈역루시驛樓詩〉와 〈유흥시遺興詩〉를 들며 호기가 있음을 볼 수 있다고 했다.36)

---

35) 號譜. 宣祖朝科 官止北評事 放浪不羈 無榮利之心 文章豪宕 能於詩 好兵法 有寶劍 馬日行百里.
36) 李睟光,『芝峯類說』卷 13, 文章部 6. 林悌詩曰 南邊壯士劍生塵 … 又胡虜 曾窺二十洲 … 可見其氣豪矣.

✧ 양대박梁大樸

재북원송이익지향남원在北原送李益之向南原

春來無日不思家	봄이 오면 집 생각하지 않는 날이 없는데
家在龍城蓼水涯	집은 용성龍城의 요수蓼水가에 있다오.
松逕幾寒孤鶴夢	송경松逕이 얼마나 추워 학이 자고 있으며
竹窓應拆早梅花	죽창竹窓에는 분명히 매화가 일찍 피겠다.
殊方作客別懷惡	객지에 나그네 되어 헤어지기 싫고
岐路送君芳草多	꽃다운 풀 많은 갈림길에서 그대를 보낸다.
從此橫崗遮望眼	여기부터 산이 보지 못하게 가로 막으며
關河不盡暮雲賒.	관하의 물은 계속 흐르고 저문 구름은 멀다오.

(『국조시산國朝詩刪』 권 6)

귀안歸鴈

平沙浩浩水茫茫	사장은 넓고 물은 질펀한데
秋盡江南鴈字長	가을이 지난 강남에 기러기 떼가 길다.
雲渚月明時叫侶	구름 옆 밝은 달빛에 때때로 짝을 부르고
塞天霜落亂隨陽	차가운 하늘 서리 내리면 따뜻한 곳을 찾는다.
斜斜整整寧違陣	옆으로 바른 것이 어찌 행렬을 어기며
弟弟兄兄自作行	아우와 형이 스스로 줄을 지어 간다.
菰浦稻畦應有繳	고포 菰浦의 벼논에 분명히 그물이 있으리니
不如飛入水雲鄉.	물이 많은 곳으로 가는 것만 같지 못하리라.

(『국조시산國朝詩刪』 권 6)

양대박梁大樸의 자는 사진士眞 호는 청계淸溪이고 남평인南平人이며 학관학官을 했다. 허균은 그의 『국조시산』권 6에서 〈귀안시歸雁詩〉를 세상에서 절창이라고 하나 강서파江西派에 떨어졌다고 했다.

◈ 백광훈白光勳
홍경사弘慶寺

秋草前朝寺	추초秋草는 전조의 절에 우거졌고
殘碑學士文	잔비殘碑는 학사가 지은 글이었다.
千年有流水	천 년 동안 물은 그대로 흐르고 있어
落日見歸雲.	석양에 돌아가는 구름을 본다오.

(『옥봉집玉峰集』 권 상上)

용문춘망龍門春望

日日軒窓似有期	날마다 헌창軒窓에 약속이나 한 듯
捲簾時早下簾遲	발을 거두기는 이르고 내리기는 늦었다.
春光正在峯頭寺	봄빛이 바로 산봉우리 절에 있으나
花外歸僧自不知.	꽃을 외면하고 돌아가는 중은 알지 못한다.

(위와 같음)

삼차송월三叉松月

手持一卷藥珠篇	손에 한 권의 도경道經을 가지고
讀罷松壇伴鶴眠	송단松壇에서 다 읽고 학과 같이 졸았다.
驚起中宵滿身影	밤중에 놀라 깨니 그늘 속에 있었는데
冷霞飛盡月流天.	안개가 모두 걷히자 달은 하늘에서 흘러간다.

(위와 같음)

유거幽居

幽居地僻少人來	두메의 깊숙한 곳에 사니 오는 사람 적어
無事柴門晝不開	일이 없어 낮에도 싸리문을 열지 않았다.
花滿小庭春寂寂	뜰에 꽃은 만발했으나 봄은 고요한데
一聲山鳥下靑苔.	산새가 울며 푸른 이끼로 내려온다.
	(위와 같음)

억최가운憶崔嘉運

門外草如積	문 밖에는 풀이 우거졌고
鏡中顏已凋	거울에 비친 얼굴은 이미 늙었다.
那堪秋氣夜	쌀쌀한 가을밤을 어찌 견디며
復此雨聲朝	이 아침에는 다시 비가 내린다.
影在時相弔	얼굴이 떠오르면 서로 위로하고
情來每獨謠	생각이 나면 혼자 노래한다오.
猶憐孤枕夢	가련하게도 외로운 꿈속에서는
不道海山遙.	바다와 산이 멀리 있다고는 말하지 않는다오.
	(위와 같음)

차증임자순次贈林子順

畵欄西畔綠蘋波	난간 서쪽에는 푸른 마름이 물결치며
無限離情日欲斜	한없는 이정離情에 해가 지려 한다.
芳草幾時行路盡	방초芳草 있는 길이 언제 끝나며
靑山何處白雲多	청산靑山 어느 곳인들 흰 구름이 많겠는가.

孤舟夢裡滄溟事　　고주孤舟로 꿈속에서 창해滄海를 건넜고
三月煙中上苑花　　삼월 아지랑이 가운데 상원上苑에 꽃이 피었다.
樽酒易空人易散　　술은 쉽게 떨어지고 사람도 헤어지려 하니
野禽如怨又如歌.　　들새 우는 소리 원망하는 듯 노래하는 듯하다.
　　　　　　　　　　(위와 같음)

　백광훈白光勳(1537~1582)의 자는 창경彰卿 호는 옥봉玉峯이며
음사蔭仕로 참봉參奉을 했다. 이정구李廷龜는 그에 대해 근세에
옥봉玉峯이라는 자가 있는데 … 특히 절구絶句에 뛰어나 성당盛唐
의 풍격風格에 매우 접근했으며 시는 탈고脫稿도 하기 전에 사람
들의 입으로 전해져 알려졌다고 했다.[37] 〈홍경사시弘慶寺詩〉에
대해 허균은 그의『국조시산』권 1에서 절창絶唱이라 했고, 홍만종
은 아절핍고雅絶逼古라 하여 격찬했다.[38] 허균은 〈춘망시春望詩〉
에 대해 미칠 수 없다고 했고, 〈삼차송월시三叉松月詩〉에 대해 차
가우면서도 또한 서리 같은 기상이 있다고 했다.[39] 그리고 허균
은『국조시산』권 4에서 〈억최가운시憶崔嘉運詩〉에 대해 전랑錢郞
의 유운遺韻이 있다고 했는데, 전기錢起는 성당盛唐 때 활동했던
시인으로 이름 높은 문인이었다. 당시唐詩를 극히 선호했던 허균
許筠이 이와 같이 말한 것은 이 작품을 높게 평가한 것이다. 〈차
증림자순시次贈林子順詩〉는 옥봉玉峯을 비롯하여 손곡蓀谷 이달李
達, 백호白湖 임제林悌, 죽암竹巖 양대박梁大撲 등이 광한루廣寒樓
에 모여 지었다고 했는데, 그때 국휼國恤이 있었으므로 목사牧使

<hr>

37) 李廷龜, 玉峯集序,『月沙集』卷 39. 近世有玉峯者 … 尤工於絶句 深得盛唐
　　風格 詩未脫稿 人皆口傳以熟.
38) 洪萬宗,『小華詩評』卷 上.
39) 許筠,『國朝詩刪』卷 3. 懷氷暑月 亦有霜氣.

가 주최하는 시회詩會였으나 성악이 없었기 때문에 가자歌字의 운
이 어렵다고 했는데, 그 낙구落句가 더욱 좋아 참으로 가작이라고
했다.40)

◈ 최경창崔慶昌
봉은사승축奉恩寺僧軸

三月廣陵花滿山　　삼월 광릉廣陵에 꽃이 산에 만발했고
晴江歸路白雲間　　청강晴江으로 돌아가는 길은 흰 구름 속에 있다.
舟中背指奉恩寺　　배에 돌아서서 봉은사를 바라보니
蜀魄數聲僧掩關.　　자규 우는 소리에 스님은 문을 닫는다.
　　　　　　　　　（『고죽유고孤竹遺稿』）

대은암大隱巖

門前車馬散如烟　　문 앞에 많은 거마車馬 연기처럼 사라졌으니
相國繁華未百年　　상국의 번화가 백 년도 가지 못했다.
深巷寥寥過寒食　　깊은 골목이 조용하게 한식을 보내며
茱萸花發古墻邊.　　수유화만 옛 담장 가에 피었다.
　　　　　　　　　（위와 같음）

무릉계武陵溪

危石纔交一徑通　　험한 바위 사이로 겨우 길을 지나니

---

40) 梁慶遇, 『霽湖詩話』. 時當國恤 坐無聲樂 咸以歌字爲難 其落句尤美 眞佳
　　作也.

白雲千古祕仙蹤   긴 세월 동안 흰 구름이 선인仙人의 자취를 감추었다.
橋南橋北無人問   다리 남북 쪽에 물을 사람 없고
落木寒流萬壑同.   골짜기마다 떨어진 잎이 물에 떠내려간다.
（위와 같음）

우음偶吟

東峯雲霧掩朝暉   동봉의 안개가 아침 햇빛을 가리었고
深樹棲禽晚不飛   나무에 있는 새들은 늦게까지 날지 않는다.
古屋苔生門獨閉   고옥古屋에 이끼 파랗고 문만 닫혔는데
滿庭淸露濕薔薇.   뜰에 가득한 이슬이 장미를 적신다.
（위와 같음）

기양주성사군寄楊州成使君

官橋雪霽曉寒多   관교官橋에 눈 개고 새벽이 매우 차가운데
小吏門前候早衙   소리가 문 앞에서 일찍 아문衙門 열리기를 기다린다.
莫怪使君常晏出   사군이 항상 늦게 나오는 것을 이상히 생각마오
醉開東閣賞梅花.   동각 열고 매화 완상에 취했기 때문이오.
（위와 같음）

과양조묘유감過楊照廟有感

日暮雲中火照山   해 저문 운중雲中에 봉화가 오르더니
單于已近鹿頭關   선우單于가 이미 녹두관鹿頭關을 접근했다오.
將軍獨領千人去   장군이 홀로 적은 군사 거느리고

夜渡蘆河戰未還.　밤에 노하蘆河를 건너 싸우다가 돌아오지 못했다.
　　　　　　　　(위와 같음)

여양역閭陽驛

馬上時將換　마상馬上에서 때가 장차 바뀌고자 하니
西歸道路賖　서쪽으로 돌아가는 길이 멀겠다.
人煙隔河少　강 건너는 인연人煙이 드물고
風雪近關多　관關이 가까우니 풍설이 많다.
故國書難達　고국의 편지는 받아보기 어렵고
他鄕鬢易華　타향에서 살쩍머리 쉽게 희어진다.
天涯意廖落　천애에서 마음이 처량해
獨立數棲鴉　홀로 서서 쉬고 있는 갈까마귀를 헤어 본다.
　　　　　　　　(위와 같음)

　최경창崔慶昌(1539~1583)의 자는 가운嘉運 호는 고죽孤竹이며 해주인海州人이다. 문과에 급제했으며 벼슬은 부사府使를 역임했다. 박세채朴世采는 그의 인물에 대해 재능도 뛰어났고 기품도 호방해 공명을 좋아하지 않았으며 염백廉白하고 간귀簡貴한 것에 힘써 사람들과 잘 어울리지 않았다고 했다.[41] 허균은 그의『국조시산』권 3에서 〈봉은사승축시奉恩寺僧軸詩〉에 대해 만당晚唐의 시를 능가한다고 했고, 〈대은암시大隱巖詩〉에 대해 허균은 풍자가 골수에까지 들어온다고 했다. 유몽인柳夢寅은 근래에 당시唐詩를 배우는 자들이 모두 최경창崔慶昌과 이달李達을 말하는데, 그들 작품 중에서 잘 지었다고 하는 작품을 들어보면 최경창이 옛 재상이었던 이장곤李長坤의

---

41)　朴世采,『孤竹詩集後叙』. 公旣才高氣豪　不屑屑於功名　盖以廉白簡貴自厲
　　與世寡合.

집을 지나다가 지은 문전거마산여연門前車馬散如烟이라 한 작품이라고 했다.[42] 〈무릉계시武陵溪詩〉에 대해 유몽인은 고죽이 절을 찾아 갔다가 골짜기에서 길을 잃고 이 시를 지었는데, 그가 길을 잃고 황급해 하는 것이 언외言外에 잘 나타나 있어 창연悵然함을 느끼게 한다고 했다.[43] 허균도 이 시에 대해 매우 맑고 높다고 했다. 〈우음시偶吟詩〉에 대해 홍만종은 청려淸麗하기 그림 같다고 했다.[44] 〈기양주성사군시寄楊州成使君詩〉에 대해 許筠은 풍류가 떨어지지 않고 바로 이 사람에 있다고 할 것이라 했다.[45] 〈과양조묘유감시過楊照廟有感詩〉에 대해 허균은 당唐나라 시인의 좋은 작품에 비해 못하지 않으니 중국 사람들로부터 칭찬을 받는 것은 마땅하다고 했다.[46] 〈여양역시閭陽驛詩〉에 대해 홍만종은 이 시의 함련頷聯을 들며 성당盛唐의 시와 같다고 하며 … 알 수 없지만 금세에도 다시 이와 같은 조향調響이 있겠는가 했다.[47]

❖ 이달李達
불일암佛日庵

寺在白雲中	절이 흰 구름 속에 있어
白雲僧不掃	스님이 흰 구름을 쓸지 않는다.

---

42) 柳夢寅, 『於于野談』 卷 3 文藝. 近來學唐詩者 皆稱崔慶昌李達 姑取其善鳴者而錄之 崔慶昌古宰相李長坤家有詩曰 門前車馬散如烟.
43) 위와 같음. 崔孤竹慶昌尋僧寺 入山谷忽失路 口號一絶曰 危石攙敎一逕通 … 其失迹棲遑之恨 在於言表 吟之悵然.
44) 洪萬宗, 『小華詩評』 卷 上. 崔孤竹慶昌 題駱峯人家詩曰 東峯雲霧掩朝暉 … 淸麗如畵.
45) 許筠, 『國朝詩刪』 卷 3. 風流不墜 正在斯人.
46) 許筠, 『鶴山樵談』. 崔慶昌字嘉運 … 其題楊忠壯公照之墓曰 日沒雲中火照山 … 此詩不減唐人高處 宜乎見賞於中原也.
47) 人烟隔河少 風雪近關多 則似盛唐 … 不知今世復有此等調響耶.

客來門始開　　손이 오자 문이 비로소 열리는데
萬壑松花老.　　골짜기마다 송화松花가 지려한다.
　　　　　　　　(『손곡시집蓀谷詩集』권 5)

산행관외작山行關外作

近水疎籬紅杏花　　시냇물 근처 성긴 울타리에 살구꽃이 피었고
掩門垂柳兩三家　　수양버들 속에 문을 닫은 두서너 집.
溪橋處處連芳草　　시내 다리 곳곳마다 방초芳草가 우거졌으며
山路無人日自斜.　　산길에 사람은 없고 해가 지려 한다.
　　　　　　　　(같은 책 권 6)

예맥요刈麥謠

田家少婦無夜食　　농가의 젊은 아낙 저녁거리가 없어
雨中刈麥林中歸　　비를 맞고 보리 베어 숲 속에서 돌아온다.
生薪帶濕煙不起　　땔감이 물에 젖어 불이 붙지 않는데
入門兒女啼牽衣.　　아이는 배가 고파 울며 따라다닌다.
　　　　　　　　(위와 같음)

제총요祭塚謠

白犬前行黃犬隨　　흰 개는 앞서 가고 누런 개는 뒤따르며
野田草際塚纍纍　　우거진 풀밭에 묘가 총총 있구나.
老翁祭罷田間道　　늙은이 밭 사이에 제를 지내고
日暮醉歸扶小兒.　　저문 날에 술에 취해 아이 잡고 간다네.
　　　　　　　　(위와 같음)

병중절화대주病中折花對酒

花時人病閉門深	꽃 필 때 병이 있어 문을 깊게 닫았다가
强折花枝對酒吟	억지로 꽃을 꺾어 술을 마시며 읊는다.
惆悵流光夢中過	슬퍼하노니 세월이 꿈처럼 빠르며
賞春無復少年心.	상춘賞春도 소년 때와 같지 않다오.

(위와 같음)

경폐사逕廢寺

此寺何年廢	이 절이 언제 폐찰이 되었을까
門前松逕深	문 앞 소나무 길이 깊다.
嵐蒸碑毀字	남기에 절어 비의 글자가 허물어졌고
雨漏佛渝金	비가 새어 부처의 금빛이 변했다.
古井塡秋葉	묵은 우물에 낙엽이 쌓였고
陰庭下夕禽	그늘이 지면 뜰에 저녁 새들이 내려온다.
不須興慨感	반드시 깊게 개탄하지 않는 것은
人世幾消沈.	인간 세계도 얼마나 사라지고 잠겼는가.

(위와 같음)

상구성림명부上龜城林明府

八月邊霜近授衣	팔월 변방 서리에 수의授衣가 가까우며
北風吹葉雁南悲	북풍이 불자 기러기는 남쪽으로 간다.
誰憐范叔寒如此	범숙范叔[48]의 이같은 추위를 뉘가 가련히 여기며

---

48) 춘추전국 때 매우 추운 날에 范叔의 낡은 옷을 보고 魏나라 사신이 옷을

自笑蘇秦困不歸   소진蘇秦[49]이 곤해도 돌아가지 않는 것을 비웃었다.
家在海西音信斷   해서海西에 있는 집에서는 소식이 없고
客來關外故人稀   관외關外로 오니 아는 사람도 드물다.
燈前暫結思鄕夢   등불 앞에서 잠간 꿈에 고향을 찾았더니
秋水煙沈舊釣磯.   안개 낀 가을 물가에 고기 낚던 곳이었소.
          (위와 같음)

　이달李達(1539~1618)의 자는 익지益之 호는 손곡蓀谷이고 홍천인洪川人
이며 벼슬은 부정副正에 그쳤다. 허균은 그의 시에 대해 최경창의 시는 한경
悍勁하고 백광훈은 고담枯淡해 당시唐詩의 특징을 잃지 않아 보기 드문 작
품이다. 그런데 손곡은 더욱 두 사람의 특징을 포용하여 스스로 대가가 되었
다고 했다.[50] 허균은 〈산행관외작시山行關外作詩〉에 대해 망천輞川[51]의 그
림 속에 들어간 것 같다고 하며 격찬했다.[52] 이수광은 〈예맥요刈麥謠〉와
〈제총요祭塚謠〉를 들면서 당시唐詩에 접근해 좋다고 했다. 허균은 그의 『국
조시산』에서 〈경폐사시逕廢寺詩〉의 경련頸聯에 대해 높고 간절하다고 했으
며, 끝에 자못 정음과 같다고 했는데 정음正音은 당시唐詩를 지칭한 것이다.
그리고 〈상구성림명부시上龜城林明府詩〉에 대해 절가지작絶佳之作이라 하
여 극히 칭찬했다.

주었다고 함.
49) 蘇秦이 六國을 합종하기 위해 고생하며 여러 나라를 돌아다닌 것을 말함.
50) 許筠, 『惺叟詩話』. 崔詩悍勁 白詩枯淡 俱不失李唐跬逕 誠亦千年希調也 李
　　益之較大 故苞崔孕白 而自成大家也.
51) 시내의 이름으로 경치가 매우 아름다워 唐의 王維가 그곳에 별장을 짓고
　　輞川二十景의 시를 지었다고 함.
52) 許筠, 『國朝詩刪』卷 3. 如入輞川畵中.

◈ 권겹權韐

송도회고松都懷古

雪月前朝色	눈과 달빛은 전조의 빛이요
寒鍾古國聲	차가운 종소리는 고국의 소리였다.
南樓愁獨立	근심에 싸여 홀로 남루에 서니
殘郭曉雲生.	남은 성곽에 새벽 구름이 오른다.

(『대동시선大東詩選』 권 3)

사회寫懷

臣罪如山死亦甘	신의 죄가 산 같아 죽여도 달게 여기겠는데
聖恩猶許謫江南	임금의 은혜 오히려 강남으로 귀양 보낸다.
臨岐最有無窮痛	떠나면서 가장 다함이 없는 아픔이 있으니
慈母今年七十三.	금년에 어머니의 나이 일흔셋이요.

(위와 같음)

권겹의 자는 여명汝明 호는 초루草樓이며 벽擘의 아들이다.

◈ 현덕승玄德升

한거閒居

結茅溪水上	띠집을 냇가에 지었더니
簷影落潭心	처마 그림자가 못 가운데 떨어진다.
醉睡風吹醒	취해 자다가 바람이 불어 깨게 되면
新詩鳥和吟	새로 지는 시를 새와 함께 읊는다.

放牛眠細草	놓아먹이는 소는 가는 풀에서 졸고
驚鹿入長林	놀란 사슴은 긴 숲 속으로 들어간다.
依杖靑松側	푸른 소나무 옆에 지팡이 짚고 있으니
千峯紫翠深.	산봉우리마다 붉고 푸른빛이 깊다오.

(『대동시선大東詩選』 권 3)

현덕승玄德升의 자는 문원聞遠 호는 희당希堂이며, 문과에 급제했고 벼슬은 사예司藝에 그쳤다.

◈ 차천로車天輅

강야江夜

夜靜魚登釣	밤이 고요하니 고기가 낚시에 오르고
波深月滿舟	강물은 깊고 달빛이 배에 가득하다.
一聲南去雁	남쪽으로 날아가는 한 마리의 기러기 소리는
嗁送海山秋.	울면서 해산에 가을을 보낸다.

(『오산집五山集 속집續集』 권 1)

추사秋思

龍塞迢迢隔楚臺	용새龍塞와 초대楚臺와는 사이가 너무 멀어
却敎雲雨夢頻回	꿈에서만 자주 애정을 느끼게 한다.
無情最是隨陽雁	따뜻한 곳을 따라 다니는 기러기는 가장 무정해
不帶相思一字來.	사랑한다는 말 한 자도 가져오지 않는다.

(위와 같음)

잠게문수사暫憩文殊寺

滿山紅葉錦斒斓	산에 가득한 단풍잎이 비단처럼 알록달록
落日秋光畵裡顔	지는 해에 가을빛은 그림 속에서 보는 듯하다.
暫借蒲團成穩睡	잠간 포단을 빌려 편안히 자고자 하니
不知身在白雲間.	내가 흰 구름 속에 있는 것을 알지 못했다.

(『오산집五山集』 권 1)

객회客懷

久客悲幽獨	오랫동안 객지에서 외로움이 슬프고
淸秋恨別離	맑은 가을에 이별이 한스럽다오.
荒山一片雨	거친 산에 가는 비 내리고
遠浦夕陽時	먼 포구에 해 질 즈음이었소.
地僻人來少	지역이 외져 찾아오는 이 적고
天長雁去遲	하늘이 길어 기러기도 늦게 가는 듯하다.
九腸無一寸	긴 창자가 한 마디도 남지 않았으니
何用謾尋思.	부질없는 생각을 해 무엇하리오.

(같은책 권 1)

우음偶吟

蝸角爭名戰未休	좁은 세계에 이름을 다투는 싸움은 쉬지 않으며
幾人談笑覓封侯	얼마나 많은 사람이 봉후를 찾고자 말하나뇨.
劍頭蝱血流千里	칼머리의 작은 피는 천리를 흘렸고
甲外鯨波沒十洲	갑옷 밖의 험한 파도에 십주十洲가 잠겼다.

莫問是非身後定　죽은 뒤에 정해지는 시비는 묻지 말고
從知勝敗掌中收　승패는 장중에서 거두어진다는 것을 알게 되었다.
若敎畫像麒麟閣　만약 기린각에 화상이 그려진다면
上將奇功在伐謀.　상장上將의 기공은 모벌謀伐에 있다고 하겠소.
　　　　　　　　　(같은책 속집 권 1)

봉황대鳳凰臺

千仞岡頭石骨分　높은 산등성이에 바위가 나누어져
逈臨無地出塵氛　돌아 오르니 곳곳에 티끌이 인다.
江通碧海生潮汐　바다로 흐르는 강에 조수가 밀려오고
山近靑天合霧雲　하늘에 닿는 산은 구름과 합쳤다.
不盡鳥飛平楚外　새는 계속 들녘 밖으로 날아가고
遙看日落大荒垠　크고 거친 언덕으로 지는 해를 멀리서 본다.
蘊眞協遇堪留眼　싸인 근원을 만나 자세히 살펴보니
笑撥人寰幾聚蚊.　서울에 모기처럼 모여 사는 인간이 우습다오.
　　　　　　　　　(위와 같음)

　　차천로車天輅(1556~1615)의 자는 복원復元 호는 오산五山이며 연안인延
安人이다. 과거에 급제했고 벼슬은 첨정僉正을 역임했다. 글을 짓게 되면 크
고 넓어 적수가 없었다. 이러한 차천로車天輅에 대해 『정조실록正祖實錄』에
천로는 선조宣祖 때 사람이었는데 매우 재주가 있었고 시에 뛰어나 짧은 시
간에 많은 글을 지을 수 있어 간이簡易 최립崔岦과 더불어 문명이 서로 비슷
했다. 최립崔岦은 고문古文을 더욱 잘 지어 해동의 대가라 하지만 풍부하고
빠른 것은 천로에 미치지 못한다고 했다.53)

❖ 차운로車雲輅
통군정서감統軍亭書感

統軍亭上望遼陽	통군정 위에서 요양을 바라보니
地覆天飜積虎狼	천지가 뒤집히고 범과 이리도 많다.
草木不知唐日月	초목은 당唐의 일월을 알지 못하고
山川皆失漢封疆	산천은 모두 한漢의 지경을 잃었다.
九龍潛伏淵淸靜	구룡九龍이 잠복한 못은 맑고 고요하며
孤鶴歸飛海渺茫	고학孤鶴이 날아드는 바다는 아득하고 넓다오.
怊悵鎭江城不見	슬프게도 진강성鎭江城을 보지 못해
空將衰淚灑千行.	부질없이 쇠한 눈물만 많이 뿌린다네.

(『대동시선大東詩選』 권 3)

차운로車雲輅의 자는 만리萬里 호는 창주滄州이며 천로天輅의 아우이다.
과거에 급제했으며 벼슬은 필선弼善에 그쳤다.

❖ 유희경劉希慶
영국詠菊

生涯冷澹無餘物	생애가 냉담해 다른 것은 없고
只有空階晩菊花	단지 빈 뜰에 늦게 핀 국화만 있다오.
滿把寒香仍對月	차가운 향기를 가득 잡고 인해 달을 보니
吾家淸興似陶家.	우리집 맑은 흥이 도연명陶淵明과 같다오.

(『촌은집村隱集』 권 1)

---

53) 『正祖實錄』卷 34, 16年 4月. 天輅宣廟時人 有儁才工詩 能倚馬千言 與簡易
崔岦齊名 而岦尤善古文 號稱海東大家 瞻敏顧不及也.

월계도중月溪途中

山含雨氣水生煙	산에는 우기雨氣를 머금었고 물에는 안개가 오르며
靑草湖邊白鷺眠	청초호靑草湖 가에 백로가 졸고 있다.
路入海棠花下轉	해당화海棠花 밑으로 길이 돌아 들어가니
滿枝香雪落揮鞭.	꽃이 휘둘리는 채찍에 눈처럼 떨어진다.

(『대동시선大東詩選』 권 3)

태고정太古亭

暫過淸溪洞	잠간 청계동淸溪洞을 지나다가
仍登太古亭	인해 태고정에 올랐다.
庭雲人不掃	뜰에 구름은 사람이 쓸지 않고
澗水客來聽	냇물 흐르는 소리는 손이 와서 듣는다.
細竹當簷冷	가는 대나무는 처마 끝에서 차갑고
長松拂壑靑	긴 소나무는 골짜기에서 흔들며 푸르다.
何時謝塵土	언제 속된 세상을 하직하고
此地送餘齡.	이 땅에서 여생을 보낼 수 있으랴.

(위와 같음)

유희경劉希慶의 자는 응길應吉 호는 촌은村隱이며 강화인江華人이다. 임진란 때 선조宣祖가 서쪽으로 몽진을 하게 되자 강개하며 의사義士를 모았다고 한다. 홍만종은 그의 『소화시평 하』에서 유희경劉希慶은 비류卑流였으나 시에 능했다고 하며 〈월계도중시月溪途中詩〉를 청절淸絶하다고 했다.

✤ 백대붕白大鵬
구일九日

醉插茱萸獨自娛	취해 수유茱萸를 꽂고 혼자 스스로 즐거워하며
滿山明月枕空壺	산에 가득한 밝은 달빛에 빈 술통 베고 잔다오.
傍人莫問何爲者	옆 사람들아 무엇하는 사람인가 묻지 말라
白首風塵典艦奴.	이 세상에서 흰 머리의 전함노典艦奴라오.

(『대동시선大東詩選』 권 3)

추일秋日

秋天生薄陰	가을 하늘에 엷은 구름이 생기니
華嶽影沈沈	화악이 그림자로 침침하다.
叢菊他鄕淚	떨기로 핀 국화는 타향에서 눈물을 흘리게 하고
孤燈此夜心	외로운 등불은 이 밤의 마음이라오.
流螢隱亂草	나는 반딧불은 어지러운 풀에 숨으며
疎雨落長林	성긴 빗방울은 긴 숲에 떨어진다.
懷侶不能寐	짝을 생각하며 잠을 자지 못하는데
隔窓啼怪禽.	창 너머 괴이한 새 우는 소리 들린다.

(『국조시산國朝詩删』 권 4)

　백대붕白大鵬에 대해 『대동시선』에서는 위에 든 두 시를 실으면서 그에 대해 자字는 만리萬里 임천인林川人이라 했다. 유몽인柳夢寅은 그에 대해 명유名儒인 허성許筬이 백대붕白大鵬과 유희경劉希慶을 특별히 좋아했는데, 일찍 일본日本에 사신으로 가게 되었을 때 두 사람에게 같이 가기를 말했더니 유희경劉希慶은 부모가 나이 많은 것으로 사양했고 백대붕白大鵬만 홀로 갔다고 했다.[54] 허균은 그의 『국조시산』권 4에 〈추회시秋懷詩〉를 실으면서 백대붕白大鵬에 대해 『지봉유설』의 기록을 들었는데, 그 내용에 따르면 백대붕白大鵬은 전함노典艦奴였으나 시에 능했다. 일찍 술에 취해 길 옆에 누워있었더니 주위에서 어떤 사람인가 하고 물으므로 시로써 답을 했는데, 그 시에 말하기를 취삽수유독자오醉插茱萸獨自娛 … 운운했다고 한다.

✥ 신사임당申師任堂
유대관령망친정踰大關嶺望親庭

慈親鶴髮在臨瀛	학발의 어머니를 임영臨瀛에 두고
身向長安獨去情	서울을 향해 홀로 가는 이 몸의 심정.
回首北坪時一望	북평北坪으로 머리 돌려 때때로 바라보니
白雲飛下暮山靑.	흰 구름 날아 내리는데 지문 산은 푸르다오.

(『대동시선大東詩選』 권 12)

사친思親

千里家山萬疊峯	먼 고향은 만첩의 산봉우리에 쌓였는데
歸心長在夢魂間	가고 싶은 생각은 꿈속에서도 항시 있다오
寒松亭畔孤輪月	한송정寒松亭 가에 외로운 둥근 달이 뜨겠고
鏡浦臺前一陣風	경포대鏡浦臺 앞에 일진의 바람이 불겠지.
沙上白鷺恒聚散	모래 위의 백구는 항시 모였다 헤어지고
波頭漁艇每西東	파도머리 고기 잡는 배는 매양 동서로 오고간다.
何時重踏臨瀛路	언제 임영臨瀛 길을 다시 밟아

---

54) 柳夢寅, 〈劉希慶傳〉 『於于集』卷 6. 名儒許筬 愛之特甚 嘗其使日本也 欲與白大鵬劉生偕 生以養老辭 獨以大鵬行.

綵舞斑衣膝下縫.　　때때옷 입고 춤추며 슬하에서 바느질하랴.

(위와 같음)

　　신사임당申師任堂은 진사進士 명화命和의 딸이며 이율곡李栗谷의 어머니이다. 경사經史에 통했고 글씨와 그림에 능했다고 한다.

❖ 허난설헌許蘭雪軒

보허사步虛詞

乘鸞夜下蓬萊島　　난새를 타고 밤에 봉래도蓬萊島에 내려
閑輾麟車踏瑤草　　한가롭게 수레를 멈추고 풀을 밟았다.
海風吹折碧桃花　　바다 바람이 불어 복숭아꽃을 꺾었고
玉盤滿摘安期棗.　　소반에는 안기생安期生[55]의 대추를 가득 따놓았다.

(『난설헌시집蘭雪軒詩集』)

새하곡塞下曲

前軍吹角出轅門　　전군前軍이 대평소 불고 진문을 나서는데
雪撲紅旗凍不翻　　눈이 붉은 깃발을 쳤으나 얼어 날지 않는다.
雲暗磧西看候火　　구름으로 캄캄한 사막 서쪽의 후화候火[56]를 보니
夜深遊騎獵平原.　　밤이 깊은데 놀던 기병騎兵들은 평원에서 사냥을 한다.

(위와 같음)

---

55) 오래 살았다는 인물로서 秦始皇이 만났다고 함.
56) 적군의 동정을 살피기 위한 불.

채련곡采蓮曲

秋淨長湖碧玉流	맑은 가을 장호長湖에 푸른 물이 흐르는데
荷花深處繫蘭舟	연꽃 핀 깊은 곳에 배를 매었다.
逢郎隔水投蓮子	물 건너 만난 사나이에 연밤을 던졌다가
畏被人知半日羞.	사람이 알았을까 두려워 반일 동안 부끄러워한다.[57]

(『지봉유설芝峰類說』)

송하곡적갑산送荷谷謫甲山

遠謫甲山客	멀리 갑산甲山으로 가는 적객謫客
咸原行色忙	함원咸原에서 행색이 바쁘다오.
臣同賈太傅	신하는 가태부賈太傅와 같은데
主豈楚懷王	임금은 어찌 초회왕楚懷王이겠는가.[58]
河水平秋岸	강물은 가을 언덕에 넘실거리고
關雲欲夕陽	관운關雲에 석양이 비치고자 한다.
霜風吹雁去	서리 바람이 기러기 떼를 휩쓸고 가니
中斷不成行.	가운데가 끊어져 행렬을 이루지 못한다오.

(『난설헌시집蘭雪軒詩集』)

허난설헌許蘭雪軒은 초당草堂 엽曄의 딸이며 김성립金誠立의 부인으로 여덟 살 때 백옥루상량문白玉樓上樑文을 지었다고 하며, 이십칠 세에 세상을 떠났다.

---

57) 李睟光의 『芝峰類說』의 기록에 따르면 이 작품이 방탕한 것으로 흐르는 것에 가깝기 때문에 그의 시집 가운데 실리지 않았다고 이른다 했다.

58) 신하는 前漢 때 賈誼처럼 죄 없이 유배를 가게 되었지만 임금은 屈原을 다시 찾지 않았던 楚 懷王과 같겠는가 하여 故事를 인용해 荷谷의 무죄 함을 宣祖에게 말하고자 함.

✧ 조씨曹氏
야행夜行

幽澗冷冷月未生	그윽한 시내는 차갑고 달도 뜨지 않았으며
暗藤垂地少人行	어두운 덩굴이 땅에 드리워 다니는 사람이 적다.
村家知在山回處	촌가가 산모퉁이에 있음을 알 수 있는 것은
淡露踈星一杵鳴.	맑은 이슬 성긴 별빛 아래 다듬이소리 들린다오.

(『국조시산國朝詩刪』권 3)

허균은 『국조시산』에 이 시를 실으면서 조씨曹氏에 대해서는 말하지 않았고 작품은 귀어鬼語와 같다고 했다.

✧ 빙호당冰壺堂
영빙호詠氷壺

最合床頭盛美酒	상머리 좋은 술 담아두기에 가장 적합한데
何如移置小溪邊	어찌하여 작은 냇가에 옮겨두게 되었나뇨.
花間白日能飛雨	한낮 꽃에 물을 뿌리게 되면
始信壺中別有天.	비로소 병 속에 별도로 하늘이 있음을 믿게 되었다.

(『대동시선大東詩選』권 12)

빙호당冰壺堂은 종실宗室 숙천령肅川令의 부인으로서 시문詩文에 능했다고 한다.

이옥봉李玉峯
규정閨情

有約來何晚	약속이 있었는데 오는 것이 왜 늦나뇨
庭梅欲謝時	뜰에 매화가 지고자 한 때였소.
忽聞枝上鵲	갑자기 나뭇가지의 까치소리 듣고
虛畵鏡中眉.	헛되게 거울 보고 눈썹을 그린다.

(『대동시선大東詩選』 권 12)

영월도중寧越道中

千里長關三日越	천리의 장관長關이요 삼일이면 영월寧越인데
哀辭唱斷魯陵雲	슬픈 노래 노릉魯陵[59]의 구름에 끊이졌다.
妾身自是王孫女	이 몸도 왕손의 딸로서
此地鵑聲不忍聞.	이 곳 두견새 우는 소리 차마 듣지 못하겠소.

(『국조시산國朝詩刪』 권 3)

즉사卽事

柳外江頭五馬嘶	버들 밖의 강 머리에 다섯 마리 말이 울며
半醒愁醉下樓時	술이 깨고 근심에 취해 누에서 내려올 때였소.
春紅欲瘦臨粧鏡	젊은 얼굴이 파리하고자 해 경대에 다다라
試畵梅窓却月眉.	매창梅窓에 비친 반달 같은 눈썹을 그려보련다.

(위와 같음)

---

59) 端宗의 능호는 莊陵인데, 이 시는 복위하기 전에 지었으므로 遜位 후 魯山君으로 봉해졌기 때문에 魯陵이라 하지 않았는가 한다.

이옥봉李玉峰은 전주인全州人으로 옥봉玉峰은 그의 호이며 군수郡守 봉逢의 딸로서 운강雲江 조원趙瑗의 소실小室이었다. 허균은 『국조시산』에 위의 두 작품을 실으면서 〈영월도중시寧越道中詩〉에 대해 비분悲憤 강개慷慨하다고 했고, 〈즉사시卽事詩〉에 대해 풍운風韻이 맑고 길다고 했다.

✧ 황진黃眞
영반월詠半月

誰斲崑山玉	누가 곤륜산崑崙山의 옥을 깎아
裁成織女梳	직녀의 빗을 만들었을까.
牽牛離別後	견우와 이별한 후에
謾擲碧空虛.	방자하게 푸른 공중에 던졌다.

(『대동시선大東詩選』 권 12)

송별소판서세양送別蘇判書世讓

月下庭梧盡	달빛 아래 뜰에 오동잎은 모두 떨어졌고
霜中野菊黃	서리 가운데 들국화가 피었다.
樓高天一尺	누는 하늘에 한 자나 높고
人醉酒千觴	사람들은 많은 술에 취했다.
流水和琴冷	흐르는 물은 거문고 소리와 어울려 차며
梅花入笛香	매화는 피리소리와 함께 향기롭다.
明朝相別後	내일 아침 서로 헤어진 뒤에
情與碧波長.	정은 푸른 물결과 같이 길 것이오.

(위와 같음)

박연朴淵

一派長川噴壑礱	한 줄기 긴 내가 골짜기를 갈고 꾸짖으며
龍湫百仞水溙溙	백 길의 물은 용추龍湫로 모인다.
飛泉倒瀉疑銀漢	날으는 물이 거꾸로 쏟아져 은하수인가 의심스럽고
怒瀑橫垂宛白虹	성난 폭포는 가로 드리워 흰 무지개와 비슷하다.
雹亂霆馳彌洞府	어지럽게 달리는 우박과 천둥은 동부에까지 미치고
珠舂玉碎澈晴空	구슬과 옥을 만들어 갠 하늘을 맑게 한다.
遊人莫道廬山勝	구경하는 사람들아 여산廬山이 좋다고 말하지 말고
須識天磨冠海東.	천마산天磨山이 해동에서 제일임을 반드시 알아다오.

(위와 같음)

✧ 계생桂生(姓李 字天香 號梅窓 扶安妓)

증취객 贈醉客

醉客執羅衫	취한손이 비단적삼을 잡으니
羅衫隨手裂	비단적삼이 손을따라 찢어진다.
不惜一羅衫	비단적삼 하나를 아까워 하는것이 아니고
但恐恩情絶	다만 정이 끊어질까 겁내는 것이오.

(『소화시평小華詩評』)

춘원春怨

竹院春深鳥語多	죽원에 봄은 깊고 새들은 많이 우는데
殘粧含淚捲窓紗	화장도 하지 않고 눈물 머금은 채 창문을 열었다.
搖琴彈罷相思曲	거문고로 상사곡을 타고 파하자

花落東風燕子斜　　동풍에 꽃은 떨어지고 제비는 비껴난다.

　　　　　　　　　　(『대동시선大東詩選』 권 12)

무제無題

水村來訪小柴門　　수촌에와서 작은 사립문을 찾으니

荷落寒塘菊老盆　　연꽃은 못에 떨어지고 국화는 분에서 시들었다.

鴉帶夕陽啼古木　　석양에 갈까마귀는 고목에서 울고

雁含秋氣渡江雲　　기러기는 가을기운을 머금고 강운을 건너간다.

休言洛下時多變　　서울에서 세태가 많이 변했다고 말하지 말자.

我願人間事不聞　　나는 인간의 일 듣기를 원하지 않는다.

莫向樽前辭一醉　　술통을 향해 취하는 것을 사양하지 마오.

信陵豪貴草中墳　　신릉군信陵君의 호기도 풀 가운데 무덤이라네.

　　　　　　　　　　(위와 같음)

VII

❖ 이정구李廷龜

대동강범주차전인운大同江泛舟次前人韻

芳草萋萋雨後多	꽃다운 풀이 비온 후에 더욱 무성하고
夕陽洲畔採菱歌	석양에 강변으로부터 마름 캐는 노래 들린다.
佳人十幅綃裙綠	가인의 열 폭 푸른 비단 치마는
染出南江春水波	남강南江 봄 물결에 물들인 것이라오.

(『월사집月沙集』 권 10)

심승尋僧

石逕崎嶇杖滑苔	돌길은 가파르고 지팡이도 이끼에 미끄러지며
淡雲疎磬共徘徊	맑은 구름 경쇠소리에 함께 배회하고자 한다.
沙彌叉手迎門語	사미가 깍지 끼고 문에서 맞으며
師在前山宿未回.	스님은 앞산에서 자고 돌아오지 않았다고 한다.

(위와 같음)

차회양동헌운次淮陽東軒韻

山擁重關險	산은 두 관문을 안고 있어 험하고
江蟠二嶺長	강은 두 재를 서리어 길다.
風雲護仙窟	바람과 구름은 선굴仙窟을 보호하고
日月近扶桑	해와 달은 부상扶桑[1]에 가깝다.
秋膾銀鱗細	가을 회는 비늘이 가는 은어요
春醪栢葉香	봄 탁주에는 잣나무 잎 향기가 난다.

---

1) 해가 뜨는 동쪽 바다를 말함.

瓜時倘許代　　임기에 얽매이지 않게 허락한다면
吾不薄淮陽.　　내가 회양淮陽에 엷게 하지 않으리라.
　　　　　　　　(대동시선 권 3)

월야등통군정구점月夜登統軍亭口占

樓壓層城城倚山　　누는 성을 눌렀고 성은 산을 의지했으며
樓前明月浸蒼灣　　누 앞에 밝은 달은 푸른 물굽이를 적신다.
江從靺鞨圍荒塞　　강은 말갈靺鞨로부터 흘러 변방으로 돌아가고
野入遼燕作古關　　들은 요연遼燕까지 들어가 고관古關을 이루었다.
北極南溟爲表裏　　북극北極과 남명南溟은 안과 밖이 되었고
高天大地此中間　　높은 하늘 넓은 땅이 이 가운데 있다.
玆遊奇絶平生最　　이곳 기절의 유람이 평생에 가장 좋아
不恨經年滯未還.　　해 넘겨 돌아가지 못해도 한이 되지 않는다.
　　　　　　　　(『월사집月沙集』 권 10)

석등백상루夕登白祥樓

五月江樓布褐寬　　오월의 강루에 베옷이 알맞더니
孤城雨色動輕寒　　고성에 내린 비로 약간 추워지려 한다.
汀沙如洗潮初落　　씻은 듯한 사장에 조수가 밀려가고
林月欲生人未還　　숲에 달이 뜨고자 하는데 사람은 돌아오지 않는다.
浦口淡烟橫一黛　　포구의 엷은 연기 눈썹처럼 그려졌고
島邊遙岫擁千鬟　　섬 주변의 먼 산봉우리는 쪽진 머리 같다.
誰人鮮把龍眠手　　뉘가 화공畵工을 데리고 와서
畵我孤吟倚曲欄.　　난간에 의지해 외롭게 시 읊는 나를 그려주랴.
　　　　　　　　(위와 같음)

이정구李廷龜(1564~1635)의 자는 성징聖徵 호는 월사月沙이며 과거에 급제했다. 벼슬은 문형을 맡기도 했고 좌상左相을 역임했으며 시호는 문충文忠이다. 장유張維는 그의 문장에 대해 월사月沙의 문장이 섬민贍敏하고 창달暢達해 막힘이 없이 유창하기 때문에 선조宣祖가 그의 글을 가장 좋아하여 유명한 문사들 가운데 으뜸이라 했다.[2]

✧ 신흠申欽
촌흥村興

征鴻背照下江門	가던 기러기는 햇빛을 등지고 강문江門으로 내려오고
落葉流風過別村	낙엽은 바람에 흘러 별촌別村을 지나간다.
莫遣龍眠畵秋色	화공畵工을 보내 가을빛을 그리게 하지 말아다오
紫蘭叢菊摠傷魂.	붉은 난초 떨기 국화가 모두 마음을 슬프게 한다.

(『상촌집象村集』 권 20)

수기유술睡起有述

溪上茅茨小	냇가에 작은 띠집을 지었더니
長林四面回	사방이 긴 숲으로 둘러싸였다.
夢醒黃鳥近	잠을 깨자 꾀꼬리가 가까이 있고
吟罷白雲來	시를 읊고 나니 흰 구름이 떠온다.
引瀑澆階笋	폭포 물을 끌어들여 뜨락 죽순에 물을 주고
拖筇印石苔	지팡이 끈 자국이 돌에 있는 이끼에 남았다.
柴扉無剝啄	사립문 열고 닫는 소리가 없다가

---

2) 張維 撰 謚狀,『月沙集』附錄 卷 2. 其文章天才絶人 贍敏暢達 絶無艱辛滯澁之態 宣祖最悅公文 謂一時名能文詞者 擧出公下.

時復爲僧開. 때때로 스님을 위해 열린다.

(같은책 권 11)

용만객영龍灣客詠

九月遼河蘆葉齊 구월 요하遼河에 갈댓잎이 가지런한데
歸期又滯浿江西 돌아가는 기약이 또 패강 서쪽에서 지체되었다.
寒沙淅淅邊聲合 차가운 사장이 석석淅淅해 변방 소리와 합했고
短日荒荒鴈翅低 짧은 해도 황황荒荒해 기러기도 낮게 난다.3)
故國親朋書欲絶 고국의 친구와는 소식이 끊어지고자 하고
異鄕魂夢路猶迷 타향에서 혼몽도 오히려 길을 잃는다.
愁來更上譙樓望 근심이 되어 다시 초루譙樓에 올라 바라보니
大漠浮雲易慘悽. 큰 사막에 뜬 구름이 쉽게 슬프게 한다.

(같은책 권 13)

차지봉승평시고중운次芝峰昇平詩稿中韻

六年放逐寄他鄕 육 년 동안 쫓겨 타향에 살았더니
雙鬢空看白髮長 양쪽 살쩍머리를 보니 백발 되어 자랐다.
春去更無書付雁 봄이 지났으니 소식 전할 방법도 없고
夢回唯有草生塘 꿈속에서 돌아오니 지당에 오직 풀만 자라 있다.
掠殘野水蜻蜓濕 들 물을 채간 고추잠자리는 젖었고
唼盡山花蛺蝶香 산에 꽃을 빨아먹는 범나비는 향기가 난다.
客散閉門愁獨坐 손이 떠난 뒤 문 닫고 홀로 앉았다가

---

3) 이 頷聯에서 淅淅과 荒荒이 의성어로 한 것인지 다른 의미가 있는지 알지 못해 음을 그대로 옮겨 놓았으며, 내용도 난해함이 있다.

斷雲殘照下昭陽.　구름 끝에 해 질 즈음 소양강昭陽江으로 내려간다.
　　　　　　　　　(같은책 권 16)

야좌夜坐

野藤拖地少人行　들에 넝쿨이 땅을 덮어 다니는 사람 드물고
露草離離暗水鳴　이슬 젖은 풀이 짙어 물소리만 들린다.
數點踈螢流客幌　몇 마리 반딧불이 방장으로 날아들고
一聲寒雁過江城　기러기가 울며 강성江城으로 지나간다.
孤燈依壁花成暈　벽에 걸린 고등孤燈에 달무리지고
小雨經林葉盡驚　가랑비가 숲을 지나가자 나뭇잎이 모두 놀란다.
最是殊方腸斷處　타향에서 가장 슬픈 것은
舊遊零落隔平生.　옛날 놀던 친구 떨어져 다시 볼 수 없는 것이라오.
　　　　　　　　　(위와 같음)

　　신흠申欽(1566~1627)의 자는 경숙敬叔 호는 상촌象村이며 평산
인平山人이다. 문과에 급제했고 문형을 맡았으며 벼슬은 영의정을
역임했다. 인조묘仁祖廟에 배향되었고 시호는 문정文貞이다. 장유
張維는 그의 인물에 대해 사람들이 상촌을 이야기할 때 재능이 뛰
어나고 학문이 극히 넓으며 문장이 아름답고 신속해 당세의 고수
高手로 인정한다고 했다.[4] 홍만종은 그의 〈용만객영시龍灣客詠詩〉
에 대해 상촌이 소년 때부터 문장이 뛰어나 일가를 이루었는데 평
가評家들 가운데 간혹 낮게 말하는 사람도 있으나 지나친 것이다.
그의 〈용만시龍灣詩〉는 농후하고 노성老成하므로 가볍게 보지 못

---

4) 張維 撰 諡狀. 其稱公 以爲才極高學極博 文章華敏 爲當世大手筆.

할 것이라 했다.5)

◈ 이호민李好閔

한식송계도중寒食松溪途中

寒食東風劃地號　한식에 동풍이 땅을 깎으며 부니
平郊燕雀羽毛高　넓은 들에 새들의 깃이 높아진다.
千秋老鶴霜衣潔　긴 세월 깨끗한 흰 털의 늙은 학이
獨立嚴菽夢海濤.　바위에 홀로 서서 바다의 파도를 꿈꾼다.
　　　　　(『대동시선大東詩選』 권 3)

기고제독향로寄高提督鄕老

秋盡江南橘柚垂　강남에 가을이 지나자 유자가 익어 드리웠는데
百憂雙鬢未歸時　많은 근심의 두 살쩍머리가 돌아가지 못한 때였소.
寒燈照我床前竹　찬 등불이 내 책상 앞의 대나무를 비추면
影上東窓葉葉疑.　그림자가 창에 올라 잎마다 바로 선다오.
　　　　　(위와 같음)

송백사적북청送白沙謫北靑

此地年年送客歸　이곳에서 해마다 손을 보내고 돌아오며
山壇擧酒祭江籬　산단山壇에 술을 들고 강가에 제를 지낸다.
吾行最晚當何處　내 가는 것이 가장 늦어 어디로 가게 될까

5) 洪萬宗, 『小華詩評』 卷 下. 申玄翁欽 自少爲文章 便自成家 評者或卑之 亦
過之 其龍灣詩曰 … . 濃厚老成 不可輕也.

無復故人來別離.　다시는 친구가 와서 이별이 없으면 하오.
　　　　　　　　　(위와 같음)

용만행재문삼도병진공한성적龍灣行在聞三道兵進攻漢城賊

干戈誰着老萊衣　전쟁에 뉘가 때때옷 입을 수 있으랴
萬事人間意漸微　인간세계 만사에 생각이 점점 희미해진다.
地勢已從蘭子盡　지세는 이미 난자도蘭子島를 좇아 다했고
行人不見漢陽歸　행인에 한양으로 돌아가는 사람을 보지 못했다.
天心錯莫臨江水　천심이 그릇되고 어긋나 강물에 다다랐고
廟筭凄凉對夕暉　국가의 운명이 처량해 저녁 햇빛을 대하게 되었다.
聞道南兵近乘勝　근간에 남쪽 병사들이 이긴다는 말을 들었는데
幾時三捷復王畿.　언제 세 번 이겨 서울을 회복하랴.
　　　　　　　　　(위와 같음)

　이호민李好閔의 자는 효언孝彦 호는 오봉五峯이며 연안인延安人이다. 과거에 급제하여 호당에 피선되었고 문형을 맡았으며 시호는 문희文僖였다.

❖ 오억령吳億齡
차망헌次忘軒

少年湖海氣猶存　호해같은 소년의 기상이 오히려 남았으며
頭白黃塵道路昏　흰 머리에 누런 먼지가 도로를 어둡게 한다.
春入薜蘿歸夢短　봄이 담쟁이덩굴로 들어가 돌아갈 꿈이 짧은데
半隨征雁落江雲.　반은 가는 기러기를 따라 강운江雲에 떨어지겠다.
　　　　　　　　　(『대동시선大東詩選』 권 3)

오억령吳億齡의 자는 대년大年 호는 만취晚翠이며 동복인同福人
이다. 과거에 급제하여 호당에 피선되었고 벼슬은 참찬參贊과 제
학提學을 역임했으며 시호는 문간文簡이다.

◈ 이수광李睟光
설후雪後

昨夜千村雪	간밤에 마을마다 눈이 내리더니
今朝萬樹梅	오늘 아침 많은 나무에 매화가 피었다.
兒童推戶出	아이들은 문을 열고 나가
誤喜是春來	봄이 왔다고 그릇 기뻐한다.

(『지봉집芝峰集』 권 1)

상수역도중湘水驛道中

雨後淸和近午天	비 개고 청화해 한낮이 가까운데
驛樓芳草暗湘川	역루驛樓의 꽃다운 풀은 상천湘川을 어둡게 한다.
誰知倦客征鞍上	천천히 가는 말 탄 나그네
半是吟詩半是眠.	시를 읊는지 조는지 뉘가 알리오.

(같은책 권 2)

즉사卽事

夢罷黃紬鼓報衙	아문의 북소리로 이불 속에서 잠을 깨니
簾前隱映月初斜	주렴 앞에 은은히 비친 달이 비끼었다.
凌晨未覺寒威重	새벽 추위 무서운 줄 모르고

手拓西窓看雪花.　서쪽 창을 열고 눈꽃을 본다오.
　　　　　　　　(같은책 권 12)

도중途中

岸柳迎人舞　　언덕의 버들은 사람을 맞아 춤을 추고
林鶯和客吟　　숲 속의 꾀꼬리는 길손과 노래한다.
雨晴山活態　　비가 개자 산은 활기를 띠었고
風暖草生心　　바람이 따뜻하니 풀잎에 생기가 난다.
景入詩中畫　　경치는 시 속에서 그림이 되었고
泉鳴譜外琴　　샘물 소리 악보 없는 거문고라네.
路長行不盡　　길이 멀어 가도 끝이 없고
西日破遙岑.　　서쪽 해는 먼 산봉우리에서 지려한다.
　　　　　　　　(위와 같음)

우음偶吟

絶逕人誰到　　길이 끊어졌으니 뉘가 찾아오겠느냐
荒庭鹿自群　　거친 뜰에 사슴들이 스스로 무리를 지었다.
野情隨水遠　　야정野情은 흐르는 물 따라 멀어졌고
山色與儈分　　산색山色은 거간꾼과 더불어 나누었다.
隱几聽黃鳥　　궤에 기대어 꾀꼬리 소리 듣고
開簾對白雲　　주렴을 열고 흰 구름 바라본다.
靜中觀物態　　조용한 가운데 물태를 살펴보니
風絮正紛紛.　　바람에 버들 솜이 어지럽게 날고 있다.
　　　　　　　　(같은책 권 3)

동작도중銅雀道中

銅雀津頭喚小舟	동작 나루머리에서 작은 배를 부르니
鏡中朝日射江流	깨끗한 아침 해가 흐르는 강물에 비친다.
碧峯霧裏看冠岳	안개 속에 관악산 푸른 봉이 보이고
紅樹霜前認果川	서리 내리기전의 단풍 속에 과천을 알 수 있다.
隔岸鷄聲初報午	언덕 너머 닭소리는 한낮을 알리고
滿林蟲語早知秋	숲에 가득한 벌레 소리에 일찍 가을을 알겠다.
六年重踏沙乾路	육 년 만에 다시 사건로沙乾路를 밟으니
衰草依然惹客愁.	쇠한 풀이 전처럼 객수를 자아낸다.

(같은책 권 4)

이수광李睟光의 자는 윤경潤卿 호는 지봉芝峰이며 전주인全州人이다. 과거에 급제했고 벼슬은 이조판서吏曹判書와 제학提學을 역임했으며 시호는 문간文簡이다. 장유張維는 이수광의 시문에 대해 그가 어렸을 때부터 학문을 좋아해 보지 않는 책이 없었고, 문사文詞에 모두 우수했지만 시에 더욱 뛰어났다. 그는 시를 지을 때 세속적인 유행에 따르지 아니하고 반드시 당唐의 명가名家들을 법으로 했다. 그러므로 성음聲音의 조화가 잘 이루어졌고 색택色澤이 밝고 맑아 작품이 좋으며 산문도 전아典雅한 것을 중심으로 하고 험벽險僻하거나 난삽難澁한 말을 피하고자 한다 했다.[6]

---

6) 張維, 芝峰集序『溪谷集』卷 7. 公少而嗜學 於書無所不觀 於文詞無所不工 而尤深於詩 其爲詩常疾世俗佻儇噍噪之習 必以唐諸名家爲法則 故其聲調諧協 色澤朗潤 有金石之韻圭璋之質焉 文亦主於雅馴 不作近代僻澁語.

❖ 홍리상洪履祥
야좌청우夜坐聽雨

半夜空堂燭影斜	깊은 밤 빈 대청에 촛불 그림자 비꼈는데
忽聞窓外雨聲過	갑자기 창 밖에 빗소리 들린다.
杏花消息應非遠	살구꽃 소식이 응당 멀지 않았으니
欲解春衫問酒家.	봄 적삼을 벗기 위해 주가를 묻고자 한다.

(『대동시선大東詩選』 권 3)

홍리상洪履祥의 자는 군서君瑞 호는 모당慕堂이며 풍산인豊山人이다. 과거에 급제하고 호당에 피선되었다. 벼슬은 대사헌大司憲을 역임했고 시호는 문경文敬이다.

❖ 유몽인柳夢寅
이천伊川

貧女鳴梭淚滿腮	가난한 여인이 베를 짜며 뺨에 눈물이 가득한데
寒衣初擬爲郎裁	처음 낭군의 겨울옷을 하고자 했다.
明朝裂與催租吏	내일 아침 부세 독촉하는 아전에게 찢어주면
一吏纔歸一吏來.	한 아전 겨우 돌아가자 다른 아전 온다네.

(『대동시선大東詩選』 권 3)

상부孀婦

七十老孀婦	칠십의 늙은 과부가
端居守空壼	단정하게 살며 빈 방을 지켰다.

傍人勸之嫁	주위 사람이 시집을 가게 권하며
善男顔如槿	남자의 얼굴이 무궁화처럼 좋다고 한다.
頗頌女史詩	자못 여사女史의 시를 외우고
稍知姙姒訓	임사姙姒7)의 가르침을 조금 알고 있다.
白首作春容	흰 머리에 젊은 얼굴을 하고자 하면
寧不愧脂粉.	어찌 지분脂粉에 부끄럽지 아니하랴.

(위와 같음)

유몽인柳夢寅의 자는 응문應文 호는 간암艮菴 또는 어우於于이며 흥양인
興陽人이다. 과거에 급제했고 벼슬은 이참吏參을 역임했다.

◈ 정경세鄭經世
계정溪亭

溪水淸如鏡	시냇물이 거울처럼 맑고
茅堂狹似船	띳집은 배와 같이 좁다오.
初回大槐夢	대괴大槐의 꿈8)에서 처음 돌아왔고
聊作小乘禪	소승小乘9)의 스님이 되기를 바란다오.
投飯看魚食	밥을 던져 물고기가 먹는 것을 보고
停歌待鷺眠	노래를 멈추어 백로가 자기를 기다린다.
柴門終日掩	사립문을 종일 닫고
孤坐意悠然.	외롭게 앉았으나 마음은 유연하다오.10)

---

7) 고대 周나라 文王과 武王의 어머니 太妊과 太姒로서 德行이 매우 높았다
고 함.
8) 唐代에 저작된 傳奇에 淳于棼이 꿈에 大槐安國에 놀았다는 것으로 인생
의 허무함을 상징적으로 반영한 것임.
9) 속세를 초월하여 수행에 전심하는 불교 교범의 하나.

『대동시선大東詩選』권 3)

정경세鄭經世의 자는 경임景任 호는 우복愚伏이며 진주인晋州人이다. 과거에 급제했고 호당에 피선되었으며 문형을 맡기도 했다. 관직은 이조판서를 역임했으며 시호는 문강文康이다.

✣ 이춘영李春英
차가회운次可晦韻

靑春三十八年回	봄이 서른여덟 해로 돌아왔는데
每送春歸輒把杯	매양 가는 봄을 보낼 때는 술을 마셨다.
當日只言行樂好	그날 단지 놀이의 즐거움을 말하면서
不知春與老俱來.	봄이 늙음과 함께 온다는 것을 알지 못했다.

(권 3)

적행謫行

夜發銀溪驛	밤에 은계역銀溪驛을 출발하여
晨登鐵嶺關	새벽에 철령관鐵嶺關에 올랐다.
思親雙鬢白	양쪽 살쩍머리가 흰 어버이를 생각하고
戀闕一心丹	일편의 단심으로 대궐을 그리워한다.
客路連三水	가는 길은 세 곳 물과 연결되었고
家鄕隔萬山	고향은 많은 산으로 막혔다.
未應忠孝意	충효의 뜻은 응하지 못하고

---

10) 다음부터 出典을 따로 밝히지 않은 것은 『大東詩選』에서 선발한 것이므로 卷數만 밝힘.

蕪沒半途間.　　　중간에 덮여 가려지게 되었다.
　　　　　　　　　(위와 같음)

이춘영李春英의 자는 실지實之 호는 체소體素이며 전주인全州人이
다. 문과에 급제했고 한림翰林을 역임했으며 벼슬은 봉상첨정奉常
僉正에 그쳤다.

◈ 성로成輅
증송덕구贈宋德求

露滴梧桐月欲低　　이슬이 오동잎을 적시고 달은 지고자 하며
滿階寒影竹欄西　　뜰에 그림자가 가득하고 대나무는 난간 서쪽에 있다.
秋來無限江南思　　가을이 오면 한없이 강남이 생각되는 것은
水濶蘋香早雁啼.　　넓은 물에 마름향기와 일찍 기러기가 우는 것이오.

　　성로成輅의 자는 중임仲任 호는 석전石田이며 창녕인昌寧人이다. 진사進
士로서 품행이 높았다.

◈ 권필權韠
과송강묘유감過松江墓有感

空山木落雨蕭蕭　　공산에 나뭇잎 지고 비가 소소히 내리는데
相國風流此寂寥　　상국相國의 풍류는 이곳에서 고요하다.
悒悵一杯難更進　　슬프게도 한 잔 술 드리기 어려우나
昔年歌曲卽今朝.　　지난날 가곡은 지금에도 듣는 듯하오.
　　　　　　　　　(『석주집石洲集』 권 7)

곡구김화상구우양주지산중哭具金化喪柩于楊州之山中

幽明相接杳無因	유명이 아득해 서로 만날 수 없는데
一夢殷勤未是眞	은근하게 꿈속에서 만났으니 참된 것이 못된다.
掩淚出山尋去路	눈물을 거두고 산을 나와 길을 찾아가니
曉鶯啼送獨歸人.	꾀꼬리가 울며 혼자 돌아가는 사람을 보낸다.

(위와 같음)

유거만흥幽居漫興

老去扶吾有短筇	늙어가는 나를 붙들어 주는 짧은 지팡이가 있어
林居無日不從容	숲속에 사니 날마다 조용하지 않는 날이 없다.
淸晨步到澗邊石	맑은 새벽에 걸어 시냇가 바위에 가고
落日坐看波底峯.	해가 질 즈음 앉아 물결 밑의 봉우리를 본다.

(위와 같음)

유탄有歎

兵戈今未定	전쟁이 지금도 끝나지 않았으니
何處問通津	어느 곳에서 나루로 통하는 길을 물으리오.
地下多新鬼	저세상에 새 귀신이 많아졌고
尊前少故人	술통 앞에 친구가 적어졌다.
衰年聊隱几	늙어가는 나이에 숨어있기를 바라며
浮世獨沾巾	덧없는 세상에 홀로 수건을 적신다.
閉戶風塵際	어지러운 세상 문을 닫고 있을 즈음
寥寥又一春	고요히 또 한 해 봄이 되었다.

(같은책 권 3)

초추야좌독서初秋夜坐讀書

客子悄無睡	나그네가 근심으로 잠이 없는데
空堂秋夜深	빈 집에 가을밤은 깊었다.
螢從窓隙入	반딧불은 창틈을 좇아 들어오고
虫在石間吟	벌레는 돌 사이에서 운다.
世路難如此	세상에 살기는 이같이 어렵고
兵戈動至今	전쟁은 지금도 계속되고 있다.
居然生白髮	일은 하지 않으면서 백발이 생겼으니
寂寞壯年心.	장년의 마음이 쓸쓸하다오.

(『국조시산國朝詩刪』 권 4)

조도벽란早渡碧瀾

江上嗚嗚聞角聲	강상江上에 오오한 태평소 소리 들리고
斗柄插江江水明	북두칠성이 강에 꽂혀 강물이 밝다.
早潮侵岸鴨鵝亂	일찍 밀려오는 조수에 오리 거위 어지럽고
遙舍點燈砧杵鳴	등불 밝힌 멀리 있는 집에서 다듬이 소리 들린다.
客子出門月初落	나그네 문을 나서니 달은 지려하고
舟人掛席風欲生	사공이 단 돛에 바람이 인다.
西州千里自玆去	서주 천리 길을 지금부터 떠나려 하니
長路險艱何日平.	멀고 험한 길이 어느 날에 평탄하랴.

(『석주집石洲集』 권 4)

모귀暮歸

夕日已入羣動息	저녁이면 모든 움직임이 쉬고 있는데
烟沙露草迷荒原	연사烟沙에 이슬 젖은 풀이 황원을 헤매게 한다.
虎嘯陰壑夜風烈	음산한 골짜기에 밤바람이 매섭고
狐鳴空林秋月昏	잎이 진 숲에 가을달이 저물었다.
流螢閃閃疑鬼火	나는 반딧불이 도깨비불처럼 번쩍이고
老樹曖曖知山村	침침한 고목이 마을임을 알린다.
家僮出迎把兩炬	가동家僮이 횃불 들고 나와 맞으니
枝間寒鵲驚飛翻.	나뭇가지의 까치가 놀라 날고 있다.

(위와 같음)

해직후희제解職後戲題

平生樗散鬢如絲	평생 동안 쓸모없이 살쩍머리만 희었고
薄宦凄凉未救飢	처량하게도 박관薄官이 굶주림을 구하지 못했다.
爲問醉遭官長罵	취해 들은 관장官長의 꾸중 묻고 싶으며
何如歸赴野人期	어찌 기약한 야인野人으로 돌아가지 않으리오.
催開臘甕嘗新醅	독을 재촉해 열어 새로 빚은 술맛 보고
更向晴窓閱舊詩	맑은 창 향해 옛 시를 본다.
謝遣諸生深閉戶	학생들을 돌려보낸 후 문을 꼭 닫고
病中唯有睡相宜.	병중에 오직 자는 것이 서로 편할 듯하오.

(위와 같음)

　권필權韠(1569~1612)의 자는 여장汝章 호는 석주石洲이며 권벽權擘의
아들로서 성격이 얽매이지 않아 벼슬을 하지 못했다. 광해군 때 지은 시로

인해 원통하게 죽었다. 장유는 그의 시에 대해 말과 행동이 시가 아님이 없
는데, 작품으로 이루어졌을 때 정경情境이 타당하고 적절하며 음운이 조화가
잘 되어 천기天機의 유동이 아님이 없다고 했다.[11] 허균은 그의 『국조시산』
권 3에서 〈과송강묘유감시過松江墓有感詩〉에 대해 송강의 단가短歌에 죽은
후 무덤 위에 술 한 잔 권하는 사람이 없을 것이라고 했기 때문에 이와 같이
말한 것이라 했다. 그리고 〈유거만흥시幽居漫興詩〉에 대해 말이 높고 묘해
모방하기 어렵다고 했다. 남용익은 그의 『호곡시화』에서 〈곡구금화시哭具金
化詩〉에 대해 이정구李廷龜가 중국의 사신을 맞이하는 원접사遠接使로서
백의白衣인 권필權韠을 같이 데리고 가겠다고 추천하자 선조宣祖가 그의 시
를 듣고자 하므로 이정구李廷龜가 바로 〈곡구금화시哭具金化詩〉로써 대했
더니 선조가 크게 칭찬하며 그의 시고詩稿를 드리라고 명령했다고 했다. 허
균은 『국조시산』권 4에서 〈유탄시有歎詩〉의 경련에 대해 읽고 눈물이 흐르
는 것을 견딜 수 있으라 했고, 〈초추야좌독서시初秋夜坐讀書詩〉의 경련에
대해 결백하여 욕심이 없는 듯한 가운데 표현하는 재능이 있다고 했다. 허균
은 『국조시산』권 6에서 〈조도벽란시早渡碧瀾詩〉에 대해 효행시曉行詩로서
천고의 절조絶調가 될 것이라고 하며 격찬했고, 양경우는 이 시 한편을 보면
그의 재주가 아름다움을 충분히 알 수 있다고 했다.[12] 허균은 〈모귀시暮歸
詩〉에 대해 모행시暮行詩로서 절창絶唱이라 했고, 〈해직후희제시解職後戲
題詩〉에 대해 기상이 이와 같이 용맹스러운데 다른 사람의 구속을 받겠는가
했다.

---

11) 張維, 石洲集序, 『谿谷集』卷 6. 凡形於口吻 動於眉睫 無非詩也 及其章成
    也 情境安適 律侶諧協 蓋無往而非天機之流動也.
12) 梁慶遇, 『霽湖詩話』. 見此一篇 足以知其才美矣.

❖ 태산수泰山守 이체李棣

한거閑居

蕪菁結穗麥抽芽	무장다리는 이삭을 맺었고 보리 싹이 올라오며
粉蝶飛穿茄子花	노란 나비 날아 가지꽃을 뚫었다.
日照踈籬荒圃淨	햇빛 비치는 성긴 울타리에 큰 포전이 깨끗한데
滿園春事似田家.	봄 동산에 가득한 일들이 전가田家와 같이 바쁘다.[13]

（『대동시선大東詩選』권 3）

이체李棣에 대해 다른 기록은 없고 태산수泰山守라 했으니 가까운 왕실王室이었음을 알 수 있다.

❖ 윤충원尹忠源

기황독석寄黃獨石

重陽歸思倍多端	중양에 돌아가고 싶은 생각이 배나 많은데
鴻雁南飛不可攀	남쪽으로 날아가는 기러기는 잡을 수 없다오.
欲上高峰望鄉國	높은 봉우리에 올라 고향을 바라보고자 하나
信川城外本無山.	신천성信川城 밖에는 본디 산이 없다네.

（권 3）

윤충원尹忠源에 대해서도 원형元衡의 아들이라는 것만 밝혔다.

---

13) 다음부터 出典을 밝히지 않은 것은 『大東詩選』이며, 권수만 밝힘.

✧ 양경우梁慶遇
정조기사제正朝寄舍弟

天時苒苒又新年　덧없는 세월이 또 새해가 되었으니
到老離居益可憐　늙어 헤어져 사는 것이 더욱 가련하다.
想得讀書燈欲盡　글을 읽는데 등불 기름이 없을 듯한데
西峯殘月草堂前.　서봉西峯에 남은 달이 초당 앞에 있을 것이네.
　　　　　　　　　(권 3)

전가田家

枳殼花邊掩短扇　탱자 꽃 주변에 작은 문짝을 닫고
餉田村婦到來遲　점심 가지고 간 촌부村婦가 늦게 돌아온다.
蒲茵曬穀茅簷靜　멍석에 곡식 쬐이며 띠집 처마가 고요한데
兩兩鷄孫出壞籬.　여러 마리의 병아리가 무너진 울타리로 나온다.
　　　　　　　　　(위와 같음)

　양경우梁慶遇의 자는 자점子漸 호는 제호霽湖 또는 점역자点易子이며 대
박大撲의 아들이다. 문과에 급제했고 중시重試에도 참여했다. 벼슬은 제술
관製述官을 했으며 현령縣令에 그쳤다.

✧ 강항姜沆
피구대판성被拘大坂城

平日讀書名義重　평소에 글을 읽으면서 명예와 의리를 중히 여겼는데
後來觀史是非長　뒤에 역사책을 보니 시비가 길었다.

浮生不是遼東鶴　　허무한 인생이 요동으로 간 학4)이 아니기 때문에
等死須看海上羊.　　죽음을 기다리며 해상海上의 양羊15)을 보고자 한다.
　　　　　　　　　　（권 3）

　강항姜沆의 자는 태초太初 호는 수은睡隱이며 진주인晋州人이다. 과거에
급제했고 벼슬은 좌랑佐郞에 이르렀다. 정유재란丁酉再亂 때 잡혀 일본日本
에 갔으나 절의를 온전히 지키고 돌아왔다.

✥ 이안눌李安訥
용산월야문가희창고인성정상공사미인곡솔이구점
龍山月夜聞歌姬唱故寅城鄭相公思美人曲率爾口占

江頭誰唱美人詞　　강두에서 뉘가 사미인곡思美人曲을 부르는가
正是孤舟月落時　　바로 고주孤舟에 달이 지려 할 때.
怊悵戀君無限意　　슬플 정도로 님을 그리워하는 무한의 뜻을
世間惟有女郞知.　　세상에서 오직 너만이 알아주는구나.
　　　　　　　　　　（『동악집東岳集 속집續集』）

봉증류령공奉贈柳令公

雨晴官柳綠鬖鬖　　비 개이자 푸른 버들 어지러운데
客路初經三月三　　객지에서 처음 삼월 삼일을 지난다오.

---

14) 漢나라 때 遼東 사람 丁令威가 仙術을 배워 학이 되어 하늘로 갔는데 뒤
　　에 학으로 遼東에 왔다는 故事를 말함.
15) 海羊은 고래의 다른 이름인데, 여기에서 海上羊은 다른 의미가 있는지
　　알아보지 못했다.

共是出關歸不得　　다 같이 고향 떠나 돌아가지 못했으니
佳人莫唱望江南.　　가인佳人아 망강남望江南을 부르지 말아다오.
(같은책 권 6)

제송명부유거題宋明府幽居

數椽茅屋倚松根　　몇 채의 띠집이 소나무에 의지해
迤入脩篁盡掩門　　길이 대밭으로 들어가자 모두 문이 닫혔다.
皤髮老翁欹枕臥　　머리 흰 늙은 노인이 베개에 누워
手披黃卷敎兒孫.　　손에 누른 책을 펼쳐 아손들을 가르친다.
(같은책 권 6)

문권여장좌어시화몰어동문외聞權汝章坐於詩禍歿於東門外

死固人皆有　　죽음은 진실로 모든 사람에게 있는 것이지만
君應世所無　　그대의 죽음은 응당 세상에 없는 바였소.
誰知一箇字　　뉘가 한 개의 글자로
能喪百年軀　　백년을 살 수 있는 몸을 잃을 줄 알았으리오.
浩蕩神農藥　　호탕함은 신농神農의 약이었고
蕭條大禹謨　　소조함은 대우大禹의 꾀였소.
此生那更見　　이 생애에서 어찌 다시 볼 수 있으랴
孤月照西湖.　　외로운 달이 서호를 비친다.
(『대동시선大東詩選』 권 3)

등통군정登統軍亭

六月龍灣積雨晴	유월 용만龍灣에 장마가 개여
平明獨上統軍亭	아침 일찍 홀로 통군정에 올랐다.
茫茫大野浮天氣	넓고 넓은 큰 들에 하늘의 정기 떴고
曲曲長江裂地形	굽고 굽은 긴 강은 지형을 찢었다.
宇宙百年人似蟻	우주의 긴 세월에 사람은 개미 같고
山河萬里國如萍	넓은 이 세계에 나라는 마름처럼 보인다.
忽看白鶴西飛去	갑자기 백학이 서쪽으로 날아가는 것을 보고
疑是遼東舊姓丁.	요동遼東의 옛 정영위丁令威가 아닌가 의심한다오.16)

(『동악집東岳集』 권 2)

팔월초삼일을묘八月初三日乙卯

世亂身衰歲又飢	세상도 몸도 어지럽고 쇠했으며 흉년까지 들었는데
況逢秋月轉堪悲	가을을 만나니 슬픔을 견디기 어렵구나.
寒蛩咽似貧氓語	귀뚜라미는 빈민들의 말과 같이 목이 메었고
老柳饗如病吏姿	늙은 버들은 병든 관리의 자세처럼 찌푸렸다.
黍穗未黃風振壟	기정 이삭이 익지도 않았는데 바람에 둑이 무너지고
稻芒猶綠雨漫陂	벼 가시랭이가 아직 푸른데 물에 잠겼다.
家僮不鮮憂民意	가동家僮은 백성 걱정하는 뜻을 알지 못하고
却怪居官體益嬴.	관직에 있으면서 더욱 여위어지는 것을 이상히 여긴다.

(같은책 권 18)

---

16) 위의 註 14) 참조

이안눌李安訥(1571~1637)의 자는 자민子敏 호는 동악東岳이며 행荇의 증손이다. 문과에 급제했고 벼슬은 예조판서를 역임했으며 양관兩館 제학提學을 맡았고 시호는 문충文忠이다. 그의 인물에 대해 사람됨이 깨끗하고 주기를 좋아하며 집에서는 효성있고 우애가 있었으나 성격이 치밀하지 못하고 생각이 좁아 하는 일이 괴이한 점이 있었기 때문에 동료들 사이에서 인정을 받지 못했다. 그러나 문학에 많은 공력을 기울였으며, 시가 더욱 청건淸健 침울沈鬱해 두보杜甫의 시법詩法을 깊게 배웠다고 했다.[17] 허균은 이안눌李安訥의 〈용산월야시龍山月夜詩〉가 정송강鄭松江의 노래를 위해 지은 것이라 했고, 사람들이 말하기를 이안눌이 둔하고 드날리지 않는다고 하나 그렇지 않다고 하며 〈봉증류령공시奉贈柳令公詩〉를 들면서 맑고 깨끗하며 유창하고 빛나 당唐의 시인들과 어찌 멀다고 하겠는가 했다.[18] 양경우梁慶遇는 이안눌의 시의 격이 혼후渾厚하고 농려穠麗해 세상에서 드문 재주라고 하며, 그가 용만龍灣에 가서 통군정統軍亭에 올라 지은 시가 있는데 말하기를 유월용만적우청六月龍灣積雨晴 … 이 시가 어찌 큰 솜씨가 아니겠는가 했다.[19]

✿ 박정길朴鼎吉

김장군응하만金將軍應河挽

百尺深河萬仞山	백척의 깊은 물 만인의 산에
至今沙磧血痕斑	지금도 사장에 피 흔적이 아롱졌다.
英魂且莫招江上	영혼英魂을 강상으로 부르지 말아다오

---

17) 『宣祖實錄』卷 1, 元年 三月. 安訥爲人 淸疎好施與 居家孝友 而粗率量俠 行事頗詭 儕流以是輕之 攻文甚力 詩尤淸健沈鬱 深得工部之法.

18) 許筠, 『惺叟詩話』. 人謂子敏詩 鈍而不揚者非也 其在咸興作詩 曰雨晴官柳 綠鬖鬖 … 淸楚流麗 去唐人奚遠哉.

19) 梁慶遇, 『霽湖詩話』. 李學士東岳安訥 詩格渾厚穠麗 實罕世之才 … 到龍灣 登統軍亭有詩曰 … 此豈非大手也.

不滅匈奴定不還.   흉노를 멸하지 못하면 결코 돌아오지 않을 것이오.
(권 3)

　박정길朴鼎吉의 자는 양이養而이며 밀양인密陽人이다. 과거에 급제했고
벼슬은 참판參判을 역임했으며 인조仁祖 초에 처형되었다.

✧ 허균許筠
풍전역豐田驛

早霜初落雁呼群   서리 처음 내리고 기러기가 무리를 부르며
天外遙岑起暝雲   하늘 밖 먼 산봉우리에 검은 구름이 일고 있다.
日暮傍山投古驛   해가 저물어 방산傍山의 고역古驛에 들고자 하니
馬前紅葉正紛紛.   말 앞에 단풍잎이 어지럽다오.
(『성소부부고惺所覆瓿藁 풍악기행楓岳紀行』권 1)

소도小桃

二月長安未覺春   이월에 서울의 봄이 온 것을 몰랐는데
墻頭忽有小桃顰   담장머리에 갑자기 소도小桃가 눈살을 찌푸린다.
嫣然却向詩翁笑   문득 시옹詩翁을 보고 방긋 웃는 것이
如在天涯見故人.   천애天涯에서 친구를 본 듯하구나.
(『성소부부고惺所覆瓿藁 남궁고南宮藁』권 1)

초하성중初夏省中

田園蕪沒幾時歸   전원이 묵어가는데 언제 돌아가리

頭白人間官念微　머리 희어지니 벼슬하고 싶은 생각 줄어든다.
寂寞上林春事盡　적막한 상림에 봄까지 저무니
更看疎雨濕薔薇.　다시 성긴 비에 젖은 장미나 보려한다.

(『성소부부고惺所覆瓿藁 태복고太僕藁』권 1)

도군등화학루到郡登化鶴樓

吏散空庭靜　서리胥吏들이 물러간 빈 뜰이 고요해
登樓豁遠情　화학루化鶴樓에 올라 마음을 멀리 열어보고 싶구나.
四山如拱揖　사방 산들은 읍을 하는 듯하고
一水自紆縈　냇물은 꼬불꼬불 흐른다.
夕鳥迎人語　저녁 새들은 사람을 맞아 말을 하려하고
秋花盡意明　가을꽃들은 활짝 피었다.
脩然多野趣　얽매이지 않고 들 구경에 빠져
忘却擁雙旌.　두 기가 옹위하고 있는 것도 깜박 잊었다.

(『성소부부고惺所覆瓿藁 요산록遼山錄』권 1)

출교出郊

秋熟郊原喜　가을이 깊게 드니 들에 기쁨이 가득해
歡聲遠近聞　환성이 멀고 가까운 곳에서 들린다.
家家傾白酒　집집마다 탁주를 권하며
處處割黃雲　곳곳에 익은 벼를 벤다.
可笑無田客　가소롭게도 밭이 없는 손은
空書乞米文　부질없이 쌀을 빌리고자 편지만 쓴다.
城東借三畝　성동에 삼묘의 밭을 빌려

| 何日事耕耘. | 어느 날 밭가는 일을 하랴. |

(『성소부부고惺所覆瓿藁 기성고騎省藁』 권 1)

제춘추관유감除春秋館有感

投閑方欲乞江湖	한가로움을 얻고자 강호로 가기를 빌었는데
金匱細書更濫竽	금궤의 교지가 무능한 자를 재능 있는 척하게 한다.
丘壑風流吾豈敢	시골의 풍류를 내 감히 어찌 바라며
丹鉛讐勘歲將徂	붉은 분으로 교정하다 이 해도 저물어 간다.
壯遊未許追司馬	장유는 허락하지 않고 사마상여司馬相如[20)를 따르게 하며
良史誰能繼董狐	능력 있는 사관되어 뉘가 동호董狐[21]를 이을 수 있으랴
碧海烟波三萬頃	푸른 바다 흰 파도 넓은 곳에서
釣竿何日拂珊瑚.	어느 날 낚시 드리워 산호珊瑚를 낚으리.

(『태복고太僕藁』 권 1)

허균許筠(1569~1618)의 자는 단보端甫 호는 교산蛟山이며 양천인陽川人
으로 봉筠의 동생이다. 과거에 급제했고 벼슬은 판서判書를 역임했으며 광
해군光海君 때 처형되었다. 그의 인물에 대해 허균이 종사관從事官이 되어
원접사遠接使 유근柳根을 따라 의주義州에 도착했다. 그때 신흠申欽이 영위
사迎慰使였는데 날마다 서로 모였다. 허균이 고서古書에 박통하다는 말을
들었는데, 유儒 도道 석釋 삼가三家의 책에 이르러 보는 것마다 깊게 알고
있어 사람들이 당할 수 없었다. 신흠이 물러나 탄식해 말하기를 이 자는 사
람이 아닐 것이라고 했다.[22]

---

20) 前漢 때 유명했던 문인.
21) 春秋時代 晋나라의 史官. 그는 直筆로 유명함.
22) 柳夢寅, 『於于野談』 卷 3 諧鑑. 筠爲從事官 隨遠接使柳根到義州 時迎慰使

◈ 이계李烓

도중즉사途中卽事

雲陰垂野雪花飄	짙은 구름이 들에까지 드리웠고 눈이 내리는데
一雀林間坐寂廖	숲 속에 한 마리의 새가 조용히 앉았다.
怪底蹇驢鞭不進	이상하게 절뚝이는 나귀가 채찍에도 가지 않는데
層氷塞斷小溪橋.	얼음덩어리가 작은 다리를 막고 있었다.

(『대동시선大東詩選』권 3)

이계李烓의 자는 조원照遠 호는 명고鳴皐이며 전주인全州人이
다. 과거에 급제했고 벼슬은 부사府使를 역임했다. 인조仁祖 때 선
천부사宣川府使로 있으면서 무고誣告를 당해 피살되었다.

◈ 박엽朴燁

유궤팽안有饋烹雁

秋盡南歸春北去	가을이 끝나면 남으로, 봄이면 북으로 가는데
溪邊羅網忽無情	시냇가 그물을 놓은 것이 무정하다오.
來充太守盤中物	태수太守 소반의 찬으로 채우게 왔으니
從此雲間減一聲.	이로부터 구름 속의 한 소리가 감해졌다네.

(권 3)

申欽 日與相會 聞其博通古書 至如儒道釋 無不觸處洒然 人莫能當也 欽退
而歎 曰此子非人也.

창성昌城

延平嶺下是昌城	연평령延平嶺 아래가 창성昌城이며
殺氣連天鼓角鳴	살기는 하늘에 연했고 북과 대평소가 운다.
敗馬殘兵歸不得	패한 말과 남은 병졸들이 돌아가지 못했는데
夕陽無限大江橫.	석양에 한없는 큰 강이 비껴있다.

(권 3)

박엽朴燁의 자는 숙야叔夜 호는 국창菊窓이며 반남인潘南人이다. 과거에 급제했고 벼슬은 평안감사平安監司를 역임했으며 인조仁祖 초에 죽음을 당했다.

◈ 정인홍鄭仁弘
영송詠松

一尺孤松在塔西	한 자의 외로운 소나무 탑 서쪽에 있어
塔高松短不相齊	탑은 높고 소나무는 짧아 서로 가지런하지 않다.
莫言此日松低短	오늘 소나무가 짧다고 말하지 말라
松長他時塔反低.	뒷날 소나무가 길면 탑이 도리어 밑에 있으리라.

(『대동시선大東詩選』 권 3)

목동牧童

短短簑衣露兩臂	짧은 도롱이로 양쪽 팔이 들어나고
童童小髮掩雙眉	우뚝한 머리카락이 두 눈썹을 가리었다.
斜陽坐着黃牛背	사양에 누른 소 등을 타고 가면서

雨過平原睡不知.　비가 넓은 들을 지나고 있으나 졸면서 알지 못한다.
　　　　　　　　　　(권 3)

　　정인홍鄭仁弘의 자는 덕원德遠 호는 내암來庵이며 서흥인瑞興人이다. 유
일遺逸로 벼슬이 영의정에 이르렀다. 인조仁祖 초에 피살되었다가 뒤에 신
원伸寃되었다.

◈ 김치金緻
난후과신안亂後過新安

胡騎長驅夜渡遼　호기가 길게 몰아 밤에 요수遼水를 건넜는데
百年城郭此蕭條　백년이 지난 지금의 성곽은 쓸쓸하다오.
可憐蘇小門前柳　가련하게도 소소문蘇小門 앞 버들은
猶帶春風學舞腰.　오히려 봄바람을 띠고 허리춤을 배운다.
　　　　　　　　　　(권 3)

　　김치金緻의 자는 사정士精 호는 남봉南峯이며 안동인安東人이다. 문과에
급제했고 벼슬은 영백嶺伯에 이르렀다.

◈ 조직趙溭
사선정四仙亭

四仙亭上一仙遊　사선정四仙亭 위에 한 신선이 놀면서
三日浦中半日留　삼일포三日浦 가운데 반일 동안 머물었다.
春晚碧桃人不見　봄 늦게까지 벽도碧桃를 사람들이 보지 못해
月明長笛倚蘭舟.　밝은 달빛 아래 긴 저를 불며 난주에 의지했다.
　　　　　　　　　　(권 3)

조직趙溭은 광해군 때 포의布衣로서 영창대군永昌大君의 원통함을 논했다가 유배되었으며, 인조仁祖 초에 풀려났다.

✧ 김연광金鍊光
추야작秋夜作

小窓殘月夢初醒	창에 비친 달빛에 잠을 처음 깨었는데
一枕愁吟奈有情	베개 베고 근심에 싸여 지은 시가 어찌 정이 있겠는가.
却悔從前輕種樹	전날 나무 심는 것을 가볍게 여긴 것을 후회함은
滿庭搖落作秋聲.	뜰에 가득하게 떨어지며 가을 소리 만들기 때문이요.

(권 3)

김연광金鍊光의 자는 중정仲精 호는 송암松巖이며 김해인金海人이다. 생원生員과 진사시進士試에 합격하고 문과에 급제했다. 임진왜란 때 회양부사淮陽府使로 순절했으며 뒤에 예조참판에 추증되었다.

✧ 한호韓濩
후서강後西江

千頃澄波一鑑光	넓고 맑은 물결에 밝은 빛이 비치며
曲欄斜倚賦滄浪	굽은 난간에 의지해 창랑부滄浪賦를 지었다.
蒹葭兩岸西風急	양쪽 언덕 갈대에 서풍이 급하게 부니
無數飛帆亂夕陽.	많은 배들이 빨리 가며 석양을 어지럽힌다.

(권 3)

한호韓濩의 자는 경홍景洪 호는 석봉石峰이며 청주인淸州人이다. 진사시

進士試에 합격했고 글씨로써 유명했으며 가평군수加平郡守를 했는데 뒤에
호조참의에 증직되었다.

❖ 박민첨朴民瞻
　　무산사巫山詞

雲散巫山夜寥寥　　무산에 구름이 걷히고 밤이 고요한데
錦屛瑤席意怊怊　　좋은 병풍과 자리에서도 생각은 슬픔에 잠긴다.
曲欄明月無人見　　굽은 난간 밝은 달빛에 사람은 보이지 않아
獨向高臺弄玉簫.　　홀로 높은 대를 향해 퉁소를 희롱한다.

　　박민첨朴民瞻의 자는 시망時望이고 무안인務安人이며 생원시生員試에
합격했다.

❖ 김니金柅
　　유소감有所感

鶴長鳧短皆爲鳥　　긴 학과 짧은 오리도 다 새가 되며
李白桃紅總是花　　흰 오얏과 붉은 복숭아도 모두 꽃이라오.
官賤頗遭官長罵　　낮은 벼슬이 관장官長의 꾸짖음을 만났으니
不如歸去白鷗波.　　백구가 있는 물결로 돌아가는 것만 못하네.
　　　　　　　　　　(권 3)

　　견흥遣興

白髮逢秋箇箇生　　백발이 가을을 만나니 여러 개가 나고

十年奔走坐虛名	십년 동안 분주했던 것은 헛된 이름에 그쳤다.
人間禍福天分付	인간의 화복은 하늘이 주는 것이고
世上憂愁酒削平	세상의 근심과 걱정은 술로써 해소한다네.
人在瘴江三四歲	사람으로 장기 낀 강에 삼사년 있었고
夢迷鄕國二千程	꿈에 고향길 이천정을 헤매었다.
明時未詠歸田賦	눈이 밝았을 때 귀전부歸田賦를 읊지 못했고
老境專城一羽輕.	늙어 맡는 守令은 털처럼 가벼운 것이네.

(권 3)

김니金柅의 호는 류당柳塘이며 과거에 급제했고 벼슬은 황해감사黃海監司에 그쳤다.

✵ 서극온徐克溫
송별送別

送君江上正秋風	그대를 강상에서 보내니 가을바람이 불어
欲說離懷意萬重	떠나는 정을 말하려 하니 뜻이 만 번이나 거듭한다.
霜前正有南歸雁	서리 오기 전에 남쪽으로 가는 기러기가 있으면
爲寫餘情寄一封.	남은 정을 써서 봉해 부치리라.

(권 3)

서극온徐克溫은 광해군 때 사마시司馬試에 합격했다.

✧ 문덕교文德敎

절구絶句

近來勤讀養生書 근래에 양생養生하는 글을 부지런히 읽었으나
只爲經年病未除 해가 지났는데 병을 낫게 하지 못했다.
最有一言眞藥石 진실로 가장 약이 되는 말이 있으니
淸心省事靜中居. 마음을 맑게 해 일을 하고 고요한 가운데 사는 것이오.
(권 3)

감음感吟

嬰病多年今始歸 여러 해 병에 얽혔다가 지금 돌아가니
故山松竹總依依 고향 산천의 송죽松竹이 모두 휘늘어졌다.
烟波鷗鷺渾無恙 연파烟波의 백구와 백로도 모두 탈 없어
喜我重來兩兩飛. 내가 다시 오는 것을 기뻐하며 짝지어 날고 있다.
(권 3)

　　문덕교文德敎의 자는 가화可化 호는 동호東湖이며 문과에 급제했고 벼슬
은 현감에 그쳤다.

⟐ 김상용金尙容
금강錦江

江南江北草萋萋	강남과 강북에 풀이 무성해
滿目春光客意迷	눈에 가득한 봄빛에 나그네의 생각이 흐리다.
愁上木蘭尋故跡	근심스러워 목란주木蘭舟에 올라 옛 자취 찾았더니
靑山無語鳥空啼.	푸른 산은 말이 없고 새만 부질없이 운다오.

(『대동시선大東詩選』권 4)

신춘서회新春書懷

滿地黎花門不開	많은 꽃들이 땅에 가득하나 문을 열지 않았으며
紛紛蜂蝶過墻來	벌 나비들이 바쁘게 담장을 넘어온다.
空庭睡罷對芳草	잠을 깨자 빈 뜰에서 꽃다운 풀을 대하게 되고
何處笛聲吹落梅	어느 곳에서 부는 피리 소리에 매화가 떨어진다.
鬢色定從春後改	살쩍머리 색도 봄이 지난 뒤에 달라지며
韶光遍向客中催	아름다운 빛은 객중客中을 두루 향해 재촉한다.
美人千里斷消息	천리 밖의 미인은 소식이 끊어져
日暮碧雲愁未裁.	날이 저물고 푸른 구름도 근심은 어찌하지 못했다.

(권 4)

김상용金尙容의 자는 경택景擇 호는 선원仙源이며 안동인安東人이다. 문과에 급제했고 벼슬은 우참의右參議에 이르렀다. 강도江都에서 순절했고 시호는 문충文忠이다.

✦ 김상헌金尚憲
노방총路傍塚

路傍一孤塚	길 옆 하나의 외로운 무덤은
子孫今何處	자손들이 지금 어느 곳에 있을까.
惟有雙石人	오직 두 개의 석상石像만이
長年守不去.	길이 지키며 가지 않고 있다.

(권 4)

낙안落雁

靑女秉秋結夜霜	청녀靑女[1]가 가을을 잡고 밤에 서리를 맺게 되자
寒鴻連陣正南翔	기러기가 떼를 지어 남쪽으로 날아간다.
衡山到日無前路	형산衡山에 이르는 날에 앞길이 없어
少爲蘆花下夕陽.	잠깐 갈대꽃이 되어 석양에 내린다.

(권 4)

몽도청풍계운夢到淸風溪韻

華屋沉沉更未歸	화려한 집이 침침해 다시 돌아가지 못했는데
棣花零落鶺鴒飛	체화棣花는 떨어지고 할미새 날고 있다.[2]
餘生不向江都路	남은 인생이 강도 길을 향하지 못했으니
忍見城南一片衣.	성남의 한 조각 옷인들 차마 볼 수 있으랴.

(권 4)

---

1) 서리와 눈을 내리게 한다는 女神. 서리의 다른 이름.
2) 棣花와 鶺鴒은 형제의 우애와 그리움을 상징적으로 표현한 것임.

김상헌金尙憲의 자는 숙도叔度 호는 청음淸陰이며 상용尙容의 아우이다. 과거에 급제하고 호당에 피선되었으며 문형을 맡기도 했다. 벼슬은 좌상左相을 역임했으며 시호는 문정文正이다.

◈ 정온鄭蘊
장풍로상長風路上

凍雨霏霏灑晚天	찬비가 부슬부슬 늦은 하늘에서 뿌리고
前山雲霧接村烟	앞 산 구름과 안개는 마을 연기와 이어졌다.
漁翁不識簑衣濕	어옹漁翁은 도롱이 젖는 것을 알지 못하고
閑傍蘆花共鷺眠.	한가롭게 갈대꽃 옆에서 백로와 함께 졸고 있다.

(권 4)

서숭정십년역서書崇禎十年曆書

崇禎年號止於斯	숭정崇禎3) 년호가 이에서 그쳤으니
明歲那堪異曆披	명년에 어찌 다른 책력을 열어볼 수 있으랴.
從此山人尤省事	이로부터 산인은 일 살피는 것이 원망스러워
只看花葉驗時移.	다만 꽃과 잎만 보고 계절이 바뀌는 것을 알고자 한다.

(권 4)

정온鄭蘊의 자는 회원恢遠 호는 동계桐溪이며 초계인草溪人이다. 과거에 급제했으며 병자호란에 절의節義를 세워 물러나 산 속에 있다가 세상을 떠났다고 한다. 벼슬은 이조참판을 역임했으며 시호는 문간文簡이다.

---

3) 明나라 毅宗의 年號.

✦ 김류金瑬

부서심양付書瀋陽

高梧葉落雨淒淒　오동나무 잎이 지고 비가 내려 쌀쌀하며
塞路三千夢亦迷　변방 길 삼천리에 꿈도 또한 희미하다.
欲向征人寄消息　가는 사람에 소식 전하고자 하니
一行書又萬行啼.　한 줄 글에 만 줄의 울음이라오.

(권 4)

김류金瑬의 자는 관옥冠玉 호는 북저北渚이며 순천인順川人이다. 과거에 급제했고 인조반정의 원훈元勳이다. 문형을 맡았고 영의정을 역임했으며 시호는 문충文忠이다.

✦ 이춘원李春元

추일등원북고강秋日登園北高岡

自愛秋山行復坐　가을 산을 좋아해 가다가 다시 앉아
手持團扇障西風　손에 둥근 부채를 가지고 서쪽 바람을 막았다.
野人穫稻夕陽裏　농부는 해가 질 즈음까지 벼를 거두고
稚子得梨霜葉中　어린 아들은 단풍잎 가운데서 배를 땄다.
萬事無機看向盡　모든 일이 기미가 없는데 다하게 되는 것을 보며
百年有命豈終窮　일생은 운명이 있으니 어찌 곤궁으로 마칠 수 있으랴.
倏然獨返林亭暝　빨리 어두운 임정林亭으로 홀로 돌아왔더니
已見昏鴉集一叢.　갈까마귀가 떼를 지어 모였음을 볼 수 있다네.

(권 4)

이춘원李春元의 자는 입지立之 호는 구원九畹이며 함평인咸平人이다. 과거에 급제했으며 벼슬은 감사監司에 이르렀다.

❖ 허적許𥛚

산중월야山中月夜

雲捲層霄月正明	하늘에 구름이 걷히자 달이 밝으며
風吹浙瀝露華淸	빗소리처럼 부는 바람에 이슬이 빛나고 맑다.
輕烟苒苒連霞氣	엷은 연기는 염염하게 안개와 연했고
落葉蕭蕭作雨聲	낙엽은 소소히 빗소리가 되었다.
平楚脩岑迷遠望	들은 길고 깊어 멀리 바라보는데 흐리게 하고
斷鴻孤鶴引高情	외로운 기러기와 학은 높은 정을 끌게 한다.
悠然忽發蘇門嘯	여유가 있게 소문蘇門에서 휘파람을 부니
河漢西流北斗傾.	은하수는 서쪽으로 흐르고 북두성은 기울었다.

〈권 4〉

허적許𥛚의 자는 자하子賀 호는 수색水色이며 양천인陽川人이다. 과거에 급제했으며 벼슬은 지중추知中樞에 이르렀다.

❖ 윤훤尹暄

기동악대산별서寄東岳臺山別墅

聞君歸臥古陽州	그대가 옛 양주陽州로 돌아갔다고 들었으니
細草長郊事事幽	가는 풀 있는 넓은 들에 일마다 그윽하겠다.
大笠蔽天牛背穩	큰 삿갓으로 하늘을 가리고 소등이 평온해
春風京洛不回頭.	봄바람에도 서울 쪽으로 머리 돌리지 않겠다.

〈권 4〉

　　윤훤尹暄의 자는 차야次野 호는 백사白沙이며 해평인海平人이다. 과거에
급제했으며 벼슬은 평양감사平壤監司에 이르렀다. 정묘丁卯년 호병胡兵을
막지 못해 피률被律되었다.

◈ 임숙영任叔英
별홍면숙적거제제別洪勉叔謫巨濟

蠻江明月照心肝	만강蠻江의 밝은 달이 마음속까지 비치며
正是秋風水氣寒	바로 가을바람에 물 기운이 차가웠다.
聞道海中無絶嶺	들으니 바다에는 높은 재가 없다고 말하는데
逐臣何處望長安.	축신逐臣이 어느 곳에서 서울을 바라보랴.

　　　　　　(권 4)

조행早行

客子就行路	나그네가 갈 길을 나서자
早乘西北風	일찍 서북풍을 타게 되었다.
鷄聲月落後	달이 진 뒤에 닭이 울고
水氣曉寒中	새벽이 차가운데 물기가 있다.
孤店鳴雙杵	외로운 가게에서 두 개의 절구 소리 나며
空林語百蟲	빈숲에서 많은 벌레가 운다.
自憐千里外	천리 밖에서 스스로 불쌍히 여기며
長作一飛蓬.	길이 날으는 다북대가 되고자 한다오.

　　　　　　(위와 같음)

　　임숙영任叔英의 자는 무숙茂叔 호는 소암踈庵이며 풍천인豊川人이다. 과

거에 합격했는데 직언直言으로 삭과削科되었다가 뒤에 복과復科되었다. 벼
슬은 지평持平에 그쳤으며 여문儷文으로 유명했다.

✧ 신익성申翊聖
환회중還淮中

臘月行人四月歸	섣달에 갔던 사람이 사월에 돌아오니
江波無恙白鷗飛	강물에 백구도 탈없이 날고 있다.
從今更約漁樵伴	지금부터 다시 어초漁樵와 짝이 된다면
和雨和烟上釣磯.	비와 안개 속에 자갈 위에서 낚시하리라.

(권 4)

귀전결망歸田結網

寒食風前穀雨餘	한식 바람 전이요 곡우가 남았는데
磨腮魚隊上灘初	물고기들이 뺨을 갈며 처음으로 여울에 오른다.
乘時盡物非吾意	때를 타고 다 가지는 것은 내 뜻이 아니므로
故使兒童結網疎.	일부러 아이에게 그물망을 성글게 맺게 시켰다.

(위와 같음)

제승축題僧軸

月溪之下斗湄傍	월계月溪의 아래 두미斗湄의 옆에
茅屋數間臨方塘	띠집 몇 칸이 방죽에 다달았다.
老人携書坐白石	노인은 책을 들고 흰 돌에 앉았으며
童子鼓枻歌滄浪	동자는 상앗대를 두드리며 어부의 노래를 부른다.

流雲度水滿平壑　　흐르는 구름은 물을 건너 골짜기에 가득하고
幽鳥隔林啼夕陽　　새는 깊숙한 숲 속에서 석양에 운다.
紅稀綠暗覺春盡　　붉고 푸른 것이 어두워 봄이 다한 것을 알았으며
時有山僧來乞章.　　때때로 산승이 글을 빌리러 온다.
　　　　　　　(위와 같음)

　　신익성申翊聖의 자는 군석君奭 호는 동회東淮이며 흠欽의 아들로서 선조
宣祖 부마駙馬 동양위東陽尉다.

❖ 윤신지尹新之
숙안주오미헌宿安州五美軒

湖山歷歷曾相識　　호산은 분명히 일찍 서로 알았고
鬢髮星星半已明　　살쩍머리는 희뜩희뜩 반이 이미 분명하다.
人間十年如走馬　　인간 세계의 십년은 달리는 말과 같고
江樓五月又流鶯　　강루의 오월에 꾀꼬리가 난다.
輕陰垂野草連渚　　가벼운 그늘이 들에 드리워 풀은 물가와 연했고
急雨驅潮波撼城　　급한 비는 조수를 몰아 물결이 성을 흔든다.
會待天仙高宴罷　　天仙들이 잔치를 파하는 것을 기다려
御風長擬下蓬瀛.　　바람을 타고 봉래와 영주로 내려오는 듯하다.
　　　　　　　(권 4)

　　윤신지尹新之의 자는 군우君又 호는 현주玄洲이며 해평인海平人으로 선
조宣祖 부마駙馬 해숭위海嵩尉다.

❖ 김시국金蓍國
즉사卽事

造物欺吾貧且病	조물주가 나를 속여 가난하고 병들게 했으며
風摧茅屋雨頹墻	바람이 띠집을 꺾었고 비는 담장을 허물었다.
隨時葺得非難事	때에 따라 수리하는 것이 어려운 일은 아니지만
臥見南山亦不妨.	누워서 남산을 보는데 방해가 되지 않는다오.

(권 4)

김시국金蓍國의 자는 경징景徵 호는 동촌東村이며 청풍인淸風人이다. 과거에 급제했고 호당에 피선되었으며 벼슬은 예조참판에 이르렀다.

❖ 장유張維
객수客愁

七月凄凄八月寒	칠월이면 서늘하고 팔월이면 찬데
客愁回首暮雲端	객수에 머리 돌려 저문 구름 끝을 바라본다.
老妻未寄秋衣到	가을 옷을 부치지 못한 아내는
應對淸砧坐夜闌.	아마 밤늦게 다듬잇돌 앞에 앉았겠지.

(『계곡집谿谷集』 권 33)

환가還家

還家已是菊花秋	집에 돌아오니 국화 피는 가을인데
久客偏驚歲月遒	오랜 객지생활에 세월이 빠른데 놀랐다.
玉潤女兒初學語	딸 옥윤玉潤이 처음으로 말을 배워

眼前嬌妊足忘憂.　아름다운 재롱 보며 시름 잊겠구나.
　　　　　　　　　(위와 같음)

전부사田父詞

只願秋禾載滿車　가을 벼를 수레에 가득 싣기를 원하며
朝朝荷笠出村閭　아침마다 삿갓 쓰고 들로 나간다.
晩來黃犢無人繫　늦게 돌아오니 송아지를 매는 사람이 없어
踏盡門前半畝蔬.　문 앞의 채마밭을 반이나 밟았다.
　　　　　　　　　(위와 같음)

화운수백주和韻酬白洲

行藏兩難得　나고 드는 것을 모두 얻는 것은 어려워
閉戶客長麾　문 닫고 오는 손을 거절했다오.
別後誰相問　헤어진 후 뉘가 서로 물었는가
天涯應爾思　천애天涯에서 당신이나 생각했겠지.
浮雲無定態　뜬 구름은 정한 형태가 없고
直道豈多歧　바른 길이 어찌 갈래가 많을까.
歲暮江南路　해가 저문 강남길에서
看梅或寄詩.　매화 보고 혹 지은 시 부쳐주려나.
　　　　　　　　　(같은책 권 28)

조발판교점早發板橋店

晨發板橋官路脩	갈 길이 멀어 새벽에 판교를 출발했는데
客子弊衣風露秋	나그네의 헤어진 옷에 가을바람과 이슬이 차다.
寒蟲切切草間語	벌레는 풀 속에서 절절하게 울고
缺月輝輝天際流	조각달은 하늘 모퉁이에서 휘휘하게 흐른다.
馬上矓睡不成夢	말 위에서 졸아도 꿈은 꾸기 어렵고
眼中景物添却愁	보이는 경물은 근심만 더 한다.
人生百年各形役	인생의 한평생이 이렇게 바빠
南去北來何日來.	남북으로 오고가 어느 날에 돌아오랴.

(위와 같음)

추일방돈시별업秋日訪敦詩別業

平明騎馬出都門	이른 아침 말을 타고 도문都門을 나서니
十里郊墟桑柘繁	넓은 들에 뽕나무가 무성하다.
華嶽暗雲迷遠壑	화악華嶽에 낀 암운은 먼 골짜기를 흐리게 하고
幸州寒日見孤村	행주의 쌀쌀한 낮에 고촌孤村이 보인다.
畦蔬園栗供秋味	채소와 밤이 가을 맛을 돋우고
紫蟹黃鷄入晚飱	게와 닭이 저녁 찬으로 나온다.
更喜主人多雅趣	주인의 많은 아취를 다시 기뻐하는 것은
茅簷展席對匏樽.	처마 밑에 자리 깔고 술을 마시는 것이요.

(위와 같음)

　　장유張維(1587~1638)의 자는 지국持國 호는 계곡谿谷이며 덕수인德水人
이다. 진사시와 문과에 합격했고 인조반정에 참여했다. 호당에 피선되었고 문형을 맡았으며 우상右相을 역임했다. 시호는 문충文忠이고 문장으로 유명했다. 계곡의 문장에 대해 송시열宋時烈에게 우리나라 문장가로서 집대성한 인물이 누구일까 하고 물었더니 송시열宋時烈은 이색李穡을 들었고 조선조 문인으로서는 계곡이 가장 크다고 했다 한다.[4] 계곡谿谷의 시는 그의 산문에 가리어 주목을 받지 못했으나 그의 시도 높게 평가받을 만하다. 홍만종은 그의 〈조발판교시早發板橋詩〉에 대해 청초淸楚함을 감탄하지 않을 수 없다고 했다.[5]

❖ 이성구李聖求
연당희음蓮堂戱吟

奏罷梨園爲諫名	이원梨園[6]을 파하게 아뢴 것은 간했다는 이름 때문인데
却來蓮閣負風情	문득 연각蓮閣에 오자 풍류의 감정을 저버렸다오.
池塘水滿芙蓉冷	지당에 물은 가득하고 연꽃이 차가운데
獨凭危欄聽雨聲.	홀로 난간에 의지해 빗소리를 듣는다.

(『대동시선大東詩選』 권 4)

이성구李聖求의 자는 자이子異 호는 분사汾沙이며 지봉芝峯 수광晬光의 아들이다. 진사시와 문과에 급제했고 벼슬은 영의정을 역임했으며 시호는 정숙貞肅이다.

---

4) 宋時烈, 『宋子大全』附錄 卷 18, 語錄 崔愼 錄 下. 問吾東文章誰爲集大成 先生曰 牧隱當集大成 我朝則谿谷當爲大也.
5) 洪萬宗 『小華詩評』 卷 下. 張持國之早發板橋店詩 … 未嘗不嘆其淸楚.
6) 중국 唐나라 玄宗이 스스로 배우의 기술을 가르치던 곳. 뒤에는 연예계 또는 배우들의 사회를 지칭하기도 함.

✤ 이식李植
야귀夜歸

斜月引巾影	비낀 달빛이 수건 그림자를 길게 하고
空山聞履聲	공산에 발자국 소리만 들린다.
家人猶未宿	집사람이 아직 자지 않은 듯
燈火半窓明	등불이 창을 밝게 비친다.

(『택당집澤堂集』 권 1)

영신연咏新燕

萬事悠悠一笑揮	만사는 유유히 한번 웃음으로 떨쳐버리고
草堂春雨掩松扉	봄비에 초당의 사립문을 닫았다.
生憎簾外新歸燕	발 밖에 새로 찾아온 제비가 얄미운 것은
似向閑人說是非.	나를 향해 시비를 말하려 하기 때문이요.

(같은책 권 1)

강행즉사江行卽事

秋江一匹練	추강은 한 필의 비단을 펼쳐놓은 듯하며
寒日斂餘輝	차가운 해는 남은 빛을 거두었다.
落雁斜行渡	떨어지는 기러기는 비껴 날아 건너가고
歸雲倒影飛	돌아가는 구름은 그림자가 거꾸로 난다.
渚深人就飯	강물이 깊어지자 사람들은 밥을 먹게 되었고
風亂葉投衣	바람이 어지럽게 불어 잎이 옷에 부딪친다.
信宿煩梢手	며칠 동안 사공을 번거롭게 했는데

蒼蒼前路微.　　　창창한 앞길은 희미하다오.

(같은책 3)

행원주북협도중行原州北硤途中

萬壑千崖裏	많은 골짜기와 낭떠러지 속에
孤村亂水回	고촌은 어지럽게 흐르는 물에 싸였다.
伐材流木柹	재목으로 감나무를 베어 나르고
種麥有菑灰	화전火田에 보리를 심고 있다.
野鼠偸禾去	들쥐는 벼를 훔쳐가고
林蜂螫栗開	숲 속의 벌은 밤을 쏘아 터지게 한다.
斜陽一線逕	사양에 한 가닥 길은
更入白雲堆.	다시 흰 구름 속으로 들어간다.

(같은책 권 4)

동일한거冬日閑居

車馬終年絶	수레는 해를 마치기까지 끊어졌고
松楸轉寂寥	솔과 가래나무들은 다시 고요하다.[7]
細泉連沼凍	가늘게 흐르는 샘물은 소沼에까지 얼었고
殘雪傍籬消	남은 눈은 울타리 옆에서 녹는다.
野鹿還同伴	들사슴과 함께 짝을 해 돌아오자
田翁或見邀	늙은 농부가 간혹 보고 맞이한다.
斜陽更無事	사양에 다시 일이 없으니
倚杖候歸樵.	지팡이 짚고 나무꾼 돌아오기를 기다린다.

(같은책 권 2)

---

7) 이 句는 이해에 어려움이 있다.

추우탄秋雨嘆

夏旱不堪山濯濯	여름 가뭄 견디지 못해 산이 발가벗었더니
秋來纔見草鮮鮮	가을이 되자 겨우 짧은 풀을 보겠다.
荒畦又苦十日雨	거친 밭두둑에 열흘 동안 비가 내려
斗米欲放千緡錢	한 말 쌀값이 천 꿰미나 한다.
況聞軍興轉輸急	더구나 전쟁에 군량미가 급하다고 들리더니
差科簿吏當門立	조목이 다른 관리가 장부 들고 문 앞에 섰다.
逋逃更恐罪連保	도망치려 하나 연좌죄가 무서워
室中夫妻相對泣.	방에서 부부가 마주 앉아 운다오.

(같은책 권 1)

이식李植(1584~1647)의 자는 여고汝固 호는 택당澤堂이며 덕수인德水人이다. 과거에 급제했고 호당에 피선되었으며 네 번이나 문형을 맡았다. 벼슬은 이조판서를 역임했다. 그의 인물에 대해 밖으로 보기에는 청소淸疎한 듯하나 실질적으로는 능력이 있었으며 총명이 뛰어났고 문장이 정묘精妙하다고 했다.8)

---

8) 『仁祖實錄』卷 1, 元年 四月. 植爲人外似淸疎 而頗機關 聰悟過人 文章精妙.

◈ 이민구李敏求
월계협月溪峽

廣陵江色碧於苔	광릉의 강물 빛이 이끼보다 푸르니
一道澄明鏡面開	일도의 맑고 밝음이 거울을 열어놓은 듯하다.
峽岸楓林秋影裏	양쪽 언덕 단풍의 가을 그림자 속에
水流西去我東來.	물은 서쪽으로 흘러가고 나는 동쪽으로 온다.

(『대동시선大東詩選』 권 4)

추월秋月

林木蒼蒼白露繁	푸른 숲에 흰 이슬이 많이 내렸고
葦花蘆葉遍郊原	갈대꽃과 잎이 들과 언덕에 두루 있다.
空有野月懸虛牖	부질없이 밤에 달이 빈창에 걸렸고
又送秋風入故園	가을바람을 고향에 들어가게 보낸다.
客舍悲歡隨節序	객지에서 비환은 계절의 차례에 따르고
人家歌哭自朝昏	인가의 가곡은 아침부터 저녁까지라네.
天涯幸接南宗老	멀리 떨어진 곳에서 남종南宗의 늙은이를 만나
淨品禪經一細論.	좋은 선경禪經을 자세히 논하려 한다.

(위와 같음)

　　이민구李敏求의 자는 자시子時 호는 동주東洲이며 분사汾沙 성구聖求의 아우이다. 진사시와 문과에 장원했고 호당에 피선되었으며 벼슬은 이조참판을 역임했다.

❖ 이명한李明漢

소도小桃

寒食東風春事遲	한식의 동풍에 봄일이 더딘데
小桃初發兩三枝	복숭아 두서너 가지에 처음 꽃이 피었다.
空庭盡日無人見	빈 뜰에 종일 사람은 보이지 않았으나
花底淸香蝶自知.	꽃의 맑은 향기를 나비는 스스로 안다오.

(『백주집白洲集』 권 2)

유중흥사遊中興寺

黃梅一雨過淸明	장맛비에 청명이 지나갔으나
洞裏輕陰不放晴	마을은 가벼운 그늘로 개지 않았다.
花落武陵春寂寂	꽃 떨어진 무릉武陵에 봄은 고요한데
水聲如送又如迎.	물소리는 보내는 듯 맞이하는 듯 한다오.

(같은책 권 2)

평해호연정증주인平海浩然亭贈主人

雲海微茫澹月華	雲海는 아득하고 달빛이 맑은데
小村籬落近鳴沙	마을 울타리는 명사鳴沙에 가깝다.
春風一樹梅如雪	봄바람에 매화가 눈처럼 피었으니
莫是孤山處士家.	그곳이 고산처사孤山處士의 집이 아닌가 하네.

(같은책 권 4)

기제백로주양도일신거寄題白鷺洲楊道一新居

身如白鷺洲邊鷺　　몸은 백로주 옆의 해오라기 같고
心似白雲山上雲　　마음은 백운산 위의 구름과 다르지 않다오.
孤吟盡日不知返　　종일 읊조리며 돌아갈 줄 몰랐는데
雲去鷺飛誰與羣.　　구름과 해오라기가 떠나면 누구와 무리를 하랴.
　　　　　　　　　(위와 같음)

만분서挽汾西

兄弟相隨拜父母　　형제가 서로 따라 부모를 뵈옵게 되니
地中還似世間無　　이 세상에 못한 것 저세상에서 하게 되는구나.
君歸細報吾消息　　그대 가거든 내 소식 자세히 알려주오
令妹逢君必問吾.　　영매令妹가 그대 보게 되면 반드시 나를 물으리라.
　　　　　　　　　(위와 같음)

서호야범차계곡대학사운西湖夜泛次谿谷大學士韻

蘇子休誇赤壁遊　　소자蘇子는 적벽赤壁 놀이를 자랑하지 마오
天敎李郭得同舟　　하늘이 이곽李郭을 같은 배 타게 했다.
漁家酒熟仍佳節　　아름다운 계절에 어가에도 술이 익었고
散秩身閑摠勝流　　직책없이 한가하니 모두 즐거운 것이네.
近水樓臺偏占月　　물이 가까운 누대는 달을 치우치게 차지했고
滿江蘆葦早知秋　　강 주변의 많은 갈대는 가을을 일찍 알게 한다.
他時指點丹靑裡　　뒷날 그림 속을 가리킬 때
脫帽狂吟是白洲.　　사모 벗고 광음하는 자가 백주白洲라네.
　　　　　　　　　(같은책 권 8)

이명한李明漢(1595~1646)의 자는 천장天章 호는 백주白洲이며 정구廷龜의 아들이다. 과거에 급제했고 호당에 피선되었으며 문형을 맡았다. 벼슬은 이조판서를 역임했으며 시호는 문정文靖이다. 이명한李明漢의 시에 대해 송시열宋時烈은 공이 시에 능해 초연히 스스로 얻은 듯하고 풍격風格이 옛 사람의 것을 답습하지 않고 스스로 일가一家의 체體를 이루었다고 했다.[9] 홍만종은 〈평해호연정증주인시平海浩然亭贈主人詩〉에 대해 백주白洲는 문재文才가 뛰어났으며 그의 시는 공중누각空中樓閣과 같았다. 그리고 그의 〈평해사인시平海士人詩〉는 매우 청절淸絶하다고 했다.[10] 김만중은 〈서호야범시西湖夜泛詩〉에 대해 백주白洲가 제공諸公들과 더불어 용산龍山에 놀면서 시를 지을 때 주자洲字의 압운押韻에 백주白洲가 바로 붓을 들고 타년지점단청리他年指點丹靑裡 탈모광음시백주脫帽狂吟是白洲라 했더니 비록 계곡谿谷 같은 대가도 그것을 보고 탈기奪氣를 했다고 한다.[11]

◈ 김지수金地粹
등주登州

高高明月照檣頭	높게 뜬 밝은 달이 돛대 머리를 비추고
極浦寒聲動客舟	넓은 포구의 차가운 소리에 배가 움직인다.
潮落潮生夜已盡	조수가 들고 지며 밤이 이미 다 되었으니
水城淸曉見登州.	수성水城의 맑은 새벽에 등주登州를 보겠다.

(『대동시선大東詩選』 권 4)

---

9) 宋時烈 撰, 謚狀, 『宋子大全』 卷 204. 公長於爲詩 超然自得 風格超越 不蹈襲前人塗轍 自成一家之體.

10) 洪萬宗, 『詩評補遺』 下編. 李明漢白洲延安人 天才超衆 其詩空中樓閣 題平海士人家詩曰 … 亦甚淸絶.

11) 金萬重, 『西浦漫筆』 下. 李白洲與諸公 遊龍山賦詩 得洲字 李卽落筆曰 … 雖以張谿谷之大家爲之奪氣.

김지수金地粹의 자는 거비去非 호는 태천苔川이며 의성인義城人이다. 문과에 급제했고 벼슬은 부사府使에 이르렀다. 폐모시廢母時에 반대했다가 부녕富寧으로 유배되었다.

❖ 김세렴金世濂
제일본부사산題日本富士山

富山千疊雪中看	부사산富士山 천첩을 눈 속에서 보니
削出瓊瑤萬古寒	玉을 깎은 듯 만고에 차갑겠다.
圓頂突爲孤鳳舞	둥근 꼭대기는 갑자기 외로운 봉이 춤추는 듯하고
衆峰分作六螺盤	뭇 봉은 나누어 여섯 소라의 소반을 만들었다.
雄蹲大地知無敵	대지에 웅장하게 걸터앉아 적수가 없음을 알겠고
獨立中天孰敢干	중천에 홀로 서 있어 누가 감히 범하랴.
聞自太初留積素	들으니 태초부터 바탕을 쌓았다고 하므로
欲將長白較巑岏.	장백산과 높이를 비교해 볼까 한다.

(권 4)

김세렴金世濂의 자는 도원道源 호는 동명東溟이며 과거에 급제했다. 호당에 피선되었고 벼슬은 호조판서를 역임했으며 시호는 문강文康이다.

❖ 허경윤許景胤
산거山居

柴扉尨亂吠	사립문에 삽살개가 요란하게 짓고
窓外白雲迷	창 밖에 흰 구름이 흐리다.
石徑人誰至	돌길에 누가 오겠는가

春林鳥自啼.   봄 숲에 새만 스스로 운다.
                (권 4)

허경윤許景胤의 자는 사술士述 호는 죽암竹庵 김해인金海人이다.

✧ 이민성李民宬

재거즉사齋居卽事

爭名爭利意何如   명예와 이익을 다투는 것이 생각에 어떠한가
投老山林計未疎   늙어 시골로 가려는 계획이 성기지 않다오.
雀噪荒堦人斷絶   거친 뜰에 새들은 지저귀고 사람도 끊어져
竹窓斜日臥看書.   햇빛비친 창 밑에 누워 책을 본다네.
                (권 4)

이민성李民宬의 자는 관보寬甫 호는 경당敬堂이며 영천인永川人이다. 문
과에 급제했고 호당에 피선되었으며 벼슬은 좌승지에 이르렀다.

✧ 정태회鄭太和

별관동백別關東伯

爲謝新東伯   새 관동백關東伯에 사례하고자 하는 것은
來尋病判樞   병든 판중추부사를 찾아왔기 때문이요.
多情求別語   다정하게 이별하는 말을 구하고자 하며
得意向仙區   선구仙區로 가고파 하던 뜻을 이루었다.
海濶經層浪   바다가 넓으니 험한 물결을 지나야 하고
山高歷畏途   산이 높으므로 무서운 길을 넘어야 한다.

城西門獨掩　　성서에서 홀로 문을 닫고 있으니
閒靜不如吾.　　한가하고 고요함이 나와 같지 않으리라.
　　　　　　　(권 4)

　　정태화鄭太和의 자는 유춘囿春 호는 양파陽坡이며 문과에 급제했다. 여섯 번 영의정을 했으며 시호는 익헌翼憲이다.

◈ 홍주원洪柱元
영창대군개장만永昌大君改葬挽

遺敎終無賴　　남긴 가르침을 마침내 힘입지 못했으며
深冤孰不哀　　깊은 원한을 누구인들 슬퍼하지 아니하리오.
人生八歲盡　　인생을 여덟 살로 마쳤으며
天道十年回　　천도가 십 년만에 돌아왔다.
白日重泉照　　밝은 해가 저세상까지 비치게 되었으며
青山永宅開　　푸른 산에 길이 살 집을 지었다.
千秋長樂殿　　천추千秋로 장락전長樂殿12)에서는
應作望思臺.　　반드시 망사대望思臺를 지었을 것이오.
　　　　　　　(권 4)

　　홍주원洪柱元의 자는 건중建中 호는 무하당無何堂이다. 선조宣祖 부마駙馬 영안위永安尉이며 시호는 문의文懿이다.

---

12) 仁穆大妃가 거처한 곳이 아닌가 한다.

✧ 해원군海原君 이건李健
걸국화乞菊花

清秋佳節近重陽	맑은 가을 아름다운 계절이 중양에 가까우니
正是陶家醉興長	바로 도연명陶淵明이 길이 흥에 취한 때였소
想見傲霜花滿砌	생각하기에 국화가 섬돌에 가득할 듯하니
可能分與一枝香.	한 가지의 향을 나누어줄 수 있겠는가.

(권4)

강남춘江南春

聞說江南又到春	들으니 강남에 또 봄이 왔다는데
上樓多少看花人	누에 오르면 얼마의 꽃을 구경하는 사람 보겠구나.
牧童橫笛驅黃犢	목동은 저 불며 누런 송아지 몰고 가고
兒女携筐採白蘋.	아녀는 광주리 끼고 백빈白蘋을 캔다.

(권 4)

이건李健의 자는 자강子强 호는 규창葵窓이다.

✧ 오달제吳達濟
심옥기내남씨瀋獄寄內南氏

琴瑟恩情重	금슬은 은혜와 정이 무거웠으며
相逢未二朞	서로 만난 것이 이 년이 되지 못했다오.
今成萬里別	지금 만 리의 이별이 되었으며
虛負百年期	백년의 기약을 헛되게 저버렸다.

地濶書難寄　　땅이 멀어 글을 부치기 어렵고
山長夢亦遲　　산이 길어 꿈도 또한 더디겠다오.
吾生未可卜　　내 삶을 점칠 수 없으니
須護腹中兒.　　반드시 뱃속 아이는 보호하오.
(권 4)

　　오달제吳達濟의 자는 계휘季輝 호는 추담秋潭이며 해주인海州人이다. 과
거에 급제했고 벼슬은 수찬修撰을 역임했다. 인조 때 척화斥和로 잡혀가서
죽었으며 시호는 충렬忠烈이다.

✤ 최기남崔奇男
원사怨詞

妾有菱花鏡　　첩은 네 변의 거울이 있어
憶君初贈時　　당신이 처음 줄 때를 기억한다오.
君歸鏡空在　　당신이 떠나자 빈 거울만 남아
不復照蛾眉.　　다시는 보고 눈썹을 그리지 않는다오.
(권 4)

청명淸明

上巳淸明取次過　　상사와 청명이 차례로 지나가는데
林居寂寞送年華　　적막한 숲속에 살며 세월만 보낸다.
雲陰垂野寒猶峭　　구름이 드리운 들은 아직도 매우 추워
三月江城未見花　　강성江城 삼월에 꽃이 피지 않았다.
(권 4)

한중용두시운閒中用杜詩韻

綠樹陰中黃鳥節	푸른 숲 그늘진 가운데 꾀꼬리 우는 계절에
靑山影裏白茅家	청산의 그림자 속에 흰 띠집이라오.
閒來獨步蒼苔逕	한가롭게 푸른 이끼 길을 걷자
雨後微香動草花.	비 내린 후의 가는 향기가 화초에서 난다.

(권 4)

한식寒食

東風小雨過長堤	동풍에 적은 비가 긴 언덕에 내리니
草色如煙望欲迷	풀빛이 연기 같아 바라보면 미혹하게 한다.
寒食北邙山下路	한식의 북망산 아래 길에
野鳥飛上白楊啼.	들새들이 버들 위를 날며 운다.

(권 4)

최기남崔奇男의 자는 영숙英叔 호는 구곡龜谷이며 천령인川寧人이다.

✥ 김효일金孝一
추사秋思

滿庭梧葉散西風	뜰에 가득한 오동잎이 서풍에 흩어지고
孤夢初回燭淚紅	잠을 처음 깨자 촛불의 눈물이 붉다오.
窓外候蟲秋思苦	창밖에 찾아온 벌레들은 가을이 괴로워
伴人啼到五更終.	사람과 짝해 오경이 마칠 때까지 운다.

(권 4)

추야서회秋夜書懷

小塘微雨歇	작은 못에 가랑비가 그치고
虛幌集新涼	빈 방장이 새로 서늘해졌다.
燭影寒棲壁	촛불 그림자는 벽에서 차갑게 서성거리고
蟲聲故近床	벌레는 일부러 평상 가까운데서 운다.
任貧詩有債	가난하나 시에는 빚을 맡을 수 있고
嬰病藥無方	얽힌 병에는 처방할 약이 없다오.
萬事悲歌裡	만사가 슬픈노래 가운데서
蹉跎四十强.	사십이 넘게 불행하다네.

(권 4)

만흥漫興

樂在貧還好	즐거움이 있으니 가난도 도리어 좋고
閒多病亦宜	한가함이 많으므로 병도 또한 편안하다.
燒香春雨細	향을 불사르자 봄비도 가늘어지고
覓句曉鍾遲	싯구를 찾으니 새벽 종소리도 더디다.
巷僻苔封逕	거리가 궁벽해 이끼가 길을 덮었고
窓虛竹補籬	창이 허전해 대나무로 울타리를 도왔다.
笑他名利客	명예와 이익을 좇는 사람들이
終歲任驅馳.	해를 마칠 때까지 바쁜 것을 맡아 우습다오.

(권 4)

김효일金孝一의 자는 행원行源 호는 국담菊潭이며 안동인安東人이다.

✛ 최태립崔太立
숙극락암宿極樂庵

白雪擁松局	흰 눈이 소나무 빗장을 막았고
千峰孤磬澄	많은 산봉우리에 경쇠소리 맑다.
老僧年八十	팔십의 늙은 스님은
終夜話傳燈.	밤이 마칠 때까지 불법을 밝게 말한다.

(권 4)

연광정별후練光亭別後

鉤盡細簾獨倚樓	주렴을 모두 걷고 홀로 누에 의지했더니
酒醒人去又生愁	술을 깨자 사람은 갔는데 또 근심이 생긴다.
桃花水漲春江闊	복숭아꽃 피고 물이 불어 봄강이 넓었는데
何處飛來雙白鷗.	한 쌍의 백구가 어느 곳에서 날아 왔나뇨.

(권 4)

용천도중龍川道中

八月霜氣肅	팔월에 서리 기운이 엄숙하니
關河葉正飛	관하에 나뭇잎이 떨어진다.
野晴雲澹澹	들이 개니 구름도 더욱 맑고
山晩日輝輝	산이 저물려 하자 햇빛이 빛난다.
古驛人烟少	고역은 집에서 나는 연기가 적으며
孤城獵騎歸	고성에 사냥하던 말이 돌아온다.
那堪値搖落	어찌 흔들어 떨어지는 것을 만나

征路一沾衣.　　가는 길 옷에 젖는 것을 견디랴.

（권 4）

최태립崔太立의 자는 수부秀夫 호는 창애蒼厓이며 수성인隋城人이다.

✥ 김충렬金忠烈

산사월야문자규山寺月夜聞子規

古寺梨花落　　　옛 절에 배꽃이 떨어지고
深山蜀魄啼　　　깊은 산에 자규가 울고 있다.
宵分聽不盡　　　밤중까지 다 듣지 않았는데
千峰月高低.　　　많은 산봉우리에 달은 높았다가 낮다오.

（권 4）

춘강범주春江泛舟

青帘高出杏花村　　행화촌에 술파는 푸른 깃발 높게 솟아 있어
沽酒歸來日已昏　　술을 사서 돌아오니 날이 이미 저물었다.
醉臥篷窓春睡穩　　취해 봉창 밑에 누워 봄잠이 편안해
不知風雨滿江門.　　강에 비바람이 가득한 것을 몰랐다.

（권 4）

추일서회秋日書懷

寂寞門長掩　　　적막하게 문이 오래 닫혔고
支離病未蘇　　　지리한 병도 낫지 않는다.

暝林寒雨密	어두운 숲에 차가운 비가 많이 내리고
虛箔一燈孤	빈 발에 외로운 등이 달렸다.
短髮驚全老	짧은 머리발로 온전히 늙었음에 놀랐고
流年覺已徂	흐르는 해가 이미 가고 있음을 깨달았다.
秋風正蕭瑟	가을바람은 바로 쓸쓸하며
木葉下庭隅.	나뭇잎이 뜰 모퉁이에 떨어진다.

(권 4)

김충렬金忠烈의 자는 이언而彦 호는 옥호玉湖이며 김해인金海人이다.

❖ 박상립朴尙立
임거林居

山齋幽寂晝陰斜	재실이 그윽하고 고요해 낮에도 그늘이 빗겼고
滿地蒼苔半落花	땅에 가득한 푸른 이끼에 반은 꽃이 떨어졌다.
溪上獨步誰與伴	냇가를 혼자 거닐며 누구와 짝을 하랴
水禽終日立楂枒.	물새가 종일 등걸에 서 있다.

박상립朴尙立의 자는 입지立之 호는 난재懶齋이다.

❖ 석희박石希璞
추일과휴옹교거秋日過休翁郊居

松橋在澗少人過	시내 나무다리에 지나는 사람 적고
野外蕭條秖數家	쓸쓸한 들에 벼가 익고 몇 채의 집이 있다.
霜落疎籬秋色晚	서리 내린 성긴 울타리에 가을빛은 늦었는데

白頭無酒對黃花.　흰 머리에 술도 없이 국화를 대한다오.

（권 4）

송경회고松京懷古

山河依舊市朝空　산과 물은 예와 같으나 시장과 조정은 비었고
流水殘雲落照中　저녁 햇빛에 흐르는 물과 구름만 남았다.
歇馬獨來尋往迹　말을 쉬게 하고 홀로 와서 지난 자취 찾았더니
斷碑猶記鄭文忠.　조각난 비만 정문충鄭文忠[13]을 기록했다.

（권 4）

석희박石希璞의 자는 자성子成 호는 남천南天이며 한산인漢山人이다.

◈ 정두경鄭斗卿
등마천령登磨天嶺

驅馬磨天嶺　말을 몰아 마천령磨天嶺에 오르니
層峯上入雲　높은 봉이 구름 위에 솟았다.
前臨有大澤　앞에 큰 못이 있는데
蓋乃北海云.　바로 북해라 이른다 했다.

（『동명집東溟集』 권 1）

---

13) 고려말 鄭夢周를 지칭한 것임.

망삼각산望三角山

削成千仞鎭長安   깎은 듯 천 길 솟은 봉이 서울을 진압하고
氣勢雄雄龍虎盤   기세의 웅건함은 용호龍虎가 서린 듯하다.
雨後白雲浮絶壁   비온 뒤에 흰 구름이 절벽에 떠있으면
馬頭還似雪中看.   눈 속에서 말머리를 보는 것 같다.
（위와 같음）

여강루야음驪江樓夜飮

送客高樓秋夜闌   고루의 송객연에 가을밤이 깊었는데
一雙白鷺在前灘   한 쌍의 백로가 앞 여울에 있다.
酒酣起望蒼蒼色   취해 일어나 질펀한 빛을 바라보니
月落江淸霜露寒.   달은 지려하고 강은 맑으며 서리는 차다오.
（위와 같음）

시원작試院作

白岳蒼雲一萬重   백악산白岳山에 검은 구름이 만 겹이나 싸여
夜來寒雨滿池中   밤에 내린 비가 못에 가득하다.
傍人莫怪冬雷動   사람들아 겨울 천둥소리 괴이하게 생각마오
三十三魚變作龍.   서른세 마리의 잉어가 용으로 변한다오.
（위와 같음）

숙봉은사宿奉恩寺

世廟崇西竺	세조가 불교를 숭상하여
招提號奉恩	절을 봉은이라 이름했다.
域中王亦大	나라에서는 왕이 또한 크고
天下佛爲尊	천하에서는 부처가 높음이 된다.
絶壁干雲起	절벽에는 많은 구름이 일고
滄江注海奔	서늘한 강은 흘러 바다로 달린다.
禪房隨意宿	뜻에 따라 선방에 자게 되니
還喜脫籠樊.	도리어 갇혀있다 벗어나 기뻤다.

(같은책 권 3)

휴룡만이부윤등통군정携龍灣李府尹登統軍亭

統軍亭前江作池	통군정 앞의 강은 못을 이루었고
統軍亭上角聲悲	통군정 위에는 대평소 소리 구슬프다.
使君五馬靑絲絡	사군의 오마는 청사靑絲로 얽혀졌고
都督千夫赤羽旗	도독都督의 많은 군사 붉은 깃발 들었다.
塞垣兒童盡華語	변방의 아이들은 모두 화어華語를 하고
遼東山川非昔時	요동의 산천은 옛날 같지 않다오.
自是單于事田獵	지금부터 선우單于14)가 사냥에 종사할테니
城頭夜火不須疑.	성두의 밤 불빛을 의심하지 마오.

(같은책. 권 7)

---

14) 넓고 크다는 뜻으로 匈奴族이 자신들의 왕 또는 酋長을 높이어 일컬었던 칭호

전원즉사田園卽事

垂柳陰中一逕微	늘어진 수양 그늘 속에 외길이 좁다랗고
雜花生樹草芳菲	나무에 핀 꽃과 풀들은 향기롭다.
騷人獨酌有詩句	소인騷人은 혼자 술을 마시며 시를 짓고
村老相逢無是非	촌로들은 서로 만나도 시비가 없다.
春水白魚爭潑潑	봄물에 물고기는 펄펄 뛰고
野田黃雀自飛飛	들에는 참새들이 스스로 날고 있다.
翟公未解閑居興	적공翟公이 한거의 흥취를 이해하지 못하고
枉恨門前車馬稀.	문전에 찾는 사람 없는 것을 잘못 한을 했다오.

(위와 같음)

정두경鄭斗卿(1597~1673)의 자는 군평君平 호는 동명東溟이며 과거에 장원했고 벼슬은 예조참판과 제학提學을 역임했다. 김창협金昌協은 정두경에 대해 그가 늦게 나왔지만 한위漢魏의 고시古詩와 악부樂府에 법을 받을 만한 가치가 있음을 알았고, 가행歌行과 같은 장편에서도 이백李白과 두보杜甫에 접근하고자 노력했으며, 율시와 절구 등 근체시近體詩에서도 성당盛唐에 따르고자 했고 만당晚唐이나 송宋의 소동파와 황산곡과 같은 작가를 따르고자 하지 않았으니 그의 계획은 위대하다고 할 수 있다 했다.[15]

〈등마천령시登磨天嶺詩〉에 대해 임방은 정동명鄭東溟이 일찍 북평사北評事가 되어 마천령磨天嶺에 올라 지은 절구가 있는데 말하기를 … 라 했다. 장유가 이 시를 보고 크게 칭찬하며 우주를 버틸 수 있는 힘이 있다고 한다 했다.[16] 〈여강누야음시驪江樓夜飮詩〉에 대해 김득신金得臣은 자신이 동명

---

15) 金昌協, 『農巖集』卷 34, 雜識. 鄭東溟出於晚季 能知有漢魏古詩樂府爲可法 歌行長篇 步驟李杜 律絕近體摸擬盛唐 不肯以晚唐蘇黃作家計 亦偉矣.

16) 任埅, 『水村漫錄』. 鄭東溟斗卿 嘗爲北評事 登磨天嶺 有一絕曰 … 谿谷大加

東溟에게 당신의 시를 옛날 누구와 비교할 수 있겠는가 하고 물었더니 그는
웃으며 이백李白과 두보杜甫는 당적할 수 없겠고 고적高適과 잠삼岑參 등과
는 비슷하지 않겠는가 한 말을 이야기하며 그의 〈청심루시淸心樓詩〉[17] 일
절一絶에 송객고루추야란送客高樓秋夜闌 … 은 운격韻格이 높고 뛰어나며
맑고 상쾌해 이백李白도 놀라게 될 것이다. 자신이 볼 때 고적高適과 잠삼岑
參보다 나을 것이라고 했다.[18] 〈시원작시試院作詩〉에 대해 홍만종은 이 시
를 〈뇌우시雷雨詩〉라 하며 동명東溟이 시원試院에 있을 때 10월이었는데
우레 소리와 비가 그날 밤 계속 왔으므로 이 시를 지었다고 했으며, 효종孝
宗이 듣고 매우 칭찬하며 이 시는 때가 아닌데 내린 재앙을 빌었다고 한다
했다.[19] 〈숙봉은사시宿奉恩寺詩〉에 대해 홍만종은 계곡谿谷이 이 시에 함
련의 천연스럽고 기이한 대우는 바꿀 수 없다고 한다 했다.[20]

◈ 송준길宋浚吉
기몽記夢

平生欽仰退陶翁　　평생에 퇴계退溪선생을 공경하며 우러러 여겨
沒世精神尙感通　　죽을 때까지 정신의 감통感通을 더할 것이요.
此夜夢中承誨語　　오늘밤 꿈에서 가르침을 받았는데
覺來山月滿窓櫳.　　깨어보니 달빛이 창과 난간에 가득하다.
　　　　　　　　　　（『대동시선大東詩選』 권 4）

稱賞 爲可撑柱宇宙云.
17) 이 시의 詩題에 대해 東溟의 문집에는 驪江樓夜飮이라 했는데 金得臣은
　　淸心樓라 했으니 잘못 알지 않았던가 한다.
18) 金得臣, 『終南叢志』. 其淸心樓詩一絶 … 韻格高絶淸爽 若喚起太白 以余觀
　　之 可出高參之上.
19) 洪萬宗, 『詩評補遺』 下編.
20) 洪萬宗, 『詩評補遺』 下編. 谿谷曰 天然奇偶 不可推敲.

송준길宋浚吉의 자는 명보明甫 호는 동춘同春이며 은진인恩津人이다. 은일隱逸로서 벼슬은 이조판서를 역임했고 시호는 문정文正이며 문묘文廟에 배향되었다.

✿ 조석윤趙錫胤

제조霽朝

夜半雨鳴林	밤중에 비가 숲을 울게 했는데
朝來雲出壑	아침이 되자 구름이 골짜기에서 나온다.
濕雁下沙洲	젖은 기러기는 물가 사장으로 내려가고
輕烟掩村落	엷은 연기는 마을을 가리었다.
寒曦射遠岑	차가운 햇빛은 먼 산봉우리를 비추고
翠黛露隱約	푸르고 파란색은 희미한 것을 노출시킨다.
散步發孤嘯	느린 걸음으로 혼자 휘파람을 부니
秋思入廖廓.	가을 생각이 요곽廖廓21)에 들어온다.

조석윤趙錫胤의 자는 윤지胤之 호는 낙정樂靜이며 백천인白川人이다. 과거에 장원했고 호당에 피선되었으며 문형을 맡았다. 벼슬은 이조참판을 역임했으며 시호는 문효文孝이다.

---

21) 어떤 의미인지 알아보지 못했다.

✧ 윤선도尹善道
피적북새被謫北塞

歎息狂歌哭失聲	탄식하고 미친 듯 노래하며 몹시 울어
男兒志氣意難平	남아의 지기를 바로잡기 어렵다오.
西山日暮群鴉亂	서산에 해가 저물자 갈까마귀들이 어지러우며
北塞霜寒獨雁鳴	북새에 서리가 차갑자 기러기가 홀로 운다.
千里客心驚歲晚	멀리서 적객의 마음은 해가 늦은 것에 놀라며
一方民意畏天傾	일방 백성들의 생각은 하늘이 기울어질까 꺼린다.
不如無目兼無耳	눈도 없고 아울러 귀도 없이
歸臥林泉畢此生.	산골로 돌아가 이 생애를 마치는 것만 같지 못하오.

(권 4)

　　윤선도尹善道의 자는 약이約而 호는 고산孤山이며 해남인海南人이다.
진사와 문과에 합격했고 벼슬은 예조참의를 역임했으며 시호는 충헌忠憲
이다.

✧ 손필대孫必大
전가田家

日暮罷鋤歸	날이 저물어 일을 파하고 돌아오니
稚子迎門語	어린아이 문에서 맞이하며 말한다.
東家不愼牛	이웃집에서 소를 단속하지 않아
齕盡溪邊黍.	냇가 기장을 다 먹었다.

(권 4)

손필대孫必大의 자는 이원而遠 호는 한구자寒癯子이며 평해인平海人이다. 문과에 급제했으며 벼슬은 통례通禮를 했다.

✥ 권융權伩

白沙宅應呼_咏三色桃

天桃灼灼暎疎籬　활짝 핀 예쁜 복숭아꽃이 성긴 울타리를 비쳤는데
三色如何共一枝　어찌 삼색이 한 가지를 같이 했나뇨.
恰似美人梳洗後　미인이 머리를 씻은 뒤에
半粧紅粉未均時.　붉은 분을 반쯤 발라 고루하지 못한 때와 비슷하다네.
　　　　　　　　(권 4)

권융權伩은 석주石洲 필韠의 손자이며 이백사李白沙의 사위이다. 과거에 급제했고 벼슬은 군수郡守를 했다.

✥ 김득신金得臣

용호龍湖

古木寒雲裡　고목은 차가운 구름 속에 있고
秋山白雨邊　추산은 비가 내리는 언저리에 있다.
暮江風浪起　저물 즈음 강에 풍랑이 일어나니
漁子急回船.　어부가 급히 배를 돌린다.
　　　　　　(『백곡집栢谷集 시집詩集』1)

전가田家

籬蔽翁嗔狗　　울타리가 망가져 늙은이가 개를 꾸짖으며
呼童早閉門　　아이 불러 문을 일찍 닫게 한다.
昨夜雪中迹　　간밤 내린 눈에 찍힌 자국은
分明虎過村.　　분명히 범이 마을을 지나간 것이다.
　　　　　　　(위와 같음)

구정龜亭

落日下平沙　　지는 해는 넓은 사장으로 내려가고
宿禽投遠樹　　자려는 새는 먼 나무로 찾아간다.
歸人欲騎驢　　나귀 타고 돌아가려던 사람은
更怯前山雨.　　다시 앞산에 내리는 비를 겁낸다.
　　　　　　　(위와 같음)

夕照轉江沙　　저녁 햇빛은 강변 사장에서 구르고
秋聲生野樹　　가을 소리는 들에 있는 나무에서 난다.
牧童叱犢歸　　송아지를 꾸짖으며 돌아가는 목동은
衣濕前山雨.　　앞산에 내리는 비에 옷이 젖었다.
　　　　　　　(위와 같음)

구정문적龜亭聞笛

斷橋平楚夕陽低　　단교斷橋 옆 넓은 들에 저녁 해가 지려하니
正是前山宿鳥棲　　바로 앞산에 자던 새가 쉬는 곳이라네.

隔水何人三弄笛　물 건너 뉘가 세 번이나 피리를 불었을까
梅花落盡故城西.　옛 성 서쪽에 매화가 모두 떨어진다.
　　　　　　　　　　(같은책 권 2)

청심루淸心樓

蒼山中坼大江開　창산蒼山 가운데가 터져 큰 강이 열렸고
北走波濤吼萬雷　북쪽으로 달리던 파도는 우레의 성난 소리였다.
月上靑天如白晝　달이 하늘에 뜨자 대낮같이 밝은데
孤帆一片漢陽來.　한 조각 외로운 배는 한양에서 온다.
　　　　　　　　　　(위와 같음)

차한강次漢江

出城孤客滯江樓　성문을 나선 외로운 손이 강루에 머무니
汀樹蕭蕭早得秋　쓸쓸한 강변 숲에 가을이 일찍 왔다.
今夜忽聞舟子語　오늘밤에 갑자기 사공 말을 들으니
明朝掛席向忠州.　내일 아침 돛을 걸고 충주忠州로 향한다네.
　　　　　　　　　　(위와 같음)

등탄금대登彈琴臺

百尺荒臺試一登　높은 고대古臺에 시험해 올랐더니
令人可破客愁凝　가슴에 엉킨 객수客愁를 풀리게 한다.
東西水若獰龍鬪　동남으로 흐르는 강은 사나운 용이 싸우는 듯
西北山如健馬騰　서북에 있는 산들은 굳센 말이 달리는 것 같다.

于勒琴聲從古遠   우륵于勒의 거문고 소리 아득한 옛날이며
金生筆法至今稱   金生의 필법은 지금도 칭찬한다.
我來澤老分符地   내가 택당澤堂이 임명되었던 곳에 와서
爲想文章更服膺. 그의 문장 생각하며 오래 잊지 아니하련다.
（같은책 권 4）

　김득신金得臣의 자는 자공子公 호는 백곡栢谷이며 안동인安東人이다. 과거에 급제했고 벼슬은 가선嘉善에 이르렀다. 〈용호정시龍湖亭詩〉에 대해 김득신은 자신이 지은 시 가운데 좋은 시가 많았으나 이 작품이 가장 사람들에게 회자되었으니 시도 때를 만나고 만나지 못하는 것이 있는가. 효종孝宗께서 병풍에 이 시를 쓰게 하고 이 시에 맞는 그림을 그리게 했다. 이 시가 유성지화有聲之畵가 아닌데 임금으로부터 이 시에 맞는 그림을 그리게 하는 영광을 입게 되었으니 드문 일이라 했다.[22] 남용익도 『호곡시화』에 이 시를 들며 조파핍고調頗逼古라 했고, 홍만종도 그의 『소화시평』(하)에 이 시를 들며 일시회자一時膾炙라 했다. 〈전가시田家詩〉에 대해 임방任埅은 이자삼李子三이 자신에게 백곡의 절구에서 세상 사람들은 고목한연리古木寒煙裡의 시를 절창絶唱이라고 하나 자신은 〈전가시田家詩〉가 더욱 좋지 않은가 한다 했는데, 정경情境을 묘사한 것이 핍진逼眞하기 때문이니 자삼子三의 말이 옳지 않은가 했다.[23] 〈구정시龜亭詩〉에 대해 임방任埅은 백곡이 일생동안 시에 전념해 수사에 온갖 정력을 기울여 한 자를 천 번이나 다듬어 교묘함이 뛰어나게 했으니 가도賈島[24]의 유류流가 아니겠는가. 그의 낙일하평사落日下

---

22) 金得臣, 『終南叢志』. 余嘗於龍湖亭樹 有一絶云 … 人皆傳誦 余之平日所作 勝於此者多矣 而此詩最得膾炙 豈詩亦有遇不遇者耶 孝廟嘗使畵工繪禁屛也 書下此詩 模進此詩之景 噫 拙句非有聲之畵 而猥蒙睿覽 至被繪畵 實曠世之盛事也.
23) 任埅, 『水村漫錄』. 睡村李子三謂余曰 栢谷絶句 世以古木寒烟裡爲絶唱 而余則 以籬弊翁嗔犢爲勝 以其模寫情境逼眞故也. 子三之言信然.

平沙 … 와 석조전강사夕照轉江沙 … 등의 작품은 어찌 당대唐代의 시인들에 양보할 것이 있겠는가 했다.[25]

　〈구정문적시龜亭聞笛詩〉에 대해 홍만종洪萬宗은 김득신金得臣의 시에서 그의 〈용호시龍湖詩〉가 일시에 많이 회자되고 있지만 그의 〈목천도중시木川途中詩〉가 당唐나라 작가들의 작품에 극히 접근했으므로 이 시에 미치지 못할 것이라 했다.[26] 〈청심루시淸心樓詩〉에 대해 백곡栢谷의 성격이 관대했으며 忠州로부터 배를 타고 가면서 이 〈청심루시淸心樓詩〉를 지어 이로써 유명해졌다고 했다.[27] 〈차한강시次漢江詩〉에 대해 홍만종은 다른 시와 함께 이 작품을 들면서 개핍당가皆逼唐家라 했다.[28]

❖ 이지백李知白
희영망건戱咏網巾

巧似蜘蛛織似蛬	교묘함은 거미, 짜는 것은 귀뚜라미 같고
細嫌針孔濶嫌銎	가는 것은 바늘 구멍, 넓은 것은 도끼 구멍을 혐의한다.
朝來斂盡千莖髮	아침이 되면 많은 머리털을 모두 모으며
烏帽紗巾作附庸.	오모烏帽와 사건紗巾을 부속시킨다.

　　　　　(대동시선 권 4)

　이지백李知白의 자는 계현季玄이며 과거에 급제했고 벼슬은 군수郡守를

---

24) 中唐 때의 유명했던 시인.
25) 任埅, 『水村漫錄』. 金栢谷得臣平生工詩 調琢肝腎 一字千鍊 必欲工絶 其賈島之流乎 如落日下平沙 … 夕照轉江沙 … 等作 何讓唐人.
26) 洪萬宗, 『詩評補遺』下編. 金栢谷得臣 … 其龍山詩曰 古木寒煙裡 … 一時膾炙 然不若木川途中詩 短橋平楚夕陽低 … 之句 逼唐家.
27) 金得臣, 『栢谷集』附錄 搜錄. 栢谷性本坦率 自忠州乘舟夜行 吟曰 … 以此名重於世.
28) 洪萬宗, 『詩評補遺』

했다.

✧ 홍주세洪柱世
춘사春詞

庭草階花照眼明	뜰의 풀과 계단의 꽃이 눈을 밝게 비치며
閒中心與境俱淸	한가한 가운데 마음과 주변이 모두 맑다.
門前盡日無車馬	문 앞에 종일 거마가 없고
獨有幽禽時一鳴.	산새만이 때때로 와서 울고 있다.

(권 4)

홍주세洪柱世의 자는 숙진淑鎭이고 호는 정허당靜虛堂이며 풍산인豊山人이다. 문과에 급제했으며 벼슬은 정랑正郞에 이르렀다.

✧ 송시열宋時烈
별승別僧

僧乞吾詩吾乞畵	중은 내 시를, 나는 얼굴 그려줄 것을 구했는데
僧言君貌貌難能	중이 그대 얼굴을 잘 그리기 어렵다고 했다.
巉松怪石猶堪畵	괴이하게 생긴 소나무와 돌은 그릴 수 있으나
那得描君面目憎.	어찌 그대가 미워하는 면목을 그리겠는가.

(권 4)

송시열宋時烈의 자는 영보英甫 호는 우암尤庵이며 은진인恩津人이다. 사마시에 장원했고 벼슬은 영상領相에 이르렀으며 시호는 문정文正이다.

◈ 김만영金萬英
영서과詠西瓜

色似秋天初霽後	색은 가을하늘 처음 갠 뒤와 비슷하고
形如太極未分前	형상은 태극이 나누어지기 전과 같다.
擊破丹心珠露滴	깨자 붉은 속에 이슬같은 구슬이 맺혀
相如從此懶尋泉.	이제 상여相如가 샘을 찾는 것이 게을러지겠다.

(권 4)

김만영金萬英은 나주羅州에 살았고 진사였으며 세마洗馬에 제수되었으나 나가지 않았다.

◈ 허장許鏘
계정우음溪亭偶吟

野老無營不出門	시골 늙은이 하는 일 없어 문밖을 나가지 않고
鉤簾終日坐幽軒	종일 주렴을 걸어놓고 깊숙한 마루에 앉았다.
胸中自爾心機靜	흉중이 이로부터 마음가짐이 고요해
竹雨松風亦厭喧.	죽우竹雨와 송풍松風도 또한 시끄러워 싫다오.

(권 4)

허장許鏘의 자는 중진仲鎭 양천인陽川人이며 진사로서 문명이 있었다.

✧ 정창주鄭昌冑
과낙동강過洛東江

憶曾年少此經過	생각하면 젊었을 때 이곳을 지났는데
千里重來兩鬢皤	먼 길을 다시 오니 양쪽 살쩍머리가 희었다.
屈指炎凉十有九	헤어보니 세월은 십구 년이 흘렀는데
轉頭哀樂一何多	돌아보니 애락이 한결같이 어찌 많은가.
江流不改淸如故	흐르는 강물은 예와 같이 맑음을 고치지 않았는데
人事無端計已訛	인사는 무단히 계획이 이미 거짓이 되었다.
沙上白鷗閒自在	모래 위에 백구는 한가롭게 있어
羨他終日戱春波.	종일 봄 물결 위에 희롱하는 것이 부럽다네.

(권 4)

정창주鄭昌冑의 자는 사흥士興 호는 만주晩洲 초계인草溪人이며 벼슬은 승지承旨를 했다.

✧ 김시진金始振
산행山行

閒花自落好禽啼	꽃은 스스로 떨어지고 새는 듣기 좋게 울며
一徑淸陰轉碧溪	한 가닥 길이 맑은 그늘에서 푸른 냇가로 옮긴다.
坐睡行吟時得句	앉으면 졸고 가면 읊어 때때로 시구를 얻었으나
山中無筆不須題.	산 중에 붓이 없어 쓰지 못했다.

(권 4)

김시진金始振의 자는 백옥伯玉 호는 반고盤皐이며 과거에 급제했고 벼슬은 예조참판을 역임했다.

✧ 김남중金南重
견민遣憫

秋陰漠漠雨蕭蕭	가을 그늘이 아득하고 비가 소소히 내리며
門掩城南晝寂寥	문을 닫은 성남은 낮에도 고요하다.
多病此時添藥餌	병이 많은 이때 약 먹는 것을 더하고
偸閒何日老漁樵	언제 한가로움을 구차하게 만들어 어초로 늙으랴.
墻根苦聽虫吟鬧	담장 밑에 벌레가 시끄럽게 우는 것이 듣기 괴롭고
庭畔愁看木葉凋	뜰에 나뭇잎이 시드는 것을 근심스럽게 본다.
聞說西關邊警急	들으니 서관西關의 변경이 급하다고 하는데
坐彈金匣劒光搖.	앉아 갑 속의 칼을 뽑아 흔들어 본다.

(권 4)

김남중金南重의 자는 자진自珍 호는 야당野塘이며 경주인慶州人이다. 과거에 급제했고 벼슬은 대사간大司諫에 이르렀으며 시호는 정효貞孝이다.

✧ 박흥종朴興宗
파주우음把酒偶吟

西風吹急景	서풍이 급하고 크게 불어
霜葉日辭柯	단풍잎이 날로 가지에서 떨어진다.
節物每如此	계절에 따라 사물이 이와 같으니
餘年能幾何	남은 해가 얼마나 될까.
頻聞先輩沒	선배들이 떠났다는 말을 자주 듣게 되고

更覺後生多	다시 후생이 많음을 깨닫는다.
强把一杯酒	억지로 한 잔 술을 잡고
憑欄浩浩歌.	난간에 의지해 크게 노래를 부르고자 한다.
	(권 4)

박흥종朴興宗의 자는 현숙顯叔 호는 화산華山이다. 사마시司馬試와 문과에 급제했고 벼슬은 직강直講에 이르렀다.

✧ 주목朱楘
성진북루관일출城津北樓觀日出

吹角平明獨上臺	대평소 불며 밝을 즈음에 홀로 대에 오르니
長天無際海雲開	끝없는 긴 하늘에 바다 구름이 걷히었다.
悄然坐待扶桑日	조심스럽게 앉아 동쪽의 해 뜨는 것을 기다리니
萬里波濤錦繡頹.	넓은 파도에 아름다운 비단이 무너진다.
	(권 4)

주목朱楘의 자는 가문可文 호는 설봉雪峰으로 문과에 급제했고 벼슬은 군수郡守에 이르렀다.

✧ 최승태崔承太
새하곡塞下曲

大漠秋雲殺氣多	큰 사막 가을구름에 살기가 많은데
單于飲馬白狼河	선우單于가 말을 백랑하白狼河에서 물을 먹인다.
千軍夜出陰山下	많은 군졸이 밤에 음산陰山 밑으로 나가니

滿磧寒霜拂劍花.   찬 서리가 가득한 사막에 칼날이 떨친다.

(권 4)

숙신원宿薪院

日暮行人少   날이 저물어 가는 사람이 적고
山家早閉門   산속집들이 일찍 문을 닫았다.
雁呼沙上月   기러기는 사장 위의 달을 부르고
砧動水南村   다듬이 소리는 수남촌에서 난다.
客裏誰相語   객지에서 누구와 서로 이야기하며
燈前獨斷魂   등불 앞에서 홀로 넋을 끊고자 한다.
筭來行漸遠   계산해보니 갈 길이 점점 먼데
明日過西原.   내일은 서원西原을 지날 것이다.

최승태崔承太의 자는 자소子紹 호는 설초雪蕉이다.

◈ 유중익庾重益
우정郵亭

暮年蹤跡寄郵亭   늙어 종적을 우정郵亭에 붙어살게 되니
草食還堪養性靈   풀을 먹어도 성령을 기르는 것으로 견딜만하다오.
閒臥土床無外事   다른 일 없이 한가롭게 토상土床에 누워
拓窓長對北山靑. 창을 열고 푸른 북산을 길이 바라본다네.

(권 4)

유중익庾重益의 자는 자선子善이며 산양인山陽人이다.

✥ 주의식朱義植
항우項羽

英雄運去嘆天亡　영웅이 운수가 가면 하늘이 망하게 했다고 탄식하는데
八載干戈夢一場　팔년 동안 싸움은 한 마당의 꿈이었다오.
不獨江東羞父老　강동의 부로에게만 부끄러움이 아니고29)
泉臺何面拜懷王.　저세상에서 무슨 면목으로 회왕懷王을 뵈오리오.30)
　　　　　　　　(권 4)

　주의식朱義植의 자는 도원道源 호는 남곡南谷이며 나주인羅州人이다. 현
감을 했다.

✥ 임준원林俊元
여홍도장유백천강서사與洪道長遊白川江西寺

江上招提境自幽　강변의 절은 지경이 그윽해
故人携手更登樓　친구와 손을 이끌고 다시 누에 올랐다.
團圓勝地眞堪賞　둥글고 좋은 곳으로 감상할 만하며
漂泊他鄕不是愁　타향에 떠돌아다니는 것이 근심이 되지 않다네.
禪梵夜飄千嶂雪　밤에 경 읽는 소리는 많은 봉우리의 눈을 날리고
棹歌時起一漁舟　뱃노래는 때때로 고깃배에서 들린다.
湖山信美還惆悵　강산이 참으로 아름다워 도리어 슬픈데

---

29) 江東은 項羽의 고향인데 그가 마지막 패전으로 도망을 가고 있을 때 강
　　동으로 가기를 권했으나 그는 그곳 父老들이 용서한다 할지라도 무슨
　　면목으로 가겠느냐 하며 거절했다는 故事를 말한 것임.
30) 項羽가 楚의 懷王을 弑害했음.

計日歸程未可留.　돌아갈 날을 계산하면 머물 수가 없다오.
　　　　　　　　　(권 4)

　임준원林俊元의 자는 자소子昭 호는 서헌西軒이고 옥구인沃溝人이며 의
기義氣로 알려졌다.

❖ 김시완金時完
소양강昭陽江

平沙雁落白蘋秋　넓은 사장에 기러기는 내려앉고 백빈은 가을인데
獨倚昭陽江上樓　홀로 소양강변에 있는 누에 올라 의지했다.
遠浦蕭蕭微雨裏　먼 포구에 소소히 내리는 가는 비 속에
數聲漁笛在歸舟.　얼마의 저소리가 돌아가는 고깃배에서 들린다.
　　　　　　　　　(권 4)

　김시완金時完의 자는 이실而實이며 전주인全州人이다.

❖ 이득원李得元
효행曉行

山下孤村盡掩扉　산 밑의 외로운 마을은 모두 사립문을 닫았고
峰頭落月隱餘輝　봉두에 지는 달이 남은 빛을 숨겼다.
鷄鳴野店客行早　가겟집 닭이 울고 길손은 일찍 가는데
雪滿官橋人迹稀.　관교官橋에 눈이 가득하고 사람의 발자국은 드물다.
　　　　　　　　　(권 4)

야좌夜坐

懸燈虛館裏	빈 방안에 등불만 달렸는데
獨坐意淒淒	혼자 앉았으니 마음이 차갑다오.
旅病誰相問	여행하면서 병을 누구와 서로 물으며
家書手自題	집에 보내는 편지를 손으로 직접 쓴다오.
亂山斜月落	어지러운 산에 비낀 달이 지고
深夜怪禽啼	깊은 밤에 괴이한 새가 운다.
不寐仍愁絶	자지 않고 인해 근심도 끊어지자
孤村已曙雞.	고촌孤村은 이미 밝아오고 닭이 운다.

(권 4)

한거즉사閑居卽事

庭除蕭灑樹陰連	뜰의 섬돌은 깨끗해 나무 그림자와 이어졌고
一室廖廖斷俗緣	집이 고요해 세속의 인연을 끊은 듯하다.
身似維摩常抱病	몸은 유마維摩[31]가 항상 병을 안고 있는 것과 같고
迹殊元亮未歸田	지취는 원량元亮[32]이 시골로 가지 못한 것과 다르다오.
爐薰乍歇靑烟細	화로에 끓이는 것을 잠간 쉬니 푸른 연기가 가늘고
山雨初收霽色鮮	산에 내리던 비가 그치자 개인 빛이 선명하다.
隱几脩然下幽幔	궤에 의지해 빠르게 깊숙한 장막을 내리니
閒雲倦鳥夕陽邊.	석양 주변에 한가한 구름과 게으른 새가 날고 있다.

(권 4)

---

31) 석가모니와 같은 시대의 인물로서 집에 있으면서 보살의 行業을 잘 닦아
  維摩居士라 함. 불제자들과 문답한 『維摩經』이 있음.
32) 晉나라 陶潛의 字.

이득원李得元의 자는 사춘士春이고 호는 죽재竹齋이며 완산인完山人이다.

◈ 고의후高義厚
영국詠菊

有花無酒可堪嗟	꽃이 있고 술이 없으면 슬픔을 견디겠으나
有酒無人亦奈何	술은 있는데 사람이 없으면 또한 어찌하랴.
世事悠悠不須問	세상일을 편안히 하며 꼭 묻지 마오
看花對酒一長歌.	꽃을 보고 술이 있으면 노래를 할 것이요.

(권 4)

고의후高義厚의 호는 온곡醞谷이며 개성인開城人이다.

◈ 진흥지秦興祉
추야청우秋夜聽雨

秋雨掩柴扉	가을비에 사립문을 닫았고
孤齋斷步屜	외로운 서재에 나막신 걸음도 끊어졌다.
蕭蕭半夜聲	밤중에 소소하게 나는 소리는
窓外梧桐葉.	창 밖 오동나무 잎이었소.

(권 4)

진흥지秦興祉의 자는 천수天授이고 부평인富平人이다.

◈ 김부현金富賢
여강驪江

東來一洗世間憂	동쪽으로 오면서 한결같이 세상의 근심을 씻고
泛泛滄波任遠遊	푸른 물결에 배를 타고 멀리 놀게 맡겼다.
無數好山舟上過	무수한 좋은 산들을 배를 타고 지나가면서
不知身已到忠州.	몸이 이미 충주忠州에 이른 것을 알지 못했다.

(권 4)

잠곡蠶谷

亂木深深峽	나무가 어지러운 깊고 깊은 산골
孤煙寂寂村	고요한 마을에 연기가 외롭게 오른다.
客來尋草逕	손은 풀이 덮여 있는 길로 찾아오고
翁出啓柴門	늙은이는 사립문을 열고 나온다.
壑雨當簷落	골짜기에 내리는 비는 처마 끝에 떨어지고
巖泉繞碓喧	바위에서 나는 샘물은 방아대를 돌아 지껄인다.
靑蔬兼白飯	푸른나물과 쌀밥을 겸했으니
猶見野情敦.	오히려 시골의 인정이 도타움을 보겠다.

(권 4)

동호한가정東湖韓家亭

捲地長波入檻流	땅을 거둔 긴 물결이 난간 쪽으로 흐르며
炎天爽氣坐如秋	더운 날 상쾌한 기운은 가을에 앉은 것 같다.
孤村杳杳煙生樹	마을은 고요하고 숲에서 연기가 오르며

雙鷺飛飛雨滿洲	백로는 짝을 지어 날며 비는 섬에 많이 내린다.
草散千蹄沙苑馬	풀은 모래동산에 많은 말의 발굽을 흩었고
風懸一帆廣陵舟	바람은 광릉으로 가는 배의 돛을 매달았다.
世間名利非吾事	세상의 명예와 이익은 나의 일이 아니고
願把漁竿送白頭	낚싯대 잡고 남은 생애 보내기를 원한다네.

(권 4)

김부현金富賢의 자는 예경禮卿 호는 항동巷東이며 광산인光山人이다.

✤ 허목許穆
산기山氣

空堦鳥雀下	빈 뜰에 새들이 내려오고
無事晝掩門	일이 없어 낮에도 문을 닫았다.
靜中觀物理	고요한 가운데 물리物理를 살펴보니
居室一乾坤.	거처하는 방도 하나의 세계라오.

(『대동시선大東詩選』권 5)

우영偶詠

朝日上東嶺	아침 해가 동쪽 재에서 뜨고
煙霞生戶牖	연기는 창문에서 오른다.
不知山外事	산 밖의 일은 알지 못하고
墨葛寫蝌蚪	갈필葛筆로 올챙이를 그린다.

(권 5)

허목許穆의 자는 화부和父 호는 미수眉叟이며 양천인陽川人이다. 벼슬은
우의정을 역임했고 시호는 문정文正이다.

✧ 홍우원洪宇遠
강주도중剛州道中

一邊層嶂一邊溪	한쪽은 높은 산봉우리 다른 쪽은 시내
盡日行吟信馬蹄	종일 말 가는 것을 믿고 시를 읊는다.
南州三月春猶冷	남주는 삼월에도 봄이 오히려 쌀쌀해
渚柳初靑葉未齊.	물가의 버들잎이 푸르면서 가지런하지 않다.

(권 5)

야음夜吟

西池落盡藕花香	서지西池에 연꽃 향기 모두 떨어지고
虛閣秋生夜月凉	허각虛閣에 가을이 되니 밤에 달도 서늘하다.
世間傷心多少事	세간에 슬프게 하는 모든 일들을
都付風前一嘯長.	바람에 붙여 버리고 길게 휘파람을 분다오.

(권 5)

청파잡영靑坡雜咏

凄風凉雨夜蕭蕭	찬 바람 서늘한 비에 밤이 쓸쓸해
虛館靑燈伴寂寥	객사에서 고요하게 등불을 짝했다오.
只在狂踈招物議	단지 미치고 성긴 것이 물의物議를 부르게 되었고
更無涓滴補淸朝	다시는 물방울로 청조淸朝를 돕고자 함은 없으리라.

丹心炯炯終難改　　빛난 단심은 끝까지 고치기 어려울 것이며
霜鬢星星半已凋　　희끗희끗한 살쩍머리는 이미 반이나 시들었다.
迢遞九苞山下路　　구포산九苞山 밑의 길이 멀고 막혔으나
五更歸夢落漁樵.　　새벽에 돌아가는 꿈은 어초漁樵에 떨어진다네.
　　　　　　　　　　(권 5)

　홍우원洪宇遠의 자는 군징君徵 호는 남파南坡이며 남양인南陽人이다. 과거에 급제했으며 벼슬은 이조판서를 역임했다.

❖ 김수항金壽恒
차현주운次玄洲韻

自甘窮巷靜無依　　궁벽하고 고요해 의지함이 없는 것을 달게 여기며
門掩靑苔過客稀　　문을 닫아 푸른 이끼에 지나는 손도 드물다.
每到夜深吟不寐　　깊은 밤까지 읊조리다 자지 못하게 되면
坐看窓月轉淸輝.　　창에 달이 맑은 빛으로 바뀌는 것을 본다오.
　　　　　　　　　　(권 5)

차몽오정운次夢烏亭韻

江上高亭聳一層　　강상의 높은 정자 한 층이 솟았는데
群公暇日每來憑　　많은 인사들이 한가한 날 와서 놀았다.
鷗沙十里生秋月　　갈매기 노는 넓은 사장에 가을달이 뜨고
漁浦千家點夜燈　　포구의 많은 집들마다 밤에 등불이 켜졌다.
遠樹滄茫迷七澤　　먼 나무들이 아득해 칠택七澤이 희미하고
彩雲明滅見諸陵　　채색구름이 깜박거려 여러 능들이 보인다.

晴川芳草多佳句　　맑은 내와 꽃다운 풀에 아름다운 시구가 많으니
白雪調高和孰能.　　흰 눈의 높은 조화에 뉘가 화시和詩에 능하랴.

（권 5）

　김수항金壽恒의 자는 구지久之 호는 문곡文谷이며 진사시와 문과에 장원
했다. 문형을 맡았고 벼슬은 영의정을 역임했으며 시호는 문충文忠이다.

❖ 김만기金萬基
서장대西將臺

千尺層臺逈　　천척의 층대가 까마득해
曾經百戰來　　일찍 많은 싸움을 겪어왔다.
艱危那忍說　　어렵고 위태로웠던 것을 어찌 차마 말을 하며
鎖鑰愧非才　　중요한 곳에 재주가 아닌 것이 부끄럽다.
大野茫茫遠　　큰 들은 까마득하게 멀고
長江曲曲回　　긴 강은 굽이굽이 돌고 있다.
愀然依古劍　　얼굴을 가다듬고 고검古劍에 의지하며
斜日獨徘徊.　　비낀 햇빛에 홀로 배회한다오.

（권 5）

　김만기金萬基의 자는 영숙永叔 호는 서석瑞石이며 광산인光山人이다. 문
과에 급제했고 문형을 맡았으며 벼슬은 보국영돈녕輔國領敦寧에 이르렀다.
숙종肅宗의 국구國舅이며 시호는 문충文忠이다.

◈ 김수흥金壽興
구담도중龜潭道中

靑山回合擁江流	청산은 돌다가 합쳐 강을 안고 흐르고
忽見瑤岑出馬頭	갑자기 뾰족한 봉이 말머리처럼 나왔다.
擧目怳然連絶境	바라보니 황홀한 절경이 이어졌고
凝神方始記曾遊	정신을 차리자 비로소 일찍 놀았던 것을 기억했다.
懸崖尙有題名石	절벽에는 아직 돌에 새긴 이름이 있으며
曲渚猶疑泛雪舟	굽은 물가에 오히려 설주雪舟가 뜬 것이 의심스럽다.
春滿洞天花似錦	봄은 동천에 가득하고 꽃은 비단 같은데
不堪回望舊丹邱.	옛 단구丹邱33)를 돌아볼 수 없다오.

(권 5)

김수흥金壽興의 자는 기지起之 호는 퇴우당退憂堂이며 문과에 급제했다.
벼슬은 영의정을 역임했으며 시호는 문익文翼이다.

◈ 윤휴尹鑴
만흥謾興

騎馬悠悠行復行	말을 천천히 몰아 가다가 다시 가니
石橋南畔小溪淸	돌다리 남쪽 밭두둑에 작은 내가 맑다.
問君何處尋春好	그대에 묻노니 좋은 봄을 어디에서 찾고자 하나뇨
花未開時草欲生.	꽃은 아직 피지 않았으며 풀만 돋고자 한다오.

(권 5)

---

33) 신선이 사는 곳으로 밤도 낮과 같이 밝다고 함.

누항陋巷

明着衣冠士子身	의관을 깨끗하게 입은 선비의 몸이지만
簞瓢陋巷不厭貧	누항에서 단표簞瓢34)의 가난을 싫어하지 않는다.
雲開萬國同看月	구름이 걷히자 만국이 함께 달을 보게 되고
花發千家共得春	꽃이 피니 천가에서 같이 봄을 얻는다.
邵子吟中多氣像	소자邵子35)는 읊는 가운데 기상이 넓은 것이 많았고
淵明醉裡樂天眞	도연명陶淵明은 취중에도 천진天眞36)함을 즐거워했다.
從來大隱皆城市	예부터 큰 은자隱者는 모두 성시城市에 있었으니
何必投竿寂寞濱.	어찌 꼭 낚싯대를 적막한 물가에 던져야 하는가.

(권 5)

윤휴尹鑴의 자는 희중希仲 호는 백호白湖이며 남원인南原人이다. 유일遺逸로 벼슬이 우참찬右參贊에 이르렀다.

◈ 이단하李端夏
주행舟行

人間行路亦無難	인생의 가는 길이 어려움이 없어
五十三灘二日還	오십 셋 여울을 이틀 만에 돌아왔다.
最愛江淸峽盡處	가장 좋은 것은 맑은 강 흐르는 산골에서
悠然蒼翠見南山.	유연하게 푸른 남산을 보는 것이오.

(권 5)

---

34) 소쿠리와 표주박으로 가난한 사람들이 그릇 대신으로 사용하는 것을 말함.
35) 宋代의 학자 邵雍으로 象數論을 주장했음.
36) 꾸밈이나 거짓이 없는 깨끗하고 순진한 마음.

이단하李端夏의 자는 계주季周 호는 외재畏齋이며 덕수인德水人이다. 문과에 급제했고 문형을 맡았다. 벼슬은 좌의정을 역임했고 시호는 문충文忠이다.

✧ 남구만南九萬

경주증태천상인慶州贈泰天上人

我如流水無歸去	나는 유수처럼 돌아갈 곳이 없는데
爾似浮雲任往還	그대는 뜬구름같이 임의대로 오고가고 한다.
旅館相逢春欲暮	여관에서 서로 만나 봄이 저물고자 하니
刺桐花落滿庭斑.	엄나무 꽃이 떨어져 뜰에 가득하게 아롱졌다.

(권 5)

선산월파정회이민서김만기善山月波亭懷李敏叙金萬基

客路萋萋草色新	가는 길에 무성한 풀빛이 새로우며
洛江春似漢江濱	낙동강의 봄이 한강의 강변과 같다.
黃梅樹下駐征馬	매화나무 밑에 가는 말을 머물게 하고
白玉堂中懷故人	백옥당 가운데서 친구를 생각한다.
衣繡自慙眞御史	수의를 입자 참으로 어사가 된 것이 부끄러우며
演綸何讓古詞臣	연륜演綸[37]을 하면 어찌 옛 문신들에 사양하랴.
各須努力酬明王	각자 노력해 밝은 임금에 보답할 것이며
莫惜良猷寄示頻.	좋은 계획 아끼지 말고 자주 부쳐 보여주오.

(권 5)

---

37) 임금의 말씀을 윤택하게 하는 것.

남구만南九萬의 자는 운로雲路 호는 약천藥泉이며 의령인宜寧人이다. 과거에 급제했고 문형을 맡았으며 영의정을 역임했고 시호는 문충文忠이다.

✧ 오도일吳道一
조령鳥嶺

嶺勢嵯峨自古今	옛날부터 영의 형세가 높고 높아
王程多暇倦登臨	왕정王程[38]이 여가가 많았으나 오르는 것을 게을리 했다.
彈琴臺畔夕波咽	탄금대 가에 저녁 파도가 목이 메었고
主屹山前秋日沈	주흘산 앞에 가을 해가 지려한다.
鳥道細通三十里	험한 길을 어렵게 통하는 것이 삼십 리나 되고
龍湫直下五千尋	용추에 바로 떨어지는 물이 오천 길이나 된다오.
當年悔失金湯險	그때 매우 험한 곳을 잃어 후회하게 해[39]
長使行人感慨深.	길이 지나는 사람에게 슬픈 감정을 깊게 한다.
	(권 5)

죽서루竹西樓

名區宿債未全酬	명승지에 오래 된 빚을 다 갚지 못했는데
恩許觀風辦此遊	민정을 살피게 한 은혜로 이 여행이 결정되었다.
千里再爲關外客	천리나 되는 곳에 두 번 관외의 손이 되었고
十年重上竹西樓	십년 사이에 거듭 죽서루에 올랐다.

---

38) 나라의 일로 다니는 것을 말함.
39) 임진왜란 때 申砬將軍이 鳥嶺을 끝까지 지키지 않고 彈琴臺 근처로 옮긴 사실을 지적한 것임.

厓擎高棟懸疑墜　　언덕에 받들고 있는 높은 들보는 떨어질 듯 달렸고
水抱層欄瀁欲浮　　물은 높은 난간을 안고 흘러 뜨고자 한다.
仙路不迷他日到　　선로가 희미하지 않아 다른 날 오게 되면
桃花輕薄引漁舟.　　복숭아꽃이 경박해 어주를 인도하리라.[40]

(권 5)

오도일吳道一의 자는 관지貫之 호는 서파西坡이며 해주인海州人이다. 과
거에 급제했고 문형을 맡았으며 벼슬은 병조판서를 역임했다.

◈ 조지겸趙持謙
등철령登鐵嶺

鐵嶺千秋棘路開　　철령은 긴 세월 동안 험한 길이 개통되어
逐臣前後幾人來　　전후로 쫓기는 신하가 몇 사람이나 왔을까.
怊悵萬山皆在眼　　슬프게도 많은 산들이 모두 보이는데
回頭不見白雲臺.　　머리 돌려도 백운대는 보이지 않다오.

(권 5)

조지겸趙持謙의 자는 광보光甫 호는 우재迂齋이며 문과에 급제했고 벼슬
은 부제학副提學을 역임했다.

---

40) 漁父가 복숭아꽃이 떠내려 오는 것을 따라가서 武陵桃源을 발견했다는
　　故事를 인용한 것임.

❖ 남용익南龍翼
왕성군위현효발안기역往省軍威縣曉發安奇驛

前村機杼後村砧	앞마을은 베 짜고 뒷마을은 다듬이 하며
驛路繁霜一寸深	역로에 많은 서리가 일촌이 되게 깊다.
窓外曉鷄催盥櫛	창 밖에 새벽닭이 세수와 빗질을 재촉해
也知遊子暮歸心.	나그네가 저물면 돌아가고 싶어 하는 마음 알겠다.

（권 5）

우후방신흥사 雨後訪新興寺

十日耽書籍	열흘 동안 책을 탐독하다가
今朝始出門	오늘 아침에 비로소 문을 나왔다.
枯苗經雨活	마른 싹이 비가 지나가자 살아나고
病葉受風翻	병든 잎들은 바람을 받아 뒤친다.
鷺立長沙渚	백로는 물가 긴 사장에 서 있고
蟬鳴獨樹園	매미는 동산에 홀로 있는 나무에서 운다.
緣溪路轉失	시내를 따라 돌던 길을 잃었으니
莫是武陵源.	이곳이 무릉도원武陵桃源이 아닌가 한다.

（권 5）

남용익南龍翼의 자는 운경雲卿 호는 호곡壺谷이며 의령인宜寧人이다. 중시에 장원했고 호당에 피선되었으며 문형을 맡았다. 벼슬은 이조판서를 역임했으며 시호는 문헌文憲이다.

✦ 박태보朴泰輔

낙화암落花巖

風雨年年滿古臺	해마다 비바람이 고대에 가득해
君王不復賞花來	군왕이 다시는 꽃을 보러 오지 않았다.
千秋過客傷心地	긴 세월동안 지나가는 손이 슬퍼하는 곳이니
莫遣殘芳近水開.	남은 꽃을 물 근처에 피게 보내지 마오.

(권 5)

호암虎巖

捨舟尋小徑	배를 두고 좁은 지름길을 찾아
攀磴上危樓	비탈길을 따라 위태로운 누에 올랐다.
木落窺湖晩	잎이 떨어져 늦은 호수를 엿볼 수 있고
渚寒聞雁秋	모래가 차가워져 가을 기러기 소리 들린다.
山形分岸出	산 형태는 언덕으로 나누어 나타나고
江色入天流	강빛은 하늘로 흘러 들어간다.
最愛皐蘭寺	고란사를 가장 좋아하는 것은
玲瓏畵裏浮.	영롱해 그림 속처럼 뜨있기 때문이요.

(권 5)

박태보朴泰輔의 자는 사원士元 호는 정재定齋이며 반남인潘南人이다. 과거에 장원했고 이조판서에 증직되었으며 시호는 문렬文烈이다.

◈ 김수증金壽增
만리판서익상挽李判書翊相

牢落乾坤後死悲	온 세상이 불행해 뒤에 죽는 것이 슬퍼
更無餘淚及親知	다시는 남은 눈물이 친지에게 미칠 것이 없다오.
靑山好葬如公少	공과 같이 푸른 산에 좋게 장사하는 것도 적으니
堪向九原稱賀辭.	묘지를 향해 하례 말을 하는 것이 좋을 듯하오.

(권 5)

　　김수증金壽增의 자는 연지延之 호는 곡운谷雲이며 안동인安東人이다. 진사시에 합격했고 음보蔭補로 세마洗馬를 하여 벼슬은 공조참판을 역임했다.

◈ 김진규金鎭圭
견화유사見花有思

梅花半落杏花開	매화는 반쯤 지고 살구꽃이 피는데
海外春光客裏催	해외의 봄빛을 객지에서도 재촉한다.
遙憶故園墻北角	멀리서 생각되는 것은 고원의 담장 북쪽 모퉁이에
數株芳樹手曾栽.	몇 주의 꽃다운 나무는 손으로 일찍 가꾸었다오.

(권 5)

　　김진규金鎭圭의 자는 달보達甫 호는 죽천竹泉이며 광산인光山人이다. 진사 및 문과에 장원했으며 벼슬은 대제학을 역임했다.

✿ 신후재申厚載
창봉역蒼峯驛

蒼峯驛舍小溪邊	창봉역사蒼峯驛舍의 작은 시냇가에
花柳東風二月天	이월 봄바람에 버들 꽃이 피었다.
春酒初醒山日晚	봄 술에서 처음 깨니 산에 해가 지고자 해
强催歸騎渡前川.	억지로 탄 말을 재촉해 앞 내를 건넌다.

(권 5)

신후재申厚載의 자는 덕부德夫 호는 규정葵亭이며 평산인平山人이다. 문과에 급제했고 벼슬은 판윤判尹에 이르렀다.

✿ 조현기趙顯期
중흥동重興洞

上方秋色欲黃昏	동북쪽 가을빛은 황혼이 되고자 해
獨抱瑤琴步石門	홀로 거문고를 안고 석문石門을 거닐었다.
流水繞山雲滿壑	흐르는 물은 산을 두르고 구름은 골짜기에 가득해
不知何處武陵源.	어느 곳이 무릉도원武陵桃源인지 알 수 없다오.

(권 5)

송삼척재送三陟宰

形勝關東第一州	경치가 뛰어나 관동의 제일 고을이며
竹西從古號仙邱	죽서루는 예부터 선구仙邱로 불렸다.
百年有分丹砂境	평생에 단사丹砂의 지역과 연분이 있는 듯하며

五馬催行赤葉秋　단풍 든 가을에 오마五馬[41]가 행차를 재촉한다.
雲外玉峯當檻出　구름 밖의 산봉우리는 난간 앞에 솟았고
海門銀浪拍天流　바다의 은빛 파도는 하늘을 치며 흐른다.
應知謝眺驚人句　사조謝眺[42]를 놀라게 하는 시구를 알고 있을 것이니
十二欄高獨倚樓.　열두 개의 높은 난간에 홀로 의지해 읊겠지.
　　　　　　　　　(권 5)

　조현기趙顯期의 자는 양경楊卿 호는 일봉一峯이며 임천인林川人이다. 음
사蔭仕로 부사府使에 이르렀다.

✧ 조성기趙聖期

산사山寺

小雨初晴淑氣新　비가 처음 개이고 맑은 기운이 새로우며
巖花如錦草如茵　바위에 핀 꽃은 비단 같고 풀은 깔아놓은 자리였다.
花間細路穿雲去　꽃 사이 가는 길로 구름을 뚫고 가니
溪上和風吹角巾.　시내에서 오는 화창한 바람이 두건에 분다.
　　　　　　　　　(권 5)

　조성기趙聖期의 자는 성경成卿 호는 졸수재拙修齋이며 임천인林川人이다.

---

41) 지방 수령들의 행차에 다섯의 마병이 선도하는 것을 말한 것이 아닌가
　　한다.
42) 南齊의 문인으로 초서와 오언시에 능했다고 함.

◈ 유명견柳命堅
허창해격만許滄海格挽

文章節義邈難儔　　문장과 절의는 짝하기 어려울 만큼 뛰어나
別是頹波見特流　　쇠퇴하는 파도에 특별한 흐름을 볼 수 있었다.
頭上猶懸殷日月　　머리 위에는 오히려 은殷의 해와 달이 달렸고
眼中長對魯春秋　　눈에는 길이 노魯의 춘추春秋를 대할 수 있었다.[43]
溪翁野老相邀迓　　시골 늙은이들과 서로 부르고 맞이했으며
斗酒詩篇獨唱酬　　많은 술과 시로써 홀로 읊고 권했다.
怊悵仙蹤無處覓　　슬프게도 신선의 자취를 찾을 곳이 없고
夕陽江畔有孤舟.　　석양의 강변에 외로운 배만 있다오.
　　　　　　　　　（권 5）

　유명견柳命堅의 자는 사고士固 호는 모산茅山이며 진주인晉州人이다. 문
과에 급제했으며 벼슬은 이조참판을 역임했다.

◈ 이서우李瑞雨
도망悼亡

玉貌依稀看忽無　　얼굴이 희미하게 보였다가 갑자기 없어져
覺來燈影十分孤　　잠을 깨자 등불 아래 외롭게 있다오.
早知秋雨驚人夢　　가을비가 꿈을 놀라게 한다는 것은 알고 있어
不向窓前種碧梧.　　창 앞에 심은 푸른 오동나무 쪽은 향하지 않는다오.
　　　　　　　　　（권 5）

---

43) 이 함련은 魯나라의『春秋』와 같이 생각하고 보는 것이 밝고 정직했다는
　　것을 나타내고자 한 것이 아닌가 한다.

이서우李瑞雨의 자는 윤보潤甫 호는 송곡松谷이며 우계인羽溪人이다. 문과에 급제했고 벼슬은 참판을 했다.

✧ 김창집金昌集
화악절정華嶽絕頂

中天積翠竦雲臺　중천에 푸른 산이 운대雲臺까지 솟았는데
絕頂曾經一宿回　절정絕頂에는 일찍 한번 자고 돌아왔다.
夜半星辰垂咫尺　밤중에 별들이 지척에서 드리웠고
秋高鷹隼與徘徊.　가을에는 매와 더불어 배회할 수 있다네.
　　　　　　〈권 5〉

수종사水鍾寺

古寺危峰下　옛 절이 위태로운 바위 밑에 있으며
蘿陰細路分　덩굴 그늘 아래 가는 길이 나누어졌다.
樓臨兩江水　누는 두 강물에 다다랐고
簷帶半山雲　처마는 산의 구름을 반이나 띠했다.
帆影禪窓落　돛대 그림자는 선방 창에 떨어지고
鍾聲過客聞　종소리는 지나는 길손도 듣는다.
雙林屢回首　사라쌍수沙羅雙樹[44]를 여러 번 머리 돌려 바라보니
蒼翠漫氤氳.　푸른 기운이 질펀하다오.
　　　　　　〈권 5〉

김창집金昌集의 자는 이성以成 호는 몽와夢窩며 안동인安東人이다. 문과

---

44) 沙羅雙樹는 석가가 열반할 때 주위에 쌍으로 있었다는 나무.

에 급제했고 벼슬은 영의정을 역임했으며 시호는 충헌忠獻이다.

✤ 임영林泳
남포도중藍浦道中

山漸嵯峨水漸奇	산은 점점 높고 물은 점점 기이해
洞天何處卜居宜	동천 어느 곳인들 사는 곳으로 마땅하지 않은가..
仙源欲問無人識	도원桃源을 묻고자 하나 아는 사람이 없었는데
纔見桃花却自疑.	비로소 복숭아꽃을 보자 문득 의심한다오.

(권 5)

증삼연김창흡유산귀贈三淵金昌翕遊山歸

怪君霞氣露眉間	그대 눈썹 사이에 안개 기운이 나타나 이상하더니
聞道金剛已往還	들으니 이미 금강산을 다녀 왔다고 한다.
爲問洞天明月色	통천洞天의 밝은 달빛에 묻노니
永郎今夜宿何山.	영랑永郎이 오늘 밤 어느 산에 잤다고 하던가.

(권 5)

임영林泳의 자는 덕함德涵 호는 창계滄溪이며 나주인羅州人이다. 생원生員 및 문과에 급제했고 호당에 피선되었으며 벼슬은 대헌大憲에 이르렀다.

✤ 김창협金昌協
함흥咸興 기이其二

樂民樓廻倚層空	낙민루樂民樓는 공중을 돌아 솟았고

萬歲橋長臥彩虹　　만세교萬歲橋는 무지개처럼 길게 누웠다.
橋上人行樓上坐　　다리 위에 가는 사람 누에 앉은 사람
相看俱是畵圖中.　　서로 보면 모두 그림 속에 있을 것이요.
　　　　　　　　　(『농암집農巖集』 권 2)

팔월십오나주소강八月十五拏舟遡江

蒹葭片片露華盈　　갈댓잎마다 빛난 이슬에 젖었고
蓬屋秋風一夜生　　봉옥蓬屋에 가을바람이 갑자기 불어온다.
臥遡淸江三十里　　누워 청강 삼십 리를 거슬러 올라가니
月明柔櫓夢中聲　　밝은 달 노 젓는 소리 꿈속에 들린다.
　　　　　　　　　(같은책 권 3)

박연朴淵 기일其一

東韓有此朴淵勝　　우리나라에 이같이 좋은 박연폭포가 있으니
天下應爲瀑水難　　천하에 폭포 되기 어려우리라.
可說今成三度至　　지금까지 세 번 찾았다고 말할 수 있지만
須至不厭百回看.　　반드시 백 번 보아도 싫지 않으리라.
　　　　　　　　　(위와 같음)

도농암到農巖

菖杏催春事　　창포와 살구꽃이 봄 농사일을 재촉해
還山及種田　　농암農巖으로 돌아와 밭에 씨를 뿌렸다.
牛肥初負來　　소는 처음 올 때보다 살이 쪘고

驪健不須鞭　　나귀는 건강해 길을 잘 간다.

西崦留斜日　　서산西山에 해가 지려하고

東坡望夕煙　　동쪽에 저녁연기 보인다.

關情最稚柳　　어린 버들이 가장 염려스러웠는데

綠已暗門前.　　이미 문 앞에서 녹음을 이루었다.

　　　　　　　　（같은책 권 4）

상려강주중야숙上驪江舟中夜宿

江漢秋濤盛　　강한江漢에 가을 물결이 높아

孤槎似泛河　　작은 배가 황하黃河에 떠 있는 듯 하다.

月高檣影直　　달이 높게 있어 돛대 그림자가 곧고

沙闊露華多　　넓은 사장에 이슬이 많이 내렸다.

隔岸望煙火　　건너 언덕에 연기와 불꽃이 보이고

隣船聽笑歌　　이웃 배에서 노래하고 웃는 소리 들린다.

潛魚亦不睡　　물 속 고기도 잠을 자지 않은 듯

舷底暗吹波.　　뱃전 밑에서 몰래 물결을 일으킨다.

　　　　　　　　（같은책 권 1）

종성객관鍾城客館

愁州城外野茫茫　　수주성愁州城 밖의 들은 까마득하게 넓고

磧草連天落日黃　　물가 사장의 긴 풀밭에 황혼이 든다.

客路已臨胡地盡　　나그네의 가는 길은 이미 호지까지 다다랐는데

鄕心直共暮雲長　　고향 생각은 바로 모운暮雲과 같이 길다.

烽傳遠火明孤戍　　봉수대의 먼 불빛은 외로운 수자리를 밝히고

江湧寒波下大荒　출렁거리는 강물은 넓은 바다로 흐른다.
不恨樓笳侵曉夢　새벽꿈을 깨우는 누의 피리소리보다
歸魂元自阻關梁.　가는 혼을 처음부터 막는 관문과 다리를 한한다오.
　　　　　　　　(같은책 권 1)

　　김창협金昌協의 자는 중화仲和 호는 농암農巖이며 안동인安東人이다. 진
사시進士試와 문과에 급제했으며 벼슬은 예조판서와 대제학에 이르렀고 시
호는 문간文簡이다. 김창협金昌協의 인물에 대해 기사己巳의 화를 당한 후
부터 벼슬할 뜻을 포기했고, 경화更化한 뒤에 국가에서 여러 번 초치하고자
했으나 나가지 아니하고 산속에서 굶주림을 참으며 세상을 떠날 때까지 한
번 먹은 마음을 지켰기 때문에 그와 취향을 달리하는 사람일지라도 존경하며
미칠 수 없는 사람이라고 했다. 일반적으로 말하기를 그는 타고난 바탕이 순
수하고 문장이 높았으며 학문이 깊었다. 이처럼 모든 것이 뛰어났기 때문에
보기 드문 큰 선비라고 했다.45)

◈ 이이명李頤命
영담복수詠舊葍樹

好在堂前舊葍花　잘 있었구나 집 앞의 치자꽃이여
當時樹種短如麻　심을 당시는 삼과 같이 짧았다.
今來老幹凌檐角　지금 늙은 가지가 처마 모퉁이를 업신여기며
已結明年六出芽.　명년에 나올 여섯 개의 싹이 맺혔다.
　　　　　　　　(대동시선 권 5)

---

45)『肅宗實錄』卷 46, 34年 4月. 及遭己巳之禍 不復有意於當世 更化之後 屢召
　　不起 忍飢窮山 固守而終身 雖異趣者 亦高仰之 以爲難及 盖論其資禀之純
　　文章之高 學術之深 俱詣絶於人 允可爲間世之鴻儒云.

이이명李頤命의 자는 양숙養叔 호는 소재疎齋이며 문과에 급제했다. 문형을 맡았고 영의정을 역임했으며 시호는 문충文忠이다.

✧ 이건명李健命
석도장안사夕到長安寺

洞府秋深石路長	골짜기에 가을이 깊고 돌길이 길며
峰巒雨後更蒼蒼	산봉우리들이 비 온 뒤에 다시 푸르다.
披幃壯士憑霜鍔	휘장을 헤친 장사는 서리 같은 칼날에 기대었고
捲幕佳人倚素粧	장막을 걷은 가인은 소박한 화장에 의지했다.
莫歎楓林今索寞	단풍이 지금 쓸쓸하다고 탄식하지 말라
便敎巖壑轉淸凉	골짜기를 맑고 서늘하게 하고 있다.
山中近日添新搆	근간에 산중에 새로 짓는 것이 첨가되면
百尺飛虹架石梁.	백 척의 나는 무지개 같은 돌다리가 세워질 것이오.

(권 5)

이건명李健命의 자는 중강仲剛 호는 한포재寒圃齋이며 문과에 급제했다. 벼슬은 좌의정을 역임했으며 시호는 충민忠愍이다.

✧ 조태채趙泰采
망신루望宸樓

移舟獨上望宸樓	배에서 옮겨 홀로 망신루望宸樓에 오르니
細草閒花一徑幽	가는 풀과 한가한 꽃으로 길이 깊숙하다.
借問主人何處去	묻노니 주인은 어디 갔나뇨
無心惟有泛江鷗.	무심하게 백구는 강물에 떠있다.

(권 5)

연산관連山關

杳杳燕山路	아득한 연산燕山의 길에
蕭蕭駟馬行	쓸쓸하게 사마駟馬[46]로 간다오.
氷過三大水	삼대수三大水를 얼음 위로 지났고
霜宿九連城	구련성九連城에서 서리를 깔고 잤다.
左袒驚殊俗	좌임左袒[47]으로 풍속이 다른 것에 놀랐고
同文憶大明	사용하는 문자가 같아 명나라를 생각하게 한다.
天心猶未厭	천심이 아직 싫어하지 않은 듯하니
那復見河淸.	황하黃河가 다시 맑음을 보겠다오.[48]

(권 5)

조태채趙泰采의 자는 유량幼亮 호는 이우당二憂堂이며 양주인楊州人이다. 과거에 급제했고 우의정을 역임했으며 시호는 충익忠翼이다.

◈ 김창흡金昌翕
방속리산訪俗離山

江南遊子不知還	강남을 여행하는 자가 돌아갈 줄 모르고
古寺秋風杖屨閒	가을바람에 옛 절을 찾는 지팡이가 한가롭다.
笑別鷄龍餘興在	웃으며 계룡산과 이별했으나 남은 흥이 있는데
馬前猶有俗離山.	말 앞에 오히려 속리산이 있다오.

(권 5)

---

46) 수레 하나에 네 마리의 말이 끄는 것을 말함.
47) 지난날 중국에서 미개한 북쪽 오랑캐족을 지칭하여 부르는 말인데, 옷을
   입을 때 여미는 방식에서 만들어진 말이라고 한다.
48) 옛날 중국에 黃河가 맑으면 聖人이 출생한다는 말이 있었다고 함.

영풍악詠楓岳

象外淸遊病未能　　형상 밖의 청유淸遊를 병으로 하지 못했는데
夢中皆骨玉層層　　꿈 속의 금강산은 층층마다 옥이었다.
秋來萬二千峯月　　가을이 오면 만이천 봉 위의 달은
應照孤僧禮佛燈.　　분명히 외로운 중의 예불하는 등을 비추리라.
　　　　　　　　　　（『시평보유詩評補遺』 하편）

효음曉吟

晨起坐茅亭　　새벽에 일어나 띠로 덮은 정자에 앉으니
微月當窓白　　가는 달이 창을 비쳐 희다.
河漢影淸淺　　은하수 그림자는 맑고 얕으며
村鷄聲斷續　　마을에 닭 우는 소리 끊어졌다 이어진다.
四顧寂無人　　사방을 돌아보아도 사람은 없고 고요하며
蠨蛸掛虛壁　　거미는 빈 벽에 걸렸다.
白露夜來濕　　백로가 밤에 내려 젖었고
秋山似膏沐　　가을산은 기름으로 목욕한 듯하다.
端居不可道　　단정하게 사는 것도 말할 것이 못되고
景物日蕭索　　경물景物이 날로 쓸쓸하다.
躧履獨彷徨　　신발만 신고 홀로 방황하니
幽懷更寂寞.　　깊숙한 생각이 다시 적막하다.
　　　　　　　（『대동시선大東詩選』 권 5 ）

　　김창흡金昌翕의 자는 자익子益 호는 삼연三淵이다. 유일遺逸로 진선眞善
을 했으며 시호는 문강文康이다.

❖ 김춘택金春澤

김덕수내방장귀추고부金德受來訪將歸抽古賦

夕風吹雪急	저녁 바람이 눈을 급하게 불고
窮巷見人稀	궁벽한 마을에 보이는 사람은 드물다.
病馬鳴如訴	병든 말은 호소하는 듯 울고
寒禽倦不飛	차가운 새는 게을러 날지 않는다.
百年吾自苦	한평생 나는 스스로 괴로웠는데
三日爾將歸	삼일 만에 너는 돌아가고자 하는가.
相視中心在	서로 바라보는 것으로 속마음을 알 수 있으니
臨歧恥挽衣.	헤어지면서 옷을 끄는 것은 부끄러운 것이요.

(권 5)

구일九日

幽居初聽葉秋飛	유거에 가을 나뭇잎 나는 소리 처음 들으며
步屧登高一徑微	나막신 신고 걸어 높은 데 오르니 길이 가늘다.
巖畔寒花同我瘦	바위 주변의 차가운 꽃은 나처럼 파리하고
谷中流水向何歸	골짜기에 흐르는 물은 어디를 향해 돌아가는가.
壯懷鬱鬱惟樽酒	장한 생각이 답답해 오직 통술이 있고
節序駸駸又夕暉	계절은 매우 빨리 달려 또 저녁 햇빛이라네.
在古人今都不見	옛날이나 지금 있는 사람들을 모두 볼 수 없는데
牛山何以淚沾衣.	우산牛山49)이 어찌 눈물로 옷을 젖게 하는가.

(권 5)

---

49) 여기에서 말한 牛山은 孟子(告子篇)에서 말한 牛山과는 다른 의미로 사용된 듯한데, 어떤 의미로 사용된 것인지 이해하기 어렵다.

김춘택金春澤의 자는 백서伯西 호는 북헌北軒이다. 음사蔭仕로 대호군大護軍을 했으며 시호는 경헌景憲이다.

◈ 홍만종洪萬宗
채연곡采蓮曲

彼美采蓮女	저 연밥 따는 미녀는
繫舟橫塘渚	못가에 배를 가로 매었다.
羞見馬上郞	말을 탄 사내를 부끄럽게 보다가
笑入荷花去.	웃으며 연꽃 속으로 들어간다.

(권 5)

증승贈僧

錫杖隨雲過野亭	지팡이 짚고 구름 따라 정자를 지나가는데
蕭然一橐負禪經	쓸쓸하게 전대에 불경佛經을 지고 있다.
談移萬瀑雙溪勝	이야기가 만폭동과 쌍계사로 옮겨지자
山在山人舌上靑.	산은 산에 있는 사람의 말에서 푸르러진다.

(권 5)

홍만종洪萬宗의 자는 우해于海 호는 현묵玄默이며 풍산인豐山人이다. 그의 저서『소화시평小華詩評』이 세상에 유행하고 있다.

✤ 배정휘裴正徽
독로강禿魯江

寒天煙雨倍沈沈	차가운 하늘이 안개비로 배나 침침한데
一曲漁歌起夕陽	일곡의 어가漁歌가 석양에 들린다.
無數鱖魚乘水上	많은 쏘가리가 물을 타고 올라오니
櫓聲幽軋滿江心.	노 젖는 소리가 강에 가득하다.

(권 5)

배정휘裴正徽의 자는 미숙美叔 호는 고촌孤村이며 성주인星州人이다. 진사와 문과에 급제했고 벼슬은 승지承旨를 역임했다.

✤ 박세성朴世城
칠월사일七月四日

天涯病客別離難	천애에 병든 나그네가 이별이 어려우며
江上新秋白露寒	초가을 강은 내린 흰 이슬로 차갑다.
明日孤舟君去後	내일 고주로 그대가 간 뒤에
一區雲物共誰看.	이 지역 구름과 사물을 누구와 함께 보랴.

(권 5)

박세성朴世城의 자는 만기萬基이며 반남인潘南人이다. 진사進士와 문과에 급제했고 벼슬은 승지承旨를 역임했다.

❖ 권흠權歆

송안주국영공안관동절送安柱國令公按關東節

新按關東第一區	관동의 제일 지역에 새로 안찰이 되었으니
暮年旗節聖恩殊	저문 나이에 임명은 임금의 특별한 은혜요.
坐來樓閣神仙宅	가서 앉은 누각은 신선의 집이요
行處溪山錦繡圖	내와 산으로 가는 곳은 비단에 그린 그림일 것이다.
蠟屐經尋霜後嶽	밀랍신으로 서리 내린 뒤에 산을 찾고
綵舟重泛月中湖	채주綵舟로 달밤의 호수에 다시 놀게 되었다.
蓬萊舊迹憑君問	봉래산蓬萊山 옛 놀던 곳을 그대에 묻노니
石上題詩倘有無.	돌에 쓴 시가 혹 남아있을까.

(권 5)

권흠權歆의 호는 후조당後凋堂이며 안동인安東人이다. 문과에 급제했고 벼슬은 감사監司를 역임했다.

❖ 이민서李敏叙

등석제선거화燈夕諸船擧火

門泊東西萬里船	문에는 동서의 먼 곳에서 온 배가 쉬고 있고
檣頭一一小燈懸	돛대 머리에 한 개씩 작은 등이 달려 있다.
雲間灼灼紅千點	구름 사이에는 천 점의 붉은 불이 활짝 타고
水面輝輝白一邊	수면의 한 쪽에는 흰 빛이 빛난다.
絶勝紫街簾幕裏	매우 아름다운 붉은 거리의 주렴 속은
還疑銀浦斗牛前	은하의 포구에 두우성 앞이 아닌가 의심스럽다.
黑風驅雨飛來急	검은 바람이 비를 몰고 급하게 오는 것은

知是驚龍上訴天.　놀란 용이 하늘에 호소하러 오르는 것임을 알았다.
　　　　　　　　　　(권 5)

　이민서李敏叙의 자는 중이仲彝 호는 서하西河이며 전주인全州人이다. 과
거에 급제했고 문형을 맡았으며 벼슬은 이조판서를 역임했다. 시호는 문간文
簡이다.

❖ 권변權忭
기낙중제제寄落中諸弟

春到江南客未回　강남에 봄은 왔는데 객지에서 돌아가지 못했고
山茶落盡野梅開　산다山茶 잎은 모두 떨어졌고 매화가 피었다.
林扉寂寞無人管　숲속의 사립문이 적막하나 관리하는 사람은 없고
烟鎖溪邊舊釣臺.　냇가 옛 낚시하던 대는 연기에 쌓였다.
　　　　　　　　　　(권 5)

야좌夜坐

寂寞空齋裏　적막한 빈 재실에
殊方獨客愁　객지에서 홀로 근심에 잠겼다.
壯心頻覽鏡　장렬한 마음은 자주 거울을 보게 되고
羈思懶登樓　나그네의 생각은 누에 오르는 것도 게으르다.
露適黃昏月　이슬은 달이 황혼 즈음에 내리고
凉生碧樹秋　서늘함은 푸른 나무에 가을이 들 때 생긴다.
沈吟達明發　새벽이 될 때까지 시를 읊었는데
無酒可遨遊.　술이 없으니 노닐 수 있으랴.
　　　　　　　　　　(권 5)

권변權忭의 자는 이숙怡叔 호는 수초당遂初堂이다. 문과에 급제했고 벼슬은 대헌大憲에 이르렀으며 시호는 문정文貞이다.

◈ 김창업金昌業
연광정練光亭

普通門外草靑靑	보통문普通門 밖에 풀은 푸르며
浮碧樓前春水生	부벽루 앞에 봄물이 불어난다.
誰道吾行歸未晩	뉘가 내 돌아가는 것이 늦지 않았다고 말하느냐
杏花如雪滿江城.	눈같은 살구꽃이 강성江城에 가득하다.
	(권 5)

정축춘병기丁丑春病起

淸明猶未試春衣	청명인데 오히려 봄옷을 입지 못했으며
幾度跰䟔始出籬	몇 번 머뭇거리다가 비로소 울타리 밖을 나왔다.
鞍着黃牛騎較穩	소에 안장을 얹어 타는 것이 비교적 편안하고
杖携烏竹步猶欹	오죽을 지팡이하고 걷는 것이 오히려 의지가 된다.
雲峰矗矗天光近	구름 속에 높게 솟은 봉이 하늘빛에 가깝고
村柳依依日影遲	마을 버들은 무성해 해 뜨는 것을 더디게 한다.
始覺掩門多歲月	문을 닫고 많은 세월 보낸 것을 처음 알게 된 것은
鄰童指點問爲誰.	이웃 아이가 가리키며 누구야 하며 묻기 때문이요.
	(권 5)

김창업金昌業의 자는 대유大有 호는 노가재老稼齋이며 진사로 벼슬은 교관敎官을 했다.

◈ 이해李瀣
기인寄人

閉門窮巷裏	궁벽한 마을에서 문을 닫고
一月廢吟詩	한 달 동안 시 읊는 것도 하지 않았다.
病裏靑春半	병을 앓으며 청춘의 반을 보냈고
愁中白日遲	근심하는 가운데 대낮도 더디다.
酒盂生綠蘚	술잔에 푸른 이끼가 나고
碁局覆蟲絲	바둑판을 엎치면 벌레 줄이 있다.
寂寞空庭暮	적막한 빈 뜰이 저무니
情人一倍思.	정을 둔 사람의 생각이 배나 난다오.

(권 5)

이해李瀣의 자는 원해元海 호는 청운靑雲이며 여주인驪州人이다.

◈ 이잠李潛
추흥秋興

步出蘭皐惜晚暉	걸어 난고蘭皐로 나가 늦은 햇빛을 아끼며
終南漢水望依微	남산과 한강을 바라보니 희미하다.
長林風急群鴉噪	긴 숲에 바람이 급하니 뭇 갈까마귀가 울고
遠島雲橫孤鶴飛	구름이 비낀 먼 섬에 학이 외롭게 날고 있다.
賈誼堪憐時不遇	가의賈誼50)가 때를 만나지 못한 것이 가련하고
陶潛自覺世相違	도잠陶潛은 스스로 세상과 서로 어긋남을 알았다.
荒年謾爲明時慮	거친 해에 밝은 때를 생각하는 것이 설만하지만

---

50) 前漢 때의 文臣, 능력은 있었으나 낮은 직위에서 전전했음.

聞道侯家廐馬肥　들으니 벼슬 높은 집 마구의 말은 살찌다고 한다.

　　　　　　　　　(권 5)

이잠李潛의 자는 중연仲淵 호는 섬계剡溪이며 여주인驪州人이다.

✧ 소두산蘇斗山
견회遣懷

一畝沙田數間屋　한 두둑의 모래밭과 몇 칸 집에
東山明月北窓風　동쪽 산에는 밝은 달 북쪽 창에는 바람이 분다.
百年身世生涯足　한평생 형편에 사는 것이 만족해
長作堯衢擊壤翁.　길이 요임금 때 격양가 부르는 늙은이가 되고 싶다오.

　　　　　　　　　(권 5)

소두산蘇斗山의 자는 망여望如 호는 월연月淵이며 진주인晉州人이다. 과거에 장원했고 벼슬은 형조참의를 했다.

✧ 이희조李喜朝
고산구곡금탄高山九曲琴灘

八曲溪山何處開　팔곡八曲의 시내와 산은 어느 곳이 열려있나
琴灘終日好沿洄　금탄琴灘은 종일 잘 거슬러 흐른다.
牙絃欲奏無人和　아현으로 연주를 하고자 하나 화답할 사람 없어
獨待靑天霽月來.　홀로 푸른 하늘에 갠 달이 뜨기를 기다린다.

　　　　　　　　　(권 5)

이희조李喜朝의 자는 동보同甫 호는 지촌芝村이다. 음사蔭仕로 참판을
역임했으며 시호는 문간文簡이다.

✥ 이현석李玄錫
만흥漫興

九月西風晩稻黃	구월 서쪽 바람에 늦벼가 누렇고
寒林落葉盡迎霜	차가운 숲에 낙엽은 모두 서리를 맞이했다.
田翁白酒來相餉	전옹田翁이 탁주를 가지고 와서 서로 마시자
漫興陶然醉夕陽.	많은 흥으로 얼근하게 석양까지 취했다.

(권 5)

이현석李玄錫의 자는 하서夏瑞 호는 유재游齋이며 전주인全州人이다. 문
과에 급제했고 벼슬은 형판을 역임했다.

✥ 오상렴吳尙濂
우서偶書

繞屋靑山嵐翠浮	집을 둘러싼 푸른 산에 남기가 떴고
薔薇花發小庭幽	장미꽃이 핀 작은 뜰은 깊숙하다.
幽人睡起日亭午	유인幽人이 잠을 깨니 해가 한낮인데
林外數聲黃栗留.	숲에서 꾀꼬리가 머물며 울고 있다.

(권 5)

오상렴吳尙濂의 자는 유청幼淸 호는 연초재燕超齋며 동복인同福人이다.
진사로서 이십팔 세에 요사夭死했다.

◈ 임방任埅

공북루拱北樓

垂楊拂地亂鶯啼	수양이 땅에 늘어졌고 꾀꼬리가 요란하게 우는데
夢罷高樓歸思迷	높은 누에서 잠을 깨자 가고 싶은 생각으로 헤맨다.
細雨飛花村遠近	원근의 마을에서 가는 비와 꽃이 날고
暖煙芳草水東西	동서쪽 물가에는 따뜻한 연기와 방초가 있다.
春如棄我無情去	봄은 나를 버리고 무정하게 갔으나
詩爲逢君得意題	시는 그대를 만나자 쓸 생각을 하게 되었다.
霽後憑欄獨回首	갠 후 난간에 의지해 홀로 머리 돌리니
亭亭落月下江樓.	정정하게 떨어지는 달이 강루에서 내려간다.

(권 5)

임방任埅의 자는 대중大仲 호는 수촌水村이며 풍천인豊川人이다. 문과에 급제했고 벼슬은 판서를 역임했다.

◈ 김리만金履萬

쌍연雙燕

雙燕銜蟲自忍飢	한 쌍의 제비가 굶주림을 참고 벌레를 물어
往來辛苦哺其兒	오고가며 고생해 그의 새끼를 먹인다.
看成羽翼高飛去	날개가 자라 높게 날아가는 것을 보게 되자
未必能知父母慈.	반드시 부모의 자애로움을 안다고 못할 것이다.

(권 5)

상원上元

浮生七十五回春	부생이 칠십오 회의 봄을 맞았는데
回首塵寰事事新	세상을 돌아보니 일마다 새롭다.
獨有一輪天上月	홀로 하늘에 뜬 둥근 달은
至今留照白頭人.	지금도 머물러 백두의 사람을 비춘다.

(권 5)

김리만金履萬의 자는 중수仲綏 호는 학고鶴皐이며 예안인禮安人이다. 문과에 급제했으며 벼슬은 사간司諫을 역임했다.

◈ 정사효鄭思孝
야좌夜坐

轉輾中宵夢不成	밤중까지 뒤척이며 잠을 이루지 못해
披襟起坐到深更	옷깃을 헤치고 일어나 앉아 깊은 밤에 이르렀다.
疎簷微雨蕭蕭滴	성긴 처마에 가는 비는 소소히 떨어지고
半壁孤燈耿耿明	벽에 외로운 등불은 깜박거린다.
羨僕無愁當戶鼾	근심 없는 종이 집에 들자 코를 골며 자는 것이 부럽고
隣鷄有信近窓明	이웃 닭은 창이 밝으려 하자 틀림없이 운다.
天涯杳杳思親恨	천애에서 아득하게 어버이를 생각하는 한이
一夜霜毛兩鬢生.	하룻밤에 양쪽 살쩍머리를 희게 한다.

(권 5)

정사효鄭思孝의 자는 자원子源 문과에 급제했으며 벼슬은 감사監司에 그쳤다.

◈ 이희지李喜之
어부사漁父詞

風雨中宵滿釣磯　　밤에 내린 바람 비가 고기 낚는 바위에 가득해
漁翁初製綠蓑衣　　어옹이 처음 푸른 도롱이를 지었다.
前江月出孤舟發　　앞강에 달이 뜨자 배를 출발하니
白鳥驚人兩兩飛.　　백조가 놀라 짝을 지어 날고 있다.
　　　　　　　　　　（권 5）

　이희지李喜之의 자는 사부士復 호는 응재凝齋이다.

◈ 조석曹錫
문견聞鵑

三月東風欲盡春　　삼월三月 동쪽바람에 봄은 다 가고자 하는데
杜鵑終夜血朱脣　　두견새가 밤 내내 붉은 입술에 피를 흘리며 운다.
煩君莫傍坡陵樹　　번거롭지만 파릉坡陵 나무 옆에 가지 마오.
曉雨殘燈坐逐臣.　　새벽 비와 남은 등불에 쫓긴 신하가 앉았다오.
　　　　　　　　　　（권 5）

　조석曹錫의 자는 규보圭甫 호는 독기당獨碁堂이며 가흥인嘉興人이다. 문
과에 급제했고 벼슬은 판관判官에 그쳤다.

✥ 김두문金斗文

은장동隱藏洞

風輕雲澹夕陽天	바람은 가볍고 구름도 맑은 석양 하늘에
無限溪山几案間	많은 시내와 산이 궤와 책상 사이에 있다.
塵世幾人閒似我	티끌세상에 몇 사람이 나와 같이 한가하랴
興來微咏困來眠.	흥이 나면 읊조리고 곤하면 잔다오.

(권 5)

김두문金斗文의 자는 계장季章 호는 경승재敬勝齋이며 숙종肅宗 때 사람이다.

IX

❖ 홍세태洪世泰

만월대가滿月臺歌

滿月臺前落木秋　만월대 앞 나뭇잎 떨어지는 가을에
西風殘照使人愁　서풍과 석양이 사람을 근심스럽게 한다.
山河氣盡姜邯贊　산하의 정기는 강감찬姜邯贊이 다했고
日月明懸鄭夢周.　일월처럼 밝은 정몽주鄭夢周라오
　　　　　　　　（『류하집柳下集』권 4）

서회書懷

每欲移家住近山　집을 산 가까이 옮기려 한 것은
此身於世不相關　이 몸이 세상과는 상관이 없기 때문이요.
須營草閣無墻壁　띠집 짓게 되면 담장은 하지 않고
盡取千峰入臥間.　천봉을 모두 취해 누워있는데 들어오게 하겠소.
　　　　　　　　（같은책 권 2）

봉송조참의령공사일본奉送趙參議令公使日本

江戶城高欲到天　강호江戶의 성은 높아 하늘에 닿을 듯
引河爲帶四通船　강을 끌어 띠를 하고 사방으로 배가 다닌다.
市門白日穿人海　한낮 시장거리에 인파人波를 뚫고
鼓吹雙行使節前.　치고 불며 두 줄이 사절 앞에 간다.
　　　　　　　　（같은책 권 12）

송삼연귀설악영시암送三淵歸雪岳永矢庵

天下無憂地	이 세상에 근심 없는 곳은
其唯雪嶽山	오직 설악산雪嶽山이었소
結庵千嶂裏	첩첩 산중에 암자를 짓고
遺世百年間	한평생 세속일 잊고자 한다.
有鶴應相守	학이 있어 분명히 지켜주겠고
騎牛又欲還	소타고 또 돌아가고자 한다.
長安足塵土	발에 밟은 서울의 먼지는
不染玉爲顔.	깨끗한 낯을 더럽히지 않겠지.

(같은책 12)

만좌해변즉사晩坐海邊卽事

閑來步下白鷗沙	한가해 갈매기 노는 사장으로 걸어가서
坐對危巖列戟牙	앉아 날카롭게 솟은 바위를 마주하다.
點點海中舟似葉	바다에 점점이 떠있는 배는 나뭇잎 같고
飜飜風末浪生花	바람 끝에 번쩍이는 물결은 꽃이 핀 듯하다.
山低短日猶餘照	산 밑에 짧은 해는 오히려 빛이 남았으며
地盡孤村只數家	땅 끝의 고촌에는 몇 채의 집이 있다.
戲押漁翁應見怪	친근한 것을 어옹은 이상히 여기겠지만
豈知吾意在天涯.	내 뜻이 천애에 있는 것을 어찌 알리오.

(같은책 권 8)

홍세태洪世泰의 자는 도장道長 호는 류하柳下 또는 창랑滄浪이며 남양인南陽人이다. 벼슬은 찰방察防을 했다고 하며 통신사 일행으로 일본日本에 갔다 왔다. 이러한 홍세태의 인물에 대해 타고난 성격이 절조節操가 굳세었고 행동이 결백했으며 총명이 뛰어났다. 그리고 오만한 바도 있어 다른 사람의 재능을 인정하는 데 인색했으며, 억지로 타협하고자 하지 않았고 일시의 명사들과 가깝게 사귀었다.[1]

✤ 석만재石萬載
제우인별서題友人別墅

山居瀟灑隔塵喧	산속에 사니 깨끗해 진세의 시끄러움과 멀며
隨意琴書坐一軒	뜻에 따라 거문고와 책을 가지고 마루에 앉았다.
暖愛小桃初結子	따뜻하면 소도小桃의 처음 맺는 열매를 사랑하고
晴看脩竹稍生孫	개이면 긴 대나무의 자라는 죽순을 본다.
浮榮等視南柯夢	뜬 영화는 허무한 꿈과 같은 것으로 보고
好事長留北海樽	좋은 일은 북해의 술통처럼 길게 머물게 한다.
醉向蒲團成午睡	취해 방석에서 낮잠을 잤더니
不知風雨到黃昏.	비바람에 황혼이 된 것도 몰랐다.

(대동시선 권 5)

석만재石萬載의 자는 희수希叟 호는 두촌豆村이다.

✤ 성하창成夏昌
평택도중平澤途中

倦馬長途相識稀	게으른 말로 먼 길을 가니 아는 사람이 드물며

---

1) 鄭來僑 撰, 墓誌銘. 公天性耿介 容止飾潔 聰悟絶於人 簡亢少可 不苟合 所交遊盡一時名公勝流 多與之忘形.

風吹柳絮入春衣　바람이 불어 버들솜이 봄옷에 들어온다.
旅遊南北成何事　남북으로 여행하며 무슨 일을 이루었느냐
白髮滿頭猶未歸.　백발이 머리에 가득해도 돌아가지 못했다.
　　　　　　　　　(권 5)

성하창成夏昌의 자는 대숙大叔이며 창녕인昌寧人이다.

✿ 김시태金時泰
조대회고釣臺懷古

七里灘頭舊釣臺　칠리탄 머리 옛 낚시하던 대에
蒼苔錦石淨無埃　푸른 이끼와 비단 같은 돌은 티끌 없이 깨끗하다.
秪今不見羊裘客　지금 양 갖옷 입은 사람은 보이지 않고
沙上猶餘白鳥來.　모래 위에 백조만 남아 찾아온다.
　　　　　　　　　(권 5)

김시태金時泰의 자는 수부粹夫이며 강릉인江陵人이다.

✿ 신흥섬申興暹
모춘暮春

短短疎籬山下家　짧고 성긴 울타리의 산 아래 집에
松簷遲日鳥聲多　처마에 해는 더디고 새소리 요란하다.
無端昨夜前溪雨　무단히 지난밤 앞 내에 비가 오더니
落盡閒庭一樹花.　한가한 뜰에 핀 꽃을 모두 떨어지게 했다.
　　　　　　　　　(권 5)

신흥섬申興暹의 자는 자희子熙 호는 청계淸溪이다.

❖ 최린서崔麟瑞
구일九日

東籬秋景薄	동쪽 울타리에 가을 경치가 엷어
佳節病中催	아름다운 계절을 병중에서 재촉하게 되었다.
白酒誰家熟	탁주가 뉘 집에 익었으며
黃花昨夜開	국화는 어제 밤에 피었다.
空聞寒葉墜	부질없이 차가운 잎 떨어지는 소리 들으면서
不見故人來	친구가 오는 것은 보지 못했다.
獨坐還惆悵	홀로 앉았더니 슬퍼지는 것은
天邊一雁回.	하늘가에 기러기가 한 마리만 돌아온다.
	(권 5)

최린서崔麟瑞의 자는 성여聖汝 호는 청구淸癯이며 경주인慶州人이다.

❖ 주남정朱南正
산거즉사山居卽事

谷深鶯喚友	깊은 골짜기에서 꾀꼬리는 친구를 부르고
林晚鳥歸棲	날이 저물자 숲에 새들이 돌아와 쉰다.
梅雨催春過	장맛비가 봄을 지나가게 재촉하여
楊花滿碧溪.	버들꽃이 푸른 시내에 가득하다.
	(권 5)

주남정朱南正의 자는 정재靜哉이며 조몰早歿했다.

❖ 주정朱梃

영국咏菊

籬菊開花早	울타리의 국화가 일찍 피었는데
秋風有意催	가을바람이 생각이 있어 재촉했다.
催花也自是	꽃을 재촉한 것은 스스로 옳다고 여기겠으나
恐入鬢毛來.	살쩍머리를 들어오게 할까 겁난다오.

(권 5)

금화협중金化峽中

依依垂柳映淸溪	늘어진 버들이 맑은 내를 비치고
十里無人但鳥啼	십 리 길에 사람은 없고 단지 새만 운다.
睡罷據鞍成小眄	잠을 깨어 안장에 의지해 주변을 보니
一僧閒憩斷橋西	스님이 한가롭게 끊어진 다리 서쪽에 쉬고 있다.

(권 5)

주정朱梃의 자는 정숙定叔 호는 호촌湖村이며 진사進士와 문과에 급제했고 벼슬은 좌랑佐郞에 그쳤다.

❖ 문동도文東道

영년맥詠碾麥

四月黃雲潤麥田	사월에 누런 구름 같은 보리가 밭을 윤택하게 해

刈來驕氣婦顏先   베어오면서 교만한 표정이 부인 낯에 먼저 나타났다.
靑薪雨濕炊何窘   푸른 섶이 비에 젖어 불 때기를 어렵게 해
療得朝飢近午天.   굶은 아침밥을 한낮이 가까워 먹었다.
（권 5）

　문동도文東道의 자는 성원聖源 호는 경암敬庵이며 월성인月城人이다.

✧ 한항韓沆
초추우중初秋雨中

雨色烟光渾不收   비와 안개가 섞여 거둘 수 없어
憑欄終日俯滄洲   종일 난간에 의지해 서늘한 물가를 굽어본다.
客中節物頻驚夢   타향에서 계절의 변동에 자주 놀라며
井上梧桐已報秋   우물 위의 오동나무는 이미 가을을 알린다.
獲戾明時非宿計   밝은 때 죄를 얻은 것이 능숙한 계획이 아니며
行身世路愧無謀   세상에서 취한 행동이 무모해 부끄럽다.
他鄕幸與情朋遇   타향에서 다행히 정이 있는 친구 만나
談笑聊寬謫衷愁.   담소로 유배지의 근심을 너그럽게 한다오.
（권 5）

　한항韓沆의 자는 태초太初 호는 송호松湖이다. 진사 및 문과에 급제했고
벼슬은 군수에 그쳤다.

❖ 이광우李光佑
출교장出郊庄

淸明籬落杏花催	청명이 울타리의 살구꽃을 재촉하니
勝似前朝白雪堆	전날 아침 흰 눈이 쌓였던 것보다 나은 듯하다.
朝野六年何事業	조야에 있었던 육년 동안 무슨 사업을 했느냐
路人應笑此重來.	길 가는 사람도 다시 온 것에 웃을 것이다.

(『대동시선大東詩選』 권 6)

이광우李光佑의 자는 상보尙輔 호는 운곡雲谷이며 경주인慶州人이다. 문과에 장원했고 문형을 맡았으며 영의정을 역임했다.

❖ 이재李縡
춘흥春興

園花寂寂一鶯啼	꽃이 핀 동산은 고요하고 한 마리 꾀꼬리가 울며
野水饜饜雙鷺明	한 쌍의 백로가 맑은 들 물에 뒤친다 .
扶杖溪西春日夕	지팡이 짚고 계서溪西로 나가니 봄날도 저녁인데
數村桑麻看烟生.	마을마다 뽕나무와 삼밭에 나는 연기를 보겠다.

(권 6)

성서즉사城西卽事

燕語鶯啼白日斜	제비는 노래하고 꾀꼬리는 울며 해도 비꼈는데
春光歸去屬誰家	봄빛이 돌아가서 뉘 집에 붙이겠는가.
池塘四月生顏色	사월의 지당은 빛이 나고

開遍薔薇滿架花.　　장미가 두루 피어 시렁에 꽃이 가득하다.

　　　　　　　　　　　(권 6)

　　이재李縡의 자는 희경熙卿 호는 도암陶庵이며 우봉인牛峯人이다. 문과와 중시에 합격했고 호당에 피선되었으며 문형을 맡았다. 벼슬은 이조판서를 역임했으며 시호는 문정文正이다.

❖ 이의현李宜顯
병기야망病起野望

江城雪後似春歸　　강성에 눈이 내린 후 봄이 돌아온 듯해
藹藹平原映夕暉　　숲이 우거진 평원에 저녁 햇빛이 비친다.
乍見輕氷浮野渡　　엷은 얼음이 건너는 물에 뜬 것을 잠깐 볼 수 있고
還聽幽磵咽林扉　　시냇물이 사립문 앞에서 우는 것을 들을 수 있다.
寒雲送色連山嶂　　차가운 구름에서 보낸 빛이 산봉우리에 연했고
積素凝華覆石磯　　쌓인 흰 눈이 엉기어 물가에 있는 돌을 덮었다.
欲向閑窓收景物　　창문을 통해 경물景物을 거두고자 했으나
病餘淸興轉依微.　　아픈 나머지 맑은 흥이 희미해졌다오.

　　　　　　　　　　　(권 6)

　　이의현李宜顯의 자는 덕재德哉 호는 도곡이며 용인인龍仁人이다. 문과에 급제했고 문형을 맡았으며 영의정을 역임했고 시호는 문간文簡이다.

◈ 유척기兪拓基

대흥산성귀로大興山城歸路

步出南城外	걸어 남쪽 성 밖을 나가
行行度絶巓	쉬지 않고 걸어 산꼭대기를 넘었다.
層峰迷海霧	봉우리는 바다 안개로 희미해졌고
古木集村烟	고목에 마을 연기가 끼었다.
橋斷人携杖	다리가 끊어져 사람들은 지팡이를 짚었고
山危馬怯鞭	산길이 위험해 말은 채찍을 겁낸다.
夕陽歸意急	석양에 돌아갈 생각이 급해
相率渡前川.	서로 이끌고 앞 내를 건넌다.

(권 6)

유척기兪拓基의 자는 전보展甫 호는 지수재知守齋이며 기계인杞溪人이
다. 문과에 급제했고 벼슬은 영의정을 역임했으며 시호는 문익文翼이다.

◈ 윤봉조尹鳳朝

과아파촌過丫坡村

山村寂歷午鷄鳴	산골마을이 고요하고 한낮에 닭이 울며
小渡無人春水生	건너가는데 사람은 없고 봄물이 늘고 있다.
道是西州絃誦地	이곳을 서주의 현송絃誦2)하는 곳이라 이르더니
樹陰風送讀書聲.	나무 그늘에 바람이 글 읽는 소리를 보낸다.

윤봉조尹鳳朝의 자는 명숙鳴叔 호는 포암圃巖이며 파평인坡平人이다. 과

---

2) 거문고를 타며 시를 읊는 것을 말함.

거에 급제했고 문형을 맡았으며 관직은 판돈영부사判敦寧府事를 역임했다.

✧ 조문명趙文命
연좌燕坐

奔走衣冠日在公	의관을 하고 분주했던 것은 공무에 있었던 날이며
忽忽時節百憂中	많은 근심 가운데 매우 바빴던 시절이었다.
山村十月砧聲急	산골마을 시월은 다듬이 소리 급하고
庭院微霜柿葉空	뜰에 서리 내리자 감나무 잎이 모두 떨어졌다.
歲惡奈難瞻國策	세월이 나빠 국책을 돕는데 어려움을 어찌하며
才疎本乏濟民功	재주가 성글어 본디 제민의 공이 모자랐다오.
深深燕坐無窮念	무궁한 생각으로 깊숙하게 앉아
獨對虛窓小燭紅.	홀로 빈창의 붉은 촛불을 대한다.

〈권 6〉

조문명趙文命의 호는 학암鶴巖이며 풍양인豊壤人이다. 문과에 급제했고
역임한 관직은 문형, 오영대장五營大將, 좌의정左議政이었으며 시호는 문충
文忠이다.

✧ 조관빈趙觀彬
제피금정題披襟亭

晴川深樹檻西東	갠 시내 깊은 나무의 서동 쪽 난간은
正好炎天納晚風	더운 날 만풍晚風을 받아 드린다오.
太守不曾私一物	태수太守는 하나도 사사롭게 물건은 취하지 않고
欲分淸吹與民同.	맑게 부는 바람을 백성과 함께 나누고자 한다오.

〈권 6〉

조관빈趙觀彬의 자는 동보同甫 호는 회헌悔軒이다. 문과에 급제했고 문형을 맡았으며 예조판서를 역임했다.

✧ 정우량鄭羽良

증서희贈徐禧

江南江北柳花飛	강 남쪽과 북쪽에 버들꽃이 나는데
塞上征人尚未歸	변방에 간 사람은 아직 돌아오지 않았다.
浮世始知閒界在	이 세상에 비로소 한가한 지역이 있음을 알았으니
家家臨水結柴扉.	집집이 물에 다다랐고 사립문을 닫았다.

(권 6)

갈지임상사유거葛池林上舍幽居

繫馬柴門步夕陽	울타리 문에 말을 매고 석양에 걸어가니
主人携杖待溪傍	주인이 지팡이 짚고 냇가에서 기다린다.
秋盤劈蟹村醪熟	가을 소반에는 쪼갠 게와 촌에서 익힌 술이었고
晚壑收牛牧笛長	늦은 골짜기에 소를 몰고 부는 피리소리 길다.
蘆萩花前通海月	갈대꽃 앞은 바다의 달빛과 통했으며
葡萄架下繞庭香	포도 시렁 밑의 뜰에 향기가 둘렸다.
西方土俗皆弓劍	서쪽 지역의 풍속이 모두 활과 칼을 좋아하는데
愛子詩書獨滿觴.	자네는 홀로 시서가 잔에 가득한 것을 사랑한다오.

(권 6)

정우량鄭羽良의 자는 자휘子揮 호는 학남鶴南이며 연일인延日人이다. 문과에 급제했고 벼슬은 우의정을 역임했으며 시호는 문충文忠이다.

❖ 정석경鄭錫慶

제풍악석극천축題楓嶽釋克天軸

鶴睡松陰午日遲	학은 소나무 그늘에서 졸고 한낮의 해는 더디며
幽人無事掩書帷	幽人은 일이 없어 서실의 휘장을 내렸다.
僧來起我煙霞想	스님이 와서 산수의 경치를 생각하는 나를 일으켜
爲作春風一首詩.	봄바람에 한 수의 시를 짓게 한다.

(권 6)

한중독영閒中獨咏

世情飜覆轉頭新	세상 사정이 뒤집혀 머리 돌리면 달라지나
獨有靑松似故人	홀로 푸른 소나무는 친구와 같다오.
雨過忽呈山面目	비가 지나가자 산이 갑자기 면목을 드러내고
雲開方露月精神	구름이 걷히니 달이 정신을 나타낸다.
誰知木德無言化	뉘가 나무의 덕이 말없이 변화시키는 것을 알며
暗着花枝一氣勻	모르게 꽃가지에 기운을 고루 가지게 한다.
病起欲看新物色	병중에 새로운 물태와 색깔을 보고자 일어나
時時步履向東鄰.	때때로 걸어 동쪽 이웃을 향한다.

(권 6)

　정석경鄭錫慶의 자는 응양膺陽이고 동래인東萊人이며 생원시에 합격
했다.

❖ 최창대崔昌大
차사규次士規

野老散居溪東北	늙은이들이 시내 동북쪽에 흩어져 살면서
迢迢相望四山空	사방의 산들을 멀리서 서로 바라본다.
有時倚杖柴門外	때로는 지팡이 짚고 사립문 밖으로 나가
遙見歸人煙樹中	멀리서 연기 낀 나무 사이로 돌아가는 사람을 본다.
水鴨羣飛皆傍母	오리가 무리로 날고 있으나 모두 어미 옆에 있고
村鷄亂啄各從雄	닭은 어지럽게 쪼고 있지만 각자 수컷을 따른다.
夜來失睡南軒月	밤에 잠이 오지 않아 남쪽 툇마루에서 달을 보면
棲鳥驚飛苦竹叢.	쉬던 새들이 놀라 날며 대나무를 괴롭게 한다.

(권 6)

최창대崔昌大의 자는 효백孝伯 호는 곤윤崑崙이며 문과에 급제했고 벼슬
은 부학副學에 이르렀다.

❖ 이병연李秉淵
우중송인雨中送人

把酒悤悤黃菊花	국화 옆에서 급하게 술을 마시고
出門浩浩碧江波	문을 나서니 넓고 푸른 강에 물결이 있다.
留君三日君終起	그대를 삼일 동안 머물게 했는데 결국 일어나니
風雨滿天將奈何.	하늘에 비바람이 가득한데 어찌하려느냐.

(권 6)

이병연의 자는 일원一源 호는 사천槎川이며 한산인韓山人이다. 진사로서

삼척부사三陟府使를 했다.

❖ 신유한申維翰
도낙강渡洛江

歲暮商山道	해가 저물 즈음 상산商山3) 길에서
羈愁一夢凉	나그네는 근심으로 꿈도 서늘하다.
泊船鷗背雨	배를 대자 백구 등에 비가 오고
彈琴雁邊霜	거문고를 타니 기러기 주변에 서리가 내린다.
極浦行人小	넓은 포구에 다니는 사람은 적고
孤城樹色長	외로운 성에 나무 빛이 길다.
逢君歌舊曲	그대를 만나 옛 곡을 노래하니
白雪滿江鄕.	흰 눈이 시골에 가득하다.

(권 6)

증인贈人

秋風倦客獨徘徊	추풍에 게으른 나그네가 홀로 배회하며
極目東南氣色來	동남쪽을 넓게 보니 가을 기색이 온다.
八月寒砧當落葉	나뭇잎 떨어지는 팔월에 다듬이 소리 들리고
三更畵角滿登臺	대에 오른 삼경에 대평소 소리 가득하다.
滄江積雨蛟龍怒	서늘한 강의 쌓인 비에 교룡이 화를 내고
古木繁霜鳥雀哀	고목의 많은 서리에 새들은 슬퍼한다.
明發與君歌伏櫪	새벽에 그대와 더불어 복력伏櫪4)을 노래하게 되면

---

3) 尙州의 옛 이름.
4) 말이 마구에 누워있는 것을 말한 것인데, 여기서는 어떤 의미인지 말하

恐令搥碎眼前杯. 눈 앞의 술잔을 던져 부수게 할까 두렵다.
（권 6）

신유한申維翰의 자는 주경周卿 호는 청천靑泉이며 영해인寧海人이다. 문과에 급제했고 통신사通信使 제술관製述官과 첨정僉正을 했다.

◈ 이광사李匡師
안지서부지雁至書不至

今雁殊無舊雁風 지금 기러기는 옛 기러기와 생김은 다름이 없으나
傳書北海事全空 북해의 일을 전하는 편지는 전혀 없다오.
不知遷客忘機久 귀양 온 손이 기미를 잊은 지 오래임을 알지 못하고
應恤曾遭漢帝弓. 분명히 한漢나라 임금 활을 만날까 무서웠던 것이오.
（권 6）

야夜

夜寒霜早下 밤이 추워 서리가 일찍 내리고
天回月西沈 하늘이 돌아 달이 서쪽으로 진다.
大野群山抱 큰 들은 뭇 산을 안고 있고
高松一院深 높은 소나무는 뜰을 깊숙하게 한다.
琴中見古意 거문고 소리에서 옛 뜻을 볼 수 있고
燈下愧初心 등불 아래 처음 먹은 마음이 부끄럽다.
詩律何關事 시률이 어찌 관심 있는 일이겠는가

─────────────

기 어렵다.

緣愁每獨吟.　　근심으로 인연해 매양 홀로 읊는 것이오.

(권 6)

이광사李匡師의 자는 도보道甫 호는 원교圓嶠이다. 시문에 능했다고 하며 유배지에서 세상을 떠났다.

🔷 조현명趙顯命
내연內延

鞋杖蕭然上翠微　　가죽신과 지팡이로 쓸쓸히 산 중턱에 오르니
春深谷口百花飛　　봄이 깊어 골짜기에 많은 꽃이 피었다.
逢僧若問何爲者　　스님 만나 만약 무엇 하는 사람인가 물으면
道是東岡一布衣.　　동쪽 산등성이에 베옷 입은 선비라 말할 것이요.

조현명趙顯命의 자는 치회稚晦 호는 귀록歸鹿이며 풍양인豊壤人이다. 진사와 문과에 급제했고 벼슬은 영의정을 역임했으며 시호는 충효忠孝이다.

🔷 박문수朴文秀
필운대弼雲臺

君歌我嘯上雲臺　　그대는 노래 나는 휘파람 불며 필운대에 오르니
李白桃紅萬樹開　　오얏은 희고 복숭아는 붉으며 많은 나무 꽃이 피었다.
如此風光如此樂　　이 같은 풍광 이 같은 즐거움에
年年長醉太平盃.　　해마다 길이 太平杯에 취하고 싶다오.

(권 6)

박문수朴文秀의 자는 성보成甫 호는 기은耆隱이며 고령인高靈人이다. 문
과에 급제했고 벼슬은 병판兵判을 역임했다.

❖ 최성대崔成大
송경松京

崧陽兒女貌如花	송양의 아녀자 얼굴이 꽃과 같은데
猶抱琵琶半面遮	오히려 비파를 안고 낯을 가리었다.
向晚宮墟鬪草去	늦게까지 궁터에서 풀싸움하다 돌아가니
葉間蝴蝶上銀釵.	잎에 있던 나비들이 은비녀에 앉았다.

(권 6)

여사旅思

春城月曉聽棲鴉	춘성의 새벽 달빛에 갈까마귀 우는 소리 들리고
河上津亭驛路斜	강변 나루 정자에 역로가 비끼었다.
楊柳花時渡江客	버들꽃 필 때 강을 건넌 나그네는
山桃開盡未還家.	복숭아꽃이 떨어져도 집에 돌아가지 못했다.

(권 6)

최성대崔成大의 자는 사집士集 호는 두기杜機이며 전주인全州人이다. 문
과에 급제했고 벼슬은 승지承旨를 역임했다.

✧ 이서李溆

육신묘六臣墓

公胡愧食首陽薇	공이 어찌 수양산 고사리 먹는 것을 부끄럽다 하여[5)
謾使孤墳怨落暉	부질없이 고분이 저녁 햇빛을 원망하게 하였는가.
丹心耿耿今猶在	단심은 반짝이며 지금도 오히려 있어
惟有靑天白日知.	오직 푸른 하늘과 밝은 해만은 알고 있을 것이다.

(권 6)

이서李溆의 자는 징지澄之 호는 옥동玉洞이며 여주인驪州人이다. 찰방察訪에 임명했으나 취임하지 않았고 글씨로 유명했다.

✧ 이익李瀷

여강驪江

秋風客路轉幽深	추풍에 나그네 가는 길이 그윽하고 깊어지자
憑杖詩情動旅吟	지팡이에 의지한 시정이 여음旅吟[6)을 움직인다.
晚向淸心樓下渡	늦게 청심루 밑을 향해 건너고자 하다가
却來神勒寺前臨	도리어 와서 신륵사神勒寺 앞에 다다랐다.
天光怳見無塵界	천광은 황홀하게 무진계無塵界를 보게 하고
水勢難遮注海心	수세는 바다로 흐르는 물을 막기 어렵다.
去入靑山山更好	푸른 산으로 들어가니 산이 다시 좋아
可能留意此中尋.	이 가운데서 유의했던 것을 찾을 수 있겠다.

(권 6)

---

5) 成三問이 伯夷廟에서 지은 시에 草木亦霑周雨露 愧君猶食首陽薇라 한 시를 지적한 것임.
6) 여행하면서 보고 느낀 것을 읊고자 한 것이 아닌가 한다.

이익李瀷의 자는 자신子新 호는 성호星湖이며 여주인驪州人이다. 도학道
學으로 이름이 있었으며 시호는 문헌文獻이다.

✥ 채지홍蔡之洪
강산청적江山聽笛

隔岸誰家兒	언덕 넘어 뉘 집 아이가
臨風吹玉笛	바람결에 피리를 부나뇨.
淸音渡江來	맑은 소리 강을 건너와서
愁殺遠行人.	멀리 가는 사람에 근심을 더한다오.

(권 6)

납매경동불개만음臘梅經冬不開謾吟

吾病歲新猶閉關	나는 병으로 새해에도 문을 닫았지만
汝寒冬盡未開顏	너는 추운 겨울이 지났는데 낯을 펴지 못하는가.
何時共帶春風面	언제 함께 봄바람을 맞이하여
朗月孤琴一笑看.	밝은 달빛에 거문고 타며 웃고 바라보랴.

(권 6)

중양제소패주등고독좌유음重陽諸少佩酒登高獨坐有吟

佳辰無意强登山	아름다운 계절 억지로 산에 오르는 것은 뜻이 없어
萬木秋聲獨掩關	나무마다 가을 소리에 홀로 문을 닫았다.
落帽豪情嫌白首	모자를 떨어뜨린 호정은 흰 머리를 혐의하고
簪花勝事屬紅顏	잠화簪花[7]의 좋은 일은 홍안에 따른 일이었소.

家貧菊自籬邊老	집이 가난해 국화가 스스로 울타리에서 시들었고
身病楓惟枕上看	병으로 단풍도 누워서 보았다.
何處玉簫如有訴	어느 곳 퉁소 소리 호소함이 있는 것 같으며
滿天霜月不勝寒.	하늘에 가득한 서리와 달빛에 추위를 견디기 어렵다.

(권 6)

채지홍蔡之洪의 자는 군범君範 호는 삼환재三患齋이며 현감縣監을 했다.

✥ 김신겸金信謙

등옥주포산절정망한나산登沃州浦山絕頂望漢挐山

瀛洲一點掌中來	영주의 한 점이 손바닥 가운데로 들어오며
碧海頑雲萬里開	푸른 바다에 탐스러운 구름은 넓게 열렸다.
臥笑秦皇悲白髮	진시황秦始皇이 백발을 슬퍼한 것을 누워 웃으며
石臺斜日盡餘杯.	석대石臺의 비낀 해에 남은 술을 다 마신다.

(권 6)

김신겸金信謙의 자는 존보尊甫 호는 노소櫓巢이며 안동인安東人이다. 진사시에 장원했고 교관教官에 임명되었으나 나아가지 않았으며 시호는 문경文敬이다.

---

7) 옛날 경사스러운 일이 있을 때 남자의 머리에 꽂던 造花.

✥ 안중관安重觀

관예도觀刈稻

刈稻西山曲	서쪽 산골짜기에 벼를 베고자
田父曉叩窓	농부가 새벽에 창문을 열었다.
騎牛遵古皐	소를 타고 묵은 언덕으로 좇아가며
落月見秋江	달이 지자 가을 강물이 보인다.
軟飯匏爲器	쌀밥 담은 그릇을 박으로 했으며
醇醪草覆缸	탁주 항아리를 풀로 막았다.
農家終歲苦	농가는 일 년 동안 고생했으니
一飽及鷄狵.	닭과 삽살개까지 한 번 배부르게 먹는다.

(권 6)

안중관安重觀의 자는 국빈國賓 호는 회와悔窩이며 순흥인順興人이다. 진
사였으며 음관蔭官으로 현감縣監을 했다.

✥ 강박姜樸

도상산진망자천대渡商山津望自天臺

自天臺下水如天	자천대自天臺 밑의 물은 하늘처럼 푸르고
臺下丹楓映水鮮	대臺 아래 단풍은 물에 비쳐 선명하다.
一曲平沙鷗鷺靜	한 굽이 평탄한 사장에 백구와 백로가 고요하며
夕陽歸客上漁船.	석양에 돌아가는 나그네는 어선에 오른다.

(권 6)

염류장경운拈劉長卿韻

綠柳陰陰黃鳥飛	푸른 버들이 짙어지자 꾀꼬리가 날며
淸溪一路見人稀	맑은 냇가의 길에 사람이 드물게 보인다.
花開古藪春猶在	묵은 덤불에 꽃이 피었으니 봄이 오히려 남았고
雲出遙山晚不歸	구름이 먼 산에서 나가는데 늦어 돌아가지 못했다.
脫去簪袍爲野老	도포를 벗어 버리고 들 늙은이가 되어
步隨鷗鷺向漁磯	걸어 백구를 따라 고기 잡는 곳으로 향했다.
沙頭擧網魚多少	사장 머리에서 그물 들어 약간 고기를 잡았는데
山月依依照我衣.	산에 달은 어렴풋이 내 옷을 비친다.
	(권 6)

강박姜樸의 자는 자순子淳 호는 국포菊圃이며 진주인晋州人이다. 문과에 급제했으며 벼슬은 응교應敎를 했다.

◈ 윤치尹治
추야秋夜

老樹荒岡響遠聞	고목이 산등성이에 있으나 울림은 멀리 들리며
夜深霜意亂黃雲	깊은 밤 서리가 누런 구름을 어지럽힌다.
汀洲客雁如相語	물가에서 나그네와 기러기가 서로 말하는 것 같고
月在西峰缺半分.	달은 서쪽 봉우리에 있는데 반은 이지러졌다.
	(권 6)

윤치尹治의 자는 자정子精 호는 현포玄圃이며 해평인海平人이다.

✧ 이광려李匡呂
숙련광정宿練光亭

練光亭對大同樓	연광정이 대동루와 마주하고 있으며
重疊靑山映綠洲	첩첩 청산이 파란 물가에 비친다.
睡起簾旌上初日	자다 일어나니 주렴에 해가 처음 떴으며
半江伊軋動行舟.	강에 배가 삐걱거리며 움직인다.

(권 6)

이광려李匡呂의 자字는 성재聖哉이며 전주인全州人이다.

✧ 조재호趙載浩
망제묘亡弟墓

故宅妻兒守	옛 집은 처와 아이들이 지키고 있으며
空山歲月徂	빈산에 세월만 흘러간다.
積哀餘淚盡	슬픔이 쌓여 남은 눈물이 다했고
半割此身孤	반할半割[8]에 이 몸만 외롭다.
極目黃雲斷	넓게 바라보니 누런 구름이 끊어졌고
驚心遠鴈呼	놀란 마음에 멀리 있는 기러기를 부른다.
人生虧一樂	인생에서 일락一樂[9]이 이지러졌으니
後死獨憐吾.	뒤에 죽을 나만 홀로 불쌍하다오.

(권 6)

---

8) 형제의 죽음이 자신의 신체가 반이나 떨어져 나간 것과 같다고 해서 형
   제의 죽음을 말함.
9) 孟子가 말한 三樂에 형제의 無故가 一樂의 부분으로 포함됨.

조재호趙載浩의 자는 경대景大 호는 농촌農村이다. 문과에 급제했고 벼
슬은 우의정을 역임했다.

◈ 이광의李匡誼
고열苦熱

雨濕要晴晴苦熱	우습雨濕하면 개는 것을, 개면 더위로 괴로우며
熱如炎處雨還思	더위에서 뜨거우면 비를 돌이켜 생각한다.
但令心在淸凉地	다만 마음을 맑고 서늘한 곳에 있게 하면
明雨今晴豈足知.	내일 비, 오늘 개는 것에 일찍 만족함을 알 것이다.

(권 6)

이광의李匡誼의 자는 군방君方이며 전주인全州人이다. 진사시進士試에
장원했고 문과에 급제했으며 벼슬은 필선弼善에 그쳤다.

◈ 오원吳瑗
동야冬夜

搖落多愁思	흔들리며 떨어지니 근심스러운 생각이 많으며
窮陰掩弊廬	짙은 그늘이 허물어지려는 집을 가리었다.
流年那得住	흐르는 세월을 어찌 머물게 하며
今歲又將除	올해도 또 바뀌려 한다.
有酒誰同酌	술이 있으나 누구와 같이 마시며
無人間索居	쓸쓸하게 홀로 있는데 묻는 사람도 없다.
經多何事業	겨울을 지나면서 무슨 일을 하고자 하나뇨
兀兀一床書.	움직이지 않은 책상과 책이 있다오.

(권 6)

오원吳瑗의 자는 백옥伯玉 호는 월곡月谷이며 해주인海州人이다. 문과에
급제했고 벼슬은 참판을 역임했다.

◈ 안정복安鼎福
만음謾吟

山雨過來夕照遲　　산에 비가 지나가자 저녁 햇빛이 더디고
瓜田鋤畢坐如箕　　참외밭에 김을 매고 키처럼 앉았다.
兒童報道溪魚上　　아이들이 시내에 고기가 오른다고 알리자
又試經綸理釣絲.　　낚시줄 다루는 솜씨를 시험하고자 한다.
　　　　　　　　　　(권 6)

제운호정분치題雲湖亭盆梔

一樹禪花伴草堂　　한 그루 치자꽃이 초당에 있으면서
羞將桃李鬪春光　　복숭아와 오얏꽃과 봄빛 다투기를 부끄러워한다.
秋來露重群芳歇　　가을에 서리가 많이 내려 뭇 꽃들은 쉬고 있는데
獨自靑靑保晚香.　　홀로 푸르며 늦게까지 향기를 지니고 있다.
　　　　　　　　　　(권 6)

야좌夜坐

溪聲穿亂木　　냇물소리가 어지러운 숲을 뚫고 들리고
山氣擁孤村　　산 기운은 외로운 마을을 안았다.
穉子依床睡　　어린 아들은 책상에 의지해 졸고
巡丁隔巷喧　　순찰하는 장정은 건너 거리에서 지껄인다.

黃卷長消寂	책은 길이 쓸쓸함을 해소하고
靑燈獨破昏	등불은 홀로 어두움을 깨트린다.
東風何處至	봄바람은 어느 곳에 서오나뇨
石室返梅魂.	석실에 매화의 혼을 돌아오게 할텐데.

(권 6)

안정복安鼎福의 자는 백순百順 호는 순암順庵이며 광주인廣州人이다. 유일遺逸로 감역監役에 추천되었으며 벼슬은 현감縣監에 그쳤다. 시호는 문숙文肅이다.

◈ 이집李㙫
춘일春日

春深庭院日如年	뜰에 봄은 깊고 해는 길며
萬樹風花落檻前	바람에 많은 나무의 꽃들이 난간 앞에 떨어진다.
方識太平眞有象	태평이 진실로 형상이 있음을 알자
相公終夕枕書眠.	상공이 저녁때까지 책을 베고 존다오.

(권 6)

이집李㙫의 자는 노천老泉 호는 정암貞庵이며 덕수인德水人이다. 문과에 급제했고 벼슬은 좌의정을 역임했으며 시호는 충헌忠獻이다.

✦ 민우수閔遇洙

숙옥천암宿玉泉庵

尋山行色已兼旬	산을 찾는 행색이 이미 열흘이 지났으며
仙窟烟霞覺滿身	선굴仙窟의 안개가 몸에 가득함을 깨달았다.
丹峽扁舟愁日晚	단협丹峽에 작은 배는 날이 저문 것을 근심하며
玉泉精舍近江濱	옥천정사玉泉精舍는 강변 근처에 있다.
老僧迎我歸巖徑	노승이 나를 맞이하여 바윗길로 돌아가고
黃葉吟風墜幅巾	단풍잎은 바람으로 수건에 떨어진다.
欲向西樓移席坐	서루西樓를 향해 자리를 옮겨 앉고자 하니
彩雲峯影遠隨人.	채색 구름과 봉우리 그림자가 멀리서 따라온다.

(권 6)

민우수閔遇洙의 자는 사원士元 호는 정암貞庵이며 여흥인驪興人이다. 유일遺逸로 대사헌大司憲에 이르렀으며 시호는 문헌文憲이다.

✦ 김리곤金履坤

조기희청朝起喜晴

澗柳風輕聽鳥歌	냇가 버들은 바람에 흔들리고 새소리 들리며
巖扉日出見人家	암비巖扉에 해가 뜨자 인가人家가 보인다.
空原處處春耕早	빈 들 곳곳에 봄갈이를 일찍 하며
夜雨山中水脈多.	밤비가 내리자 산중에 물줄기가 많다.

(권 6)

한취閒趣

我家谷口住	내 집은 골짜기 어귀에 머물렀으며
穿樹一蹊微	숲을 뚫고 가는 지름길이 있다.
風暖幽禽語	바람이 따뜻하자 새들이 지저귀며
門深過客稀	문이 깊어 과객도 드물다.
草花孤自映	풀과 꽃은 외롭게 스스로 비치고
林雨暗成霏	숲속에 내리는 비는 짙은 안개비가 된다.
時向淸溪去	때때로 맑은 시내를 향해 가다가
逢人坐不歸.	사람을 만나면 앉아 돌아올 줄 모른다.

(권 6)

김리곤金履坤의 자는 후재厚哉 호는 봉록鳳麓이다.

❖ 윤두서尹斗緖
우제偶題

小閣無塵霽景明	작은 다락집에 티끌은 없고 갠 빛이 밝으며
簾波不動惠風輕	발은 움직이지 않고 바람은 가볍게 분다.
滿地綠苔如鋪錦	뜰에 가득한 푸른 이끼는 비단을 펼쳐놓은 것 같고
丁香花下午鷄鳴.	향나무꽃 아래 한낮에 닭이 운다.

(권 6)

윤두서尹斗緖의 자는 계언季彦 호는 낙봉駱峯이다. 진사였고 서화書畵에 능했다.

남유상南有常
낙빈서원洛濱書院

蒼苔寂寂有殘碑	푸른 이끼 낀 쇠잔한 비가 쓸쓸하게 있는데
此地雲烟萬古悲	이곳은 구름과 연기도 길이 슬퍼한다오.
山鳥自來林下語	산새가 와서 숲에서 지저귀며
東風花落六臣祠.	동풍에 꽃이 육신사六臣祠에 떨어진다.

(권 6)

기인寄人

柴門客去不收棊	사립문으로 손이 가자 바둑돌도 거두지 않았고
山雨泠泠睡未知	산에 내린 비로 샘물소리를 자면서 알지 못했다.
一陣松風吹白帢	일진의 바람이 흰 사모에 불자
乘凉起讀劍南詩.	서늘해 일어나 검남시劍南詩[10]를 읽는다.

(권 6)

　　남유상南有常의 자는 길재吉哉 호는 태화太華이며 문과에 급제했으나 일찍 세상을 떠났다.

남유용南有容
과삼전도유작過三田渡有作

石生不願堅以穹	돌은 단단하고 큰 것을 원하지 않나니

---

10) 宋나라 陸遊의 시를 말함

試看三田渡口碑　삼전도 입구의 비를 보시오.
人生不願才且文　인생은 재주와 글 잘하는 것을 원하지 않나니
試讀三田碑上辭　삼전도 비에 쓰인 말을 읽어 보시오.
三田日夜流沄沄　삼전도에 물은 밤낮으로 흐르고 굴러
下流直接東江涘　그 하류는 바로 동강의 물가에서 합친다.
他年若過東江去　다른 해에 만약 동강을 지나가게 되면
莫以吾牛飮江水.　내 소는 강물을 마시지 못하게 하리라.

(권 6)

남유용南有容의 자는 덕재德哉 호는 뇌연雷淵이며 진사와 문과에 급제했다. 문형을 맡았고 벼슬은 형판刑判을 역임했으며 시호는 문정文靖이다.

❖ 이용휴李用休
제미인희영도題美人戲嬰圖

玉指尖頭擧示之　손가락과 머리를 들어 보이며
銅錢兩个貫靑絲　동전 두 개씩 푸른 실에 꿰었다.
買糖買餠隨兒願　아이가 원하는 것에 따라 사탕과 떡을 사서
更勿啼呼惱阿彌.　다시는 울어 어미를 괴롭히지 못하게 한다.

(권 6)

기정수寄靖叟

村郊景物日芳菲　마을과 들에 풍경이 날로 아름다워
閒坐松陰玩化機　한가롭게 소나무 그늘에 앉아 변화하는 기틀을 본다.
金色蜻蜓銀色蝶　금빛 잠자리와 은빛 나비는

菜花園裏盡心飛.　나물 꽃이 핀 정원에서 열심히 날고 있다.
　　　　　　　　　　(권 6)

방산가訪山家

出事明君入理家　　나가면 밝은 임금 섬기고 들면 집을 다스릴 것인데
如何閒坐送年華　　어찌하여 한가롭게 앉아 좋은 나이를 보내는가.
人生若乏絲毫做　　인생이 만약 적은 일도 할 수 없다면
不及園中小棗花.　　동산의 적은 대추꽃에도 미치지 못할 것이다.
　　　　　　　　　　(권 6)

　이용휴李用休의 자는 경명景明 호는 혜환惠寰이고 여주인驪州人이며 진사였다.

◈ 이수대李遂大
향로봉香爐峰

玉立奇峯萬二千　　옥으로 세운 듯한 기이한 만이천봉萬二千峯에
香爐獨在最高巓　　향로봉香爐峯이 홀로 가장 높은 꼭대기에 있다.
地名不是廬山似　　땅 이름은 여산廬山과 같지 않지만
觀暴人今李謫仙.　　폭포를 보는 사람은 지금의 이적선李謫仙[11]이요.
　　　　　　　　　　(권 6)

---

11) 李謫仙은 唐의 시인 李白의 별칭이며 그의 유명한 〈廬山瀑布詩〉가 있음.

해산정만영海山亭晚詠

飽看皆骨勝	개골산皆骨山의 아름다움을 많이 보고
歸路眺滄溟	돌아오는 길에 서늘한 바다를 보았다.
日出波濤赤	해가 솟아오르자 파도가 붉고
雲開島嶼靑	구름이 걷히자 섬들이 푸르다.
烟霞雙弊屐	연기와 안개로 양쪽 나막신이 해어졌고
天地一危亭	하늘과 땅은 하나의 위태로운 정자라오.
倚罷欄干暮	저물어 난간에 의지하는 것을 그만두고
高歌酒欲醒.	고가高歌로 술을 깨고자 한다.

(권 6)

궁예구도弓裔舊都

斜陽漸下壞宮西	비낀 햇빛은 무너진 궁전 서쪽으로 기울어지며
百頃黃雲野色凄	백 이랑의 누런 벼로 들빛이 서늘하다.
寒木遶城秋日落	성을 둘러싸고 있는 찬 나무에 가을해가 지고
亂鴉棲苑夜猶啼	동산에 쉬고 있는 갈까마귀는 밤인데 운다.
僞王事業銷沉久	거짓 임금의 사업이 없어진 것이 오래되며
故國山川指點迷	고국의 산천을 가리키는 것도 희미하다.
村竪不關興廢恨	마을 더벅머리는 흥폐의 한은 상관하지 않고
等閒橫笛度前溪.	예사롭게 저를 불며 앞 내를 건너간다.

(권 6)

이수대李邃大의 자는 취이就而 호는 송애松厓이며 전주인全州人이다. 문과에 급제했으며 벼슬은 정랑正郎에 그쳤다.

◈ 신광수申光洙
협구소견峽口所見

靑裙女出木花田	푸른 치마 입은 여자가 목화밭에서 나오다가
見客回身立路邊	손을 보자 몸을 돌려 길가에 섰다.
白犬遠隨黃犬去	흰 개는 떨어져 따라오고 누런 개는 갔다가
雙還却走主人前.	두 마리가 돌아와 주인 앞에서 달린다.

（권 6）

송주청부사홍시랑성원부연送奏請副使洪侍郎聖源赴燕

莽蒼昭王國	풀이 무성한 소왕昭王12)의 나라를
行人此地哀	지나는 사람들이 이 땅에서 슬퍼한다.
秋風有易水	가을바람에 역수易水13)가 있고
衰草沒金臺	쇠한 풀이 금대를 잠기게 한다.
羌笛燕兒弄	오랑캐의 피리를 연燕나라 아이들이 불고
胡燈漢客來	호등胡燈을 한漢나라 손이 가지고 왔다.
中原百年事	중원의 백 년 동안의 일을
何處不徘徊.	어느 곳엔들 돌아보지 아니하리오.

（권 6）

---

12) 소왕은 어느 나라 어떤 임금을 지칭한 것인지 알아보지 못했다.
13) 燕나라에 있는 강 이름. 춘추전국시대 燕의 荊軻가 秦王을 죽이려고 갈 때
　　건너간 강으로 비장함을 반영할 때 간혹 사용이 되는 것을 볼 수 있음.

유벽사遊甓寺

晚作驪興客	늦게 여흥驪興을 여행하게 된 나그네가
先爲甓寺遊	먼저 벽사甓寺를 유람하게 되었다.
地開神馬窟	땅은 신마神馬의 굴窟을 열었고
江動懶翁樓	강은 난옹懶翁의 누樓를 움직인다.
萬古憐多月	길이 달빛이 많은 것을 사랑하며
終年欲在舟	해를 마칠 때까지 배에 있고 싶다.
陵官幸無事	능관陵官이 다행히 무사하다고 하니
垂釣弄滄洲.	낚시줄을 드리우고 서늘한 섬에서 희롱하리라.
	(권 6)

신광수申光洙의 자는 성연聖淵 호는 석북石北이며 고령인高靈人이다. 진사와 문과에 급제했고 벼슬은 승지承旨를 역임했다.

◈ 유언술俞彦述
백주중양白州重陽

佳辰寂寞在他鄕	좋은 계절을 쓸쓸하게 타향에 있으며
澤國秋風雁叫霜	섬에 부는 가을바람에 기러기가 운다.
世事悠悠堪一笑	세상일은 하는 것 없이 한 번 웃음에 맡기고
年光忽忽又重陽	세월은 문득 중양重陽이 되었다.
籬邊黃菊爲誰發	울타리 옆에 누런 국화는 누구를 위해 피었으며
鏡裏凋顏漫自傷	거울 속의 시든 얼굴을 스스로 슬퍼한다.
回望故園何處是	돌아보니 고원이 어느 곳에 있는가
且將幽抱付深觴.	깊숙하게 안고 있는 것을 술잔에 주고자 한다.
	(권 6)

유언술俞彦述의 자는 계지繼之 호는 송호松湖이며 기계인杞溪人이다. 문과에 급제했고 벼슬은 대사헌大司憲을 했다.

❖ 이광정李光庭
방광도중반령소게方廣道中半嶺少憩

柱杖巖頭暫息肩	지팡이를 짚고 바위에서 잠깐 어깨를 쉬니
山河脚底散雲烟	발밑의 산하山河에 구름과 연기가 흩어져 있다.
而今始識乾坤大	지금 비로소 건곤이 크다는 것을 알았으니
向日規規井裏天.	지난날 계획은 우물 속에서 하늘을 보는 것이었소.

(권 6)

이광정李光庭의 자는 천상天祥 호는 눌은訥隱이며 원주인原州人이다. 유일遺逸로 세마洗馬를 했다.

❖ 이봉환李鳳煥
제우인선면題友人扇面

折花臨水共春遊	꽃을 꺾어 물에 다다라 봄에 함께 놀았는데
花落春歸更別愁	꽃이 지고 봄이 가자 다시 이별을 근심한다오.
君言此去久難見	그대는 이번 가면 오래 보기 어렵다고 하는데
他日相思看船頭.	다른 날 서로 생각나면 뱃머리를 보자.

(권 6)

객거客去

江水寒猶去	강물은 차지만 오히려 흘러가고
梅花澹欲遲	매화는 맑으나 더디고자 한다.
孤燈送客後	고등孤燈은 손을 보낸 후에 끄며
微雪讀書時	가는 눈은 독서할 때 내린다.
宿鳥常依侶	자려는 새는 항상 짝을 의지하며
潛魚不上絲	숨어있는 고기는 낚싯밥을 물지 않는다.
幽居無曆日	깊숙한 곳에 살고 있으니 책력이 없어
記事有新詩.	일을 기록한 것과 새로 지은 시가 있을 뿐이오.

(권 6)

통신사행시증위전돈서通信使行時贈葦田惇叙

東部坐席尙聞香	동부의 자리에서 일찍 시명을 들었고
南浦離歌更掇芳	남포의 이별하는 노래에 다시 꽃다운 것을 캤다.
詩似天花飄佛舍	시는 천화天花[14)가 佛舍에 날리는 듯 하고
情踰潮水過潯陽	정은 조수潮水를 넘어 심양潯陽을 지났다.
雲蟬乍歇高松靜	매미가 우는 것을 잠깐 쉬자 소나무도 고요하며
海月初升畫角長	바다에 달이 처음 뜨니 대평소 소리 길다.
萬里神情憑一夢	멀리 있으면서 정신을 꿈에 의지하게 되었으며
此生無計再扶桑.	이 생애에서 일본을 다시 찾을 계획은 없다오.

(권 6)

---

14) 눈을 달리 일컫는 말.

이봉환李鳳煥의 자는 성장聖章 호는 우념재雨念齋이며 전주인全州人이다. 사마시司馬試에 합격했고 벼슬은 현령縣令을 했다.

✥ 임준任埈
전가행田家行

婦乳女兒夫食子	부인은 딸에 젖을, 남편은 아들에 밥을 먹이고자
就陰閒坐淸溪水	그늘을 찾아 맑은 냇가에 한가롭게 앉았다.
終朝耕盡上平田	아침을 마칠 때까지 상평上平의 밭을 모두 갈고
且放牛眠芳草裏.	소를 자게 풀밭에 놓아두었다.

(권 6)

임준任埈의 자는 치명稚明이며 풍천인豊川人이다. 문과에 급제했고 벼슬은 승지承旨를 했다.

✥ 심능숙沈能淑
통진촌사견매화通津村舍見梅花

臘前風雪夜	설날 전 바람과 눈 내리는 밤에
耿耿一茅廬	불빛이 깜빡거리는 한 채의 띠집.
天上何花在	천상 세계에는 어떤 꽃이 있나뇨
人間此樹餘	인간 세계에는 이 나무가 남았다.
細開猶到滿	조금 피었다가 활짝 피는데 이르게 되고
橫處不禁舒	가로 있는 것을 펴지 못하게 하지 않았다.
獨與梅同宿	홀로 매화와 같이 자다가
無言睡覺初.	처음 잠을 깨게 되면 말이 없을 것이다.

(권 6)

심능숙沈能淑의 호는 소남小楠이며 청송인靑松人이다.

✧ 정박鄭璞

의림지義林池

亂山深處貯方潭	산이 어지러운 깊은 곳에 만든 못은
魚鳥依依遊翠嵐	고기와 새들이 한가롭게 푸른 남기에 논다.
約束官娃采菱子	마름 열매 따고자 약속한 계집아이는
小舟搖月唱江南.	작은 배로 달빛을 흔들며 강남곡江南曲을 부른다.

(권 6)

만춘유선유동晩春遊仙遊洞

山田時種麥	산전山田에 보리를 심을 때
深處雪初消	깊은 곳에는 눈이 처음 녹았다.
野火全燒柳	야화野火는 버드나무를 완전히 태웠고
春溪半浸橋	봄 냇물에 다리가 반쯤 젖었다.
看雲僧共話	구름을 바라보며 중과 같이 이야기하고
入洞鳥相招	골짜기에 들어가자 새들이 서로 부른다.
冉冉林間氣	숲속의 기운은 부드러워 늘어졌고
花殘木筆梢.	신이辛夷 가지에 꽃이 남았다.

(권 6)

정박鄭璞의 자는 탁지琢之 호는 남병南屛이고 초계인草溪人이며, 진
사進士.

✧ 성몽량成夢良

안산해거조어安山海居釣魚 이수二首

罷釣歸來船有霜　　낚시를 파하고 돌아오니 배에 서리가 있으며
夜深蘆渚月滄茫　　깊은 밤 갈대꽃 있는 물가는 달빛에 넓고 아득하다.
迎門少年吹松火　　문에서 맞이하는 소년은 관솔불을 불고 있고
筐裏跳魚一尺長.　　광주리에는 한 자가 넘는 물고기가 뛴다.

一燈明滅浦邊家　　포변의 집에는 등불이 깜박거리며
艇子歸來吠雪狷　　어부가 돌아오자 흰 개가 짖는다.
回顧西巖垂釣處　　서쪽 바위 낚시하던 곳을 돌아보니
寒鉤已落月初斜.　　찬 갈고리는 이미 떨어졌고 달이 처음으로 비꼈다.

(권 6)

　성몽량成夢良의 자는 여필汝弼 호는 소헌嘯軒이고 창녕인昌寧人이며 진
사進士.

✧ 유후柳逅

자견自遣

晧髮滄浪叟　　흰머리로 자연에 맡겨 사는 늙은이는
百年無一愁　　평생 동안 하나의 근심도 없었다.
江淸惟送月　　강이 맑으니 달빛을 보내주고
沙白自來鷗　　사장이 희게 되자 백구가 스스로 온다.
酒盡蓑衣脫　　술이 없으면 도롱이 옷 벗어 저당하고
詩成秋水流　　시는 가을물 흐르듯 이루어진다.

知吾長往意	내 포부의 뜻을 알고
短棹聽悠悠.	짧은 노를 저으며 여유가 있게 듣는다.

(권 6)

유후柳逅의 자는 자상子相 호는 취설醉雪이며 문화인文化人이다. 통신사通信使 서기書記로 일본日本에 가서 시문詩文으로 세상에 유명했다.

❖ 이태명李台明
곡제묘哭弟墓

數尺荒墳上	몇 척의 거친 무덤 위에
三回蔓草生	세 번이나 덩굴풀이 났다오.
淚深應到骨	눈물이 많아 분명히 뼈에까지 이르렀을 것이고
情𢥠不成聲	정이 고달파 소리를 이루지 못했다.
一室靑孀黯	한 집에 젊은 과부는 어두운 표정을 하고
高堂白髮明	어버이는 백발이 분명하다.
此身終此世	이 몸이 이 세상을 마치게 되면
難復作人兄.	다시 사람의 형 되기는 어려울 것이오.

(권 6)

이태명李台明의 호는 반치半痴이며 전주인全州人이다.

❖ 최수량崔守良
동협주중東峽舟中

昭陽江水忽飜紅	소양강 물이 갑자기 뒤쳐 붉더니
日出香爐第一峯	해가 향로 제일봉에서 돋는다.
三月烟花開爛漫	삼월 아지랑이가 찬란하게 나타났는데
登高岸幘醉春風.	높은데 올라 수건 벗고 봄바람에 취해 보련다.

(권 6)

최수량崔守良의 자는 구사瞿士 호는 주화당秋花堂이며 전주인全州人이다.

❖ 이태악李泰岳
노두운老杜韻

晴窓獨坐對林暉	갠 창에 홀로 앉아 숲에 비친 햇빛을 대했는데
送酒無人客興微	술을 주는 사람 없어 흥이 적다오.
鴉帶暮雲穿北去	갈까마귀는 저문 구름과 같이 북쪽으로 가고
雁含秋氣向南飛	기러기는 가을 기운 머금고 남쪽을 향해 날고 있다.
年光漸與功名薄	나이는 점점 공명과 엷어지고
世事空隨素志違	세상일은 가졌던 본디의 뜻과는 어겨진다.
遙望故園歸意足	멀리 고향을 바라보며 돌아가고 싶은 생각 많음은
黃鷄紫蟹此時肥.	누런 닭과 붉은 게가 이때 살이 찐다오.

(권 6)

이태악李泰岳은 용강인龍江人이다.

◈ 이기진李箕鎮

한벽잡영寒碧雜詠

夾江楊柳綠陰多	협강夾江에 버들의 푸른 그늘이 많으며
燕子銜泥檻外過	제비는 진흙을 물고 난간 밖으로 지나간다.
睡起不知前夜雨	자다가 일어나 전날 밤 비가 온 것을 알지 못하고
遙看紅濕滿汀花.	멀리서 붉은 빛에 젖은 물가의 가득한 꽃을 본다.

(권 6)

관재효기송중행림분구호官齋曉起送仲行臨分口號

嶺樹沈沈海氣凄	재에 있는 나무는 침침하고 바다 기운이 찬데
行人蓐食聽晨鷄	행인이 묵은 밥 먹으며 새벽닭 우는 소리 듣는다.
多情獨有亭亭月	다정한 것은 홀로 높게 뜬 달이 있어
千里隨君共向西.	천리를 그대 따라 함께 서쪽을 향한다.

(권 6)

이기진李箕鎮의 자는 군범君範 호는 목곡牧谷이며 덕수인德水人이다. 문과에 급제했고 이조판서를 역임했다.

◈ 김하겸金夏兼

폐과서회廢科書懷

脫却儒冠萬慮空	선비 갓을 벗어 버리니 많은 생각으로 공허한 것은
幾多場屋老英雄	얼마나 시험장에서 노련한 영웅이었던가.
十年擧子渾堪笑	십년 동안의 수험생이 웃게 되었으니

好臥江湖作醉翁.　　시골에 편안히 누워 취한 늙은이가 되고 싶다오.
　　　　　　　　　(권 6)

　　김하겸金夏兼의 자는 직망直望 호는 취옹醉翁이며 강릉인江陵人이다.

✧ 장창복張昌復
제침랑후유음除寢郎後有吟

蘷州處女鬢成霜　　기주蘷州의 처녀 살쩍머리가 희었는데
吉士胡爲勸粉粧　　길사吉士가 어찌하여 화장을 하게 권하나뇨.
白髮花鈿堪可笑　　백발에 꽃비녀가 비웃음을 견딜 수 있으랴
不如孤寢守空房.　　외롭게 자며 빈 방을 지키는 것만 같지 못하리라.
　　　　　　　　　(권 6)

견회遣懷

禿翁於世太支離　　머리털 빠진 늙은이 세상이 너무 지리해
腦後霜毛若箇垂　　하얀 뒷머리털 몇개가 드리웠다.
飮少啄稀如病鶴　　적게 마시고 먹는 것은 병든 학과 같고
尾藏頭縮類寒龜　　꼬리는 감추고 움츠린 머리는 거북과 비슷하다.
襟懷夷曠何須酒　　가슴에 품은 것이 넓었으니 어찌 반드시 술이며
事業淸閒欲廢詩　　하는 일이 맑고 한가해 시도 짓지 않고 싶다.
莫道老來心益壯　　늙어지면서 마음이 더욱 굳세다고 말하지 말라.
此身無用傍笆籬.　　이 몸은 쓸모없는 대 옆의 울타리라오.
　　　　　　　　　(권 6)

장창복張昌復의 자는 길초吉初 호는 행계杏溪이며 옥산인玉山人이다. 경기전참봉慶基殿參奉에 임명했으나 나가지 않았다.

◈ 이상발李祥發

차종제치엽운次從弟穉曄韻

門巷蕭條客少過	집이 쓸쓸해 지나는 손도 적고
數椽茅屋繞寒沙	몇 채의 띠집을 찬 사장이 싸고 있다.
梅兼松竹爲三友	매화와 송죽과 어울려 셋은 벗이 되었고
鶴與琴書共一家	학과 거문고와 책이 함께 일가가 되었다.
籬自低簷看月小	울타리보다 처마가 낮아 달을 보는 것이 적고
軒因落葉得山多	툇마루는 낙엽으로 인해 산을 많이 얻었다.
如今萬事無關念	지금 만사에 생각이 없고
只擬滄溟放客槎.	단지 넓은 바다에 배나 띄워보고 싶다오.

(권 6)

이상발李祥發의 자는 구지久之 호는 손암遜庵이며 영천인永川人이다.

◈ 현부태玄復泰

사월일일四月一日

天機袞袞逝如斯	하늘의 기밀이 쉬지 않고 흘러 이같이 가버리니
昨日春歸醉不知	어제 봄이 갔으나 취해 알지 못했다.
今日春光何處見	오늘 봄빛을 어느 곳에서 볼 수 있으랴
殘花似覓老夫詩.	남은 꽃을 늙은이의 시에서 찾을 듯하다.

(권 6)

현부태玄復泰는 천녕인川寧人이며 진사進士.

✧ 정래교鄭來僑
백화암증혜상인白華庵贈慧上人

爐香一炷涅槃經	향로에 한 개의 향불과 열반경涅槃經이 있으며
峯在窓前佛頂靑	창 앞에 봉峯이 있어 부처 이마가 푸르다.
靜裏觀心方宴坐	고요한 가운데 편안히 앉았는데
落來風葉滿空庭.	바람에 떨어진 잎이 빈 뜰에 가득하다.

(권 6)

동양서재東陽書齋

垂老吾多病	늙으면서 병도 많은데
胡爲滯海西	어찌하여 해서海西에 머무느냐.
開門千樹色	문을 여니 많은 나무가 아름답고
高枕一鶯啼	자고자 하는데 꾀꼬리가 운다.
酒榼空仍臥	술통이 비자 인해 누웠으며
書籤散不齊	책들이 이리저리 흩어졌다.
羈愁兼別恨	나그네의 근심과 이별의 한을 겸했으니
故故暮雲低	그러므로 저문 구름에 낮춘다오.

(권 6)

정래교鄭來僑의 자는 윤경潤卿 호는 완암浣巖이며 진사로서 벼슬은 찰방察訪을 했다.

◈ 김만최金萬最
검단촌黔丹村

百畝良田千柿園	백 이랑의 좋은 밭과 천 주의 감나무 동산이며
桑麻饒處散鷄豚	상마桑麻가 많은 곳에 닭과 돼지가 흩어져 있다.
已知衣食可終歲	먹고 입는 것에 해를 마칠 수 있음을 알았으니
願得賢師敎子孫.	좋은 스승 만나 자손 가르치는 것을 원한다오.

(권 6)

김만최金萬最의 자는 택보澤甫 호는 남곡嵐谷이며 광산인光山人이다.

◈ 임시협林時莢
유거幽居

掩門盡日醉忘機	문을 닫고 종일 취해 기미를 잊고 있으면서
不省人間有是非	인간에 시비가 있는 것을 살피지 않았다.
春鳥一聲驚午夢	춘조春鳥의 우는 소리에 놀라 낮잠을 깨니
綠楊如畵雨霏霏.	푸른 버들은 그림 같고 비는 부슬부슬 내린다.

(권 6)

임시협林時莢의 자는 명로蓂老 호는 다곡茶谷이며 밀성인密城人이다.

◈ 정민교鄭敏僑
중화도중中和道中

積雪關河外	관하關河 밖에 눈이 쌓여

三旬道路間　　　한 달 동안 길에 있었다.
野行頻渡水　　　들길을 다니면서 물을 자주 건넜고
村宿每依山　　　잤던 마을은 매양 산에 의지했다.
節近新春色　　　절후가 새봄에 가까웠으며
愁無舊日顔　　　근심으로 옛날 모습은 없다오.
已看官事了　　　맡은 일은 이미 끝났음을 보았으니
從此拂衣還.　　　지금부터 옷을 떨치고 돌아가리라.
（권 6）

정민교鄭敏僑의 자는 계통季通 호는 한천寒泉이며 진사進士.

◈ 유광택劉光澤
빈가녀貧家女

拾穗山田薄暮歸　　산전에서 이삭 주어 어두울 즈음 돌아오니
穉兒匍匐啼柴扉　　어린아이 기어 나와 사립문에서 운다.
吹火濕薪烟不起　　불을 불자 섶이 젖어 연기가 일지 않아
夕餐還到鷄鳴時.　　저녁밥이 닭 울 때에 이르렀다.
（권 6）

유광택劉光澤의 자는 운경雲卿 강릉인江陵人이다.

◈ 정종주鄭宗周
심은자불우尋隱者不遇

白雲深處掩柴扉　　흰 구름 깊은 곳에 사립문은 닫혔고

滿壑風煙一徑微	골짜기에 가득한 풍연에 한 가닥 길이 희미하다.
祇聽峯頭淸磬落	봉두에서 맑은 경쇠 떨어지는 소리 들리며
漸看林外宿禽歸	숲 밖에서 자고 돌아가는 새를 볼 수 있다.
行尋空谷春將晚	가면서 찾은 빈 골짜기에 봄이 늦으려 하고
路轉奇巖花自飛	길이 기이한 바위를 도는데 꽃은 스스로 날고 있다.
怊悵仙翁今不遇	슬프게도 지금 선옹仙翁을 만날 수 없어
徘徊山麓對殘暉.	산기슭을 돌며 남은 햇빛을 대한다.

(권 6)

정종주鄭宗周의 자는 사원士元 호는 형화당荊和堂이며 함양인咸陽人이다.

❖ 장만건張萬健
추회秋懷

獨坐書堂夜	밤에 홀로 서당에 앉았더니
秋風蟋蟀鳴	가을바람에 귀뚜라미가 운다.
碧天淸露下	푸른 하늘에 맑은 이슬비 내리고
凉月滿庭明	서늘한 달빛이 정원에 가득히 밝다.
夢斷新愁至	잠에서 깨니 새로운 근심이 이르고
寒侵舊病生	추위가 침입하자 옛 병이 도진다.
可憐身漸老	가련하게도 몸은 점점 늙지만
猶有少年情.	오히려 소년의 감정이 있다오.

(권 6)

장만건張萬健의 자는 자유子遊 호는 청계淸溪이며 한양인漢陽人이다.

✤ 박수징朴壽徵
촌사추야村舍秋夜

喔喔鷄聲動客情	악악하는 닭 우는 소리 길손의 감정을 움직여
秋風旅館夢難成	가을바람 부는 여관에서 잠을 이루기 어렵다.
開門望見山川色	문을 열고 산천의 빛을 바라보니
月上東天萬壑明.	동쪽 하늘에 달이 뜨자 골짜기마다 밝다.

　　　　　　　　　　　(권 6)

　　박수징朴壽徵의 자는 인백仁伯 호는 미곡美谷이며 밀양인密陽人이다.

✤ 이하번李夏蕃
야심서운사夜尋棲雲寺

春遊有餘興	봄 놀이에 남은 흥이 있어
乘夕向東林	저녁을 타고 동림東林으로 갔다.
危磴緣崖轉	위태로운 길은 낭떠러진 것을 돌기 때문이며
幽溪得雨深	깊숙한 내에는 비가 많이 내렸다.
峰高遲月色	산봉우리가 높아 달빛이 더디고
谷靜發鍾音	골짜기가 고요해 종소리를 멀리 들리게 한다.
獨往迷前路	혼자 가다가 앞길을 잃었는데
諸天何處尋.	제천諸天15)을 어느 곳에서 찾으랴.

　　　　　　　　　　　(권 6)

　　이하번李夏蕃의 자는 중무重茂 호는 운항雲巷이며 전주인全州人이다.

---

15) 불교에서 하늘을 여덟로 말한 것을 총칭한 것임.

❖ 이윤원李允源

유로원희제柳老園戱題

醉臥花前君莫嗔	취해 꽃 앞에 누웠다고 그대는 꾸짖지 말라
園中桃李幾時春	동산의 도리桃李가 언제까지 봄이겠는가.
曾是王孫歌舞地	일찍 왕손이 노래하고 춤추던 곳에
不知來者復誰人.	다시 찾는 자가 누구인지 알지 못한다네.

(권 6)

이윤원李允源의 자는 달부達夫 호는 포옹逋翁이다.

❖ 문기주文基周

신림달천해서지행贐林達天海西之行

晚坐溪邊石	늦게 냇가 돌에 앉았더니
心閒水亦淸	마음이 한가하고 물도 또한 맑다.
靑山不棄我	푸른 산이 나를 버리지 않는다면
世事豈關情	세상일에 어찌 관계할 생각이겠는가.
大醉黃花酒	국화주에 크게 취했으며
深憐白面生	글만 아는 서생을 매우 불쌍히 여긴다오.
莫言歸去晚	돌아가는 것이 늦었다고 말하지 말라
猶有夕陽明.	아직 밝은 석양이 있다오.

(권 6)

문기주文基周의 자는 원보遠甫이며 남평인南平人이다.

✧ 송규빈宋奎斌
추일秋日

志士悲秋意正長　　지사가 가을을 슬퍼함은 뜻이 바르고 길기 때문인데
蟲聲何事近匡牀　　벌레 소리는 무슨 일로 평상을 가까이 하나뇨.
小軒淸絶無人到　　작은 툇마루가 매우 맑으나 사람은 오지 않고
山雨蕭蕭送晩凉.　　소소히 내리는 비만 늦게 서늘함을 보낸다.
　　　　　　　　　(권 6)

　송규빈宋奎斌의 자는 보형甫衡 호는 매석梅石이며 연릉인延陵人이다.

✧ 송규징宋奎徵
마포촌사조기麻浦村舍朝起

江天四月有微凉　　사월의 강천江天이 약간 서늘하며
小雨初晴隴麥黃　　조금 내리던 비가 개자 밭에 보리가 누렇다.
近浦潮生喧雁鶩　　포구에 조수가 드니 기러기와 오리가 지껄이고
孤村日出散牛羊　　고촌孤村에 해가 뜨자 소와 양들이 흩어진다.
十年塵土身空老　　십년 동안 티끌세상에서 몸만 부질없이 늙었고
一宿江湖意更長　　강호에서 하루 지내자 뜻이 다시 길어진다.
短棹忽牽蠶嶺興　　짧은 노로 갑자기 잠령蠶嶺의 흥을 이끌고자 하니
漁歌何處又相將.　　어가를 어느 곳에서 서로 부를 수 있겠는가.
　　　　　　　　　(권 6)

　송규징宋奎徵의 자는 성휴聖休 호는 매서梅西이다.

❖ 이계李烓
봉요서주奉邀西洲

昔者鹿門下	옛날 녹문鹿門16)의 아래에서
言君去釣魚	그대가 고기 낚으러 간다는 말을 했다.
山深花自落	산이 깊으니 꽃은 스스로 떨어지고
村僻客常疎	마을이 깊숙해 손이 항상 성기다.
鬢髮羞當世	살쩍머리는 당세에 부끄러움이었고
文章困弊廬	문장은 허물어지려는 막집에서 피곤했다.
新醅堪一醉	새로 만든 술로 한 번 취하고자 하니
來訪定何如.	꼭 찾아오는 것이 어떠한가.

　이계李烓의 자는 취오聚五 호는 기곡機谷이며 단양인丹陽人이다.

❖ 김중원金重元
한거閒居

老怯年來語減稜	늙어지면서 근간에 말이 적고 모난 것이 겁나며
閒居誰復我侵凌	한가롭게 살고 있는데 뉘가 나를 해치고 무시하랴.
當今處世愚爲智	오늘날의 처세는 어리석음이 지혜가 되며
自古謀身拙是能	예부터 자신을 위한 계획은 옹졸함이 능한 것이다.
事業有詩兼有酒	하는 일은 시를 짓고 아울러 술이 있으며
生涯非俗亦非僧	생애는 속인도 아니고 또한 중도 아니다.
春眠不覺東窓曉	봄잠에 동창이 밝은 것을 알지 못했는데

---

16) 鹿門은 누구인지 지적해 말하기 어려우나 洪慶臣의 雅號가 鹿門이다.

夢在花山第一層.　　꿈은 화산의 제일층에 있다오.

(권 6)

김중원金重元의 자는 사일士鎰 호는 몽암夢庵이며 삼척인三陟人이다.

◈ 박태욱朴泰郁
문수사文殊寺

秋風紅樹晚	가을바람에 단풍이 늦었는데
客子坐禪樓	나그네는 절 누에 앉았다.
列岫奔如浪	벌려있는 산봉우리들은 물결같이 달리고
孤庵穩似舟.	외로운 암자는 배처럼 편안하다.

(권 6)

산영루山映樓

流水亂人語	흐르는 물은 말소리를 어지럽히고
浮雲與鳥回	뜬 구름은 새와 더불어 돌고 있다.
高枕山樓晚	산루山樓에 늦게까지 누웠더니
松風和雨來.	소나무 바람이 비와 같이 온다.

(권 6)

박태욱朴泰郁의 자는 성일聖一 호는 정곡貞谷이며 밀양인密陽人이다.

❖ 이수익李受益

정초교취庭草交翠

庭草本非種	정원의 풀은 본디 심은 것이 아니며
春風自發生	봄바람에 스스로 돋아 자란 것이다.
惟有色香別	오직 색과 향은 구분이 있으면서
無數亦無名.	수도 또한 이름도 없이 많다.

(권 6)

이수익李受益의 자는 붕지朋之 호는 간취자看翠子이며 금산인金山人이다.

❖ 금숙金潚

목계촌사木溪村舍

誅茅危石底	띠를 베어 바위 밑에 집을 짓고
開徑老槐傍	늙은 느티나무 옆으로 길을 냈다.
人靜鳥窺戶	사람이 고요하니 새들이 집안을 엿보고
草深蛇上墻	풀이 깊어 뱀이 담장으로 오른다.
巖風聞伐木	바위 바람에 나무 베는 소리 들리고
野雨見移秧	들에 비가 오자 모내기 하는 것을 볼 수 있다.
有地皆耕鑿	땅이 있으면 모두 갈고 깎을 수 있어
淹留卽我鄕.	오래 머물면 바로 내 고향이 되겠다.

(권 6)

금숙金潚의 자는 사징士澄 호는 평옹萍翁이며 개성인開城人이다.

◈ 최경섭崔景燮
판교체우板橋滯雨

獨夜孤吟遠客情	홀로 밤에 외롭게 읊는 먼 길손의 감정은
夜深燈火盡情明	밤이 깊자 등불이 정을 모두 밝힌다.
坐聽旅館三更雨	여관에 앉아 삼경에 비 오는 소리 듣고
默計家山幾日程	고향 가는 일정이 얼마나 될지 혼자 계산해 본다.
沈竈未燃愁屋冷	젖은 부뚜막에 불을 때지 못해 추워 근심스럽고
擁琴無寐待鷄鳴	잠이 오지 않아 거문고 안고 닭 울기를 기다린다.
不知明日更何處	내일은 다시 어느 곳에 있을지 알지 못해
起看浮雲又北征.	일어나 뜬구름이 또 북쪽으로 가는지 본다.

(권 6)

　　최경섭崔景燮의 자는 숙화叔和 호는 쌍송당雙松堂이며 해주인海州人이다.

◈ 서덕량徐德良
한강漢江

浦口寒烟四五家	포구의 찬 연기에 덮인 네다섯 집은
柴門不正隱蘆花	사립문이 바르지 않은 채 갈대꽃에 가리었다.
瓦尊濁酒堪乘興	질그릇에 담은 탁주로 흥이 올랐는데
月印秋江鷺點沙.	달은 가을 강에 백로는 사장에 점찍었다.

(권 6)

　　서덕량徐德良의 자는 사진士眞이고 호는 국재菊齋이며 달성인達城人이다.

◈ 한우유韓宇瑜
과안동소게남문루過安東少憩南門樓

朝日僧歸長樂寺	아침 해가 뜨자 중은 장락사長樂寺로 돌아갔고
秋風客上永嘉臺	가을바람에 나그네는 영가대永嘉臺에 올랐다.
梅花消息天涯隔	매화의 소식이 멀어 막혔으니
更有何人勸酒杯.	다시 어떤 사람이 있어 술잔을 권하랴.

(권 6)

한우유韓宇瑜의 자는 사수士修, 호는 무호옹無號翁이며 청주인淸州人이다.

◈ 김치하金致夏
방산가訪山家

松翠冥冥石徑幽	푸른 소나무가 어두워 돌길이 깊숙하고
柴門斜掩小溪秋	사립문은 옆으로 닫혔고 작은 내는 가을이라네.
老翁不識塵間事	노옹老翁이 진간 세계의 일은 알지 못하고
長對靑山到白頭.	길이 청산을 대하며 백두에 이르렀다.

(권 6)

김치하金致夏의 자는 군보君寶 호는 자요재自饒齋이며 경천인慶川人이다.

✤ 윤수하尹壽河
강거江居

柳作疎籬石作臺	버들을 성긴 울타리하고 바위로 대를 하며
柴門寂寂向江開	쓸쓸한 사립문은 강을 향해 열렸다.
年來漸與親朋隔	근간에 찾는 친구도 점점 적어
惟有寒潮日再來.	오직 찬 조수만 하루 두 번씩 밀려온다.

(권 6)

윤수하尹壽河의 자는 원일元一 호는 학록암鶴麓庵이며 파평인坡平人이다.

✤ 김희성金喜誠
옥계유거玉溪幽居

靑山投老卜幽居	푸른 산에 몸을 던져 깊숙한 곳을 정해 살고 있으니
水石中間一草廬	물과 돌 중간에 한 채의 초가였다.
寂寂柴門人不到	쓸쓸한 사립문에 사람은 오지 않고
山桃花落午眠餘.	복숭아꽃 떨어지자 낮잠을 많이 잤다오.

김희성金喜誠의 자는 중익仲益 호는 불염자不染子이다. 벼슬은 현감縣監을 했고 그림에 능했다.

◈ 김순간金順侃
추망秋望

獨立秋風對夕暉　　가을바람에 홀로 서서 저녁 햇빛을 대하니
紛紛落葉打人衣　　어지럽게 떨어지는 잎이 사람의 옷을 친다.
千山雲盡氣蕭索　　많은 산에 구름은 걷히고 기후도 쌀쌀한데
惟有天邊一雁歸.　　오직 하늘가에 한 마리 기러기가 돌아간다.
　　　　　　　　(권 6)

　김순간金順侃의 자는 화중和中 호는 시한당是閒堂이고 김해인金海人이
며 무과武科에 합격했다.

◈ 민복윤閔復潤
춘일春日

經旬臥病得淸明　　병으로 누어 열흘을 지나다가 청명을 만났는데
無那窓前百鳥聲　　창 앞에 많은 새들의 우는 소리도 어찌 없나뇨.
扶杖出門新雨歇　　지팡이 짚고 문을 나서니 내리던 비도 그쳐
緩尋芳草繞階行.　　천천히 방초가 뜰을 두르고 있는 것을 찾아간다.
　　　　　　　　(권 6)

　민복윤閔復潤의 자는 무숙武叔이다.

✛ 장수인張壽仁
읍청루挹淸樓

高閣枕流水	고각이 흐르는 물을 베개하고 있어
登臨天欲低	오르니 하늘이 낮고자 한다.
雲歸淸樾外	구름은 맑은 나무 그늘 밖으로 돌아가고
日落白峯西	해는 백봉白峯 서쪽으로 진다.
鳴澗聲相續	우는 시냇물 소리는 서로 이어졌고
疎松影不齊	성긴 소나무 그림자는 가지런하지 않다.
莫言城市近	도시가 가깝다고 말하지 말라
猶恐武陵迷.	오히려 무릉도원武陵桃源이 희미할까 두렵다오.

(권 6)

장수인張壽仁의 자는 정보靜甫이며 대원인大元人이다.

✛ 김진항金鎭恒
동호림정東湖林亭

寂寞僑居僻	객지에서 적막한 두메에 살고 있어
羨君幽意寬	그대의 깊숙한 생각의 너그러움을 부러워한다.
晚花秋濕露	늦게 핀 꽃은 가을 이슬에 젖었고
虛箔夜生寒	빈 발이 밤이면 차가워진다.
野老參詩席	야로野老도 시 짓는 자리에 참석하고
江漁上酒盤	강에서 잡은 생선이 술상에 오른다.
古槐明月到	늙은 느티나무에 밝은 달빛이 비치면

淸影落簷端   맑은 그림자가 처마 끝에 떨어진다.
(권 6)

김진항金鎭恒의 자는 과회寡悔 호는 농은聾隱이며 의성인義城人이다.

◈ 지종로池宗魯
조춘早春

閉門深巷獨樓遲   깊은 골목에 문을 닫고 홀로 누에 가는 것도 더디며
偏與琴書作好期   편벽되게 금서와 좋은 기약을 만들고자 한다.
日暖鳴禽多在樹   날이 따뜻해지자 우는 새들은 나무에 많이 있고
雪消幽澗暗通池   눈이 녹으니 깊숙한 곳의 냇물은 못으로 흐른다.
病憐春物渾生氣   병으로 봄의 물정에 생기가 도는 것을 좋아하며
窮愧新詩有怨辭   궁해 신시에 원망하는 말이 있다는 것이 부끄럽다오.
夙昔粗聞君子敎   일찍 군자의 가르침을 약간 들었으니
詎隨流俗競力錐.   어찌 흐르는 세상 따라 날카롭게 힘을 다투리오.
(권 6)

지종로池宗魯의 자는 득지得之 호는 성재醒齋이며 충주인忠州人이다.謫

◈ 최윤적崔潤積
춘일春日

山齋瀟灑日西斜   산재가 맑고 깨끗하고 해는 서쪽으로 기울었으며
庭樹紛紛集暮鴉   정원 나무에 요란하게 저녁 갈까마귀가 모인다.
芳草自侵橋上路   꽃다운 풀은 스스로 다리 위의 길로 들어오고

疎烟初起水邊家 성긴 연기는 물가의 집에서 처음 오른다.
殘書曬久多生蠹 남은 책을 볕에 오래 쬐이니 좀이 많이 나오고
麤飯炊來半有沙 굵은 밥을 해오는데 반은 모래가 있다.
節候已知今歲早 기후가 금년에 이른 것을 이미 알고 있었지만
辛夷還發數枝花. 신이화辛夷花가 빠르게 몇 가지에 피었다.

최윤적崔潤積의 자는 군 오君五 호는 죽은竹隱이다.

✧ 김동욱金東旭
용봉산龍鳳山

窈窕招提路 깊고 조용한 절 길이
縈紆紅樹中 단풍나무 가운데로 얽히었다.
鳴泉因過雨 샘물 흐르는 소리는 비가 지나갔기 때문이며
落葉不關風 잎이 떨어지는 것은 바람과 연관된 것이 아니다.
磬徹香烟細 경쇠 소리는 향불 연기처럼 가늘게 들리고
雲歸塔影空 구름은 탑 그림자 빈 곳으로 돌아간다.
砌邊寒菊老 섬돌 가에 찬 국화가 시들자
客子感秋窮. 길손은 가을이 다 간 것을 느낀다.
                              (권 6)

김동욱金東旭의 자는 중인仲仁이며 호는 성재惺齋이다.

◈ 이경효李景孝

모귀暮歸

漁歌一半雜農歌	어가에 반은 농가가 섞이었고
落日蒼烟杳遠坡	해가 지고 푸른 연기가 먼 언덕에 아득하다.
莫厭老牛鞭不進	채찍에 가지 못하는 늙은 소를 싫어하지 마오
箭橋東畔好山多.	전교箭橋 동쪽에 좋은 산이 많다오.

(『대동시선大東詩選』권 6)

이경효李景孝의 자는 성모聖模 호는 화곡花谷이며 완산인完山人이다.

◈ 이인필李寅泌

마포주중麻浦舟中

醉載漁人艇	취해 고기 잡는 사람의 배를 탔더니
湖山夢裏過	호산湖山을 꿈속에서 지났다.
澹烟橫極浦	맑은 연기는 넓은 포구에 비꼈고
白鳥點蒼波	백조는 푸른 물결 위에 떠 있다.
帆影凌空遠	돛대 그림자는 공중을 업신여기며 멀어지고
潮聲向晚多	조수 소리는 밤이 되자 크게 들린다.
扣舷狂興劇	뱃전을 두드리며 미친 흥이 많아
高唱濯纓歌.	탁영가濯纓歌[1]를 높게 부른다.

(권 6)

이인필李寅泌의 자는 과경果卿이며 호는 포계圃溪.

---

1) 세속을 떠나고자 하는 노래.

❖ 석세기石世琪
효행曉行

淺水疎星落	얕은 물에 성긴 별이 떨어졌고
遙山淡月橫	먼 산에 맑은 달빛이 비꼈다.
宿雲人袂濕	머물러 있는 구름은 소매를 적시고
殘葉鳥蹄輕	남은 잎은 새들의 발굽을 가볍게 한다.
陣陣寒鴉起	떼를 지어 갈까마귀는 날고
微微遠樹生	희미하게 멀리 있는 나무들이 나타난다.
朝暉籠野氣	아침 햇빛이 들 기운을 얽어들고 있어
如在畵中行.	그림 속으로 가고 있는 듯하다.

(권 6)

석세기石世琪의 자는 군명君明 호는 서계西溪이다.

❖ 이언유李彦濡
방삼계주인불우訪三溪主人不遇

三溪洞裏數家村	삼계동에 몇 집 되는 마을은
垂柳陰邊半掩門	버들이 드린 그늘에 문을 반쯤 닫았다.
流水桃花人不見	유수에 도화와 사람은 보이지 않고
夕陽歸路暮烟昏.	석양에 돌아오는 길이 저녁연기로 어둡다.

(권 6)

이언유李彦濡의 자는 택지澤之 호는 졸재拙齋.

✧ 이단전李亶佃
관왕묘關王廟

古廟幽深白日寒	옛 사당이 깊숙해 한낮에도 차가우며
儼然遺像漢衣冠	엄연히 남긴 형상은 한의 의관이었소.
當時未了中原事	당시 중원의 일을 마치지 못해
赤兎千年不解鞍.	적토마가 천년 동안 안장을 벗지 못했다오.

(권 6)

이단전李亶佃의 자는 운기耘岐 호는 인헌因軒이며 연안인延安人이다. 재주가 뛰어나 당세에 유명했다.

✧ 홍량호洪良浩
주중망고란사舟中望皐蘭寺

江雨霏霏滿客船	강에 내리는 부슬비가 배에 가득하며
扶蘇王氣冷如烟	부소산扶蘇山의 왕기는 연기처럼 차갑다.
惆悵千年歌舞地	슬프게도 천년 동안의 가무지는
短燈疎磬一僧眠.	짧은 등불 성긴 경쇠소리에 중이 홀로 존다오.

(『대동시선大東詩選』 권 7)

망상산望商山

淸秋九月雁南歸	맑은 가을 구월에 기러기는 남쪽으로 돌아가며
霜菊初黃野稻肥	국화는 처음 피고 들에 벼는 익었다.
何處田家釃白酒	어느 곳이든지 농가에서 탁주를 주며

有時山果落征衣　때때로 산과山果가 옷에 떨어진다.
商山錦樹天中出　상산商山의 아름다운 나무는 하늘에 높게 솟았고
洛水晴雲馬首飛　낙수洛水의 맑은 구름은 말 머리에 날고 있다.
此去郡城應不遠　여기에서 군성郡城이 멀지 않을 것인데
萬株槐柳隱朝暉.　많은 느티나무와 버들이 아침 햇빛을 가린다.

(권 7)

홍량호洪良浩의 자는 한사漢師 호는 이계耳溪이며 풍산인豊山人이다. 문과에 급제했고 문형을 맡았으며 이조판서를 역임했다.

❖ 박윤원朴胤源

오면午眠

庭樹陰濃細雨來　뜰에 나무 그늘이 짙었고 가는 비 내리며
薔薇花落海棠開　장미꽃은 지고 해당화가 피었다.
閒齋寂寂人高臥　한가롭고 고요한 재실에 누워
隔葉鶯聲午夢回.　나뭇잎 속에서 우는 꾀꼬리 소리에 낮잠을 깨었다.

(권 7)

효발평산曉發平山

客睡難爲穩　객지에서 자는 잠이 편안하기 어려우며
關心杳去程　관심은 멀리 가야할 길에 있다오.
聞鷄燈下飯　닭 우는 소리 들으며 등불 아래 밥을 먹고
騎馬霧中行　안개 속에 말을 타고 간다.
遠樹連山暗　멀리 있는 나무들은 산과 연해 어둡고

殘星向水明	남은별은 물을 향해 밝다.
常疑逢猛虎	항시 사나운 범을 만날까 걱정했는데
還喜有人聲.	도리어 사람 소리 있어 기쁘다오.

(권 7)

박윤원朴胤源의 자는 영숙永叔 호는 근재近齋이며 반남인潘南人이다. 감역監役에 임명되었으나 나가지 않았다.

✥ 김리안金履安
성환효발成歡曉發

成歡驛舍鷄三鳴	성환 역사에 닭이 세 차례 울었고
馬渡氷川碎月明	말이 빙천을 건너면서 밝은 달빛을 부숴버렸다.
野濶稀逢行客度	들이 넓어 건너가는 사람을 만나기 드물고
天空獨與旅鴻行	하늘에는 기러기만 홀로 날아간다.
紅雲乍湧星初落	붉은 구름이 잠깐 솟자 별이 빛을 감추었고
白雪微消月漸生	흰 눈이 약간 녹으니 달빛이 점점 살아난다.
遮莫曉風寒透骨	새벽바람이 뼈까지 추운 것을 막지 마오
隔林遙辨酒旗橫.	멀리 건너 숲 속에 주기酒旗가 펄럭인다.

(권 7)

김리안金履安의 자는 원례元禮 호는 삼산재三山齋이며 안동인安東人이다. 유일遺逸로 제주祭酒를 했고 시호는 문헌文獻이다.

✤ 이헌경李獻慶
재입금강再入金剛

山僧候我白雲端	산승山僧이 흰구름 끝에서 나를 기다리며
報道金剛春事闌	금강산의 봄이 늦었다고 알린다.
凍殺杜鵑花萬樹	많은 나무의 진달래꽃이 얼어 죽었고
夜來風雨不勝寒.	밤에 오는 비바람에 추위를 견디기 어렵다오.

(권 7)

이헌경李獻慶의 자는 몽서夢瑞 호는 간옹艮翁이며 문과에 급제했고 판서를 역임했다.

✤ 정범조丁範祖
방취송이희사불우訪醉松李羲師不遇

吾聞李處士	내 들으니 이처사는
抵老臥楊根	늙게 되자 양근楊根에 누웠다오.
魚鳥閒相守	물고기와 새들이 한가로움을 서로 지키고
烟江靜不喧	연기 낀 강도 고요하며 지껄이지 않는다.
性應於道近	성품은 응당 도道에 가깝고
名豈以詩尊	명성이 어찌 시로써 높았겠는가.
八月蒹葭水	팔월 갈대 있는 물에
歸舟一繫門.	돌아갈 배를 문 앞에 매어 놓았다.

(권 7)

정범조丁範祖의 자는 법정法正 호는 해좌海左이며 나주인羅州人이다. 문과에 급제했고 벼슬은 판서를 역임했으며 시호는 문헌文憲이다.

✿ 이병휴李秉休

야좌유감夜坐有感

秋堂夜氣淸	가을이 되면 집에 밤기운이 맑아
危坐到深更	깊은 밤이 될 때까지 앉아 있었다.
獨愛天心月	홀로 하늘에 떠있는 달을 좋아하는 것은
無人亦自明.	사람도 없는데 스스로 밝기 때문이요.
	(권 7)

이병휴李秉休의 자는 경협景協 호는 정산貞山이며 여주인驪州人이다.

✿ 목만중睦萬中

전가사田家詞

蒼蒼暝色生田陂	푸르고 어두운 빛이 밭둑에서 생기고
黃犢前行荷鋪隨	누런 송아지는 앞에 가고 가래 지고 따른다.
顚倒小兒出門語	소아小兒가 급하게 문밖에 나와
曬遲新麥不成炊.	햇보리가 더디게 말라 밥을 할 수 없다고 한다.
	(권 7)

목만중睦萬中의 자는 유선幼選 호는 여와餘窩이며 사천인泗川人이다. 문과에 급제했고 벼슬은 지중추知中樞를 역임했다.

✧ 김종수金鍾秀
즉사卽事

簷外松籬籬外溪	처마 밖은 소나무 울타리, 울타리 밖은 시내며
小池荷葉與波齊	작은 못에 연잎이 물결과 가지런하다.
林花自落無人到	숲에 꽃이 떨어지나 사람은 오지 않고
時有幽禽三兩啼.	때때로 몇 마리의 산새만 운다.

(권 7)

김종수金鍾秀의 자는 정부定夫 호는 몽촌夢村이며 청풍인淸風人이다. 문과에 급제했고 문형을 맡았으며 우의정을 역임했고 시호는 문충文忠이다.

✧ 이근오李覲吾
시랑대侍郎臺(재기장在機張)

地若賢人隱草萊	땅도 현인처럼 황폐한 곳에 숨어 있어
春風三月一驢來	봄바람 부는 삼월에 나귀를 타고 왔다오.
從古江山無定主	예부터 강산은 정한 주인이 없어
不妨今作正郎臺.	지금 정랑대正郎臺 짓는 것이 해롭지 않을 것이오.

(권 7)

충렬사忠烈祠(향이충무순신享李忠武舜臣)

匹馬南來往事尋	말을 타고 남쪽으로 와서 지난 일을 찾았더니
數間祠宇竹林深	몇 간의 사당이 깊은 대밭 속에 있다.
風濤時作將軍怒	때때로 일어나는 파도는 장군의 성내는 것이고

星日昭臨烈士心　별과 해가 밝게 비치는 것은 열사의 마음이라오.
雲鎖閒山蒼海逈　구름이 한산도를 가리어 푸른 바다가 멀고
橋橫鑿浦晚潮侵　착포의 다리에 늦은 조수가 밀려온다.
至今擁節多遺裔　지금도 옹절擁節한 후손이 많으며
龜首蒙衝繫古潯.　구수龜首는 충격을 무릅쓰고 물가에 매여있다.
　　(권 7)

　이근오李覲吾의 자는 성응聖應 호는 죽오竹塢이며 울산인蔚山人이다. 문과에 급제했으며 벼슬은 정랑正郎.

◈ 이좌훈李佐薰
강상고사江上古寺

薄暮疎鍾度遠林　저물 즈음 성긴 종소리 먼 숲에서 들려오고
寒山寂寂老僧心　차가운 산의 고요함은 늙은 스님의 마음이라오.
水流鳥語無人到　물은 흐르고 새는 울고 있으나 찾는 사람이 없고
明月梨花一院深.　밝은 달과 배꽃에 절은 깊다오.
　　(권 7)

출루원出樓院

馬嘶遊子出　말이 울어 길을 출발하니
平野自多聞　넓은 들에 들리는 소리가 많다.
鳥獸寒皆伏　새와 짐승들은 추워 모두 업드렸고
松杉翳不分　솔과 삼나무는 가리어 구분하기 어렵다.
楊州秋欲雪　양주의 가을에는 눈이 내리고자 하며

華嶽暮生雲　화악華嶽에는 저문데 구름이 끼었다.
小店臨溪在　작은 가게가 시냇가에 있는데
柴扉對夕暉.　사립문에 저녁 햇빛이 비친다.
　　　　　　　(권 7)

이좌훈李佐薰의 자는 국보國輔 호는 연암烟巖 평창인平昌人이다.

✿ 이가환李家煥
연광정練光亭

江樓四月已無花　강루江樓는 사월에 이미 꽃이 없으며
簾幕薰風鷰子斜　염막에 따뜻한 바람이 불자 제비가 날고 있다.
一色綠波連碧草　한 빛으로 파란 물결이 푸른 풀과 연했는데
不知別恨在誰家.　이별의 한이 뉘집에 있는지 알 수 없다오.
　　　　　　　(권 7)

이가환李家煥의 자는 정조庭藻 호는 금대錦帶이며 여주인驪州人이다. 문과에 급제했고 벼슬은 형조판서 역임.

✿ 이가환李嘉煥
암오巖㠀

不信沙鷗海客親　사장의 백구와 친할 수 있다는 것을 믿지 않았는데
忘機始覺野禽馴　망기忘機[2]한 후 들새도 길들일 수 있음을 알았다.
遇來幽磵冥心坐　우연히 깊숙한 냇가에 고요한 마음으로 앉았더니

---

2) 세속의 일이나 욕심을 잊는 것.

出沒巖鼯自近人.　출몰하는 박쥐가 사람 가까이 온다.
　　　　　　　　　(권 7)

　이가환李嘉煥의 자는 길보吉甫 호는 예헌例軒이며 여주인驪州人이다.

✧ 정약용丁若鏞
능허당凌虛堂

烈士碑前開矗石　열사烈士의 비 앞에 촉석루가 있고
義娘祠外流菁川　의낭義娘의 사당 밖에 청천菁川이 흐른다.
劍幕酒闌壯心裂　검막劍幕에 술이 다하니 장한 마음이 찢어지고
舞筵花落芳魂翩　춤추던 자리에 꽃이 지자 꽃다운 넋이 날아간다.
朧朧樹色自春郭　흐린 나무 빛은 봄 성곽부터 시작되고
渺渺烟波空暮天　아득한 안개는 저문 하늘을 덮었다.
戰地留爲遊宴處　싸우던 땅이 잔치하는 곳이 되었으니
客情風物共悽然.　나그네의 감정과 풍물이 함께 처연하다오.
　　　　　　　　　(권 7)

　정약용丁若鏞의 자는 미용美庸 호는 다산茶山이며 나주인羅州人이다. 문
과에 급제했고 벼슬은 승지承旨에 그쳤다.

✧ 이삼환李森煥
절양류折楊柳

楊柳依依拂地垂　버들이 늘어져 땅에 드리웠는데
爲君攀折兩三枝　그대를 위해 두서너 가지 꺾었다.
離情亦似風前葉　헤어지는 정은 바람 앞의 나뭇잎 같아

搖蕩東西不自持.   동서로 흔들리어 스스로 가지지 못한다.
                  (권 7)

등월파루登月波樓

登臨忘遠役   오르니 멀리서 할 일을 잊게 되며
山水逼人留   산과 물이 사람을 머물게 핍박한다.
壁削城因起   벽이 깎이자 성을 쌓게 되었고
波漂月欲流   파도가 뜨니 달이 흘러가고자 한다.
兩山開垣路   두 곳 산에 담장길이 열렸고
巨石戴飛樓   큰 돌은 날아갈 듯한 누를 이고 있다.
惆悵倚欄久   슬퍼 오랫동안 난간에 의지해 있으니
夕陽無限愁.   석양이 한없이 근심스럽게 한다.
                  (권 7)

이삼환李森煥의 자는 자목子木 호는 목재木齋이며 여주인驪州人이다.

❖ 이덕무李德懋.
선연동嬋娟洞

嬋娟洞草賽羅裙   선연동 풀이 비단치마와 서로 자랑하여
剩粉遺香暗古墳   남은 분의 향기가 옛 무덤에 짙다오
現在紅娘休詫艶   지금 홍낭은 아름다움을 자랑말라
此中無數舊如君.   이 가운데 옛날 그대 같은 자가 많았다네.3)
                  (권 7)

---

3) 嬋娟洞은 평양 주변에 있는 지명인데 기생이 죽으면 그곳에 장사했다고
   한다.

✤ 유득공柳得恭
서경잡절西京雜絕

練光亭子浿江邊	연광정은 패강 가에 있으며
浿水西流似逝年	패수는 가는 세월처럼 서쪽으로 흘러간다.
才子佳人回首地	재자와 가인들이 머리 돌리던 땅에
忽忽歌舞夕陽前.	석양이 되기 전에 바쁘게 노래하고 춤을 춘다.

(권 7)

송경잡절松京雜絕 (이수二首)

紫霞洞裏草菲菲	자하동紫霞洞에 풀이 우거졌으며
不見官姬迸馬歸	관희官姬들이 보낸 말 타고 가는 것을 볼 수 없다.
爲是辛王行樂地	신왕辛王[4]이 즐겁게 놀던 땅이었는데
至今猶有燕雙飛.	지금은 오히려 제비가 쌍으로 날고 있다.

(권 7)

荒凉二十八王陵	거칠고 쓸쓸한 이십팔 왕의 능은[5]
風雨年年暗漆燈	해마다 비바람에 어두운 등으로 캄캄하다.
進鳳山中紅躑躅	진봉산進鳳山 속의 붉은 철쭉꽃은
春來猶自發層層.	봄이 오자 스스로 층을 만들어 피고 있다.

---

4) 조선조에서 고려 말기의 禑王 昌王을 辛旽의 아들이라 하여 辛王이라 했음.
5) 松京에 있는 고려왕조의 능을 총칭한 것임.

계림회고鷄林懷古 (이수二首)

城南城北蔚藍峯　성남북의 푸른 하늘에 봉이 솟았고
落日昌林寺裏鍾　해질 즈음 창림사의 종소리 들린다.
閒補東京書畵傳　동경에 전하는 그림과 글씨에 보충하고 싶은 것은
金生筆版率居松.　금생金生의 글씨와 솔거率居의 소나무라오.
　　　(권 7)

三月初旬去踏靑　삼월 초순에 답청하려 갔더니
蛟川花柳鎖冥冥　교천蛟川의 꽃과 버들은 어두움에 막혔다.
流觴曲水傷心事　곡수曲水에 술잔을 흐르게 하는 것은 슬픈 일이니
休上春風鮑石亭.　봄바람에 포석정鮑石亭에는 올라가지 마오.

　　유득공柳得恭의 자는 혜풍惠風 호는 냉재冷齋이며 문화인文化人이다. 진
사進士였으며 벼슬은 규장각검서관奎章閣檢書官과 지중추부사知中樞府事
를 역임했다.

❖ 박제가朴齊家
서경西京

春城花落碧莎齊　춘성에 꽃이 떨어지고 푸른 잔디 가지런한데
從古芳魂此地棲　예부터 꽃다운 혼이 이곳에 쉬었다오.
何恨人間情勝話　사람의 정이 말에 이긴다고 어찌 한하리오
死猶求溺浣紗溪.　죽게 되어도 오히려 빨래한 내에 빠지기를 원한다네.
　　　(권 7)

백운대白雲臺

地水俱纖竟是涯	땅과 물이 모두 약해 결국 물가가 되어
圓蒼所覆累如絲	실처럼 얽혀 둥근 하늘에 덮이었다.
浮生不啻微如粟	부생이 좁쌀처럼 약한 것임에도
坐念山枯石爛時.	앉아 산이 마르고 돌이 익을 때를 생각한다오.

(권 7)

박제가朴齊家의 자는 재선在先 호는 초정楚亭이며 밀양인密陽人이다. 벼슬은 검서관檢書官 이문학관吏文學官을 했다.

◈ 박지원朴趾源

요야효행遼野曉行

遼野何時盡	요동 들을 어느 때 다할 것인가
一旬不見山	열흘 동안 산을 보지 못했다.
曉星飛馬前	새벽 별은 말 앞에서 떨어지고
朝日出田間.	아침 해는 밭 사이에서 뜬다.

(『연암집燕巖集』 권 4)

억선형憶先兄

我兄顏髮曾誰似	우리 형 모습이 누구를 닮았을까
每憶先君看我兄	돌아가신 아버지 생각나면 형을 보았다오.
今日思兄何處見	오늘날 형이 생각나면 어디에서 보랴
自將巾袂映溪行.	정장을 하고 시냇물에 가서 비춰보리라.

(위와 같음)

산행山行

叱牛聲出白雲邊　소 꾸짖는 소리 흰 구름 가에서 들리며
危嶂鱗膣翠插天　바위로 된 뾰족한 봉우리 푸른 하늘에 솟았다.
牛女何須烏鵲渡　견우와 직녀가 꼭 오작교를 건너려하느냐
銀河西畔月如船.　은하수 서쪽에 배와 같은 달이 있다오.
　　　　　　　　(위와 같음)

원조대경元朝對鏡

忽然添得數莖鬚　갑자기 수염의 줄기가 많아졌으나
全不加長六尺軀　육척의 몸은 전혀 길지 않았다.
鏡裏容顏隨歲異　거울 속 얼굴은 해를 따라 달라지는데
穉心猶自去年吾.　어린 마음은 지난해의 나와 같다오.
　　　　　　　　(위와 같음)

도압록강회수망룡만성渡鴨綠江回首望龍灣城

孤城如掌雨紛紛　고성은 손바닥 같고 비는 어지럽게 내리며
蘆荻茫茫塞日曛　갈대밭은 넓고 날은 어두워진다.
征馬嘶連雙吹角　가는 말은 계속 울고 나팔 소리 요란하며
鄉山渲入萬重雲　고국산천은 짙은 구름 속으로 잠긴다.
龍灣軍吏沙頭返　용만의 군리軍吏들은 사두沙頭에서 돌아가고
鴨綠禽魚水際分　압록강 물새와 고기들도 물에서 나누어진다.
家國音書從此斷　국가와 집 소식 여기로부터 끊어지니
不堪回首望無垠.　머리 돌려 넓은 요동遼東을 바라보기 어렵다오.
　　　　　　　　(위와 같음)

전가田家

翁老守雀坐南坡	노옹이 새를 쫓고자 남쪽 언덕에 앉아 있어
粟拖狗尾黃雀垂	곡식을 끌고 나간 개 꼬리에 참새들이 늘어졌다.
長男中男皆出田	큰 아들 가운데 아들 모두 밭에 나갔으며
田家盡日晝掩扉	집에는 낮에도 종일 사립문이 닫혔다.
鳶蹴鷄兒攫不得	솔개는 병아리를 마주쳐 잡지 못했으나
群鷄亂啼匏花籬	닭들은 놀라 박꽃 핀 울타리에서 울고 있다.
小婦戴棬疑渡溪	젊은 여인 광주리 이고 내를 조심스럽게 건너는데
赤子黃犬相追隨.	어린아이 누런 개가 서로 쫓아 따라간다.

(위와 같음)

박지원朴趾源의 자는 중미仲美 호는 연암燕巖이며 반남인潘南人이다. 양양부사襄陽府使를 했고 시호는 문도文度임.

◈ 박준원朴準源

간화看花

世人看花色	세상 사람들은 꽃의 빛을 보지만
吾獨看花氣	나는 홀로 꽃의 기운을 본다.
此氣滿天地	이 기운이 천지에 가득해
吾亦一花卉.	나도 또한 하나의 꽃과 풀이라네.

(『대동시선大東詩選』 권 7)

하일우성夏日偶成

夏初景物俯幽軒	초여름 경물을 깊숙한 툇마루에서 굽어보는데
三月沈疴始啓門	석달동안 병을 앓다가 처음 문을 열었다.
樹密鵲巢深不見	나무가 짙어 까치집이 보이지 않고
雲晴鶯語暖仍繁	구름이 개자 꾀꼬리도 따뜻함을 따라 많이 운다.
閒花依砌餘春馥	꽃도 섬돌에 의지해 봄 향기가 남았고
芳草緣池媚夕暄	못에 있는 꽃다운 풀도 저녁 햇빛에 상글거린다.
酒料從今無用處	지금부터 술값은 쓸 곳이 없어
任他枸杞自生園.	구기자가 자생하는 동산에 맡기고자 한다.
	(위와 같음)

　박준원朴準源의 자는 평숙平叔 호는 금석錦石이고 음사蔭仕로 판서判書를 억임했으며 시호는 중헌忠憲이다.

❖ 이언진李彦瑱
촌가村家

童歸簪稻穗	사내아이 벼이삭 꺾어 오고
女出採菁花	계집아이 부추꽃 캐러 간다.
老牸將新犢	늙은 암소가 어린 송아지 데리고
沿溪自認家	시내 따라 제 집으로 찾아온다.
	(『송목관집松穆館集』)

전가사시사田家四時詞

溪入稻田春鴨鬧　　냇물이 논으로 들어가 봄철 오리가 시끄럽고
雨侵茅屋老牛寒　　빗물이 숨어드는 띠집에 늙은 소가 춥겠다.
花朝節後人中酒　　꽃피는 계절이 지난 뒤에 술을 많이 마셔
尙擁綿裘不戴冠.　　아직 이불을 안고 갓을 쓰지 않았다.
　　　　　　　　　　（위와 같음）

추사秋詞

連牛帶犢家家稻　　집집이 소가 송아지를 데리고 벼를 실어 나르며
縛蟹撈魚岸岸燈　　언덕마다 게와 고기 잡는 어등魚燈이 있다.
呼取西隣張社長　　서쪽 이웃집 장사장을 불러
瓦盆沽濁話秋登.　　동이에 담은 탁주 마시며 풍년 농사 이야기한다.
　　　　　　　　　　（위와 같음）

유선사遊仙詞

夢起綺窓落月橫　　잠을 깨니 창에 지는 달이 가로 걸렸으며
太淸何處曉鍾聲　　하늘 어느 곳에서 새벽 종소리 들린다.
間呼玉女褰珠箔　　옥녀玉女 불러 발을 걷게 하니
雲滿高松鶴不驚.　　높은 나무에 구름이 가득하나 학은 놀라지 않는다.
　　　　　　　　　　（위와 같음）

산사제벽山寺題壁

老衲幽居祇樹林	늙은 중은 깊숙한 숲속에 조심스럽게 있으면서
石橋苔徑入春尋	이끼 낀 돌다리 길로 봄을 찾아간다.
虛潭驟雨垂龍氣	못에 내리는 소나기에 용의 기운이 드리웠고
碧嶂遊雲帶鶴心	푸른 봉에 걸려있는 구름은 학의 마음을 가졌다.
竹裏疎燈僧院靜	대밭 속의 희미한 등불 밑에 절은 고요하고
花間淸磬佛樓深	꽃 사이 맑은 경쇠 소리에 불루佛樓가 깊다.
百靈來聽無生偈	백령百靈이 와서 무생게無生偈를 들으니
每夜松窓月色陰,	밤마다 송창松窓에 달빛이 음침하다.
	(위와 같음)

이언진李彦瑱의 자는 우상虞裳 호는 창기滄起이며 강양인江陽人이다.

✧ 김용한金龍翰
제취향정題翠香亭

竹翠荷香汎一塘	푸른 대와 연꽃 향기 못에 떠있고
小亭新築水中央	작은 정자 물 중앙에 새로 지었다.
公庭吏退閒垂釣	공정에 관리들은 물러가고 한가롭게 낚시를 하니
檻外農歌雨後凉.	난간 밖에 농가 부르고 비온 후 서늘하다.
	(『대동시선大東詩選』 권 7)

김용한金龍翰의 호는 염수헌念睡軒이고 언양인彦陽人이며 진사進士.

◈ 이덕주李德冑

춘강春江

犢鳴靑草岸	송아지는 푸른 풀 언덕에서 울고
潮落白鷗灘	조수는 백구탄白鷗灘에 떨어진다.
日暮人爭渡	날이 저물자 사람들이 다투어 건너가니
春江舟不閒.	춘강에 배가 한가롭지 않다.

(권 7)

이덕주李德冑의 자는 직심直心 호는 하정苄亭이며 전주인全州人이다.

◈ 이서구李書九

촌모村暮

日暮秋原上	해가 저문 가을언덕 위에
四山嵐氣碧	사방산에 남기가 푸르다.
隔溪有歸人	시내 건너 돌아가는 사람이 있더니
柴門烟火夕.	사립문에 저녁연기가 오른다.

(권 7)

추일전원秋日田園

柴門新拓數弓荒	사립문 앞에 얼마의 거친 땅을 개척했더니
眞是終南舊草堂	바로 남산南山 옛 초당자리였다.
藜杖閒聽田水響	명아주 지팡이 짚고 논에 흐르는 물소리 들으며
笋輿時過稻花香	가마 타고 때때로 벼꽃 향기 나는 곳을 지나간다.

魚梁夜火歸寒雨　비오는 밤 다리에 횃불 들고 고기 잡아 돌아오며
蟹窟秋煙拾早霜　일찍 서리 내리는 가을철에 게를 주워온다.
始信鄕園風味好　비로소 시골의 풍취와 맛이 좋다는 것을 믿고
百年吾欲老耕桑.　평생 동안 농사지으며 살고자 한다네.

(권 7)

이서구李書九의 자는 낙서洛瑞 호는 강산薑山이며 완산인完山人이다. 문
과에 급제했고 벼슬은 우의정을 역임했다.

✧ 이승훈李承薰
조곡전가잡영鳥谷田家雜咏

獨木橋西石逕斜　독목교獨木橋 서쪽에 돌길이 비꼈으며
飛飛鳥雀樂山家　새들이 날아 산가山家를 즐겁게 한다.
春來門巷皆相似　봄이 오자 문 앞의 골목이 서로 비슷해
紅荳棚前白杏花.　홍두紅荳의 시렁 앞에 흰 살구꽃이 피었다.

(권 7)

송홍이중승장출재평택送洪二中承丈出宰平澤

囊印封苔早放衙　주머니 도장을 봉하고 일찍 아문을 나서니
鳥下官庭蒲草斜　새들은 뜰에 내려오고 부들풀은 비끼었다.
春後野民何事訟　봄이 지나면 농민들이 무슨 일로 송사하랴
東家黃犢走西家.　동가東家의 누런 송아지가 서가로 달려간다.

(권 7)

잡화雜花

庭花隱亂草	뜰에 꽃이 어지러운 풀에 가리어
長夏續能開	긴 여름에도 계속 필 수 있었다.
分戶色相映	문은 나누었으나 색깔은 서로 비치고
襲衣香暗來	옷을 엄습하여 향기가 짙게 난다.
幽禽便喜蹋	깊숙한 곳에 있는 새는 밟는 것을 기뻐하고
飛蝶自知廻	나는 나비는 스스로 돌아가는 것을 안다.
微卉眞堪愛	작은 풀이지만 진실로 사람스러운 것은
不須勤手栽.	손으로 부지런히 가꾸지 않는 것이오.
	(권 7)

　이승훈李承薰의 자는 계경繼卿 호는 만천蔓川이며 평창인平昌人이다.

✥ 홍인모洪仁謨
산촌山村

兩三茅屋澹生涯	두서너 띠집으로 생애가 담백하며
門外蒼陰一樹槐	문 밖에 푸른 그늘의 느티나무가 있다.
谷裡忽醒樵唱起	갑자기 깨니 골짜기에서 노래 소리 들리는데
村童十歲慣挑柴.	십여 세 된 마을아이 나무하며 부른다.
	(권 7)

　홍인모洪仁謨의 자는 이수而壽 호는 족수당足睡堂이며 풍산인豊山人이다. 음사蔭仕로 승지承旨를 역임했다.

윤필병尹弼秉

탄금대회고彈琴臺懷古

彈琴臺逈水潾潾	탄금대에 멀리 흐르는 물은 맑으며
立馬長洲一愴神	긴 물가에 말을 세우니 마음이 슬퍼진다.
大野虹垂餘戰氣	큰 들에 드리운 무지개에 싸우는 분위기가 남았고
亂松烏落啄窮塵	나무에서 떨어진 까마귀는 궁해 흙을 쫓는다.
徒聞飛將威邊塞	단지 변방에서 비장군飛將軍[6]의 위엄을 들었는데
豈是兵仙誤後人	어찌 병선兵仙[7]이 뒷사람에게 잘못하겠는가
遺恨不隨灘石去	남은 한이 여울돌을 따라가지 않고
至今雲鳥亦含嚬.	지금도 운조雲鳥는 찡그림을 머금고 있다.

(권 7)

　　윤필병尹弼秉의 자는 이중彝仲 호는 무호암無號庵이며 파평인坡平人이
다. 문과에 급제했고 벼슬은 우윤右尹을 역임했다.

권사權襛

귀홍歸鴻

南方天氣早暄暉	남쪽은 기후가 일찍 따뜻해
臘月賓鴻已北飛	설달에 왔던 기러기가 이미 북쪽으로 날아갔다.
尙記秋來隨我後	아직도 가을이 올 때 내 뒤에 따라온 것을 기억하는데

---

6) 여기에서 飛將軍은 임진왜란 때 그곳에서 전사한 申砬將軍을 지칭한 것
　이 아닌가 한다.
7) 兵仙은 누구를 지칭한 것인지 알 수 없으나, 이 경련은 申砬을 중심으로
　전하는 野話와 상관이 있지 않은가 한다.

可堪今日爾先歸.   오늘은 네가 먼저 돌아가게 되는구나.

(권 7)

권시權禩의 자는 공저公著 호는 엽서葉西 안동인安東人이다. 문과에 급제했고 벼슬은 병조판서를 역임했다.

❖ 이명환李鳴煥

공주도중公州道中

早發迷前路	일찍 출발했더니 앞길이 희미하고
孤村隔水遙	고촌孤村은 물 건너 멀리 있다.
寒雲凝不散	찬 구름은 엉기어 흩어지지 않고
凍雪積難消	언 눈은 쌓여 녹기가 어렵다.
病僕愁扏嶺	병든 종은 재 넘는 것을 근심하고
疲驢怯渡橋	피곤한 나귀는 다리 건너는 것을 무서워한다.
熊川何處是	웅천熊川이 어느 곳에 있나뇨
極目雁飄飄.	날아가는 기러기를 멀리까지 바라본다.

(권 7)

이명환李鳴煥의 자는 패겸佩謙 호는 겸재謙齋이며 여주인驪州人이다.

❖ 황덕길黃德吉

과금성마상차순암운過金城馬上次順菴韻

征驢緩驅不須催	가는 나귀를 천천히 몰아 재촉하지 않으며
歷歷千山管領來	지나온 많은 산들을 자세히 살펴 왔다.

纔到金城峰漸削　금성金城에 이르자 봉들은 점점 깎은 듯해
行人說是近蓬萊.　지나는 사람이 봉래산蓬萊山이 가깝다고 말한다.
(권 7)

　　황덕길黃德吉의 자는 이길而吉 호는 하려下廬이며 회산인檜山人이다.

✧ 최천익崔天翼
금릉송객金陵送客

木落霜清感歲華　나뭇잎 지고 서리 맑아 세월이 빠름을 느낄 수 있어
鬢邊添却數莖皤　살쩍머리에 몇 줄기 흰 머리를 더했다.
浮生在世誰非客　이 세상 부생이 누군들 나그네 아닌 자가 있으며
到處安棲便是家　가는 곳마다 편안히 쉴 수 있으면 집이라네.
鷺性豈眞慚伴鶴　백로가 어찌 학과 짝하는 것을 부끄럽게 여기며
蓬心猶自戀依麻　다북대는 오히려 삼에 의지하는 것을 좋아한다오.
若疑老眼迷花柳　만약 노안이 화류花柳에 미혹하는 것을 의심한다면
不獨芬芳此地多.　꽃다운 향기가 이 땅에만 많이 있지 않을 것이다.
(권 7)

　　최천익崔天翼의 자는 진숙晋叔 호는 농수農叟이며 흥해인興海人이다.

✧ 홍우교洪禹敎
구일객중九日客中

九月高江秋氣寒　구월의 고강에 가을 기운이 차가운데
他鄉與爾旅懷寬　타향에서 너와 같이 있어 객지의 감정이 너그럽다.

黃花不合白頭近	국화를 흰 머리에 가까이 하는 것은 합당치 못하고
紅樹何妨醉眼看	단풍을 취한 눈으로 보는 것이 어찌 방해가 되랴.
鄴下詩翁猶臥病	업하鄴下의 시옹詩翁은 오히려 병으로 누워있으나
洛陽年少摠高官	낙양洛陽의 소년들은 모두 고관이 되었다.
甕間濁酒宜同醉	독에 있는 탁주로 같이 취하는 것이 마땅하며
窓下淸風吹葛冠.	창 아래 맑은 바람이 갈관葛冠에 분다.

(권 7)

홍우교洪禹敎의 자는 도여道汝 호는 서주西洲이며 남양인南陽人이다.

❖ 이지용李志容
제야유회除夜有懷

春城雨雪正霏霏	춘성에 눈과 비가 부슬부슬 내려
遊子思鄕又未歸	나그네가 고향 생각하나 돌아가지 못했다.
天地百年今我半	이 세상에 백년 산다면 지금 반이 되었으며
江湖千里故人稀	시골에 멀리 떨어져 있어 친구도 드물다.
窮途晩覺陶潛是	곤궁하자 도연명陶淵明이 옳았음을 늦게 깨달았고
垂老方知蘧瑗非	늙으면서 거원蘧瑗이 잘못한 것을 알게 되었다.
惟有殘燈同守歲	오직 등불과 함께 이 해를 지키고 있는데
客窓晨影轉依微.	여관 창에 새벽 그림자가 희미하게 밝아온다.

(권 7)

이지용李志容의 자는 자옥子玉 호는 남고南皐이며 성주인星州人이다. 문과에 급제하고 벼슬은 장령掌令에 그쳤다.

◈ 이정운李鼎運
안시성安市城

只麼遼東十雉城	이러한 요동의 십치성十雉城[8]에
虯髥天子此提兵	규염천자虯髥天子[9]가 군사를 이끌고 왔다네.
終然狼狽三韓去	마침내 삼한에서 낭패를 당하고 갔으며
壞了飛騰百戰名	높았던 백승의 명예가 무너졌다오.
古壘草縈楊萬骨	옛 진터의 풀은 양만춘楊萬春[10]의 뼈를 얽었고
夕陽鳥下蔚遲營	석양이면 새들은 울지경덕蔚遲敬德[11]의 진터에 내려온다.
今人坐講防胡策	지금 사람은 앉아 방호책防胡策을 말하면서
皮弊恭爲萬里行.	가죽이 해어지기까지 공손하게 만 리 길을 간다오.

(권 7)

이정운李鼎運의 자는 공회公會 호는 오사五沙이며 연안인延安人이다. 문과에 급제했고 벼슬은 판서를 역임했으며 시호는 정민貞敏이다.

◈ 황념조黃念祖
우감寓感

匹馬長安百感新	필마로 서울을 찾으니 많은 감정이 새로워
爾來世事海生塵	지나오면서 세상일은 많이 바뀌었다오.
天寒客子投何處	날씨가 찬데 나그네는 어느 곳으로 가랴

---

8) 雉城은 성 위에 작은 담이 쳐있는 것을 말함.
9) 唐 太宗의 수염이 억세었다고 해 그를 지칭하여 虯髥天子라 함.
10) 唐 太宗이 침입해 왔을 때 安市城을 지켰다는 高句麗의 장수.
11) 唐 太宗 때 유명했던 장수의 성명.

甲第皆非舊主人.　　좋은 집들은 모두 옛 주인이 아니라오.

　　　　　　　　　　(권 7)

황염조黃念組는 평양인平壤人이다.

✧ 정상관鄭象觀
과부곡寡婦哭

寡婦當秋夕　　　　과부가 추석을 맞이하여
靑山盡日哭　　　　푸른 산에서 종일 울고 있다.
下有黃稻熟　　　　밑에 누런 벼가 익었으나
同耕不同食.　　　같이 가꾸었는데 함께 먹지 못한다오.

　　　　　　　　　　(권 7)

정상관鄭象觀은 연일인延日人이다.

✧ 나치욱羅致煜
계촌상봉溪村相逢

睡足柴門靜　　　　사립문이 고요해 잠을 잘 잤으며
客來山雨收　　　　손이 오자 산에 비도 그쳤다.
芳時兼有酒　　　　좋은 때에 술까지 있으며
暇日共登樓　　　　한가한 날 함께 누에 올랐다.
鳥下孤峰夕　　　　고봉에서 저녁이면 새들이 내려오고
風凉大麥秋　　　　보리에 가을이면 바람이 서늘하다.
漁翁看月約　　　　어옹이 달을 보고 약속하여

聊向白鷺洲.　　　백로주로 가고자 한다.

　　　　　　　　(권 7)

　　나치욱羅致煜의 자는 광백光伯 호는 만보재晩保齋이며 예장인豫
章人이다.

✤ 신리규辛履奎
도의곡搗衣曲

郞君身未長　　　낭군은 키가 크지 않았는데
出塞今三年　　　이제 변방에 간 것이 삼년이 되었다오.
持尺疑寬窄　　　자를 잡고 넓은지 좁을지 망설이며
寒燈坐不眠.　　　등불 아래 앉아 자지 못한다.

　　　　　　　　(권 7)

　　신리규辛履奎의 자는 태소太素 호는 함계菡溪이며 영산인靈山人이다.

✤ 강인회姜寅會
절구絶句

霜落丹楓葉　　　서리가 단풍잎에 떨어지고
潮平白鷺洲　　　조수는 백로주에 편편하다.
柴門五更夜　　　사립문에는 오경五更의 밤이요
烟雨一江秋.　　　안개비에 전체 강이 가을이라네.

　　　　　　　　(권 7)

강인회姜寅會의 호는 서치書痴이며 진주인晉州人이다.

◈ 한석호韓錫祜

우화관藕華館

寒塘水接白門橋	못에 물은 백문교白門橋와 접했으며
橋上行人夜弄簫	밤에 다리를 지나가는 사람이 통소를 분다.
花鴨一雙衝月起	오리 한 쌍이 달을 향해 날자
滿簾荷影不勝搖.	주렴에 가득한 연그림자가 많이 흔들린다.
	(권 7)

한석호韓錫祜의 자는 혜중惠仲 호는 혜원蕙畹이고 청주인淸州人이며 진사進士.

◈ 윤용尹熔

노상별인路上別人

衆鳥同投一枝宿	뭇 새들은 한 가지에 같이 와서 자다가
平明各自東西飛	날이 밝으면 각자 동서로 날아간다.
落花芳草春如夢	꽃은 지고 풀이 꽃다운 봄은 꿈같은데
腸斷千山匹馬歸.	슬프게도 많은 산을 필마 타고 돌아간다.
	(권 7)

윤용尹熔의 호는 청고靑皐이며 진사進士.

◈ 정지묵丁志黙
남계어적南溪漁笛

南溪春水碧如蘿　　남계의 봄물이 담쟁이덩굴처럼 푸르고
柳楊風絲拂岸斜　　바람에 버들가지는 언덕에 비껴 흔들린다.
漁父一聲煙裏笛　　안개 속에 어부가 부는 저 소리에
靑禽驚起夕陽洲.　　청금靑禽이 석양에 비친 물가에서 놀라 날고 있다.
　　　　　　　　　(권 7)

정처사산거丁處士山居

醉歃烏帽坐斜暉　　취해 오사모烏紗帽를 쓰고 비낀 햇빛에 앉았으니
風動松花落滿衣　　바람에 송화松花가 옷에 가득하게 떨어졌다.
簾外亂山多在眼　　주렴 밖에 어지러운 산이 많이 보여
三春不掩小柴扉.　　삼춘 동안 작은 사립문을 닫지 않았다.
　　　　　　　　　(권 7)

　　정지묵丁志黙의 자는 원길元吉 호는 운곡雲谷이며 나주인羅州人이다. 벼
슬은 좌윤左尹을 역임했다.

◈ 최연록崔延祿
춘일교행春日郊行

穿雲出谷杏花飛　　구름을 뚫고 골짜기를 나서니 살구꽃이 날며
長笛斜風冒雨歸　　비낀 바람에 저를 불며 비를 무릅쓰고 돌아온다.
十里騎牛芳草路　　소를 타고 십리의 아름다운 길을 가는데

數村煙起野人稀.　두어 마을에 연기가 일고 들에 사람은 드물다.
　　　　　　　　　（권 7）

　최연록崔延祿의 자는 경수慶綏 호는 방곡芳谷이고 완산인完山人이며 벼슬은 판관判官을 했다.

❖ 엄계응嚴啓膺
촌중기실村中記實

村女往舅家	시골 여인이 시집을 가고자 하는데
舅家在他鄕	시집은 타향에 있다.
今日爲新婦	오늘 신부가 되어
臨水照嚴粧	물에 다다라 화장을 비추어 본다.
大兄擔橡栗	큰오빠는 상수리와 밤을 졌고
小兄持壺觴	작은오빠는 술병과 잔을 가졌다.
原頭拜阿母	언덕 머리에서 어머니에 절을 하고
垂涕遙相望	눈물을 흘리며 멀리까지 서로 바라본다.
萋萋芳草路	꽃다운 풀이 무성한 길에
駕牛故彷徨.	멍에 한 소를 일부러 헤매게 한다.

　　　　　　　　　（권 7）

　엄계응嚴啓膺의 자는 치수稚受 호는 연석燕石이며 영월인寧越人이다.

✧ 오경화吳擎華

대주유감對酒有感

對酒還憐白髮多	술을 대하니 백발이 많아 가련한 것은
年光如水不停波	세월이 물같아 물결을 머물게 하지 못하기 때문이요.
山鳥傷春春已暮	산새도 봄을 슬퍼하지만 봄은 이미 저물어
百般啼奈落花何.	백반으로 울었으나 떨어진 꽃을 어찌하리오.

(권 7)

오경화吳擎華의 자는 자형子馨 호는 경수瓊叟이며 낙안인樂安人이다.

✧ 이택무李宅懋

조춘등루早春登樓

幾日緣閒閉門幽	며칠 동안 한가해 깊숙하게 문을 닫았다가
春光恰好上高樓	봄빛이 좋은듯해 높은 누에 올랐다.
茶煙繞箔淸於水	차 연기는 발을 둘러 물보다 맑고
竹雨鳴簷冷似秋	대에 내린 비로 처마가 얼어 가을처럼 차다.
漸覺溪山生艶態	시내와 산에 고운 태깔이 나타남을 느끼겠고
從敎花鳥喚新愁	꽃과 새들에 새로운 근심을 부르게 시킨다.
澗水消盡江波濶	냇물이 모두 녹아 강물이 많아지자
且學漁翁理小舟.	어옹에게 작은 배 젓는 것을 배운다.

(권 7)

이택무李宅懋의 자는 윤거允居이며 무과武科에 급제했다.

◈ 이경안李景顔
임계만흥臨溪漫興

溪水潺湲白映沙	냇물은 졸졸 흐르고 흰 빛이 모래를 비치며
竹扉閒掩是誰家	대 사립문이 한가롭게 닫힌 것은 뉘집인가.
幽人獨坐芳菲盡	유인幽人이 홀로 앉아 향기로움이 다하자
長對山榴一樹花.	길이 석류나무의 꽃을 대한다네.

(권 7)

이경안李景顔의 자는 낙도樂道 호는 격천格川이며 광주인廣州人이다.

◈ 차좌일車佐一
유족종혹계지주희답有足腫或戒止酒戲答

曾讀軒岐術	일찍 의술에 관한 책을 읽었으나
元無禁酒方	월래 금주하는 처방은 없었다오.
生爲醉鄕伯	살아서는 취향醉鄕의 맏이 되겠고
死作修文郞	죽으면 수문랑修文郞을 하고 싶다오.
足痛今何有	발 아픈 것이 지금 어디에 있는가
身名久已忘	몸과 명예를 잊은 지 이미 오래였다.
對君須痛飮	그대를 대해 꼭 많이 마시고 싶으니
內托外應良.	수술하고 보약 먹으면 나을 것이네.

(권 7)

차좌일車佐一의 자는 숙장叔章 호는 사명자四名子이며 연안인延安人이다.

◈ 김재희金載禧
청류당聽流堂

蕉葉飜窓荷拂衣	파초 잎이 창을 뒤치고 연잎은 옷을 떨치며
茅齋獨坐數鴉歸	모재에 앉아 갈까마귀 돌아오는 것을 헤아린다.
兒傳甕裏新醪熟	아이는 독에 탁주가 익었다고 전하며
況復前溪魚正肥.	또 앞내에 물고기가 살지다고 한다.

(권 7)

김재희金載禧의 자는 중우仲祐 호는 수재遂齋이다.

◈ 김낙서金洛瑞
등석과창곡燈夕過蒼谷

高林斜月靄餘輝	높은 숲에 달이 비껴 구름에 빛이 남았고
上路行歌聞漸稀	길에 오르니 노래 소리 점점 드물게 들린다.
隔樹殘燈餘數點	숲 너머 까물거리는 등불이 몇 점 남았는데
誰家尙待醉人歸.	뉘 집에서 아직 취해 돌아오는 사람 기다리나뇨.

(권 7)

송석원전춘松石園餞春

百年使有駐春遲	평생에 봄이 머무는 것을 더디게 할 수 있다면
今我應爲未老時	지금 내가 분명히 늙지 않았을 것이다.
少壯幾何成雪髮	젊음이 얼마가 되면 머리발이 희게 되며
風雨無奈落花枝	비바람에 꽃이 떨어진 가지를 어찌하랴.

殘暉冉冉登高送　남은 빛의 흐르는 상태는 높은 곳에 올라 보내며
芳樹依依去後思　무성한 꽃다운 나무는 떠난 후에 생각하리라.
安得餘生比松石　어쨌든 여생을 송석松石과 비교할 수 있다면
不關靑帝往來期.　봄이 오고가는 기약을 관계하지 않을 것이오.
　　　　　　(권 7)

　　김낙서金洛瑞의 자는 문초文初 호는 호고재好古齋이다.

✧ 천수경千壽慶
추야상국秋夜賞菊

圓齋秋夜碧松淸　원재圓齋의 가을밤에 푸른 소나무는 맑으며
石上潺流佩響輕　바위 위에 잔잔히 흐르는 물은 가벼운 울림을 가졌다.
藻荇鱗鱗交樹影　인린한 마름은 나무 그림자와 사귀며
風霜淅淅應山鳴　석석한 풍상은 산 울음과 호응한다.
齡頹蟋蟀凄仍懼　늙은 귀뚜라미는 차가워하다 인해 무서워하며
歲暮衣裳薄自驚　해가 저물자 의상이 엷은 것에 스스로 놀란다.
白酒故人來月色　달밤에 친구가 탁주를 가지고 왔으니
欄頭共賞菊花明.　난간머리에서 함께 국화를 감상하고자 한다.
　　　　　　(권 7)

　　천수경千壽慶의 자는 군선君善 호는 송석원松石園이며 금계인錦
溪人이다.

◈ 오득인吳得麟

추야상국秋夜賞菊

平明驅馬故都行	날이 밝아 말을 타고 고도故都에 갔더니
行過羅陵草樹生	지나가는 여러 능에 풀과 나무가 자랐다.
臺屹瞻星空疊石	우뚝한 첨성대는 돌만 첩첩이 쌓였고
基存半月已荒城	터만 남은 반월성은 이미 황폐했다.
如何覇國千年盛	얼마나 천년 동안 나라를 강성하게 통치했는데
等是殘碁一局輕	끝나게 된 한 판의 바둑같이 가볍게 되었는가.
世久無人歌麥秀	세월이 오래되어 맥수가麥秀歌[12] 부르는 사람도 없고
秖今惟有客傷情.	지금은 오직 나그네의 슬픈 감정만 있다오.

(권 7)

　오득린吳得麟의 자는 자상子祥 호는 덕암德巖이며 동복인同福人이다.

◈ 장혼張混

답빈答賓

籬角妻舂粟	처는 울타리 옆에서 절구질하고
樹根兒讀書	아이는 나무 밑에서 글을 읽는다.
不愁迷處所	사는 곳이 어렵다고 근심하지 않는 것은
卽此是吾廬.	이곳이 바로 내 집이기 때문이요.

(『이이엄집而已广集』권 4)

---

12) 殷나라의 箕子가 은나라가 망한 후 은나라 故都를 지나면서 지었다고 하
　는 노래.

모춘暮春

我家花樹中	내 집이 꽃나무 가운데 있어
花發自春早	이른 봄부터 꽃이 핀다.
日日飫看花	날마다 꽃을 많이 보아
不知花色好.	꽃이 좋은 줄을 알지 못한다오.

(같은책 권 4)

춘사春詞

山色晴明豁洞天	산 빛이 청명하고 하늘도 넓으며
暖雲如絮柳如烟	구름은 솜 같고 버들은 연기같다.
溪上掩門春日靜	냇가에서 문을 닫고 봄날도 고요한데
數聲啼鳥抱書眠.	두어 마리 새 우는 소리에 책을 안고 존다오.

(같은책 권 5)

조지원천약송석원趙芝園踐約松石園

長往知無策	長往에 좋은 방책이 없음을 알았으니
浮生歎有涯	浮生이 한계가 있음을 탄식한다오.
時將林下趣	때로는 숲 밑에서 아취雅趣를 가졌고
來會故人家	친구 집에 가서 모이기도 했다네.
雨井蛙翩出	비 내리는 우물에 개구리가 뒤치며 나오고
風溪燕掠斜	바람 부는 냇가에 제비가 휙 채며 빗겨 난다.
留君同夜宿	그대를 머물게 하여 같이 자고자 하는 것은
吾室蓄蘭花.	내 방에 기룬 난초가 꽃이 피었오.

(같은책 권 6)

서정중야기망월상西亭中夜起望月上

深溪門掩兩三家	깊은 냇가 몇 채의 집들은 문을 닫았고
老樹巉岏宿暮鴉	높은 산 늙은 나무에 저녁이면 갈까마귀가 잔다.
睡起回風鳴落葉	자다 일어나니 바람에 낙엽 소리 들리고
酒醒寒月在黃花	술을 깨니 달빛이 국화를 비친다.
久吟山曉衣裳冷	산골 새벽에 오래 읊으니 옷이 차갑고
獨立池淸鬢髮斜	홀로 맑은 못가에 서 있자 살쩍머리가 날린다.
時有新香生竹外	때때로 대밭 밖에서 새로운 향기 나더니
小童初碾雪坑茶.	소동이 처음으로 설갱다雪坑茶를 간다네.

(같은책 권 7)

장혼張混의 자는 원일 元一 호는 이이엄而已广이며 결성인結城人이다.

◇ 오명철吳命喆
북장모춘北莊暮春

桃花一一傍人飛	도화桃花가 하나씩 옆에서 날며
寂寞高齋午影微	쓸쓸한 서재에 한낮 그림자가 희미하다.
已有靑山兼白水	이미 푸른 산과 맑은 물을 겸하고 있는데
豈將烏帽換蘿衣	어찌 오모烏帽를 가지고 나의蘿衣와 바꾸랴.
垂楊滿院鶯歌出	정원에 가득한 수양에 꾀꼬리가 울고
芳草連天燕子歸	꽃다운 풀이 많은 곳에 제비가 돌아왔다.
澗叟園翁知供客	시골 늙은이들이 손을 받들 줄 알아
春來無月不開扉.	봄이 오면 날마다 사립문을 열지 않는 날이 없다.

(『대동시선大東詩選』 권 7)

오명철吳命喆의 자는 군보君保이다.

✧ 왕협王莢

송호한씨촌松湖韓氏村

浦汀路出白鷗沙	포구浦口의 길로 백구가 있는 사장으로 가니
近海漁人五十家	바다 가까이 어부의 집이 오십여 채가 있다.
見客閒談居水好	손을 보고 물가에 사는 것이 좋다고 한담하며
不知斜日隱蘆花.	지는 해가 갈대꽃에 숨는 것을 알지 못했다.

(권 7)

왕협王莢의 자는 보명步明 호는 몽호夢湖이며 곡령인鵠嶺人이다.

✧ 왕태王太

강각체우전춘江閣滯雨餞春

城中人欲老	성중城中에서는 사람이 늙고자 해
江閣一春間	강각江閣에서 이 봄을 보냈다.
芳草連天雨	하늘과 잇닿은 꽃다운 풀에 비가 내리고
桃花兩岸山	양쪽 언덕에 복숭아꽃이 피었다.
石村沽酒去	석촌石村으로 술을 사러가고
烟渚捉魚還	안개 낀 물가에서 고기를 잡아온다.
回想要津處	이곳 나루를 살펴보면
應無似我閒.	분명히 나처럼 한가한 사람은 없을 것이오.

(권 7)

왕태王太의 자는 보경步庚이며 호는 수리數里다.

✧ 정란鄭瀾
자고사鷓鴣詞

江南江北鷓鴣啼	강 남북 쪽에서 자고鷓鴣가 울다가
風雨驚飛失舊棲	비바람에 놀라 날다 옛 쉬던 곳을 잃었다.
日落天涯歸不得	해가 저물어도 천애에서 돌아가지 못하는 것은
瀋陽城外草萋萋.	심양성瀋陽城 밖에 풀이 무성하기 때문이오.

(권 7)

정란鄭瀾의 자는 유관幼觀 호는 창해滄海이며 동래인東萊人이다.

✧ 김려金鑢
만춘유람晚春遊覽

歸鹿亭荒澗水濱	냇가의 귀록정歸鹿亭이 거칠었으니
相公豪貴似浮雲	상공의 호귀豪貴했던 것도 뜬구름 같다오.
浣紗古石無人管	빨래했던 옛 돌은 관리하는 사람이 없고
只敎村婆曬布裙.	단지 마을 할머니가 베치마를 말린다.

(권 7)

재거잡술齋居雜述

微月含西嶺	서쪽 재가 가는 달을 머금고
悄然到五更	초연하게 오경에 이르렀다.

所思不在坐	생각하는 바가 앉아 있는 것에 있지 않는 것은
良夜若有情	좋은 밤이 유정하기 때문이오.
籬坼交麞跡	울타리 허물어진 곳에 고라니가 만난 흔적이 있고
山深慣虎聲	산이 깊어 범 우는 소리 자주 들린다.
懸燈愁的的	등불 아래 근심이 명백한 것은
幽夢苦難成	깊은 잠을 자기 어려운 것이요.

(권 7)

김려金鑢의 자는 홍예鴻豫 호는 담정潭庭이며 연안인延安人이다.

✧ 남경희南景羲
동도회고東都懷古

半月城邊秋草多	반월성 주변에 가을풀이 무성하고
金鰲山上暮雲過	금오산 위에 저문 구름이 지나간다.
可憐亡國千年恨	가련하게도 천년 동안의 나라 망한 한이
盡入樵兒一曲歌.	모두 나무하는 아이들의 노래에 들었다.

(권 7)

남경희南景羲의 자는 중은仲殷 호는 치암癡庵이며 영양인英陽人이다. 문과에 급제했고 벼슬은 정언正言에 그쳤다.

◈ 김조순金祖淳
인천引泉

山泉刳竹引庭除	산속 샘물을 대나무를 뚫어 정원까지 끌었는데
滴處成塘半丈餘	떨어지는 곳에 반 발 정도의 못을 이루었다.
好事童奴成日課	일을 좋아하는 아이종이 일과로 하여
栽蒲設飯養金魚.	부들풀을 밥으로 해 금붕어를 기른다.

(『대동시선大東詩選』권 8)

김조순金祖淳의 자는 사원士元 호는 풍고楓皋이며 과거에 급제했고 문형을 맡았으며 벼슬은 판서를 역임했다. 영안부원군永安府院君이며 시호는 충문忠文이다.

◈ 남공철南公轍
모정일가성茅亭一架成

閑寂堪逃俗	한적하여 속세를 도망하는데 좋을 듯해
淹留幾日回	며칠 머물다가 돌아왔다오.
愁多憑酒散	많은 근심은 술에 의지해 흩었고
病不厭花開	병이 있지만 피는 꽃을 싫어하지 않는다.
鹿臥松陰靜	사슴은 고요한 소나무 그늘에 누웠고
龍吟雨氣來	용은 우기가 오면 읊조린다.
茅亭新入望	모정茅亭에 처음 들어와서 바라보니
突兀出浮埃.	우뚝 솟아 떠있는 티끌을 벗어났다네.

(권 8)

남공철南公轍의 자는 원평元平 호는 사영思穎이며 문과에 급제했다. 문형을 맡았고 벼슬은 영의정을 역임했으며 시호는 문헌文獻이다.

✦ 홍석주洪奭周

차영명영한운次永明詠寒韻

江風打笠捲長纓	강풍이 삿갓을 치기도 하고 긴 갓끈을 말기도 하며
征馬飢寒不敢鳴	가는 말은 굶고 추워 울지도 못한다.
多少危檣掀白浪	약한 돛으로 흰 물결을 흔들고 가면서
還應羨我岸邊行.	내가 언덕으로 다니는 것을 응당 부러워할 것이요.

(권 8)

장단도중長湍途中

浮沈城市久	浮沈하게 되면 성시에 오래 있게 되고
到處劫崎嶇	가는 곳마다 험준한 것이 겁을 준다.
石遷頻高下	돌길은 자주 높기도 하고 낮으며
人烟遞有無	사람이 사는 집의 연기는 멀리서 있다가 없어진다.
纏回暮山口	저문 산 입구에서 겨우 돌아와서
急在春江隅	급하게 봄 강 모퉁이에 있다.
不歷重重險	거듭 험한 것을 겪지 않았다면
何由履坦途.	어찌 평탄한 길을 밟을 수 있으랴.

(권 8)

홍석주洪奭周의 자는 성백成伯 호는 연천淵泉이며 풍산인豊山人이다. 문
과에 급제했고 문형을 맡았으며 벼슬은 우상右相을 역임했다. 시호는 문간
文簡이다.

✧ 강준흠姜浚欽
입금강산入金剛山

來往千峯萬壑間	많은 봉우리와 골짜기 사이를 오고가고 했으나
看看只識半邊顏	단지 반쪽 앞만 보고 알고 있다오.
此身那得升天翼	이 몸이 하늘을 나는 날개를 얻게 된다면
全俯金剛內外山.	금강의 내외산을 모두 내려보리라.

　　　　　　　　(권 8)

강준흠姜浚欽의 자는 백원百源 호는 삼명三溟이며 진주인晉州人이다. 문
과에 급제했고 벼슬은 승지承旨를 했다.

✧ 한치응韓致應
수원팔절水原八絶(선일選一)

隋州不改舊山河	수주隋州13)는 산하가 옛 모습을 바꾸지 않아
父老如今感慨多	지금도 부로들이 느끼는 것이 많다오.
夾路兩行千柳樹	길 양쪽에 두 줄로 늘어선 많은 버드나무들은
枝枝曾拂翠華過.	취화翠華14)가 지날 때 가지마다 떨치었다오.

　　　　　　　　(권 8)

---

13) 水原의 옛 이름.
14) 임금의 旗를 지칭함.

한치응韓致應의 자는 혜보徯甫이며 청주인淸州人이다. 문과에 급제했고
벼슬은 병판兵判을 역임했다.

◈ 김매순金邁淳
출계상득일절出溪上得一絕

觸眼紅芳逕欲迷　눈에 보이는 붉은 꽃으로 길이 아득해
杖藜閒步到溪西　지팡이 짚고 한가롭게 걸어 시내 서쪽에 이르렀다.
夜來一雨誰斟酌　밤에 내린 비를 뉘가 짐작했으랴
纏足開花不作泥.　겨우 꽃은 피겠고 진흙은 될 수 없겠다.
(권 8)

함종도중咸從道中

磴道千回幷礀斜　비탈길은 많이 돌고 내도 아울러 비꼈으며
馬蹄磊落蹋崩沙　말은 태연하게 무너진 모래를 밟는다.
崖縫紫菊無人嗅　언덕을 잡고 있는 붉은 국화를 맡는 사람이 없으나
自向寒天盡意花.　스스로 찬 하늘 향해 힘을 다해 핀 꽃이요.
(권 8)

김매순金邁淳의 자는 덕수德叟 호는 대산臺山이며 안동인安東人이다. 문
과에 급제했고 벼슬은 참판을 역임했으며 시호는 문청文淸이다.

✧ 권식權寔

한야음寒夜吟

幽居歲暮少歡娛	깊숙한 곳에 살아 해가 저물어도 즐거운 것이 적어
掃却殘碁擁小鑪	두던 바둑을 쓸어버리고 작은 술잔을 잡았다.
落木寒砧隨斷續	떨어지는 잎과 다듬이 소리는 끊어졌다 이어지고
頑雲凍雪轉模糊	둔한 구름과 언 눈은 모호하게 되었다.
閣梅隱約同誰醉	침실의 매화가 묻혔으니 누구와 같이 취하며
庭鶴徘徊似我癯	배회하는 뜰의 학은 나처럼 파리하다.
永夜蒲團睡未穩	긴 밤 포단에 자는 잠이 편안하지 못해
漏聲頻聽瀉銅壺.	동호銅壺에 떨어지는 누수 소리 자주 듣는다.

(권 8)

권식權寔의 자는 명여命汝 호는 명생蓂生이며 안동인安東人이다.

✧ 홍길주洪吉周

청심루淸心樓

三日冥冥雨	삼일 동안 어두우며 비가 내렸는데
登樓始霽天	누에 오르니 비소로 하늘이 개였다.
江高兼晩漲	많은 강물에 만조까지 겹쳐 물이 불었으며
山遠半秋煙	먼 산은 반이나 가을 안개가 끼었다.
古塔鍾聲裡	옛 탑은 종소리 속에 있고
荒城鳥影邊	거친 성은 새 그림자 가에 있다.
垂楊千萬樹	늘어진 많은 버드나무에
何處可藏船.	어느 곳에 배를 매어두랴.

(권 8)

홍길주洪吉周의 자는 헌중憲仲 호는 해항瀣沆이며 벼슬은 군수를 했다.

✧ 유본학柳本學
종숙죽서댁간국從叔竹西宅看菊

中庭如鏡絶飛埃　뜰 가운데가 거울 같아 티끌이 날지 않고
墻下秋暉射綠苔　가을빛이 담장 밑에 푸른 이끼를 비친다.
爛漫新香三十種　꽃이 만발한 새로운 향기의 삼십 종은
人間佳菊盡收來.　이 세상의 아름다운 국화를 모두 모았다.
　　　　　　　　(권 8)

주성酒醒

酒醒寒重更呼茶　술이 깨자 매우 추워 다시 차를 가져오게 하고
臥看梅枝入牖斜　누워 매화가지가 창에 비껴들어온 것을 본다.
悄悄丁簾初月上　고요하게 걸려있는 주렴에 초승달이 오르자
忽聞隣屋撥琵琶.　갑자기 이웃집에서 비파 치는 소리 들린다.
　　　　　　　　(권 8)

유본학柳本學의 자는 경교景教 호는 염암閣庵이며 문화인文化人이다. 규장각奎章閣 검서관檢書官을 했다.

✧ 이학규李學逵
정금대옹呈錦帶翁

流雲漠漠柳陰陰　흐르는 구름은 아득하고 버들은 어둠침침하며

崦上隄邊雨氣侵　산 위와 언덕 주변에 우기가 점점 가까워진다.
最好樓中見山色　누에서 산빛을 보는데 가장 좋은 것은
高椰津外碧森森.　고랑진高椰津 밖에 푸른 나무가 많을 때였소.
　　　　(권 8)

차이성환사군남호춘석운次李聖煥使君南湖春夕韻

潮去水平展　조수가 밀려가면 물이 걸을 만큼 편편하고
潮來風滿舟　조수가 밀려오면 바람이 배에 가득하다.
江身際海濶　강물이 모여 바다가 넓어지고
樹色共雲浮　나무 빛은 구름과 함께 뜬다.
平遠山爲界　넓은 평지에는 산이 경계가 되고
空濛霧是洲　공중의 이슬비와 안개가 선이 되었다.
相看北郭老　북곽北郭의 늙은이와 서로 바라보며
竟夕此沙頭.　이 사두沙頭에서 저녁을 마친다.
　　　　(권 8)

성남城南

郡城南畔水雲端　군의 성남은 물과 구름이 끝나는 곳으로
千古登臨悵獨歎　오르게 되면 길이 슬프고 탄식하게 된다.
滿眼山川聞杜宇　눈에 가득한 산천에 두우새 우는 소리 들리고
半身風雨倚欄干　비바람으로 몸은 난간에 의지했다.
殘花暗暗如相惜　남은 꽃은 조용히 서로 아끼는 듯하고
芳草迢迢不盡看　꽃다운 풀은 까마득해 모두 볼 수 없다.
何事倍添遊子恨　무슨 일이 나그네에 한을 많이 더하게 하나뇨

故園今日食猶寒.　고향은 오늘도 오히려 먹는 것이 어렵다오.

　　　(권 8)

이학규李學逵의 자는 형수亨叟 호는 낙하洛下이며 평창인平昌人이다.

◈ 신위申緯
춘일산거春日山居

縣市人心惡　　고을 저자에는 인심이 사나우나
山村物性良　　산골마을의 사람들은 품성이 어질다.
茅柴三四屋　　띠와 나무로 지은 삼사 채의 집에
鷄犬盡羲皇.　　닭과 개들이 모두 태평스럽다.

　　　(『대동시선大東詩選』 권 8)

차운묵농월석오절구次韻墨農月夕五絶句(기일其一)

素月當空過雨收　흰 달이 공중에서 비치고 지나가던 비도 그치니
明河欲墮入書樓　밝은 은하수가 떨어져 누에 들어오고자 한다.
新秋夜色凉如水　초가을의 밤이 물처럼 서늘해
人自無眠不是愁　자지 못하는 것은 근심 때문이 아니오.

　　　(『신자하시집申紫霞詩集』 권 1)

　　　(『기이其二』)

舫閣鉤簾夜色凉　방각舫閣의 걸린 발에 야색夜色이 서늘하며
蘆花如雪月如霜　갈대꽃은 눈 같고 달빛은 서리 같다.
是身自訝天階近　자신이 하늘에 가깝게 있다고 의아하게 느끼는 것은

臥處時聞桂子香. 　누워 때때로 계자향을 맡을 수 있기 때문이요.
　　　　　　　　　(위와 같음)

우계검물원작雨憩檢勿院作

溪村八九屋 　　냇가 마을에 팔구 채의 집들이
高下勢相傾 　　높고 낮아 형세가 서로 기울어지는 듯하다.
疊石垣墻古 　　돌로 싼 담장은 오래 되었고
軒松略彴平 　　나무로 받친 외나무다리는 평탄하다오.
烏雲含雨重 　　검은 구름은 많은 비를 머금었고
紅葉燒林明 　　단풍잎이 숲을 태워 밝힌 듯하다.
已迫催科節 　　조세 독촉 받을 때가 되었으니
何當曬穀晴. 　언제 곡식을 말리게 개일 것인가.
　　　　　　　　(같은책 권 1)

박연朴淵

俯棧盤盤下 　　사닥다리로 천천히 내려가다가
回看所歷懸 　　지난 바를 돌아보니 매달려 있다.
巖飛山拔地 　　바위는 나는 듯 산은 솟았고
溪立瀑垂天 　　세운 듯한 시내에 폭포는 하늘에서 드리웠다.
空樂自生聽 　　공중에서 나는 음악을 스스로 들을 수 있으며
衆喧殊寂然 　　뭇 지껄이는 소리가 특별히 조용하다오.
方知昨宿處 　　이제 알았으니 전날 잔 곳은
幽絶白雲巓. 　흰 구름 낀 매우 깊숙한 산꼭대기였소.
　　　　　　　　(위와 같음)

석춘惜春

刻意惜春春老矣	봄을 매우 아꼈으나 봄이 늙어 버렸으니
客歸甁臥夕陽明	돌아가 석양이 밝을 때까지 술을 마셨다.
晚風不爲殘花計	늦게 부는 바람은 남은 꽃을 생각하지 않으며
夜雨何干綠葉成	밤비가 푸른 잎을 만드는데 무엇을 하겠느냐.
蛺喋過隣眞浪跡	나비가 옮겨가는 것은 진실로 부질없는 짓이며
蝸牛黏壁太痴情	달팽이로 벽을 바르는 것은 너무 어리석다오.
喃喃爾汝何恩怨	너희들은 은혜와 원망을 어찌 재재거리느냐.
丁字簾前鶯燕聲.	정자각丁字閣 주렴 앞에 꾀꼬리와 제비들아.

(같은책 권 1)

신위申緯의 자는 한수漢叟 호는 자하紫霞이며 평산인平山人이다. 문
과에 급제했고 벼슬은 참판參判을 했다. 김조순金祖淳은 그에 대해 자하
紫霞는 십여 세부터 시詩, 서書, 화畵에 뛰어나 견줄 사람이 드물었으니
하늘이 낳은 재능이다. 그의 시는 독창적이었기 때문에 다른 사람들이 엿
볼 바가 아니고, 그림도 또한 기묘하고 청수해 뛰어난 화가가 아니면 비
교하기 어려우며, 글씨는 시와 그림에 미치지 못하나 그것은 그의 시화와
비교해서 한 말이며, 글씨만을 비교해서 말한다면 다른 사람에 비해 뛰어
났다고 할 것이라 했다.[15]

---

15) 金祖淳, 紫霞墨竹跋『申紫霞詩集』卷 4. 紫霞老友 自十餘歲時 已臻三絶 古
今鮮有其匹 盖亦天生其才歟 紫霞之詩 自創其妙 非人人所可窺 畵亦其妙淸
秀 非雲林石田之儔 無可與對 惟書藝差不及詩畵 然此就自家三絶而論 若專
指而言 亦已絶於人.

김정희金正喜
취우驟雨

樹樹薰風葉欲齊　나무마다 훈풍에 잎이 가지런해지고자 하며
正濃黑雨數峰西　짙게 검은 비가 산봉우리 서쪽에 내렸다.
小蛙一種青於艾　쑥보다 푸른 작은 개구리가
跳上蕉梢效鵲啼.　파초 잎 끝에 뛰어올라 까치처럼 운다.

『대동시선大東詩選』 권 8)

제촌사벽題村舍壁

禿柳一株屋數椽　잎 떨어진 버들 한 그루와 몇 개의 서까래 집에
翁婆白髮兩蕭然　백발의 늙은 내외가 쓸쓸하게 있다.
未過三尺溪邊路　석 자가 되지 않는 냇가의 길에서
玉蜀西風七十年.　철쭉은 서풍에 칠십년을 견디었다.

(권 8)

촌사村舍

數朵鷄冠醬瓴東　몇 가지 맨드라미가 장독 동쪽에 있고
南瓜蔓碧上牛宮　푸른 남과南瓜 덩굴이 소마구 위로 올라간다.
三家村裏徵花事　마을 몇 집에 꽃을 징험해보니
開到戎葵一丈紅.　한 발 되는 큰 해바라기가 붉게 피었다.

(권 8)

주화금초산제경走和金椒山霽景

霽時爭識雨時功　　갤 때 비올 때의 공을 알고자 다투는 것은
消息田家月令中　　농가의 월령月令 가운데 기록되었다.
滿眼太平涵有象　　눈에 가득하게 태평의 형상에 젖어 있으며
來頭不托樂無窮　　앞으로 무궁한 즐거움을 밀치지 않을 것이다.
窓間晴岫獻新碧　　창문 사이로 맑은 산은 새로 푸른빛을 보이고
籬下旱蓮開喜紅　　울타리 밑의 붉은 연꽃이 기쁘게 피었다.
處處農謳楊柳岸　　버들 있는 언덕 곳곳에 농가를 불러
豳風畵意一村同.　　빈풍豳風16)의 그림 같은 뜻을 한 마을이 같이 한다.
　　　　　　　　　　(권 8)

　　김정희金正喜의 자는 원춘元春 호는 완당阮堂 또는 추사秋史이며 경주인
慶州人이다. 문과에 급제했고 벼슬은 병조참판을 역임했다.

◈ 정학연丁學淵
　　추화秋花

數曲漁歌月上鉤　　몇 곡 어부의 노래에 달이 높게 떴으며
蘆花如雪最風流　　갈대꽃은 눈 같아 가장 풍류가 있다.
吾家悔置秋聲館　　우리 집에서 추성관秋聲館 둔 것을 후회함은
一夜西風損白髮.　　하룻밤 서풍에 백발을 잃었기 때문이요.
　　　　　　　　　　(권 8)

---

16) 『詩經』 國風의 篇名. 내용이 대부분 농사짓는 것을 중심으로 한 것이다.

침탄주행椹灘舟行

灣曲蔭喬木	물가 굽이에 높은 나무들이 덮었으며
漣漪百頃平	비단 같은 물결이 편편하게 넓다.
乘流忘暑熱	흐름을 타고 있으면 더위를 잊게 되고
通體在空明	온몸은 물에 비친 달그림자에 있는 듯하다.
水蝶凉相戲	물에 나비들은 서늘하게 서로 희롱하며
沙蛩晝亦鳴	사장에 귀뚜라미는 낮인데 울고 있다.
幸因經過數	다행히 몇 곳을 지나면서
仔細識村名.	자세히 마을 이름을 알게 되었다.

(권 8)

정학연丁學淵의 자는 치수穉修 호는 유산酉山이며 다산茶山 약용若鏞의
아들로서 벼슬은 직장直長을 했다.

◇ 김명희金命喜

유정도중楡亭途中

山水古來美	산수는 예부터 내려오면서 아름다워
欣然欲挈家	기쁘게 기족을 이끌고 가고 싶다.
閒雲誰自悅	한가한 구름은 누군들 기뻐할 것이며
荒道至今斜	거친 길은 지금까지 비껴었다.
險入黃牛巘	험해 황우黃牛를 산봉우리로 들어가게 하고
晴歸白鳥沙	맑아 백조白鳥를 사장으로 돌아가게 한다.
蔬香醒客肺	나물 향기가 폐를 깨끗하게 하며
村酒也堪賒.	시골 술을 오래 마시고자 한다.

(권 8)

김명희金命喜의 자는 성원性源 호는 산천山泉이다.

◈ 최헌수崔憲秀

송우인지연천送友人至漣川

楊柳千絲復萬絲	버들이 천 가지가 다시 만 가지가 되는 것은
上東門外暮春時	상동문上東門 밖에 저문 봄이었을 때였소.
微風吹起無情絮	미풍이 불어 무정한 솜을 일으켜
送盡行人處處隨.	가는 사람에게 곳곳이 따라가게 보낸다.

재유창랑정再遊滄浪亭

溶溶碧水動江門	편편히 흐르는 푸른 물은 강문江門을 움직이고
樓外靑山散落痕	누 밖의 푸른 산에는 떨어진 흔적이 있다.
遠渡馬嘶芳草岸	멀리 건너가는 말은 방초 언덕에서 울고
平沙人去綠楊村	편편한 사장에서 사람은 푸른 버들 마을로 간다.
花將斜日應想戀	꽃은 지는 해를 분명히 그리워하는 듯하고
鳥爲殘春只自喧	새는 남은 봄을 위해 스스로 운다.
葦履小舟如何辦	갈로 만든 신과 작은 배를 어떻게 처리하랴
一簑烟雨度朝昏.	안개비에 도롱이 입고 아침저녁 건너겠다오.

(권 8)

최헌수崔憲秀의 자는 원도元度 호는 우산愚山이며 수성인隋城人이다.

✧ 이민덕李敏德
유대암遊袋巖

秋風起天末	가을바람이 하늘 끝에서 일어날 즈음
振策向山行	지팡이 짚고 산행山行을 향한다오.
寒日含雲逗	차가운 해는 구름을 머금고 머물렀으며
奔泉抱石鳴	달리는 샘물은 돌을 안고 운다.
地遍人易隱	땅이 두루해 사람이 숨기 쉽고
心遠道逾平	마음이 멀어 길이 더욱 편편하다.
莫作匡山下	광산匡山 밑으로 가는 것을 하지 마오.
空留學士名.	공연히 학사의 이름만 남긴다오.

(권 8)

이민덕李敏德의 자는 중선仲善 호는 동산洞山이며 벼슬은 참의參議를 역임했다.

✧ 이정주李廷柱
우제偶題

短夢初醒境絶幽	꿈을 처음으로 깨자 지경이 매우 깊숙하며
小爐殘火試茶甌	작은 화로의 남은 불에 차 중발을 시험한다.
草間虫語松間月	풀밭의 벌레소리와 소나무 사이의 달은
幷作山家半夜秋.	산가山家의 밤중을 가을 같이 만든다.

(권 8)

우중雨中

細雨空濛裡	가는 비가 어두운 가운데 내리며
爐烟一縷斜	한 가닥 화로 연기가 비끼었다.
茫然如夢境	아득해 꿈속과 같으며
靜復似禪家	고요함은 선가禪家를 회복한 듯하다.
綠展芭蕉葉	푸르름을 파초잎에 펼쳤으며
紅添石竹花	붉음이 패랭이꽃에 첨가됐다.
獨居淸絶地	홀로 매우 깨끗한 곳에 살고 있으니
不語意無涯.	말못할 만큼 뜻은 끝이 없다.
	(권 8)

산가유거山家幽居

泉音石氣冷侵衣	샘물소리와 돌 기운이 차갑게 옷 속으로 들어오며
雨後秋山碧四圍	비 내린 뒤의 가을산은 사방이 푸르다.
幽鳥與人時自語	새는 사람과 때때로 말을 하고
孤雲無事竟何歸	구름은 무사히 어디로 돌아갈까.
短簾松透丁紋纈	주렴에 소나무가 들어와 정자丁字 무늬를 맺었고
寶鼎風催乙字飛	바람은 솥을 재촉해 연기를 을자乙字로 날게 한다.
墨陣酒兵經半世	먹과 술로 반생을 지났으니
閒中公案未全非.	한중에 공론公論도 완전히 나쁘다고 못할 것이다.
	(권 8)

이정주李廷柱의 자는 석로石老 호는 몽관夢觀이며 강릉인江陵人이다.

❖ 이량연李亮淵
만월대滿月臺

燕麥誰家田	저 귀리는 누구집 밭일까
田中堵礎石	밭 가운데 뜰의 초석礎石이 있다.
麗王歌舞時	고려 임금이 노래하고 춤출 때
明月如今夕.	밝은 달은 오늘 저녁과 같았다오.

(권 8)

야설野雪

穿雪野中去	눈을 뚫고 들 가운데를 가게 되면
不須胡亂行	어지럽게 가지 못하게 하는 것을 어찌 기다리겠는가.
今朝我行跡	오늘 아침 내가 간 자취는
遂作後人程.	드디어 뒷사람의 길이 된다오.

(권 8)

상서장대上西將臺

槐樹籬邊暫植笻	느티나무 울타리 가에 잠깐 지팡이 꽂아놓고
生民苦樂問田翁	생민들의 고락을 전옹田翁에게 물었다.
無衣最喜天時暖	옷이 없어 날씨가 따뜻한 것을 가장 기뻐하는데
近日桃花十日紅	요사이 복숭아꽃이 십일 동안 붉다오.

(권 8)

반월半月

玉鏡磨來掛碧空	거울을 갈아 와서 푸른 하늘에 걸었더니
明光正合照粧紅	광명이 바로 붉게 화장한 것을 비치는 것과 같다.
宓妃織女爭相取	복비宓妃[17]와 직녀織女가 서로 가지고자 다투다가
半在雲間半在水.	반은 구름 속에 반은 물속에 있다오.

(권 8)

이랑연李亮淵의 자는 진숙晉叔 호는 임연臨淵이다.

❖ 윤종억尹鍾億
도금강渡錦江

錦江江水碧於油	금강의 강물이 기름보다 푸르며
雨裡行人立渡頭	비가 오는데 행인들은 나루에 섰다.
初年濟世安民策	젊었을 때 세상 구하고 백성 편케 하는 계획이
不及梢工一葉舟.	조선하는 장인匠人이 만든 작은 배보다 못하다.

(권 8)

하제귀로과광정下第歸路過廣亭

終歲田家樂有餘	농가에서 해를 마치기까지 즐거움이 여유가 있어
雨中荷銛月中鋤	비를 맞으며 가래 메고 달밤에 호미질한다.
父母妻孥同一室	부모처자가 함께 한 집에 있으며

---

17) 중국고대 전설 속의 임금인 伏羲氏의 딸로서 洛水에 빠져죽어 水神이 되었다고 함.

生來不讀半行書. 살아오면서 책은 한 줄도 읽지 못했다.

(권 8)

　윤종억尹鍾億의 자는 윤경輪卿 호는 취록당醉綠堂이며 해남인海
南人이다.

✦ 조수삼趙秀三
과송경등만월대過松京登滿月臺

樓臺埋沒野田中　누대樓臺가 밭 가운데 매몰되었으니
五百高麗此地空　오백년 고려 왕조가 이곳에서 그쳤다오.
一代繁華何處去　일대의 번화는 어디로 가고
荒山寂寞水東流　적막한 거친 산에 물만 동으로 흐른다.

(『추재집秋齋集』 권 4)

심양잡영瀋陽雜詠

六角黃牛十口羊　세 마리의 누런 소와 열 마리의 양이
河邊秋草四茫茫　사방이 넓은 강변의 가을 풀밭에 있다.
縱然散去無多遠　흩어놓아도 멀리 가지 못하고
倒臥田頭看夕陽.　밭머리에 엎드리고 누워 석양을 바라본다.

(같은책 권 3)

희로변장생戱路邊長栍

依然面目儼然身	의연한 형상과 위엄 있는 몸으로
長立不言問幾春	나이를 물어도 말없이 서있다.
若使世間皆似爾	세상 사람들이 모두 너와 같다면
應無天下是非人.	분명히 천하에 다투는 사람이 없을 것이오.

(같은책 권 1)

입좌채入左寨

少負請纓志	젊었을 때 높은 관직 바랐는데
老無橫草勳	늙기까지 가로 초할 공도 없다오.
羽書徵戍卒	우서羽書[18]로 변방의 군졸을 부르고
馹騎赴河濆	역마驛馬로 강변을 달린다.
腰下冲霄劒	허리에 충소검冲霄劒을 찼고
胸中勒石文	가슴에 전공戰功을 새길 글을 생각한다.
寥寥千載後	까마득한 먼 훗날
誰識趙參軍.	누가 조참군趙參軍을 알아주랴.

(같은책 권 2)

독좌獨坐

老去春偏惱	늙어가자 봄이 편벽되게 괴로우며
深居怯遠遊	들어앉았으니 먼 여행도 겁이 난다.

---

18) 전쟁과 같이 매우 급했을 때 군인을 징집하는 檄文에 새 깃을 붙이는 것
을 말함.

看花如被酒	꽃을 보면 술에 취한 듯하고
騎馬似登樓	말을 타니 누에 오른 듯하다.
獨坐圍黃卷	홀로 책속에 묻혀 앉아
長吟和白頭	길게 백두사白頭詞를 읊는다.
山公應笑我	산공은 응당 나를 웃으며
無復舊風流.	옛날 풍류 다시 없다고 하리라.

(같은책 권 4)

도망悼亡

幾度叩盆歌不成	몇 번 고분叩盆을 했으나 노래를 하지 못했는데[19]
夢莊非達薄於情	장자莊子를 따름은 통달이 아니고 박정하다오.
他年我亦同歸穴	뒷날 나도 같은 무덤에 갈텐데
易地君何認獨居	바뀌면 당신인들 혼자 살고 싶겠느냐.
明月影孤鸞鏡舞	밝은 달빛에 외롭게 난경무鸞鏡舞 보았으며[20]
春風耦失鹿門耕	봄날 녹문鹿門에서 밭을 갈다 쟁기를 잃었다.
曉來偶得還家夢	우연히 새벽꿈에 집을 찾았더니
依舊中畿倒屣迎.	옛날처럼 중문中門에서 급히 맞이한다오.

(같은책 권 3)

조수삼趙秀三의 자는 지원芝園 호는 추재秋齋이며 진사進士였고 벼슬은
첨중추僉中樞를 했다.

---

19) 莊子가 부인이 세상을 떠나자 동이를 두들기며 노래를 불렀다는 고사를
반영한 것임.
20) 짝을 잃은 鸞이 삼년동안 울지 않으므로 제 그림자를 보면 운다는 말을
듣고 거울을 달아 비쳤더니 난새가 거울 속에 비친 그림자를 보고 울다
가 죽었다는 고사를 반영한 것임.

❖ 백리상白履相
즉석卽夕

落葉中庭爇	뜰에서 낙엽을 태우고
農談趁夕昏	농사 이야기로 어두운 저녁이 다다랐다.
野人猶未返	들에서 농부는 아직 돌아오지 않았고
林雀已先喧	숲 속의 새들은 먼저 지껄인다.
微月生東嶺	가는 달은 동쪽 재에서 뜨고
寒烟鎖一村	차가운 연기가 마을을 덮었다.
牛羊下來處	소와 말들이 내려오는 곳에
各自掩柴門.	각자 사립문을 닫았다.

(『대동시선大東詩選』 권 8)

백리상白履相의 자는 형중衡仲 호는 국담菊潭이며 수원인水源人이다.

❖ 김재명金載明
송석원松石園

自愛西山日日歸	서산西山이 좋아 날마다 가게 되었는데
幽禽慣我不驚飛	새들도 내가 익숙해 놀라 날지 않는다.
聽泉未覺遲遲步	샘물소리 들으며 더디게 걸었던 것을 몰랐는데
及到柴門雨滿衣.	사립문에 이르자 내린 비로 옷이 흠뻑 젖었다.

(권 8)

김재명金載明의 자는 자숙子淑 호는 문암文巖이며 김해인金海人이다.

✧ 김충현金忠顯
한식일성묘寒食日省墓

葬親空山裡	어버이를 빈 산속에 장사하고
一年一省墓	일 년에 한 번씩 성묘를 한다.
自愧孝子心	스스로 효자의 마음에 부끄러운 것은
不如墓前樹.	묘 앞의 나무와 같지 못한 것이요.

(권 8)

김충현金忠顯의 자는 효범孝範 호는 서계西溪이며 진주인晋州人이다.

✧ 김명규金明奎
춘수春睡

空庭春日永	빈 뜰에 봄 낮이 길어
無事臥芳林	일이 없어 꽃다운 숲에 누웠다.
自墮手中卷	손에 잡고 있던 책이 스스로 떨어졌고
多閒床下琴	평상 밑에 거문고가 한가함이 많다.
雲生花木靜	구름은 꽃나무의 고요한 것에서 나오고
犬吠竹籬深	개는 대나무 울타리 깊은 데서 짖는다.
忽覺山光暗	갑자기 산빛이 어두움을 느끼자
歸禽報夕陰.	돌아가는 새가 저녁임을 알린다.

(권 8)

김명규金明奎의 자는 계상啓祥 호는 작비와昨非窩이며 충주인忠州人이다.

◈ 장대철張大哲

태고사太古寺

雨後山容晚更靑	비가 온 뒤에 산빛이 늦게 다시 푸르고
蕭蕭落葉滿空庭	소소히 떨어진 잎은 빈 뜰에 가득하다.
千林煙鎖禪門靜	많은 숲에 연기가 끼어 선문이 고요하고
雲外鍾聲半夜聽.	구름 밖에서 나는 종소리가 반야에 들린다.

(권 8)

장대철張大哲의 자는 명재明哉 호는 영취당暎翠堂이다.

◈ 김백령金栢齡

향이가장向李哥莊

長堤行盡復沿溪	긴 언덕을 지나 다시 내를 따라가는데
十載三過路轉迷	십 년에 세 번 지났으나 길은 희미하다.
隔樹人家知不遠	숲 너머 인가가 멀지 않음을 알 수 있는 것은
黃泥數處落牛蹄.	몇 곳의 진흙에 소 발굽이 찍혀 있다오.

(권 8)

김백령金栢齡의 자는 백무伯茂 호는 남곡南谷이다.

◈ 송관진宋寬鎭

화성도중華城道中

三十年前曾到處	삼십년 전에 일찍 왔던 곳이었는데

馬頭迎我故人稀　말머리에서 나를 맞이하는 친구가 드물다.
春風落日華城路　봄바람 불고 해가 지는 화성 길에
無數楊花野外飛.　많은 버들 꽃이 들에서 날고 있다.
　　　　　　　　　(권 8)

　송관진의 자는 사률士慄 호는 노암老巖이며 여산인礪山人이다.

✥ 최성환崔星煥
우성偶成

三春如過客　봄이 지나가는 나그네처럼 빨라
來往政無期　오고가는 것이 정한 기약이 없다.
柳色烟中好　버들 빛은 안개 속에서 아름답고
山容雨後奇　산의 형상은 비온 뒤에 기이하다.
謝塵心寂寞　티끌 세계를 떠났더니 마음이 고요하고
得酒意驕癡　술을 마시게 되면 뜻이 교만해진다.
吾輩有眞樂　우리 무리들은 참다운 즐거움이 있어
教他庭鶴知.　저 뜰에 학을 가르쳐 알게 하리라.
　　　　　　　　　(권 8)

　최성환崔星煥의 자는 계민季民 호는 작회재昨悔齋이며 나주인羅
州人이다.

❖ 홍성호洪聖浩
춘만春晚

到老身難健	늙게 되니 몸이 건강하기 어려우며
逢春鬢欲斑	봄이 되자 살쩍머리가 희고자 한다.
忽驚花謝樹	갑자기 꽃이 나무에서 떨어지는 것에 놀라게 되고
更喜酒開顔	다시 술이 낯을 펴게 한 것을 기뻐한다.
村友頻相過	마을 친구들이 서로 자주 지나가니
山扉故不關	일부러 사립문을 닫지 않는다.
非無名利志	명예와 이익에 뜻이 없는 것은 아니나
多病合投閒.	병이 많아 한가함이 좋기 때문이요.

(권 8)

홍성호洪聖浩의 자는 도연道淵 호는 국은菊隱이다.

❖ 김희민金熙民
보허각步虛閣

緩步來虛閣	천천히 걸어 허각虛閣에 갔더니
苔庭轉寂寥	이끼 낀 뜰이 고요하다.
峯高收宿霧	봉이 높아 끼었던 안개를 거두었고
溪漲臥長橋	시냇물이 불어나자 긴 다리가 누웠다.
落日禽投樹	해가 지자 새들은 숲으로 가고
寒天路絶樵	날씨가 차가우니 길에 나무꾼도 끊어졌다.
披襟開小酌	가슴을 풀고 약간 술을 마셨더니
松韻似仙簫.	소나무에서 들리는 소리가 신선이 부는 통소 같다.

(권 8)

김희민金熙民의 자는 치호稚皡 호는 경재警齋이며 안동인安東人이다.

◈ 안경룡安慶龍
서원모춘西園暮春

滿地淸陰雨霽初	맑은 그늘이 땅에 가득하고 비가 처음 개였으며
柴門流水杻翁居	흐르는 물과 사립문에 지옹杻翁이 살고 있다.
多栽嘉木才非拙	가목嘉木을 많이 재배하니 재주가 옹졸하지 않고
未買良田計豈疎	좋은 밭 팔지 않았으니 계획이 어찌 성긴가.
老去方閒抄棋譜	늙어가며 한가하자 기보棋譜를 뽑기도 하고
年來頻病讀醫書	나이를 먹으면서 병이 잦아지니 의서를 읽는다.
三春不理登山屐	삼춘 동안 등산하는 나막신을 손보지 않고
靜臥高吟興自知.	고요히 누워 시 읊는 것에 흥을 느낀다.

(권 8)

안경룡安慶龍의 자는 의서義瑞 호는 반서磻西이다.

◈ 신학경愼學敬
산거잡영山居雜詠

萬松如堵竹爲門	많은 소나무는 담장 같고 대나무는 문이 되었으며
中有山人午睡昏	그 가운데 산인은 낮잠이 깊었다.
奔走紅塵非宿志	홍진세계에 분주했던 것은 본디 뜻이 아니고
蕭疎白髮摠愁根	성긴 백발은 모두 근심의 뿌리가 되었다.
旣無俗子來相攪	이미 속된 사람이 왔으나 서로 흔들리게 함이 없고
只許幽禽故自喧	단지 깊숙한 곳의 새만이 울기를 허락한다.

戒與慇懃稺子語 은근히 어린 아들에게 주의를 하게 한 것은
莫將屐齒破苔痕. 신발자국이 이끼를 깨뜨리지 못하게 한 것이오.
(권 8)

신학경愼學敬의 자는 문희文熙 호는 운전雲田이며 거창인居昌人이다.

❖ 김예원金禮源
북장기행北莊紀行

黃苡吐蔓綠秧齊 누런 교미는 덩굴을 토하고 푸른 묘가 가지런하며
棗葉陰陰報午鷄 대추 잎이 침침한 한낮에 닭이 운다.
村舍日長無客到 집에 해는 길고 오는 손도 없으며
木蓮開落小溪西 작은 시내 서쪽에 목련이 피었다가 진다.
(권 8)

김례원金禮源의 자는 학연學淵 호는 야항野航이다.

❖ 신관호申觀浩
영은동靈隱洞

藤作藩籬樹作門 덩굴을 울타리로 나무를 문으로 하여
白雲叢裏兩三村 흰 구름 속에 두세 마을이 있다.
春水桃花杳然去 봄물에 복숭아꽃이 아득히 흘러가는데
不知何處是仙源. 어느 곳이 도원桃源인지 모르겠다네.
(『대동시선大東詩選』 권 9)

신관호申觀浩의 자는 국빈國賓 호는 위당威堂이며 평산인平山人이다. 무과武科로 벼슬은 판부사보국判府事輔國을 했다.

✧ 이항로李恒老
몽유후우감蒙宥後寓感

含笑入圄圉	웃으며 옥에 들어간 것은
白頭輕死生	백두에도 사생을 가볍게 여겼다오.
午天恩牌降	한낮에 은패恩牌가 내리와
涕淚始縱橫.	비로소 눈물을 많이 흘렸다.

（권 9）

이항로李恒老의 자는 이술而述 호는 화서華西이다. 벼슬은 대사헌大司憲을 했으며 시호는 문경文敬이다.

✧ 남병철南秉哲
국국菊

數椽板屋一圈籬	몇 개의 서까래 집과 나무를 휘어 만든 울타리에
因病偸閑學畵師	병으로 한가함을 억지로 만들어 그림을 배운다.
秋後家添新眷屬	가을 후 집에 새로운 식구가 늘어났으니
白黃山菊兩三枝.	희고 누런 국화 두세 가지라오.

（권 9）

지주蜘蛛

屋角墻頭設網羅	집 모퉁이 담장머리에 그물을 설치하기 위해
辛勤跨脚織成窠	걸터앉아 부지런히 짜서 둥우리를 만들었다.
秋來稍稍蚊蠅少	가을이 되자 모기와 파리가 점점 적어
充腹無多費腹多.	배를 채울 것은 적고 허비한 것이 많다오.

(권 9)

야음夜吟

露似眞珠月似鉤	이슬은 진주 같고 달은 갈고리 같으며
中庭荇藻影沈浮	뜰 가운데 마름 그림자가 부침浮沈을 한다.
草間虫語不知曙	풀 속에 우는 벌레는 새벽을 알지 못하고
水面荷花先覺秋	수면의 연꽃이 먼저 가을을 안다.
天氣稍含蕭瑟意	하늘은 점점 쓸쓸한 뜻을 머금었으며
人心難抑自然愁	사람은 자연스럽게 오는 근심을 억제하기 어렵다.
夜深衣袂淸凉濕	밤이 깊자 옷소매가 맑고 서늘함에 젖으며
五鼓聲中上小樓.	오경五更의 치는 북소리에 누를 오른다.

(권 9)

남병철南秉哲의 자는 자명子明 호는 규재圭齋이며 의령인宜寧人이다. 문과에 급제했고 벼슬은 이조판서를 역임했으며 시호는 문정文貞이다.

◈ 서헌순徐憲淳
우영偶詠

山窓盡日抱書眠	창 아래 종일 책을 안고 졸았고
石鼎猶留煮茗烟	솥에는 오히려 차 끓인 연기가 남았다.
簾外忽聽微雨響	발 밖에 갑자기 가랑비 소리 들리더니
滿塘荷葉碧田田.	못에 가득한 푸른 연잎이 둥글다.

(권 9)

서헌순徐憲淳의 자는 치장稚章 호는 석운石耘이며 달성인達城人이다. 문과에 급제했고 벼슬은 이조판서를 역임.

◈ 신좌모申佐模
출동문出東門

習習春衫兩腋風	봄 적삼 양쪽 겨드랑이에 바람이 솔솔 들어오며
東門朝出杏花紅	아침에 동문을 나서니 살구꽃이 붉다.
傍人莫說蓬萊遠	방인은 봉래산이 멀다고 말하지 말라
碧海靑山已眼中.	푸른 바다와 산이 이미 눈 가운데 있다오.

(권 9)

요야遼野

不覩全遼野	전체 요동 들을 보지 못하고
惡能語地圓	어찌 땅이 둥글다고 말할 수 있으랴.
四垂蒼在上	사방에 드리운 푸른 하늘이 위에 있어

一望白無邊	바라보면 흰빛으로 끝이 없다.
落日中田入	지는 해는 밭 가운데로 들어가고
長風半道旋	긴 바람은 중간에 돌아온다.
乾坤有如此	건곤에 이와 같은 곳이 있어
回首立茫然.	머리 돌려 정신을 잃고 섰다오.

(권 9)

신좌모申佐模의 자는 좌인左人 호는 담인澹人이며 진사와 문과에 합격했고 벼슬은 이조참판을 역임했다.

✧ 이상수李象秀
방우불우訪友不遇

農家四月麥如雲	농가의 사월이면 보리가 구름 같은데
躑躅花前不見君	철쭉꽃 앞에 그대는 보이지 않았다.
小婢留人沽酒去	여종이 손을 머물게 하고 술을 사러 갔으며
滿園芳草蝶紛紛.	동산에 가득한 꽃다운 풀에 나비가 바쁘게 난다.

(권 9)

우후산석雨後山夕

旣雨愛淸夜	비가 왔으니 맑은 밤이 좋고
林風時入衣	숲에서 부는 바람이 때때로 옷에 들어온다.
薄雲磨月去	엷은 구름이 달을 스치고 지나가며
遙嶂送星歸	먼 산봉우리가 별을 돌아가게 보낸다.
懶出前溪久	게으르게 앞 내에 나가 오래 있었고

貧留遠客稀　　가난해 먼 손을 머물게 하는 것도 드물다.

幽棲誠簡略　　깊숙한 곳에 살고 있으니 참으로 간략해

欲掩也無扉.　　닫고자 해도 사립문이 없다오.

이상수李象秀의 자는 여인汝人 호는 어당嶠堂이며 전주인全州人이다.

✤ 이상적李尚迪
칠석七夕

十二珠簾月半鉤　　열두 주렴이 초승달에 걸렸고

新凉如水洞房秋　　동방洞房은 물같이 서늘한 가을이라네.

年年一度還相見　　해마다 한 번씩 서로 보게 되나

猶勝嫦娥萬古愁.　　상아嫦娥[21]의 긴 근심보다 나을 것이오.

　　　　　　　　　　　　(『은송당집恩誦堂集 속집續集』 권 7)

제로방거사비題路傍去思碑

去思橫歛刻碑錢　　거사비去思碑 세운다고 횡감橫歛한 돈을

徧戶流言孰使然　　집집이 그 유언 누가 시켰나.

片石無言當路立　　돌조각은 말없이 길옆에 섰는데

新官何似舊官賢.　　신관이 어찌 구관보다 현명하겠는가.

　　　　　　　　　　　　(『은송당집恩誦堂集 속집續集』 권 8)

---

21) 중국 고대 신화에 등장하는 여인으로 남편 羿가 不死藥을 구해두었는데 嫦娥가 몰래 훔쳐 먹고 달나라로 도망을 갔으나 남편을 만나지 못하는 외로움으로 약을 훔쳐 먹은 것을 후회하며 항시 근심했다는 설화와 상관이 있음. 嫦娥의 상은 기록에 따라 姮으로 기록되기도 함.

패강주중浿江舟中

渡頭催喚木蘭舟	나루에서 배를 재촉해 불러 타니
處處笙歌水上樓	곳곳의 수상루水上樓에 저 소리 들린다.
十里東風吹不斷	멀리서 봄바람이 끊이지 않고 불어
綠楊城郭似楊州.	푸른 버들의 성곽이 양주楊州와 같다오.

(『은송당집恩誦堂集』 권 10)

강주도중江州途中

靑藜扶野老	시골 늙은이는 청려장을 짚었고
黃犢守山家	누런 송아지는 집을 지킨다.
樵徑穿林細	나무하는 길이 숲속으로 가늘게 뚫렸고
村容逐岸斜	마을은 언덕을 좇아 빗겨 있다.
鹿眠溪畔月	사슴은 달빛 아래 냇가 둑에서 자고
蜂釀石間花	벌은 바위 사이의 꽃에서 꿀을 친다.
暫向松陰憩	잠깐 소나무 그늘에 쉬었다가
淸泉手煮茶.	맑은 샘물로 차를 끓인다.

(『은송당집恩誦堂集』 권 10)

독립獨立

獨立蒼茫海一邊	푸르고 넓은 해변에 홀로 서서
故園回首艷陽天	고향을 바라보니 동남쪽 하늘이 아름답다.
匝城春似遊兵入	둥근 섬에 봄은 유병遊兵처럼 들어오고
對案山如老吏眠	앞산은 노리老吏가 조는 것과 같다.

數點昏鴉藏古柳　　몇 마리 검은 갈까마귀는 오래된 버들에 앉았고
一羣飢鶴集空船　　한 무리 굶주린 학은 빈 배에 모였다.
萍蹤別有依依處　　부평초는 종적과는 달리 마음 두는 곳이 있어
嶽色河聲摠夙緣.　　산 빛과 강물소리 모두 인연이 깊다오.
　　　　　　　　　　　(『은송당집恩誦堂集』 권 2)

　이상적李尙迪의 자는 혜길惠吉 호는 우선藕船이며 강음인江陰人이다. 벼슬은 지중추知中樞를 했다. 문집 운송당집恩誦堂集이 있다.

✥ 강위姜瑋
주흘관主屹關

百折溪流萬疊山　　백번 꺾인 냇물 만첩의 산에서
孤城一片在雲間　　한 조각 고성孤城이 구름 속에 있다.
龍蛇往轍分明在　　임진왜란의 지난 바퀴가 분명히 있으니
早派英雄鎭此關.　　일찍 영웅을 보내 이 관문關門 지켜야지.[22]
　　　　　　　　　　　(『동유속초東遊續草』 권 15)

통제영統制營(이수二首)

江漢樓前萬里波　　강한루江漢樓 앞 넓은 파도 소리는
太平元帥大刀歌　　태평 원수의 큰칼 노래라오.
遙夜群鴻都睡着　　긴 밤 뭇 기러기는 모두 잠들었고

---

22) 1978년 아세아문화사에 발행한 『姜瑋全集』에 실려 있는 그의 문집 『古懽
　　堂收草』는 詩文으로 나누어 있는데, 시는 1권부터 17권까지 실려 있으며,
　　지은 시기와 장소에 따라 명칭을 따로 하여 실려 있다.

碧空無際月華多. 끝없는 푸른 하늘에 달빛이 밝다.

書劍無成老更哀 서검으로 이룬 것 없고 늙은 것이 슬퍼
沈吟終日在戎臺 종일 되새기며 융대戎臺에 있었다.
天中積翠頭流出 하늘에 솟은 산은 지리산智異山에서 나왔고
海上斜陽巨濟來. 바다에 비친 사양은 거제巨濟에서 왔다네.[23]
　　　　　　　　(위와 같음)

도중문안유감道中聞雁有感

豈爲區區稻粱計 어찌 구구하게 양식 걱정만을 하랴
秋來春去奈忙何 봄부터 가을까지 어찌 이렇게 바쁜가.
只愛寒空如意闊 생각같이 차가운 넓은 하늘이 좋아
在泥日少在雲多. 진흙보다 구름 속에 많이 있다오.
　　　　　　　　(『발미여초發弭餘草』 권 2)

수춘도중壽春道中

襪底江光綠浸天 버선 밑 강물에 하늘이 푸른 빛에 젖었는데
昭陽芳草放節眠 소양의 꽃다운 풀에 지팡이 던지고 존다오.
浮生不及長堤柳 이 신세 긴 언덕 버들보다 못해
過盡東風未脫綿. 봄이 지났는데 솜옷을 벗지 못했다.
　　　　　　　　(『발미여초發弭餘草』 권 2)

　　강위姜瑋의 자는 중무仲武 호는 추금秋琴이며 진주인晋州人이다.

23) 統制營詩가 모두 4首인데 이 시는 그 가운데 한 수이다.

❖ 이신규李身逵

수변즉사水邊卽事

病來長小睡	병이 찾아 온 지 오래되자 잠이 적어
起早不緣勤	일찍 일어나는 것은 부지런하기 때문이 아니오.
村古有巨樹	마을이 오래 되어 큰 나무가 있고
山晴多白雲	산이 개자 흰 구름이 많다.
田家僮僕駃	농가의 종들은 어리석고
春市萬人醺	봄철 시장에는 많은 사람들이 술에 취했다.
那得免蜩笑	어찌 시끄럽게 웃는 것을 면할 수 있으랴
老漁猶業文.	늙은 어부가 글에 종사한 선비와 같다는 것을.

(『대동시선大東詩選』 권 9)

이신규李身逵의 자는 헌기軒紀 호는 지전芝田이다.

❖ 현기玄錡

춘진일春盡日

今日殘花昨日紅	오늘 시든 꽃은 어제 붉었는데
十分春色九分空	십 분의 봄빛에 구분이 없어졌다.
若無開處應無落	피는 곳이 없었다면 떨어지는 것도 없었을 것이니
不怨東風怨信風.	봄을 원망하지 않고 믿었던 바람을 원망한다오.

(권 9)

현기玄錡의 자는 신여信汝 호는 희암希庵이며 천영인川寧人이다.

✦ 정지윤鄭芝潤

매화梅花

一任繁華與寂寥	번화하고 적막하기도 한 매화를
春頭臘尾也消搖	섣달그믐 이른 봄에 멀리서 바라보았다.
纏於有意無情處	유의하기도 무정하기도 한 것이
已壓千花不敢驕.	이미 많은 꽃들을 교만하지 못하게 했다.

(『하원시초夏園詩鈔』)

시흥도중始興道中

半破麤葛短扶藜	반쯤 해어진 굵은 갈옷과 짧은 지팡이 짚고
草樹薰薰路水泥	나무와 풀내음 짙으며 길도 질다오.
山外雲皆垂作脚	먼 산에 구름이 길게 끼었더니
夕陽雨在始興西.	석양 즈음 비가 시흥始興 서쪽에서 내린다.

(위와 같음)

곡아성哭兒聲

寸錦曾無裹汝肌	너를 입힐 비단 조각이 없어
淚痕藥跡病時衣	눈물과 약방울 얼룩진 아플 때 옷이었구나.
十年慟煞貧家子	십년 동안 뼈에 사무친 가난한 집 아들을
復使壤泉藍縷歸.	다시 남루한 옷 입혀 양천壤泉 가게 한다오.

(위와 같음)

만월대滿月臺

松嶽山高半入空	송악산은 높아 하늘에 솟았고
麗王基業亦豪雄	고려 태조의 기업基業도 웅호했다오.
時來統合三分國	때가 오면 삼국을 통합했고
運去頹荒數畝宮	운이 물러가자 몇 이랑 궁터만 남았다.
知有精靈遊夜月	정령精靈들은 달밤에 놀러 오는 것을 알겠지만
更無父老泣春風	부로들은 봄날에도 슬퍼하지 않는다.
興亡不及吾曹事	흥망은 우리 무리들과는 상관이 없겠으나
猶自傷心夕陽中.	석양이면 상심을 금할 수 없다오.

　　　　　　　(위와 같음)

　　정지윤鄭芝潤의 자는 경안景顔 호는 하원夏園이며 동래인東萊人이다.

◈ 서응순徐應淳
증이백신贈李伯臣

淸泠江水悠悠去	맑고 서늘한 강물은 유유히 흘러가고
江上烟波動客愁	강의 물결은 나그네에 근심을 하게 한다.
何處東風堪下淚	어느 곳 봄바람이 흐르는 눈물을 견디게 하랴
杏花三月子規樓.	살구꽃 피는 삼월 자규루라오.

　　　　　　　(『대동시선大東詩選』 권 9)

　　서응순徐應淳의 자는 여심汝心 호는 경당絅堂 달성인達城人이며 군수郡
守를 했다.

✧ 신응조申應朝
제야除夜

莫怯今朝把酒頻	오늘 아침 자주 술 마시는 것을 겁내지 마오
明朝七十歲華新	내일 아침이면 새롭게 칠십 세가 된다네.
夢中猶作靑年事	꿈속에서는 오히려 청년의 일을 하게 되고
世上空留白髮身	세상에는 백발 된 사람이 부질없이 머문다.
北望雲飛金闕曙	북쪽을 바라보니 궁궐에 새벽 구름이 날고
東來花老石欄春	동쪽으로 오자 봄철 돌난간에 꽃이 늙는다.
鼓樓更罷城鴉起	새벽에 북소리 들리고 성에 갈까마귀 날며
已見衣冠動四隣.	사방에 사람들의 움직임이 보인다.

(권 9)

신응조申應朝의 자는 유안幼安 호는 계전桂田이며 평산인平山人이다. 문
과에 급제했고 우상右相을 역임했다.

✧ 허전許傳
차관수루퇴계운次觀水樓退溪韻

公事三過路	공사로 세 번 이 길을 지났는데
舟人識使君	뱃사공이 사군인 나를 알아본다.
江聲千里大	강물 소리 멀리까지 크게 나고
地勢二州分	땅의 형세는 두 주로 나누었다.
漁戶排津樹	어부의 집은 나루의 나무와 떨어져 있고
鹽帆拕海雲	소금 실은 배는 바다 구름을 끌어들인다.
陶山空悵望	도산을 바라보니 공연히 슬퍼지며

歌短不成文.　　　노래가 짧아 글로 표현하지 못했다.

　　　　　　　　　(권 9)

　　허전許傳의 자는 이로而老 호는 성재性齋이며 양천인陽川人이다. 문과에
급제했고 벼슬은 보국輔國 시호는 문헌文憲이다.

✧ 심영경沈英慶
낙산자지금수구택소회洛山子之琴俯舊宅小會

春眠不覺午　　　봄잠으로 한낮을 알지 못했고
花落枕中書　　　꽃은 베개 가운데 책에 떨어졌다.
落日依平楚　　　지는 해는 넓은 들에 의지하려 하고
靑山入短廬　　　푸른 산은 작은 집에까지 들어온다.
林園鳩語寂　　　숲속의 비둘기는 고요하게 울고
籬落鳥歸虛　　　울타리의 새는 하늘로 돌아간다.
乃此同樽酒　　　이러므로 통술과 함께 하니
琴心太古如.　　　거문고 소리는 먼 옛날과 같다오.

　　　　　　　　　(권 9)

성북춘유城北春遊

閒來無日不相隨　　한가하게 되자 날마다 따르지 않는 날이 없으며
客到山家鶴已知　　손이 찾아오게 되면 학이 이미 알고 있다.
倚枕更尋中斷夢　　자게 되면 중단된 꿈을 다시 찾게 되고
停毫重理未圓詩　　놓았던 붓으로 끝내지 못한 시를 거듭 다듬었다.
虛樓人去靑山在　　빈 누에 사람은 가고 푸른 산만 있으며

古木禽啼白日遲　고목에 새가 울고 밝은 해는 더디다.
雨後雨前光景別　비가 온 전후의 광경이 다르니
請君爲我細看之.　그대는 나를 위해 자세히 보기를 바란다오.
　　　　　　　　　(권 9)

　심영경沈英慶의 자는 백웅伯雄 호는 종산鍾山이고 청송인靑松人이며 진
사進士였다.

❖ 남상길南相吉
무제無題

綠陰滿地兩三家　두서너 집에 녹음이 땅에 가득하며
楊柳靑靑隔浦斜　푸르고 푸른 버들이 건너 포구에 비꼈다.
寂寞黃昏人不見　쓸쓸한 황혼에 사람은 보이지 않고
紗窓細雨夢梨花.　사창에 가는 비 내리는데 이화를 생각한다오.
　　　　　　　　　(권 9)

　남상길南相吉의 자는 자상子裳 호는 유재留齋이다. 문과에 급제했고 이
조판서를 역임했으며 시호는 문정文靖이다.

❖ 남상교南尙敎
여관세모旅館歲暮

孤懷耿耿夜俱長　외로운 생각이 잊혀지지 않고 밤도 길며
歲暮靑燈伴一床　해가 저문데 등불과 책상만을 짝하고 있다.
只爲思鄕眠不得　단지 고향생각으로 잠을 자지 못했는데

眠成却是夢還鄉. 자게 되면 고향에 돌아가는 꿈을 꿀 것이오.
(권 9)

이가移家

溪北溪東屢卜居 시내 동북쪽에 여러 번 거주를 계획했는데
十年重到郭南隅 십년 만에 다시 성 남쪽 모퉁이로 오게 되었다.
曾栽樹木皆垂實 일찍 가꾸었던 나무들은 모두 열매가 열렸고
舊戲兒童盡有鬚 옛날 희롱했던 아이들은 다 수염이 있다.
掃理庭除仍熟課 뜰을 쓸고 다스리는 일에 익숙해졌고
開治畦圃漸成圖 포전도 가꾸어 점점 계획대로 되었다.
窓前種菊多閒地 창 앞의 국화를 노는 땅에 많이 심어
却喜移家計不疎. 집을 옮긴 계획이 성글지 않아 기뻤다.
(권 9)

남상교南尙敎의 자는 문숙文淑 호는 우촌雨村이고 의령인宜寧人이며 진
사였다.

✤ 황오黃五
추천사鞦韆詞

小姑十四大於余 작은 고모는 열네 살인데 나보다 커
學得鞦韆飛燕如 그네를 배워 제비처럼 난다.
隔窓不敢高聲語 창으로 막혀 고성으로 말하지 못하고
柿葉題投數字書. 감나무 잎에 몇 자 적어 던졌다.

황오黃五의 자는 사연四衍 호는 한안漢案이며 장수인長水人이다.

✤ 김병연金炳淵
촉석루矗石樓

燕趙悲歌士	연燕과 조趙나라의 슬픈 노래하는 선비를
相逢矗石樓	촉석루에서 서로 만났다.
寒烟凝短堞	찬 연기는 짧은 성 위에 엉기었고
落葉下長洲	떨어진 잎은 긴 강변으로 내려간다.
素志違黃卷	본디의 뜻은 책과는 어기었고
同心已白頭	마음이 같았던 자는 이미 백두가 되었다.
明朝南海去	내일 아침 남해로 가면
江月五更秋.	강월江月은 오경의 가을일 것이다.

(권 9)

영립詠笠

浮浮我笠等虛舟	떠다니는 내 삿갓이 빈 배와 같아
一着平安四十秋	편안하게 한 번 쓴 것이 사십년이었다.
牧竪行裝隨野犢	목동 행장을 하고 들송아지를 따랐으며
漁翁本色伴江鷗	늙은 어부의 본색으로 백구와 짝을 했다.
閒來脫掛看花樹	한가하면 벗어 걸고 꽃을 보았으며
興到携登咏月樓	흥이 나면 쓰고 누에 올라 달을 읊기도 했다.
俗子衣冠皆外飾	세상 사람들의 의관은 모두 밖을 꾸미는 것인데
滿天風雨獨無愁.	비바람이 하늘에 가득해도 홀로 근심이 없다오.

(권 9)

김병연金炳淵의 자는 성심性深 호는 난고蘭皐이며 안동인安東人이다. 삿갓을 쓰고 다니기 때문에 세상에서 김립金笠이라 했다.

❖ 장지완張之琬

백발자조白髮自嘲

人憎髮白我還憐	사람들은 백발을 미워하나 나는 사랑하는데
久視猶成小住仙	오래 보면 오히려 잠깐 머무는 신선이 된다네.
回首幾人能到此	돌아보면 몇 사람이 여기에 이르겠는가
黑頭爭去北邙山.	검은 머리에 다투어 북망산北邙山을 간다오.

(권 9)

남전도중기견南甸道中記見

山木蒼蒼鷄犬鳴	산에 나무들은 푸르고 닭과 개가 짖으며
拄笻斜日問前程	해질 즈음 지팡이 짚고 앞길을 묻는다.
村中少女太羞澁	마을 소녀가 너무 부끄럽게 여겨
半掩紅裙背面行.	붉은 치마로 반쯤 가리고 낯을 돌이키며 간다.

(권 9)

장지완張之琬의 자는 여염汝琰 호는 비연斐然이며 인동인仁同人이다.

◈ 안진석安晉錫

흔연관모춘欣涓舘暮春

偶爲探芳去	우연히 꽃다움을 찾기 위해 나가
相携入翠微	서로 이끌고 산 중턱까지 들어갔다.
四隣芳草合	사방에 꽃다운 풀이 합쳤고
一逕杏花稀	길에 살구꽃은 드물다.
聽鳥頻移席	새 우는 소리 듣기 위해 자리를 자주 옮겼고
看山且鮮衣	산을 보고자 또 옷을 느슨하게 했다.
莫辭林下宿	숲속에서 자는 것을 거절하지 말라
明日送春歸.	내일이면 봄을 보내고 돌아가리라.

(권 9)

안진석安晉錫의 자는 효승孝升 호는 우현재又玄齋며 순흥인順興人이다.

◈ 한치원韓致元

차상녀기부시次商女寄夫詩

郞賣魚鰕勝賣樵	낭군이 생선 파는 것이 나무 파는 것보다 났다는 것은
海山東去不曾遙	바다를 동쪽으로 가도 멀지 않다오.
牛女雖仙莫相換	견우와 직녀가 신선이지만 서로 바꾸지 않는 것은
一年七十二良宵.	일 년 칠월 열이틀만이 좋은 밤이기 때문이요.

(권 9)

폐후인廢堠人

行人指點短亭前	행인이 단정短亭 앞을 가리키는데
烏帽朱顏尙宛然	오모烏帽[24]와 붉은 낯이 아직 뚜렷하다.
迎送如今多困頓	지금처럼 영송하는 것으로 많이 피곤할 텐데
不妨閒臥送餘年.	한가하게 누워 남은 해를 보내는 것이 무방하리라.

（권 9)

　한치원韓致元의 자는 동랑冬郞이며 청주인淸州人이다. 벼슬은 무호군武護軍에 그쳤다.

◈ 유본정柳本正
　송경松京

午正門西古木喬	오정문午正門 서쪽의 큰 고목은
圃翁遺宅認前朝	전조의 정포은鄭圃隱이 살았던 집임을 알 수 있다.
芳名豈獨傳靑史	꽃다운 이름이 어찌 청사靑史[25]에만 전하랴
碧血淋漓善竹橋.	푸른 피가 선죽교에 질펀하게 흐른다오.

（권 9)

　류본정柳本正의 자는 평중平仲 호는 영교穎橋이며 진사進士.

---

24) 벼슬한 사람이 쓰는 모자.
25) 역사상의 기록을 말함. 종이가 없었던 옛날 푸른 대의 껍질을 불에 구워
　　푸른 빛과 기름을 없애고 사실을 기록한 것에서 나온 말.

❖ 이만용李晩用
탁타교橐駝橋

行人立馬橐駝橋	지나는 사람이 탁타교橐駝橋26)에 말을 세우니
流水聲中事寂寥	흐르는 물소리에 지난 사실은 고요하다.
道上老僧遙指語	길 위의 노승이 먼 곳을 가리키며
夕陽多處是前朝.	석양이 비치는 여러 곳에 전조가 있었다 한다.

(권 9)

이만용李晩用의 자는 여성汝成 호는 동번東樊이며 전주인全州人이다. 진
사進士와 과거에 급제했으며 벼슬은 병참兵參을 역임했다.

❖ 이경민李慶民
만월대滿月臺

五百年來王業休	오백년으로 내려오던 왕업이 쉬게 되자
繁華無跡只松楸	번화했던 것은 자취도 없고 나무들만 있다.
落花舊院凄凉色	꽃이 떨어진 옛 정원은 쓸쓸한 빛이었고
杜宇空城寂寞愁	두우새 우는 빈 성은 적막한 근심에 싸였다.
惟見野田侵殿階	오직 밭들이 궁전 뜰을 침입했음을 볼 수 있고
不禁春草上螭頭	봄풀이 교룡 머리로 오르는 것을 금하지 못했다.
悠悠總是傷心處	모든 것이 길이 마음을 슬프게 하는 것은
古國興亡水自流.	고국의 흥망에 물만 스스로 흐른다오.

(권 9)

---

26) 고려 태조가 契丹에서 보낸 낙타 오십 필을 굶겨 죽인 곳.

이경민李慶民의 자는 원회元會 호는 운강雲崗이며 강양인江陽人이다.

◈ 목인재睦仁栽
백제회고百濟懷古

長郊漠漠遠烟生	넓고 긴 들에 멀리서 연기가 오르며
一半斜陽草色平	사양에 풀빛이 편편하다.
玉殿虛無依舊塔	궁궐이 있던 곳은 허무하게 옛 탑에 의지했고
荒碑寂寞臥孤城	거친 비는 쓸쓸하게 외로운 성에 누웠다.
巖花不盡佳人恨	낙화암의 꽃은 가인들의 한을 다하지 못했으나
江水猶鳴故國聲	백마강 물은 오히려 옛 그대로 울고 있다.
把酒臨風亭子上	바람을 맞아 술잔 잡고 정자에 오르니
謾敎過客易傷情.	지나는 길손에 쉽게 감정을 상하게 하지 마오.

(권 9)

목인재睦仁栽의 호는 도계桃溪이며 문과에 급제했고 벼슬은 승지承旨에
이르렀다.

◈ 장인식張寅植
정공단鄭公壇

孤忠萬古孰如公	만고에 고충孤忠으로 뉘가 공과 같으리오
日月爭光耀海東	일월과 빛을 다투어 해동에 빛났다.
烈妾義奴傳史筆	매운 첩과 의로운 종도 사필로 전하니
從容就死一門空.	조용히 죽음에 나아가 일문이 비었다.

(권 9)

장인식張寅植의 자는 공빈公賓 호는 묵암默庵이며 옥산인玉山人이다. 무과에 합격했으며 벼슬은 좌윤左尹에 이르렀다.

❖ 이희풍李喜豐
무성서원武城書院

孤雲爲縣宰	최고운崔孤雲이 이 고을을 맡았기 때문에[27]
千載有遺祠	긴 세월 동안 사당이 남아 있다.
院靜桐花落	고요한 뜰에 오동나무 꽃이 떨어지고
墻空薜荔垂	빈 담장엔 담쟁이와 여지 덩굴이 드리웠다.
鳧鷖飛已去	큰 오리는 이미 날아갔고
笙鶴返無期	저처럼 우는 학은 돌아올 기약이 없다.
遠客春山路	멀리서 지나가는 나그네는 봄 산길에
行吟桂苑詩.	가면서 계원桂苑의 시를 읊는다.[28]

(권 9)

숙전가宿田家

野人無飾禮	시골사람들이 행동에 꾸미는 것이 없어
蓬首出門迎	다북대 머리로 나와 맞이한다.
淡月匏花靜	맑은 달빛에 박꽃이 고요하고
微風蜀黍鳴	가는 바람에 기장이 우는 듯하다.
一尋酬好意	처음 찾았는데 호의로 술을 주며
四顧愜幽情	사방을 돌아보니 그윽한 정이 흡족하다.

---

27) 武城書院이 있는 곳은 泰仁이라고 한다.
28) 崔致遠이 중국에 있을 때 지은 詩文을 모은 『桂苑筆耕集』 20권이 있다.

却對黃粱飯　　문득 기장밥을 대하니
疑求夢裏名.　　꿈속에서 구했던 이름이 아닌가 의심스럽다.
（권 9）

이희풍李喜豊의 자는 성부盛夫 호는 송파松坡이다.

◇ 윤락호尹樂浩
　우인偶人

偶人依杖立　　허수아비가 지팡이에 의지해 서 있으니
鳥雀見之疑　　새들이 보고 의심한다.
虛名難久恃　　헛된 이름으로 길이 믿게 하기 어려우니
愼勿立多時.　　조심해서 오래 세워두지 마오.
（권 9）

윤락호尹樂浩의 자는 가현嘉顯 호는 지족당知足堂이다.

◇ 윤정기尹廷琦
　즉사卽事

空山疎雨過　　공산에 성긴 비가 지나가고
茅屋對寒星　　띠집에서 차가운 별을 대했다.
風葉欺人跡　　바람에 나뭇잎을 발자국 소리로 속아
開窓月滿庭.　　창을 여니 달빛이 뜰에 가득하다.
（권 9）

세모歲暮

水霜凋盡十年顏	찬 서리로 십년 동안의 낯이 모두 시들었으며
樵牧爲隣木石間	산골에서 나무하고 소 먹이는 사람과 이웃했다.
野屋鷄鳴天似水	시골집에 닭이 울자 하늘은 물 같으며
村祠巫罷月沈山	마을 사당에 무당이 제를 파하자 달도 지려 한다.
無眠每到深更臥	잠이 오지 않아 깊은 밤에 늦게 되었고
多病仍成竟歲閒	병이 많아 한가하게 해를 마치게 되었다.
蕭瑟詩名無補世	쓸쓸한 시의 명성으로 세상에 도움이 없었으니
誰憐庾信老江閣.	누가 유신庾信29)이 강각에서 늙는 것을 불쌍히 여기랴.

(권 9)

윤정기尹廷琦의 자는 경림景林 호는 방산舫山이며 해남인海南人이다.

◈ 한재렴韓在濂
산거山居

早晴野外看山歸	일찍 개어 들에 나가 산을 보고 왔으며
長日閒庭掩板扉	해가 길고 뜰이 한가해 사립문을 닫았다.
牧丹落盡蒼苔滿	모란꽃이 모두 떨어지고 푸른 이끼 가득해
無賴黃蜂掠面飛.	의지할 곳 없는 벌이 낯을 치고 날아간다.

(권 9)

---

29) 南北朝 시대 北周의 시인. 자는 子山이며, 騈儷體에 능했다고 한다.

산장수하山莊首夏

長堤過雨淨無泥	긴 언덕에 비가 지나가니 진흙도 없이 깨끗하며
漠漠垂楊掃地齊	아득한 수양버들이 땅을 쓸며 가지런하다.
西樓飯罷藤床坐	서루西樓에서 밥을 먹고 등나무 상에 앉았더니
恰待黃鸝午後啼.	꾀꼬리가 오후에 우는 것을 기다리는 듯하다.
	(권 9)

한재렴韓在濂의 자는 제원霽園 호는 심원당心遠堂이며 진사進士였다.

❖ 전홍관全弘琯
동유풍악출문작東遊楓岳出門作

村北村南雨一犁	마을 남 북쪽에 비가 적지 않게 내리더니
稻秧出水綠針齊	벼 모가 물 밖으로 나와 푸른 침이 가지런하다.
落花芳草長程路	떨어진 꽃과 아름다운 풀이 있는 먼 길에
盡日黃鸝送馬蹄.	종일 꾀꼬리가 가는 말을 전송한다.
	(권 9)

전홍관全弘琯의 자는 영수永叟 호는 송람松嵐이며 나주인羅州人이다.

❖ 박문규朴文逵
과김포현過金浦縣

維舟綠楊岸	배를 푸른 버들에 매어 놓았으며
落日下皐原	지는 해는 언덕으로 떨어진다.

草色侵官道　　풀빛은 관도官道로 점점 들어오고
江聲到縣門　　강물 소리 고을 문에까지 들린다.
靑牛壟上食　　소는 밭두둑에서 풀을 뜯고
白鳥樹頭翻　　새는 나무는 위에서 뒤친다.
到處風烟靜　　가는 곳마다 흐린 기운이 고요하며
農歌又一村.　　농가를 부르는 또 한 마을이 나타난다.
　　　　　　(권 9)

차운정해소사군공등영가루次韻鄭海所使君共登永嘉樓

海上靑山落照橫　　바다 위의 푸른 산에 지는 햇빛이 비꼈는데
微風側帽上孤城　　미풍에 모자를 기울게 쓰고 고성에 올랐다.
海雲遠接長天勢　　바다 구름은 멀리 긴 하늘의 형세와 연결되었고
山木常含驟雨聲　　산에 나무는 항상 소나기 소리를 머금었다.
大壑魚龍秋寂寞　　큰 구렁의 어룡은 가을이면 쓸쓸하고
重關鼓角夜晴明　　무거운 관문의 대평소 소리에 밤은 개고 밝다.
金樽綠酒引餘興　　좋은 술로 남은 흥을 이끌어
笑倚欄干看月生.　　웃으며 난간에 의지해 달이 뜨는 것을 본다,
　　　　　　(권 9)

　박문규朴文逵의 자는 제홍霽鴻 호는 천유天遊이며 순창인淳昌人이다. 문과에 급제했고 벼슬은 병조참지兵曹參知를 했다.

❖ 허유許愈
영자규詠子規

客散西園意轉凄	서원에서 손이 흩어지자 마음이 다시 차가우며
牧丹花靜月初低	모란꽃은 고요하고 달은 지려한다.
千古騷人頭白盡	예부터 시인은 머리가 모두 희어진다고 했는데
南山終夜子規啼.	남산에서 밤을 마칠 때까지 자규가 운다.

(권 9)

허유許愈의 자는 퇴이退而 호는 후산后山이며 김해인金海人이다.

❖ 현일玄鎰
산거山居

落絮繽紛日欲斜	버들 솜은 어지럽게 떨어지고 해는 비끼고자 하며
西門種柳是誰家	서문 앞에 심은 버들은 누구의 집일까.
山中富貴無人管	산중에 부귀를 관리하는 사람이 없어
個個樵童一擔花.	개개의 꽃을 초동이 한 번에 지고 간다.

(권 9)

추사잡영楸舍雜詠

歲暮空山獨掩門	해가 저물어 공산에서 홀로 문을 닫았으며
身閒是覺道心存	몸이 한가하자 도심道心이 있음을 깨달았다.
貧隣有酒開鄕飮	가난한 이웃에 술이 있으면 모여 마시며
老圃分蔬佐客飱	포전의 늙은이는 채소를 나누어 손의 밥을 돕는다.

社會猶能傳古俗　사회社會30)에는 옛 풍속을 전할 수 있게 되고
樵歌亦解頌君恩　나무꾼의 노래에 임금의 은혜 칭송함을 알 수 있다.
浮生役役成何事　부생이 무슨 일을 이루고자 바쁘게 움직이나
澗媿林慚不足言.　시내와 숲에까지 부끄러워 말할 것이 못된다.

(권 9)

현일玄鎰의 자는 만여萬汝 호는 교정皎亭이며 연주인延州人이다.

◈ 정수혁鄭守赫
우음偶吟

性情傭懶事多踈　성격이 게으르고 일은 많이 성글어
欹枕高吟夢起初　꿈에서 처음 깨어 베개 베고 높게 읊었다
微雨過園芳草濕　가는 비가 동산을 지나자 꽃다운 풀이 젖었고
輕風吹樹落花餘　미풍이 나무에 불어 남은 꽃이 떨어졌다.
消愁遺興盈尊酒　통에 넘치는 술로 근심을 풀고 흥을 더하며
閱古觀今滿架書　시렁에 가득한 책으로 예와 지금을 보고 알게 한다.
若得華陽符一借　만약 화양부華陽符31)를 빌려 얻을 수 있다면
便隨高友入山居.　높은 친구를 따라 산에 들어가서 살고 싶다.

(권 9)

정수혁鄭守赫의 자는 의호宜護 호는 화계花溪이며 월성인月城人이다.

---

30) 옛날 마을사람들이 立春과 立秋가 지난 뒤 다섯 번째의 戊日을 社日이라
　　하여 모이는 것을 말함.
31) 道敎와 상관이 있는 것이 아닌가 한다.

◈ 유한재兪漢宰

춘일수각春日睡覺

巖扉寂寂柳陰陰	사립문이 적막하고 버들 그늘이 짙었는데
醉倚軒窓午夢深	취해 난간 창에 의지해 낮잠이 깊었다.
何處東風吹送雨	어느 곳에서 동풍이 불어 비를 보내는가.
一聲山鳥萬花心.	한 번 산새가 우는 것은 많은 꽃들의 마음이라오.

(권 9)

낙화落花

山窓風雨夜來多	창에 부는 비바람이 밤이 되면 많아
吹落塔前芍藥花	뜰 앞의 작약꽃을 떨어지게 한다.
寄語兒童須莫掃	아이들에게 쓸지 못하게 말하노니
滿庭紅錦亦繁華.	뜰에 가득한 붉은 비단도 또한 번화한 것이네.

(권 9)

시한계示寒溪

山簷寥落夜	산골의 처마는 밤이면 고요해
相對兩癯顔	파리한 두 얼굴이 서로 대해 앉았다.
酒熟迎賓好	술이 익게 되면 손님 맞이하는 것을 좋아하고
庭空步月閒	빈 뜰의 달빛에 한가롭게 걷기도 한다.
有時聞墜葉	때때로 나뭇잎 떨어지는 소리 듣기도 하고
隨意看靑山	뜻에 따라 푸른 산을 바라보기도 한다.
歲莫多懷抱	해마다 많은 생각을 하지 말고

淸談倚竹關.　　　대나무 문에 의지해 청담淸談을 하고 싶다.

（권 9）

유한재兪漢宰의 자는 평보平甫 호는 허주재虛舟齋이며 기계인杞
溪人이다.

✦ 양진영梁進永
여박중기등루공음與朴重基登樓共吟

落木長天倚古樓　　나뭇잎 떨어지는 한낮에 옛 누에 의지하니
北風寒透弊衣裘　　북풍에 찬기운이 떨어진 옷 속으로 들어온다.
心如老馬登程倦　　마음은 늙은 말 같아 길에 오르는데 게으르고
身似孤僧遇寺留　　몸은 외로운 중처럼 절을 만나면 머물고 싶다.
千里湖山皆雪色　　넓은 호산湖山은 모두 눈빛이고
滿城歌管自風流　　성에 기득한 음악은 스스로 풍류가 된다.
萍場幸有瀛洲客　　떠돌아다니는 곳에 다행히 영주의 손이 있다면
薄酒欣然互勸酬.　　적은 술이지만 기쁘게 서로 권하며 갚으리라.

（권 9）

양진영梁進永의 자는 경원景遠 호는 만희晩羲이고 탐라인耽羅人이며 진
사進士다.

◈ 권용정權用正
대암도중大巖道中

驅馬度荒野	말을 몰아 거친 들을 지나가니
夕風涼滿巾	서늘한 저녁 바람이 수건에 가득하다.
海晴雲似岸	바다가 개이자 구름은 언덕 같고
山暝石如人	산이 어두우니 돌이 사람 같다.
亂草開新路	어지러운 풀밭에 새 길을 개척하고
崩沙失舊津	모래가 무너지자 옛 나루를 잃었다.
漁村近不覺	어촌이 가까우나 알 수 없는 것은
烟重月氤氳.	연기가 짙어 달에 기운이 모였기 때문이오.

(권 9)

통영충무공사統營忠武公祠

水濱荒廟泊舟時	물가 거친 사당에 배를 맬 때
衰草離離鳥雀悲	쇠한 풀은 어지럽고 새들은 슬퍼한다.
一去將軍餘大樹	한 번 떠난 장군은 큰 나무만 남겼고
千年滄海有沈碑	긴 세월 동안 서늘한 바다에 비만 잠겨 있다.
陰風晝裂紅旗尾	음산한 바람은 낮에도 붉은 깃발의 꼬리를 찢고
殘日秋明畵戟枝	남은 해는 가을에 창의 가지를 밝게 그린다.
嘆息英雄不可見	탄식하노니 영웅을 볼 수 없는데
後人空作戰場詩.	뒷사람들은 공연히 전쟁 시를 짓는다.

(권 9)

권용정權用正의 자는 의경誼卿 호는 소유小遊이며 안동인安東人

이다. 벼슬은 부사府使.

✧ 권용직權用直
추일수기秋日睡起

苦匏多勁葉	모진 박은 굳센 잎이 많아
高下覆荒廬	위와 아래로 거친 집을 덮고 있다.
白日蟲猶語	한낮인데 오히려 벌레가 울고
秋風夢亦踈	가을바람에 꿈도 또한 성글다.
門無曾到客	문에는 일찍 오는 손도 없고
案有已看書	책상에는 이미 본 책이 있다.
坐覺衣稜澁	앉으면 옷의 형편이 어려움을 알 수 있으며
山涼襲里墟.	산이 서늘해 마을에까지 엄습한다.

(권 9)

권용직權用直의 자는 예경禮卿 호는 난사蘭士이며 안동인安東人이다. 진사進士며 군수郡守를 했다.

✧ 오경석吳慶錫
차대제운次大齊韻

院深無客似禪居	집이 깊숙해 찾는 손도 없어 절 같으며
晝永春眠樂有餘	봄철 긴 낮에 조는 것도 즐거움이 있다.
抛盡萬緣高枕外	연관된 모든 것은 베개 밖으로 버리고
燒香時讀故人書.	향을 피우고 때때로 옛 글을 읽는다.

(권 9)

오경석吳慶錫의 자는 원거元秬 호는 역매亦梅이며 해주인海州人이다. 벼슬은 지중추知中樞를 했다.

✤ 대원왕이하응大院王李昰應
시흥산장始興山庄

博帶峩冠來此鄕	넓은 띠 높은 갓 쓰고32) 이 시골에 왔으니
深秋佳節是重陽	깊은 가을 아름다운 계절인 중양이라오.
從知宿世三緣在	전세에 세 번 인연이 있었음을 알겠고
回憶前人一夢長	앞 사람이 가졌던 긴 꿈을 돌이켜 생각할 수 있다.
種德方爲子孫計	덕을 심는 것은 자손을 위한 계획이 되고
修身誰識姓名香	몸을 닦는 것이 성명을 향기롭게 함을 누구나 안다오.
平泉花石須臾改	평탄한 샘과 아름다운 돌도 잠깐 사이에 비뀌는데
堪笑浮生空自忙.	부생이 공연히 스스로 바쁜 것이 우습다오.

(『대동시선大東詩選』 권 10)

이하응李昰應의 자는 시백時伯 호는 석파石坡이며 전주인全州人이다. 대원군大院君의 봉작을 받았다.

✤ 강난형姜蘭馨
추흥秋興

獨抱琴書久掩扉	홀로 금서琴書를 안고 오랫동안 사립문을 닫았으니
迂儒心事世相違	오활한 선비의 심사 세상과 서로 어긋난다오.
伊來病骨知寒早	요사이 오면서 병골이 추위를 일찍 알아

---

32) 고관과 귀인의 복식을 상징적으로 표현할 때 사용하기도 함.

八月中旬已授衣.　팔월 중순에 이미 옷을 갈아입었다.

(권 10)

강난형姜蘭馨의 자는 방숙芳叔 호는 해창海蒼이며 진주인晋州人이다. 문과에 급제했고 판서를 역임했다.

✥ 조성교趙性教
춘일산재차백학산방운春日山齋次白鶴山房韻

公館淸如處士家　공관이 처사의 집과 같이 맑으며
野蔬山蕨澹生涯　들나물 산고사리로 생애가 담박하다.
巖扉寂寂無人到　사립문이 고요하고 오는 사람도 없어
領得三春萬樹花.　삼춘의 많은 나무에 피는 꽃을 이끌어 얻었다.

(권 10)

조성교趙性教의 자는 성유聖惟 호는 소정韶亭이며 한양인漢陽人이다. 문과에 급제했고 문형을 맡았으며 판서를 역임했다.

✥ 이헌기李憲基
방주인불견訪主人不見

小屋依山山日遲　집은 산에 의지해 해가 늦게 뜨며
客來繫馬杏花枝　손이 와서 살구꽃 가지에 말을 매었다.
主人有事耕田去　주인은 일이 있어 밭 갈러 가고
惟見靑尨吠竹籬.　오직 삽살개가 울타리에서 짖고 있다.

(권 10)

이헌기李憲基의 자는 혜화惠禾 호는 채포茝圃이며 연안인延安人이다.

✧ 신석균申奭均
영남루嶺南樓

西風人倚嶺南樓	서풍에 영남루에 올라 의지했더니
水國靑山散不收	수국의 푸른 산들이 흩어져 거두지 못하겠다.
萬戶笙歌明月夜	밝은 달밤에 많은 집에서 저 소리 나고
一江漁笛白雲秋	흰 구름 뜬 가을 강에 어부의 피리소리 들린다.
老僧院裏疎鍾晩	노승이 있는 절에서 성긴 종소리 늦게 나고
烈女祠前落葉流	열녀사烈女祠 앞에 잎이 떨어져 흐른다.
滿眼蘆花三十里	눈에 가득한 갈대꽃은 삼십 리나 되는데
雁鴻無數下長洲.	많은 기러기들이 긴 물가에 내린다.

(권 10)

신석균申奭均의 자는 희조希祖 호는 연서蓮西이며 평산인平山人이다. 진
사며 음사蔭仕로 부사府使를 했다.

✧ 이돈행李敦行
교거잡영僑居雜咏

田間細逕轉依微	밭 사이 가는 길이 어렴풋하고
風雨疎籬月半扉	성긴 울타리에 비바람이 불고 사립문에 달이 비친다.
培壅西瓜三四蔓	북을 돋운 수박은 덩굴이 삼사 개가 되어
揮鋤朝暮露沾衣	아침저녁 호미로 가꾸면 이슬에 옷이 젖는다.

(권 10)

　　이돈행李敦行의 자는 사의士宜 호는 간취澗翠이며 진보인眞寶人이다. 진사이며 음사蔭仕로 군수郡守를 했다.

❖ 이수돈李秀敦
만추즉사晩秋卽事

昨夜嚴霜催授衣	간밤 된서리가 옷을 갈아입게 재촉해
衰翁偏覺減腰圍	늙은이는 허리둘레가 줄어지는 것을 느끼었다.
出門絳葉呈秋色	문을 나서니 단풍잎이 가을빛을 드러내고
待客寒花帶晩暉	손을 기다리는데 국화꽃이 늦게 햇빛을 띠었다.
舊社遊人知幾在	옛 모임의 노는 사람에 아는 자가 몇이나 있는가
中宵留飮莫言歸	밤중까지 머물러 마시며 간다고 말하지 마오.
不聞塵路爭馳逐	속세의 다투고 쫓는 말은 듣지 않고
盡日看書獨掩扉.	홀로 사립문을 닫고 종일 책을 본다오.

　　　　　　(권 10)

　　이수돈李秀敦의 자는 순교舜敎 호는 해곡海谷이며 완산인完山人이다.

❖ 김택영金澤榮
문안聞雁

明河初灧別書堂	은하수가 처음 출렁일 즈음 집을 떠났는데
錦水邊山驛路長	금수錦水와 변산邊山의 역로가 길다
鴻雁後飛過我去	기러기는 뒤에 날아 나를 지나가고
秋風秋雨滿江鄕.	가을비와 바람은 강향에 가득하다.

　　　　　　(『소호당시집韶濩堂詩集』 권 2)

망청담望淸潭

豚柵牛欄一百戶　　돼지우리와 외양간이 있는 백여호에
家家門外有橫江　　집집이 문밖에 강이 가로 흐른다.
舟中日話桑麻事　　배에서도 날마다 농사 이야기하며
巷裏秋風魚蟹香.　　마을에 가을이면 생선과 게 향기 풍긴다.
　　　　　　　　　　(위와 같음)

도망悼亡

一片氷壺撤底淸　　한 조각 빙호처럼 철저히 맑았으니
識君心事我分明　　당신의 마음을 내 분명히 알고 있다오.
人生伉儷如相得　　인생에서 부부가 마음이 맞을 것 같으면
豈必長生勝不生.　　어찌 장생이 꼭 죽음보다 났다 하리오.
　　　　　　　　　　(위와 같음)

화석정술회花石亭述懷

迢迢花石亭　　까마득하게 높았던 화석정
錦壁是其趾　　그 자리에 벽만 남았다.
綠波天際流　　초록빛 물결은 하늘 끝으로 흐르고
春風一萬里　　봄바람은 멀리서 불어온다.
濛濛生草芽　　이슬비에 풀은 새싹이 트고
稍稍動犁耜　　점점 따비로 논밭을 갈고 있다.
幽窓曉色靑　　깊숙한 창에 새벽빛이 밝아오자
鷄鳴滿江水.　　닭 우는 소리 강물에 가득하다.
　　　　　　　　　(위와 같음)

평양平壌

垂楊枝外角橫吹	수양버들 늘어진 곳에 대평소 소리 들리며
王儉城開綠水湄	왕검성은 푸른 물가로 통했다.
樓閣參差朝霧重	높고 낮은 누각에 아침 안개 자욱하고
江山平遠夕陽遲	넓은 강산에 해가 늦게 진다오.
至今父老懷箕子	지금도 부로들은 기자箕子를 생각하고
何日英雄擅乙支	어느날 을지문덕 같은 영웅이 천단하랴.
遊女不知興廢事	유녀들은 흥망은 아랑곳하지 않고
隔花惟唱鄭郎詩.	언덕 너머 꽃 피는 곳에 정랑시鄭郎詩를 부른다.

(같은책 권 3)

김택영金澤榮의 자는 우림于霖 호는 창강滄江 또는 소호당韶濩堂이다. 진사進士이며 벼슬은 통정대부通政大夫를 했으나 을사늑약이 체결되자 중국으로 망명했다.

✧ 허훈許薰
유서柳絮

崇善陵前四月時	숭선능崇善陵 앞에 사월이면
垂垂楊柳萬千絲	늘어진 버들이 천만 가지나 된다.
晚來飛絮輕於雪	늦어지면 나는 버들솜이 눈보다 가벼워
散入城中撲酒旗.	성중에 흩어들어 주기酒旗[33]를 친다.

(『대동시선大東詩選』권 10)

---

33) 술파는 것을 알리는 깃발이라 함.

도금주到金州

金官風景似杭州	금관金官34)의 풍경이 항주杭州와 같아
煙雨中間出畫樓	안개비 내리는 가운데 그림 같은 누가 솟았다.
江浦秋高蘆一色	강포江浦의 늦가을은 갈대꽃 일색이며
海天霜落橘千頭	해천海天의 서리는 많은 귤에 떨어진다.
滄茫王跡尋龜旨	까마득한 왕의 자취 구자봉龜旨峰35)에서 찾을 수 있고
淳朴村風問馬休	순박한 마을 풍속 마휴촌馬休村36)에서 물었다.
回首南湖波渺渺	남호의 아득한 파도에 머리 돌려
淸宵欲放木蘭舟.	맑은 밤에 목난주를 놓아보고자 한다.

(권 10)

허훈許薰의 자는 순흠舜欽 호는 방산舫山이며 김해인金海人이다.

◈ 이설李偰
선죽교善竹橋

善竹橋邊血	선죽교 주변의 피를
人悲我亦悲	사람들이 슬퍼하니 나도 또한 슬퍼한다.
孤臣亡國後	외로운 신하가 나라 망한 뒤에
不死竟何爲.	죽지 않고 무엇을 해 마칠 것인가.

(권 10)

---

34) 金海의 옛 이름.
35) 김해부 주변에 있는 산봉우리의 이름, 金首露王의 탄생설화가 발생한 곳이다.
36) 김해부에 있는 마을 이름으로 풍속이 순박했다고 한다.

이설李偰의 자는 순명舜命 호는 복암復庵이며 연안인延安人이다. 문과에 급제했고 벼슬은 승지承旨를 했다.

◈ 이건창李建昌

아산과이충무공묘牙山過李忠武公墓

元帥精忠四海知	원수의 정충은 온 세상이 알고 있어
我來重讀墓前碑	내 와서 묘 앞의 비를 두 번 읽었다.
西風一夕松濤冷	저녁 서쪽바람에 찬 소나무 파도는
猶似閑山破賊時.	한산도에서 파적할 때와 같다오.

(『명미당집明美堂集』 권 2)

제제동인회우전등사諸弟同人會于傳燈寺 …
시여경우미귀時余京寓未歸

嘉俳時節好江城	한가위 시절이면 강화가 좋아
稻項黃垂柿頰赬	벼 이삭 누렇고 감은 벌겋게 되었다.
乍展家書如讀畵	잠깐 펼친 집에서 온 편지는 그림을 보는 듯
秋痕無數字邊生	글자마다 가을 흔적 물씬 풍긴다.

(같은책 권 6)

홍류동희제紅流洞戱題

大書深刻競纍纍	큰 글자로 총총히 깊게 새겼으나
石泐苔塡誰復知	돌이 깎이고 이끼 끼어 누가 다시 알아보랴.
一字不題崔致遠	최치원은 한 자도 쓰지 않았는데

至今人誦七言詩.　지금도 사람들은 그의 칠언시를 왼다오.
　　　　　　　　(같은책 권 3)

천마산회우림天磨山懷于霖

嵬崒天磨鎭　　높게 솟은 천마산天磨山은 진산鎭山이고
蕭條蜀莫州　　쓸쓸함은 촉막주蜀莫州37)라오.
江山餘故國　　강산에는 전조 자취 남았고
風雨送殘秋　　비바람이 남은 가을을 보낸다.
古寺楓林落　　옛 절에 단풍잎은 떨어지고
空城瀑布流　　빈 성에 폭포가 흐른다.
故人京雒去　　친구는 말 타고 서울에 가서
惆悵不同遊.　　같이 놀지 못해 섭섭하다오.
　　　　　　　　(같은책 권 3)

양화강楊花江

楊花江上楊花飛　양화강 위에 버들 꽃이 날고
上江下江春水肥　강 위 아래에는 봄물이 넘실거린다.
大舶載米湖南入　큰 배는 쌀 싣고 호남에서 들어오고
小船販魚沁中歸　작은 배는 생선 팔고 강화로 돌아간다.
滄波閱客自朝夕　창파는 아침저녁으로 손을 보게 되고
白鳥親人無是非　백조는 사람과 친숙해 놀라지 아니한다.
我亦一帆故鄕去　나도 또한 배 타고 고향으로 가니
滿江雲日晴暉暉.　강에 가득한 구름과 해가 맑고 빛난다.
　　　　　　　　(같은책 권 3)

---

37) 어떤 의미인지 알아보지 못했다.

　　이건창李建昌의 자는 봉조鳳藻 호는 영재寧齋 또 명미당明美堂이며 전주
인全州人이다. 문과에 급제했고 벼슬은 승지承旨를 역임했다.

✥ 유길준俞吉濬

자미주귀구남산하自美洲歸拘南山下

歲暮終南夜	해가 저문 남산 밑의 밤에
孤燈意轉新	외로운 등불이 생각을 새롭게 한다.
三年遠遊客	삼년 동안 멀리 유학했던 나그네였으며
萬里始歸人	만리에서 비로소 돌아온 사람이라오.
國弱深憂主	국력이 약해 임금이 깊게 걱정되며
家貧倍憶親	집이 가난해 어버이를 배나 생각하게 한다.
梅花伴幽獨	매화가 깊숙하게 홀로 있는 사람에 짝이 되어
爲報雪中春.	눈 속의 봄을 알린다오.

(『대동시선大東詩選』 권 10)

　　유길준俞吉濬의 자는 성무聖武 호는 구당榘堂이며 기계인杞溪人이다. 벼
슬은 내부대신을 역임했다.

✥ 최형기崔亨基

청호우동지清湖遇冬至

去年南國逢今日	지난해 남국에서 오늘을 맞았고
今年東湖憶去年	금년은 동호에서 지난해를 생각한다.
冬至年年惟作客	동지에 해마다 나그네가 되었으니
人生事事摠由天	인생은 일마다 모두 하늘에 따른다.

沙川凍滑無行路　　사천은 얼고 미끄러워 다니는 길이 없고
民戶荒凉有暮煙　　민가는 거칠고 서늘하며 저문 연기가 끼었다.
削壁危巖相對起　　깎은 벽과 위태로운 바위가 서로 마주해
似遮鄕夢到梅邊.　　매화의 주변에 이르는 고향 꿈을 막는 듯하다.
(권 10)

최형기崔亨基의 자는 덕지德之 호는 송애松崖이며 전주인全州人이다.

◈ 김석준金奭準
추목단秋牧丹

淺碧深紅捻捻抽　　푸르고 붉은 색을 손으로 골라 뽑은 듯 한 것이
疎籬側畔小塔頭　　성긴 울타리 옆 작은 뜰 머리에 있다.
如何一種繁華色　　어찌하여 번성하고 화려한 빛이
不管春風只管秋.　　봄바람은 주관하지 않고 가을만 하나뇨.
(권 10)

김석준金奭準의 자는 희보姬保 호는 소당小棠이며 선산인善山人이다.

◈ 박치복朴致馥
금릉죽지사金陵竹枝詞(선이選二)

南湖春水碧連天　　남호南湖의 봄물은 푸른빛이 하늘과 연했고
荻筍菱芽暗似烟　　갈대순과 마름 싹은 연기처럼 짙다.
瓜皮艇子石棠櫓　　참외 모양의 작은 배와 석당石棠의 노에
罩出紅鱗色正鮮.　　가리에서 나온 붉은 비늘 빛은 신선하다오.
(권 10)

繁華先數二陵春　　번화한 이릉二陵의 봄을 먼저 셀 수 있겠고
金碧舳稜映水濱　　푸르고 모난 빛이 물가를 비친다.
芳草垂楊三四月　　꽃다운 풀 늘어진 버들의 삼사월은
綠陰無處不遊人.　　녹음에 어느 곳인들 노는 사람이 없지 않을 것이오.
　　　　　　　　　　(권 10)

　　박치복朴致馥의 자는 훈경薰卿 호는 만성晩醒이며 밀양인密陽人이다.

✦ 성혜영成蕙永
송경잡절松京雜絕

戴笠耕田日正昏　　삿갓 쓰고 밭을 갈며 날은 어두운데
問君名姓却無言　　성명을 물었으나 말이 없다.
家在蕪城春草裡　　집은 거친 성 풀 속에 있으며
遺民盡是舊王孫.　　남은 사람들은 모두 옛 왕손王孫이라오.
　　　　　　　　　　(권 10)

　　성혜영成蕙永의 자는 차란次蘭 호는 남파南坡며 창녕인昌寧人이다.

✦ 배전裵㙉
만월대滿月臺

流水麗王國　　고려왕국에 물은 흐르고
秋風滿月臺　　만월대에 가을바람이 분다.
空階靴響斷　　빈 뜰에 신발 소리 끊어졌고
山鳥下蒼苔.　　산새가 푸른 이끼에 내려온다.
　　　　　　　　(권 10)

연광정練光亭

碧欄干外漲秋潮	푸른 난간 밖에 가을 조수가 불었고
舞罷歌殘境寂寥	노래와 춤을 파하자 지경이 고요하다.
獨棹扁舟過江去	홀로 작은 배의 노를 저으며 강을 지나가니
長林黃葉雨蕭蕭.	긴 숲의 누런 잎에 비가 소소히 내린다.

(권 10)

유중추야幽中秋夜

壞壁燈火落	무너진 벽에 등불이 떨어지고
空庭月色新	빈 뜰에 달빛이 새롭다.
垂頭坐長夜	머리를 숙이고 긴 밤에 앉았으며
拭目望淸晨	눈을 씻고 맑은 새벽을 바라본다.
鸚鵡何多舌	앵무는 어찌 말이 많으며
藤蘿自縛身	덩굴은 스스로 몸을 얽는다.
無人勸盃酒	술잔을 권하는 사람이 없고
倒我接羅巾.	나를 수건으로 걸어 넘어지게 한다.

(권 10)

배전裵㙐의 자는 용오容五 호는 차산此山이며 김해인金海人이다.

◈ 백춘배白春培

자남록귀로自南麓歸路

醉臥花間送夕陽	취해 꽃 사이에 누워 석양을 보냈더니
歸來猶覺滿衣香	돌아와서 옷에 가득한 향기를 느꼈다.
多情最是雙蝴蝶	가장 다정한 것은 두 마리의 나비였는데
一路相隨到草堂.	한 길로 서로 따라 초당까지 이르렀다.

(권 10)

백연우의白燕寓意

白燕誰憐汝	흰 제비야 누가 너를 가련하게 여기랴
春風學貴遊	봄바람에 귀엽게 노는 것을 배우면 한다.
蹴花驚蝶夢	꽃을 차서 자는 나비를 놀라게 하고
穿柳被鶯羞	버들잎을 뚫어 꾀꼬리를 부끄럽게 했다.
紫頷仍爲累	붉은 턱으로 인해 누가 되었고
烏衣不肯儔	검은 옷은 짝 하기를 즐거워하지 않을 것이다.
安捿宜野屋	편안히 들에 있는 집에 쉬는 것이 마땅하며
且莫入朱樓.	붉은 누에 들어가지 않았으면 한다.

(권 10)

백춘배白春培의 자는 성삼聖三 호는 소향小香이며 가림인嘉林人이다.

✧ 이기李沂
도화桃花

開時有雨落時風	필 때 비가 왔고 떨어질 때 바람 불어
看得桃花幾日紅	복숭아꽃에 며칠이나 붉은 것을 보았는가.
自是桃花身上事	그것은 복숭아꽃 자체의 일이며
風曾何罪雨何功.	바람이 무슨 죄며 비가 무슨 공이겠느냐.

(권 10)

이기李沂의 자는 백증伯曾 호는 해학海鶴이며 고성인固城人이다.

✧ 박영선朴永善
영월회고寧越懷古

越中兒女哭如歌	영월의 아녀들은 우는 것이 노래 같고
越樹蒼蒼越水波	영월의 나무는 푸르고 물은 물결이 인다.
蜀魄飛來人不見	촉백蜀魄이 날아왔으나 사람들은 보지 못하고
魯陵三月落花多.	노릉魯陵은 삼월에도 꽃이 많이 떨어진다.38)

(권 10)

박영선朴永善의 호는 죽존竹尊이고 밀양인密陽人이며 부사府使를 했다.

---

38) 端宗의 능호는 莊陵이나 이 시의 魯陵도 단종 능호가 아닌가 하며, 위의
蜀魄도 누구를 지칭한 것인지 알 수 없으나 내용으로 미루어 端宗을 지
칭한 것이 아닌가 한다.

✿ 김규원金圭源
송석원아집松石園雅集

竹窓松戶倚山開	대나무창과 소나무문이 산에 의지해 열리니
烏帽靑衿次第來	오모烏帽와 청금靑衿39)이 차례로 온다.
綠樹渾成凉世界	푸른 나무들은 서늘한 세계를 이루었고
斜陽偏照好樓臺	사양은 좋은 누대를 치우치게 비치었다.
三生壺裏氷常貯	오래된 병속에 항상 얼음이 저장되었으며
一枕槐根夢幾廻	느티나무 뿌리를 베고 여러 번 자게 되었다.
最是休文吟有癖	매우 아름다운 글을 읊는 병이 있어
腰圍日日瘦如梅.	허리둘레가 날마다 매화처럼 여위다.
	(권 10)

김규원金圭源의 자는 치현稺賢 호는 학포學圃이며 경주인慶州人이다.

✿ 김형진金亨鎭
봉원사奉元寺

碧草連天白日遲	푸른 풀은 하늘에 연했고 한낮도 더디며
登臨無處不宜詩	오르니 시를 짓는데 마땅하지 않은 곳이 없다.
雲歸峯壑參差見	산골짜기로 돌아간 구름은 들쑥날쑥 보이고
鍾落沙門遠近知	절의 종소리에 원근을 알겠다.
細路作行六七里	가는 길로 육칠 리를 가게 되었으며
聞節扶醉兩三枝	취해 지팡이로 짚은 것이 두서너 가지가 된다.

---

39) 烏帽는 벼슬한 사람이 쓰는 모자이며, 靑衿은 옷깃이 푸른 것으로 儒生을 지칭한 것임.

披襟坐到松風裏　옷깃을 풀고 소나무 바람 부는 곳에 앉았으니
何似塵間束帶時.　속세에서 띠를 매고 있을 때와 어찌 같겠느냐.
（권 10）

김형진金亨鎭의 자는 중회仲會 호는 우전又田이다.

◈ 염태혁廉泰赫
병기病起

看書自愛午窓明　책을 보면서 낮에 창이 밝은 것을 좋아하며
樓上纔容一榻橫　누 위는 겨우 자리 하나 펼 수 있다.
山日將斜禽世界　산에 해가 빗기고자 하면 새들의 세계였고
溪風無限柳平生　시내 바람이 계속 불어 버들의 좋은 때가 되었다.
消愁無計酒還飮　근심을 해소할 꾀가 없어 다시 술을 마시고
遺興多方詩欲成　흥을 남기는 여러 방법으로 시를 짓고자 한다.
病起兼旬出門步　오랫동안 병에서 일어나 문을 나서니
雨中春色滿皇城.　빗속의 봄빛이 서울에 가득하다.
（권 10）

염태혁廉泰赫의 자는 주경周卿 호는 조은釣隱이며 용담인龍潭人이다.

✣ 황현黃玹
방유당불우독숙유음訪酉堂不遇獨宿有吟

孤眠夜如何	혼자 자니 밤이 어찌 되었는가
林月曳簷半	숲에 뜬 달이 반쯤 처마를 끌고 있다.
戶外如有人	문밖에 사람이 있는 듯하더니
蕭蕭風竹亂.	바람에 소소히 댓잎 흔들리는 소리라오.

(『매천집梅泉集』권 2)

숙석현宿石峴

芭蕉倒地灑然凉	파초 잎이 넘어지고 놀랄 만큼 서늘하며
曉雨空墀片刻忙	새벽비가 빈 뜰에 요란하게 떨어진다.
紙窓欲明人未起	창은 밝으려 하나 일어나지 않고
臥聞牛鐸響長廊.	누워 외양간에서 나는 소 요령소리 듣는다.

(같은책 권 3)

촌거모춘村居暮春

桃紅李白已辭條	복숭아와 오얏꽃이 이미 떨어져
轉眼春光次第凋	살펴보니 봄빛이 차례로 시들었다.
好是西簷連夜雨	좋게도 밤에 계속 서쪽 처마에 내린 비로
靑靑一本出芭蕉.	한 그루의 푸른 파초가 돋았다.

(같은책 권 4)

절명 絶命

鳥獸哀鳴海岳嚬　새와 짐승이 슬피 울고 바다와 산도 찡그리는데
槿花世界已沈淪　우리나라는 이제 사라졌다네.
秋燈掩卷懷千古　가을 등불 아래 책 덮고 옛일 회상하니
難作人間識字人.　인간세계에 글 아는 사람 되기도 어렵다오.
　　　　　　　　(같은책 권 5)

차방옹운 次放翁韻

山居最有天倫樂　시골에 있으니 친족과 사는 것이 가장 즐거워
子弟詩成就我評　자제들은 시를 지어 평을 해 달라 한다.
憶受字書如昨日　글씨와 글을 배운 것이 어제 같은데
愧聞年少喚先生　젊은 나이에 선생으로 불리는 것이 부끄럽다오.
春園接果經霖活　봄 동산에 접붙인 과일나무 장마에 살아나고
晨圃挑蔬帶露烹　새벽 채전에서 솎은 채소 이슬 묻은 채 삶았다.
稅薄徭輕無一事　조세와 부역이 적어 일이 없으니
風塵難得此昇平.　어지러운 세상에 얻기 어려운 태평이오.
　　　　　　　　(같은책 권 2)

　황현黃玹의 자는 운경雲卿 호는 매천梅泉이며 생원시生員試에 일등했다.
문명이 매우 높았으며 경술년庚戌年 일제日帝가 강제로 병합했다는 말을 듣
고 순절殉節했다.

✥ 지동순池東恂

안분安分

家住仁王洞裏村	집이 인왕산仁王山 속의 마을에 있으니
紅塵不到碧松門	푸른 소나무 문에 속세의 티끌이 이르지 않다.
平生蔬糲安吾分	평생에 나물과 궂은 밥을 내 분수로 편안히 여기며
更有詩書敎子孫.	다시 시서詩書가 있어 자손을 가르친다오.

(권 10)

지동순池東恂의 자는 영조永祚 호는 동음桐陰이다.

✥ 이주호李周鎬

차유거벽상운次幽居壁上韻

躑躅花飛白日斜	철쭉꽃은 날고 밝은 해가 비꼈으며
微暄天氣弄輕霞	따뜻한 날씨는 가벼운 안개를 희롱한다.
萋萋芳草溪南路	시내 남쪽 길에 꽃다운 풀이 짙었고
碧樹鶯啼處士家.	처사의 집 푸른 나무에 꾀꼬리가 운다.

(권 10)

김주호金周鎬의 자는 무경武卿 호는 구곡九谷이며 전주인全州人이다.

✥ 박원규朴元珪

문충성유감聞蟲聲有感

蟲聲喞喞惹人悲	벌레 소리 즐즐 사람을 슬프게 하면서

相續相連十二時　서로 연속하여 열두 시간을 계속 운다.
却羨西隣聾老客　문득 이웃에 귀가 어두운 늙은이가 부러우니
通宵一枕不曾知.　새벽까지 자면서 일찍 알지 못한다.
　　　　　　　　(권 10)

박원규朴元珪의 자는 춘경春卿 호는 혜산蕙山이다.

◈ 백회순白晦純
　　제서재벽題書齋壁

水遠山明淡若虛　물은 멀고 산은 밝아 맑음이 빈듯해
數椽茅屋足安居　몇 개의 서까래로 지은 띠집 살기에 편안하다.
野人無與人間事　야인野人이 인간세계의 일은 하는 것이 없고
日向窓前讀古書.　날마다 창 앞에서 옛 책을 읽는다.
　　　　　　　　(권 10)

백회순白晦純의 호는 남산藍山이며 태인인泰仁人이다.

◈ 김관하金觀夏
　　한식여강도중寒食驪江途中

麥雨初晴野色靑　맥우麥雨가 처음 개고 들 빛은 푸르며
淸明佳節過江亭　청명의 아름다운 계절에 강정을 지나간다.
思親尤倍此時感　이 시기에 어버이 생각은 배나 더해
灑淚春風千里程.　봄바람 부는 먼 길에 눈물 뿌린다.
　　　　　　　　(권 10)

이관하李觀夏의 자는 사빈士賓 호는 노호魯湖이며 청주인淸州人이다.

❖ 안중섭安重燮

춘야독작春夜獨酌

春夢悠揚到曉醒　봄꿈이 새벽에 깨기까지 길며
梅花枝上月亭亭　매화가지 위에 달이 아름답다.
如今始辨生涯淡　지금 비로소 생애가 맑았음을 알았으니
不買良田買六經.　좋은 밭 사지 않고 육경六經을 샀다네.

(권 10)

안중섭安重燮의 자는 성심誠心 호는 해사海史이고 순흥인順興人이며 진사였다.

❖ 이응목李膺穆

기장군지연寄張君志淵

君無術數又無權　그대는 술수도 없고 권세도 없으며
只有文章信老天　단지 지닌 문장은 노천老天[40]도 믿을 것이다.
天亦炎凉隨世態　하늘도 세태를 따라 덥고 서늘하기도 하니
文章莫道李靑蓮.　문장은 이청연李靑蓮[41]을 말하지 마오.

(권 10)

이응목李膺穆의 자는 응우膺祐 호는 회산晦山이며 벽진인碧珍人이다.

---

40) 하늘에 대해 높이 여기는 말인 듯함.
41) 靑蓮은 唐의 李白의 호.

✧ 이병목李炳穆
직부織婦

札札鳴機秋夜長　긴 가을밤에 찰찰하는 베 짜는 소리는
爲誰勤苦爲誰忙　누구를 위해 부지런히 하며 바쁜가.
銖絲寸縷成全疋　짧은 실로 온전히 한 필을 이루었는데
刷盡公逋短我裳　관가에 차압되고 내 치마는 짧다오.
(권 10)

이병목李炳穆의 자는 계소季昭 호는 경산庚山이다.

✧ 이수욱李秀旭
시비음是非吟

世上難明是與非　세상에서 밝히기 어려운 것은 옳고 그름이니
誰爲是也誰爲非　뉘가 옳으며 뉘가 그른 것이 되랴.
人非亦有吾心是　사람을 그르다고 하면 내 마음을 옳게 여기는 것이며
自是那無彼見非　나를 옳게 여기면 어찌 그는 그름을 보지 못하랴.
理直方爲然後是　이치가 곧고 바른 뒤에 옳은 것이며
心欺何用以前非　마음을 속이면서 전에 그른 것을 어디에 쓰겠는가.
察微戒懼存彝性　살피고 조심하여 떳떳한 성품을 가지게 되면
自有天然定是非.　스스로 있는 천성이 옳고 그른 것을 정하게 되리라.
(권 10)

이수욱李秀旭의 자는 덕진德振 호는 무명암無名庵이며 합천인陜
川人이다.

❖ 박래익朴來翼
성마령星摩嶺

絶嶺巉巖客到稀	높은 재와 바위에 이르는 사람이 드물며
浮雲住頂鳥腰飛	뜬 구름은 꼭대기에 머물고 새는 허리에서 난다.
我行天上君知否	내가 천상에 간 것을 그대는 알고 있는가
手摘星辰滿袖歸.	손으로 별을 따 소매에 가득 채워 돌아왔다네.

(권 10)

박래익朴來翼의 자는 경진敬軫 호는 석하石霞이며 경주인慶州人이다.

❖ 윤주하尹胄夏
삼일포三日浦

滿地平湖積不流	편편한 호수에 물이 모여 흐르지 않고
四仙亭子水中浮	사선정자四仙亭子는 물 가운데 떠있다.
却憐一鷺閒於我	사랑스럽게도 백로가 나에게 한가롭게 하며
管領烟波自在遊.	연파를 주관하며 스스로 놀고 있다.

(권 10)

윤주하尹胄夏의 자는 충여忠汝 호는 교우膠宇이며 파평인坡平人이다.

❖ 정기홍鄭基弘
관가대觀稼臺

崗巒矗矗水縈回	산봉우리는 힘있게 솟았고 물은 얽히어 돌며

中有奇巖作小臺　　가운데 기이한 바위가 작은 대를 만들었다.
種竹蒔花茅舍靜　　대도 심고 꽃도 옮겨 띠집이 고요하고
灌禾鋤荳石田開　　벼에 물 대고 팥에 호미질하며 돌밭을 일구었다.
主翁無事携山屐　　주옹主翁은 일이 없어 나막신을 끌고 다니며
野老多情送酒盃　　야로野老는 다정해 술을 보냈다.
晚境生涯何所樂　　나이 많아 생애에 즐거움이 무엇이겠는가
林風溪月自相來.　　숲속 바람과 시내 달빛이 스스로 찾아온다오.
　　　　　　　　(권 10)

　　정기홍鄭基弘의 자는 주현周賢 호는 관가觀稼이며 동래인東萊人이다.

◈ 이호근李鎬根
　　산보散步

俯聽溪流仰看山　　구부려 냇물 흐르는 소리 듣고 우러러 산을 보며
乘閒孤往又孤還　　한가함을 타고 혼자 갔다가 혼자 돌아온다.
駐筇默笑浮雲態　　지팡이를 머물고 뜬구름 형태에 말없이 웃는 것은
俄化層峰更化鬟.　　갑자기 층봉이 되었다가 다시 쪽찐 머리가 된다.
　　　　　　　　(권 9)

　　이호근李鎬根의 자는 회주晦周 호는 모당某堂이며 성산인星山人이다.

◈ 이학의李鶴儀
　　규정閨情

瘦頰斑斑淚未休　　눈물이 쉬지 않고 여원 뺨에 아롱졌으며

幾番窓月怨淸秋　창의 달빛에 몇 번이나 맑은 가을을 원망했다.
逢郞却怕傷郞意　낭군을 만났으나 뜻을 상할까 겁내어
不道從前若許愁.　종전에 근심했던 것은 말하지 않았다오.
(권 10)

이학의李鶴儀의 자는 구일九一 호는 운관雲觀이며 전주인全州人이다.

◈ 손진식孫振湜
청야대월晴夜對月

銀浦流雲霽若鱗　은포에 흐르는 구름이 개이면 비늘 같으며
一輪明月露精神　한 바퀴 밝은 달이 정신을 들어낸다.
世情不入蟾宮裏　세상 사정으로 섬궁蟾宮42) 속으로 가지 못했는데
來照螢窓獨臥人.　형창螢窓 밑에 홀로 누워있는 사람을 비친다.
(권 10)

손진식孫振湜의 자는 자언子彦 호는 소암素庵이며 밀성인密城人이다.

---

42) 月世界를 말하기도 하지만 과거에 급제하는 것을 동경하는 의미로 말하기도 한다.

XI

총림叢林1)

⟐ 대각국사大覺國師(명의천名義天 고려왕자高麗王子)
염촉사인묘厭髑舍人廟

千里歸來問舍人　　먼 길을 돌아와서 사인舍人2)을 물었더니
靑山獨立幾經春　　푸른 산에 독립해 얼마의 봄을 지났는가.
若逢末世法難行　　만약 말세에 법이 행하기 어려움을 만나게 되면
我亦如君不惜身.　　나도 또한 그대같이 몸을 아끼지 않았을 것이오.
　　　　　　　　　　(『대동시선大東詩選』 권 11)

⟐ 일연一然
염촉찬厭髑讚

循義輕生已足驚　　의義에 죽고 생을 가볍게 여겨 이미 놀라게 했으며
天花白乳更多情　　천화天花와 백유白乳3)가 다시 다정하게 했다.
俄然一劒身亡後　　갑자기 한 칼에 죽은 뒤에
院院鍾聲動帝京　　원원한 종소리는 제경帝京을 움직였다.
　　　　　　　　　　(권 11)

---

1) 여기에 실려 있는 승려들의 시는 『大東詩選 卷 11』 叢林에 실려 있는 시
　에서 선발했음을 밝혀둔다.
2) 이 시에서 舍人은 신분을 말하지 않았기 때문에 쉽게 말하기 어려우나
　殉敎한 인물임에는 분명하며, 신라의 異次頓이라 하기도 한다.
3) 天花와 白乳는 異次頓이 순교 당시 나타난 기적이라 함.

❖ 달전達全

차운이정언혼화산회고次韻李正言混花山懷古

花山往事有誰知	화산의 지난 일을 누가 알고 있을까
今古興亡似奕碁	예나 지금의 흥망은 바둑과 같다오.
玉輦行街渾作畝	수레가 다니던 거리는 모두 밭이 되었고
珠簾深巷半成池	주렴이 있던 궁중 문간은 반이나 못이 되었다.
斬新楊柳幾多屋	새로 버들을 베어 얼마의 집을 지었고
依舊杏花三兩枝	예처럼 살구꽃은 두서너 가지에 피었다.
細數盈虛春夢裏	봄 꿈속에 차고 빈 것을 자세히 헤어보니
只堪大笑不堪悲.	크게 웃을 만하고 슬프지는 않다오.

(권 11)

❖ 원감圓鑑(명충자名冲止 속성위명원개俗姓魏名元凱 고려高麗 장원급제壯元及第)

잡영雜詠

捲箔引山色	발을 거두어 산빛을 끌어들이고
連筒分澗聲	통을 연결하여 냇물 흐르는 소리를 나누었다.
終朝少人到	아침을 마칠 때까지 오는 사람이 적어
杜宇自呼名.	소쩍새가 스스로 이름을 부른다.

(권 11)

병중언지病中言志

古寺秋深木葉黃	옛 절에 가을이 깊자 나뭇잎이 누렇고
風高天色正蒼凉	바람이 높게 불자 하늘빛이 푸르고 서늘하다.
閒無檢束甘年老	검속 없이 한가해 늙는 나이에도 즐겁고
病似拘囚覺日長	병으로 잡혀 있는 듯하여 해가 긴 것을 느꼈다.
霜冷急尋三事衲	서리로 추워 급히 여러 번 기운 옷을 찾았으며
室空唯對一爐香	방이 비어 오직 하나의 향로만을 대하고 있다.
沙彌不解蔬餐淡	사미沙彌는 나물로 한 찬의 담박함을 알지 못하고
來點山茶勸我嘗.	차를 끓여 와서 나에게 마시게 권한다.

(권 11)

◆ 운감云鑑(치악산승雉岳山僧)
기원주목사하윤원체귀寄原州牧使河允源遞歸

兒嬉在母側	어린아이가 어미 옆에 있을 때는
恩愛尙未知	은애를 오히려 알지 못한다.
母去兒啼號	어미가 가면 아이가 울며 부르는데
無乃逼寒飢	춥고 배고픈 것에 핍박이 없지 않은 것이다.
北原往日政	북원北原을 지난날 다스린 것에서
仁德乃如斯	인덕이 바로 이와 같았다.
赫然千載下	빛난 것은 많은 세월 뒤에
再頌召南詩.	다시 소남시召南詩4)를 칭송할 것이다.

(권 11)

---

4) 『詩經』 國風의 하나.

✥ 함허당涵虛堂(명무준名無準 충주인忠州人 속성유俗姓劉 구명수이舊名守伊)
등부소망송도登扶蘇望松都

滿目千門與萬戶	눈에 가득한 많은 집은
家家共有主人公	집집이 모두 주인이 있을 것이다.
主人去後家應壞	주인이 떠난 뒤에 집들은 응당 무너져
依舊靑山聳碧空.	예처럼 청산이 푸른 공중에 솟을 것이오.

(권 11)

✥ 난옹懶翁(호강월헌號江月軒 공민왕사호보제존자恭愍王賜號普齊尊者)
경세警世

終朝役役走紅塵	아침까지 바쁘게 속세를 좇아다니며
頭白焉知老此身	머리가 희기까지 어찌 늙은 것을 알았으랴.
名利禍門爲猛火	명예와 이익이 화를 부르는데 맹화猛火가 되어
古今燒盡幾千人.	고금을 통해 몇 천 사람을 모두 살았다오.

(권 11)

✥ 혼수混修(자무작字無作 호환암號幻庵 속성조俗姓趙 시보각국사諡普覺國師)
임화작게臨化作偈

任運騰騰度一生	운에 맡겨 일생을 빨리 건넜으며
病中消息更惺惺	병중에 소식을 다시 깨달았다.
無人識得吾歸處	내가 돌아가는 곳을 아는 사람이 없을 것인데
窓外白雲橫翠屛.	창 밖에 흰 구름이 푸른 병풍에 가로 걸렸다.

(권 11)

✤ 청허당清虛堂(명휴정名休靜 자현응字玄應 우호서산又呼西山)

유안심사遊安心寺

夜雨朝來歇	밤에 내리던 비가 아침이 되자 그쳤으며
靑霞濕落花	푸른 안개는 떨어진 꽃을 적시었다.
山僧留野客	산승이 속세의 손을 머물게 하고
手自煮新茶.	직접 새 차를 끓인다.

(권 11)

유가야遊伽倻

落花香滿洞	꽃이 떨어지자 향기가 골짜기에 가득하고
啼鳥隔林聞	우는 새소리는 숲 너머에서 들린다.
僧院在何處	절은 어느 곳에 있나뇨
春山半是雲.	봄 산에 반은 구름이라오.

(권 11)

등향로봉登香爐峯

萬國都城如蟻垤	만국의 서울 성곽이 개미 둑과 같으며
千家豪傑若醯鷄	천가의 호걸은 독한 형벌을 받았다.
一窓明月淸虛枕	밝은 달이 비치는 청허한 창 밑에 누웠으니
無限松風韻不齊.	무한의 송풍에 들리는 소리는 가지런하지 않다.

(권 11)

상추賞秋

遠近秋光一樣奇　　원근의 가을빛이 한 모양으로 기이하며
閒行長嘯夕陽時　　석양 즈음에 한가히 걸으며 휘파람을 분다.
滿山紅綠皆精彩　　산에 가득한 붉고 푸른빛은 정채精彩가 있으며
流水啼禽亦說詩.　흐르는 물과 새소리도 또한 시를 말한다오.
　　　　　　　　(권 11)

❖ 사명당泗溟堂(명유정名惟政 자리환字離幻 호송운號松雲)
덕천가강장자유의선학구어재근잉시지德川家康長子有意禪學求語再勤仍示之

一太空間無盡藏　　하나의 큰 공간에 다함이 없이 많은데
的知無臭又無聲　　냄새도 없고 소리도 없음을 분명히 알 것이다.
只今聽說何煩問　　지금 말을 들으면서 무엇을 번거롭게 묻고자 하나뇨
雲在靑天水在瓶.　구름은 푸른 하늘에, 물은 병에 있다네.
　　　　　　　　(권 11)

낙하와병상서애상공洛下臥病上西厓相公

一落黃雲戍　　한 번 누런 구름의 수자리로 떨어져
七年猶未歸　　칠 년 동안 오히려 돌아가지 못했다.
鼓鼙秋夢少　　싸우는 북소리로 가을꿈도 적었고
京洛雁書稀　　서울 소식도 드물었다오.
鏡裏華容改　　거울에 비친 얼굴이 달라졌고
愁中歲月遲　　근심 속에 세월도 더디다.

| 明朝渡江水 | 내일 아침 강을 건넌다는데 |
| 怊悵又相違. | 슬프게도 또 서로 어긋난다오. |

(권 11)

✿ 수초守初(자태혼字太昏 호취미號翠微)
수기睡起

日斜簷影落溪濱	해가 비끼자 처마 그림자가 냇가에 떨어지며
簾捲微風自掃塵	주렴을 거두니 미풍이 스스로 먼지를 쓴다.
窓外落花人寂寂	창밖에 꽃은 떨어지고 사람은 고요하며
夢回林鳥一聲春.	꿈을 깨자 숲속의 새가 봄에 울고 있다.

(권 11)

✿ 처능處能(호백곡號白谷)
백마강회고白馬江懷古

白馬波聲萬古愁	백마강 파도 소리는 길이 근심스럽게 해
男兒到此涕堪流	남아가 이에 이르러 흐르는 눈물을 견디랴.
始誇魏國山河寶	위국魏國의 산하가 보배스러움을 자랑하다가
終作烏江子弟羞	마침내 오강烏江에서 자제들에 부끄럽게 되었다.5)
廢堞有鴉啼落日	허물어진 성첩에 갈까마귀가 해질 즈음 울고 있고
荒臺無妓舞殘秋	황대에는 늦가을에 춤추는 기생이 없다.
三分割據英雄盡	삼분하여 차지했던 영웅들은 없어졌고

---

5) 楚漢 때의 項羽가 마지막 패전을 하고 烏江에 이르자 사공이 강을 건너게 권했으나 江東의 부로가 부끄러워 갈 수 없다고 하며 자결한 고사를 반영한 것이 아닌가 한다.

但看西風送客舟.　단지 서풍에 손이 탄 배를 보내는 것만 볼 수 있다.

(권 11)

❖ 행사行思(백옥봉시우白玉峯詩友)
해남방옥봉海南訪玉峰

相思人在海南村　그리워하는 사람이 해남 마을에 있는데
消息天涯久未聞　멀리서 오랫동안 소식 듣지 못했다.
今日獨尋芳草路　오늘 홀로 꽃다운 길을 찾아가니
夕陽何處掩柴門.　석양 어느 곳에 사립문을 닫고 있을까.

(권 11)

❖ 충휘冲徽(호운곡號雲谷)
고란사皐蘭寺

僧敲踈磬起眠鷗　중이 경쇠를 쳐 자는 백구를 깨우며
千點漁燈水國秋　고기 잡는 많은 등불로 강은 가을이라오.
明月掛簾天欲曉　밝은 달이 주렴에 걸렸고 새벽이 되려 하는데
櫓聲鴉軋下滄州　소리가 갈까마귀와 다투며 창주로 간다.

(권 11)

❖ 언기彦機(호편양지號鞭羊子 서산문인西山門人)
증각지贈覺地

興來長嘯上高樓　흥이 나서 휘파람 불며 높은 누에 오르니
明月蘆花兩岸秋　밝은 달 갈대꽃으로 양쪽 언덕은 가을이라네.

最好一聲漁父笛   가장 좋은 것은 어부의 피리소리였는데
夜深吹過白鷗洲.   깊은 밤에 불며 백구주白鷗洲를 지나간다.

(권 11)

✿ 법견法堅(호기암號奇巖 서산문인西山門人)
송송운지일본送松雲之日本

終日思君不見君   종일 그대를 생각했으나 보지 못하고
倚樓魂斷海天雲   누에 의지해 바다와 하늘의 구름에 넋을 잃었다.
那堪落葉秋風外   가을바람에 잎이 밖으로 떨어지는 것을 어찌 견디며
半夜疎鍾月下聞.   밤중에 달빛 아래 성긴 종소리를 들을 수 있으랴.

(권 11)

✿ 신준神駿
문작聞鵲

田家椹熟麥梢成   농가에 오디 익고 보리도 익었으니
宜向紅墻綠樹鳴   붉은 담장 푸른 나무를 향해 울 것이다.
何事荒村寥落地   무슨 일로 거친 마을 떨어진 곳에
隔林時送兩三聲.   숲에 막혀 때때로 울고 있나뇨.

(권 11)

✿ 추파秋波
도무계진渡茂溪津

歸舟懶放小江風   돌아가는 배를 적은 강바람에 늦게 출발시켰으며

兩岸蓼花映水紅　양쪽 언덕 여뀌꽃이 물에 비쳐 붉다.
漁笛一聲天欲暮　어부의 피리소리에 하늘이 저물고자 하며
白鷗飛去夕陽中.　백구는 석양 속으로 날아간다.
　　　　　　　　(권 11)

◈ 최견最堅
원효봉元曉峰

一筇飛入洞天幽　지팡이로 동천의 깊숙한 곳을 날아들며
仄路透迤步步愁　기운 길을 지나며 걸음마다 근심스럽다.
漠漠江光南圻盡　아득한 강물 빛은 남쪽을 다 찢었고
重重山勢北來稠　겹겹의 산세는 북쪽에서 와서 빽빽하다.
蒼藤古峽常疑雨　골짜기의 푸른 덩굴은 항상 비가 아닌가 의심하고
白石淸溪早覺秋　흰 돌의 맑은 시내에 가을을 일찍 느낀다.
蘭若祇應昏黑到　절에서 어두워지면 조심스럽게 하며
隔林斜日梵聲浮.　숲 너머 해가 비끼면 불경 소리 들린다.
　　　　　　　　(권 11)

◈ 초의艸衣(명의순名意洵 자중부字仲浮)
조과사천早過斜川

輕霞冉冉曙光晴　가벼운 안개가 낮게 끼어 새벽빛이 맑고
旭日娟娟上赤城　빛난 해가 곱게 적성赤城 위에 떴다.
朝冷烟從溪面起　아침이 쌀쌀하자 연기가 시내를 따라 일어나고
岸高人在樹顚行　언덕이 높아 사람들은 나무 꼭대기로 다니고 있다.
林深尙見餘花發　숲이 깊어 아직도 남은 꽃을 볼 수 있고

春盡猶聞好鳥聲　　봄이 끝났는데 오히려 好鳥[6]의 우는 소리 들린다.

惆悵龍門山下路　　슬프게도 용문산龍門山 밑의 길에

寶坊遺與野人耕.　보방寶坊[7]을 농부에 갈게 끼쳐 주었다.

---

6) 불교에서 상상의 새라고 함.

7) 불교에서 寺院을 美稱한 것이라 함.

XII

명원名媛[1]

✤ 임벽당김씨林碧堂金氏(의성인義城人, 유여주부인兪汝舟夫人 유집일권有集一卷)

빈녀음貧女吟

地僻人來少   땅이 궁벽해 오는 사람도 적으며
深谷俗事稀   골이 깊어 세속 일도 드물다.
家貧無斗酒   집이 가난해 술이 많이 없기 때문에
宿客夜還歸.   자고자 하던 손이 밤에 돌아간다.

　　　　　　　(『大東詩選』卷 12)

✤ 창암김씨蒼巖金氏(광주인光州人)

자경自警

據德懷仁可謂人   덕德과 인仁을 품은 자를 사람이라 이를만하고
華簪寶貝莫安身   화려한 패물이 몸을 편안하게 하지 못한다.
脂膏榮祿吾還畏   기름지고 영화스러운 녹이 도리어 겁나는 것이니
上有王章下有民. 위로는 임금의 법이 있고 아래는 백성이 있다오.

　　　　　　　(권 12)

---

1) 이 시와 함께 여기에 실은 시들은 『大東詩選』名媛 娼妓에 있는 것을 선
　 발해서 실은 것임을 밝혀둔다. 그리고 師任堂申氏 등과 같이 이미 언급
　 한 작가의 작품은 언급하지 않기로 했다.

✤ 송씨宋氏(류미암부인柳眉庵夫人 능문선시能文善詩)
종미암공우종성적소從眉庵公于鍾城謫所

行行邃至摩天嶺	가고 가며 드디어 마천령에 이르니
東海無涯鏡面平	끝없는 동해가 거울처럼 편편하다.
萬里婦人何事到	먼 길을 부인이 무슨 일로 왔나뇨
三從義重一身輕.	삼종의 의리는 무겁고 일신은 가볍다오.

(권 12)

✤ 성씨成氏(최당진사부인崔瑭進士夫人)
증인贈人

步出隣家三四呼	걸어 이웃집에 가서 삼사 번 불렀더니
小童來報主人無	소동小童이 와서 주인이 없다고 아뢴다.
若非杖策尋花去	만약 지팡이 짚고 꽃을 찾아가지 않았다면
定是携琴訪酒徒.	결정코 거문고 가지고 주도酒徒들을 찾아 갔을 것이다.

(권 12)

✤ 봉원부부인정씨蓬原府夫人鄭氏(류문양자신부인柳文陽自新夫人)
출강사出江舍

來訪沙鷗約	사장의 백구와 약속으로 와서 찾았더니
江皐木葉飛	강변 언덕에 나뭇잎이 날고 있다.
園收芋栗富	동산에 토란과 밤을 많이 거두겠고
網擧蟹鮮肥	그물을 들자 게와 생선이 살찌다.
褰箔看山翠	발을 걷으니 푸른 산을 볼 수 있고

開樽對月輝	술통을 열며 달빛을 대한다.
夜凉淸不寐	밤이 서늘하고 맑아 자지 못하는데
松露滴羅衣.	소나무의 이슬이 옷을 적신다.

(권 12)

❖ 장씨張氏(안동인安東人 경당흥효녀敬堂興孝女　이시명부인李時明夫人)

소소음蕭蕭吟

窓外雨蕭蕭	창 밖에 소소히 비가 내리니
蕭蕭聲自然	소소한 소리 자연스럽다.
我聞自然聲	내가 자연스러운 소리 들으니
我心亦自然.	내 마음도 또한 자연스럽다오.

(권 12)

희우시稀又詩

人生七十古來稀	인생 칠십은 예부터 드물다는데
七十加三稀又稀	칠십에 셋을 더했으니 드문 중에 드물다.
稀又稀中多男子	드물고 드문 가운데 아들이 많으니
稀又稀中稀又稀.	드물고 드문 가운데 또 드물다.

(권 12)

✥ 류씨柳氏(남종만모南鍾萬母 약천년칠십삼藥泉年七十三 기별실유산
　　　　　其別室有産 친검전약親檢煎藥 고작차시故作此詩)

조약천상공조藥泉相公

藥泉老相公	약천 노상공을
誰云筋力盡	뉘가 근력이 쇠약했다고 이르나뇨.
行年七十三	나이 일흔셋에
親煎佛手散.	직접 불수산을 달인다오.

(권 12)

✥ 김씨金氏(잠곡육녀潛谷堉女 서문극감사부인徐文展監司夫人)

상사相思

向來消息問如何	요사이 오면서 안부가 어떠했느냐
一夜相思鬢欲華	하룻밤 서로 생각하며 살쩍머리가 희고자 한다.
獨倚雕欄眠不得	홀로 난간에 의지해 자지 못했는데
隔簾疎竹雨聲多.	주렴 너머 성긴 대밭에 빗소리 요란하다.

(권 12)

✥ 서씨徐氏(홍석주모洪奭周母)

차당인방은자불우次唐人訪隱者不遇

竹巷松蹊客到稀	대와 소나무 속의 마을에 오는 손도 드문데
猿啼日暮掩荊扉	원숭이 울며 날이 저물자 사립문을 닫았다.
浮雲蹤跡無尋處	뜬 구름의 종적 찾을 곳이 없으며
獨過靑山風滿衣.	홀로 청산을 지나가니 바람이 옷에 가득하다.

(권 12)

◈ 정일당강씨靜一堂姜氏(진주인晉州人 윤광연처尹光演妻)

청추성聽秋聲

萬木迎秋氣	나무들은 가을기운을 맞이하며
蟬聲亂夕陽	매미는 석양에 어지럽게 운다.
沈吟感物性	사물의 감성을 깊게 생각하며
林下獨彷徨.	숲속에서 홀로 방황한다오.

(권 12)

◈ 덕개씨德介氏(선조조宣祖朝)

송행送行

琵琶聲裡寄離情	비파소리 속에 떠나는 정을 전하고자 하니
怨入東風曲不成	원망이 동풍으로 들어가 곡을 이루지 못했다.
一夜高堂香夢冷	하룻밤 고당高堂에 향기로운 꿈이 싸늘해지자
越羅裙上淚痕明.	비단 치마 위에 눈물 흔적이 분명하다.

(권 12)

◈ 양봉래소실楊蓬萊小室

규원閨怨

西風摵摵動梧枝	서풍에 오동나무 가지가 우수수 움직이며
碧落冥冥雁去遲	푸른 하늘이 어둡자 기러기가 더디게 날아간다.
斜倚綺窓人不寐	창에 의지해 자지 못하고 있는데
一眉新月下西池.	눈썹 같은 초생달이 서지西池로 지려 한다.

(권 12)

기봉래寄蓬萊

悵望長途不掩扉　먼 길 슬프게 바라보고자 사립문도 닫지 않았으며
夜深風露濕羅衣　깊은 밤 이슬에 비단옷이 젖었다.
楊山館裏花千樹　양산관楊山館에 나무마다 꽃이 많이 피어
日日看花歸未歸.　날마다 꽃을 보느라 돌아오지 못하나뇨.
(권 12)

✿ 이씨李氏(김성달소실金盛達小室)
태고정太古亭

淸宵月色滿空庭　맑은 밤 달빛이 빈 뜰에 가득한데
臥聽孤梧露滴聲　누워 오동에서 이슬방울 떨어지는 소리 듣는다.
臺樹依然人事變　대와 정자는 다름없으나 인사는 변했으며
白雲流水古今情.　흰 구름과 흐르는 물은 고금의 정이라오.
(권 12)

강촌즉사江村卽事

山影倒江掩夕扉　산 그림자 강에 비치자 저녁 사립문을 닫았으며
漁歌款乃帶潮歸　어부의 노래 조수를 띠고 돌아온다.
知爾來時逢海雨　올 때 바다에서 비를 만난 것을 알 수 있는 것은
船頭斜掛綠蓑衣.　뱃머리에 도롱이를 비껴 걸어 놓았기 때문이요.
(권 12)

창기娼妓

❖ 취선翠仙(호설죽號雪竹)
춘사春思

春粧催罷倚焦桐	봄 화장 재촉해 거문고에 의지했더니
珠箔輕盈日上紅	발은 가볍게 흔들리고 붉은 해가 뜬다.
香霧夜多朝霧重	밤에 많았던 안개가 아침에는 무거워
海棠花泣小墻東.	해당화는 담장 동쪽에서 울고 있다.

(권 12)

❖ 취죽翠竹(명현名玄 안동권가비安東權家婢)
추사秋思

洞天如水月蒼蒼	동천은 물 같고 달빛이 맑으며
樹葉蕭蕭夜有霜	나뭇잎은 소소히 떨어지고 밤에 이슬이 내린다.
十二緗簾人獨宿	열두 폭 발속에 혼자 자면서
玉屛還羨繡鴛鴦.	병풍에 수놓은 원앙이 부럽다오.

(권 12)

❖ 계화桂花(남원기南原妓)
광한루廣寒樓

織罷氷綃獨上樓	비단 짜던 것을 파하고 혼자 누에 오르니
水晶簾外桂花秋	수정렴 밖에 계수나무 꽃이 핀 가을이라오.
牛郎一去無消息	견우牽牛가 한번 간 후 소식이 없어

烏鵲橋邊夜夜愁.　오작교 가에서 밤마다 근심에 싸였다오.
　　　　　　　　　(권 12)

❖ 소염小琰(성채姓蔡　양덕기陽德妓)
만인挽人

傷心最是北邙山　가장 마음이 슬픈 것은 북망산北邙山2)인데
一去人生不再還　한번 간 인생은 다시 돌아오지 못한다.
若爲死生論富貴　만약 사생을 부귀로 논할 것 같으면
王侯何在夜臺間.　왕후가 어찌 야대夜臺3) 사이에 있겠는가.
　　　　　　　　　(권 12)

❖ 부용芙蓉(성천기成川妓　자호운초自號雲楚　선촉문善屬文　이시명어세
　　　以詩名於世)

행화촌杏花村

輕舟一葉泊平沙　가벼운 배를 넓은 사장에 대었더니
流水靑山進士家　흐르는 물과 푸른 산이 진사의 집이라오.
未到村中名已好　마을에 오기 전에 이미 이름이 좋았는데
東風紅落滿庭花.　동풍에 꽃이 떨어져 뜰에 가득하다.
　　　　　　　　　(권 12)

---

2) 중국 洛陽의 동북쪽에 있는 산 이름 무덤이 많다고 함.
3) 무덤의 구멍

사절정四絶亭

亭名四絶却然疑	정자 이름 사절四絶이 문득 의심스러웠으니
四絶非宜五絶宜	사절四絶은 마땅하지 않고 오절五絶이 마땅하다오.
山風水月相隨處	산풍山風과 수월水月이 서로 따르는 곳에
更有佳人絶世奇.	다시 가인이 있어 세상에 기이함이 뛰어났다오.

(권 12)

석춘惜春

孤鶯啼歇雨絲斜	꾀꼬리 우는 소리 그치고 가는 비 내려
窓掩黃昏曖碧紗	창을 닫으니 황혼에 푸른 실도 희미하다.
無計留春春已老	봄을 머물게 할 계획이 없는데 봄은 이미 늙었으니
玉瓶聊插假梅花.	병에 가매화假梅花를 꽂을까 한다.

(권 12)

✦ 평양기平壤妓
제석除夕

歲暮寒窓客不眠	해는 저물고 창은 차가워 잠을 자지 못하면서
思兄憶弟意凄然	형제를 생각하니 마음이 구슬프다.
孤燈欲減愁難歇	등불을 끄고자 했으나 근심은 그치지 않아
泣抱朱絃餞舊年.	울며 주현을 안고 묵은 해를 보낸다오.

(권 12)

✤ 태일太一(괴산기槐山妓)
사절정우제학사석상구음四絶亭遇諸學士席上口吟

三月離家九月歸　삼월에 집을 떠나 구월에 돌아오니
秦山楚水路依依　진산秦山과 초수楚水의 길이 어렴풋하다오.
此身恰似隨陽鳥　이 몸이 기러기를 따라가는 것과 같아
行盡江南又北飛.　강남으로 다 갔다가 또 북쪽으로 날아간다오.
（권 12）

✤ 어우동於于同(호서창湖西娼)
부여회고夫餘懷古

白馬臺空經幾歲　백마대白馬臺는 빈 채로 몇 해를 지났으며
落花巖立過多時　낙화암落花巖은 서서 많은 세월을 보냈다.
靑山若不曾緘默　청산을 만약 침묵하게 봉하지 않았다면
千古興亡問可知.　천고의 흥망을 물으면 알 수 있을 텐데.
（권 12）

✤ 소홍小紅(평양기平壤妓)
영회詠懷

太白家中有小紅　태백太白의 집에 친족의 상喪이 있었는데
元來幽恨古今同　원래 깊숙한 한은 고금이 같다오.
孤負三從非女子　삼종三從을 등진 것은 여자가 아니며
無難一死是英雄　한번 죽는 것에 어려움이 없으니 영웅이라네.
心如亂草愁逢雨　마음이 어지러운 풀 같아 비를 만날까 근심스럽고

身似垂楊喜帶風 몸은 수양처럼 바람을 띠는 것이 기쁘다오.
金釵沽酒纔回首 금비녀로 술을 사서 겨우 머리를 돌려보니
銀漢西傾月在東. 은하수는 서쪽으로 기울고 달은 동쪽에 있다.
(권 12)

✧ 실명여자失名女子
춘원春怨

三從無一可安身 삼종三從에서 몸을 편안히 할 곳은 하나도 없으니
不怨蒼天怨死人 푸른 하늘 원망하지 않고 죽은 사람을 원망한다오.
怊悵百花亭上立 슬퍼 백화정百花亭 위에 서게 되자
鶯啼柳綠欲殘春. 우는 꾀꼬리 푸른 버들에 봄도 쇠잔하려 한다네.
(권 12)

✧ 소옥화小玉花(거제남촌여자巨濟南村女子)
별인別人

歲暮風寒又夕暉 해가 저물고 바람도 차며 또 저녁 햇빛에
送君千里淚沾衣 그대를 멀리 보내니 눈물이 옷을 적신다.
春堤芳草年年綠 봄 언덕에 꽃다운 풀은 해마다 푸르니
莫學王孫去不歸. 왕손이 가면 돌아오지 않는 것은 배우지 마오.
(권 12)

실명씨失名氏4)

◈ 실명씨失名氏
제역정題驛亭

衆鳥同枝宿	뭇새들은 같은 가지에 자다가
天明各自飛	하늘이 밝으면 각자 날아간다.
人生亦如此	인생도 또한 이와 같으니
何必淚沾衣.	어찌 꼭 눈물로 옷을 적시랴.

(권 12)

◈ 곡구노인谷口老人
우제偶題

淡雲衰柳共爲秋	맑은 구름 쇠한 버들은 함께 가을이 되었으며
盡日林塘水氣幽	종일 숲속의 못에 물 기운이 그윽하다.
翠鳥掠魚時不中	푸른 새가 물고기를 채가고자 했으나 때를 놓쳐
歸飛端坐碧蓮頭.	돌아가 푸른 연 머리에 앉았다.

(권 12)

◈ 월계초부月溪樵夫
동호東湖

| 東湖春水碧於藍 | 동호의 봄물이 쪽빛보다 푸르며 |

---

4) 『大東詩選』卷 12 후미에 失名氏의 시를 적지 않게 실었는데, 이 작품과
아울러 그 속에 있는 것을 몇 수 뽑아 싣고자 한다.

白鳥分明見兩三　백조가 분명히 두서너 마리 보인다.
柔櫓一聲飛去盡　노 젓는 소리에 모두 날아가 버리고
夕陽山色滿空潭.　석양의 산색이 빈 못에 가득하다.
(권 12)

❖ 운하옹雲下翁

과겸재정공유거過謙齋鄭公幽居

亂樹中間一草家　어지러운 나무 사이 한 채의 초가에
柴門深處有秋花　사립문 깊은 곳에 가을꽃이 피었다.
幽人獨倚烏皮几　유인幽人이 홀로 검은 가죽 궤에 의지해
寫了靑山山日斜.　청산靑山과 산에 해가 비낀 것을 그렸다.
(권 12)

❖ 필운거사弼雲居士

과우원임달부過愚園林達夫

今日適無事　오늘은 마침 일이 없어
芳園步屧過　꽃다운 동산을 나막신으로 걸어 지났다.
午風吹野服　한낮 바람은 입은 옷에 불고
春雨發庭柯　봄비는 뜰의 나뭇가지에 내린다.
松老如臥龍　늙은 소나무는 용이 누워있는 것 같고
人狂唱鳳歌　사람은 미친 듯 봉가鳳歌를 부른다.
主翁於我厚　주인이 나에게 두터워
盃酒意偏多.　술잔을 치우치게 많이 주고자 한다.
(권 12)

✥ 석장인石丈人
절구絕句

攻愁愛酒還多病　근심을 다스리고자 애주했더니 도리어 병이 많아
治病停盃轉作愁　병을 치료하고자 술을 끊으니 다시 근심을 한다.
一夜西窓風雨鬧　하룻밤 서쪽 창에 비바람이 시끄러운데
兩除愁病夢滄洲.　근심과 병을 다스릴 수 있는 창주滄洲[5]를 꿈꾼다.
　　　　　　　　　(권 12)

✥ 실명씨失名氏
제릉허정벽題凌虛亭壁

少年人笑白髮人　젊은 사람이 백발노인을 웃는데
白髮初非白髮人　백발도 처음부터 백발이 아니었다.
今日白髮君莫笑　오늘의 백발을 그대는 웃지 말라
明朝君亦白髮人.　내일 아침이면 그대 또한 백발인이 될 것이다.
　　　　　　　　　(권 12)

영도방후詠道傍堠

千古英雄楚覇靈　천고의 영웅 초패왕楚覇王[6]의 신령은
渡江無面只存形　강을 건너는데 낯은 없고 형체만 있다.
當年悔失陰陵道　당시 음릉陰陵[7]에서 길 잃은 것을 후회하며

---

5) 신선이 사는 곳, 시골.
6) 楚나라의 覇王은 項羽를 지칭함.
7) 지명으로서 項羽가 그곳에서 길을 잃어 다시 일어나지 못하고 자결했다.

長向行人指去程. 길이 행인을 향해 가는 길을 가리킨다.

(권 12)

복거금강卜居錦江

十載經營屋數椽 십년 동안 경영하여 초라한 집에 살게 되었는데
錦江之上月峰前 금강의 위였고 월봉의 앞이었다.
桃花泡露紅浮水 도화桃花는 이슬에 젖어 물에 떠내려가고
柳絮飄風白滿船 버들 솜은 바람에 날려 흰 것이 배에 가득하다.
石逕歸僧山影外 산 그림자 밖의 돌길에 스님은 돌아가고
烟沙眠鷺雨聲邊 빗소리 주변의 맑은 사장에 백로가 졸고 있다.
若令摩詰遊於此 만약 마힐摩詰[8]을 이곳에 놀게 했다면
未必當年畵輞川. 그때 반드시 망천輞川[9]만 그리지 않았을 것이다.

(권 12)

영남초詠南草

破鬱消痰又療痂 답답함을 깨고 가래를 해소시키며 종기를 고쳐
金刀翦作細鬚蝦 칼로 두꺼비 수염처럼 가늘게 만든다.
誰言靈草元無毒 누가 영초靈草를 독이 없다고 말하느냐
吸盡靑烟舌似鯊. 푸른 연기 마시면 혀가 모래무지 같다오.

(권 12)

---

8) 중국 盛唐의 시인 王維의 字.
9) 지명으로 王維가 그곳에 살면서 輞川二十景의 시와 그림을 그렸다고 함.

찾아보기

ㄱ

ㅇ

ㅈ

차용주(車溶柱)

경남 창원 출생
문학박사(고려대)
계명대학교 국문학과 교수와 서원대학교 국문학과 교수 및
청주사범대학 학장과 서원대학교 총장 역임

저서

『몽유록계구조의 분석적연구』, 『옥루몽연구』, 『고소설논고』, 『한국한문소설사』,
『한국한문학사』, 『한국한문학작가연구』, 『허균연구』, 『한국한문학작가연구 2』,
『한국한문학작가연구 3』, 『한국위항문학작가연구』, 『개정증보 한국한문소설사』,
『한국한문학의 이해』, 『농암김창협연구』, 『개고 한국한문학사』,
『한국한문학작가연구 1』, 『속한국한문학작가 연구 1』, 『小華詩評·시평보유 연구』

역 주 『창선감의록』, 『역주 시화총림』, 『역주 시화류선』
초 역 『양원유집』, 『해학유서』, 『명미당집』, 『소호당집』, 『심재집』
편 저 『연암연구』, 『한국한문선』

韓國漢詩選

초판 인쇄 ㅣ 2016년 11월 8일
초판 발행 ㅣ 2016년 11월 14일

저   자 ㅣ 차용주
발 행 인 ㅣ 한정희
발 행 처 ㅣ 경인문화사
출판신고 ㅣ 제406-1973-000003호
주   소 ㅣ 경기도 파주시 회동길 445-1 경인빌딩 B동 4층
전   화 ㅣ 031-955-9300
팩   스 ㅣ 031-955-9310
홈페이지 ㅣ http://www.kyunginp.co.kr
이 메 일 ㅣ kyungin@kyunginp.co.kr

ISBN 978-89-499-4222-3 03810
값 25,000원